MONICA ALI

ROMAN

LIEBESHEIRAT

AUS DEM ENGLISCHEN VON DOROTHEE MERKEL

KLETT-COTTA

Shumi – das ist für dich

Klett-Cotta
www.klett-cotta.de
Die Originalausgabe erschien unter dem Titel »Love Marriage«
im Verlag Virago Press, London.

Cover: Anzinger und Rasp Kommunikation GmbH, München
unter Verwendung einer Abbildung von Lisa James
Gesetzt von C.H.Beck.Media.Solutions, Nördlingen
Gedruckt und gebunden von CPI – Clausen & Bosse, Leck
ISBN 978-3-608-98746-1
E-Book ISBN 978-3-608-11836-0

KEUSCH

Im Haus der Familie Ghorami sprach man nicht über Sex. Wenn der Fernseher lief und es so aussah, als könne dem keuschen, nach Kardamom duftenden Eigenheim eine Zungenkuss-Szene drohen, brachte man den schwarzen Kasten mit einem raschen Knopfdruck zum Schweigen. Als Yasmin zum ersten Mal ihre Periode bekam, steckte ihre Mutter ihr eine Packung Binden zu und gab ihr die kaum hörbar gemurmelte Anweisung, auf keinen Fall den Koran zu berühren. Das war verwirrend, denn Yasmin berührte den Koran ohnehin nie, es sei denn, ihre Mutter forderte sie dazu auf. Aber es war auch einleuchtend, denn schließlich hatte die Menstruation, wie sie aus dem Biologieunterricht wusste, etwas mit Fortpflanzung zu tun. Und die gepunkteten Linien, aus denen sich die Diagramme im Lehrbuch zusammensetzten, standen, so erstaunlich das auch sein mochte, in einem unbestreitbaren Zusammenhang mit den Schauspielern, die sich gegenseitig die Zungen in den Rachen schoben und damit allen das Fernsehvergnügen ruinierten.

Jetzt, im Alter von sechsundzwanzig Jahren, wusste Yasmin über Sex Bescheid. Der menschliche Körper hatte seine Geheimnisse längst preisgegeben. Sie hatte mit drei verschiedenen Männern geschlafen und war mit dem dritten verlobt – einem Kollegen am St.-Barnabas-Krankenhaus. Ihre Eltern, Shaokat und Anisah, mochten Joe, der allein dadurch, dass er Arzt war, zu einem geeigneten Kandidaten wurde und zudem mit der besonderen Begabung gesegnet war, von allen gemocht zu werden.

Falls sich Anisah insgeheim wünschte, ihre Tochter möge einen anständigen muslimischen Mann heiraten, behielt sie das jedenfalls für sich.

Yasmin saß im Schneidersitz auf ihrem Bett, umgeben von zahlreichen medizinischen Fachtexten, und wartete darauf, dass man sie zum Abendessen nach unten rief. Eigentlich hätte sie dringend für die nächste Prüfung lernen müssen, doch sie konnte sich nicht konzentrieren. Vier Bücher lagen aufgeschlagen vor ihr und sollten einen Arbeitseifer demonstrieren, den sie bisher nicht in die Tat hatte umsetzen können. Stattdessen blätterte sie in einer alten Zeitschrift, die sie im Zug gefunden hatte. *Trennung nur vorgetäuscht! Heimlich wieder ein Paar! Sie ist am Boden zerstört!* Die Schlagzeilen bezogen sich auf verschiedene Berühmtheiten, die alle auf Fotos zu sehen waren. Yasmin kannte nur eine Einzige davon, doch das tat ihrem Lesevergnügen keinen Abbruch. Ihr waren Geschichten über »echte Menschen« ohnehin lieber. Die, die sie gerade zu Ende gelesen hatte, handelte von einer dreifachen Mutter in Doncaster, die vor kurzem hatte erfahren müssen, dass ihre siebenjährige Tochter gar nicht ihr leibliches Kind war. Anscheinend hatte man in dem Krankenhaus, in dem das Mädchen geboren worden war, die Kinder verwechselt. Unglaublich, was Menschen alles durchmachen müssen! Sie selbst dagegen brauchte sich um nichts Sorgen zu machen, und gleichzeitig gab es so unendlich viel, für das sie dankbar sein konnte.

Wenn der morgige Abend erst einmal vorbei war, würde sie bestimmt über sich selbst lachen. Es würde längst nicht so schlimm werden, wie sie befürchtete. Ihre Eltern würden Joes Mutter kennenlernen. Sie würden zusammen in deren Haus in Primrose Hill zu Abend essen, Hochzeitspläne schmieden und eine gepflegte Unterhaltung führen. Das war doch nun wirklich keine große Sache.

Bei der Vorstellung, wie ihre Eltern inmitten des dezenten Luxus des georgianischen Reihenhauses in Primrose Hill saßen, stieg eine leichte Übelkeit in ihr auf. Sie schluckte sie hinunter.

Es würde schon nichts Peinliches passieren. Es war albern, so nervös zu sein.

Ihre Zimmertür öffnete sich, und Arif schlüpfte hinein. »Was für ein Wahnsinnsgestrüpp!«, sagte er und schüttelte den Kopf.

Sie schob die Zeitschrift unter eines ihrer Bücher. »Hau ab!«, sagte sie. »Ich arbeite.« Langsam wurde ihr bewusst, was er da gerade gesagt hatte. »Hau ab!«, wiederholte sie.

Arif schloss die Tür und lehnte sich mit seinem frechen, knochenlosen Körper dagegen. »Na, du kennst doch dieses Foto. Das Thema wird ja echt in jedem Zeitungsartikel über sie breitgewalzt. Aber ich musste total lange suchen, bis ich es gefunden habe. Willst du's mal sehen, Apa?« Er zog sein Handy aus der Hosentasche.

Yasmin beschloss, einfach nicht zu reagieren, ganz gleich, wie sehr ihr verhaltensgestörter kleiner Bruder versuchte, sie zu provozieren. Aber sie zuckte trotzdem unwillkürlich zurück, als Arif mit seinem Handy vor ihrem Gesicht herumfuchtelte. Harriet Sangsters Genitalien waren das absolut Letzte, was sie sich anschauen wollte. Sie fragte sich – nicht zum ersten Mal –, ob Joe jenes berüchtigte Foto seiner Mutter jemals zu Gesicht bekommen hatte, wie sie nackt auf dem Rücken lag, mit weit gespreizten Beinen, den Kopf erhoben, um mit trotzigem und herausforderndem Blick direkt in die Kamera zu starren.

»Das ist ein feministisches Foto«, sagte sie. Es gelang ihr, einigermaßen ruhig zu bleiben. »Und es wurde vor einer halben Ewigkeit aufgenommen. Das verstehst du sowieso nicht. Bleib doch einfach bei deinen Pornos. Deinen haarlosen Pornos.« Das Foto war als Gegenentwurf zur Ladette-Kultur entstanden. Yasmin hatte das Bild nie gesehen, aber sie hatte darüber gelesen. In einer Zeit, die sich als post-feministisch, post-ideologisch, post-ironisch und post-alles propagierte, hatte Harriet gegen die Gefahren der »Scheißdrauf«-Mentalität angeschrieben. Sie hatte sich damals nicht nur gegen die intellektuelle Armut derer gewandt, die behaupteten, man stünde am Ende der Menschheitsgeschichte, sondern auch gegen die widersprüchliche und äußerst beschränkte Auffassung, es sei uncool, an irgendetwas zu glauben, egal an was. Aber vor allem hatte sie dagegen gewettert, was sie als »falsches Empowerment der Frau« bezeichnete: den Topos der enthemmten jungen Frau, die sich durch starken Alkoholkonsum und einen gewachsten, leergerupften Intimbereich definierte – also durch eine Sexualität, die in Harriets Augen nur dazu diente, männliche Fantasievorstellungen zu befriedigen, und das mithilfe einer Softporn-Bildsprache, wie man sie aus den einschlägigen Männerzeitschriften kannte. Harriet vertrat ihre eigene Auffassung zur weiblichen Emanzipation und sexuellen Befreiung. Und die lief dem Zeitgeist zuwider. Das hatte ihr in der Öffentlichkeit einiges an Aufmerksamkeit eingetragen, die nicht selten alles andere als positiv gewesen war. Trotzdem oder vielleicht auch gerade deshalb hatte sie es zu einer gewissen gesellschaftlichen Prominenz gebracht, und das Foto war längst Schnee von gestern.

Arif lächelte. »Und was ist mit Ma und Baba? Meinst du, die würden sich das vielleicht gern mal anschauen? Oder vielleicht haben sie das ja schon. Joe meinte übrigens, ich solle doch mitkommen, zu dem Abendessen morgen.«

»Hau ab! Sofort!« Sie griff nach dem schwersten Buch auf ihrem Bett.

Arif zuckte mit den Schultern. »Du triffst doch sowieso nicht.«

»Du mieses kleines Arschloch.« Er hatte das Foto wahrscheinlich schon vor Monaten entdeckt. Denn seit wann hatte Arif Schwierigkeiten, irgendetwas im Internet zu finden? Er hatte einfach nur den Moment des größtmöglichen Effekts abgewartet, einen Tag, bevor sich die beiden Familien kennenlernten.

»Und hast du Ma das schon erklärt, von wegen, dass es ein feministisches Foto ist, und so? Sie hat nämlich Harriets Buch gekauft, weißt du, das erste, wo sie von ihren ganzen Liebhabern erzählt. Von den ganzen Männern – und Frauen. Alles sehr feministisch. Aber ich glaube nicht, dass Ma es wirklich verstanden hat. Ich hab nämlich gesehen, wie sie es gelesen hat. Sie stand in der Küche und ihr Gesicht – das hättest du mal sehen sollen, Apa! Sie hat sich über den Mülleimer gebeugt, mit dem Fuß auf dem Pedal, sodass der Deckel offenstand. Und als sie mich sah, da hat sie das Buch einfach fallengelassen. Direkt in den Müll. Als würde sie sich schämen und so.«

Er lachte, als sie das Lehrbuch nach ihm warf, leider – wie vorherzusehen gewesen war – so schlecht, dass sie ihn nicht traf. Aber wenigstens verließ er das Zimmer. Yasmin sprang vom Bett auf, lief unruhig hin und her und versuchte, ihre Gedanken zu ordnen.

BABA

Um acht bekam sie Hunger. Sie stellte sich vor die verschlossene Küchentür, lauschte dem Zischen und Klappern der Töpfe und überlegte, ob sie hineingehen und Ma helfen oder lautlos wieder nach oben verschwinden sollte.

»Komm, Mini«, rief ihr Vater aus dem Wohnzimmer. Er behauptete immer, Mini sei ihr Spitzname, doch außer ihm nannte sie niemand so. »Setz dich zu mir.«

Baba schaute nicht von seiner Zeitung auf, als Yasmin sich auf dem Sofa niederließ. »Deine Mutter ist heute mit dem Abendessen ein bisschen spät dran. Sie hat nämlich mindestens zehn Stunden damit verbracht, Shukto, Alu Dom, Dal Pakori, Kachori und was nicht sonst noch alles zuzubereiten. Sie hat sämtliche Gerichte gekocht, die du dir nur vorstellen kannst. Ich habe ihr mindestens fünfzig Mal gesagt, dass wir zum Essen eingeladen sind und nicht etwa vorhaben, einen Imbissstand zu eröffnen, aber hört sie auf mich? Seit Jahren muss ich das aushalten. Diese Frau ist stur wie ein Esel.« Er seufzte und blätterte seine Zeitung um.

»Vielleicht können wir ja von jedem Gericht nur ein kleines bisschen mitnehmen«, sagte Yasmin. Aber sie wusste, dass es aussichtslos war. Sie würden nicht etwa einen eleganten Probierteller mit exotischen Delikatessen präsentieren, sondern unzählige Tüten und Taschen voller Tupperdosen und Metallbehälter anschleppen. Und Harriet würde ihre Belustigung natürlich äußerst liebenswürdig kaschieren.

»Diesen Begriff hier habe ich noch nie gehört – ›Ghost Surgery‹.«

Baba drehte sich zu Yasmin um, weil er wissen wollte, was sie von der Sache hielt. »Hier steht ein ganzer Artikel darüber. Es gibt in Amerika anscheinend mehrere Chirurgen, die wegen einer solchen Operation verklagt worden sind. Möchtest du meine Meinung dazu hören?«

Sie bejahte. Unter dem Erkerfenster war schon wieder ein neuer Stapel mit Kram in die Höhe geschossen. *Kram* wuchs in diesem Haus wie Pilze in einem feuchten, dunklen Wald. Unzählige Kisten und Tüten voller nutzloser Gegenstände, die man in der Garage oder dem Gästezimmer verstauen oder den Nachbarn aufs Auge drücken würde – jedenfalls denjenigen, die nicht die nötige Willenskraft besaßen, um etwas abzuwehren, das ihnen von Mrs. Ghorami aufgedrängt wurde, und sei es auch nur eine gebrauchte Salatschleuder. Sehr wenigen Bewohnern der weißgetünchten, mit Kieselrauputz versehenen Doppelhaushälften im Beechwood Drive war es gelungen, sich dem stetigen Strom zu entziehen, der aus der Hausnummer 23 zu ihnen herübergeschwappt kam.

Baba dachte nach. Er hatte die Angewohnheit, beim Denken seine Brille abzusetzen und zusammenzufalten, als ließe sich die Wahrheit nur erkennen, wenn man nach innen statt nach außen schaute. Währenddessen saß er kerzengerade auf dem Holzstuhl vor dem Esstisch aus rissigem Kiefernholz, der ihm als Schreibtisch diente. Über und unter dem Tisch stapelten sich Akten und Schubladen. Eigentlich befand sich sein Büro im sogenannten »Straßenzimmer«. Vor ein paar Jahren war dieser Raum feierlich ausstaffiert worden, als Yasmins Vater zum gleichberechtigten Partner in der Gemeinschaftspraxis ernannt worden war, in der er während der vergangenen zehn Jahre tätig gewesen war. Der Raum war von oben bis unten mit Regalen vollgestellt, in denen sich wissenschaftliche Publikationen und Ringhefter mit Fachzeitschriften aneinanderreihten. In der Mitte stand ein riesiger Schreibtisch aus Mahagoniholz mit Leder- und Messingbeschlägen, zusammen mit einem bedrohlich wirkenden, schwarz gepolsterten Drehstuhl. Wenn Baba der Familie etwas mitteilen oder Arif eine Standpauke halten wollte – wegen seiner Ziellosigkeit oder seiner Weigerung, erwachsen zu werden und Verantwortung für seine Zukunft zu übernehmen –, dann geschah das im »Straßenzimmer«. Doch ansonsten zog Baba es vor, sich zum Lesen an den Esstisch im Wohnzimmer zu setzen, und wenn er dann fernsehen wollte, brauchte er nur seinen Stuhl umzudrehen. Die Bequemlichkeit, die ihm das Sofa oder der Sessel boten, nahm er so gut wie nie in Anspruch.

»Es geht hier um die Einwilligung des Patienten, Mini«, sagte er zum Abschluss seiner Erörterungen. »Es reicht nicht, dass der Patient das Formular unterschreibt, es muss eine informierte Einwilligung sein – also eine Einwilligungserklärung auf der Basis einer vollständigen Aufklärung. Und wenn der Patient nicht weiß, wer den Eingriff durchführen wird, dann wurde er nicht hinreichend aufgeklärt.«

»Ja, Baba.« Yasmin wusste, dass ihr Vater mehr von ihr erwartet hatte. Wie sollte er seiner Rolle als Lehrer gerecht werden, wenn sie sich nicht auf die Rolle der Schülerin einließ?

Aber sie war nicht bei der Sache. In ihrem Magen rumorte es, und zwar nicht nur vor Hunger, sondern auch vor Beklemmung. Während der letzten Wochen war es ihr – wenn auch nur so gerade eben – gelungen, die Angst vor dem Tag, an dem ihre Eltern Harriet kennenlernen würden, in Schach zu halten. Der überwältigende Stress auf der Arbeit hatte geholfen, und bis zu einem gewissen Grad auch die Unbekümmertheit, mit der Joe an die Sache heranging. Harriet würde sich nicht nur von ihrer besten Seite zeigen, nein, sie würde von Yasmins Eltern ganz und gar hingerissen sein, meinte er. Sie liebt dich, das steht außer Frage, hatte er gesagt, aber sie ist auch ein bisschen enttäuscht, dass du nicht noch indischer bist. Deine Eltern dagegen sind so authentisch, dass sie davon geradezu einen Orgasmus bekommen wird.

Yasmin versuchte, nicht mehr daran zu denken, doch das Problem ließ sich genauso wenig abschütteln wie die Nachbarskatze, wenn sie auf dem Fenstersims hockte und vor sich hin heulte. Jetzt, da das Aufeinandertreffen der beiden Familien unmittelbar bevorstand, wurde ihr klar, dass sie die völlig falschen Sorgen unterdrückt hatte. Ganz gleich, was Harriet tatsächlich von Shaokat und Anisah hielt, sie würde es sich ganz nach britischer Art nicht anmerken lassen. Und es war im Grunde genommen auch gar nicht wichtig. Die englische Mittelschicht mischte sich nicht in die ehelichen Angelegenheiten ihrer Kinder ein. Doch Harriet Sangster war eine Bedrohung, weil sie die Familie Ghorami womöglich mit dem Thema Sex konfrontieren würde – oder dies vielmehr bereits getan hatte –, und im Gegensatz zum Fernseher ließ sie sich nicht einfach durch einen Knopfdruck zum Schweigen bringen. Was würde geschehen, wenn sie – wie bei Yasmins erstem Besuch in Primrose Hill – darauf bestand, ihre Sammlung indischer Erotika zur Schau zu stellen? Oder wenn sie anfing, über eines ihrer Lieblingsthemen zu reden, wie zum Beispiel die kulturelle Bedeutung der Schambehaarung?

Bei der Vorstellung, wie Ma Harriets Buch in den Küchenmülleimer fallenließ, ballte Yasmin die Fäuste. Sie malte sich die lange Heimfahrt am morgigen Abend aus, wie sie schweigend im Auto saßen, während Ma leise auf dem Beifahrersitz vor sich hin weinte und Baba mit starrem Blick nach vorn auf die Straße schaute. Sie stellte sich vor, wie er sie ins Straßenzimmer zitieren und sie dann vor ihm stehen würde, während er in dem schwarzgepolsterten Stuhl saß und sich mit der Zunge die Lippen befeuchtete, was er immer tat, wenn er etwas Wichtiges zu sagen hatte.

»Das ist ein interessanter Fall«, sagte Baba jetzt. »Hör es dir an und dann lass uns schauen, ob wir nicht zusammen eine Lösung finden. Es geht um einen neunundfünfzigjährigen Mann mit folgenden Symptomen: Fieber, Verwirrungszustände, Thrombozytopenie, Ausschlag und Niereninsuffizienz.«

Yasmin lehnte sich vor und tat so, als brächte sie der Sache ihre ungeteilte Aufmerksamkeit entgegen. Aber in Wirklichkeit waren ihre Gedanken schon wieder abgeschweift. Es war absurd, sich solche Sorgen zu machen, das wusste sie nur zu gut. Harriet würde so etwas niemals tun. Sie würde vielmehr voller Stolz ihr kulturelles

Feingefühl zur Schau stellen. So viel stand schon mal fest. Und Baba würde ihr niemals die Heirat verbieten, ganz gleich mit wem und ganz gleich, was er von der angehenden Schwiegermutter hielt. Und was Ma betraf, nun, solange sie sich um die Hochzeitspläne kümmern konnte, wäre sie bestimmt glücklich. Ma war stolz darauf, dass ihre Tochter den Sohn einer berühmten Autorin heiratete – einer Autorin, die nicht nur Bücher geschrieben hatte, sondern auch das Libretto zu einer Oper und mehrere Hörspiele, die im Radio gesendet wurden. Das hatte sie jedenfalls zu Yasmin gesagt, genau wie zu den Nachbarn und ihren auf drei Kontinente verteilten Verwandten. An Yasmins übertriebener Besorgnis war einzig und allein Arif mit seinen Sticheleien schuld.

»Der Patient fühlte sich bis drei Tage vor seiner Einlieferung vollkommen gesund«, las Baba laut vor. Er liebte die Rätsel zu Krankheitsfällen, die das New England Journal of Medicine seinen Lesern aufgab, und noch mehr liebte er es, sie zusammen mit seiner Tochter zu lösen. »Dann litt er plötzlich unter Erbrechen, Diaphorese und Müdigkeit … Als das Notarztteam gerufen wurde, war er nicht mehr in der Lage zu sprechen oder zu stehen, reagierte jedoch auf Schmerzstimuli … Komm –« Er hörte auf vorzulesen und bedeutete seiner Tochter aufzustehen und über seine Schulter zu schauen. »Hier steht noch viel mehr über den Fall.«

Yasmin stellte sich neben ihren Vater und versuchte, aus dem Ganzen schlau zu werden. *Der Blutdruck lag bei 132/82 mmHG, der Puls bei 110 Schlägen pro Minute, die Atemfrequenz betrug 26 Atemzüge pro Minute und die Sauerstoffsättigung lag bei 94%, während der Patient durch eine Nasenkanüle 2 Liter pro Minute zusätzlichen Sauerstoff verabreicht bekam. Die Pupillen waren auf 3 mm geweitet und nichtreaktiv. Die Haut war warm …* Sie schaffte es nicht, sich auf die weiteren Details zu konzentrieren.

Stattdessen schaute sie immer wieder zu ihrem Vater und versuchte, ihn so zu sehen, wie Harriet ihn morgen sehen würde – den indischen Arzt in seinem braunen, zu weit sitzenden Anzug und der zu lose gebundenen Krawatte. Die Art und Weise, wie er dort saß, so kerzengerade und korrekt. So würdevoll, dachte Yasmin. Das hatte sie schon immer gedacht. Mit nur vierzehn Jahren hatte er in dem westbengalischen Dorf, in dem er aufgewachsen war, mit seiner Körpergröße bereits alle anderen überragt. Und obwohl wir Menschen – wie Baba gerne betonte – ab dem vierzigsten Lebensjahr pro Dekade im Durchschnitt einen halben Zentimeter schrumpfen, war er jetzt, mit sechzig Jahren, immer noch genauso groß wie damals.

»Arif sollte morgen Abend nicht mitkommen«, sagte sie unvermittelt. »Joe hat ihn zwar aus Höflichkeit eingeladen, aber Harriet rechnet nur mit uns dreien.«

Baba schaute zu ihr hoch und hob eine seiner buschigen, weißen Augenbrauen. »Hast du Angst, wir könnten nicht genug zu essen haben? Deine Mutter ist fest entschlossen, einen Vorrat mitzubringen, der für zwei bis drei Monate reichen wird.«

»Nein«, sagte Yasmin. »Es ist nur… Ja, aber kannst du sie nicht davon abbringen? Und wenn Arif mitkommt, wird er… Ich weiß auch nicht, man weiß bei ihm eben nie!«

»Jetzt reg dich nicht auf, Mini. Arif wird zu Hause bleiben. Aber deine Mutter wird alles mitbringen, was sie gekocht hat, weil das einfach ihre Art ist und weil es grausam wäre, sie daran zu hindern.« Er wandte seine Aufmerksamkeit wieder dem Fallbeispiel zu, und Yasmin schämte sich ein wenig.

Baba hielt im Großen und Ganzen nicht viel davon, wenn man sich aufregte. Bei kleinen Kindern musste man das zwar hinnehmen und auch bei Personen, die mental instabil waren, doch ansonsten gab ein solches Verhalten Anlass zum Tadel. Sein Leben verlief in geordneten Bahnen. Er arbeitete, er las seine Fachzeitschriften, nahm die Mahlzeiten mit seiner Familie ein und trank gelegentlich einen kleinen Schluck Whisky aus einem rubinroten Kristallglas, das zusammen mit der Whisky-Flasche in der obersten Schublade seines Mahagoni-Schreibtischs stand. Er sah sich im Fernsehen die Nachrichten und Dokumentationen über kriegszerrüttete Staaten an und sonntags mit seiner Frau – die eine hingebungsvolle Zuschauerin zahlreicher Seifenopern war – eine Folge aus der DVD-Sammlung der *EastEnders*. Von Zeit zu Zeit ließ er seine Familie antreten, um ihr eine Mitteilung zu machen, wobei es ganz gleich war, ob es sich dabei um innerfamiliäre Dramen oder die allgemeine Weltlage handelte. Letztendlich lief es immer auf dasselbe hinaus: Nur, wenn man ein ruhiges, geordnetes Leben führte, konnte man sich wahrhaft glücklich schätzen.

»Meningokokken?«, schlug Yasmin vor, die weitergelesen hatte. »Was meinst du, Baba?«

Baba nahm seine Brille ab. »Ich freue mich darauf, Mrs. Sangster kennenzulernen«, sagte er. »Es ist ein sehr glückliches Ereignis. Meine einzige Tochter heiratet. Die beiden Familien kommen zum ersten Mal zusammen. Nichts kann einen solchen Abend verderben, Mini. Ich hoffe, das siehst du genauso.«

Yasmin spürte, wie ihr die Tränen in den Augen brannten. Sie blinzelte und biss sich auf die Unterlippe. Es dauerte einen Moment, bis sie wieder sprechen konnte: »Danke, Baba.«

Er begann mit einer Analyse der Krankheitsgeschichte und konstatierte, dass Yasmins Diagnose durchaus ihre Berechtigung hatte, insbesondere wegen des lividen Ausschlags am Abdomen, doch letztendlich – aus Gründen, die er ausführlich erläuterte – hielt er eine thrombotisch-thrombozytopenische Purpura für die wahrscheinlichste Ursache.

Während er sprach, nickte Yasmin zustimmend, doch sie hörte ihm kaum zu. Sie empfand ein geradezu kindliches Gefühl des Trostes, als hätte ihr Vater unter ihrem Bett nachgeschaut und ihr hoch und heilig versichert, dass keine Monster darunter lauerten. Ihr Vater freute sich darauf, Mrs. Sangster kennenzulernen. Natürlich tat er das! Harriet war eine respektable, geachtete Person. Sie war nicht irgendein Pornostar, wie Arif es hatte suggerieren wollen. Sie schrieb Bücher zu feministischer Theorie und Literatur, unterrichtete an zwei Universitäten und saß im Vorstand von mindestens drei gemeinnützigen Organisationen. Die Beklemmung in Yasmins Brust war von einem Moment auf den anderen verschwunden, und während sie in die Küche ging, war ihr ganz leicht zumute (was vielleicht zum Teil auch auf ihren leeren Magen zurückzuführen war). Ma hatte sie endlich zum Essen gerufen.

MA

Yasmin hatte die Küche noch kein einziges Mal in einem ordentlichen Zustand erlebt. Aber wie der Raum jetzt aussah – das hatte es noch nie gegeben. Ma hatte diesmal einen derartigen Grad an Verwüstung angerichtet, dass Baba beim Betreten des Raums verunsichert einen Schritt rückwärts machte. Aber es ehrte ihn, dass er dann, ohne ein Wort zu sagen, weiterging und seinen angestammten Platz am Tisch einnahm. Die Küche war Mas Reich, und sie herrschte darin, ganz wie es ihr beliebte.

»Zu heiß«, sagte Ma. Der Schweiß glitzerte auf ihren hohen Wangenknochen. »Heute Abend nur Reis und Gemüse.« Sie drehte das Radio leiser, das sie immer einschaltete, um beim Kochen Gesellschaft zu haben.

»Hervorragend«, sagte Baba. Er war ein großer Verfechter simpler Mahlzeiten.

»Wow, Ma!«, sagte Yasmin und gestikulierte in Richtung der dampfenden Pfannen mit Currygerichten und den Tabletts mit frittierten Häppchen. Kondenswasser lief am Fenster herab. »Das wäre doch nicht nötig gewesen.«

»Doch«, sagte Ma. »Morgen wird keine Zeit sein. Ich muss Mr. Hartley nach Woolwich fahren.«

»Ich wollte damit sagen …« Yasmin verstummte. »Ich wollte sagen, das ist fantastisch. Danke, Ma.«

Ma wackelte mit dem Kopf, was so viel bedeuten sollte wie *Sei nicht albern, das ist doch selbstverständlich* aber gleichzeitig auch *Sieh mal, wie viel Arbeit das noch ist, die Küche sauberzumachen.* Sie hatte die

Gabe, allein durch eine Kopfbewegung und ihren Blick ganze Sätze von sich zu geben. Sie reichte Baba und Yasmin je eine Portion und stellte auch einen dritten Teller für Arif bereit, obwohl der noch gar nicht aufgetaucht war. Sie selbst sei nicht hungrig, erklärte sie, da sie den ganzen Tag genascht und abgeschmeckt habe.

»Warum kann dieser Junge nicht einfach mal zu Tisch kommen, ohne dass man ihn dreimal rufen muss?«, sagte Baba. »Ah, da ist er ja.«

Arif nahm sich seinen Teller. »Ich esse oben in meinem Zimmer, Leute. Ich muss arbeiten, hab' nämlich einiges zu erledigen.«

»Setz dich gefälligst hin«, sagte Baba. »Und erzähl mir von dieser Arbeit, während wir essen.«

»Das habe ich dir doch schon erzählt«, sagte Arif. »Ich entwickle eine App.«

»Und ein Soziologie-Abschluss qualifiziert dich für so etwas?« Der Abschluss in Soziologie, den sein Sohn gemacht hatte, qualifizierte ihn in Shaokats Augen für rein gar nichts. Und die zwei Jahre, die seit Arifs Studienabschluss verstrichen waren, hatten diese Ansicht nur noch verstärkt.

»Klar doch«, sagte Arif und ging zur Tür.

»Lass den Teller auf dem Tisch stehen. Du bist ganz offenbar viel zu beschäftigt, um etwas zu essen.«

Arif zögerte. Yasmin wusste, dass er abwägte. Er könnte die ruhig ausgesprochene Anweisung seines Vaters ignorieren, und niemand würde mehr ein Wort darüber verlieren. Doch am Ersten des folgenden Monats würde er feststellen müssen, dass seine finanzielle Unterstützung um die Hälfte gekürzt oder womöglich ganz gestrichen worden war. Seinen Stolz oder seinen Geldbeutel? Welches von beiden würde er heute Abend retten?

»Nikuchi korechhe«, fluchte Arif leise. Zur Hölle damit. Er stellte den Teller wieder auf den Tisch und verließ den Raum.

»Und untersteh dich, ihm das später noch nach oben zu bringen«, wies Shaokat seine Frau an. »Wir tun ihm keinen Gefallen damit, wenn wir ihn verhätscheln.«

Anisah neigte zustimmend den Kopf, setzte sich und seufzte schwer.

»Warum fährst du Mr. Hartley nach Woolwich?«, fragte Yasmin. Mr. Hartley war der alte Mann, der nebenan wohnte. Als die Ghoramis vor zwanzig Jahren in diese Straße gezogen waren, war Mr. Hartley schon uralt gewesen, oder zumindest kam es Yasmin rückblickend so vor. Vorher hatte die Familie immer nur zur Miete gewohnt, in Apartments oder Häusern, die alle ähnlich unerfreuliche Eigenschaften hatten: Der Verkehr dröhnte die ganze Nacht, und wenn man durch die Haustüre nach draußen trat, war man sofort von Menschenmassen umgeben und erstickte in Abgasen. Baba sagte immer, man bekäme mehr für sein Geld, wenn man an einer Hauptverkehrsstraße wohnte, deshalb war Yasmin so überrascht, wie ruhig es hier war. *Weißt du, wie dieser Ort heißt?*, hatte Shaokat seine Tochter gefragt, während die Möbelpacker Kisten und Einrichtungsgegenstände ins Haus schleppten. *Ja, Baba, er heißt Tatton Hill.* Baba schüttelte den Kopf und ließ seinen Arm in einer Geste kreisen, die alles mit einschloss, wovon sie an diesem Samstagvormittag umgeben waren: die verschlafenen Häuser mit ihren aus Schutz vor der Morgensonne halb geschlossenen Jalousien, die grün schimmernden Hecken und sauber blitzenden Garagentore, die Rasenstreifen und ausladenden Bäume, die die Straße säumten. Seine Worte klangen feierlich. *Er heißt: Unser kleines Stück Himmel auf Erden.*

»Ihn fahren?«, warf Shaokat ein. »Wenn deine Mutter den Führerschein hätte, dann könnte sie ihn fahren. Nein, sie wird sich mit ihm in den Bus setzen, und das, obwohl er den Weg besser kennt als sie.«

»Ja, kann sein, ich bin nett zu ihm«, sagte Ma. »Ich bringe ihn zu dem Mann, der Nadeln in ihn sticht, um seine Arthritis zu heilen.«

»Akupunktur«, schnaubte Baba verächtlich.

»Er sollte ein neues Testament aufsetzen und dich zu seiner Erbin machen, Ma. Du tust mehr für ihn als seine eigenen Kinder.« Mr. Hartleys Tochter und seine Enkelkinder wohnten irgendwo im Westen von London und sein Sohn in Morden. Trotzdem besuchten sie ihn höchstens ein- oder zweimal im Jahr. Yasmin fand das empörend. Ihr war von Geburt an eingebläut worden, dass die eigene Familie immer Vorrang hatte und sie selbst nur deshalb wenig Kontakt mit ihrer weiter entfernten Verwandtschaft hatten, weil es die Umstände nicht erlaubten.

»Testament?«, fragte Ma und sah schockiert aus. »Bin ich ein Aasgeier, der ihm das Fleisch von den Knochen nagt? Und Mr. Ackerman? Soll ich an seinem Leichnam auch nagen?« Mr. Ackerman wohnte im Haus mit der Nummer 72 und war ein weiterer Nutznießer von Mas sozialdienstlichen Aktivitäten. Und Mr. Coombs, der in dem Bungalow an der Ecke wohnte, hatte eine besondere Vorliebe für Mas Lamm Biryani.

»Nein, du bist ein Engel«, sagte Baba. »Und falls er dir sein Haus vererbt, kannst du ja ein Pflegeheim für einsame alte weiße Männer aufmachen.«

»Papperlapapp«, sagte Ma.

»Ich kann mich nicht entscheiden«, sagte Ma. Sie zeigte auf die beiden Kleidungsstücke, die auf ihrem Bett ausgebreitet lagen. »Der erste Eindruck ist furchtbar wichtig.« Sie hatte Yasmin gebeten, zu ihr ins Schlafzimmer zu kommen.

Yasmin starrte das Seidenkleid an, dessen Muster und Farbgebung den Betrachter förmlich erschlug. Es war mit Vögeln und Blumen übersät und leuchtete in Türkis, Violett und Grün. Ein Supermodel könnte – mit der tatkräftigen Hilfe einer Stilistin – damit vielleicht gerade noch durchkommen. Doch an Ma, mit ihrem kleinwüchsigen, molligen Körperbau, würde es eine Katastrophe mit epischen Ausmaßen werden.

»Fühl mal«, sagte Ma. Sie strich mit der Hand über die Seide und bauschte den Rock auf. »Ist der Stoff nicht wunderschön? Und nur zehn Pfund hab ich bezahlt, im Laden von britischer Herzstiftung.«

»Die Wellensittiche sind sehr… eindrucksvoll«, sagte Yasmin. Ihr rutschte das Herz in die Hose, als sie sich ausmalte, wie sie der stets auf das Eleganteste gekleideten Harriet ihre exzentrisch gewandete Mutter vorstellte.

»Aber das Kostüm hier ist vielleicht besser für den guten ersten Eindruck.« Ma ging zu ihrer zweiten Wahl, einem braunen Rock mit dazu passender brauner Jacke, deren Stoff an ein Polstermöbel erinnerte, in Kombination mit einer weißen Bluse, die einen leicht entflammbaren Eindruck erweckte.

Wenn ihre Eltern das Haus im Partnerlook betraten, in zueinanderpassenden braunen Anzügen mit weißen Oberteilen –, würde Harriet es dann schaffen, ernst zu bleiben? Warum hatte Ma es nach all diesen Jahren nicht gelernt, sich wie ein normaler Mensch zu kleiden? Das war doch nicht so schwer. Sie müsste sich nur mal umschauen und es allen anderen nachmachen.

»Ich weiß nicht recht«, sagte Yasmin. »Ich habe mich gefragt… warum ziehst du nicht einen deiner Saris an? Du siehst im Sari immer großartig aus.«

»Oh nein«, sagte Ma. »Mrs. Sangster wird denken, diese Yasmin-Mutter, wie ist sie schrecklich hinterwäldlerisch! Warum passt sie sich nicht an? Warum integriert sie sich nicht? Genau das meine ich. Der erste Eindruck ist sehr wichtig.«

So authentisch, dass sie davon einen Orgasmus bekommen wird. Ein Sari wäre die beste Wahl, keine Frage. Aber was konnte sie ihrer Mutter schon sagen? Zieh dich morgen authentisch an? Zieh nicht diese peinlichen Kleider da an? Selbst wenn sie das täte, würde es doch nichts nutzen. Ma hatte sie zwar nach ihrer Meinung gefragt, aber sie hatte die Angewohnheit, die Meinung anderer auf das Freundlichste zu ignorieren, falls diese – ihrer Ansicht nach – die falsche war. Wie Baba immer so gern sagte: Sie war der sanftmütigste Dickkopf auf Erden.

»Dann zieh das Kleid an«, sagte Yasmin.

»Kluges Kind!«, rief Ma, als habe Yasmin einen Test bestanden. »Das ist genau das Richtige. Und noch eine Sache: Dein Vater hat Sorge, dass ich morgen das Falsche sage, also habe ich mich gut vorbereitet. Wir werden über die Hochzeit reden und über das Wetter.

Diese zwei stehen fest. Und ich habe Artikel über das Lohngefälle zwischen Mann und Frau gelesen und noch einen über Mädchen als Naturwissenschaftler. Das sind alles gute angemessene Themen. Stimmst du zu?« Sie sah ihre Tochter gespannt an.

Ma hatte sich vorbereitet. Sie hatte sogar Recherchen angestellt. Sie hatte Harriets erstes Buch gelesen oder zumindest einen Teil davon, bis Arif sie dabei erwischt hatte. Sie hatte darüber nachgedacht, was sie sagen würde und was sie anziehen sollte. Yasmin hätte sich am liebsten entschuldigt, aber für was denn nun eigentlich und wie?

»Sehr angemessen«, sagte Yasmin. Und das war im Haus der Familie Ghorami ein ausgesprochen großes Lob.

ARIF

Nachdem sie sich die Zähne geputzt und das Gesicht gewaschen hatte, beschloss Yasmin, noch einmal nach ihrem Bruder zu schauen. Sie wünschte, er würde sich selbst das Leben nicht immer so wahnsinnig schwer machen. Arifs Tür war nur angelehnt, und das Licht brannte noch, aber als Yasmin anklopfte und den Raum betrat, war er nicht da. Der schmutzige Teller auf seinem Schreibtisch legte nahe, dass Ma ihm trotz Shaokats Verbot das Abendessen hochgebracht hatte. Arifs Hanteln lagen auf dem Bett. Das schien das Einzige zu sein, was er ernsthaft verfolgte – an seinem Bizeps zu arbeiten. Das hatte er seit seinem sechzehnten Geburtstag eisern durchgehalten. Nur hatte es ihm nichts genützt, denn seine Arme waren auf geradezu empörende Weise dürr geblieben. Seine elektrische Gitarre stand neben dem Fenster an die Wand gelehnt. Eine der Saiten war gerissen, aber Arif machte sich nicht die Mühe, sie zu ersetzen. Manchmal nahm er das Instrument mit und behauptete, er ginge zu einer Probe mit seiner Band, woraufhin Baba jedes Mal seine buschigen Augenbrauen hochzog und fragte, ob der Schlagzeuger auch nur einen Schlägel habe.

Wenn Arif so spät noch das Haus verließ, dann bedeutete das unweigerlich, dass er die ganze Nacht wegbleiben würde. Höchstwahrscheinlich war er bei seiner aktuellen Freundin. Seinen Eltern gegenüber erwähnte er seine Freundinnen nie, aber Yasmin hatte er ab und zu erzählt, er habe was am Laufen.

Sie hatte ihn einmal in ihrer Stammkneipe, den »Three Bells«, mit einer jungen Frau gesehen. Ihre von einem Geflecht aus blauen

Adern durchzogenen Brüste hatten vor Lachen gewogt, als er sich über sie beugte und ihr etwas ins Ohr flüsterte. Als Yasmin sich aus der Gruppe ihrer Freunde löste und zu den beiden hinüberging, um Hallo zu sagen, hatte er sie ihr jedoch nicht vorgestellt. Zweimal hatte sie ihn auch mit einem anderen Mädchen gesehen – einem Mädchen mit strähnigen wasserstoffblonden Haaren und einem offenen Lächeln. Als sie sich im Supermarkt begegneten, hatte sie sich als Lucy vorgestellt, »wie du dir ja denken kannst«, auch wenn Yasmin sich das unmöglich hatte denken können, da sie noch nie von ihr gehört hatte. Arif hatte grimmig dreingeschaut und kaum ein Wort gesagt, aber dem Mädchen schien das nicht aufzufallen, und als Yasmin den beiden das zweite Mal begegnete, hatte Lucy-wie-du-dir-ja-denken-kannst ihr auf das Herzlichste zu ihrer Verlobung gratuliert, während Arif weiterlief und irgendetwas murmelte, von wegen sie seien spät dran. Spät dran zu sein war Arif sonst immer vollkommen egal.

Wenn Yasmin bei Joe übernachtete, was sie ziemlich oft tat, wurde zu Hause nie darüber gesprochen. Man erwartete von ihr weder, dass sie es offen thematisierte, noch, dass sie es leugnete. Ihre Abwesenheit wurde allenfalls mit dem Wort »Nachtschicht« kommentiert. Arif sprach manchmal über seine eigenen »Nachtschichten«, mit einem dreckigen Grinsen im Gesicht, aber das tat er nur Yasmin gegenüber und auch nur dann, wenn er sicher sein konnte, dass Shaokat und Anisah nicht in Hörweite waren. Es gab eine Wir-stellen-keine-Fragen-und-wollen-keine-Antworten-Übereinkunft seitens ihrer Eltern, die Yasmin als Entgegenkommen interpretierte, die Arif jedoch erbärmlich fand. Er hatte sich darauf verlegt, seine Angelegenheiten so geheim wie möglich zu halten.

Yasmin nahm den schmutzigen Teller und wollte ihn schon in die Küche bringen, doch dann besann sie sich eines Besseren und stellte ihn wieder hin. Arif konnte es nicht leiden, wenn irgendjemand in seiner Abwesenheit sein Zimmer betrat, selbst wenn es sich um Ma handelte.

Armer Arif.

In sechs Monaten würde Yasmin verheiratet sein und hier ausziehen, und Arif würde keinen Schritt weitergekommen sein. Er würde immer noch hier hocken, würde in seinem pubertären Trotz und seiner Unselbstständigkeit feststecken und auf seiner kaputten Gitarre herumzupfen.

EINE ART HIRNSCHLAG

Yasmin betete um einen Stau, Straßenbauarbeiten, Fahrbahnsperrungen. Sie hatten das Haus um halb sechs verlassen. Baba hatte darauf bestanden. Es sei Rushhour und man wisse ja nie, es sei besser, keine Risiken einzugehen. Er studierte die Londoner Straßenkarte, verglich die von ihm geplante Route mit der Wegbeschreibung auf Google-Maps, und nachdem sie ins Auto eingestiegen waren, gab er Harriets Adresse auch noch in das Navigationssystem ein.

Es bestand nicht die geringste Chance, dass sie sich verfahren würden. Und die Esseneinladung war für halb acht. Wenn alles so weiterging wie jetzt, während sie in nördlicher Richtung über die Themse flogen und ihnen der aus dem südlichen Stadtzentrum kommende Verkehr auf der Vauxhall Bridge entgegenkroch, dann würden sie eine Stunde zu früh eintreffen.

Yasmin saß auf dem Rücksitz, eingezwängt zwischen mehreren Taschen und Dosen mit Essen.

»Wie soll ich Mrs. Sangster nennen?«, fragte Ma, die sich zu ihr umgedreht hatte. Sie hatte das Vogel-Blumen-Kleid mit einem orangefarbenen Wollschal kombiniert, und obwohl sie versucht hatte, ihre Haare mithilfe von Öl zu einem säuberlichen Knoten zu bändigen, verfing sich der Schal immer wieder darin, sodass sich zahlreiche schwarze und graue Strähnen aus der Frisur gelöst hatten.

»Harriet«, antwortete Yasmin. »Joe nennt sie Harry. Das tun alle ihre Freunde.«

»Harry?«, fragte Ma. »Nein.« Sie bewegte den Kopf in einer Weise, die ausdrücken sollte, dass sie genau wusste, wenn man sie auf den Arm nahm.

Kommt, wann immer ihr wollt, hatte Harriet gesagt. Es ist nur ein ungezwungenes Essen im Familienkreis. Gegen halb acht, aber ganz im Ernst, macht euch keinen Stress, ihr kommt einfach, wann es euch passt. Joe wohnte bei seiner Mutter, weil er es leid gewesen war, in einer Mietwohnung zu leben und auch, weil Harriet sich über seine Gesellschaft freute. Als Yasmin ihn kennenlernte, glaubte sie, das sei etwas, das sie gemeinsam hatten, denn auch sie wohnte bei ihren Eltern. Doch nachdem er sie das erste Mal zu sich mit nach Hause genommen hatte, sah sie die Sache anders. Als sie ihn endlich, nach dem Verlauf mehrerer Monate und zahlreichen Bitten seinerseits mit nach Tatton Hill genommen hatte, damit er Baba und Ma kennenlernte, hatte jedoch der Umstand, dass er daheim bei seiner Mutter lebte, wahre Wunder gewirkt. In den Augen ihrer Eltern sprach das Bände über den Verehrer ihrer Tochter – den ersten, ihres Wissens – und potentiellen Schwiegersohn.

Yasmin versuchte, den Tupperdosen-Turm festzuhalten, als ihr Vater wegen eines Busses scharf bremsen musste.

»Seht ihr, wie gefährlich das ist?«, sagte er. »Und die Leute merken das gar nicht. In London wird durchschnittlich alle drei Wochen ein Mensch von einem Bus getötet. Und dabei sind diejenigen, die in einem Bus sterben, gar nicht mitgerechnet.«

»Alhamdulillah, ich habe noch nie gesehen, wie jemand gestorben ist im Bus«, sagte Ma, die sehr häufig die Buslinien nach Bromley, Norwood und Tooting benutzte – ihre Lieblings-Einkaufsgebiete. »Mr. Hartley blieb die Luft weg, einmal, in Linie 367, aber dann er hat gehustet, und ein Bonbon ist ihm aus dem Mund direkt in einen Kinderwagen geflogen. Die Mutter war sehr sehr wütend …« Sie redete immer weiter und erzählte ausführlich die ganze erbärmliche Geschichte.

Bitte, betete Yasmin still, bitte lass sie heute Abend nicht zu viel reden. Sie konnte sich nicht daran erinnern, wann sie zum letzten Mal ihren Gebetsteppich hervorgeholt hatte, aber auch wenn sie nur in Gedanken betete, dann wusste sie oder war sich zumindest fast sicher, dass Er zuhörte.

»Es geht um diejenigen, die ausrutschen, stolpern oder stürzen«, sagte Baba. »In dieser Statistik sind diejenigen, die ersticken oder an einem Herzinfarkt sterben, gar nicht enthalten, denn das könnte schließlich überall passieren. Ob sie sich in einem Bus aufhalten oder nicht, spielt dabei keine Rolle.«

Eine englische Familie würde um Viertel vor acht eintreffen. Eine indische Familie irgendwann nach neun Uhr. Nur die Ghoramis kamen eine ganze, übereifrige Stunde früher, als man sie erwartete.

Weißt du noch, das Essen mit Dr. Shaw und seiner Frau?, hatte Arif auf der Treppe zu ihr gesagt. Dabei hatte er sein typisch saloppes Lächeln aufgesetzt, und sie hätte es ihm am liebsten aus dem Gesicht geohrfeigt. Ich wette, die Shaws erinnern sich auch noch sehr gut daran, fügte er hinzu.

Dr. Shaw war einer der Seniorpartner in der Praxis, und als Shaokat vor elf Jahren endlich Partner geworden war, hieß es, dass man zur Feier dieses Ereignisses ein gemeinsames Abendessen veranstalten wolle. Die Ghoramis und die Shaws sollten zusammen im La Grenouille dinieren – dem besten Restaurant in ganz Tatton Hill.

Yasmin war überrascht gewesen, als sie Dr. Shaw zum ersten Mal gesehen hatte. Sie hatte angenommen, er wäre älter als Baba, doch er war jünger. Außerdem standen die vier obersten Knöpfe seines rosafarbenen Hemdes offen. Er sah nicht gerade wie ein Arzt aus. Seine Frau sah mit ihrer schwarzen, kurzärmeligen Bluse und ihrer Perlenkette sehr wohl wie die Frau eines Arztes aus – nur fehlte ihr ein Arm. Als sie ihren rechten Arm hob, um ihnen zuzuwinken, lugte der Stumpf ihres linken Arms für einen Moment unter dem anderen Ärmel hervor. Arif wollte Yasmin etwas ins Ohr flüstern, und sie trat ihm auf den Fuß, um ihn zum Schweigen zu bringen.

Dr. Shaw war seinerseits überrascht, als er Yasmin und Arif sah. Er saß mit seiner Frau an einem Tisch, der lediglich für vier Personen gedeckt war. Es war den Shaws nicht in den Sinn gekommen, dass die Kinder zu einem Abendessen mitkommen würden, das zu

Ehren des Vaters veranstaltet wurde. Und ebenso wenig war es den Ghoramis in den Sinn gekommen, dass dies nicht so gedacht sein könnte.

Die Speisekarte des La Grenouille war in einer geschwungenen Kursivschrift gedruckt, die nahezu unmöglich zu entziffern war. Als sich endlich alle gesetzt hatten – nach einem, wie es Yasmin vorkam, endlosen Durcheinander aus Entschuldigungen und Erklärungen und Neuanordnung der Stühle und Tischeindeckung –, nahm sie erleichtert die schwere, in Leder gebundene Speisekarte entgegen und versteckte sich dahinter. Sie starrte die verworrenen Buchstaben an, ohne irgendetwas davon zu begreifen. Im nächsten Moment wurde sie von Arif abgelenkt, der neben ihr saß und versuchte, ihr etwas ins Ohr zu flüstern. Ma sagte: »Frosch auf der Speisekarte? Das ist der Name vom Restaurant, nicht? Ich weiß, in Frankreich sie essen so etwas, aber ich kann nicht. Alles andere esse ich gern.« Yasmin erschauderte. Das, was Ma da sagte, klang, als hätte sie es einstudiert. Und außerdem entsprach es auch gar nicht der Wahrheit: Ma aß einzig und allein die Currys, die sie selbst zubereitet hatte. Sie brachte allem, was außer Haus gekauft wurde, größtes Misstrauen entgegen, selbst, wenn es sich nur um ein Sandwich handelte.

Es kam Yasmin so vor, als hätte sie für mehrere Stunden die Fähigkeit zu lesen verlernt, auch wenn es sich möglicherweise nur um eine einzige Minute handelte. Die einzelnen Buchstaben gewannen nach und nach an Klarheit, aber sie schwammen und wirbelten immer noch durcheinander und hatten nicht die geringste Bedeutung. Ihr kam der Gedanke, sie könnte möglicherweise eine Art Hirnschlag erlitten haben, allein durch die Intensität, mit der sie sich schämte.

»Schön«, sagte Dr. Shaw. »Können alle Französisch? Soll ich übersetzen?«

»Ist dir ein Floh über die Leber gelaufen?«, fragte Anisah. Sie hatte sich umgedreht und tätschelte das Knie ihrer Tochter.

Yasmin zog den Deckel von einer der Tupperdosen und biss in eine Blumenkohl-Pakora. Sogar kalt war sie absolut köstlich. Stark gewürzt, mit reichlich Öl zubereitet und doch mit jener magischen Leichtigkeit gesegnet, die nur Ma aus der Fritteuse herauszaubern konnte.

»Das sagt man so nicht«, antwortete sie. »Es heißt: Ist dir eine Laus über die Leber gelaufen.«

»Nein«, sagte Ma. »Es sieht aus, als wären es zehn Flöhe. Was denkst du gerade?«

Yasmin durchsuchte die Tasche und zog eine andere Tupperdose daraus hervor. Ma mochte es nicht, wenn man ihre Ausdrucksweise korrigierte. Falls sie einen Fehler einsah, dann tat sie das, ohne es offen zuzugeben. Es kam viel öfter vor, dass sie steif und fest an einem Wort oder einer Redewendung festhielt. Baba hingegen sprach sehr korrektes Englisch. Zu korrekt. Es ließ ihn wie einen Ausländer klingen. Er war einunddreißig Jahre alt gewesen, als er ins Land gekommen war, was bedeutete, dass er natürlich niemals exakt wie ein Engländer klingen würde. Ma war mit sechsundzwanzig Jahren nach Großbritannien ausgewandert – sie war damals genauso alt gewesen wie Yasmin heute. Falls Yasmin mit ihrem Schul-Französisch nach Frankreich umsiedeln würde, hätte sie noch Jahre später mit irgendwelchen Redewendungen zu kämpfen, über die sie stolpern würde. Und Ma war darüber hinaus auch noch deshalb benachteiligt gewesen, weil sie nie einen Job gehabt hatte und auch keine Freundschaften, die über einen zwanglosen nachbarlichen Plausch hinausgegangen wären. Wenn sie daheim waren, empfand Yasmin ihr Englisch als vollkommen normal, aber manchmal – so wie jetzt – hörte sie ihre Mutter so, wie sie in den Ohren anderer klingen musste, und auch wenn es eine unfaire Reaktion war, konnte sie einfach nicht anders: In ihr zog sich alles zusammen vor Scham.

»Was denkst du?«, wiederholte Ma.

»Nichts«, antwortete Yasmin. Doch ihre Gedanken jagten wild durcheinander. Arif war ein erbärmlicher Idiot. Es war an der Zeit, dass er endlich erwachsen wurde. Und warum musste die Familie in einem so abscheulichen Auto durch die Gegend fahren? Kein vernünftiger Mensch würde sich in einem Fiat Multipla sehen lassen – dem hässlichsten Auto, das jemals gebaut worden war, dem glupschäugigen, ballonköpfigen Elefantenmann der Automobilbranche. Was stellte Baba mit seinem ganzen Geld an? Er könnte sich garantiert problemlos ein besseres Auto leisten. Würden sie mit all diesen Plastiktüten vor Harriets Tür auftauchen, oder würden sie sie im Auto lassen und Joe bitten, sie hineinzutragen? Denk nicht an dieses Abendessen mit den Shaws. Das ist genau das, was Arif erreichen wollte. Sie hatte diese Geschichte eigentlich schon längst erfolgreich verdrängt, bevor er mit seiner Stichelei angefangen hatte.

»Sieh mal«, sagte Ma. »Hier sind alle Leute Araber. Das muss schön sein, so zusammenzuwohnen.«

Sie fuhren die Edgware Road entlang, und nun kroch der Verkehr im gewohnten Londoner Schneckentempo voran. Jemand hupte, dann noch jemand und noch jemand, und von einem Moment auf den anderen brach auf allen Fahrbahnen ein Höllenlärm aus. Baba seufzte und warf Yasmin einen Blick im Rückspiegel zu, um, wie Yasmin sofort klar wurde, drei Dinge zu kommunizieren: dass der Lärm der Hupen vollkommen überflüssig war, aber eben ertragen werden musste, wie alle anderen Unannehmlichkeiten, dass das »Zusammenwohnen« aller ein Fehler war, den nur Ausländer machten, die es nicht besser wussten, und dass er selbst nicht in diese Falle getappt war. Seine Frau mochte das nicht begreifen, aber Shaokat hatte die bestmögliche Entscheidung für seine Familie getroffen. Yasmin wandte den Kopf ab.

Sie würde Joe von jenem Abendessen mit den Shaws erzählen. Ihre Eltern hatten nie wieder ein Wort darüber verloren. Yasmin hatte es auch ihren Freunden nie erzählt. Das war genau das, was in ihrer Familie nicht stimmte: Sie sprachen sich nie aus. Bei ihnen herrschte keine Offenheit, so wie bei Harriet und Joe.

Das Auto wurde langsamer, und Yasmin stellte fest, dass sie in Harriets Straße eingebogen waren und ihr Vater nach dem richtigen Haus Ausschau hielt. Fünf Minuten vor sieben. Nicht so schlimm, wie sie befürchtet hatte.

»Mrs. Sangster und Joe – nur diese beiden leben hier? Sehr schwierig, ein solches Haus zu führen, ohne Dienerschaft«, sagte Ma. Genau wie Harriet war sie in einem reichen Haushalt aufgewachsen. Doch im Gegensatz zu Harriet hatte sie von dem Vermögen ihrer Familie nichts geerbt. »Aber es ist nur Joe und Mrs. Sangster, nicht?«

»Nein«, antwortete Yasmin. »Ich meine, ja.« Nach der Hochzeit würde Harriet hier allein zurückbleiben. Joe und Yasmin hatten bereits begonnen, nach einer eigenen Wohnung zu suchen, und sie würden sofort nach der Hochzeit dort einziehen, selbst wenn noch irgendwelche Umbaumaßnahmen notwendig sein sollten.

Baba parkte den Multipla unmittelbar neben den beiden Fahrzeugen, die Harriet gehörten: einem Jaguar-Oldtimer und einem funkelnden Range Rover. »Also gut«, sagte er. »Wir sind da«, fügte er hinzu, als hätte Yasmin das in Zweifel gezogen. »Sollen wir uns ans Ausladen machen?«

Yasmin sammelte die Tüten und Taschen zusammen.

»Moment, eine Sache noch – soll ich den Brautpreis vor oder nach dem Essen verhandeln?« Er hob seine Augenbrauen, um sie wissen zu lassen, dass er nur scherzte.

»Was bist du denn bereit zu zahlen, um mich loszuwerden?«, fragte sie.

»Oh nein, Mini, die Familie des Bräutigams muss einen Brautpreis bezahlen, um meine Tochter zu bekommen. Und? Wie viel?« Er schob sich die breitrandige schwarze Brille auf die Stirn, während er seine Berechnungen durchführte. »Nein, sie können es sich auf keinen Fall leisten. Meine Tochter ist für mich unbezahlbar.«

PRIMROSE HILL

»Dafür habe ich nur Verachtung übrig«, sagte Harriet mit kühler Genugtuung. »Das Gefühl der Schuld ist von allen eindeutig das nutzloseste. Das erbärmlichste und auch das egozentrischste. Man fühlt sich schuldig wegen seines Jobs, weil man zu wenig Sport macht, wegen der Umwelt, der Familie, der Ernährung und des Alkoholkonsums… Und das Schlimmste von allen sind die Schuldgefühle der Liberalen – dieses auf Hochglanz polierte Abzeichen der Selbstgerechtigkeit, das moralisch verkrüppelte Menschen so stolz vor sich hertragen. Aber das kam bei meinen Zuhörern gar nicht gut an. In dem Moment dachte ich, ja, dieses Thema schreit geradezu nach einem Artikel, und ich sollte unbedingt diejenige sein, die ihn schreibt!«

»Ich bin erstaunt, dass überhaupt noch jemand zu deinen Salons kommt«, sagte Joe. »Glaubst du, sie hätten Schuldgefühle, wenn sie zu Hause bleiben?« Er lächelte seine Mutter an, und sie rümpfte die Nase.

»Sie kommen, weil sie die geistige Anregung suchen, Darling. Ich mache mich über sie lustig, und sie finden das wunderbar. Und natürlich kommen sie auch wegen der Horsd'œuvres. Wie auch immer, daran arbeite ich jedenfalls momentan, Shaokat – an einem Artikel über die Abgründe der liberalen Schuld. Letzte Woche habe ich die Sache mal ein bisschen an meinen Freunden ausprobiert.«

Shaokat hatte sich nach Harriets gegenwärtigen »Projekten und Aufträgen« erkundigt – eine Frage, die durchaus Risiken barg. Aber Harriet hatte sich wie versprochen von ihrer besten Seite gezeigt.

(Bisher hatte sie zum Beispiel kein einziges Mal das Buch erwähnt, an dem sie gerade zusammen mit einer befreundeten Fotografin arbeitete und in dem sie zahlreiche Männer dazu befragte, was sie für ein Verhältnis zu ihrem Penis hatten, während die Fotografenfreundin »ent-erotisierte« Bilder ihrer jeweiligen Anhängsel machte.) Sie saßen am Küchentisch und aßen die von Ma mitgebrachten Speisen. Harriet hatte sofort entschieden, diese statt der langweiligen Lasagne zu servieren, die sie gerade im Ofen hatte (keine Sorge, sagte Joe zu Anisah, die hat sie nicht selbst gemacht, für solche Sachen hat sie jemanden, der vorbeikommt). Anisah schwebte ob dieser Ehre im siebten Himmel und saß einfach nur schweigend da. Sie sah sich in der riesigen, prächtigen Küche um, betrachtete die Glastüren, die in den Garten führten, die Sofas und Teppiche, die Lichtkuppel, die sich über ihren Köpfen wölbte, die gepolsterten Sitzbänke in den Fenstern, den grandiosen Designer-Herd, die Frühstücksbar und die Arbeitsflächen aus echtem Marmor. Während sie die Currys aufgewärmt und in Porzellanschüsseln gefüllt und sich derweil mit den glänzenden Geräten und Schränken im Arbeitsbereich vertraut gemacht hatte, war sie auch ohne Hemmungen durch die restlichen, an die Küche anschließenden Räume gelaufen – die Speisekammer, den Hauswirtschaftsraum, die Garderobe und die überbaute Seitenveranda, wo zahlreiche Schuhe und Stiefel fein säuberlich neben einem adretten Stapel Kaminholz aufgereiht standen.

»Das ist überaus interessant«, sagte Shaokat. Yasmin nestelte an ihrer Serviette herum. Warum musste er so schrecklich langsam reden? Es tat beinahe weh, ihm zuzuhören. »Erklären Sie mir doch bitte«, fuhr er fort. »Was sind das für Abgründe? Warum ist es so verachtenswert?«

»Ich möchte Sie nicht langweilen«, rief Harriet. »Wir haben schließlich gerade etwas zu feiern!« Sie füllte Shaokats Weinglas auf, obwohl er kaum zwei Schluck davon getrunken hatte. »Und wir müssen über die Hochzeitspläne reden.« Sie drehte sich zu Anisah um, ergriff deren mollige Hand und drückte sie. Ohne innezuhalten, fuhr sie fort: »Diese ganzen Liberalen, die sich wegen der sozialen, politischen oder ökonomischen Ordnung schuldig fühlen – sowohl auf nationaler als auch auf globaler Ebene –, im Wissen, dass ihr Wohlbefinden und ihr Komfort von dem Blut, dem Schweiß und den Tränen anderer abhängt: Das sind die größten Feinde des Wandels in der Welt. Und weshalb?«

»Wir werden es sicher gleich erfahren«, sagte Joe. Yasmin bewunderte, wie er seine Mutter aufzog. Und beneidete ihn auch darum. Shaokat – das wusste sie, ohne es jemals ausprobieren zu müssen – würde so etwas niemals dulden, und Ma war gegen alle Arten von Ironie vollkommen immun.

»Sei still, du grässliches Kind«, sagte Harriet und erhob sich. Wie gewöhnlich war sie tadellos gekleidet, in irgendetwas Schwarzes, Elegantes. Als sie ihre Arme um Joes Hals schlang, um ihm einen Kuss auf den Kopf zu drücken, brachte das ihren Trizeps vorteilhaft zur Geltung. »Liberale Schuldgefühle sind das Eingeständnis, dass die gemütliche Kugel, die man da gerade schiebt, einfach zu schön ist, um sie aufzugeben. Man sagt damit: Nun, ich habe zwar nichts Falsches gemacht, aber weil ich ein guter Mensch bin, fühle ich mich schuldig. Diese Begleiterscheinung tritt auf, wenn man die Welt akzeptiert, wie sie ist. Ich öffne noch eine Flasche Malbec, damit der Wein atmen kann.«

»Ich verstehe«, sagte Shaokat. »Vielen Dank, dass Sie mir dieses Phänomen erklärt haben.«

Jedes Mal, wenn er etwas sagte, kribbelte es in Yasmins Fingern. Auf ihren Handflächen war der Schweiß ausgebrochen und während des gesamten Essens auch nicht wieder verschwunden.

»Nein, wir danken *Ihnen*!«, sagte Joe. Er saß neben Shaokat und hob nun sein Glas, um ihm zuzuprosten. »Danke, dass Sie und Ihre Frau uns besuchen gekommen sind. Danke, dass Sie dieses köstliche Abendessen mitgebracht haben und es mir erspart haben, schon wieder eine stinklangweilige Lasagne zu essen. Und vor allem …« Er wirkte fast schüchtern, während er Yasmin über die breite Tischfläche aus Nouveau-Blonde-Eiche hinweg ansah. Er strich sich die Haare seines Ponys aus den Augen. »Danke, dass Sie mich in Ihre Familie aufgenommen haben.«

Shaokat gönnte sich einen großen Schluck Wein und fuhr sich mit der Zunge über die Lippen. Yasmin befürchtete, er könne im Begriff stehen, eine lange Rede zu schwingen.

»Nein, eigentlich ist es noch viel schlimmer«, sagte Harriet, die glücklicherweise in diesem Moment mit einer neuen Flasche Wein angerauscht kam. »Es ist keine harmlose Begleiterscheinung. Es ist die liberale Schuld, die überhaupt erst die Akzeptanz des Status quo ermöglicht, weil das Schuldgefühl das Handeln ersetzt. Es gilt als eine Maßnahme, die man ergriffen, eine Aktion, die man ausgeführt hat, und blockiert dadurch jedwede Notwendigkeit, tatsächlich etwas zu ändern. Es ist nutzlos, wertlos und – auf seine ganz eigene, lethargische Weise – sehr gefährlich.«

Anisah ließ Anzeichen dafür erkennen, dass sie aus ihrer glücklich entrückten Trance erwachte. Sie hüstelte leise und ergriff das Wort: »Wenn man nichts Falsches tut, fühlt man auch keine Schuld. Wenn man Schuld fühlt und weiß nicht, was man Falsches getan hat, dann muss man ruhig nachdenken. So mache ich es. Manchmal sagt mir dann mein Gewissen, o, du hast nicht nett mit Herrn oder Frau Soundso geredet oder du hast versprochen, Herr oder Frau Soundso zu besuchen, und hast es nicht getan.«

»Sehr richtig«, sagte Yasmin und hoffte, ihre Mutter würde es dabei bewenden lassen.

»Und außerdem«, sagte Anisah. »Außerdem bete ich. Gott schaut allen ins Herz, und wenn man Falsches getan hat und aufrichtig betet, nimmt Er die Schuld von uns und –« Hier machte sie eine wegwerfende Bewegung mit ihrer Hand. »Fort ist sie!«

»Das ist natürlich viel besser«, sagte Harriet. »Und beneidenswert. Das war alles ganz köstlich, vielen Dank nochmal! Ihre Kochkünste beschämen mich. Ich bin pappsatt.« Sie schob ihren Teller weg, sah Anisah jedoch mit einem hungrigen Blick an. »Würden Sie bitte zu meinem nächsten Salon kommen? Wir würden sehr gern hören, wie Sie uns etwas über Ihren Glauben erzählen.«

»Nein!«, rief Joe in gespieltem Entsetzen. »Passen Sie bloß auf, dass sie nicht ihre Krallen in Sie schlägt. Harry, lass sie in Ruhe!«

Das Entsetzen, das Joe nur vorgab, empfand Yasmin tatsächlich. Aber sie sagte nichts, um sich nicht zu verraten.

Harriet ergriff erneut Anisahs Hand und drückte sie. »Das ist ein wunderschönes Kleid. Wir beide, wir machen einfach, was wir wollen, ohne uns darum zu scheren, was uns die Männer einreden wollen.«

»Ich halte immer mit meinem Mann Rücksprache.«

»Rücksprache, ja«, sagte Shaokat. »Aber ob du dann auch zuhörst und den Rat befolgst – das steht auf einem ganz anderen Blatt.«

»Also, wir haben noch gar nicht über die Hochzeit gesprochen«, sagte Harriet. »Ich hätte da den ein oder anderen Vorschlag.«

»Ich räume den Tisch ab«, sagte Yasmin. Natürlich hatte Harriet den ein oder anderen Vorschlag! Es war Yasmin gar nicht in den Sinn gekommen, sich Sorgen zu machen, dass Harriet die Hochzeitsplanung an sich reißen könnte, weil sie so auf ihre anderen Sorgen fixiert gewesen war – wie zum Beispiel Mas Kleidung oder die Anzahl der mitgebrachten Tupperdosen.

»Ich helfe dir«, sagte Joe und sprang auf. »Harry, warte noch einen Moment mit deinen Vorschlägen. Ohne die Braut kann man schließlich keine Hochzeit planen.«

»Ihre Tochter hat mir erzählt, dass Sie beide aus Liebe geheiratet haben«, sagte Harriet, die Anisahs Hand nicht losgelassen hatte.

Ma wackelte mit dem Kopf und lächelte.

»Eine Tochter aus wohlhabendem Hause aus Kalkutta und ein armer, aber gescheiter Dorfjunge. Eine wahrhaft romantische Liebesgeschichte, habe ich mir sagen lassen.« Harriet wandte sich an Shaokat. »Ein Mädchen, das nur zuhört und sich an Ratschläge hält, wäre diese Ehe vielleicht nicht eingegangen.«

Während sie die Essensreste von den Tellern kratzten und alles in die Spülmaschine räumten, beugte sich Joe so dicht zu Yasmin herüber, dass sein Atem ihr Ohr kitzelte. »Komm, wir verschwinden mal eben nach draußen«, sagte er. »Zeit für eine taktische Besprechung!«

Es war ein milder Septemberabend, und der Duft von Jasmin und Rosmarin hing in der Luft. Joe legte seinen Arm um ihre Schultern. Sie liefen quer über die Veranda und den Rasen, unter einer Laube hindurch und betraten den Rosengarten. Die halb geschlossenen Rosen leuchteten in allen Weiß-Schattierungen und ließen ihre schweren Köpfe auf den dunklen Blättern ruhen.

»Alles in Ordnung?«, fragte er. »Geht es dir gut? Ich hoffe, du weißt die Eindämmungsstrategien zu schätzen, die ich eingesetzt habe, sobald Harriet aus dem Ruder zu laufen drohte.«

»Ja«, sagte sie und lachte. »Es geht mir gut. Und deine Mutter war ganz großartig. Sie kann wirklich mit jedem gut umgehen.«

»Das kann sie. Das muss ich ihr lassen. Nicht, dass es schwierig wäre, mit deinen Eltern umzugehen. Lass uns eine Weile hier bleiben und in die Sterne schauen.«

Sie setzten sich auf die Bank und legten ihre Hände ineinander. Die kühle Abendluft hatte etwas Erquickendes, wie ein Glas Wasser an einem heißen Tag.

»Ich hatte heute auf der Arbeit einen ziemlichen Wahnsinnstrip«, sagte Joe. »Das war echt unheimlich. Ich kann mich nicht erinnern, jemals solche Angst gehabt zu haben. Die Patientin hat einfach nicht mehr aufgehört zu bluten, und ich stand total unter Schock. Ich weiß, das war dämlich. Aber ich war irgendwie gelähmt.« Er schüttelte den Kopf. »Als wäre so etwas noch nie vorgekommen.«

»Was ist denn passiert?«

»Ich war wie erstarrt. Außer mir war nur noch die Hebamme da, die gerade erst ihren Abschluss gemacht hatte, und der Ehemann der Patientin hat mich angeschaut, mit so einem Blick, der gleichzeitig voller Panik und voller Hoffnung war, und ich bin einfach nur in diese komische… Ich weiß auch nicht, wie ich es sonst nennen soll – in eine Schockstarre verfallen.«

Yasmin drückte seine Hand. »Aber es ist dann alles gutgegangen, oder, Joe?« Joe war drei Jahre älter als Yasmin und Assistenzarzt in der Abteilung für Geburtshilfe und Gynäkologie.

»Die Sache ist die«, sagte er langsam. »Ich hatte schon zwei Notfall-Kaiserschnitte und eine geplatzte Ovarialtorsion, und da habe ich nicht mal mit der Wimper gezuckt und dann …« Er verstummte.

Joe sieht ganz wie seine Mutter aus, hatte Ma ihr zugeflüstert, während sie das Biriyani im Ofen erhitzte. Aber das stimmte nicht. Harriet hatte scharf hervorstehende Wangenknochen, gewölbte Augenbrauen, und ihre Augen waren so stechend blau wie der Himmel an einem glühend heißen Tag. Joes Augen waren zwar ebenfalls blau, aber längst nicht so stechend wie Harriets.

»Aber es war doch okay«, sagte Yasmin, die das unbedingt bestätigt haben wollte. »Und das Baby war auch okay.«

»Ja, Gott sei Dank.«

Sie betrachtete ihn genau. Vielleicht hatte Ma ja doch recht gehabt. Die Ähnlichkeit war nicht zu leugnen. Seine Wangen waren weicher, voller, aber genau wie Harriet hatte er ziemlich hohe Wangenknochen. Sein Kinn war anders. Der Farbton seiner Augen war blasser, aber sie waren mandelförmig, genau wie ihre. Seine Haare waren ebenfalls blond, wenn auch etwas dunkler. Seine Nase war ähnlich, aber nicht ganz so gebieterisch.

»Ich liebe dich«, sagte sie.

»Ach ja?« Er tat überrascht. »Bist du sicher?«

»Hmmmm«, antwortete sie. »Tja… lass mich mal überlegen.« Sie legte ihren Kopf auf seine Schulter und schaute zu den Sternen hoch. Winzige Nadelstiche im Nachthimmel, dessen Samt im grellen Licht der Stadt verblasste.

»Ich verstehe das jetzt einfach mal als Ja. Hör mal, Harry möchte den Empfang hier ausrichten. Was hältst du davon?«

»Oh«, sagte Yasmin. »Aber wir bleiben doch dabei, dass es eine ganz kleine Feier wird, ja?« Sie waren sich einig gewesen, dass sie keine große Sache daraus machen wollten. Nur die Zeremonie auf dem Standesamt und dann ein kleines Festessen. Die Flitterwochen würden sie in Harriets Villa in der Toskana verbringen.

»Sie möchte ein paar ihrer Freunde einladen, aber ja, letztendlich entscheiden wir, wie das Ganze laufen soll.« Er schwieg einen Moment. »Der Vorteil wäre, wenn sie etwas plant, dann ist es immer, na ja, du weißt schon, durchorganisiert. Und im Augenblick ist es auf der Arbeit so wahnsinnig stressig. Für uns beide.«

»Kann schon sein, dass das sinnvoll wäre.«

»Okay, dann geben wir ihr grünes Licht.« Er klang erleichtert, als hätte er damit gerechnet, dass sie mehr Einwände vorbringen würde.

Sie dachte, sie würden jetzt aufstehen und wieder zurückgehen, aber er machte keine Anstalten, sich von der Stelle zu rühren, und sie war froh, sitzenbleiben zu können, von der Wärme seines Arms und seiner Schulter eingehüllt, und den Duft der Herbstnacht einzuatmen, der sich mit dem klaren, reinlichen Geruch nach Wäscheschrank vermischte, der von Joe ausging.

Sie waren sich zum ersten Mal auf einer Abschiedsparty im Crosskey's begegnet – dem Pub, das dem Krankenhaus gegenüber lag. Er hatte plötzlich vor ihr gestanden, mit einem Bier in der einen und einem Hocker in der anderen Hand, den er an einem der hölzernen Beine gepackt hielt. Was dagegen, wenn ich mich hier hinsetze? Sie hatte von ihrer Unterhaltung aufgeschaut. Fliegerjacke aus braunem Leder, die auf eine Weise verschlissen war, die besagte, dass es sich um eine teure Originaljacke handelte. Leinenhemd. Dunkelblonde Haare, die dringend mal geschnitten werden mussten. Grübchen im Kinn. Volle Wangen, volle Oberlippe. Am anderen Ende des Tisches hätte es noch Plätze gegeben. Wollte er neben ihr sitzen? Hatte er sich mit seiner Frage an sie gerichtet? Sie schaute nach unten. Er hatte orangefarbene Schnürsenkel in seinen Turnschuhen, die aussahen wie neu.

Als sie merkte, dass er im Begriff stand, wieder fortzugehen, lächelte sie ihn an. Der Ausdruck in seinen blauen Augen hatte etwas Verlässliches, Gütiges. Du kannst dich ruhig setzen, sagte sie und rückte mit ihrem Stuhl zur Seite.

Er habe gerade Zwillinge zur Welt gebracht, erzählte er ihr. Sie waren sechs Wochen zu früh, aber perfekt, und der stolze Vater hatte darauf bestanden, ihn zu einem Drink einzuladen. Vorher hatte der besagte Vater den ganzen Nachmittag damit verbracht, die Köpfe der Babys feucht zu halten. Der Typ da hinten, der immer noch an der Bar stand. Die Geburt seiner Kinder hatte sämtliche Rätsel des Universums gelöst und ihm allumfassende Lebenstheorie beschert, die ebenso kompliziert wie zusammenhangslos war.

Er brachte sie zum Lachen. Sie unterhielten sich bis zur Sperrstunde.

Während der nächsten Wochen führten sie ihre Gespräche fort. In Form von Telefonaten, Textnachrichten, E-Mails – eine Vorgehensweise, die sie ebenso kurios wie liebenswert fand – und von Angesicht zu Angesicht. Manchmal gingen sie in dem Park spazieren, der im Süden an das Krankenhaus grenzte, obwohl es sich dabei eher um armseliges Gestrüpp handelte als um einen Park. Er stellte ihr so viele Fragen zu ihrem Leben und interessierte sich so brennend für alles, was sie sagte, dass es ihr direkt leidtat, so eine langweilige Person zu sein. Aber trotzdem genoss sie diese Gespräche. Bisher hatte ihr noch nie jemand so viel Aufmerksamkeit geschenkt, selbst Kashif nicht, und mit dem war sie zwei Jahre lang zusammen gewesen.

Du weißt aber schon, was da passiert ist, oder?, hatte Rania sie gefragt. Ihr seid in die Freundschaftszone eingetreten. Wenn er noch immer nicht versucht hat, dich zu küssen, dann fürchte ich, dass ihr schon viel zu weit in die Freundschaftszone gedriftet seid. Jetzt kann er nichts mehr riskieren. Manchmal war Rania echt anstrengend. Sie hatte selbst noch nie einen festen Freund gehabt, musste sich aber trotzdem bei allem zur Expertin aufschwingen. Dann tue ich es halt, sagte Yasmin. Ich werde ihn küssen. Es ist ja schließlich nicht so, als müsste immer der Mann den ersten Schritt tun.

Aber sie tat es natürlich nicht. Wie denn auch? Sie konnte sich unmöglich so schrecklich blamieren. Wenn er sie küssen wollte, dann würde er das irgendwann tun.

Und das tat er dann auch. Sie waren im Park, standen am Ufer des Teichs und sahen zu, wie ein Kormoran seine schwarzen Flügel ausbreitete. Joe drehte sich zu ihr um und küsste sie auf den Mund.

Es war ein langer, inniger Kuss. Im Vergleich zu den Küssen, die Kashif ihr auf die Lippen gepresst hatte, wobei er immer mit dem Unterkiefer gemahlen hatte, als wollte er etwas zerstampfen, hatte dieser Kuss etwas Vorsichtiges, Suchendes. Man hätte ihn fast als keusch bezeichnen können.

»Als ich fünfzehn Jahre alt war …« Sie gingen zurück zum Haus. Hinter der gläsernen Schiebetüre, die auf die Terrasse hinausführte, gingen die Lichter an. Harriet würde jeden Moment aus dem Haus kommen, um nach ihnen zu suchen.

»Als du fünfzehn warst …«, soufflierte Joe.

»Als ich fünfzehn war …« Es fühlte sich an, als wollte die Geschichte in ihrem Hals steckenbleiben, aber sie war fest entschlossen, sie herauszuzwingen. Das Ungesagte presste sich gegen ihr Zwerchfell wie eine Hiatushernie. Eine Obstruktion, die entfernt werden musste. »Als mein Vater in seiner Praxis endlich Partner wurde, sind wir mit seinem Seniorpartner und dessen Frau essen gegangen. Und – meine Mutter hat sich übergeben, quer über den ganzen Tisch. Gott, war das furchtbar. Ich habe mich zu Tode geschämt. Die Frau des Seniorpartners hatte nur einen Arm, der andere war ein Stumpf, der aus ihrem Kleid ragte. Aus ihrer Bluse, genauer gesagt.«

»Was? Echt jetzt?« Joe lachte, aber er ächzte gleichzeitig auch, weil er erkannte, wie sehr die Geschichte sie immer noch mitnahm. »Warte mal, willst du mir etwa erzählen, dass sie wegen des Armstumpfes kotzen musste?«

»Oh, nein! Nein! Das lag am Speck. Sie hatte gerade herausgefunden, dass die winzigen kleinen rosafarbenen Bröckchen im Coq au vin kleine Schweinefleischstücke waren. Dabei hielt sie sich schon für so experimentierfreudig, weil sie in Wein gekochtes Hähnchen aß, auch wenn mein Vater ihr versichert hatte, dass der Alkohol beim Kochen verdampft. Im nächsten Moment ist sie aufgestanden, oder eher aufgesprungen, und es ist alles aus ihr herausgeschossen. Es ist von den Tellern abgespritzt, das war ein ganz abscheuliches

Geräusch, und wurde regelrecht versprüht. Es war nicht so ein ordentlicher kleiner Haufen, es hat sich überallhin verteilt, auch auf diese arme Frau. Sie saß da, und die Kotze tropfte von ihrem Armstumpf.«

»Du lieber Gott«, sagte Joe. »Hätte ich doch nur vorher gewusst, auf was ich mich hier einlasse.«

»Dann hat meine Mutter versucht, den Armstumpf mit einer Serviette abzuwischen, und die Frau wollte das nicht, und es gab ein Gerangel, und dann hat sich ihr Mann eingeschaltet und mein Vater ebenfalls. Sämtliche Kellner sind zu unserem Tisch herübergekommen und der Manager auch und sogar ein paar der anderen Gäste. Ich dachte buchstäblich, dass ich auf der Stelle sterben würde.« Als sie die Geschichte zu Ende erzählte hatte, musste auch sie lachen, und so standen sie zusammen auf dem Rasen und lachten, während Harriet hinter dem Spiegelglas auftauchte und ihnen zuwinkte. Joe legte Yasmin seinen Arm um die Schulter und sagte: »Das ist ja großartig, ich kann gar nicht fassen, dass du mir diese Geschichte noch nie erzählt hast!«

DIE SCHAHADA

Harriet hockte in einem halben Lotus-Sitz am Kopfende des Tisches, wobei sie sich einen Fuß unter das Gesäß geschoben und den anderen über ihren schlanken Oberschenkel gelegt hatte. »Ich habe euch einen Vorschlag zu machen. Ich finde, der Hochzeitsempfang sollte hier stattfinden. Der Garten ist wie geschaffen für ein Festzelt, es gibt genug Platz für eine Band, wenn nicht gar für zwei oder drei, und diese Küche ist weiß Gott groß genug für einen Catering-Service und... überhaupt.« Sie gestikulierte vage zu dem von großen Glasflächen umgebenen Anbau hinüber, mit seinen Sofalandschaften und eben erst eingeschalteten Lampen und Fünfzigerjahre-Designer-Stühlen. Dann neigte sie ihren eleganten blonden Kopf mit einem verschwörerischen Blick zu Ma herüber.

Ma bebte vor Begeisterung. »Das ist sehr freundlich, aber die Kinder sollten... und mein Ehemann ...« Sie warf einen vielsagenden Blick, erst auf Yasmin und dann auf Shaokat.

»Joe hat es schon erwähnt«, sagte Yasmin. »Und wir sind sehr dankbar.«

»Ich bin der Vater der Braut«, sagte Shaokat feierlich. »Sie müssen mir gestatten, die Kosten zu übernehmen.«

»Das gestatte ich gerne«, sagte Harriet. »Es soll Ihnen schließlich nicht die kleinste Laus über die Leber laufen.«

»Laus über die Leber«, murmelte Ma leise vor sich hin.

»Aber ist es in Indien nicht üblich«, fuhr Harriet fort, »dass die Familie des Bräutigams die Kosten des Hochzeitsempfangs übernimmt?«

»Aber die Hochzeit selbst wird im Standesamt stattfinden«, sagte Shaokat. »Und das wird nur wenige Pfund kosten. Nein, es ist meine Pflicht, für den Empfang aufzukommen.«

»Wir möchten aber nur eine kleine Feier«, sagte Yasmin. »Es soll nicht teuer werden.« Wenn Harriet die Organisation übernahm, würden die Kosten ins Astronomische steigen. Höher, als Baba sich das jemals vorstellen könnte. Doch wenn man Baba die Sache planen ließ, würde es nur Pappteller, Plastikstühle und Papiergirlanden geben. Das Ganze würde genauso aussehen wie der alljährliche »Gemeinschaftstag«, den er früher immer für die Praxis organisiert hatte.

»Wir möchten keinen großen Aufwand«, sagte Joe.

Ja, Ma hatte recht, dachte Yasmin. Aus irgendeinem Grund war ihr die Ähnlichkeit noch nie aufgefallen. Joe war eine sanftere Version seiner Mutter. Seine Augen waren weniger stechend und dafür offener und forschender. Er schenkte seinem Gegenüber seine Aufmerksamkeit, während sie ihr Umfeld mit scharfem Blick beobachtete. Sie wollte durchdringen, er hegte lebhaftes Interesse. Harriet ließ ihr Licht immer von oben auf die Menschen herabscheinen. Das konnte einen manchmal blenden. Aber Joe erhellte sein Gegenüber, indem er es von unten anstrahlte.

»Essen mache ich«, sagte Ma. »Ich werde alles zubereiten.«

»Natürlich«, sagte Harriet. Sie drehte sich zu ihrem Sohn um und schaute ihn lange und prüfend an. »Joseph, mein Schatz, du weißt aber schon, dass man, wenn man von einer ›kleinen‹ indischen Hochzeit redet, an die zwei- oder dreihundert Gäste einlädt. Mindestens.«

»Aber wir werden keine –«, protestierte Yasmin.

Harriet unterbrach sie und redete einfach weiter. »Schwester, wie viele Personen waren auf Ihrer Hochzeit?«

Vor lauter Aufregung hatte Ma Harriet bei der Begrüßung nicht wie geplant mit »Mrs. Sangster« angesprochen, sondern mit den Worten: »Meine Schwester, nicht wahr?« Und Harriet hatte sich während des gesamten Abendessens immer wieder eifrig bemüht, das Kompliment zu erwidern.

Anisah tupfte sich Mund und Nase mit ihrer Serviette ab, fast bis zu den Augen hinauf. Was auch immer sie gerade antwortete, war vollkommen unhörbar.

»Was dachtest du?«, sagte Joe zu Yasmin. »Vierzig Gäste? Fünfzig höchstens?«

Harriet legte eine juwelengeschmückte Hand auf Joes Arm und massierte seinen Bizeps. »Nun hör doch auf, deine arme Braut so zu überrollen! Höchstens fünfzig! Du bist ein gefühlloser, brutaler Kerl und hast so jemanden wie sie überhaupt nicht verdient.«

»Er ist ein sehr guter Junge«, sagte Ma, die unter ihrer Serviette wiederaufgetaucht war. »Und sehr wohl würdig. Meine Tochter und Ihr Sohn sind gleich viel wert.«

Yasmins Rückgrat prickelte vor Scham. Ma, die alles wortwörtlich verstand, hatte einen geradezu heldenhaften Tonfall angeschlagen. Als hätte Joe es verzweifelt nötig, dass sie sich für ihn in die Bresche warf.

»Sie sind zu freundlich. Aber ja, letztendlich ist er gar nicht so schlimm.«

»Unsere Tochter ist uns kostbar«, sagte Shaokat, der offenbar intensiv nachgedacht hatte. Yasmin graute davor, was er als Nächstes sagen würde. Er begriff genauso wenig wie Ma, dass Beleidigungen auch durchaus ein Ausdruck von Zuneigung sein konnten. Das war ein Grad an Integration in die englische Wesensart, den er nie erreichen würde. Shaokat befeuchtete sich mit der Zunge die Lippen. »Sie hat sich einen so exzellenten jungen Mann ausgesucht und eine so exzellente Familie. Das ist das Allerwichtigste.«

Harriet wirkte immer noch amüsiert, doch als sie Baba dankte, klang sie nicht nur erfreut, sondern bewegt. Sie fing an, darüber zu reden, wie sehr sie Indien liebte. Sie hatte einen Monat in Delhi gelebt und dort mit einer Gruppe von Frauen zusammengearbeitet, die für das Recht auf Fortpflanzung kämpften, und bei einem anderen Aufenthalt war die Gründung eines experimentellen Theaterprojekts mit Kindern aus einem Slum geplant gewesen, doch aus irgendeinem Grund war die vorgesehene finanzielle Förderung ausgeblieben… In Kerala hatte sie eine ganze Woche in einem Ayurveda-Retreat verbracht, wo jede einzelne Zelle ihres Körpers und auch ihr Geist einer gründlichen Reinigung unterzogen worden waren. Bei jeder Reise hatte sie ihre Mahlzeiten mit nichts anderem als den fünf Fingern ihrer rechten Hand verzehrt, und das war zweifellos eine wunderbare Sinneserfahrung gewesen.

Ma hörte zu und bewegte den Kopf in einer Weise, die höchste Zufriedenheit über jedes einzelne von Harriets Worten ausdrücken sollte. Baba war nun entspannt genug, um den obersten Knopf seines Hemdes zu öffnen. Joe lehnte sich zurück, verschränkte die Arme hinter dem Nacken und schloss die Augen. Sein Hemd rutschte ein wenig nach oben, sodass man über dem Hosenbund seiner Jeans gerade noch den Ansatz seiner Blinddarm-Operationsnarbe sehen konnte.

Ma beugte sich näher zu Yasmin, während Harriet weiterredete. Sie wies auf einen eingerahmten Druck aus smaragdgrünen und senfgelben Klecksen, der an der gegenüberliegenden Wand hing. Sie roch nach Kreuzkümmelsamen und dem Maiglöckchen-Parfum, von dem sie im Drogeriemarkt immer so viel kaufte, dass sie Mengenrabatt bekam.

»Von Joe?« Ma flüsterte es nur und legte dabei auch noch die gewölbte Hand vor den Mund. Yasmin musste sich beherrschen, um nicht die Augen zu verdrehen. »Hätte ich auch machen sollen, für dich und Arif. All die vielen Bilder, die ihr in der Grundschule gemalt habt, und kein Einziges habe ich behalten.«

»Das ist ein Howard Hodgkin«, flüsterte Yasmin. »Das Gemälde – es stammt von einem berühmten Künstler.« Sie wusste das auch nur, weil Joe es ihr erzählt hatte. Trotzdem bedrückte sie die Unwissenheit ihrer Mutter.

»Das erste Mal bin ich zusammen mit Neil gefahren – Joes Vater. Er war damals im Auftrag von *National Geographic* unterwegs. Wir hatten uns erst vier Tage vorher kennengelernt, aber er bestand darauf, dass ich ihn begleite. Er konnte sehr überzeugend sein, wenn er wollte.« Sie schenkte Joe, der bei der Erwähnung seines Vaters die Augenbrauen hochgezogen hatte, ein strahlendes Lächeln.

»Darf ich Ihnen mein Beileid aussprechen«, sagte Shaokat. »Ich wusste nicht, dass Ihr Gatte verstorben ist. Yasmin hat das nie erwähnt. Sie hat nur erzählt, Joe sei von Ihnen allein großgezogen worden.«

Harriets blaue Augen tanzten. Sie schlug die Hände zusammen. »Oh, was ich da gesagt habe, klang wohl tatsächlich ein bisschen so, als wollte ich eine Grabrede halten, was? Nein, er ist alles andere als tot. Joe, möchtest du ihn zur Hochzeit einladen? Das kannst du frei entscheiden. Es ist ganz allein deine Entscheidung, ob du deinen Vater dabeihaben möchtest.«

»Da habe ich noch gar nicht drüber nachgedacht«, sagte Joe. Er gähnte. »Er würde wahrscheinlich sowieso nicht kommen.«

Yasmin hatte Joes Vater nie kennengelernt. Sie wusste, dass er Fotograf war und an der schottischen Grenze lebte. Er war kurz nach Joes Geburt ausgezogen und hatte in Hampstead gewohnt, bis Joe im Teenageralter war. Ab und zu hatte Joe bei ihm übernachtet, oder sie hatten zusammen einen Tagesausflug gemacht, aber Neil war weder besonders verlässlich, noch besonders fürsorglich, weshalb Harriet ihm ihren Sohn auch nur selten anvertraute. Einmal hatte sie sogar das Jugendamt angerufen, als sie Neil besinnungslos betrunken auf dem Sofa vorgefunden hatte, während Joe mit einer leichten Gehirnerschütterung und einer tiefen Schnittwunde in der Unterlippe am Fußende der Treppe lag. Joe redete so gut wie nie über seinen Vater. Und wenn er es tat, klang er schlimmstenfalls gleichgültig und bestenfalls leicht amüsiert. Er meinte, alles, was Neil ihm jemals geschenkt habe, sei ein gespaltenes Kinn, auch wenn es im Grunde genommen nur ein Grübchen war und nicht etwa eine Missbildung, wie es seine Formulierung nahezulegen schien.

»Er wohnt weit weg?«, fragte Anisah.

»Jetzt ja«, antwortete Harriet. »Wie sich herausstellte, war er nicht der väterliche Typ.«

»Wir sollten Ihre Gastfreundschaft nicht länger beanspruchen«, sagte Shaokat. »Und Sie müssen uns nun auch Ihrerseits besuchen.«

»Aber es ist erst halb zehn«, sagte Harriet. »Sie können sich unmöglich schon verabschieden. Wir haben noch so gut wie gar nicht über die Hochzeitspläne geredet.«

»Ich habe morgen Frühdienst«, sagte Yasmin. »Also …« Es wäre wahrscheinlich am besten, aus Primrose Hill zu verschwinden, solange der Ruf der Familie Ghorami noch relativ intakt war.

Harriet beachtete sie nicht. »Ich hätte gern Ihre Meinung zu einem ganz bestimmten Thema gewusst«, sagte sie zu Shaokat. Offenbar hatte sie sehr schnell herausbekommen, welche Knöpfe sie drücken musste. Shaokat wirkte erfreut und setzte seine Brille ab, um sich besser konzentrieren zu können. »Muslimische Hochzeiten werden in diesem Land nicht als legal angesehen. Aber was spräche dagegen?« Sie schwieg einen Moment. »Übrigens auch Hindu- oder Sikh-Hochzeiten oder die jeder anderen Religion, wo wir schon mal dabei sind. Wie ist Ihre Meinung dazu?«

»Eine interessante Frage«, sagte Shaokat. »Es gibt viele Gesichtspunkte, die man dabei berücksichtigen muss.« Er runzelte die Stirn. Eine ganz normale Unterhaltung war nicht Teil seines Repertoires. Er musste sein Urteil immer von oben herab fällen.

Ma schien etwas sagen zu wollen, doch als sie ihren Mund öffnete, brachte sie nur eine Reihe von Klicklauten heraus.

Harriet drehte sich zu ihr um. »Ja«, sagte sie, als hätte Ma einen verständlichen Satz von sich gegeben. »Das ist auf jeden Fall ein feministisches Problem, denn Frauen, die in diesem Land leben – und das gilt ganz besonders für muslimische Frauen –, müssen, wenn ihre Ehe zerbricht, feststellen, dass sie in Wahrheit gar nicht gesetzlich verheiratet waren und daher keinerlei Rechte haben. Warum gestehen wir nicht allen Glaubensgemeinschaften dieselben Rechte zu?«

Worauf wollte sie hinaus? Yasmin klopfte leise und rhythmisch auf den Tisch, um Joes Aufmerksamkeit auf sich zu ziehen, der sich nach dem Gespräch über seinen Vater aus dem Geschehen ausgeklinkt zu haben schien.

Er bemerkte ihren stummen Hilferuf, interpretierte ihn jedoch falsch und beugte sich über den Tisch, um Yasmins Weinglas aufzufüllen. »Da bin ich ganz deiner Meinung«, sagte er. »Warum sollte man besondere Rechte genießen, nur weil man in einer Kirche geheiratet hat?«

Harriet hielt ihm ihr Glas entgegen, damit er ihr ebenfalls nachschenkte. »Die Leute heiraten in der Kirche, und obwohl sie genauso wenig an Gott glauben wie an den Nikolaus, ist das Ganze rechtskräftig, und ihre Rechte werden geschützt. Aber für Menschen, die tatsächlich gläubig sind und ihr Eheversprechen im Angesicht Allahs abgeben, ist die Eheschließung in den Augen der Gesellschaft und vor dem Gesetz vollkommen wertlos. Man sollte ihnen denselben Status zugestehen, das wäre nur gerecht. Es sollte gleiche Rechte für alle geben.«

Harriet brach gerade eine Lanze für Gläubige, während sie doch selbst Atheistin war. Diese Frau war in der Lage, jedes Argument und jeden Standpunkt zu vertreten. Yasmin konnte – obwohl ihr allmählich bange zumute wurde – nicht umhin, Harriet zu bewundern, für ihren wachen, umherschnellenden Geist, ihren weitgespannten Intellekt und ihre unstillbare Neugierde. Ma und Baba hatten nur einmal pro Jahrzehnt einen neuen Gedanken. Und das war wahrscheinlich noch zu hoch gegriffen. Ihre Ansichten änderten sich nie. Baba hatte für Religion nichts übrig und jetzt bot sich ihm die Gelegenheit, das laut kundzutun. Komm schon, Baba! Sag es!

»Ja, die sollte es geben«, sagte Joe, als wäre die Unterhaltung rein theoretisch. Vielleicht war sie das ja auch. »Aber …« Er lächelte Yasmin an. »Da wir standesamtlich heiraten, betrifft uns das glücklicherweise nicht.«

»Aber was werden Ihre Verwandten denken?« Harriet senkte verschwörerisch die Stimme, während sie sich an Anisah wandte. »Wie werden sie sich fühlen, wenn es nur eine standesamtliche Hochzeit gibt? Wie fühlen *Sie* sich dabei?«

»Eine Schwester kommt aus Mumbai«, sagte Ma. »Rashida. Sie ist Dozentin und hat nie geheiratet. Eine andere Schwester, Amina, kommt aus Harrisonburg, Virginia. Amina ist fromm. Ja, sehr fromm. Sie ist mit einem Zahnarzt verheiratet und hat drei Kinder, alle erwachsen, aber«, und hier schwang Stolz in ihrer Stimme mit, »meine Tochter ist die erste, die heiratet.«

»Wie schwierig wäre es, die Dienste eines Imams in Anspruch zu nehmen?«, fragte Harriet. »Falls ein solcher nötig oder erwünscht wäre?«

»Baba«, sagte Yasmin. Aber Shaokat starrte die weißen Lederstühle an, die sich an der Frühstücksbar aufreihten. Er steckte offenbar mitten in einem Gedankengang und würde erst sprechen, wenn er dazu bereit war.

»Gar nicht schwierig«, sagte Anisah.

»Nun, dann ist das also beschlossene Sache.« Harriet sang diese Worte geradezu.

»Moment mal«, sagte Joe. »Was habe ich verpasst?« Harriet legte erneut ihre Hand auf seinen Oberarm. Er runzelte die Stirn, wehrte sie jedoch nicht ab.

»Falls es keine Einwände gibt, lautet der Vorschlag, eine islamische Trauung zu arrangieren … Es wird natürlich auch eine standesamtliche Zeremonie geben müssen. Shaokat, wie ist Ihre Meinung dazu?«

»Meine Meinung«, begann Shaokat, und Yasmin fiel auf, wie unnatürlich eng er an den Tisch gepresst saß. Sein Stuhl war so nahe an das Möbelstück herangeschoben, dass es so aussah, als säße sein Torso oben auf der Eichenholzplatte. »Meine Meinung ist, dass Sie dazu meine Frau befragen sollten, denn sie hat die Bürde des Glaubens für uns beide geschultert.«

»Wenn Joe nichts dagegen hat«, sagte Anisah eifrig. Ihre runden Wangen leuchteten voller Hoffnung.

»Einen Moment mal«, sagte Yasmin. »Was ist mit mir?«

»Er wird entscheiden, das wird er«, sagte Ma und sah Yasmin dabei nicht an.

Harriet wandte sich zu ihrem Sohn. »Ich freue mich schon darauf zu sehen, wie viele von den *unbescholtenen Liberalen* in unserem Bekanntenkreis sich als islamfeindlich herausstellen.«

Yasmin rutschte etwas tiefer in ihrem Stuhl herunter, damit sie unter dem Tisch gegen Joes Bein treten konnte. Das war nicht leicht, denn er saß ihr nicht direkt gegenüber, aber sie schaffte es irgendwie. Er blinzelte sie angestrengt an und versuchte, ihre Gedanken zu lesen.

»Es gibt in Indien mehr islamfeindliche Menschen als in ganz Europa zusammen«, sagte Baba. »Das war auch der Grund dafür, dass Modi an die Macht gekommen ist. In den Augen vieler liegt sein größter Verdienst als Ministerpräsident in den Progromen von Gujarat.«

»Fangen Sie mir nicht mit Modi an«, rief Harriet. »Ja. Islamfeindlichkeit gibt es überall, aber nicht in diesem Haus, nicht wahr, Joseph?«

Joe neigte den Kopf, sah jedoch immer noch Yasmin an. Sie riss verzweifelt die Augen auf.

»Mir soll's recht sein«, sagte er.

»Bravo!«, sagte Harriet. »Möchten Sie den Imam auswählen, Schwester? Wird es jemand aus Ihrer Moscheegemeinde sein?«

»Ich bete zu Hause«, sagte Ma. »Aber ich gehe auch jede Woche zu den Schwester-Madschlis in Croydon. Das ist wie ein Buchclub, aber zum Studium des Korans und des Hadith. Ich werde Imam Siddiq fragen. Inshalla wird er sehr glücklich sein.«

»Aber es ist Yasmins Entscheidung«, sagte Joe, bei dem endlich der Groschen fiel, als Yasmin den Kopf schüttelte. »Schließlich können wir ohne Braut keine Hochzeit feiern.«

Alle starrten Yasmin an. Doch jetzt zögerte sie plötzlich.

Joe sah verwirrt aus. Er zuckte entschuldigend mit den Schultern. Baba bereitete eine Antwort auf ihre Antwort vor, wie auch immer diese lauten würde. Harriet strotzte geradezu vor Entschlossenheit, als könnte sie sich jeden Moment von ihrem Stuhl lösen und in die Höhe schweben. Ma flehte mit ihren Augen.

Sie würde nein sagen, entschied sie. Das würde das Beste sein, auch wenn das eine etwas missliche Stimmung verursachen würde. Besser jetzt ein bisschen Unbehagen als sehr viel Unbehagen später.

»Als du ein kleines Mädchen warst«, sagte Ma, »hast du immer deine Gebete gesprochen. Arif war viel schwieriger. Aber du hast immer mit mir gebetet. Jeden Tag.« Sie schniefte und rieb sich die Nase.

»Ja, Ma«, sagte Yasmin. Es bestand die Gefahr, dass Ma in Schluchzen ausbrechen würde, wenn sie nein sagte.

»Jeden Tag«, wiederholte Ma.

»Ich habe ja gesagt, Ma. Es ist okay.«

»Ja?«

In diesem Moment wurde Yasmin klar, dass immer noch die Gefahr bestand, dass Ma einen Heulanfall bekommen würde. »Ja!«, wiederholte sie ein wenig aggressiv. »Wenn es Joe nichts ausmacht.« Aber die Situation war hoffnungslos. Joe würde sie auf keinen Fall überstimmen. Er hatte ihr die Möglichkeit geboten, dem Ganzen ein Ende zu setzen, und sie hatte es vermasselt. Nun würden sie Imam Siddiq bei ihrer Hochzeit dabeihaben müssen, mit seinen riesigen gelben Zähnen und öligen Haaren. Sie würden sein endloses Gekrächze auf Arabisch ertragen müssen, und wenn er dann so viele Gebete gesprochen hatte wie nur irgend möglich, würde er auf Englisch seine Predigt halten, und das würde noch viel schlimmer sein.

Joe warf ihr über den Tisch hinweg einen Kuss zu. Yasmin rang sich ein Lächeln ab. Ma küsste sie auf die Wange. Sogar Shaokat wirkte erfreut, auch wenn er in seinem ganzen Leben noch kein einziges gutes Wort über Imame verloren hatte. Vielleicht freute er sich ja für Anisah. Oder für Harriet, deren Plan das Ganze schließlich gewesen war. Oder vielleicht war er auch einfach nur erleichtert, dass Yasmin sich wie eine gute, wohlerzogene Tochter und entgegenkommende Schwiegertochter verhalten hatte.

»Joe wird konvertieren«, sagte Anisah direkt zu Harriet, als könnte man die jungen Leute nun unbesorgt aus der Planung ausschließen. »Aber keine Sorge, es ist ganz einfach. Er kann es sogar erst am Hochzeitstag tun. Er muss nur die Schahada sagen, und schon ist es geschehen. La ilaha illa 'llah, Muhammadan rasulu 'llah.«

»Tatsächlich? Das ist mit einem einzigen Satz erledigt? Na also, Joseph, du kannst dich glücklich schätzen. Denk doch nur, was das für ein Palaver geben würde, wenn du eine Katholikin heiraten würdest. Ein einziger Satz. Wie wunderschön. Was bedeutet er?«

»Es gibt keinen Gott außer Gott, und Mohammed ist sein Gesandter«, antwortete Anisah.

»Sie und ich«, sagte Harriet, »wir zwei werden ganz großartige Freundinnen werden.«

Harriet hatte Ma zu einem der Fensterbänke hinübergelotst und die anderen angewiesen, sich über »Ärztekram« zu unterhalten. Harriet setzte sich wieder in ihrem halben Lotus-Sitz auf die grünen Damast-Kissen, Anisah gegenüber, die ihre Beine in einer unbeholfenen Stellung seitlich hochgezogen hatte. Harriets Haare waren so glatt wie ein Spiegel, und ihre Glieder waren in präzisen Winkeln zueinander angeordnet. Anisahs widerspenstige, sich kräuselnden Haare hatten sich wie immer aus ihrem Haarknoten gelöst, und ihr ganzer Körper wirkte so schlaff wie ein aufgelöstes Wollknäuel, das man hastig wieder zusammengerollt hatte. Die beiden Frauen unterhielten sich in leisem, dringlichem Tonfall, und nur gelegentlich driftete ein einzelnes Wort zum Tisch hinüber – »Familie«, »Flüge«, »Einladungen« und auch (unbegreiflicherweise) »Spargel«.

Yasmin glühte geradezu vor Reue. Sie hätte wenigstens um etwas Zeit zum Nachdenken bitten sollen. Es war alles so schnell gegangen. Aber sie würde Baba später sagen, dass sie ihre Meinung geändert hatte, und er würde ihr zustimmen. Er würde so wenig Aufwand wie möglich wollen. Und es gab auf seiner Seite keine Verwandten, denen er gefallen oder eine Freude machen musste. Er hatte nie wieder einen Fuß in eine Moschee gesetzt, seit er Indien verlassen hatte, und bezeichnete sich selbst gern als »weltlichen

Muslim«, so wie viele jüdische Menschen sich als »weltliche Juden« bezeichneten.

Wenn es darum ging, sich über »Ärztekram« zu unterhalten, bedurfte Shaokat keinerlei Ermutigung. »Als ich damals ein ganz junger Arzt war, habe ich in einigen Praxen für pränatale Diagnostik gearbeitet. So etwas gibt es heute gar nicht mehr. Einmal kam eine Patientin in meine Sprechstunde – sie hatte eine Mandelentzündung und außerdem ein Baby in einem Tragetuch. Ich hatte nicht einmal gewusst, dass sie schwanger gewesen war.«

»Ich habe den besten Job, den man sich nur vorstellen kann«, sagte Joe. Er klang, als wollte er sich entschuldigen. »Und das, obwohl der Gesundheitsminister fest entschlossen zu sein scheint, jedem einzelnen Assistenzarzt das Leben zur Hölle zu machen. Hier, schaut euch das mal an.« Er zog sein Handy aus der Tasche und zeigte Yasmin und Shaokat eine Textnachricht: *Wir haben ihn Joseph genannt! Danke! Xxx* Angehängt war das Foto eines winzigen, durchscheinenden Gesichtchens, das sich vor der Welt verschloss.

»Wie süß«, sagte Yasmin. »Aber… Du gibst den Eltern der Neugeborenen deine Nummer? Das dürfen wir doch eigentlich gar nicht. Die Stiftung hat da ganz klare Regeln.«

»Stimmt«, sagte Joe. »Aber einige Regeln sind auch echt absurd. Oben im Büro der Abteilung hängt eine Notiz: ›Mitarbeiter, die sich Tee oder Kekse von den Stationswägen nehmen, werden mit einem Disziplinarverfahren belangt.‹ Für einen Keks! Also ehrlich. Diese Kekse sind noch nicht mal Markenprodukte. Die sind vom Billig-Label des Supermarkts, was Unspektakuläreres gibt es gar nicht. Wir hätten unseren Arbeitskampf nie beenden sollen.«

Shaokat fuhr sich mit der Zunge über die Lippen. Vor ein paar Wochen, als der erste der fünf geplanten Streiks der Assistenzärzte abgesagt worden war, hatte er die Hoffnung geäußert, dass die Sache damit endlich erledigt war. Medizin war eine Berufung und kein Fließband, hatte er gesagt. Es sei unter der Würde der Assistenzärzte, sich wie Fabrikarbeiter zu verhalten. Obwohl Yasmin letzten November für den Arbeitskampf der Assistenzärzte gestimmt hatte, war sie dennoch während der darauffolgenden Streiktage im Januar und Februar ganz normal zur Arbeit gegangen, aus Angst vor Babas Missbilligung. Aber als im April der Generalstreik ausgerufen wurde, hatte sie sich zusammen mit Joe in die Streikpostenkette eingereiht. Das war die Zeit ihrer ersten Verliebtheit gewesen. Und davon hatte sie ihrer Familie erst einmal nichts erzählen wollen.

»Vermisst du die Arbeit in der pränatalen Diagnostik?«, fragte sie in der Hoffnung, dadurch eine weitere Predigt gegen die Ärztestreiks verhindern zu können.

»Ich habe viel über das Amniotische-Band-Syndrom nachgelesen«, sagte er. Dann fragte er Joe, wie oft ihm diese seltene Krankheit begegnet sei, wie gut sie sich mit einer Ultraschalluntersuchung erkennen ließ und wie kompliziert eine korrektive Operation des Fötus sei.

Nichts von dem, was er sagte, war in irgendeiner Form anstößig. Aber seine Anzugsjacke war an den Schultern viel zu weit. War er vielleicht doch irgendwie geschrumpft? In der Breite, statt in der Höhe? Und obwohl es sein bester Anzug war, sah das Kleidungsstück hier in Primrose Hill irgendwie schäbig aus. Es wäre besser gewesen, wenn er sich leger gekleidet hätte, dachte Yasmin und vergaß einen Moment lang, dass ihr Vater außer seinem Trainingsanzug keinerlei legere Kleidung besaß.

»Nun«, sagte Shaokat, nachdem alle seine Fragen zu seiner Befriedigung beantwortet worden waren. »Ein Gynäkologe, ein Allgemeinmediziner und eine Gerontologin. Wir decken in einer einzigen Familie den staatlichen Gesundheitsdienst von der Wiege bis zur Bahre ab.«

»Ich habe mich aber noch nicht endgültig entschieden«, sagte Yasmin. In ein paar Wochen wäre ihre Dienstzeit in der Geriatrie zu Ende. Sie hatte zwar immer geplant, dies letztendlich zu ihrem Spezialgebiet zu machen, aber es war ihr nicht ganz klar, wie es überhaupt zu diesem Plan gekommen war. Shaokat lächelte sie an, als würde ihn dieser plötzliche Sinneswandel amüsieren.

»Ich werde stolz sein, Sie meinen Sohn nennen zu können«, sagte er dann. Er machte Joe gegenüber eine etwas steife Verbeugung im Sitzen und drehte sich dann zu Yasmin um. Sie wappnete sich gegen eine langatmige Rede über das Wesen der Vaterschaft oder zahlreiche Ratschläge zu ihrer gemeinsamen Zukunft. Aber das Einzige, was er sagte, war: »Falls es uns gelingt, deine Mutter zu überreden, wäre es wohl an der Zeit, dass wir nach Hause fahren.«

ERNÜCHTERUNG

Der Abschied wurde mit großem Enthusiasmus und zahlreichen Versprechungen vollzogen. Ma umarmte Harriet lang und innig, und Harriet – obwohl sie eigentlich eher zu der Fraktion derer gehörte, die Luftküsse verabreichten – schlang ihrerseits die Arme so weit um Anisah, wie sie irgend konnte. »Also, vergessen Sie nicht, Sie werden uns auf jeden Fall besuchen kommen«, und »Natürlich werde ich das nicht vergessen« und »Aber Sie kommen bestimmt« und »Natürlich werde ich das« und »Wie wunderbar« und »Vielen vielen dies« und »Großartig das«, bis sie ihre Umarmung endlich auflösten.

Im Auto verfielen alle rasch in Schweigen. Ein leichter Nebel hatte sich über die Stadt gelegt. Die Scheinwerfer schnitten eine schmale Gasse aus der schwarzen Straße, während über ihren Köpfen der orangefarbene Strahlenkranz der Straßenlaternen leuchtete und die silbernen Lichtbänder des entgegenkommenden Verkehrs im Vorüberfahren auf und ab flackerten.

Nach und nach stellte sich die Ernüchterung nach dem Rausch ein. Harriet war eine Droge, und ihre Eltern hatten sie zum ersten Mal eingenommen. Jetzt würden sie gereizt sein. Das war unvermeidlich.

»Ich hoffe doch sehr, dass du diesen Siddiq-Typen nicht allen Ernstes bitten wirst, die Nikah-Zeremonie durchzuführen. Dieser Kerl ist kein heiliger Mann. Er ist nichts als ein Heuchler.«

»Heuchler?«, rief Ma. »Was redest du da? Heuchler? Kennst du ihn überhaupt? Du kennst ihn nicht. Wie kannst du ihn da beschimpfen?«

»Ich weiß über ihn Bescheid«, sagte Baba. »Das reicht.«

Ma brummte leise auf Bengalisch vor sich hin. Yasmin verstand zwar nicht alles, aber immerhin genug. Ma beschloss gerade, dass es dieser Imam sein würde, der ihre Tochter verheiraten würde, und kein anderer, und ihr Ehemann würde dies nur verhindern können, indem er sie, ihre Tochter oder den Imam tötete.

»Und außerdem, ist es nicht verboten, die Schahada zu rezitieren, wenn man nicht meint, was man sagt? Joe ist kein Muslim, und er will auch kein Muslim werden. Was mich angeht, habe ich ja nichts dagegen, ich bin ein weltlicher Muslim. Aber ich dachte, du würdest damit alles andere als einverstanden sein. Wäre das nicht eine Verhöhnung des islamischen Glaubens? Bei diesem Siddiq-Kerl stellt sich die Frage gar nicht erst. Dem ist alles egal, solange er nur gut daran verdient.«

Ma antwortete nicht.

»Das Ganze habt ihr euch doch von einem Moment auf den anderen zusammenfantasiert«, sagte Baba. »Und das kann man genauso leicht wieder rückgängig machen. Was sagst du dazu, Mini? Wie denkst du inzwischen über das Ganze?«

»Leicht?«, rief Ma, die sofort Gefahr witterte. »Für dich mag es leicht sein. Du hast ja keine Verwandten, du bist ja zwischen Hühnern und Kühen geboren und wirst keine einzige Einladung nach Hause schicken!«

»Du solltest jetzt besser still sein«, sagte Baba. Es klang wie eine ärztliche Unterweisung, als hätte er einem Patienten gerade strikte Bettruhe verordnet.

»Lasst uns morgen darüber reden«, sagte Yasmin. »Heute Abend sind wir alle viel zu müde dazu.«

»Wenn Joe die Schahada rezitiert«, sagte Ma, »wird er Muslim in seinem Herzen. Das pflanzt die Saat in ihn, und vielleicht dauert es eine Weile, aber die Saat wird wachsen. Lass ihn nur rezitieren, und sein Herz wird sich öffnen.«

Ma glaubte, sie könne Joe konvertieren! Yasmin musste dem unbedingt ein Ende setzen. »Aber, Ma –«, begann sie.

»Morgen«, sagte Baba. »Heute Abend haben wir alle schon mehr als genug gesagt.«

ST. BARNABAS

Das St. Barnabas Krankenhaus war eine Ansammlung von Gebäuden, die in trotziger Missachtung jeglicher Ästhetik durcheinandergewürfelt worden waren. Es erstreckte sich über ein Areal, das mittig zwischen zwei großen Kreuzungen von Hauptverkehrsstraßen, einem städtischen Park und einer Reihe von Wohnblöcken der Wohnungsbaugenossenschaft lag, die zum Abriss freigegeben waren und daher nach und nach von ihren Bewohnern geräumt wurden. Man plante den Bau einer zusätzlichen Ambulanzabteilung und dann höchstwahrscheinlich noch einer weiteren, denn das Krankenhaus dehnte sich immer weiter aus. Die neoklassizistische Fassade des ursprünglichen Gebäudes aus dem 19. Jahrhundert war zur Hauptstraße hin ausgerichtet, und daneben befand sich die Ambulanz-Klinik – ein rotes Backsteingebäude, dessen Türme und Erker an ein Mausoleum erinnerten. Dahinter und an beiden Seiten mutierte St. Barnabas zu einer Mischung aus Betonbunkern, brutalistischen, mehrstöckigen Gebäudeblöcken, geschwungenen, mit orangefarbenem und hellgrünem Plastik ausgeschlagenen Konstruktionen, Containergebäuden, Krankenwagen-Fuhrparks, Parkplätzen, Zufahrtsstraßen, Geschäften, Vorlesungshallen, Forschungszentren, zahnärztlichen Abteilungen und anderen, etwas geheimnisvolleren Einrichtungen wie zum Beispiel der »Max-Huber-Anlage« oder dem »Leonard-Ross-Haus«.

Yasmin lief über die »Dorfwiese« – einen kleinen, graugepflasterten Platz, der in der geographischen Mitte des Areals lag. Sie war spät dran.

»Oh, Scheiße nochmal, bin ich froh, dass du endlich da bist«, sagte Dr. Arnott. »Manchmal denke ich, ich hätte besser beim Pole Dance bleiben sollen. Man wird besser bezahlt und hat zivilisiertere Arbeitszeiten. Ab und zu wird man zwar von den Kunden begrapscht, aber die scheißen wenigstens nicht auf den Fußboden.«

»War wohl mal wieder eine schlimme Nacht, was?«, sagte Yasmin. »Tut mir leid. Die U-Bahn hatte Verspätung.«

»Mr. Ahmed hat im Schwesternzimmer einen Papierkorb angezündet, als er dort heimlich rauchen wollte. Es war ein Wunder, dass wir nicht evakuieren mussten, bei all dem Wahnsinn, den die Leute vom Arbeitsschutz sonst immer veranstalten. Diese dicke Frau mit den Liegegeschwüren, Frau Dingsbums, wäre beinahe abgekratzt, es stand die ganze Nacht auf der Kippe. Der Herr in Raum D, der mit der Lungenentzündung, ist gestorben, und so leid es mir tut, ich kann mich grad nicht mal an seinen Namen erinnern. Und heute früh hat sich – da wirst du dich bestimmt besonders drüber freuen – Mrs. Antonova im Fernsehzimmer verbarrikadiert. Der Rest steht in den Notizen. Ich hau ab. Viel Glück!«

»Danke«, sagte Yasmin. »Äh, Catherine –«

»Was?«

»Hast du wirklich mal als Striptänzerin gearbeitet?«

Dr. Arnott war jünger als Yasmin und befand sich noch in der Grundausbildung. Sie warf Yasmin einen Blick zu, in dem Sympathie, aber auch eine gewisse Nachsicht mitschwang. »Nur während meines Studiums. Ich habe zu Hause noch eine Übungsstange. Ich kann es dir gern mal beibringen, wenn du möchtest.«

»Cool«, sagte Yasmin, die das unbestimmte Gefühl hatte, dass gerade ihre Autorität ein wenig untergraben worden war. War Pole Dance etwas, das sie längst ausprobiert haben sollte? »Ja, vielleicht. Äh, danke.«

»Gerne doch«, sagte Dr. Arnott und wandte sich zum Gehen. Als sie sich schon ein paar Schritte entfernt hatte, drehte sie sich noch einmal um und rief: »Oh, das habe ich noch vergessen, Pepperdine ist mit seiner Visite heute wahnsinnig früh dran, also wäre es vielleicht gut, wenn du deinen Arsch in Bewegung setzt.«

»Amoxicillin, 500 Milligramm, dreimal täglich. Strikte Bettruhe. Die Schwester wird sich um Sie kümmern.« Dr. Griffith verordnete jedem Patienten dieselbe Behandlung.

Yasmin und er standen am Bett eines 87-jährigen Mannes, der während der letzten Nacht mit Unterleibsschmerzen in die Notaufnahme gekommen war.

»Es ist also nichts Ernstes?«, fragte der Mann und wandte sich dabei an Dr. Griffith.

Yasmin warf einen Blick auf die Unterlagen, um nachzuschauen, wie der Mann hieß. »Mr. Renfrew«, sagte sie dann. »Ich muss Sie untersuchen, wenn Sie nichts dagegen haben. Das wird nicht lange dauern. Bitte ziehen Sie doch kurz Ihr Oberteil hoch, damit ich Ihren Bauch abtasten kann.«

»Hören Sie, Schwester«, sagte Mr. Renfrew. »Ich bin nicht zu Scherzen aufgelegt. Tun Sie einfach, was man Ihnen sagt, okay?«

Sie hatte sich ihm selbstverständlich vorgestellt (Ich heiße Yasmin und bin eine der Ärztinnen hier), aber das war ganz offenbar nicht bei ihm angekommen. Das war kaum verwunderlich. Wenn man alt und krank war, verstand man nicht immer alles gleich beim ersten Mal.

Viel erstaunlicher war die Bereitwilligkeit, mit der Mr. Renfrew sein Vertrauen in Dr. Griffith setzte. Yasmin warf einen Blick über ihre Schulter. Dr. Griffith war gerade mit seinem Stethoskop beschäftigt, das er sich unter das Pyjama-Oberteil gesteckt hatte. Er lauschte sorgfältig auf seinen eigenen Herzschlag und legte nachdenklich den Kopf zur Seite.

»Amoxicillin, 500 Milligramm. Hm. Hm. Dreimal täglich mit dem Essen einzunehmen.«

Er hatte eine angenehme Art, mit Patienten umzugehen, das musste man ihm lassen. Er sprach mit sanfter, aber uneingeschränkter Autorität, die lediglich von seinen Pantoffeln, seinem Pyjama und dem langen Speichelfaden in Frage gestellt wurde, der ihm von der linken Hälfte seiner verschrumpelten Lippen herunterhing.

»Ich bin Dr. Ghorami«, sagte Yasmin. »Dieser Herr war zwar früher einmal ein Arzt, aber er ist vor dreißig Jahren in den Ruhestand gegangen und sollte eigentlich in der Abteilung nebenan in seinem Bett liegen.« Aus den Augenwinkeln sah sie Anna heraneilen, eine der Pflegekräfte, die gekommen war, um den Flüchtling einzufangen.

Mr. Renfrew sagte wieder: »Ich bin nicht zu Scherzen aufgelegt. Ich finde, bei meinem Alter gehört sich sowas nicht. Das habe ich davon. Alle tanzen mir auf der Nase rum. Nehmen Sie's nicht persönlich.«

»Dr. Griffith«, sagte Anna und nahm seinen Arm. »Sie müssen dringend in die Praxis zurückkehren. Sie haben das ganze Wartezimmer voller Patienten!«

»Ich nehm's nicht persönlich«, sagte Yasmin zu Mr. Renfrew. Er sah wie ein lieber alter Kerl aus, mit seinen buschigen weißen Haaren und seinem Gesicht, das so rund war wie ein Kinderpopo. Sein Kinn zitterte beim Sprechen, als stünde er kurz davor, in Tränen auszubrechen. Er hatte wahrscheinlich eine lange Nacht hinter sich.

»Ich komme später wieder. Ruhen Sie sich erst mal ein wenig aus.«

Mrs. Adeyemi saß auf der Kante ihres Bettes, hatte sich Mantel und Schuhe angezogen und ihre gepackte Tasche neben sich gestellt. Yasmin musste noch den Papierkram erledigen, bevor man sie entlassen und ihr die verschriebenen Medikamente mitgeben konnte. Das gehörte zu den Dingen, über die Pepperdine immer verstimmt war – wenn Patienten rumsaßen, darauf warteten, endlich entlassen zu werden, und dadurch ein dringend benötigtes Bett blockierten. Yasmin wollte auf keinen Fall einen seiner vorwurfsvollen Blicke über sich ergehen lassen müssen, doch sie hatte fast eine halbe Stunde damit verbracht, sich um die Belagerungssituation im Fernsehzimmer zu kümmern. So etwas kam öfter vor, aber normalerweise war es einer der Demenzpatienten. Mrs. Antonova verfügte jedoch über einen messerscharfen Geist. Yasmin gelang es, sie mithilfe einer Banane und einer Mandarine (aus ihrer eigenen Proviantdose) herauszulocken, aber erst, nachdem sie versprochen hatte, dass sie sich höchstpersönlich um den defekten Heizkörper hinter Mrs. Antonovas Bett kümmern würde, der auf oberster Stufe blockiert war und eine wahrhaft höllische Hitze verströmte.

Yasmin loggte sich in den Computer im Schwesternzimmer ein. Sie brauchte nur zehn ungestörte Minuten, dann konnte sie die arme Mrs. Adeyemi heimschicken.

»Kannst du dir das vorstellen, Yasmin?«, sagte Niamh. »Ich bin gestern bei der Arbeit über zwölf Kilometer gelaufen.«

Niamh gehörte zu der stetig schrumpfenden Gruppe festangestellter Krankenschwestern. Stattdessen schienen die Arbeitskräfte, die von der Agentur kamen, mit jedem Tag mehr zu werden. Man hatte sich kaum den Namen einer Person gemerkt, bevor sie auch schon wieder verschwand.

»Dann brauchst du nicht ins Fitnessstudio«, sagte Yasmin. Sie konnte spüren, dass Niamh in der Tür stehengeblieben war und sich gerne unterhalten hätte. Aber jetzt musste sie sich konzentrieren. Pepperdine würde jeden Moment zur Visite eintreffen. Nachdem sie sich um Mrs. Antonova gekümmert hatte, war sie oben auf der Intensivstation gewesen, um nach der Frau mit den wundgelegenen Stellen und dem grippalen Infekt zu schauen, deren Zustand sich über Nacht verschlechtert hatte und die deshalb hatte verlegt werden müssen. Und dann war da ja auch noch Mr. Renfrew, obwohl sie in seinem Fall nicht besonders weit gekommen war.

»Das sagst du so, Yasmin, aber in Wirklichkeit –« Niamh ließ sich in einen der Stühle gleiten, streifte sich die Schuhe ab und legte die Füße auf den Schreibtisch. Sie war etwa in Yasmins Alter, vielleicht ein paar Jahre älter. Niamh hatte in ihrer Schulzeit bestimmt zu den besonders beliebten Mädchen gehört, denn sie war schön und selbstbewusst. Sie hatte kupferfarbene Haare und Alabasterhaut und immer, wenn sie Yasmin sah, kam sie geradewegs auf sie zu und wollte sich mit ihr unterhalten, als wären sie die besten Freundinnen. Das lag wohl daran, dass Niamh arbeitsscheu war, wie Baba es nennen würde, und immer irgendeinen Vorwand suchte, um sich nicht um die ihr zugeteilten Aufgaben kümmern zu müssen. Trotzdem gab es da einen Teil von Yasmin, der sich geschmeichelt fühlte – der Teil nämlich, der sich sicher war, dass Niamh während der Schulzeit lieber gestorben wäre, als sich mit so jemandem wie ihr abzugeben.

»In Wirklichkeit ist nämlich die viele Rumlauferei, die Krankenschwestern bei der Arbeit leisten müssen, weder gut gegen Stress noch gut für das Herz. Das ist erwiesen. Und dann diese Schmerzen in meinen Füßen! Das ist bestimmt Plantarfasziitis!« Sie fing an, einen ihrer Füße zu massieren.

»Wo genau tut es dir weh?«

»Genau in der Mitte der Ferse, an beiden Füßen. Oh, sieh mal – da kommt Nancy. Und, wie geht's uns heute so?«

»Nein, nein, nein.« Nancy war winzig. Ein paar graue Haarsträhnen klebten ihr am Schädel, und in ihrem ansonsten stumpfen Blick lag Panik.

»Sie sollten aber gar nicht hier drüben sein, stimmt's, Nancy?«, sagte Niamh. »Also ehrlich, Yasmin, das ist langsam nicht mehr lustig. Die haben ihre Leute da drüben nicht im Griff. Wenn die Demenzpatienten immer hier rüberwandern, verschreckt das die anderen total. Verstehst du, was ich meine?«

»Nein!«, kreischte Nancy. »Scheiße, Schwanz, Scheiße.« Sie stopfte sich die knochigen Finger in den Mund.

»Also gut«, sagte Niamh mit einer Stimme, die eine Oktave tiefer klang als vorher. »Also gut«, wiederholte sie und ging um den Empfangstresen herum. »Dann schauen wir mal, dass wir Sie wieder zurück ins Bett bringen.«

Anna, die Pflegekraft, die eben noch Dr. Griffith abgeschleppt hatte, kam auch jetzt wieder angelaufen.

»Sie ist wahnsinnig schnell«, sagte Anna, vollkommen außer Atem. »Mrs. Pattinson, wir müssen Sie doch für Ihren Friseurbesuch fertigmachen, nicht wahr? Kommen Sie, gehen wir. Kommen Sie.« Und nachdem sie Mrs. Pattinson noch eine Weile gut zugeredet hatte, gelang es ihr endlich, sie zum Mitkommen zu bewegen.

»Weißt du was, Yasmin«, sagte Niamh, während sie zu ihrem Stuhl zurückging. »Ich will mal ganz ehrlich sein. Wenn die Pflegekräfte so dicke Wummen sind – ich will ja gar nicht sagen, dass sie fett ist, denn die Arme, bei ihr ist das wahrscheinlich genetisch bedingt –, aber wenn die so korpulent sind, dann ist es kein Wunder, dass sie nicht mit den ganzen Neunzigjährigen Schritt halten können. Traurig, aber wahr.«

»Anna kann sehr wohl rennen«, sagte Yasmin. »Sie rennt schon den ganzen Vormittag hin und her.« Sie musste sich jetzt wirklich auf die Formulare für Mrs. Adeyemi konzentrieren.

»Na, wenn man sowas ›rennen‹ nennen kann! Aber die tun mir echt leid, diese ganzen Frauen aus Westafrika. Du weißt schon, was ich meine. Die können offenbar gar nicht anders, als so dick zu werden.«

»Also, das ist jetzt ein bisschen …« Yasmin zögerte. »Ein bisschen verallgemeinernd«, brachte sie ihren Satz dann etwas lahm zu Ende.

»Oh, Entschuldigung, dass ich mein Mitgefühl ausgedrückt habe!« Niamh lehnte sich vor. »Würdest du sagen, dass Plantarfasziitis als Arbeitsunfall durchgeht?«

»Ich finde, du solltest das mal mit deinem Hausarzt besprechen, das wäre das Beste. Lass das mal ordentlich untersuchen.«

»Oh, das werde ich, da mach dir mal keine Gedanken. Scheiße, er ist da.« Niamh sprang auf. Falls ihre Füße ihr dabei wehtaten, war davon jedenfalls nicht das Geringste zu bemerken.

Pepperdine stand im Türrahmen. Einen Moment lang wurde es auf der Station fast totenstill. Dann war der Trubel lauter als vorher, und es herrschte eine umso heftigere Betriebsamkeit.

»Was für ein miesepetriger Idiot«, sagte Niamh leise. Dann ordnete sie ihre Haare, strich sich die Uniform glatt und fügte hinzu: »Mit dem würde ich glatt vögeln. Damit würde ich uns allen einen Gefallen tun. Der hat das ganz offensichtlich bitter nötig. Wie verklemmt kann man denn sein? Und weißt du was, Yasmin, der sieht gar nicht mal so schlecht aus. Für sein Alter. Wusstest du, dass der nie geheiratet hat? Also ehrlich, das würde ich glatt tun. Ich würde mit ihm vögeln. Das würde ich tun. Ich würde mich für die Gemeinschaft opfern!«

OCKHAMS RASIERMESSER

Die Abteilung für Geriatrie bestand im Grunde genommen aus zwei separaten Stationen, die man notdürftig miteinander verbunden hatte. Es gab acht Räume für Frauen mit jeweils drei Betten und hinter dem Schwesternzimmer, das sich in der Mitte befand, noch acht Räume für Männer. Jedes Bett war von einer Metallschiene umgeben, an der ein fadenscheiniger bläulicher Vorhang hing. Die Vorhänge sollten den Eindruck vermitteln, als hätten die Patienten eine Privatsphäre, doch eigentlich hatten sie nur eine symbolische Funktion. Neben jedem Bett stand ein Nachttisch, ein Schrank für die persönlichen Gegenstände und ein harter, glatter Stuhl für die Besucher. Yasmin war mehr als einmal Zeugin geworden, wie ein erschöpfter Besucher – eine Ehefrau oder ein Ehemann oder eine Tochter – eingeschlafen und von dem Stuhl hinunter auf den Boden gerutscht war. Die Wände hatten die Farbe und Oberflächenstruktur von getrockneten Salbeiblättern und sahen aus, als könnten sie jeden Moment zerbröseln. Der warme, hefeartige Geruch nach Urin wurde von dem schärferen Geruch nach Desinfektionsmittel überlagert. Trotz der riesigen Fenster brannte den ganzen Tag über das grelle Deckenlicht, was aus irgendeinem Grund dazu führte, dass Yasmin sich ständig müde fühlte. Sie unterdrückte ein Gähnen.

Die Visite wollte kein Ende nehmen. Einer der Patienten auf der Intensivstation hatte einen epileptischen Anfall erlitten, was Pepperdine eine willkommene Gelegenheit für eine Lehrstunde gegeben hatte. Und auf der »demenzfreundlichen« Station ging alles zwangsläufig sehr langsam vonstatten.

Yasmins Konzentration ließ immer mehr nach. Sie wurde ganz plötzlich von der Vorstellung heimgesucht, wie Harriet auf der Türschwelle ihres Hauses stand, dem Fiat Multipla zum Abschied hinterherwinkte und dann vor Lachen in sich zusammenbrach, nachdem das mit Ghoramis vollgepackte Auto aus der Auffahrt verschwunden war.

»Sind Sie, äh, noch bei uns, Yasmin… äh… ja, gut …«, sagte Pepperdine, als sie zu weit zurückblieb. Sofort scharten sich die Medizinstudenten wie Küken um eine Glucke, und er winkte vage mit der Hand, um sie vor sich her zu scheuchen.

»Tut mir leid. Natürlich«, sagte Yasmin. Er war weder furchteinflößend, wie viele der Chefärzte, noch übertrieben freundlich, wie manch andere. Außerdem war er ihr Tutor und mochte sie, oder zumindest glaubte sie, dass er das tat. Es war schwer zu sagen.

»Hallo, Elsie«, sagte Julie, die Stationsschwester, als sich der gesamte Tross ins nächste Zimmer begeben hatte. »Wir machen uns ein wenig Sorgen um Elsie«, fügte sie an den Stationsarzt gewandt hinzu. »Sie hat in den letzten vier Tagen kein einziges Mal Stuhlgang gehabt.«

»Mrs. Munro«, sagte Pepperdine. »Wie geht es Ihnen?« Er hielt nichts davon, die Patienten bei ihrem Vornamen zu nennen, selbst dann nicht, wenn diese es ausdrücklich erlaubt oder sogar darum gebeten hatten.

»Ganz gut«, antwortete Mrs. Munro. »Ein bisschen müde heute, Herr Doktor.« Sie saß auf ihrer Bettdecke gegen ein dünnes Kissen gelehnt, und ein Tremor lief durch ihren rechten Arm und ihr rechtes Bein.

Pepperdine bat Mrs. Munro erst um ihre Erlaubnis und forderte dann einen der Studenten auf, sie zu untersuchen.

Julie huschte lautlos davon und kehrte mit einem zweiten Kissen zurück, das sie wie von Zauberhand in Mrs. Munros Rücken legte, ohne dass diese im Mindesten gestört wurde.

»Also?«, fragte Pepperdine.

Der Student sah geradezu lächerlich jung aus, selbst in Yasmins

Augen. Die Röte stieg ihm in die Wangen. »Die Verstopfung könnte mit der Parkinson-Erkrankung zusammenhängen? Oder den Antidepressiva? Sie bekommt Citalopram?«

»Danke, Max. Möchte sonst noch jemand eine Bemerkung dazu machen? Irgendjemand?« Pepperdine betrachtete traurig seine Studentenschar. Eine junge Frau neigte den Kopf, als wollte sie sich wegducken. Nach und nach meldeten sich dann doch mehrere Studenten mit Vorschlägen. Reizdarmsyndrom, Hypothyreose, Bewegungsmangel, Nervenschaden, Stress oder – dies wurde nur geflüstert vorgetragen – Darmkrebs. Pepperdine quittierte sämtliche Antworten mit einem langsamen Nicken.

»Dr. Ghorami, vielleicht haben Sie auch etwas beizutragen?«

Yasmin trat näher an das Bett heran. Sie beugte sich zu der Patientin hinab. Mrs. Munros Kopf wackelte hin und her. »Wir werden Sie nicht mehr lange stören«, sagte Yasmin. »Ich würde nur gerne wissen – wie steht es denn um Ihren Appetit?«

»Scheunendrescher«, antwortete Mrs. Munro. »Das hat meine Mutter immer über mich gesagt. Das ist natürlich jetzt sehr lange her. Seit einigen Jahren habe ich keinen rechten Hunger mehr.«

»Aber wir müssen ja schließlich etwas essen, nicht wahr, Elsie?«, sagte Julie. »Haben Sie heute Morgen Ihr Frühstück nicht aufgegessen?« Die Schwester wirkte angespannt. Yasmin lächelte sie an, und als Reaktion darauf schoben sich Julies Lippen flüchtig in die Breite.

Julie ließ sich nicht leicht zum Lächeln bringen. Sie hatte einen schmalen Mund, der meist zu einer ordentlichen geraden Linie zusammengepresst war. Wenn man nah genug neben ihr stand, konnte man erkennen, dass sie an beiden Ohren sowohl in den Ohrläppchen als auch im Knorpel zahlreiche Piercings hatte, und außerdem noch in ihrer rechten Augenbraue und dem linken Nasenflügel. Die Piercings waren der Beweis für ein anderes, ein vergangenes Leben, über das Julie selbst jedoch nie sprach. Sie trug keinen Schmuck, nicht einmal kleine Ohrstecker, als hätte sie allem, was mit ihren Piercings zu tun hatte, abgeschworen wie ein trockener Alkoholiker. Niamh hatte Yasmin einmal erzählt, Julie hätte sogar ein Piercing in ihrer Zunge und noch eins in einem sehr viel intimeren Bereich ihres Körpers. Aber Niamh erzählte so manches.

»Das dürfte der Grund sein, denke ich«, sagte Yasmin.

Das Frühstückstablett mit Haferbrei, Toast und Joghurt, das auf dem Nachttisch stand, war offenbar vollkommen unberührt geblieben. Das war nichts Ungewöhnliches. Alten und kranken Menschen war es oft nicht danach, etwas zu essen. Aber in diesem Moment schien das unangerührte Tablett eine noch viel schlimmere Möglichkeit nahezulegen. Yasmin wusste, dass Julie derselbe Gedanke gekommen war.

Vier Tage ohne Nahrung. Womöglich noch länger.

Pepperdine schwieg und wartete, während sich die Stille immer weiter ausdehnte. Yasmin betrachtete sein ernstes, längliches Gesicht. Er war groß und schlank gebaut und war von einer entfernten Aura der Güte umgeben.

Niamh hatte ihn einen miesepetrigen Idioten genannt, aber er war alles andere als das.

»Es tut mir leid«, sagte Mrs. Munro. »Ich möchte niemandem zur Last fallen.«

Am äußersten Ende der Station hatte man bereits damit begonnen, die Tabletts mit dem Mittagessen zu verteilen.

Sie starrten alle auf Mrs. Munros zitternden Arm und Kopf. Schwestern und Pflegekräfte waren angehalten, diejenigen Patienten zu füttern, die nicht aus eigener Kraft essen konnten, und meistens taten sie das auch. Aber diejenigen, die niemandem zur Last fallen wollten, wurden schnell mal übersehen.

»Sie fallen uns nicht zur Last. Niemals«, sagte Pepperdine. »Sie behalten die Sache im Auge?«, sagte er dann zu Julie. Doch sein Tonfall war milde.

»Es wird nicht wieder vorkommen.« Ihr Gesicht und ihre Stimme waren angespannt. Pepperdine war stets höflich und äußerst sorgfältig, und jeder wollte sich seinen Respekt verdienen. Doch niemand war sich sicher, ob ihm das auch gelungen war, Julie miteingeschlossen, die ansonsten nicht aus der Ruhe zu bringen war.

»Ockhams Rasiermesser«, sagte Pepperdine. »Achten Sie darauf, dass Sie niemals die naheliegendste Lösung aus den Augen verlieren. Wenn kein Essen reinkommt, können auch keine Abfallstoffe herauskommen.« Er nickte Yasmin zu, und sie war gleichzeitig glücklich und ein bisschen verschämt, als hätte er sie gerade über den grünen Klee gelobt.

Sie waren bei Mrs. Adeyemi angekommen, die wie aus dem Ei gepellt auf dem Bett saß und an den Füßen die hellblauen Leinenschuhe trug, die man nach einer Operation immer verpasst bekam. In diesem Moment dämmerte es Yasmin, dass Mrs. Adeyemi zusätzlich zu ihren Medikamenten auch eine Gehhilfe benötigen würde. Außerdem würde sie daheim ohne fremde Hilfe nicht zurechtkommen, und es ließ sich aus ihrer Krankenakte nicht eindeutig schließen, ob es eine solche Hilfsperson in ihrem Leben gab. Yasmin musste mit Leslie darüber sprechen, der Sozialarbeiterin, und Leslie war immer so schrecklich beschäftigt …

»Oh weh«, sagte Pepperdine zu Mrs. Adeyemi. »Was haben wir denn hier? Zwingen wir Sie zu warten?«

»Ich muss noch die Entlassungspapiere ausstellen«, sagte Yasmin.

»Aha«, sagte er. »Ich verstehe.«

Er wandte seine Aufmerksamkeit dem nächsten Bett zu, das leer war. »Offenbar haben wir einen Flüchtling zu beklagen.« Die Studenten kicherten.

Das leere Bett gehörte Mrs. Antonova. Irgendjemandem war es gelungen, das Fenster aufzustemmen. Yasmin fiel ihr Versprechen wieder ein. Sie hoffte, dass Mrs. Antonova ihren Protest im Fernsehzimmer nicht schon wieder aufgenommen hatte.

»Die Heizkörper funktionieren nicht mehr richtig«, sagte Julie. »Wir können sie nicht herunterschalten. Einige der Patienten beschweren sich darüber, dass es zu heiß ist, also öffnen wir ein Fenster, wodurch natürlich ein kalter Luftzug entsteht, über den sich dann wieder andere beklagen.«

»Ah«, sagte Pepperdine ernst. »Hier haben wir ein perfektes Beispiel für die von der Stiftung angestrebte Effizienzsteigerung. Die Gebäudeverwaltung wurde an eine Fremdfirma außer Haus vergeben – oder außerhalb jeglicher Existenz, könnte man vielleicht sagen –, und auf diese Weise hat man für die Patienten einen Anreiz geschaffen, auf dem freien Markt der Temperaturkontrolle miteinander zu konkurrieren.«

»Ich habe ihr versprochen, das Problem zu beheben«, sagte Yasmin. Pepperdine sah sie an. Sie wünschte, sie hätte den Mund gehalten, aber jetzt war sie gezwungen weiterzureden. »Mrs. Antonova. Sie wäre sonst nicht aus dem Fernsehzimmer herausgekommen.«

»Sind Sie Ärztin oder Wundertäterin?«

Die Studenten kicherten erneut.

»Ich habe sie mit einer Mandarine und einer Banane bestochen«, sagte Yasmin. »Aber sie ist ein zäher Verhandlungspartner.«

Pepperdine nickte. Sie machte sich darauf gefasst, mit Spott überhäuft zu werden, doch das geschah nicht. »Gut«, sagte er. »Sehr gut.«

SO ETWAS WIE SEX GIBT ES NICHT

»Ich habe Mist gebaut, oder?« Joe hatte sich auf die Untersuchungsliege gesetzt, und Yasmin stand zwischen seinen Beinen. Er trug eine marineblaue Moleskin-Hose und ein weißes Leinenhemd. Die anderen männlichen Medizinstudenten trugen Bürohemden mit weißen Kragen und Krawatten. Sie strich ihm mit den Fingern durch seinen Pony.

»Ist schon okay.« Sie hatten telefoniert, nachdem Yasmin zu Hause angekommen war. Danach hatte er ein halbes Dutzend Text-Nachrichten geschickt, in denen er sich dafür entschuldigte, nicht schnell genug geschaltet zu haben.

»Harry wird das Ganze wahrscheinlich komplett vergessen. Gesetzt den Fall, wir erwähnen es einfach nicht mehr.«

»Ja, Harry vielleicht. Aber Ma niemals.«

»Also sagst du ihr, dass du das nicht möchtest?«

»Ich denke schon. Ich wollte es eigentlich heute früh tun, aber sie war so glücklich, sie hat Parathas zum Frühstück gemacht, und da habe ich es nicht übers Herz gebracht.« Aber vielleicht hatte sie ihrer Mutter damit keinen Gefallen getan. Je länger Ma ihren Fantasien über eine Nikah nachhing, desto trauriger würde sie sein, wenn Yasmin dem Ganzen ein Ende setzte.

Er drückte ihre Beine mit seinen Knien zusammen. »Parathas zum Frühstück? Auf die Gefahr hin, dass ich schon wieder unter Beweis stelle, was für eine lange Leitung ich habe, aber was ist daran so besonders?«

»Die macht sie nur zum Frühstück, wenn jemand Geburtstag

hat. Das ist doch klar!« Sie klopfte ihm mit ihren Fingerknöcheln gegen die Stirn. »Das weiß doch jeder!«

»Natürlich. Tja. Wenn sie sich so sehr darüber freut… vielleicht sollten wir dann ja vielleicht doch …«

»Du kennst Imam Siddiq nicht.«

»Oh, alles klar.« Er sah sie mit seinen blauen Augen unverwandt an. »Aber muss es unbedingt der sein? Könntest du nicht jemand anderes fragen, als… als Kompromiss?«

»Aber wir wollen das doch gar nicht«, sagte sie. Es klang wie ein Blöken. Es war nicht einmal das, was Ma wollte. Oder falls doch, hätte sie diesen Wunsch jedenfalls nie erwähnt, wenn Harriet sich nicht eingemischt hätte. Yasmin setzte sich auf den Drehstuhl und ließ sich im Kreis herumwirbeln. Der Raum, in dem Joe vor ihrem Eintreffen eine gynäkologische Untersuchung durchgeführt hatte, wirkte beengt. Der Schreibtisch quoll über vor Kondomschachteln, Schachteln mit der »Pille danach«, Einweghandschuhen, Tuben mit Gleitmittel und Blutdruckmanschetten sowie einem lebensgroßen Skelett-Modell des Beckenbereichs, das sich aus Hüftknochen, Sakrum mit Steißbein und zwei Lendenwirbeln zusammensetzte.

»Also, um ehrlich zu sein«, sagte Joe. »Ich wusste nicht so recht, woran ich war, okay? Du hast mir erzählt, dass du im islamischen Glauben erzogen worden bist, und ich weiß zwar, dass du keine praktizierende Muslimin bist, aber du hast mir auch erzählt, dass du immer noch betest, von Zeit zu Zeit und –«

»Sehr selten«, unterbrach ihn Yasmin. »Eigentlich so gut wie nie.«

»Okay, das habe ich jetzt begriffen.«

»Und mein Vater hat keine Ahnung, wie viel ein Festzelt und all dieser andere Kram kostet. Wenn man die Stühle und Tische und Tischdekorationen und den Tanzboden und all das mietet. Er denkt wahrscheinlich, er könnte einfach in den Baumarkt gehen und ein großes Zelt kaufen.«

»Aber Harry kann doch alles bezahlen. Das wäre überhaupt kein Problem.«

»Baba möchte das nicht.«

»Dann sag ihm, dass ich es bezahle. Würde das funktionieren?«

»Nein, denn das würde ihn kränken.«

»Dann … Harry könnte ihm sagen, er soll ihr das Geld erstatten, das sie für den ganzen Kram bezahlt hat, den sie organisiert, und du kannst dir dann einen Betrag ausdenken, den du für angemessen hältst. Harry würde das überhaupt nichts ausmachen.«

»Aber mir würde es etwas ausmachen«, sagte Yasmin. »Das wird alles viel zu kompliziert. Lass uns doch einfach jetzt direkt einen Termin im Standesamt machen und heiraten. Wir wollen diesen ganzen Aufwand doch sowieso nicht, oder?« Es kam ihr plötzlich absurd vor, dass sie noch weitere sechs Monate warten sollten.

Joe sah verwirrt aus. »Tja. Das könnten wir tun. Aber was ist mit deinen Verwandten, die von auswärts kommen? Wäre deine Mama nicht total traurig, wenn die nicht kämen?«

Yasmin zuckte mit den Schultern. »Das wäre kein großes Problem.«

»Für dich nicht. Aber für –«

»Also gut«, sagte sie und schnitt ihm das Wort ab. »Vergiss es. Dann warten wir halt sechs scheiß Monate.«

Er lachte. »Du warst es doch, die nichts überstürzen wollte. Weißt du noch?«

»Ja, aber das war, bevor …« Vor was, eigentlich? Bevor Harriet sich eingemischt hatte. Aber das konnte sie schlecht sagen. Harriet hatte Yasmin mit offenen Armen aufgenommen, und sie hatte sich auch mit Ma und Baba die allergrößte Mühe gegeben. Yasmin hatte kein Recht, ihr wegen irgendetwas böse zu sein. »Lass uns einfach jetzt schon eine Wohnung zusammen mieten«, sagte sie. »Wir können ja später heiraten. Aber lass uns jetzt zusammenziehen.«

»Yasmin«, sagte er. »Was ist los? Du verschweigst mir doch irgendetwas.«

»Nein, nichts«, sagte sie und kam sich albern vor. Sie hatte die ganze Sache in ein Melodram verwandelt. Sie starrte auf seine Schuhe. Heute waren es blassgraue Turnschuhe und lila Schnürsenkel. Er besaß Schnürsenkel in jeder einzelnen Farbe des Regenbogens und dann noch ein paar darüber hinaus. Er hatte ihr erzählt, es sei ein »Mode-Trick«, über den er mit sechzehn in einer Zeitschrift im Wartezimmer einer Arztpraxis gestolpert war und den er seitdem einfach beibehalten hatte. »Ich will, dass wir zusammenziehen, das ist alles. So bald wie möglich.«

»Das will ich doch auch.« Er seufzte. »Aber das würde deine Eltern unglücklich machen, nicht wahr?« Er kam zu ihr, hockte sich neben sie und sah ihr mit einem ernsten Blick in die Augen. Was war sie doch für eine egoistische dumme Ziege. Und unvernünftig obendrein. Sie flocht ihre Finger um seinen Nacken.

»Es tut mir leid«, sagte sie. »Es tut mir leid. Ich weiß nicht, was in mich gefahren ist.«

»Hast du Zeit, mit mir Mittag zu essen? Lass uns picknicken. Warte hier, ich gehe und hole alles.«

Statt in dem Raum auf ihn zu warten, ging sie zur Toilette. Während sie sich die Hände wusch, betrachtete sie ihr Spiegelbild. Sie wünschte, ihre Lippen wären voller und ihre Nase nicht ganz so rund. Jedenfalls hatte sie sich das früher immer gewünscht, und der Gedanke ging ihr immer noch durch den Kopf, ganz automatisch, doch ohne dieses Gefühl großer Sehnsucht, von dem er früher immer begleitet gewesen war. Ihr Gesicht war schon in Ordnung, so wie es war. Ihre Augen machten sehr viel wett. Und auch ihre Wimpern. So etwas wie Mascara hatte sie gar nicht nötig. Das Einzige, was sie für ihre Wimpern benutzte, war Vaseline. In diesem schrecklichen Licht glänzten ihre Haare zwar und wirkten dicht und voll, aber es hatte den Anschein, als wären sie überall gleich lang, ein schulterlanger schwarzer Wasserfall. Doch draußen, dort, wo dieses geheimnisvolle, zwanzigminütige Picknick stattfinden sollte, würde man erkennen können, dass die Haare stufig geschnitten waren, und auch die vielen verschiedenen Farbtöne würden zur Geltung kommen: Kastanie, Mahagoni, Rostrot – eine einzige Pracht, und alles vollkommen natürlich.

Du warst es doch, die nichts überstürzen wollte.

Sie ließ einen Finger in den Ausschnitt ihres Pullovers gleiten und berührte den Verlobungsring, einen von Diamanten eingefassten Saphir, den sie sich an einer silbernen Kette um den Hals gehängt hatte. An der Hand Schmuck zu tragen, war im Krankenhaus verboten. Das Einzige, was die Stiftung erlaubte, waren Eheringe.

Als er ihr den Antrag machte, kannten sie sich erst seit fünf Monaten. Es dauerte einen Monat, bis er sie überhaupt zum ersten Mal küsste, und vier Monate später fuhr er mit ihr übers Wochenende nach Paris und fragte sie am Medici-Brunnen, ob sie ihn heiraten wolle. Sie hatte sofort Ja gesagt.

In jener Nacht, als sie im Bett lagen, in ihrem Hotel am Jardin du Luxembourg, hatte sie ihn endlich gefragt, was sie ihn in den letzten vier Monaten schon die ganze Zeit hatte fragen wollen: Warum hast du mich beim ersten Mal nicht geküsst? Und auch beim zweiten oder dritten oder sechsten Mal noch nicht?

Er sei in der Vergangenheit mit einer Menge Frauen im Bett gelandet, antwortete er. Du weißt ja, wie Tinder-Dates so sind.

Nein, ehrlich gesagt nicht so richtig, sagte sie. Aber ja, ich hab davon gehört.

Hast du wirklich erst einen Freund gehabt?

Ja, antwortete sie. Sie hatte ihm von Kashif erzählt, ihn dabei aber als netter beschrieben, als er in Wirklichkeit gewesen war. Die beiden Jungen während der Schulzeit hatte sie nicht erwähnt, aber mit denen hatte sie auch nicht geschlafen, deshalb zählten sie nicht. Und nach Kashif hatte sie noch mit einem anderen Studenten geschlafen, aber nur ein einziges Mal, und wenn sie an die Dinge dachte, die er von ihr gewollt – die er von ihr verlangt hatte… Nun, sie hatte das Ganze, so gut es ging, verdrängt.

Ich wollte es diesmal einfach richtig machen, sagte er. Ich wollte mich korrekt verhalten. Ich habe es auf die andere Art versucht, und glaub mir, es hat nicht funktioniert. Jedenfalls hat es für mich nicht funktioniert.

Dann sollten wir jetzt auch nichts überstürzen, sagte sie. Lass uns das hier auch richtig machen.

Sie saßen auf einer Bank auf der »Dorfwiese« in einem kleinen Fleckchen, das von der Sonne beschienen wurde. Das Picknick bestand aus einer Packung Chips und zwei Schokoladenriegeln aus dem Automaten.

Er erzählte ihr von einem vierzehnjährigen Mädchen, das er an diesem Vormittag untersucht hatte. Das Mädchen hatte die Sorge geäußert, ihre Geschlechtsteile sähen »irgendwie komisch« aus, und ihre Mutter hatte ihr recht gegeben, da sähe was »nicht ganz richtig« aus. Frauen machten sich Gedanken darüber, wie ihre Schamlippen aussahen, weil sie sie mit denen verglichen, die sie in irgendwelchen Pornos gesehen hatten. Aber dieses Mädchen hier, das war gerade mal vierzehn! Der Hausarzt hatte die Mutter nicht davon überzeugen können, dass mit ihrer Tochter alles in Ordnung war. Als Joe den beiden versicherte, dass sie vollkommen normal sei und definitiv keine Operation brauchte, um ihre Schamlippen zu verkleinern, war das Mädchen in Tränen ausgebrochen, und die Mutter hatte gesagt: »Sie wollen uns doch hier nur sagen, dass meine Tochter sich privat behandeln lassen muss, das meinen Sie doch, oder?«

»Ich hätte ihnen das Foto von Harry zeigen sollen«, sagte er. »Du weißt schon, dieses *eine* Foto. Da, schaut her, so sieht eine ganz natürliche Frau aus. Seien Sie einfach stolz auf Ihren Körper, so wie er ist.«

Joe hatte noch nie die Sprache auf dieses berüchtigte Foto gebracht. Er hatte ein bisschen über Harrys Buch geredet und wie sie darin ihre polyamoren Abenteuer beschrieb, und dabei war deutlich geworden, dass er ihren Mut und ihre Offenheit bewunderte, und auch ihren Schreibstil. Das Einzige, was er kritisiert hatte, war, dass die Memoiren gelegentlich ein wenig ins Prahlerische abglitten.

»Definitiv«, sagte sie. Das war nichts, was einem peinlich sein musste. Joe war es schließlich auch nicht peinlich. Aber er war auch nicht im Haus der Ghoramis aufgewachsen, wo es so etwas wie Sex nicht gab.

»Oh, ich habe noch bei zwei weiteren Maklern unterschrieben. Es gibt da so drei oder vier Wohnungen, die interessant aussehen. Aber nicht toll. Und wir werden etwas finden, das toll ist. Glaub mir, es wird großartig werden.« Er lächelte über seinen eigenen übertriebenen Enthusiasmus. Das liebte sie an ihm – die Art, wie es ihm gelang, Leidenschaftlichkeit mit Humor zu verbinden. Heftig für etwas zu entbrennen und gleichzeitig total cool zu bleiben. Sie liebte seine Ernsthaftigkeit, und sie liebte es, mit welcher Bereitwilligkeit er darüber lachen konnte.

Sie betrachtete das Grübchen in seinem Kinn. »Wirst du deinen Vater zur Hochzeit einladen? Hast du nochmal darüber nachgedacht?«

Ein Schatten fiel auf sein Gesicht, als sich eine Wolke vor die Sonne schob. »Mein Vater. Ich weiß nicht. Als ich fünfzehn war, ist er in eine andere Stadt gezogen. Seitdem habe ich ihn nur vier oder fünf Mal gesehen. Er ist ein Trinker und ein Lügner und ein Betrüger. Und das sind noch seine besten Eigenschaften. Warte mal, was hast du da gesagt? Es gibt eine Hochzeit? Denn vor gar nicht so langer Zeit wolltest du das Ganze wieder absagen.«

»Nein, das wollte ich nicht.« Sie lachte. »Du Idiot.«

»Ich liebe dich auch«, sagte er.

SANDOR

Der Patient war ein sympathischer junger Mann: intelligent, redegewandt und mit einer Fülle selbstironischen Charmes gesegnet. Er hatte ein sehr intensives Bewusstsein dafür, wie privilegiert er war, und ebenso intensiv leugnete er seinen Schmerz. Sandor fragte sich, ob es an der Zeit war, endlich einzugreifen. Er hatte mehr als genug gehört: darüber, was der Patient alles nicht hatte erleiden müssen und wie viele Benachteiligungen ihm niemals aufgebürdet worden waren, welch Segen ihm in seinem Leben zuteilgeworden war und die endlose Reihe von Gründen, die eigentlich vehement dagegensprachen, dass er sich jetzt in diesem Zustand befand.

Warte, beschloss er dann. Wenn es eines gab, das Sandor im vergangenen Jahr gelernt hatte, dann, dass sich die Briten sehr viel mehr in die Hierarchie des Schmerzes festgebissen hatten als die Amerikaner. Amerikaner neigten im Großen und Ganzen weit weniger dazu, ihr eigenes Leiden nur deshalb abzutun, weil es irgendwo irgendjemanden gab, dem es noch viel schlechter ging.

Sandor lehnte sich zurück und schlug die Beine übereinander. Das Vergnügen, das es ihm bereitete, in Roberts Sessel zu sitzen, war erstaunlicherweise noch fast genauso groß wie am Anfang. Falls sein Schwiegervater in diesem Augenblick von dort oben auf ihn herabschaute, dann hatte er seine Lippen bestimmt in eiskaltem Zorn zusammengepresst, so fest, dass nur noch ein weißer Strich übrigblieb, weil er gezwungen war zuzusehen, wie Sandor in seiner ausgebeulten Cordhose und seinem mottenzerfressenen Pullover in seinem, Roberts, Büro saß und Alkoholiker, Spieler,

Drogen-Junkies und alle möglichen anderen Arten von Abhängigen mit Voodoo-Ritualen behandelte. All diese willensschwachen, nutzlosen Menschen, oder auch solche, die das Unglück hatten, mit einem »chemischen Ungleichgewicht« oder einem anderweitig »fehlerhaften« Gehirn geschlagen zu sein. Für Dr. Robert Elliot Heathcote-Drummond vom Royal College of Psychiatrists, Mitglied der Royal Society, Träger der Gaskell-Medaille und Offizier des Ordens des Britischen Empire, hatte es immer nur Krankheiten auf der einen und deren Heilmethoden auf der anderen Seite gegeben. Pillen, Gefängnisstrafe, Elektroschocktherapie. Alles andere taugte nichts.

»In gewisser Weise«, sagte Sandor, denn der Patient war am Ende seiner Litanei der glücklichen Umstände angelangt, »haben Sie den schwierigsten Schritt zu Ihrer Genesung bereits getan, nämlich ganz einfach dadurch, dass Sie hierhergekommen sind. Ich möchte, dass wir uns einen Moment Zeit nehmen, diesen Schritt anzuerkennen, und auch den Mut, den es Sie gekostet hat, sich Hilfe zu suchen. Ist es Ihnen unangenehm, wenn man Sie lobt?«

»Grmpf«, sagte der Patient, dem seine Redegewandtheit offenbar abhandengekommen war. »Also ...« Er schüttelte den Kopf, sodass ihm die Haare in die Augen fielen. »Genesung? Ich weiß nicht recht. Ich meine... wenn Sie das so formulieren, komme ich mir ein bisschen wie ein Hochstapler vor, weil ...«

»Weil? Weil Sie nicht krank sind?« Sandor lächelte. »Sie würden sich nicht als suchtkrank bezeichnen?«

»Ich weiß nicht recht, ob das tatsächlich auf mich zutrifft. Dass ich süchtig bin. Ich glaube, was ich damit sagen will, ist, dass *Genesung* sich so anhört, als würde ich es mir zu leicht machen. Als wäre ich nicht selbst für irgendetwas davon verantwortlich.« Der Junge – denn seine rosigen Wangen und seine volle Oberlippe verliehen ihm ein kindliches Aussehen – war süchtig nach Selbstkritik.

»Wenn wir stattdessen das Wort ›regenerieren‹ nehmen und dessen lateinische Bedeutung zu Rate ziehen, nämlich ›sich wiedererzeugen‹ oder ›von neuem hervorbringen‹, könnte das ein hilfreicher Ansatz sein. Was möchten Sie von neuem hervorbringen? Was ist Ihnen verlorengegangen?« Sandor hielt inne. Den Engländern wurde bei dieser Art von Frage oft unbehaglich. Sie lachten oder wirkten peinlich berührt oder beantworteten eine ganz andere Frage, die überhaupt nicht gestellt worden war.

Das Schweigen dehnte sich aus, und Sandor hielt seinen Blick auf den Couchtisch gerichtet, dessen runde Tischplatte aus Rauchglas auf einem Geflecht aus Teakholzbeinen ruhte. Es war ein dänischer Designer-Tisch aus den 50er Jahren, auch bekannt als »Spinnen-Tisch« – ein prächtiges Möbelstück, auch wenn Melissa gerne sagte, dass man kein Seelenklempner sein müsse, um zu begreifen, warum Sandor das Büro seines Schwiegervaters vollkommen unangetastet gelassen hatte. Natürlich hatte seine Frau da nicht ganz unrecht. Aber er mochte diesen Tisch und auch diesen Sessel mit den breiten Armlehnen aus Buchenholz, auf denen man wunderbar seine Notizen ablegen konnte. Er liebte die Minibar aus Palisanderholz und den zweistufigen Cocktail-Tisch mit den strengen Metallbeinen und verspielten Mosaikintarsien. Und auch den Schreibtisch mit seinen Schubladen aus Nussbaumholz und versilberten Griffen und dem grau lackierten Rahmen im Art-déco-Design. Das Einzige, das er verändert hatte, war die Couch. Schwarzes Leder und Chrom – das war ihm einfach zu ungastlich gewesen.

»Vielleicht heben wir uns diese Frage für einen anderen Tag auf«, sagte Sandor. »Bleiben wir doch einmal bei Ihrem familiären Hintergrund. Sie haben mir erzählt, was Ihre Eltern *nicht* getan haben. Sie haben Sie nicht geschlagen und so weiter.« Er hob eine Augenbraue in einer Geste, von der er hoffte, sie möge scherzhaft wirken. »Ich würde gern wissen, welche Erfahrungen Sie während Ihrer Kindheit tatsächlich gemacht haben. Es ist nicht immer leicht, die Ursache eines Traumas zu finden, aber es lohnt sich jedes Mal.«

»Aber ich habe kein Trauma erlebt.«

»Okay. Ich verstehe. Ihr Vater hat Ihre Familie verlassen, als Sie noch sehr klein waren. Warum erzählen Sie mir nicht noch ein bisschen mehr darüber?«

Der Patient redete, und hier und da half Sandor ihm mit einer Frage auf die Sprünge oder notierte sich etwas. Der Junge war eifrig darum bemüht, es seinem Gegenüber recht zu machen. Er hatte eine offene, ehrliche Art, war gebildet, trug teure und gleichzeitig sehr dezente Kleidung und schaute einem direkt in die Augen. Das, was er sagte, klang durchdacht und gleichzeitig vollkommen unbedarft. Er wusste nicht einmal, ob er sich überhaupt mit Fug und Recht als »suchtkrank« bezeichnen durfte. Doch natürlich wusste er es auf einer gewissen Ebene sehr wohl. Warum hätte er sonst einen Therapeuten aufsuchen sollen, der Bücher verfasst hatte wie *Rausch: Drogenabhängigkeit und die Suche nach der Identität* und *Durst: Wie befreie ich mich vom Alkohol?*

Darüber hinaus war Sandor auch Familientherapeut, das war stets Teil seines beruflichen Profils gewesen. Ein sehr wichtiger Teil, denn die eigentliche Ursache einer Abhängigkeit oder Sucht war fast immer im familiären Hintergrund des Patienten zu finden.

»Erzählen Sie mehr. Darüber, wie Sie als Einzelkind aufgewachsen sind. Sie haben gesagt, Sie hätten sich als etwas Besonderes gefühlt. Ihre Mutter hätte Ihnen das Gefühl gegeben, etwas Besonderes zu sein. Wie hat sich das geäußert? Wie hat sie das gemacht?«

Der Junge presste sich einen Daumenknöchel in sein Kinn. »Na ja, indem sie mich immer an erste Stelle gestellt hat? Indem sie mit mir wie mit ihresgleichen geredet hat? Indem sie sich mir anvertraut hat?« Er war in die Gewohnheit der Millennials verfallen, jede Aussage als Frage zu formulieren.

Sandor nickte und warf einen Blick in seine Notizen. Der Junge hatte auch einen Namen, und der musste da irgendwo stehen, auf seinem Aufnahmeformular.

»Also war es nicht gerade eine *normale* Kindheit.« Der Junge – aber er war ja gar kein Junge, sondern ging vielmehr bereits auf die Dreißig zu – gab ein Lachen von sich, um zu betonen, dass er sich sehr wohl der Bedeutungslosigkeit einer solchen Aussage bewusst war. »Ich nehme an, die hat niemand.«

»Wie fühlen Sie sich, wenn Sie das sagen? Dass es keine normale Kindheit war.«

»Ich habe das Gefühl, dass ich mich selbst ein wenig zu wichtig nehme?«

»Okay, ich verstehe. Aber versuchen wir es nochmal. Wenn ich von *fühlen* spreche, meine ich eine Emotion, die Sie irgendwo in Ihrem Körper erleben. Das könnte Ihre Brust sein oder Ihre Kehle oder Ihr Bauch – ganz egal, wo. Nehmen Sie sich Zeit. Atmen Sie ein- oder zweimal tief durch. Es war keine normale Kindheit. Wie fühlt es sich an, diese Information mit mir zu teilen?«

»Also, ich glaube, dass es eher so eine Art Frage ist, die ich Ihnen indirekt stelle. Ist es das, worauf Sie hinauswollen? Je mehr ich darüber nachdenke, desto mehr würde ich sagen, ja, ich frage Sie nach Ihrer Meinung, ob Sie glauben, dass meine Kindheit irgendwie nicht normal war, aber ich bin um den heißen Brei geschlichen, statt Sie direkt zu fragen.«

Sandor erinnerte sich, wie der Patient hieß. Er hatte ja gewusst, dass es ihm wieder einfallen würde. Der arme Junge: Sein Leben lang waren alle seine Bedürfnisse gestillt worden, außer denen, die wahrhaft wichtig waren. Und diese wesentlichen Bedürfnisse waren so weit davon entfernt, gestillt worden zu sein, dass er sich noch nicht einmal der Tatsache bewusst war, dass sie existierten. »Ja, das ist sicher eine sehr kluge Analyse, kein Zweifel.« Sandor nickte, zum Zeichen, dass er den Scharfsinn seines Patienten zu schätzen wusste. »Aber ich erzähle Ihnen jetzt mal einen kleinen Trick, den ich über die Bezeichnung – die Identifikation – von Gefühlen gelernt habe. Wenn Sie das Wort ›dass‹ benutzen, dann hindert Sie das daran, ein Gefühl zu identifizieren. Ich fühle, dass… oder ich glaube, dass… Das funktioniert nicht. Traurig, das ist ein Gefühl. Wütend ist ein Gefühl. Ich fühle mich traurig. Ich fühle mich zornig. Ich fühle mich ängstlich. Ich fühle mich verletzt. Verstehen Sie? Wenn Sie den Begriff ›dass‹ benutzen, werden Sie immer darüber stolpern.«

»Ich fühle …«

»Ja.«

»Ich fühle mich… wie ein schlechter Mensch.«

»*Wie* ist noch so ein hinderliches Wort.«

»Ich fühle mich… schlecht. Schwach. Böse.«

Sie näherten sich dem Ende ihrer ersten gemeinsamen Sitzung. Für die erste Sitzung wurden immer neunzig Minuten veranschlagt, alle weiteren würden dann nur noch fünfzig Minuten dauern. Sandor glaubte zu wissen, wie sich das Ganze entwickeln würde. Es begann sich bereits zu einem Bild zusammenzufügen. Aber es war wichtig, dem Patienten nicht vorauszueilen. Und den ersten Eindruck nicht zu einer feststehenden Beurteilung zu zementieren. Er empfand Mitleid mit diesem Jungen, der nicht in der Lage war, Mitleid mit sich selbst zu empfinden.

»Das klingt ganz schön hart«, sagte Sandor.

»Warum bin ich so? Was stimmt nicht mit mir?« Die rosigen Wangen waren rot geworden.

»Warum sind Sie suchtkrank?«

Der Junge kämpfte mit dem Wort. Doch nein, Joe war kein Junge. Er war ein junger Mann. Und Sandor war alt. Jedes Mal, wenn er in letzter Zeit an einem Spiegel vorbeikam, fiel ihm auf, wie das Alter sein Gesicht aushöhlte, wie seine ohnehin schon große Nase immer größer wurde, während seine Wangen einsanken und seine Augen sich zurück in seinen Schädel verkrochen. Er war vierundsechzig Jahre alt, doch er fühlte sich, als wäre er hundert. Insbesondere an den Tagen, wenn er beim Hinaufsteigen der Treppe auf halbem Weg anhalten musste, um wieder zu Atem zu kommen. Die dunklen Ringe unter seinen Augen erinnerten ihn an seine ersten Patienten, damals in Brooklyn, die Meth-Junkies und Heroinsüchtigen und all die anderen, von niemandem geliebten Menschen, von denen er so unendlich viel gelernt und denen er alles zu verdanken hatte.

Sandor sah zu, wie in Joes blassblauen Augen ein Widerstreit der Gefühle ausgetragen wurde. Er war schlecht, schwach, böse. Aber war er *suchtkrank*? Erfüllte er die notwendigen Bedingungen?

Schließlich sagte er: »Ja.«

Ein Durchbruch. Oder zumindest ein erster wichtiger Schritt. »Sehen Sie es doch mal so«, sagte Sandor. »Die Sucht ist nicht das vorrangige Problem. Sucht ist immer der Versuch, ein Problem zu *lösen*. Es ist der unterbewusste Versuch der betroffenen Person, einem Schmerz zu entfliehen. Also, Joe, die Frage lautet nicht: Warum sind Sie suchtkrank? Die Frage lautet: Woher kommt Ihr Schmerz? In unseren Sitzungen werden wir versuchen, genau das gemeinsam herauszufinden.«

Nachdem er Joe zur Tür gebracht hatte, hatte Sandor eine ganze Stunde für sich. Der restliche Tag würde mit Terminen vollgestopft sein. Obwohl er Melissa versprochen hatte, nur noch eine Handvoll Patienten zu behandeln und seine Arbeitszeit zu reduzieren, fiel es ihm schwer, die Leute abzuweisen. Sandor zog seine Schuhe aus und legte sich aufs Sofa. Eine Welle der Nostalgie erfasste ihn. Das erste Mal, als Melissa ihn mit zu sich in dieses Haus genommen hatte, befand er sich gerade im Promotionsstudium. Doch Robert hatte ihm das Gefühl vermittelt, er sei noch ein Schulkind, so wie er immer wieder seinen Namen wiederholt hatte, Sandor Bartok, als wollte er ihm damit eins auswischen. Jawohl, Sir!, hatte Sandor gesagt, hatte in seinen Schlaghosen und seinem Batik-Shirt strammgestanden und Melissa wortlos verflucht, die sich hinter dem Rücken ihres Vaters vor Lachen ausgeschüttet hatte.

Internationale Beziehungen, hatte Robert gesagt. So etwas studieren Sie? Oder ist das die Bezeichnung dafür, was Sie mit meiner Tochter anstellen? Damals war Sandor als Doktorand an der *London School of Economics* eingeschrieben gewesen, und Melissa studierte an derselben Universität seit zwei Jahren Wirtschaftswissenschaften im Bachelor-Studiengang. Anthropologie, hatte Robert gesagt, als er entdeckt hatte, dass dies Sandors Hauptfach während des Bachelor-Studiums gewesen war. Da geht's doch um halbnackte Kerle mit Lendenschurz. Was um alles in der Welt wollen Sie denn da in London? Er studiert dich, Papa, hatte Melissa gesagt. Dich und deinen Stamm.

Als sie ihn nach dem Abendessen zur Bushaltestelle brachte, kicherte sie den ganzen Weg ohne Unterlass. Papa, erklärte sie, hat noch nie einen echten Hippie kennengelernt. Und Mami zieht es vor, ihr Leben als Märtyrerin im Dienste ihres Gatten zu verbringen, und hat daher kein Mitleid verdient.

Als Melissas Mutter starb, begann Melissa laut darüber nachzudenken, ob es jetzt, da ihr Sohn Adam erwachsen war, nicht an der Zeit wäre, aus New York wegzugehen und nach London zurückzukehren. Doch die eine Woche, die sie nach der Beerdigung der Mutter (die nun nicht mehr ignoriert wurde, sondern vielmehr zu einer Heiligen erklärt worden war) in Roberts Gesellschaft verbrachte, hatte diese Idee im Keim erstickt. Nach Roberts Tod hatte Melissa erneut die Sprache auf eine mögliche Rückkehr gebracht. Da Adam inzwischen in Berlin wohnte, konnten sie genauso gut in London leben wie in New York. Sandor willigte ein. Sie planten, in diesem Haus zu wohnen, bis sie es verkauft hatten, aber ein Jahr war vergangen, und mit einem Mal war es ihr Zuhause gewesen.

Jawohl, Sir!

Schlaghosen und Batik-Shirt.

Jawohl, Sir!

Sandor lächelte und schloss die Augen.

CHAI WALLAH

Arif lag auf dem Sofa, stopfte den Inhalt einer Tüte mit extrascharfen Tortilla-Chips in sich hinein und scrollte durch sein Handy. Seine beiden großen Zehen lugten durch die Löcher in seinen Socken. Er hatte die Tür zum Wohnzimmer weit offen gelassen, und als Yasmin daran vorbeikam und auf direktem Weg hoch in ihr Zimmer gehen wollte, rief er: »Also, ich hab's gehört. Ma ist total aus dem Häuschen.«

Yasmin lehnte sich gegen den Türrahmen. »Arif«, sagte sie. »Ich bin todmüde. Und ich bin nicht in der Stimmung. Ich muss dringend für mein Studium büffeln.«

Er warf die Tortilla-Chips auf den Tisch und schwang seine Beine vom Sofa. »Ich bin auch nicht in der Stimmung.« Er warf ihr einen Blick zu, der irgendwie hilflos wirkte. »Ist schon okay. Geh ruhig.«

Sie ließ ihre Tasche auf den Boden gleiten und setzte sich neben ihn.

»Was?«, fragte sie. »Was ist los?«

Er starrte das Gesims an der Decke an, als wäre die Antwort womöglich in der Staubschicht verborgen, die darauf lag. Er starrte die Vorhänge an, als übten die Stellen, an denen sie sich vom Haken gelöst hatten und durchhingen, plötzlich eine gewaltige Faszination auf ihn aus. Dann ließ er sich wieder aufs Sofa zurückfallen und starrte erneut an die Decke.

»Also, Joe konvertiert«, sagte er. »Guter Mann.«

Er hatte dieselbe schmale Nase wie Shaokat. Yasmin hatte ihn oft darum beneidet, weil sie Anisahs runde Nase geerbt hatte, aber jetzt fiel ihr auf, dass sie Arif eine verhärmte, um nicht zu sagen verdrießliche Ausstrahlung verlieh. In Shaokats strengen Gesichtszügen hatte sie eine ganz andere Wirkung.

»Wir werden sehen«, sagte Yasmin. Sie hatte keine Lust, dieses Thema zu diskutieren, erst recht nicht mit Arif. »Ich gehe jetzt in mein Zimmer.«

»Erinnerst du dich noch an dieses Mädchen?«, fragte Arif und setzte sich auf. »Die, mit der ich damals in diesem Laden war.«

Lucy-wie-du-bestimmt-erraten-hast. »Sie schien nett zu sein«, sagte Yasmin. Sie wartete, aber Arif hatte seine gesamte Energie aufgebraucht, um überhaupt so weit zu kommen. »Lucy? Ist sie deine Freundin?«

Sie hörten, wie sich die Haustür öffnete und dann das vertraute Geräusch von Shaokats Brogue-Schuhen auf den Bodenfliesen der Diele. Jetzt, wo sein Dienstalter ihn davor bewahrte, all diese Hausbesuche machen zu müssen, die früher seine Abende vereinnahmt hatten, kehrte er immer sofort heim, sobald die Praxis zumachte.

Erst in diesem Moment merkte Yasmin, dass Ma ihren Kopf noch gar nicht aus der Küche gesteckt hatte und auch keine Essensdüfte durch das Haus zogen.

»Wo ist Ma?«, fragte sie Arif.

»Sie trifft sich mit deiner Schwiegermutter zu einem Teestündchen.«

Arif versuchte, sich aus dem Haus zu schleichen, aber Baba wies ihn an zu bleiben. Falls er sein Zuhause wie eine Fremdenpension behandeln und sich wie ein Untermieter verhalten wolle, könne er gerne Miete zahlen und in Zukunft nicht mehr am Familienleben teilnehmen. Shaokat drehte seinen Holzstuhl um, sodass er dem Tisch den Rücken kehrte, richtete sich kerzengerade auf, als säße er auf dem Richterstuhl, und sah seine Kinder an. Arif legte seine Füße auf die Onyxplatte des Couchtischs. Plötzlich wirkte es geradezu obszön, wie seine großen Zehen so nackt aus den Socken hervorlugten. Er wackelte provozierend damit.

Yasmin hockte sich auf die Sofalehne. Sie hoffte, dass Shaokat Arif in Ruhe lassen würde. Aber sie wusste, dass Arifs Undankbarkeit ihren Vater schmerzte. Nachdem er sich jahrzehntelang dafür aufgerieben hatte, seiner Familie ein Haus mit vier Zimmern in einer ruhigen Wohngegend zu ermöglichen, ein Haus mit einem Windfang für Schuhe und Schirme und einem Garten, der mehr als dreißig Meter lang war, nachdem er beiden Kindern ein Universitätsstudium ermöglicht und all ihre Lebensunterhaltskosten und Studiengebühren bezahlt hatte (das und nichts anders war es, was Baba mit seinem Geld machte), schmerzte es ihn, wenn er dann in sein Traumhaus heimkehrte und dort den Staub, das Chaos und die Stapel von Schnäppchen aus dem Wohltätigkeitsladen ignorieren musste. Es schmerzte ihn, dass sich lauter Tunnel und Gräben wie hässliche Narben durch den Garten zogen – Gräben, in denen der Schlamm stand oder die mit Folien bedeckt waren, die im Wind flatterten und die Zeugnis von Anisahs sporadischen landwirtschaftlichen Aktivitäten ablegten. Es schmerzte ihn, aber er beschwerte sich nie. Vielmehr achtete er sorgfältig darauf, dass er Mas zahlreiche unausgegorene Projekte mit Ermutigung und Lob quittierte. Und obwohl er oft versuchte, den Blick von Arif abzuwenden, konnte er manchmal dann doch nicht anders als hinzusehen. Und Arif machte es nicht gerade besser, indem er laut und provokant auf seinen Tortilla-Chips herumkaute und sich mit den Fingern zwischen den Zähnen herumbohrte.

»Ich hatte heute einen Patienten, Baba, dessen Fall ich gerne mal mit dir besprechen würde.«

Mr. Renfrew, der sich am frühen Morgen noch so ungern untersuchen lassen wollte, hatte sich während der Visite plötzlich mit großer Begeisterung in Szene gesetzt. Er ließ Pepperdine seine gesamte Krankheitsgeschichte zuteilwerden, inklusive einer Blinddarmoperation vor über sechzig Jahren und eines Denguefiebers, das er sich auf den Philippinen zugezogen hatte, sowie eine detaillierte Abhandlung darüber, wie spektakulär der britische Health Service die Behandlung seines Karpaltunnelsyndroms vermasselt hatte. Yasmin fasste kurz den relevanten Teil seiner Krankheitsgeschichte zusammen und äußerte ihre Beobachtungen dazu, und Baba nahm seine Brille ab, um besser über die Details nachgrübeln zu können. Er stellte ein paar Fragen und erarbeitete dann zusammen mit ihr eine Differentialdiagnose, indem er sie an einen Fall erinnerte, den sie vor einiger Zeit zusammen studiert hatten. Zum Schluss empfahl er, den Patienten auf jeden Fall auf eine IgG4-assoziierte Pankreatitis zu testen.

Yasmin hoffte, Ma würde jeden Moment nach Hause kommen, denn dann könnte Arif unauffällig die Flucht ergreifen. Was wollte Harriet überhaupt von ihr? Und war es nicht viel zu spät für eine Teestunde? Doch Ma kam nicht, und Baba wandte seine Aufmerksamkeit nun seinem Sohn zu.

»Erzähl doch mal, was du so den ganzen Tag getrieben hast.«

Arif warf einen Tortilla-Chip in die Luft, schaffte es jedoch nicht, ihn mit dem Mund aufzufangen, und ließ ihn einfach in seinem Schoß liegen.

Baba wartete ab, während die Stille sich ausdehnte und den gesamten Raum ausfüllte.

Als sie es nicht mehr ertragen konnte, setzte Yasmin dazu an, etwas zu sagen, aber Baba hob die Hand, um ihr zu bedeuten, dass sie schweigen solle.

»Vielleicht hast du die ein oder andere Bewerbung für eine neue Arbeitsstelle geschrieben?«

»Klar«, sagte Arif. »Lauter Bewerbungen. Den ganzen Tag.«

»Aha. Würdest du wohl so nett sein und sie mir zeigen?«

»Geht nicht. Hab sie schon alle abgeschickt. Die sind in der Post.«

»Keine E-Mails? Keine Online-Bewerbungen? Überhaupt nichts, was du mir zeigen könntest?«

»Nichts«, sagte Arif. Er strich die Chipstüte glatt und ließ sich die Krümel in den Mund rieseln.

Der Anzug, den Shaokat heute trug, war ein Zweireiher, und er hatte noch keinen einzigen Knopf daran geöffnet. Sein Schlips, der in verschiedenen Brauntönen gestreift war, saß ein wenig schief, und sein Hemdkragen war an einer Stelle ein winziges bisschen ausgefranst, aber ansonsten legte alles an ihm – seine Kleidung, die Art, wie er saß, seine ordentlich gekämmten Haare – Zeugnis davon ab, was für ein hart arbeitender Mensch er war, ein Mensch, der sich Mühe gab, und vor allem ein Mensch, dem die Dinge *wichtig* waren. Arifs Jeans waren verdreckt, seine langen Haare sahen fettig aus. Die Art, wie er sich mit sämtlichen Gliedmaßen auf dem Sofa und quer über den Couchtisch fläzte, drückte das genaue Gegenteil aus, nämlich, dass ihm alles scheißegal war.

Dennoch steckte ein gewisser Aufwand hinter dem Ganzen. Er hätte es viel leichter, wenn es ihm nicht so furchtbar wichtig wäre, dass ihm nichts wichtig war, dachte Yasmin.

Shaokat betrachtete Arif wie von weiter Ferne, obwohl er mit Leichtigkeit die Hand hätte ausstrecken und ihn berühren können, ohne sich dafür überhaupt von seinem Stuhl erheben zu müssen.

»Tatsächlich«, sagte er. »Das passt ja hervorragend ins Bild. Nichts. Es passt zu deiner Situation, denn auch die stellt sich so dar, dass du nichts vorzuweisen hast. Nichts. Absolut gar nichts.«

Arif stand ganz langsam auf. »Ja, vielen Dank auch. Tausend Dank dafür. Das bringt mich echt weiter. Danke für deine Unterstützung. Denkst du, ich hätte mich nicht auf alle möglichen Stellen beworben? Glaubst du das im Ernst?« Er war schon auf dem Weg zur Tür, drehte sich dann jedoch wieder um und kam zurück. Seine Stimme wurde lauter und auch höher. »Ich habe mich auf... ich weiß nicht... ich habe den Überblick verloren. Hunderte von Jobs beworben. Und was hatte ich davon? Fünf Bewerbungsgespräche, sechs Monate in einem Call-Center und einen Monat als Telefonverkäufer. Du behauptest immer, es gäbe keine Diskriminierung, du denkst, ich wäre faul und dass es alles meine Schuld ist, aber jetzt sag ich dir mal was, die Chancen, dass man bei einer Job-Bewerbung Erfolg hat, sind um 74 Prozent höher, wenn man einen Namen hat, der weiß klingt. Also vielen herzlichen Dank, ich bin unendlich dankbar, dass du mir klargemacht hast, dass ich nichts und wieder nichts vorzuweisen habe!«

»Setz dich«, sagte Shaokat. »Beruhige dich.« Er wartete, aber Arif blieb stehen. »Also gut, du hast entschieden, was du für die beste Verhaltensweise in dieser Situation hältst. Und jetzt werde ich dir, wenn du erlaubst, meinerseits etwas mitteilen.«

»Setz dich doch«, flüsterte Yasmin. »Bitte.«

Arif ignorierte sie. Offenbar war er vor Unentschlossenheit, ob er nicht doch lieber aus dem Zimmer stürmen sollte, innerlich so zerrissen, dass er im Stand zu vibrieren schien. »Ah, jetzt kommt's!«, sagte er. »Jetzt kommt's. Dein ruhmreicher Aufstieg aus dem Misthaufen des ärmsten Dorfes von ganz Westbengalen.«

Shaokat knöpfte sein Jackett auf und strich sich die Krawatte glatt. »Ich bitte um Verzeihung, dass ich dich bereits bei früheren Gelegenheiten mit meiner Lebensgeschichte gelangweilt habe. Deine satirische Bemerkung weist ganz zutreffend darauf hin, dass sie alles andere als heroisch verlaufen ist, und ich bin mir durchaus bewusst, dass ich in deinen Augen nichts weiter als ein mittelmäßiger Mensch bin.«

Yasmin wollte widersprechen, aber sie wusste, dass ihr Vater nicht unterbrochen werden wollte. Er dachte nach, oder vielleicht legte er auch nur eine Pause ein, um seine Worte wirken zu lassen. Sie schaute kurz zu Arif hinüber und glaubte erkennen zu können, dass seine Haltung ein wenig nachgiebiger geworden war. Er hatte so wild und leidenschaftlich gesprochen, und die Art, wie sich seine Stimme dabei fast zu einem Quieken gesteigert hatte, verriet, wie sehr seine Emotionen außer Kontrolle geraten waren.

Tatsächlich sprach Shaokat jedoch nur sehr selten über seine Kindheit. Er hatte ihnen einige wenige Dinge erzählt. Die Schule, in die er vom sechsten bis zum zwölften Lebensjahr gegangen war, hatte lediglich aus drei Backsteinwänden bestanden. Die vierte Wand war ein Stück Wellblech gewesen, das man beiseiteschieben konnte und das sowohl die Funktion einer Tür als auch die eines Fensters erfüllte. Schreiben lernte er zunächst mit einem Stock auf dem Lehmboden, später dann auf einer Schiefertafel und schließlich –

falls genügend Material vorhanden war – auf Papier. Er hatte weder Brüder noch Schwestern, denn seine Mutter war kurz nach seiner Geburt gestorben, und sein Vater war Witwer geblieben und seinerseits dann an der Cholera gestorben, als Shaokat gerade zwölf Jahre alt geworden war.

Zwei Jahre lang hatte er bei seinem Onkel gelebt und war in dem fünf Kilometer entfernten Nachbardorf auf die weiterführende Schule gegangen. Den Schulweg hatte er immer zu Fuß zurückgelegt und dabei seine Schuhe mit zusammengeknoteten Schnürsenkeln über die Schulter gehängt, um das Leder nicht zu verschleißen. Doch sein Onkel konnte es sich nicht leisten, ihn auf unbegrenzte Zeit mit durchzufüttern, da er neun eigene Kinder hatte. Deshalb war Shaokat, als er vierzehn Jahre alt wurde, nach Kalkutta geschickt worden, um dort für einen Chai Wallah – einen Teeverkäufer – zu arbeiten, der ein entfernter Verwandter irgendeines Bekannten war. Der Chai Wallah hatte das Glück, über einen hervorragend gelegenen Verkaufsstand an der Park Street zu verfügen, und konnte es sich daher leisten, eine zweite Tee-Urne in Betrieb zu nehmen.

Immer wenn Yasmin darüber nachdachte, auf welche Weise der Lebensweg ihres Vaters seinen Anfang genommen hatte, spürte sie, wie ihr Brustkorb sich schmerzlich weitete – was natürlich einerseits Stolz war, aber andererseits auch Angst, als bestünde immer noch die Möglichkeit, dass er den Klauen der Armut niemals entkommen würde. Als könnte er es womöglich niemals schaffen, sich auf den langen und beschwerlichen Weg zu machen, oder als könnte er zwar aufbrechen, aber niemals ankommen.

Arif, das wusste sie, empfand da ganz anders. Als er sich vor ein paar Wochen darüber beschwert hatte, wie schrecklich alt und langsam sein Laptop war, hatte Baba ihn daran erinnert, dass er selbst mit einem Stock im Lehm schreiben gelernt hatte. Eins zu null für dich, hatte Arif darauf entgegnet.

»Ich würde dir gerne Folgendes sagen«, begann Shaokat.

Arif verdrehte bei dieser Einleitung die Augen. Er hatte sich im

Stehen derart zusammengekrümmt, dass sein Körper die Form eines Fragezeichens hatte. »Also?«

»Du solltest die Möglichkeit in Betracht ziehen, dass die vermeintlichen Vorurteile, die dir bis jetzt begegnet sind, sehr viel eher mit deinem drittklassigen Studienabschluss in Soziologie zu tun haben als mit deinem Nachnamen. Ein Name, der, wie ich bemerken möchte, sowohl mir als auch deiner Schwester durchaus gute Dienste geleistet hat.«

»Chood«, sagte Arif und schüttelte ungläubig den Kopf. »Chood.« Aus irgendeinem Grund konnte er in Gegenwart seines Vaters zwar auf Bengalisch fluchen, auf Englisch jedoch nicht.

»Geh wieder auf die Universität«, sagte Shaokat, dessen Worte nun eine gewisse Dringlichkeit erkennen ließen. »Vielleicht musst du vorher ja noch in dem ein oder anderen Fach die Abiturprüfung wiederholen, dann könntest du dieses Mal auf eine richtig gute Universität gehen. Wie wäre es mit Betriebswirtschaftslehre und einer Ausbildung als Steuerberater? Als kleiner Junge hast du Mathematik immer geliebt, du konntest unglaublich schnell rechnen!« Dies sagte er voller Zärtlichkeit, doch dann fügte er hinzu: »Und ich begreife einfach nicht, warum du dich entschlossen hast, deine Talente zu vergeuden.«

»Steuerberater«, sagte Arif. Sein Gesicht verzerrte sich. »Steuerberater oder Arzt, das ist alles, mehr gibt es nicht, was? Mehr steht nicht zur Auswahl.«

»Du ziehst die Technologie vor?«, fragte Shaokat ruhig. »Du erfindest Apps – so behauptest du jedenfalls. Warum machst du es dann nicht richtig? Du könntest Informatik studieren. Dort wird man dich wegen deines Nachnamens sicher nicht schikanieren, das kann ich dir versichern.«

Arif explodierte. »STEUERBERATER! ARZT! INDISCHER IT-NERD! DAS WILL ICH ALLES NICHT!«

»Was willst du denn dann?« Yasmin sprang auf. Sie brüllte nun fast auch. »Was ist dein Problem? Siehst du denn nicht, dass Baba dir nur helfen will?«

»Helfen? Er will mir helfen? Er weiß sehr wohl, warum ich einen schlechten Abschluss gemacht habe. Und jetzt reibt er es mir unter die Nase, um mich zu beleidigen.«

»Aber so ist es doch gar nicht, Arif«, sagte Yasmin. »Du verdrehst ja alles.«

»Es reicht, Mini«, sagte Shaokat. »Es besteht kein Anlass, sich aufzuregen.«

Yasmin setzte sich wieder und starrte auf ihre Hände.

»Ich war dreiundzwanzig Jahre alt, als ich eure Mutter geheiratet habe«, sagte Shaokat. »Ein Jahr jünger, als du es jetzt bist, Arif. Erst dann habe ich angefangen zu studieren. Sieben Jahre in Kalkutta, um mich als Arzt ausbilden zu lassen, und als ich nach London kam, habe ich noch weitere Prüfungen abgelegt. Ich war achtunddreißig, als ich meine erste richtige Arbeitsstelle bekam und nicht mehr nur als Vertretungsarzt arbeiten durfte. Was ich damit sagen will, mein Sohn, ist, dass noch viele Jahre vor dir liegen. Du bist wütend, weil du das Gefühl hast, dein Leben sei vergeudet. Und ich sage dir, so weit ist es noch nicht. Wähle ein Fach und auch die Universität, und ich werde die Mittel für die Studiengebühren aufbringen.« Er rieb sich die Schläfen und schloss die Augen.

»Vergiss es«, sagte Arif. »Ich muss mir doch jetzt schon andauernd den Vorwurf anhören, dass du dein ganzes Geld in meine Ausbildung verpulvert hast. Glaubst du im Ernst, ich würde mir von dir noch einen Abschluss bezahlen lassen? Damit ich den Rest meines Lebens damit verbringen kann, für etwas dankbar zu sein, das ich niemals gewollt habe? Und du! Was ist mit dir? Du behauptest, du wärst so toll und hättest es aus eigener Kraft geschafft, als wärst du so 'ne Rose, die aus einem Haufen Kuhscheiße gewachsen ist, ganz ohne fremde Hilfe …« Er wedelte mit den Armen, um über seine Wortfindungsschwierigkeiten hinwegzukommen. »Aber für all das hat Mas Familie bezahlt. Ohne die würdest du immer noch Tee verteilen und Tonscherben aufkehren.«

Sie waren zweimal mit der Familie nach Indien gereist. Beim ersten Mal hatte Baba sie zur Park Street mitgenommen und ihnen die

Stelle gezeigt, an der er früher seinen Arbeitsplatz gehabt hatte. Jetzt befand sich dort ein Jalebi-Stand, doch es gab zahlreiche Chai Wallahs in der Nähe, und Yasmin und Arif waren ganz begeistert von den Bhars gewesen, den kleinen Tontassen, aus denen man trank und die man danach auf der Straße zerschmetterte. Baba hatte ihnen seine Lebensgeschichte erzählt, voller Demut und mit großer Offenheit. Und jetzt drehte Arif ihm einen Strick daraus.

Yasmin starrte ihren Bruder zornig an. Dann zeigte sie ihm den Mittelfinger und formte mit den Lippen lautlos die Worte *Halt die Klappe*. Als sie wieder zu ihrem Vater hinübersah, hatte er die Augen geöffnet.

»Ja und nein«, sagte Shaokat. »Vielleicht hast du ja vergessen, dass ich schon mit sechzehn Jahren aus dem Tee-Verkauf ausgestiegen bin. Ich hatte mich weitergebildet. Das Medizinstudium hat mein Schwiegervater bezahlt, das ist wahr. Aber ich habe der Familie jeden einzelnen Penny zurückgezahlt, und zwar mit Zinsen. Ihr Glaube hatte es ihnen nämlich eigentlich verboten, mir Zinsen zu berechnen. Das Ganze war eine solide und sichere Investition für sie.«

»Eine Investition?«, fragte Yasmin. Es war ihr neu, dass ihr Vater das Geld zurückgezahlt hatte. Aber schließlich war Stolz eine seiner vorherrschendsten Eigenschaften. »Weil sie gesehen haben, was für ein Potential du hattest? Genau wie Ma, als sie dich kennengelernt hat.«

»Ja, Mini, natürlich. Du hast recht. Genauso hat es sich zugetragen, wie du weißt.« Er stand auf, drehte seinen Stuhl zum Tisch um und rückte ihn ein wenig hin und her, bis er genau dort stand, wo er ihn haben wollte. »Und jetzt möchte ich mich meiner Lektüre widmen. Arif, du kannst über mein Angebot nachdenken oder es kurzerhand ablehnen, ganz wie du möchtest. Aber wenn du nicht innerhalb eines Monats die notwendigen Schritte für ein weiteres Studium unternimmst oder dir einen Job suchst, bist du auf dich allein gestellt.« Er kehrte ihnen den Rücken zu, bevor er abschließend sagte: »Du kannst ja die Straße fegen, wenn du nichts anderes findest. Irgendwo müssen wir schließlich alle anfangen.«

ZAMZAM

»Und? Wo seid ihr hingegangen? Worüber habt ihr euch unterhalten?« Vor zwei Tagen hatte sie sich noch den ganzen Abend besorgt gefragt, wie wohl das Treffen zwischen Harriet und Ma verlaufen würde. Und jetzt fragte sie ihre Mutter aus, als kehrte diese gerade von einem romantischen Rendezvous zurück.

»Sieh mal«, sagte Anisah und öffnete den Reißverschluss des Wäschebeutels mit dem blauroten Schottenmuster, den sie immer als Einkaufstasche benutzte. »Pizza!« Sie zog vier Schachteln aus dem Beutel, mit einer Geste, die eine derart begeisterte Überraschung zum Ausdruck brachte, als hätte sie gerade ein Kaninchen aus dem Hut gezaubert. »Auf dieser hier sind ganz viele verschiedene Käsesorten.«

Das einzige Mal, an dem es in Yasmins Erinnerung jemals Pizza bei ihnen zu Hause gegeben hatte, war der Tag gewesen, als ein paar weiße Schulfreundinnen zu Besuch gewesen waren und sie von ihrer Mutter verlangt hatte, sie möge ihnen etwas Englisches zum Essen vorsetzen. Dabei war ihr aus irgendeinem Grund nicht bewusst gewesen, dass Curry genauso englisch war wie Pizza und ihre Freundinnen das höchstwahrscheinlich sogar noch leckerer gefunden hätten.

»Ma, ich möchte ja, dass du dich an der ganzen Hochzeitsplanung beteiligst, ganz ehrlich, aber Joe und ich, wir sind uns nicht sicher –«

»Wir haben gar nicht über die Hochzeit geredet«, unterbrach Anisah ihre Tochter. Offenbar hatten Harriet und sie viel wichtigere

Dinge zu besprechen gehabt. Sie schaltete das Radio ein, wenn auch auf recht niedriger Lautstärke. Wenn sich Ma in der Küche befand, dann musste unweigerlich das Radio eingeschaltet sein. Stimmen plätscherten im Hintergrund wie ein aufgedrehter Wasserhahn.

»Wir sind uns nicht sicher, ob wir den Imam wirklich dabeihaben wollen. Ich weiß, das würde dir viel bedeuten. Und auch Tante Amina und Tante Rashida, aber –«

»Als du klein warst, habe ich dir immer viele, viele Geschichten aus dem Koran erzählt. Weißt du noch, wie gern du immer zugehört hast?« Anisah legte die schweren goldenen Ohrringe ab und zog an ihren Ohrläppchen, als wären diese über die Jahre nicht schon genug gedehnt worden. »Erinnerst du die Geschichte von Abraham? Wie er die Götzenbilder im Tempel von Akkad zerstört hat? War immer deine Lieblingsgeschichte. Hat er denn gar keine Angst gehabt, als sie ihn ins Feuer warfen? Das hast du jedes Mal gefragt.«

»Und du hast gesagt, nein, er weiß, dass Allah ihn retten wird.«

»Die Flammen werden zu …«

»Blumen.«

»Blumen«, wiederholte Anisah und strahlte. Sie schwirrte in der Küche umher und erzählte währenddessen die Geschichte des Sklavenmädchens Hagar, die Abrahams Frau Sarah als Magd diente. Yasmin füllte den Wasserkrug, holte die Gläser aus einem der Oberschränke, hackte eine Chilischote und eine viertel Zwiebel klein, vermischte das Ganze mit ein bisschen Wasser, Salz und einer Prise Zucker und stellte es als Beilage auf den Tisch. Hagar gebar Abraham einen Sohn, Ismael, und Sarah wurde eifersüchtig auf Mutter und Kind. Es war ein wenig verwirrend, dass Ma immer betonte, wie sehr Abraham und Sarah sich liebten. Sarah war unfruchtbar und bot Abraham ihre Magd dar. Aber wenn Abraham Sarah wirklich liebte und sie tatsächlich so schön war, dass Pharaonen ihr zu Füßen lagen, warum genügte sie ihm dann nicht? Und wenn Sarah die Magd Hagar ihrem Mann aus Liebe anbot, dann rechnete sie doch sicher damit, dass er die Magd ablehnen würde. Es klang wie das genaue Gegenteil einer Liebesheirat, und trotzdem erzählte Ma es immer so, als sei es eine furchtbar romantische Geschichte.

Ma redete immer weiter, während sie in der Küche umherlief und aufräumte. Sie trug ihren besten Salwar. Er war jadegrün und schmiegte sich eng um ihre Fußknöchel. Darüber trug sie eine schwarze Bluse und eine lachsfarbene Strickjacke, wodurch der Eindruck entstand, sie habe sich nicht zwischen zwei Outfits entscheiden können und zum Schluss einfach beschlossen, beide miteinander zu kombinieren.

»Hagar ist allein in der Wüste, und der kleine Ismael weint und weint.« Anisahs Stimme war voller verzücktem Erstaunen. Sie befand sich plötzlich wieder in der Vergangenheit, in einer Zeit, als sie Yasmin und Arif auf ihren weichen Schoß gesetzt, sie eng an sich gezogen und sie in lauter Geschichten aus dem Koran und dem Hadith eingehüllt hatte wie in einen warmen Mantel.

Früher hatten sie immer zusammen gebetet, Yasmin und Arif und Ma, und Yasmin hatte aus irgendeinem Grund geglaubt – oder war vielleicht sogar dazu ermutigt worden, das zu glauben? –, dass Baba für sich allein betete, in seinem Zimmer oder auf der Arbeit. Als sie dann die Wahrheit erfuhr, war sie zutiefst verstört. Sie schloss ihn so leidenschaftlich, wie sie konnte, in ihre Duʿā‹ ein und hoffte, Allah möge ihm das irgendwie anrechnen. Wenn sie gekonnt hätte, dann hätte sie auch sein Namaz für ihn gesprochen.

Als sie dann aufs Gymnasium kam, löste sie sich nach und nach aus Anisahs Umlaufbahn und näherte sich stattdessen Shaokats Auffassung an. Er pries die Tugenden der Wissenschaft. Er brachte ihr bei, wie wichtig es war, eine überprüfbare Hypothese aufzustellen. Den krönenden Abschluss, der auf eine erfolgreiche Beweisführung folgte. Auch er erzählte Geschichten, und auch darin ging es oft um eine Welt, die für das Auge unsichtbar war. Er sprach über Galen, van Leeuwenhoek, Mendel, Pasteur, Watson und Crick. Yasmin hatte Schaitan nie zu Gesicht bekommen, und auch die Huris nicht oder den Engel Gabriel, ganz zu schweigen von einem feuerblutenden Ifrit. Aber als Shaokat ihr ein Mikroskop von Bausch &

Lomb kaufte, konnte sie plötzlich Bakterien sehen. Und Zytoplasmen und Vakuolen und Chloroplasten.

Als Arif klein war, hatte er jedes Mal aufgestöhnt oder sich gesträubt, wenn es an der Zeit war, die Gebetsteppiche auszurollen. Anisah wollte, dass ihr Sohn das Namaz vorbetete, das er eigentlich in- und auswendig kannte, seit er acht Jahre alt war. Doch er machte dabei immer solche Anstalten, dass sie es manchmal wochenlang aufgab, um es dann schließlich wieder aufs Neue zu versuchen. Sie erinnerte ihn an das Hadith, das besagte: Befehle deinen Kindern von ihrem siebten Lebensjahr an zu beten, und wenn sie sich weigern, so schlage sie von ihrem zehnten Lebensjahr an. Arif interpretierte das damals als Freischein. Es blieben ihm noch zwei Jahre Zeit, bis es ernst wurde. Und es war ohnehin undenkbar, dass Anisah ihn jemals schlagen würde – ihre Strafen waren so milde wie ein warmer Sommerregen. Sie wussten alle drei, dass Anisah ihn im Gebet nicht mehr anleiten konnte, sobald er die Pubertät erreichte. Doch dann war es Yasmin, die sich als Erste aus der Konstellation löste. Zu studieren und etwas zu lernen, sagte Shaokat, hatte Vorrang vor allem anderen.

»Als Hagar zu Ismael zurückläuft«, sagte Ma, »bewacht ihn der Engel, aber das Wasser der Quelle fließt so schnell, dass sie Angst bekommt, ihr Kind würde ertrinken.«

»Zamzam, Zamzam!«, sagte Yasmin.

»Zamzam«, sagte Ma. »Stop!« Sie öffnete die Ofentür. »Und so bekam das heilige Wasser von Mekka seinen Namen. Immer erzähle ich die Geschichte auf diese Weise zu Ende.« Sie legte die Ofenhandschuhe auf den Tisch, drehte sich um und schloss Yasmin in eine Umarmung aus rosafarbener Strickwolle und Maiglöckchen-Parfum. »Oh, Mrs. Sangster ist eine wunderbare Frau. Eine sehr sehr liebenswürdige und wunderbare Frau.«

»Worüber habt ihr euch unterhalten?« Sie konnte sich beim besten Willen nicht vorstellen, wie sich Ma und Harriet gegenseitig das Herz ausschütteten.

»Alles Mögliche.«

»Was denn zum Beispiel?«

»Feminismus«, sagte Ma. »Die Pizza ist jetzt bestimmt fertig.«

Yasmin lächelte. »Also macht Harriet dich jetzt zur Feministin, ja?«

»O nein«, sagte Ma mit einem strahlenden Lächeln. »Feministin bin ich schon längst.«

SCHWARZE LISTE

»Er ist sowas von scheinheilig!« Arif lag auf seinem Bett. Yasmin hatte ein paar Sachen zur Seite geschoben und sich auf seinen Schreibtisch gesetzt. »Ein scheinheiliger Idiot. Und ein Arschloch.«

»Okay«, sagte Yasmin. »Selbst wenn das stimmt …« Sie brach ab. Es war hoffnungslos, mit ihrem Bruder diskutieren zu wollen.

»Also gibst du mir recht?«

»Das habe ich nicht gesagt.«

»Er weiß, warum ich so einen scheißschlechten Abschluss habe. Das weiß er ganz genau. Aber er hat nie zugegeben, dass er selbst auch schuld daran ist.«

»Wäre es nicht besser, wenn du dich jetzt auf dich selbst konzentrierst und entscheidest, was *du* willst?«, fragte Yasmin. »Es geht doch um dich und nicht um irgendjemand sonst.«

»Und ich bin bestimmt auf irgend so einer Liste. Vom Innenministerium oder vom Geheimdienst. Auf so einer… schwarzen Liste. Ich habe einen Antrag gestellt. Hab mich auf das Recht zur Informationsfreiheit berufen. Und was hab ich als Antwort gekriegt?« Er setzte sich auf. »Einen Scheißdreck.«

»Wäre es nicht besser, du würdest über die Zukunft nachdenken und nicht über die Vergangenheit?«, fragte Yasmin. Sie hatten die Pizza in fast vollständigem Schweigen gegessen. Arifs Schweigen war mürrisch gewesen, Shaokats geduldig und Mas träumerisch.

»Aber bei der Art von Liste, um die es geht, da erzählen die einem sowieso nichts drüber, das ist ja schon mal klar. Solche Informationen, die servieren die einem nicht einfach auf einem Silbertablett, Scheiße nochmal.«

»Die haben doch damals behauptet, es würde keinen Eintrag im Strafregister geben«, sagte Yasmin.

»Nein, das haben sie nicht gesagt«, widersprach Arif. »Sie haben nur gesagt, ich würde keinen Eintrag im Vorstrafenregister bekommen. Weil ich ja keine Straftat begangen hätte. Total großzügig, was? Das heißt aber nicht, dass es überhaupt keinen Eintrag gibt.«

»Oh, Arif«, sagte Yasmin. Sie seufzte, beugte sich vor und ließ die Finger über seine Gitarre gleiten, die an der Wand lehnte. »Ich habe dich schon lange nicht mehr spielen hören.«

»Weißt du, was er gesagt hat, als die im Morgengrauen eine Razzia gegen seinen geliebten Sohn durchgeführt haben?«

»Ich war dabei«, murmelte Yasmin.

»Er hat gesagt, das sei ein Entgegenkommen ihrerseits gewesen, damit die Nachbarn nichts davon mitbekommen. Da muss man doch wahnsinnig dankbar sein! Und dann geht er zu Fintan Faherty und sagt, Danke, Professor Faherty, dass Sie mich darauf aufmerksam gemacht haben, dass mein geliebter Sohn ein Muslim ist, das werde ich sofort unterbinden.«

»Das glaubst du?«, fragte Yasmin. »Davon bist du allen Ernstes überzeugt?«

»Ich glaube es nicht, ich weiß es. *Professor* Faherty! Der Typ war doch gar kein Professor. Nur irgend so ein Lehrbeauftragter, der nicht in der Lage war, zwischen einem Forschungsprojekt und einem Terroristen zu unterscheiden. Ich habe jedenfalls die Schnauze voll davon, so zu tun, als wäre das Ganze nicht passiert. Ich habe die Schnauze voll davon, dass ich in meinem eigenen Zuhause wie ein Aussätziger behandelt werde.«

Arif hatte alles vollkommen falsch aufgefasst. Sie sprachen so gut wie nie darüber. Es war vor vier Jahren passiert, als Arif gerade sein zweites Studienjahr an der Universität begonnen hatte.

Ein Bibliothekar hatte Mr. Faherty alarmiert, der seine Bedenken wiederum der Polizei gemeldet hatte. Yasmin war der Ansicht,

Mr. Faherty hätte auf jeden Fall zuerst mit Arif reden müssen. Wenn er das getan hätte, dann hätte er eingesehen, dass sich Arif einfach nur (und ausnahmsweise endlich mal) als eifriger Student betätigt und lediglich Recherchen für seine wissenschaftliche Arbeit zum Thema »Islamismus in Großbritannien« angestellt hatte. Baba hatte das damals jedoch ganz anders gesehen. Arif habe sich einer unglaublichen, kolossalen Dummheit sowie eklatanter Verstöße gegen die Sicherheitsbestimmungen und einer unverzeihlichen Arroganz schuldig gemacht. Soll er doch auf der Polizeistation bleiben, hatte er Ma angebrüllt, als sie ihn angefleht hatte, er möge ihren Sohn abholen gehen. Baba erfülle ihr immer gern ihre Wünsche, aber nicht dieses Mal! Soll er doch dort verrotten! Wenn ich ihn zurück nach Hause bringe, dann erwürge ich ihn mit meinen eigenen Händen! Dieser Unsinn hat hier und jetzt ein Ende. Ich lasse nicht zu, dass er noch mehr Schande über dieses Haus bringt!

Baba hatte die Schande gemeint, dass die Polizei in sein Haus eingedrungen war und es durchsucht hatte. Aber Yasmin hegte den Verdacht, dass es eigentlich eine sehr viel tiefergehende Schande war – nämlich die Schande, dass es ihm nicht gelungen war, seinen Sohn zu einem pflichtbewussten Menschen zu erziehen. Die Schande, einen Sohn zu haben, der ihn nicht respektierte. Als er seinem Ärger Luft gemacht hatte, ging er zur Polizeistation und holte Arif nach Hause, doch Arif machte auf dem Absatz kehrt und ging.

Er blieb mehrere Monate lang fort. Als seine Freunde es schließlich leid wurden, dass er bei ihnen auf dem Sofa kampierte, kehrte er eines Tages ohne vorherige Ankündigung und ohne jegliche Diskussion zusammen mit seiner Gitarre, seinen Hanteln und seiner Reisetasche wieder zurück. Bevor Arif in Ungnade gefallen war, hatte Baba ihm eigentlich das Zugeständnis gemacht, er könne in der Nähe der Universität ein Zimmer mieten, aber dieses Angebot galt nun offenbar nicht mehr. Yasmin wusste, dass Arif über diese Strafe verbittert war, die seiner Ansicht nach total unverhältnismäßig war, doch ein solches Angebot wie das, was Arif nun aus eigener Schuld verspielt hatte, war ihr selbst nie gemacht worden. Es hatte immer als selbstverständlich gegolten, dass sie während der gesamten fünf Jahre ihres Medizinstudiums zu Hause wohnen würde. *Die besten medizinischen Fakultäten der Welt sind in London. Es gibt überhaupt keinen Grund, warum du nach Leeds ziehen solltest.*

Eine Weile beharrte Arif darauf, die Topi zu tragen, die Baba ihm am Tag seiner Rückkehr vom Kopf geschlagen hatte. Er besuchte die Moschee – ein Manöver, das er gleichzeitig ostentativ und verstohlen durchführte. Er stellte seine Tasbîh zur Schau, wann immer sich die Gelegenheit bot. Yasmin machte sich Sorgen. Arif hatte während seines Studiums Nachforschungen über die Gründe angestellt, aus denen sich junge Muslime radikalisierten. Was, wenn die von ihm gemachte Erfahrung dazu führte, dass er selbst zu einem seiner Studienobjekte wurde? Wenn er nach Hause kam, war er voller Hass auf alles und jeden. Auf die Polizei, die – davon war er fest überzeugt – seinen Laptop verwanzt hatte. Auf seinen Vater. Auf den Lehrbeauftragten. Auf den Bibliothekar. Auf die Studenten, die seinetwegen keine Protestaktionen gestartet hatten.

Vielleicht war das ja genau die Art und Weise, wie so etwas passierte. Es jagte ihr Angst ein. Sie hatte Angst um ihn. Arif hatte sich eine Maske aufgesetzt, aber was, wenn er zu glauben begann, dass das sein wahres Gesicht war? Ihr Bruder würde zum Islamisten werden. Sie wusste, dass eine solche Entwicklung höchst unwahrscheinlich war, aber das hielt sie nicht davon ab, sich Sorgen zu machen.

Ma war auch keine Hilfe. Zu den vorgeschriebenen fünf täglichen Gebeten fügte sie noch Ra'kahs der Sunnah und Nafl-Gebete hinzu. Dabei rollte sie ihren Gebetesteppich jedes Mal im Wohnzimmer aus, was dazu führte, dass man den Raum zwischen Sonnenaufgang und Sonnenuntergang kaum noch für irgendetwas anderes benutzen konnte. Arif war oft nicht zu Hause oder verbrachte den Tag schlafend im Bett, aber wenn ihn ein Anfall von Heiligkeit erfasste, gesellte er sich zu ihr, insbesondere dann, wenn Baba zu Hause war. Doch er verwandte mehr Mühe auf seinen Bartwuchs als auf das Beten.

Ma begriff nicht, dass sie die Lage für Arif nur noch schwieriger machte. Sie glaubte, der Druck käme ausschließlich von Baba, aber sie fügte ihren ganz eigenen Druck hinzu, sodass Arif kaum noch Raum zum Atmen hatte.

»Kannst du nicht mal mit Ma reden?«, fragte Yasmin ihren Vater.

»Was soll ich ihr denn sagen?«, gab Baba zurück. »Wie könnte ich mich denn bei deiner Mutter über ihren Glauben beschweren?«

»Du hast Arif gesagt, er solle nicht mehr zur Moschee gehen.«

»Ich war wütend. Und wenn er aufhört, zur Moschee zu gehen, dann nur, weil er zu faul dazu ist, und nicht, weil ich etwas dagegen gesagt habe. Arif raucht. Er trinkt Alkohol. Wahrscheinlich tut er auch noch andere Dinge. Ich stecke meine Nase nicht in seine Angelegenheiten. Glaubst du allen Ernstes, er wäre auch nur das kleinste bisschen religiös? All das – die Moschee, das Käppchen, der Bart – das ist doch alles nur Theater.«

Arif hörte in der Tat auf, zur Moschee zu gehen. Er reichte seine Forschungsarbeit im halbfertigen Zustand ein und zeigte Yasmin, wie er in Blockbuchstaben VOM SICHERHEITSDIENST ZENSIERT quer über das Deckblatt geschrieben hatte, auch wenn das von der Wahrheit weit entfernt war. Er hatte einfach nur aufgegeben. Doch er beharrte darauf, Mr. Faherty die Schuld an jeder einzelnen schlechten Note zu geben, die er bekam, einschließlich seiner Abschlussprüfung. Eine solche Schuldzuweisung war bei weitem angenehmer, als sich der Erkenntnis zu stellen, dass seine grauenhaften Prüfungsergebnisse niemanden außerhalb dieses Hauses interessierten oder dass überhaupt irgendjemand davon Kenntnis nahm.

Nach und nach entspannte Yasmin sich wieder. Islamist zu werden – das hätte von Arif viel zu viel Engagement erfordert. Es war einfach nur eine Phase gewesen, die wieder vorübergegangen war. Und Arif hatte sehr viele solcher Phasen.

Yasmin sagte: »Du weißt, dass das absolut lächerlich ist, was du da sagst. Niemand behandelt dich wie einen Aussätzigen. Du hast schließlich gerade noch mit deiner Familie zu Abend gegessen.« Sie fragte sich, ob ihr Bruder wohl jemals seinen Platz finden würde. Er war ebenso lustlos wie rastlos. Er hatte gesucht, aber bisher noch keinen Ort gefunden, an dem er sich zugehörig fühlte.

»Oh ja, was für ein freudiger Anlass«, sagte Arif. »Eine ganz entzückende Familienmahlzeit.«

Arif verschwendete so viel Energie darauf, sich als Widerspruch zu anderen Menschen zu definieren, gegen ihren Musikgeschmack, ihre Mode, ihre Ansichten, ihre politischen Überzeugungen, gegen alle anderen Mitglieder seiner Familie, dass er nicht mehr die Kraft hatte herauszufinden, wer er selbst eigentlich war. Er glaubte, sie sei schwach und er sei stark, weil er rebellierte und sie nicht. Aber man musste stark sein, um hart arbeiten und seine Pflicht tun zu können, und sie hatte ihren Platz auf dieser Welt gefunden, sie tat genau das, was sie tun wollte. Er wusste nicht einmal, was er wollte. Er tat ihr leid.

»Willst du mir jetzt etwas erzählen oder nicht?«

»Nicht«, sagte Arif, als hätte sie ihn gefragt, ob sie ihm einen Zahn ziehen sollte.

»Okay«, sagte Yasmin. »Dann gehe ich jetzt.«

»Gut. Dann geh halt.«

»Tue ich auch.«

»Na, dann hau ab.«

»Zwing mich doch!«

Das brachte ihn zum Lächeln.

»Was sagt Baba dazu, dass Siddiq die Nikah zelebrieren soll? Seinem Sohn wollte er verbieten, ein Muslim zu sein, aber für seinen Schwiegersohn ist es okay?«

»Jaa taa!«, sagte Yasmin. Das war ihr zu viel Unsinn, von dieser Diskussion ließ sie lieber die Finger.

»Bhallage na!« Arif ließ sich wieder aufs Bett sinken, als hätten ihn seine Lasten niedergedrückt, mochten sie nun real sein oder nur eingebildet.

Normalerweise sprachen sie immer Englisch miteinander. Yasmin war mit ihrem Bengalisch ziemlich aus der Übung geraten. Sie benutzte die Sprache kaum noch, und es fiel ihr schwer, vollständige Sätze damit zu bilden. Wenn Arif mit Ma allein war, unterhielten sich die beiden immer auf Bengalisch. Manchmal, wenn Yasmin den Raum betrat und hörte, wie sie miteinander redeten, hatte sie das Gefühl, als würde sie stören.

Aber gerade hatte sie mit ihrem Bruder Bengalisch gesprochen, und er hatte in derselben Sprache geantwortet. Und obwohl ihre Worte jeweils nur ein frustrierter Ausruf gewesen waren, hatte sie trotzdem instinktiv richtig gehandelt. Es hatte eine gewisse Nähe, eine Vertrautheit zwischen ihnen geschaffen – nicht Freundschaft und auch nicht Verständnis, sondern etwas, das tiefer ging.

Sie nahm die verdreckte Baseballmütze, die auf seinem Schreibtisch lag, und warf sie nach ihm, wobei sie versuchte, sie wie einen Frisbee durch die Luft zu wirbeln. Die Mütze landete auf seiner Brust.

»Kein schlechter Treffer.«

»Ich habe auf dein Gesicht gezielt.«

»Ich sitze ganz tief in der Scheiße.«

»Nein, tust du nicht«, widersprach sie energisch. »Dein Leben hat doch gerade erst angefangen. Vergiss doch einfach, was alle anderen denken. Hier geht es um dich. Denk einfach nur an dich.«

Arif rollte sich auf die Seite, sodass er ihr das Gesicht zukehrte, das er jedoch sofort zur Hälfte mit seinem Kissen bedeckte. Das eine, noch sichtbare Auge starrte mit einem wilden, verängstigten Ausdruck zu ihr hoch. »Das kann ich nicht, Apa. Jetzt nicht mehr. Ich muss auch an Lucy und das Baby denken. Das sind noch zwei andere Leute. Was soll ich jetzt bloß tun?«

»Kyabla«, sagte Yasmin. Du Dummkopf. Doch sie sagte es sehr sanft. Arif nahm die Kappe und bedeckte damit den Rest seines Gesichts.

WAS NICHT GESAGT WERDEN DARF

Sie musste Arif schwören, dass sie die Sache geheim halten würde. Sie war der einzige Mensch, dem er es erzählt hatte. Lucy war schon im fünften Monat schwanger, und Arif wusste seit zwei Monaten, dass er Vater werden würde. Lucy hatte ein Tragekörbchen gekauft und schon alle möglichen Namen für das Baby ausgesucht. Sie ist so glücklich, sagte Arif und krümmte sich. Das ist doch gut, sagte Yasmin zu ihm. Ich weiß, sagte Arif zutiefst gequält. Ich weiß.

Als Yasmin im Bett lag, ließ sie sich die Geschichte noch einmal durch den Kopf gehen.

Sie hatte ihn dazu gebracht, ihr von Lucy und deren Familie zu erzählen. Es hatte keinen Zweck, alles nur noch schlimmer zu machen, indem sie ihm irgendwelche praktischen Fragen stellte, wie zum Beispiel, was er jetzt zu tun gedachte und wie er es schaffen wollte, ein Kind großzuziehen, wo er doch so spektakulär daran gescheitert war, selbst erwachsen zu werden. Wie sich herausstellte, waren Arif und Lucy nun schon fast ein Jahr zusammen. Länger als Yasmin mit Joe zusammen war, betonte er. Als wäre das irgendwie von Bedeutung.

Lucy arbeitete als Sprechstundenhilfe in einer Kieferorthopädie-Praxis in Eltham und lebte zusammen mit ihrer Mutter und Großmutter in einer Maisonette-Wohnung in Mottingham. Die Großmutter hieß Sheila, aber alle nannten sie nur La-La. Das war ihr Künstlername gewesen, als sie noch Tänzerin in einer Truppe namens »Legs & Co« gewesen war – eine Truppe, die regelmäßig in der Hitparade aufgetreten war, als diese Sendung noch zu den beliebtesten TV-Sendungen überhaupt gehört hatte. La-La war kein festes Mitglied gewesen, sie war nur ab und zu eingesprungen, aber sie hätte damals einen Plattenproduzenten oder sogar einen Popstar heiraten können (anscheinend wechselten die Eroberungen andauernd, von denen sie erzählte), aber am Ende verliebte sie sich dann in einen Jungen aus der Nachbarschaft, der als Milchmann arbeitete, und heiratete ihn, obwohl sie auch Heiratsanträge von Mitgliedern der The Specials, Mott the Hoople und Ultravox bekommen hatte. Arif hatte sich wieder aufgesetzt, während er Yasmin davon berichtete. Das kommt mir sehr unwahrscheinlich vor, sagte er, denn das sind echt alles total unterschiedliche Bands. Synth-Rock, Glam-Rock und Ska. Eigentlich müssten die ja alle auch einen total unterschiedlichen Frauengeschmack haben, aber man weiß ja nie, La-La sieht immer noch atemberaubend gut aus, selbst in ihrem Alter, und Lucy kommt ganz nach ihr.

Sein Gesicht leuchtete auf, während er das sagte. Yasmin ließ ihn immer weiterreden, und es war, als hätten sie sich im Voraus darauf geeinigt, all die Dinge zu vermeiden, die nicht gesagt werden durften, jedenfalls noch nicht, und auch all die Themen, die sie zu Ma und Baba führen würden und zu den Abgründen, die dahinter lauerten.

Was ist mit dem Milchmann passiert?

Die Milchmann ist mit irgend so einer Schlampe aus den Coldharbour Estates abgehauen, die im Lotto gewonnen hatte.

Arme La-La.

Nein, eigentlich nicht. Die beiden haben sich nach ein paar Jahren sowieso gehasst. Aber Lucys Mutter – Janine –, die hat's echt schwer gehabt.

Zeit zu schlafen. Yasmin starrte die Vorhänge an. Ma hatte sie genäht, als Yasmin ungefähr zehn Jahre alt war. Blau mit kleinen Jasminblüten, der Nationalblume von West-Bengalen. Die Vorhänge waren zu kurz gewesen, als Ma sie das erste Mal aufgehängt hatte, deshalb hatte sie den Saum aufgetrennt, wie bei einer Hose, aus der man herausgewachsen war, und nun schimmerte in jeder mondhellen Nacht das Licht durch die Nadelstiche, die zurückgeblieben waren, nachdem der Stoff aufgetrennt worden war.

Lucys Vater hatte als Fensterputzer gearbeitet, an den Hochhäusern im Bankendistrikt, und Lucy war erst sechs Monate alt gewesen, als Tonys Gurt riss. Sie hatte ihn nie kennengelernt, trug jedoch trotzdem in ihrer Handtasche immer ein Foto von ihm mit sich herum. So wie Arif die Geschichte erzählte, klang es so, als wäre Tony der ideale Vater. Eine Ikone, die Lucy behütete, ein Talisman, der in ihre Hosentasche passte.

Janine bekam eine Abfindung von Tonys Arbeitgeber, kaufte sich die Maisonette-Wohnung von der Gemeinde und strich ihre Eingangstür rot, damit sie sich von den dunkelbraunen Türen absetzte, die alle anderen Sozialwohnungen im Wohnblock hatten. Sie strich die Tür alle paar Jahre neu, aber mittlerweile waren ohnehin die meisten Maisonette-Wohnungen verkauft worden und alle Eingangstüren sahen unterschiedlich aus. Janine war es leid, all die grellen Farben, und dachte darüber nach, ihre Tür wieder braun zu streichen.

Das Baby würde in vier Monaten auf die Welt kommen.

Zwei Monate vor Yasmins Hochzeit.

Sie musste überlegen, wie Arif jetzt vorgehen sollte. Er selbst war dazu weiß Gott nicht in der Lage. Wäre es besser, es erst Ma zu erzählen und es dann ihr zu überlassen, es Baba weiterzuerzählen? Oder sollte man es beiden gleichzeitig erzählen?

Wenn Arif sich einen Job besorgte – irgendeinen Job, egal was – würde das die Lage verbessern oder alles nur noch schlimmer machen? Einerseits würde es sein Verantwortungsbewusstsein unter Beweis stellen. Doch andererseits wäre es ein Zeichen dafür, dass er einen Großteil seiner Karrieremöglichkeiten in den Wind geschlagen und sich in eine Sackgasse hineinmanövriert hatte. Würde es den Schock ein bisschen mildern, wenn er sich für ein weiteres

Studium einschrieb, bevor er seinen Eltern die Neuigkeiten überbrachte?

Arif würde alle Entscheidungen weiter vor sich herschieben. Er würde weiter schmollend in seinem Zimmer hocken und sich weigern, der Realität ins Auge zu sehen. Und dann würde er die Bombe platzen lassen.

Harriet, Ma, Imam Siddiq, Arif und das Baby – all das zusammen würde ihre Hochzeit ordentlich ruinieren.

Sie schloss die Augen, drehte sich auf die Seite und schlang die Arme um ihr Kissen. Die Hochzeit, das war nur ein Tag. Ein einziger Tag in einem ganzen Leben. Das war nicht wichtig. Dann würde es halt eine Katastrophe werden. Sie konnte sich glücklich schätzen. Sie liebte Joe, und er liebte sie, und es gab keinen Grund, sich Sorgen zu machen.

HARRIET

Sie hat eine Stunde in ihrem Büro verbracht, ohne Ergebnis. Es ist kein guter Ort zum Schreiben. Das war es noch nie, trotz der Bücherregale an sämtlichen Wänden, trotz des weichen Lichts, das durch die Zweige der Akazie sickert, die draußen vor dem bodentiefen Fenster steht, und trotz des wunderschönen Schreibtischs im Regency-Stil – verblasstes Palisanderholz, eingefasst von Buchsbaum, Satinholz und Ebenholz. All diese Buchrücken mit ihren spröde gewordenen Ledereinbänden haben sich gegen sie verschworen. Es ist Hybris, konstatiert sie. Sich an einen solchen Schreibtisch zu setzen, in einer solchen Gesellschaft, und zu glauben, man könne hier das Leben und Wirken der Harriet Sangster auf einen Notizblock kritzeln.

Rosalita hat sich bei der großen blauen Vase schon wieder für rosafarbene Gladiolen entschieden. Das sollte Harriet eigentlich egal sein, ist es aber nicht. Es wäre doch ganz leicht, das zu Rosalita zu sagen: Keine Gladiolen mehr! Aber Rosalita ist sehr stolz auf ihre Blumenarrangements, und es wäre ein Schlag ins Gesicht. Ganz ähnlich, als würde Harriet ihr sagen, dass ihre Aufläufe zu salzig oder ihre Tartes Tartins zu süß sind. Was übrigens stimmt. Aber nun gut, lassen wir das. Macht nichts. Macht überhaupt nichts.

Nein, hier kann sie nicht arbeiten.

Aber wo dann?

In der Küche ist der Zutritt gerade verboten, weil Rosalita damit beschäftigt ist, den Fußboden mit Dampf – Dampf! – zu reinigen. Vollkommen unnötig und womöglich schädlich für den Kalksandstein, aber gut, lassen wir das. Macht nichts. Macht überhaupt nichts. Im Esszimmer? Ein Mausoleum. Das ist auf keinen Fall das Richtige. Der Salon? Zu groß.

Sie wandert nach oben und findet endlich einen Platz. Das Smythson-Notizbuch hat sie in den Müll geworfen. Sein goldumrandetes, blassblaues, federleichtes Papier passt einfach nicht zu der Art von Memoir, das sie schreiben will – roh und ungeschminkt und lebensecht. Stattdessen liegt ein DIN-A4-Schreibblock auf ihrem Frisiertisch.

Ihr erstes Memoir konnte man nicht wirklich als Memoir bezeichnen. Eigentlich war es eher ein Essay gewesen, der sich als Autobiografie verkleidet hatte. Das Buch wurde von den meisten missverstanden – oft genug mit voller Absicht. Trotzdem hatte es seine Berechtigung. Es war eine Intervention. Es hatte Gewicht. Auf den Gebieten der Sexualpolitik, der weiblichen Sexualität, Gender und Identität hatte es durchaus Einfluss auf den öffentlichen Diskurs gehabt. Und das lange bevor Polyamorie oder Genderfluid so populär wurden und jeder dahergelaufene Journalist meinte, sich darüber auslassen zu müssen. Es war ein Buch, das zu schreiben lohnenswert gewesen war. Und sie wusste damals genau, warum sie es geschrieben hat.

Momentan schreibt ja wirklich alle Welt Memoirs. Aber zu welchem Zweck? Bei den meisten von ihnen kommt man sich so vor, als stünde man heimlich lauschend vor dem Beichtstuhl. Dabei wird nichts riskiert. Man weiß schon im Voraus, dass der Sünder nur seine Ave Marias zu beten braucht, damit ihm die Absolution erteilt wird.

Und doch.

Hier sitzt sie nun, den Mont-Blanc-Füller in der Hand, bereit anzufangen.

Der Anblick der leeren Seite ist unerträglich. Sie hebt den Kopf und schaut in den Spiegel. Sie hat sich entschieden, an ihrem Frisiertisch zu sitzen, denn sobald sie ein falsches Wort schreibt, wird sie es an ihrem Gesichtsausdruck erkennen.

Warum jetzt? Warum jetzt diese Rückschau? Sie hat doch noch einiges an Leben vor sich, oder etwa nicht? Liegt denn der Weg schon hinter ihr, jetzt, da … Jetzt, da er geht.

Er ist früher schon einmal gegangen, nicht wahr? Und ist wiedergekommen. Diesmal wird er nicht wiederkommen, und so sollte es auch sein, Kinder sollten ihre Eltern verlassen. Er zieht ja nicht nach Timbuktu. Er wird in Hampstead wohnen oder in Highgate. Oder schlimmstenfalls in Kentish Town. Ich muss dringend einen Termin bei Lily machen, die rechte Wange muss aufgefüllt werden. Weiß Gott, was in diesen kleinen Nadeln drin ist, die sie benutzt, aber sie sind jeden Cent wert. Was würde Daddy sagen? Was meinst du, Daddy, wie findest du das, wenn ich etwas über dich und Mutter schreibe?

Harry, mein Mädchen, pack den Stier bei den Hörnern und verpass ihm einen ordentlichen Tritt in die Eier.

Oh, du fehlst mir, Daddy. Selbst jetzt noch. Ich wünschte, du hättest noch lange genug gelebt, um mein Baby zu sehen. Meinen Jungen. Du hättest ihn geliebt, Daddy, genauso sehr, wie du mich geliebt hast.

Sie lächelt sich selbst im Spiegel zu. Ihre edel geformten Nasenflügel weiten sich, und die adrett geschwungenen Brauen über ihren Augen ziehen sich in die Höhe. Wenn Daddy ein Grubenarbeiter gewesen wäre statt ein angesehener Chirurg. Wenn er ein Alkoholiker gewesen und gestorben wäre, als sie noch ganz klein war und nicht als sie schon Mitte zwanzig war. Wenn Mutter aus irgendwelchen Gründen ein Opfer gewesen wäre, vielleicht eine misshandelte Ehefrau statt nur eine Schönheit und Salonlöwin. Wenn sie grausam gewesen wäre statt einfach nur distanziert. Dann könnte man daraus eine ganz brauchbare Erzählung machen.

Anisah Ghorami – das ist doch mal eine Geschichte! Nicht eine, um die man sie beneiden müsste, natürlich… Nein, natürlich nicht. Nein, es ist Harriets Leben, Harriets Kindheit, Harriets Karriere, Harriets Haus, die beneidenswert sind.

Sie lässt den Füller langsam über das Papier gleiten, von oben nach unten, und streicht die ganze leere Seite durch.

GRAD DER FRÖMMIGKEIT

»Ich werde nie heiraten.« Rania winkte den Kellner herbei. Sie benutzte dazu beide Arme, die sie noch dazu so weit ausbreitete, als wollte sie ein Flugzeug auf der Landebahn einweisen.

»Was ist denn diesmal passiert?«

»Ein Scheißalptraum!« Sie legte einen ihrer in schwarzen Plateaustiefeln steckenden Füße auf den niedrigen Cocktailtisch. Rania war nur knapp ein Meter sechzig groß, nahm aber so viel Platz ein, als wäre sie sehr viel größer. Auch ihre Stimme war raumgreifend. Und sie befanden sich gerade in einer sehr kleinen Bar. Mehrere Leute hatten sich umgedreht, um sich zu vergewissern, dass es tatsächlich das Mädchen in Jeans und Kopftuch gewesen war, das so laut und nachdrücklich geflucht hatte.

»Nun komm schon, erzähl!« Sie hatten sich auf Ranias Bitten hin in der Bar eines Hotels im Victoria-Viertel getroffen. Normalerweise trafen sie sich immer nur zum Essen, entweder in irgendwelchen Billigrestaurants oder in Ranias Wohnung.

»Im Ernst«, sagte Rania. »Ich gebe auf. Aus und vorbei. Das war's.« Rania hatte sich mit einer ganzen Reihe heiratsfähiger Männer getroffen, über eine muslimische Dating-Webseite oder über Apps wie Minder (Wisch!, Match!, Hochzeit!) und Muzmatch. Während der vergangenen Monate hatte sie dann die einzelnen Begegnungen bewertet, innerhalb eines Spektrums, das von *langweilig* bis zu *scheißkatastrophal langweilig* reichte.

»Seit wann gibst du denn überhaupt jemals auf?«

»Alhamdulillah«, sagte Rania. »Ich muss nie wieder auf ein einziges Date gehen. Oder mir noch ein einziges Profil ansehen. Ich muss keine Nachrichten mehr lesen, in denen mir mitgeteilt wird, man habe einen ›passenden Partner‹ für mich gefunden, nur, weil irgendein Typ dasselbe Kästchen bei »Grad der Frömmigkeit« angeklickt hat, ganz egal, ob er als Schweißer in Huddersfield arbeitet.«

»Ein Glas von Ihrem offenen Weißwein, bitte«, sagte Yasmin zu dem Kellner. Er hatte sich ordentlich Zeit gelassen, zu ihnen herüberzukommen, möglicherweise, weil Rania ihn so streitlustig herbeigewunken hatte.

»Dasselbe«, sagte Rania.

Yasmin lachte. Rania trank keinen Alkohol.

Der Kellner fand das alles andere als lustig. »Wir haben hier keinen nichtalkoholischen Wein im Angebot.« Er hatte zahllose Eispickelnarben auf den Wangen und auf der Nase, wahrscheinlich infolge einer schweren Akne während seiner Teenager-Zeit.

»Ich möchte Wein mit Alkohol. Was soll ich denn mit Wein ohne Alkohol?«

Der Kellner zuckte mit den Schultern.

»Und bringen Sie uns ein paar Oliven, bitte.«

Yasmin und Rania waren befreundet, seit sie sich in der dritten Woche ihres ersten Schuljahrs auf dem Gymnasium begegnet waren. Yasmin war während des Mittagessens in der Kantine plötzlich von drei älteren Jungen umringt worden. Wo kommst du her, und warum gehst du nicht dahin zurück, wo du herkommst, und du riechst schlecht, und warum wäschst du dich nicht ordentlich und das ganze andere übliche Zeugs. Sie schienen nicht einmal selbst an das zu glauben, was sie da sagten. Sie wirkten einfach nur gelangweilt, aber weil es so stark regnete, konnten sie nicht nach draußen gehen, um Fußball zu spielen.

Rania war wie aus dem Nichts aufgetaucht. Sie sagte, Hey, warum hackt ihr nicht auf jemandem herum, der genauso alt ist wie ihr, ihr doofen Arschlöcher, was eigentlich sehr lustig war, denn sie war ein elfjähriges Mädchen in einem Hidschab und dann auch noch recht klein für ihr Alter. Die Jungen waren viel zu überrascht, um sofort loszulachen. Rania trat dem Größten von ihnen zwischen die Beine und schleuderte dem anderen einen Stuhl in den Rücken. Danach rollten sich zwei der Jungen vor Schmerzen auf dem Boden, und der Dritte machte sich aus dem Staub. Passt bloß auf, dass ich euch nicht nochmal erwische, rief sie. Dann nickte sie Yasmin zu, und Yasmin folgte ihr aus der Kantine und den Flur entlang. Ich hoffe, du kriegst jetzt keine Schwierigkeiten. Rania kicherte. Das überraschte Yasmin fast genauso sehr wie die Ninja-Attacke. Was können die mir schon tun? Glaubst du, die würden zugeben, dass sie von einem kleinen muslimischen Mädchen zusammengeschlagen wurden? Nie im Leben!

»Wusstest du, dass Omar Khayyam so einiges über Wein geschrieben hat?«, fragte Rania und schnupperte an ihrem Glas. »Und Rumi auch.«

»Aber du trinkst doch keinen Alkohol.« Yasmin hätte Rania das Glas am liebsten weggenommen. Der Kellner sah mit verschränkten Armen zu, wie Rania trank, als missfiele ihm ebenfalls, was er da sah.

»Na und? Ich habe halt beschlossen, dass ich es wenigstens einmal in meinem Leben probieren möchte. Und es gibt viele Muslime, die Alkohol trinken.« Rania zeigt auf Yasmin. »Beweisstück A.« Rania arbeitete als Rechtsanwältin in einer kleinen Anwaltspraxis, die sich auf Immigrations-, Arbeits- und Menschenrechtsfälle spezialisiert hatte. Beweisstück A war einer ihrer Lieblingsausdrücke, auch wenn sie zugeben musste, dass sie ihn noch nie in einem beruflichen Zusammenhang hatte anwenden können.

»Mein Vater trinkt gerne ab und zu mal einen Schluck Whisky«, sagte Yasmin. »Also habe ich das nie als große Sache gesehen. Aber andererseits ist er auch nicht religiös.«

»Mein Vater trinkt auch«, sagte Rania. »Er glaubt, ich wüsste das nicht. Es ist ein Riesengeheimnis. Meine Mutter tut so, als wüsste sie nichts. Ich tue so, als wüsste ich nicht, dass sie so tut, als wüsste sie nichts. Und mein Vater tut so, als gäbe es da gar nichts zu wissen.«

»Warum jetzt? Warum heute Abend?«

»Warum denn nicht heute Abend?« Rania nippte noch einmal an ihrem Glas. Bei jedem Schluck verzog sie das Gesicht. »Okay, wenn du's unbedingt wissen willst: Ich habe einen Artikel darüber gelesen, dass das Iranische Kulturministerium jegliche Erwähnung des Wortes ›Wein‹ verboten hat, in allen Büchern. Auf diesem Weg wollen sie den Ansturm der westlichen Kultur aufhalten, sagen sie. Aber sie kennen ihre eigene Geschichte nicht. Wusstest du, dass es islamische Weinkrüge aus dem Persien des fünfzehnten Jahrhunderts gibt?«

Yasmin wartete.

»Das Leben ist nicht schwarzweiß«, sagte Rania. »Das ist alles.«

»Na schön. Und wie findest du's so, bis jetzt? Den Wein?«

»Es ist noch zu früh, um ein Urteil zu fällen. Ich muss auch ein Glas Rotwein probieren. Aber erzähl mir von den Hochzeitsplänen! Und wie ist es überhaupt gelaufen, mit deinen Eltern und seiner Mutter? Du hast doch gesagt, dass dir davor grauen würde.«

»Es war vollkommen in Ordnung«, sagte Yasmin. »Jedenfalls bis Harriet beschlossen hat, dass wir die Feier in ihrem Haus veranstalten und obendrein dann auch noch eine Nikah zelebrieren werden.«

»Was! Wie genial. Erzähl!«

Yasmin erzählte. Rania wischte alle etwaigen Schwierigkeiten beiseite. Sie behauptete, man würde Imam Siddiq kaum bemerken und es würde auch nicht dazu kommen, dass die ganze Zeremonie als ein einziges Spektakel endete, das Harriets Freunde nach Herzenslust begaffen konnten. Sie spendete vehement Beifall, als sie von Harriets Analyse der ungleichen Ehegesetze hörte, und fand es sogar gut, dass Anisah beschlossen hatte, an Harriets nächstem Salon teilzunehmen. Yasmin zupfte an dem Kunstleder der gepolsterten Sitzbank. Sie versuchte, Rania etwas von ihrem Unbehagen zu vermitteln, darüber, wie Harriet die Hochzeitspläne an sich gerissen hatte, doch das hatte lediglich zur Folge, dass sie kleinlich klang.

Sie konnte es kaum erwarten, nicht mehr in Harriets Haus übernachten zu müssen. Harriets Präsenz war derart stark, dass es Yasmin vorkam, als wäre sie mit Joe nie wirklich allein. Einmal, als Joe in dem angrenzenden Bad unter der Dusche stand, kam Harriet ins Schlafzimmer gerauscht. Sie musste unbedingt sofort mit ihm reden, weil sie im Begriff stand, das Haus zu verlassen, um irgendwo einen Vortrag zu halten. Sie ging einfach zu ihm ins Bad. Yasmin war schockiert. Man stelle sich vor, Baba würde einfach eintreten, während sie nackt in der Duschkabine stand! Aber Joe erwähnte den Vorfall nicht einmal. Yasmins prüde Erziehung, das war das Problem. Joe hatte keinerlei Komplexe, was seinen Körper anging, weil Harriet ihn nicht so erzogen hatte, dass er sich wegen seiner eigenen Nacktheit hätte schämen müssen.

Sie dachte an seinen Körper. An den Leberfleck auf der Unterseite seines rechten Arms. An die Sommersprossen auf seinen Schultern, seine Blinddarm-Operationsnarbe. Sein Körper war nicht hart wie der von Kashif, der nur aus verknoteten Muskeln und Sehnen bestanden hatte, wegen der endlosen Stunden, die er mit Gewichtheben im Fitnessstudio verbrachte. Kashif war eher klein gewachsen und legte schnell an Gewicht zu, was er durch Krafttraining zu kompensieren versuchte. Aber bei Joe gab es nichts, was er hätte kompensieren müssen.

»Hallo? Hörst du mich?«

»Oh, tut mir leid«, sagte Yasmin. »Was hast du gesagt?«

Rania kicherte. »Das hab' ich jetzt vergessen.«

Rania hatte ein großes Glas Weißwein getrunken und dann noch dieselbe Menge Rotwein. Dann hatte sie einen Rosé bestellt. Sie schien ihren ursprünglichen Widerwillen überwunden zu haben, denn in diesem Augenblick vergrub sie die Nase in ihrem Glas und sog den Duft ein. Wie betrunken war sie? Zum ersten Mal, seit sie sich kannten, fühlte Yasmin sich auf gewisse Weise für Rania verantwortlich. Normalerweise konnte Rania nämlich sehr gut auf sich selbst aufpassen.

»Hey!«, sagte Rania. Sie lehnte sich vor, und eine Locke ihrer rostbraunen Haare löste sich aus dem Hidschab. »Die Ehe meiner Eltern ist echt beschissen. Das brauche ich dir nicht zu sagen, oder?«

»Sie streiten sich oft. Du hast immer erzählt, dass sie sich andauernd in die Haare kriegen.«

»Siehst du? Vielleicht ist das ja der Grund dafür, dass …«

Rania war so nah herangerückt, dass ihr Kinn praktisch auf Yasmins Schulter lag. Ihr Lidstrich war mit äußerster Präzision gezogen, zwei schwarze Linien, die das obere und untere Augenlid einrahmten und mit Schwung bis zur Schläfe führten, ohne sich zu kreuzen. Rania nannte diesen Stil den »Fischschwanz«.

»Der Grund wofür?«, fragte Yasmin.

»Warum ich nicht heiraten werde. Aber du!« Rania lehnte sich wieder zurück und bekam Schluckauf. »Deine Eltern… Siehst du! Wahre Liebe! Ich erinnere mich noch genau an diese Geschichte, die du damals in der Schule über sie geschrieben hast. Das hat mich wahnsinnig neidisch gemacht, weißt du?«

»Na, ich bin sicher, ich habe das damals mit der rosaroten Brille geschrieben«, sagte Yasmin. Sie hatte wegen der Geschichte daheim ziemlichen Ärger bekommen, aber das hatte sie Rania nie erzählt.

»Ich weiß, was ich jetzt mache«, sagte Rania. »Ich werde ein paar Spirituosen probieren. Gin. Oder Whiskey. Nein! Einen Wodka! Wir hätten gerne zwei Gläser Wodka, bitte!« Sie winkte dem Kellner zu. Er runzelte die Stirn und schüttelte den Kopf.

»Bist du sicher?«, fragte Yasmin. Rania war jetzt schon viel zu betrunken. »Lass uns doch lieber irgendwo anders hingehen und etwas essen.«

»Bedienung, bitte!«, rief Rania laut und hämmerte auf den Tisch. »Warum starren die denn alle?«

»Weil du brüllst!« Yasmin sah voller Bestürzung, wie ihnen der Kellner zwei Schnapsgläser und eine winzige Schüssel mit Chips brachte.

»Leute, seid ein bisschen leiser, bitte. Hier sind auch noch andere, die ihre Drinks in Ruhe genießen wollen.«

»Entschuldigung«, sagte Yasmin.

Rania kippte den Wodka in einem Schluck hinunter. »Das brennt!« Sie griff sich an die Kehle und grinste. »Weißt du, wie viel Whisky in Pakistan getrunken wird? Weißt du, wie viele saudi-arabische Männer herkommen und Kneipen und Bars besuchen? Da schert sich keiner drum. Aber eine Frau mit Kopftuch, die ein winziges Glas Wodka trinkt – und schon glotzen alle.« Sie kicherte. »Ein winziges Glas!« Sie nahm sich auch das zweite Glas.

»Du brüllst immer noch. Wenn du nicht willst, dass die Leute starren, musst du ein bisschen leiser reden.«

»Ich rede doch leise!«, sagte Rania. »Sollen wir noch einen Drink bestellen?«

»Nein! Und vielleicht solltest du auch besser das Glas wieder abstellen, bevor du noch was verschüttest.«

»Also, ich trinke jetzt noch einen«, sagte Rania. Ihre Ankündigung schien die gesamte Bar zum Schweigen zu bringen. Sie erhob sich ein wenig wackelig. »Ihr könnt alle zuschauen, wenn ihr wollt«, verkündete sie und hob das Glas in die Höhe.

»Rania«, sagte Yasmin und zog sie am Ärmel. »Beruhige dich mal. Du trinkst nichts mehr.« Der Kellner filmte sie mit seinem Handy!

»Noch einen Drink!«, sang Rania. Sie kippte den Wodka hinunter und sang dann weiter. »Noch einen Drink! Komm schon, ich habe noch nie, niemals, nie, nie, noch nie …« Sie wirkte ein wenig überrascht über diese neue, ihr unbekannte Entwicklung – dass sie nämlich die Kontrolle über ihre Zunge verloren zu haben schien.

Der Kellner steckte sein Handy wieder ein, warf ihnen einen finsteren Blick zu und kam dann an ihren Tisch, um ihnen die Rechnung zu bringen. »Keine Drinks mehr«, sagte er. »Ihr zwei zahlt und geht nach Hause.«

LIEBESHEIRAT

Yasmin konnte sich nicht daran erinnern, die Geschichte jemals wirklich erzählt bekommen zu haben. Sie erinnerte sich zum Beispiel nicht daran, dass ihre Mutter sie auf den Schoß genommen hatte und dass sie dann die Geschichte genauso in sich aufgesogen hatte wie die Erzählungen von Khadija und Mohammed oder Yusuf und Sulaika. Sie konnte sich nicht entsinnen, dass Shaokat jemals die Hände zusammengepresst und das Ganze in seine wesentlichen Bestandteile aufgegliedert hätte, dass er die Informationen sorgfältig geordnet und strukturiert hätte, so wie er es ansonsten immer tat, wenn er zum Beispiel etwas von Lister oder Fleming erzählte.

Es war, als hätte sie es immer schon gewusst. Als wäre sie mit diesem Wissen geboren worden. Und trotzdem wollte sie immer noch mehr darüber erfahren.

»Was war das Erste, das ihr zueinander gesagt habt?«, fragte sie, während Anisah hinten im Garten mit schlammverschmiertem Gesicht die Zwiebeln aus der Erde zog.

»Ich weiß es nicht.«

»Doch, weißt du wohl.«

»Erst zehn Jahre alt und schon so frech!«

»Du musst es aber wissen.«

»Hallo. Okay? Wir haben ›Hallo‹ gesagt.« Ma hockte auf den Knien und stach mit einer kleinen Gartenschaufel in den Boden. Normalerweise plauderte sie gern während der Gartenarbeit. Doch dieses Mal nicht.

»Wer hat es zuerst gesagt?«

»Siehst du nicht, wie beschäftigt ich bin?«

»Was haben Naana und Naani gesagt, als du ihnen erzählt hast, dass du heiraten willst?«

»Abba und Amma haben Okay gesagt.«

Yasmin hockte sich neben Anisah. »War das alles? War das alles, was sie gesagt haben? Und warum nennst du sie Abba und Amma, aber wir sagen Baba und Ma? Warum? Ma?« Sie zupfte an einer vergilbten Zwiebelspitze. »Ma! Du hörst mir nicht zu!«

»Ich weiß es nicht«, sagte Ma und seufzte. »Immer fragst du nach Gründen! Ich bin deine Ma. Okay? Ich wollte nicht Amma sein. Hier – nimm. Nimm die Zwiebeln und wasch sie für mich.«

Yasmin warf die Zwiebeln in die Küchenspüle, holte sich einen Notizblock und einen Stift und ging zu Shaokat in die Garage, wo er mit zwei indischen Keulen seine allwöchentlichen Gymnastikübungen absolvierte.

Sie setzte sich oben auf die Gefriertruhe und begann ihr Verhör.

»Also, du und Ma, ihr habt euch in der Bibliothek kennengelernt. Was war das Erste, was ihr zueinander gesagt habt?«

Shaokat ließ seine Arme wie Windmühlenflügel kreisen, so schnell, dass die Keulen nur noch verschwommen zu sehen waren. »Wusstest du, dass sich die Nationalbibliothek von Indien in Kalkutta befindet? Sie hat über zwei Millionen Bücher in ihren Beständen. Aber es war die Staatsbibliothek, in der ich deine Mutter zum ersten Mal getroffen habe. Hast du deine Hausaufgaben erledigt?«

»Ja. Hast du sie angesprochen? Was hast du gesagt?«

»Das ist sehr lange her, Mini. Ich muss mich auf meine Gymnastik konzentrieren, sonst erzielt sie nicht die gewünschte Wirkung. Indische Keulen sind nicht nur gut für Kraft, Rumpfstabilität und Flexibilität, sie haben auch positive Auswirkungen auf der neuronalen Ebene – kennst du dieses Wort? Sie helfen dabei, die Verbindung zwischen Geist und Körper aufzubauen.«

»Aber Baba, was ist damals passiert? Hast du sie nach ihrem Namen gefragt?«

»Als ich sie das erste Mal sah, wusste ich, dass ich sie heiraten würde.«

»Das sagst du immer. Aber was hast du getan? Was hast du gesagt?«

»Geh und hilf deiner Mutter, Mini. Ich muss mit meinen Gymnastikübungen weitermachen.«

Einer von Shaokats Stammkunden am Chai-Stand brauchte einen Jungen, der bei ihm den Hof fegte, Pakete für ihn trug, das Auto wusch, erkannte, was sonst noch zu tun war, und das dann tat, ohne dass man ihn dazu auffordern musste. Shaokat war überglücklich. Er liebte seine neue Unterkunft am hintersten Ende der Abstellkammer, mit einem Fenster und einem Streifen Fliegenpapier und einem Regal, das ganz allein ihm zur Verfügung stand. Sein neuer Arbeitgeber war ein gütiger Mann, ein Universitätsprofessor an der Fakultät für Physiologie, der bald bemerkte, wie schnell und tüchtig der neue Junge war, den er eingestellt hatte. Als der Professor Shaokat einmal dabei überraschte, wie dieser versuchte, eine seiner weggeworfenen Fachzeitschriften zu lesen, meldete er ihn bei einer Abendschule an.

Sechseinhalb Jahre später, als Shaokat längst vom Hausdiener zum Chauffeur befördert worden war und seinen Gymnasialabschluss in der Tasche hatte, bot man dem Professor eine neue Stelle in Bombay an. Er akzeptierte und zog mit seiner Familie um. Shaokat bekam den Auftrag, alles im Haus zusammenzupacken und die Möbel zum neuen Wohnort zu schicken. Das Haus sollte verkauft werden, und Shaokat durfte bis zur Schlüsselübergabe an die neuen Besitzer in der Abstellkammer wohnen bleiben.

Shaokat träumte davon, Arzt zu werden. Seine Noten waren gut genug, um es auf die medizinische Fakultät zu schaffen, aber ansonsten war es ein Ding der Unmöglichkeit. Er musste eine andere Arbeit finden, und zwar bald. Sein Gehalt war recht mager, und weil der Professor in seiner unermesslichen Güte für die Kosten der Abendschule aufgekommen war, hatte er auch nie eine Lohnerhöhung erhalten. Nach Abzug der Kosten für die Lehrbücher und anderen lebensnotwendigen Güter blieb nichts mehr zum Sparen übrig. Als er Anisah kennenlernte, war er nicht nur vollkommen mittellos, sondern würde bald auch obdachlos sein. Anisahs Vater, Hashim Hussein, war der Eigentümer von Hussein Industries – einer Firma, die Bettlaken, Moskito-Netze, Decken, Handtücher und Uniformen herstellte. Shaokats Vater war ein landloser Feldarbeiter, der bei einer Cholera-Epidemie gestorben war.

Aber sie verliebten sich trotzdem. So viel wusste Yasmin.

Als sie vierzehn war, bekam sie im Englischunterricht die Hausaufgabe, eine Geschichte zu schreiben. Wähle eines der folgenden Themen aus:

1. Schreibe eine Geschichte mit dem Titel »Verloren«.

2. Schreibe eine Geschichte über eine zufällige Begegnung, die das Leben einer Person verändert.

Yasmin wusste sofort, worüber sie schreiben wollte. Sie kannte zwar noch immer nicht alle Einzelheiten (auch wenn sie immer wieder nachgefragt hatte und dabei immer subtiler und ausgeklügelter vorgegangen war), aber irgendwie wusste sie trotzdem alles Wesentliche.

Es war ein Bild, das ihr in den Kopf kam, wenn sie die Augen schloss. Es war ein Gefühl in ihrer Magengegend. Eine atmosphärische Störung. Ein flüchtiger Blick im Dunkeln.

Sie schrieb die Geschichte, und als der Lehrer sagte, sie sei gut, und dass sie sie bei einem Wettbewerb einreichen solle, prickelte und kribbelte jedes einzelne Haar an ihrem Körper bis zu seiner Wurzel hinunter.

Baba, würdest du mal meine Geschichte lesen? Ich habe die volle Punktzahl dafür bekommen, und der Lehrer hat gesagt, es gäbe da diesen Wettbewerb und ich soll mich damit anmelden. Das hat er jedenfalls gesagt.

Als Baba fertig gelesen hatte, faltete er seine Brille zusammen. Es dauerte sehr lange, bis er etwas sagte. Yasmins Hände waren erst ganz heiß und verschwitzt und dann eiskalt geworden.

Amüsiert dich das? Hast du Freude daran, solche Sachen zu erfinden?

Ja, Baba. Ich meine, nein, Baba.

Du hast über Sachen geschrieben, von denen du keine Ahnung hast. Von denen du überhaupt keine Ahnung haben kannst.

Aber das ist kreatives Schreiben, Baba. Mr. Curtis fand es richtig gut. Lies doch mal, was er am Ende geschrieben hat.

Du weißt nicht, was ich damals in der Bibliothek in Kalkutta zu deiner Mutter gesagt habe. Du warst nicht dabei. Du warst noch nicht geboren. Du weißt nicht, was sie zu mir gesagt hat. Und doch hast du es so geschrieben, als hättest du am Nachbartisch gesessen. Sag mir – was ist da der Unterschied zwischen dir und einem Lügner? Inwiefern unterscheidet sich dieses kreative Schreiben vom Lügen?

Mr. Curtis war enttäuscht, dass Yasmin sich nicht für den Wettbewerb anmelden wollte. Er bat um eine Erklärung. Yasmin sagte, ihrem Vater wäre es nicht recht. Ich kann mit ihm reden, schlug Mr. Curtis vor. Bitte nicht, sagte Yasmin, und er musste ihr ganze drei Mal versichern, dass er es nicht tun würde.

SANDOR

»Ich möchte, dass Sie eine Weile bei diesem Moment bleiben. Bei dem Gefühl des Widerwillens, das Sie nach einem dieser sexuellen Kontakte hatten. Schließen Sie die Augen.« Sandor hielt inne. Der Junge sah vollkommen verängstigt aus. »Okay. Versuchen wir mal Folgendes: Gibt es noch andere Wörter, die Ihnen einfallen, um zu beschreiben, wie Sie sich in solchen Momenten fühlen?«

»Abscheu.« Joe hatte die Augen weit aufgerissen und ballte die Fäuste. »Ekel, Abneigung, Horror, Übelkeit, Grauen… Wie mache ich mich so weit?«

»Sie machen sich großartig.« Die Aufzählung der Synonyme war eine Abwehrreaktion, auch wenn sich der Junge dessen natürlich nicht bewusst war. Er hatte Angst davor, die Augen zu schließen und mit seinem Körper in Verbindung zu treten, und diese Abkopplung von seinem Körper war ein weiteres Zeichen. Bei dieser Art von Trauma (falls sich Sandors Instinkt tatsächlich als zutreffend erweisen sollte) hatte der Betroffene fast ohne Ausnahme große Schwierigkeiten, sich in seinem eigenen Körper wohlzufühlen. Die Sucht manifestierte sich – *scheinbar* – als Flucht *in* den Körper, während sie in Wahrheit doch eine Auslöschung war, eine Flucht *aus* dem Körper als Locus einer Vielzahl verbotener Gefühle.

»Inwieweit weiß Ihre Verlobte über Ihre sexuelle Vorgeschichte Bescheid? Ist das etwas, über das Sie mit ihr reden konnten?«

»Sie weiß, dass ich mit vielen verschiedenen Frauen ausgegangen bin. Und dass ich diesen ganzen Gelegenheitssex leid bin. Ich hatte immer fest vor, ihr alles zu erzählen, sobald der richtige Zeitpunkt gekommen ist. Ich dachte, das würde zu einer Art Neubeginn führen. Ich dachte immer: Wenn sie mich erst einmal besser kennt. Verstehen Sie? Sowas in der Richtung wie: Überraschung! Stell dir vor! Habe ich das nicht total gut geschafft, dir die ganze Zeit etwas vorzumachen?« Er lachte und rieb sich die Oberschenkel. »Ich bin ein Versager. Ich habe schon wieder versagt.«

»Joe«, sagte Sandor. »Alle Suchtkranken, mit denen ich jemals zu tun hatte, hielten sich selbst für Versager. Bis zu dem Moment, an dem es ihnen gelang, den eigentlichen Grund für ihre Sucht zu begreifen und zu erkennen, dass sie ihnen als Gegengift zu ihren Gefühlen gedient hat.«

»Das ist ein Teufelskreis. Ich fühle mich schlecht, also tue ich es, und dann fühle ich mich ungefähr eine Sekunde lang besser und dann wieder schlecht, also tue ich es schon wieder.«

»Eine sehr prägnante und akkurate Definition von Sucht! Ich würde gerne noch ein wenig mehr darüber erfahren, in welcher Gestalt sich diese Sucht für Sie manifestiert. Sie haben noch kein einziges Mal das Thema Pornografie erwähnt. Wie würden Sie Ihr Verhältnis dazu definieren?«

»Ich habe nicht… Ich hab's nicht so mit Pornos. Klar, ich hab' ein paar Filme gesehen. Mit anderen Jungs während der Schulzeit – Sie wissen ja, wie Jungs so sind. Da wird so'n Zeugs herumgereicht.« Er zuckte mit den Schultern. »Ich bin jedenfalls dagegen. Das ist frauenfeindlich. Es degradiert sie.«

»Das Foto Ihrer Mutter, das Sie letzte Woche erwähnt haben. Wurde das auch herumgereicht?«

»Das hat mir nicht so viel ausgemacht. Ich habe darüber nachgedacht, das können Sie mir glauben – ob ich Harry die Verantwortung für das alles in die Schuhe schieben kann. Aber ganz ehrlich, ich war stolz auf sie. Ich war froh, dass sie nicht so war wie die anderen Mütter. Und alle anderen Jungs wollten sie immer unbedingt kennenlernen. Es war mir viel peinlicher, wenn sie anfing, mit meinen Freunden über Derrida oder Baudrillard zu reden.« Joe verdrehte die Augen. »*Das* war entsetzlich.«

»Ha! Ja, ich verstehe.« Die Offenheit dieses Jungen war sehr sympathisch. Aber er wollte die Wahrheit einfach nicht erkennen. Es würde nicht leicht werden, ihn dazu zu bringen, dass er sich seinem Schmerz stellte. Oder seiner Wut. »Wie sieht es mit Masturbation aus? Exzessiver Masturbation?«

»Wann wäre es denn exzessiv?«

»Wenn es Ihr Leben in irgendeiner Form beeinträchtigt oder Gefühle wie Ekel oder Reue nach sich zieht.«

»Nein.«

»Prostituierte?«

»Nein! Nie. Ich würde eine Frau nie dermaßen erniedrigen.«

»Also Gelegenheitssex und Sex-Partys. Möchten Sie mir vielleicht noch ein bisschen mehr über diese Partys erzählen?«

»Ich habe aufgehört, zu solchen Partys zu gehen, bevor ich Yasmin kennengelernt habe.«

»Das waren organisierte Veranstaltungen?«

»Jedenfalls bin ich nie zum Spannen zu einem dieser Parkplatzficks gegangen.« Ein betretenes Lächeln breitete sich auf seinem Gesicht aus. »Du lieber Gott, ich bin echt ein Arschloch. Und ein scheußlicher Snob.«

»Und der Gelegenheitssex? Läuft das über Dating-Webseiten? Wie viele Treffen haben Sie da im Schnitt pro Woche arrangiert?«

»Mein letzter Trip, vor Yasmin… das ist echt ziemlich ausgeartet. Jeden Tag. Manchmal zwei in einer Nacht.«

»Hat das Ihre Arbeit beeinträchtigt? Waren Sie oft übermüdet?«

»Für gewöhnlich sieht das so aus, dass man nur aufkreuzt, Sex hat und wieder geht. Dauert eine halbe Stunde. Manchmal sogar weniger. Das Problem ist eher, wie sehr einen das ablenkt. An den Tagen, an denen ich frei hatte, war es manchmal nur ein Sex-Treffen, manchmal aber auch fünf. Ständig habe ich auf dem Handy herumgescrollt, Bilder angesehen, zwanghaft darüber nachgedacht… Ein paar Wochen am Stück war ich wie im Rausch, bis ich dann für ein oder zwei Monate komplett aufhörte und dachte: Das war's jetzt. Das mache ich nie wieder.«

»Und wie sahen Ihre Gefühle diesen Frauen gegenüber aus?«

»Die wussten immer, wie die Dinge stehen. Ich habe nie so getan, als ob – ich habe immer ehrlich gesagt, was ich wollte, und sie haben das akzeptiert. Und wenn dann eine der Frauen ihre Meinung geändert hat, dann war das total okay. Ich habe nie jemanden zu irgendetwas gedrängt. Ich habe immer nachgefragt. Bei jedem einzelnen Schritt. Ich habe keine Frau ohne ihre Einwilligung berührt.« Joe legte sich beide Hände auf den Kopf und drückte seinen Schädel zusammen. »Warum komme ich mir jetzt wie ein Vergewaltiger vor?«

Sandor ließ die Frage in der Luft hängen. Das war eine Frage, die sich der Junge ganz allein beantworten musste. Natürlich fühlte man sich nicht wohl dabei, wenn man einfach abstritt, dass es zu einem nicht angemessenen oder nicht in beiderseitigem Einverständnis vollzogenen Akt gekommen war. Aber in diesem Fall rührte das unterschwellige Unbehagen wohl eher von dem Widerspruch her, der zwischen der fast geschäftlichen Natur eines solchen Treffens und dem Wertekanon bestand, den der Patient zu wahren versuchte.

Joe schloss die Augen und verkniff das Gesicht. Es sah ganz so aus, als würde er den Atem anhalten.

»Lassen Sie es raus«, sagte Sandor. »Trinken Sie einen Schluck Wasser. Tief einatmen.«

»Alles okay. Es geht mir gut. Aber ich habe schon wieder Mist gebaut.«

»Ja. Das haben Sie zu Beginn unserer Sitzung bereits angedeutet.«

»Ich habe mit jemandem geschlafen. Diese Woche.«

»Ja. Das hatte ich aus Ihren Worten geschlossen.«

»Oh. Alles klar.« Joe wandte den Kopf ab. Kratzte sich am Auge. »Okay, soll ich darüber reden?« Er nahm das Wasserglas. Sandor goss für jeden Patienten ein frisches Glas Wasser ein. In den über dreißig Jahren, die er nun schon praktizierte, hatte er jede einzelne Sitzung mit exakt demselben Ritual begonnen.

»Möchten Sie denn darüber reden?«

»Nein, ich *möchte* nicht. Aber ich sollte vielleicht?«

Der Junge gehörte zu den Menschen, die es allen recht machen wollten. Und dass er als Arzt einen Sozialberuf ausübte, passte ins Profil. Und es passte zu der Vermutung, die Sandor hegte. »Hatte sie denn irgendeine besondere Bedeutung, diese sexuelle Begegnung?«

Joe stellte das Glas wieder hin, ohne etwas getrunken zu haben. »Nein, die Begegnung selbst nicht… nein, es war nicht *besonders*. Aber ich mache eine Therapie. Ich werde heiraten. Ich bin fast dreißig Jahre alt und habe mich nicht unter Kontrolle? Warum habe ich das getan? Und dann war es auch noch jemand von der Arbeit. Dabei habe ich immer so akribisch darauf geachtet, diese Aspekte meines Lebens voneinander zu trennen. Und jetzt …« Er verstummte. »Was ist bloß los mit mir?«

»Ich verstehe Ihre Frustration. Oder wäre es zu viel gesagt, wenn ich es als Verzweiflung bezeichne?« Joe schüttelte den Kopf, und Sandor fuhr fort. »Dieses Gefühl wird möglicherweise auch dadurch verstärkt, dass Sie sich nicht sicher sind, ob Sie sich nun als suchtkrank bezeichnen dürfen oder nicht. Wenn ich zum Beispiel mit einem Heroinabhängigen arbeite und diese Person mir zu Beginn der Behandlung mitteilt, dass er oder sie sich regelmäßig Heroin spritzt, dann ist das weder ein Schock, noch sorgt es für Verwirrung. Wenn Sie Ihre Sucht aber nicht als Sucht verstehen, sondern stattdessen versuchen, jeden einzelnen Akt individuell zu begreifen, dann steht das dem Heilungsprozess im Weg. Als Erstes müssen wir die Ursachen herausfinden. Und später können wir uns dann mit den Auslösern beschäftigen und damit, welche Art von Situation es zu vermeiden gilt und so weiter. Können Sie das so weit nachvollziehen?«

»Ja und nein. Heroin und jede andere Art von Drogenmissbrauch, das sind körperliche Abhängigkeiten. Und, ja, wissen Sie …« Joe lächelte schwach. »Na ja, mir sind die entsprechenden wissenschaftlichen Untersuchungen durchaus geläufig – jedenfalls ein paar davon –, und ich bin schließlich hergekommen, also …«

»Also wissen Sie vielleicht schon, dass Gehirnscans von Menschen, die einen Orgasmus haben, durchaus Ähnlichkeit mit Scans aufweisen, die von Heroinrauschzuständen gemacht wurden. Und dass die Gehirnaktivität von Sexsüchtigen, wenn sie sexuellen Stimuli ausgesetzt werden, eine spiegelbildliche Entsprechung zu der Gehirnaktivität von Drogenabhängigen ist, wenn man diese drogenspezifischen Reizen aussetzt. Der orbitofrontale und dorsolaterale Kortex leuchtet ebenso stark wie bei Drogenabhängigen.«

»Man bekommt kein Delirium tremens, wenn man mit dem Rumvögeln aufhört.«

Sandor lachte. Er mochte diesen Jungen. »Okay, Herr Doktor. Ich kann Sie gerne auf die einschlägige Fachliteratur zum mesolimbischen Dopaminsystem verweisen. Wie Sie sicherlich bereits wissen, verbindet es die ventrale Mittelhirnhaube mit dem Nucleus accumbens – derjenigen Gehirnregion, die mit Impulsivität, Belohnung und Verstärkungslernen in Zusammenhang steht. Der Zyklus aus Sensitivierung und Desensitivierung bei einer Abhängigkeit hat Auswirkungen auf das Belohnungszentrum des Gehirns, das nicht mehr zu seinem homöostatischen Sollwert zurückkehren kann. Bei einer Sexabhängigkeit lässt sich natürlich nicht unmittelbar über die physiologischen Auswirkungen einer spezifischen Substanz sprechen. Dort geht es vielmehr um die negativen Auswirkungen des veränderten Sollwerts des Belohnungssystems. Was vielleicht auch erklären könnte, warum Sie diese Woche ein größeres Risiko eingegangen sind. Das ist vergleichbar mit einem Drogenabhängigen, der eine immer höhere Dosis benötigt, um in einen Rauschzustand zu gelangen.« Es war ein altbekanntes Muster: Wenigstens habe ich immer darauf geachtet, dass meine Arbeit nicht davon betroffen ist, sagt der Patient, kurz bevor er seine Karriere mit einem Sexskandal am Arbeitsplatz zerstört. Wenigstens habe ich nie jemanden verletzt, der mir nahesteht, sagt die Patientin, nur wenige Wochen bevor sie neben dem Mann ihrer besten Freundin im Bett aufwacht.

»Du lieber Gott«, sagte Joe.

»Vielleicht fällt es ja schwer, das zu akzeptieren, weil wir natürlich Herr über unser eigenes Begehren sein möchten. Herr über uns selbst.«

»Aber sollte ich es ihr erzählen? Sollte ich Yasmin erzählen, dass ich mit jemandem geschlafen habe?«

»Was haben Sie bei dieser Vorstellung für ein Gefühl?«

»Ich habe das Gefühl, dass –«

»Kein ›dass‹, wissen Sie noch?«

»Ich fühle.« Er hielt inne und lächelte entschuldigend. »Angst. Ich habe Angst.«

»Okay. Was fühlen Sie bei der Vorstellung, ihr von Ihrer Sucht zu erzählen?«

»Scheiße«, sagte Joe. »Nein! Auf keinen Fall!«

»Sie fühlen …«

»Eine Scheißangst.«

»Ich verstehe.« Das würde Teil des Genesungsprozesses sein müssen, aber alles zu seiner Zeit. »Ich kann Ihnen keinen Rat geben, was die Frage anbelangt, ob Sie Yasmin diese Woche erzählen sollten, dass Sie mit jemandem geschlafen haben oder nicht. Diese Entscheidung können nur Sie allein treffen. Aber so viel kann ich Ihnen sagen: Ein Teil dieses Prozesses – des Heilungsprozesses – hat mit Ehrlichkeit zu tun. Er erfordert, dass man ehrlich zu sich selbst ist und auch zu den Menschen, die einem nahestehen. Das heißt aber nicht, dass Sie jetzt irgendetwas überstürzen müssten. Tatsächlich gibt es gute Gründe, die dafür sprechen, dass Sie sich erst einmal selbst über Ihr Verhalten Klarheit verschaffen, bevor Sie versuchen, es anderen zu erklären.«

»Alles klar. Also sollte ich ihr nichts erzählen?«

Sandor betrachtete den Jungen. Seine Schultern waren in sich zusammengesackt. »Ich frage mich, ob Sie dadurch, dass Sie diese Woche mit jemandem geschlafen haben, nicht unterbewusst versuchen wollten, Ihre Beziehung aufs Spiel zu setzen. Womöglich wollten Sie sie sogar endgültig beenden?«

Joe schüttelte den Kopf. »Nein, ich liebe sie. Ich liebe Yasmin.«

»Natürlich. Und Sie glauben, dass sie Sie nicht mehr lieben wird, wenn Sie ihr Ihr wahres Wesen offenbaren.« Er schwieg einen Moment lang. »Also wäre es besser, die Verlobung wegen eines einzelnen Fehltritts zu lösen. Es würden zwar Herzen gebrochen – Ihres miteingeschlossen –, aber wenigstens blieben Sie selbst im Verborgenen. Auf diese Weise würde Ihre Verlobte nie erfahren, wie Sie – wie haben Sie es nochmal ausgedrückt? – wie Sie sie ausgetrickst haben, damit sie sich in Sie verliebt.«

»Nein, so war das nicht. Das habe ich so nicht geplant.«

»Nein, das haben Sie nicht. Ich wollte damit auch gar nicht unterstellen, dass Sie es getan haben. Ich gebe Ihnen lediglich eine Interpretation Ihres Verhaltens an die Hand. Manchmal ist unser Handeln auf ein Motiv zurückzuführen, das uns selbst gar nicht bewusst ist.«

»Ich werde es ihr nicht erzählen. Weil das nämlich das Letzte ist, was ich möchte. Ich will nicht, dass das unsere Beziehung beendet.«

Sandor nickte. »Gut. Das ist also schon mal geklärt. Wir haben noch recht wenig über Ihre Beziehung gesprochen. Vielleicht sollten wir die noch verbleibende Zeit dazu benutzen, dieses Thema ein wenig zu erkunden?«

»Ja, okay.«

»Fangen wir mit dem Sex an. Wie würden Sie die sexuelle Beziehung zu Ihrer Verlobten beschreiben?«

Joe zuckte mit den Schultern. »Normal. Gut. Da gibt es nicht viel zu erzählen.«

Sandor wartete. Er schlug die Beine übereinander.

»Was wollen Sie darüber genau wissen?«

»Nur das, was Sie mir erzählen möchten.«

»Es ist alles ganz normal. Ein- oder zweimal die Woche. Was wollen Sie sonst noch wissen?«

»Sie verspüren bei ihr keinen übermäßig starken Sexualtrieb? Oder sie bei Ihnen?«

»Sie ist attraktiv. Es gibt keine Probleme oder irgendsowas. Vor mir hatte sie erst einen anderen Freund, also hat sie nicht so besonders viel Erfahrung. Wenn wir miteinander schlafen, dann geschieht das aus Liebe. Das ist der Unterschied. Bei Yasmin geht es nicht um den Sex.«

»Also hat sie keine Freude am Sex?«

»Das habe ich nicht gesagt.«

»Sie würde nicht einfach so zum Vergnügen Sex haben, wegen des körperlichen Genusses, aus Spaß? Mit einem Fremden oder fast Fremden? Sie hat nie Gelegenheitssex gehabt?«

»Nicht, dass ich wüsste. Es wäre mir egal, wenn sie es getan hätte, wenn es das ist, was Sie wissen wollen.«

»Okay. Ich verstehe. Erzählen Sie mir noch etwas mehr über sie. Sie haben gesagt, sie sei ebenfalls Ärztin?«

Joe redete über Yasmin, und Sandor machte sich gelegentlich Notizen. Ihr Alter, ihre ethnische Zugehörigkeit, der Umstand, dass Joe sich »sofort verliebt«, aber mehrere Wochen gewartet hatte, bevor er sie zum ersten Mal küsste. Bisher fügte sich alles ins Bild. Der Anfang der Beziehung war rasant und leidenschaftlich verlaufen. Eine plötzliche, alles andere mit sich fortreißende (und imaginäre) Hingabe seitens des Jungen, die er sorgfältig geheim gehalten hatte. Dieses Gefühl der Verbundenheit war natürlich der Fantasievorstellung einer idealen, perfekten Person geschuldet, die symbolisch für die Befreiung aus seinem psychischen Gefängnis stand. Und dieses überstürzte Bekenntnis zu einer anderen Person war nicht nur von dieser Fantasievorstellung angefacht worden, sondern gründete zudem auf der emotionalen Bedürftigkeit des Patienten.

»Ich weiß, dass ich sie glücklich machen kann«, sagte Joe. »Ich *mache* sie glücklich. Wenn wir es irgendwie schaffen, da durchzukommen… Ich weiß, das klingt verrückt, aber ich bin mir ganz sicher, dass ich ein guter Ehemann sein werde.«

»Eines Tages werden Sie das gewiss auch sein.«

»Dieser ganze Kram, über den wir hier reden… meine Kindheit, all das… Wie wird mir das eigentlich genau helfen? Wir finden die Ursache meiner Sucht – aber was dann? Heißt das, dass ich dann in der Lage sein werde, sie zu kontrollieren? Werde ich dann geheilt sein?« Er lächelte, um die Verzweiflung in seiner Frage und auch in seiner Stimme zu untergraben.

»Ich fürchte, ganz so einfach ist es nicht.«

»Aber warum ist es dann so wichtig, das zu wissen? Warum ist es sowas wie der Heilige Gral?«

»Weil es unsere Chancen verbessert«, sagte Sandor. »Es gibt uns die *Möglichkeit* an die Hand, die Kontrolle zu übernehmen. Denn das, was wir nicht kennen, kontrolliert uns.«

HARRIET

Sie legt den Füller hin und liest sich die letzten Seiten durch. Du lieber Gott, denkt sie, wie selbstgefällig! Nichts von dem, was sie geschrieben hat, ist auch nur im Entferntesten von Bedeutung. Sie schaut in den Spiegel ihres Frisiertischs, und was sie darin sieht, gefällt ihr auch nicht. Krähenfüße und Selbstmitleid. Morgen findet ein Gala-Dinner im Savoy statt, bei dem man ihr eine Auszeichnung für ihr Lebenswerk im Dienst der Kunst verleihen wird. Sie probiert ein liebenswürdiges Lächeln aus.

Es kommt ihr vor, als würde man sie wie ein ausrangiertes Rennpferd zum Gnadenbrot auf die Weide schicken. Natürlich kann das Stadium des *Enfant terrible* nicht ewig dauern. Aber das Stadium der *Grande Dame* ist nicht nur total langweilig, es ist auch beklemmend. Es macht *alt*.

Wenigstens hat der Salon diesen Monat durch Anisahs Gegenwart sehr gewonnen. Sie hat sich großartig geschlagen. Alle lagen ihr zu Füßen. Der Salon war schon seit einer Ewigkeit unendlich fad gewesen und hatte dringend etwas Neues nötig gehabt. Ja, Anisah war ein durchschlagender Erfolg. Sie hat das Talent, einfach nur sie selbst zu sein und berührt dadurch jeden, dem sie begegnet. Die anderen hatten sich alle ganz ähnlich geäußert.

Das Mädchen kann ihrer Mutter zwar nicht das Wasser reichen, aber Joseph hat trotzdem eine kluge Wahl getroffen. Yasmin ist intelligent, aber nicht zu intelligent, hübsch, aber nicht zu hübsch. Sie wird ihm eine verlässliche, treue Partnerin sein, und familiäre Werte sind ihr sozusagen in ihre indische DNA eingeschrieben.

Auch das Konzept der erweiterten Familie ist ihr nicht fremd, und der Begriff »Schwiegermutter« steht in ihrer Kultur für mehr als nur die Pointe eines geschmacklosen Witzes.

Familiäre Werte! »Du lieber Gott!«, sagt Harriet laut. »Seit wann bist du denn eine so entsetzliche Traditionalistin geworden? Und reaktionär noch dazu!«

Sie legt den DIN-A4-Schreibblock in die Schublade ihres Frisiertisches und durchwühlt die Schmuckschatulle nach den Ohrringen, die sie morgen tragen will.

Was wird Yasmin wohl anziehen?, fragt sie sich. Mit ein bisschen Anleitung könnte das Mädchen umwerfend aussehen. Nein, vielleicht nicht umwerfend, aber auf jeden Fall attraktiver. Sie macht nicht genug aus sich. Immer diese öden Pastelltöne. Und diese sittsamen, unförmigen Etuikleider!

Harriet schlendert in ihr Ankleidezimmer hinüber und lässt die Hand über den Ständer mit ihren Abendroben gleiten. Was soll sie anziehen? Welchen Eindruck möchte sie vermitteln, wenn sie die Bühne betritt, um ihre Auszeichnung entgegenzunehmen? Also dieses Kleid hier würde an Yasmin einfach fantastisch aussehen. Diese Farbe. Aber es würde ihr nicht passen, und selbst wenn es das täte, wäre es total unangebracht, ihr das vorzuschlagen. Eine solche Art von Schwiegermutter hätte es nicht anders verdient, als zur Zielscheibe eines geschmacklosen Witzes zu werden.

Sie zieht ein Kleid nach dem anderen aus dem Schrank und übt in Gedanken ihre Dankesrede, und zum ersten Mal, seit Joe ihr von seiner Verlobung erzählt hat, hat sie keine Angst mehr. Sie ist, so wird ihr plötzlich klar, während sie ein mitternachtsblaues bodenlanges Seidenkleid anprobiert, in ihrer Angst ein wenig egoistisch gewesen. Aber jetzt fühlt sie sich gütig und großzügig und wahrhaft glücklich, Yasmin bald in ihrer Familie willkommen zu heißen.

RAUPE

Wegen des Streits kamen sie zu spät und verpassten den Sektempfang. Ein Kellner führte sie durch einen üppig mit Teppichen ausgelegten Flur zum Festsaal des Savoy. Eine junge Frau in einem schwarzen, figurbetonten Kleid überprüfte ihre Namen auf ihrem Clipboard und führte sie dann quer durch den Raum zwischen den farbenprächtig geschmückten Tischen hindurch, auf denen Sträuße aus Papageienblumen und zu Kronen gefaltete Servietten standen.

Es war ein dummer Streit gewesen, bei dem es eigentlich um nichts gegangen war. Yasmin hatte Joe gebeten, ihr beim Anziehen behilflich zu sein, und als der Reißverschluss klemmte, hatte er gescherzt, das Kleid sei zu eng. Sie hatte sich geweigert, seine Entschuldigung anzunehmen, und war schließlich in Tränen ausgebrochen.

An dem Ganzen war natürlich Niamh schuld. Oder vielmehr das, was Niamh über Joe gesagt hatte.

»Da sind sie ja«, rief Harriet, als sie ihren Tisch erreicht hatten. Goldene Armreifen fielen in funkelnden Kaskaden an ihren Armen herab. »Also, Joe, du sitzt hier drüben, und Yasmin, du bist direkt hier, nur einen Stuhl von mir entfernt, deshalb werden wir uns an Malcom vorbei unterhalten, denn Malcolm will heute Abend unbedingt die Kassandra spielen, und ich will kein einziges Wort mehr von ihm hören.«

Joe gab Harriet einen Kuss und setzte sich auf die gegenüberliegende Seite des Tisches. Sie hätte ihn auf dem Weg zur Park Lane fragen sollen. Es war garantiert nichts dran an der Sache. Niamh war eine Lügnerin. Aber sie wollte im Taxi keine Szene riskieren, und genauso wenig wollte sie bei dem Gala-Dinner eintreffen, während sie noch mitten in einer peinlichen Diskussion feststeckten.

»Yasmin, das ist Belinda«, sagte Harriet und wies mit der Brotstange in ihrer Hand auf die silberhaarige Dame zu Yasmins Rechten. »Belinda, das ist Yasmin, die Verlobte meines Sohnes.«

Belinda nahm Yasmin unter die Lupe. Das tat sie ganz unverhohlen, als schaute sie dabei durch einen Einwegspiegel.

»Gut«, sagte Belinda. »Gut. Und woher kommen Sie, Yasmin?« Belinda hatte ein riesiges Muttermal unter dem rechten Nasenloch. Es war in der Mitte schwarz und an den Rändern braun. Das verhieß nichts Gutes.

»Ich bin aus …«

London? Manchmal reichte London nicht. Sogar meistens nicht. Yasmin seufzte. Wenn man das Ganze nicht weiter ausführte, konnte es aufgrund der unweigerlich darauffolgenden Fragen so wirken, als sei man der Frage ausgewichen. Sie hätte sagen können, Meine Eltern sind aus Indien, aber ich bin aus London. Aber das fühlte sich wie eine Verleugnung an, wie eine Art Abkehr.

Es gab eine dritte Möglichkeit. »Ich bin Inderin«, sagte sie.

»Indien. Ich liebe Indien. Wissen Sie, ich habe in Indien drei Dokumentationen gedreht, eine in Mumbai und zwei in Jaipur. Waren Sie mal auf dem Festival?«

»Welches Festival?« Das Muttermal war etwas asymmetrisch, und die Ränder waren verschwommen. Gut möglich, dass es kanzerogen war.

Belinda lachte. »Touché! Das Literaturfestival. Ich meinte das Literaturfestival. Natürlich, Sie als Hindu haben ja so unendlich viele Festivals. Wie dumm von mir, einfach davon auszugehen, dass …«

Yasmin machte sich nicht die Mühe, Belinda zu korrigieren. Es war leichter, einfach immer mal wieder zu nicken und so zu tun, als hörte sie zu, was sie aber in Wahrheit nicht tat.

Es war vollkommen unmöglich, dass Joe mit Niamhs Freundin geschlafen hatte. Als würde er eine Krankenschwester abschleppen!

Als wäre es nicht ganz und gar undenkbar, dass er ihr überhaupt untreu wurde!

Ich tue dir hier nämlich einen Gefallen, indem ich dir das erzähle. Weil sie nämlich verheiratet ist, und sie hat mich schwören lassen, dass ich das niemandem erzähle, aber ich dachte, es wäre nicht fair, wenn ich dich nicht warne. Ich denke, es gibt viele Leute, die das nicht getan hätten. Die hätten dich im Dunkeln tappen lassen. Aber so bin ich eben nicht.

Es war nicht wahr. Sie würde ihn heute Abend fragen. Sie musste ihn fragen, auch wenn ihn die Frage kränken würde. Und vielleicht hatte Niamh ihr ja auch tatsächlich einen Gefallen getan, denn jetzt war ihr Imam Siddiq mit seinem albernen Kurta-Pyjama und seinen riesigen gelben Zähnen total egal. Sie konnte es kaum glauben, dass sie sich wegen einer derart trivialen Angelegenheit Sorgen gemacht hatte. Selbst der Umstand, dass Arif Vater wurde, war kein Anlass zur Sorge. Na ja, eigentlich ja doch. Aber nicht, was die Hochzeit anging. Nur der Tod konnte ihr die Hochzeit verderben. Tod oder Untreue.

»… einer der ortsansässigen Fixer«, sagte Belinda gerade. »Der war gerade mal einen Meter fünfzig groß und hatte die Weißfleckenkrankheit, der Arme, der sah aus wie ein friesisches Kalb, aber Mensch nochmal, war der gut. Der hat immer alles im Nullkommanix auf die Beine gestellt …«

Yasmin stopfte sich eine Brotstange in den Mund und nickte Belinda zu. Sie hoffte, dass man das Essen bald servieren würde. Harriet würde heute Abend eine Auszeichnung erhalten. Es würde Auszeichnungen für viele verschiedene Sparten der Kulturszene geben. Theater, Film, Bücher, Fernsehen, Radio und vielleicht auch noch andere. Yasmin hatte sich die Kultursendung nie angeschaut, die diese ganzen Preise gestiftet hatte. Die schaut sich niemand an, hatte Joe ihr versichert. Aber warum waren dann all diese Leute – manche kannte sie aus dem Fernsehen – überhaupt hier?

Glücklicherweise kamen nun die Kellner aus der Küche geströmt und schwirrten um die Tische herum. Yasmin hatte Hunger.

»Yasmin? Helfen Sie mir doch mal auf die Sprünge – wie viele Tage dauert die Durga Puja?«

»Also …«, sagte Yasmin. »Ich glaube …« Sie wurde von einer Stimme gerettet, die von der Bühne herabschallte, welche sich an der Stirnseite des Raumes befand und nun in ein gleißendes Licht getaucht war.

»Keine Sorge«, sagte der Mann auf dem Podium. »Wir lassen euch in Ruhe essen. Die Crew will nur ein paar letzte Checks durchführen. Nun, das Mikro scheint ja schon mal zu funktionieren.« Der Mann war alt, aber seine dunkle Haartolle und rosigen Wangen verliehen ihm eine sehr jugendliche Ausstrahlung. Seine Stimme klang nasal und auch ein bisschen gestelzt, und er hatte einen leichten Yorkshire-Akzent. Als er lächelte, zeigte er seine blendend weißen Zähne und vermittelte dabei den Eindruck, als gehörte ihm die ganze Welt. Oder zumindest dieser Saal. Es gab zwei Fernsehkameras auf der Bühne und zwei im Raum umherstreifende Kameramänner, die bereits damit beschäftigt waren, das Publikum zu filmen.

»Wir lieben dich, Marvin«, rief jemand im Saal.

»Ich fürchte, die Gewinner stehen bereits fest«, sagte Marvin. »Aber bitte, lasst euch nicht davon abhalten, euch bei mir einzuschleimen.«

Die Vorspeise war eine Art schaumiger Turm, der mit geräuchertem Lachs umwickelt war und aus einem Bett krauser Salatblätter aufragte. Belinda hatte ihre Aufmerksamkeit dem Gast auf ihrer anderen Seite zugewandt, und Yasmin war froh über die Verschnaufpause. Sie aß einen winzigen Klacks von dem Mousse aus Meeresfrüchten und eine Menge von dem geräucherten Lachs. Joe sah wahnsinnig gut aus in seinem Smoking. Er hatte sich ein wenig Wachs in die Haare gegeben und sie aus der Stirn gekämmt, als wäre er einem alten Schwarzweißfilm entstiegen. Die ältere Dame zu seiner Linken genoss es sichtlich, dass er ihr seine ungeteilte Aufmerksamkeit schenkte.

Yasmin spießte ein Salatblatt auf. Es war derart frisch und elastisch, dass es ihr fast wieder von der Gabel gesprungen wäre. Sie würde neue Unterwäsche kaufen, beschloss sie. Sie würde all diese alten Unterhosen wegwerfen, die längst ihr Haltbarkeitsdatum überschritten hatten. Sie würde auch nicht mehr in alten T-Shirts schlafen, wenn sie bei Joe übernachtete. Sie musste sich mehr Mühe geben. Sie musste aufreizender sein.

War sie gut im Bett? Was, wenn nicht? Sie war nicht leidenschaftlich genug. Sie konnte sich nicht gehen lassen. Kashif hatte das nicht von ihr erwartet. Aber Joe würde da anders empfinden, und sie musste unbedingt darüber nachdenken.

Sie stach mit ihrer Gabel in ein weiteres krauses Salatblatt. Als sie es zum Mund heben wollte, bewegte sich etwas zwischen den Zinken: eine kleine grüne Raupe, die sich zu einer engen, schutzsuchenden Kugel zusammengerollt hatte. Yasmin betrachtete das Tier aus nächster Nähe, während es sich wieder auseinanderrollte. Die Raupe war heller als das Salatblatt und mit winzigen weißen Borsten bedeckt. Auf beiden Flanken befanden sich gelbe Kreise, in deren Mitte schwarze, knopfaugengleiche Punkte prangten, und der kleine Körper war an beiden Seiten rundgezackt, als hätte man ihn mit einer Zickzackschere aus einem Stück Stoff geschnitten.

»Yasmin?«

Sie legte die Gabel auf den Teller. Raupe zu Schmetterling. Das kam ihr gerade ganz und gar unmöglich vor.

»Yasmin«, wiederholte Harriet. »Komm und setz dich zu mir. Wir haben viel zu besprechen.«

STOLZ UND VORURTEIL

Harriets Kleid war so hervorragend geschneidert und mit so vielen Pailletten besetzt, dass es ein Eigenleben zu führen schien, als könnte es ganz allein in einem Penthouse wohnen, mit einer eigenen Limousine und einem eigenen Chauffeur. An einer Normalsterblichen hätte es womöglich danach ausgesehen, als trüge das Kleid seine Besitzerin, aber Harriet hatte sich das Kleidungsstück vollständig zu eigen gemacht – und womöglich auch das Atelier, in dem es geschneidert worden war. Als Yasmins Blick auf die exakt gezogene Linie von Harriets Augenbrauen fiel, fingen ihre eigenen an zu jucken. Sie hatte schon wieder vergessen, sie zu zupfen.

»Und, was hältst du von dem Ganzen?«, fragte Harriet, während sie eine Hand majestätisch durch die Luft gleiten ließ. »All diese ehrgeizigen jungen Dinger und alten Säcke, die sich gegenseitig bewundern.«

»Ich finde es nett«, sagte Yasmin. »Sehr sogar«, fügte sie wenig überzeugend hinzu.

»Wirklich? Nun, es ist süß von dir, dass du das sagst. Bei diesen Partys mit ihren geschmacklosen Papphühnchen-Menüs muss man einiges an Durchhaltevermögen mitbringen. Aber was ich dir eigentlich sagen wollte: Deine Mutter ist eine bemerkenswerte Frau. Wirklich bemerkenswert.«

»Danke.«

»Oh, dafür musst du dich nicht bedanken. Sie kennenzulernen, das ist… Lass es mich ganz offen sagen, ich empfinde es als Privileg. Sie ist eine so starke, erfrischende Person.«

»Wie eine Tasse Tee«, sagte Yasmin. Sie lachte und hoffte, dass man ihr ihren Ärger nicht anmerkte. Harriet hatte sich Anisah einverleibt und sie zum Exponat in einer ihrer zahlreichen Sammlungen gemacht.

»Während meines Salons lagen ihr alle zu Füßen«, sagte Harriet. Vor ein paar Tagen hatte Ma an Harriets Salon teilgenommen, um dort über den Islam zu reden, insbesondere über die Nikah-Zeremonie, als eine Art Vorbereitung darauf, was die Gäste am Hochzeitstag erwartete. Sie hatte ihren grün-goldenen Seidensari angezogen, mit einem grauen Dufflecoat darüber und Strümpfen und Schlappen an den Füßen und war mit dem Bus nach Primrose Hill gefahren, wobei sie mehrmals hatte umsteigen müssen. Als Übernachtungsgepäck hatte sie eine Louis-Vuitton-Tasche mitgenommen, die sie im Oxfam-Laden gekauft hatte, unübersehbar eine Fälschung.

»Und als sie mir die Geschichte erzählt hat«, fuhr Harriet fort, »wie es dazu kam, dass sie deinen Vater geheiratet hat! Oh, ich war total in Tränen aufgelöst!«

»Ja, das ist eine bemerkenswerte Geschichte. Aber ich bin damit aufgewachsen, also …« Also war sie ganz normal. Dal Bhat. Linsen und Reis. Fleisch und Kartoffeln. Yasmin deutete dies mit einem leichten Lächeln an. Aber sie hatte immer gewusst, dass es eine ganz besondere Geschichte war.

Harriet warf ihr einen stechenden Blick zu. »Du solltest sie bitten, dir die Geschichte noch einmal zu erzählen. Ah, hier kommt das Papphühnchen. Lass uns essen und dankbar sein, dass wir so reich gesegnet sind.«

Zum Nachtisch gab es eine Passionsfrucht-Pavlova. Yasmin begann die Hoffnung zu verlieren, dass dieser Abend jemals ein Ende nehmen würde. Die Zeremonie hatte noch nicht einmal angefangen. Wie lange würde es noch dauern, bis sie endlich mit Joe reden konnte? Er würde schockiert sein. Er würde lachen. Oder er würde wütend werden. Vielleich beides. Dann würden sie beide lachen und ins Bett gehen.

»Nathan!« Harriet stand auf, um einem gertenschlanken jungen Mann zur Begrüßung beide Hände entgegenzustrecken. Er ergriff sie, blieb dann jedoch unsicher stehen, als wüsste er nicht, was er mit solch spektakulären Geschenken anfangen sollte.

»Nathan ist Romanautor und gerade ganz groß im Kommen«, sagte Harriet und bedeutete ihm, sich auf Malcoms freigewordenen Platz zu setzen. Malcolm war losgezogen, um »irgend so ein Scheißfilmsternchen« zu interviewen, wie er es formuliert hatte. »Nathan Clarke, ein Name, den man sich merken sollte.«

Nathan streckte nun auch Yasmin die Hand entgegen. Er hatte etwas Hervorschnellendes an sich, etwas Durstiges, Lauerndes. Seine Haare standen ihm an den Schläfen zu Berge, als hätte man ihm einen leichten Stromschlag verpasst. »Falls mein Buch jemals veröffentlicht wird. Gestern kam schon wieder eine Absage.«

»Und hat Angela dich heute Abend irgendwelchen nützlichen Leuten vorgestellt?« An Yasmin gewandt, fügte sie erklärend hinzu: »Angela ist seine Agentin.« Dann drehte sie sich wieder zu Nathan um. »Mach dir wegen der Absagen mal keine Sorgen. Das macht dich zu einem besseren Schriftsteller.«

Nathan sah aus, als hätte er am liebsten widersprochen. Aber er beherrschte sich und hustete stattdessen in seine geschlossene Faust.

»Worum geht es in Ihrem Buch?«, fragte Yasmin.

Nathans Gesicht hellte sich auf. »Es ist ein Öko-Thriller und spielt in der nahen Zukunft. Es geht dabei um Guerilla-Aktivisten, die in das Lager eines Milliardärs einbrechen, das er sich in Neuseeland gebaut hat, um für den Fall einer weltweiten Apokalypse gerüstet zu sein.«

»Klingt spannend«, sagte Yasmin.

»Was haben Sie denn so in letzter Zeit gelesen? War da irgendwas Gutes dabei?«

»Ja«, sagte Harriet schelmisch. »Das würde mich auch sehr interessieren.«

Illustrierte. Eine gestohlene Minute hier oder da während der

Arbeit. Eine halbe Stunde im Zug. Zwanzig Minuten in der Badewanne. Lehrbücher. Fachzeitschriften.

»Ich habe demnächst ein paar wichtige Prüfungen«, antwortete sie. »Also nicht so besonders viel.« Als sie noch zur Schule gegangen war, hatte sie alle möglichen Romane gelesen – anspruchsvolle Bücher aus der Schulbibliothek, aber auch irgendwelche dicken Taschenbücher, deren Titel in goldener Blockschrift gedruckt waren und die auf dem Pausenhof herumgereicht wurden. Oder etwas aus dem riesigen Stapel an stockfleckigen, gebundenen Büchern, die Anisah im Laden der britischen Herzstiftung gekauft hatte, um damit die Regale im Straßenzimmer zu bestücken, und die, wie sich herausstellte, alle voller Silberfische und Speckkäfer waren. Shaokat hatte ein großes Lagerfeuer damit veranstaltet, während Yasmin gerade mal zur Hälfte mit *Bleak House* durch gewesen war. Selbst während des Medizinstudiums las sie weiterhin Romane, aber immer mit schlechtem Gewissen, weil sie das Gefühl hatte, damit ihre Zeit zu verschwenden.

»Nathan«, sagte Harriet. »Dürfte ich dir einen kleinen Rat geben, was deine Karriere anbelangt?«

»Natürlich. Nur zu.«

»Du hast Talent. Das sagt jedenfalls Angela, und Angela irrt sich bei so etwas nie. Aber du setzt dein Talent an der falschen Stelle ein. Was ich damit sagen will – du schreibst im falschen Genre. Deshalb hat Angela solche Schwierigkeiten, dich irgendwo unterzubringen.«

Nathan legte seine langen schmalen Hände auf den Tisch und presste die Finger zusammen. »Aber Thriller verkaufen sich doch gut!« Sein Blick schoss hin und her, landete auf Harriet, auf Yasmin, auf den Papageienblumen, auf seinen Fingerspitzen.

»Natürlich darfst du schreiben, worüber du willst«, sagte Harriet. »Die kreative Freiheit steht über allem. Aber wenn du veröffentlicht werden willst – und das ist ein durchaus ehrbares Ziel –, dann könntest du vielleicht mehr erreichen, wenn du dich auf einen anderen Bereich konzentrierst. Wenn ich du wäre, würde ich mir eine andere Geschichte suchen. Eine, die ein bisschen mehr mit deinen eigenen Problemen zu tun hat.«

»Mit meinen eigenen Problemen«, wiederholte Nathan und schwieg.

Weil er schwarz ist, dachte Yasmin. Aber er war zu höflich, um Harriet zur Rede zu stellen, und Yasmin war nicht mutig genug.

Am Tisch saß fast niemand mehr. Nathan war von der heraneilenden Angela entführt worden. Harriet war losgezogen, um ihre Runden zu drehen. Dann war Yasmin auf die Toilette gegangen, und als sie zurückkehrte, war Joe verschwunden. Zahlreiche Gäste schlängelten sich zwischen den Tischen und Kellnern hindurch, auf dem Weg zur Toilette oder um sich zu begrüßen oder einfach nur die Beine zu vertreten, während man die Tische abräumte, bevor dann endlich die Preisverleihung beginnen sollte. Es war ein langer Abend, und er war noch lange nicht vorbei. Yasmin hoffte, Harriet würde ihre Auszeichnung als eine der Ersten bekommen, sodass sie dann vielleicht nicht bis zum bitteren Ende würden bleiben müssen.

Du solltest sie bitten, dir die Geschichte noch einmal zu erzählen.

Warum? Wollte Harriet damit andeuten, dass sie etwas über Ma wusste, das Yasmin nicht wusste? Als Ma am Tag nach dem Salon nach Tatton Hill zurückgekehrt war, hatte sie verkündet, der Abend sei »ein großer Erfolg« gewesen. Trotzdem wirkte sie rastlos und irgendwie verstimmt. Am folgenden Wochenende baute sie einen Tapeziertisch auf dem Bürgersteig auf und stapelte lauter Gegenstände darauf, von denen sie behauptete, sie würden ihr »die Luft zum Atmen nehmen«. Eine Formulierung, die sie ganz offenbar aus zweiter Hand hatte und die einem diffusen Zweck diente – genau wie manch eine ihrer Anschaffungen aus dem Wohltätigkeitsladen. Auf den Tapeziertisch stellte sie dann eine Eismaschine, eine Brotmaschine, drei halbleere Bastelsätze für Stickereiarbeiten, mehrere Knäuel violetter Mohair-Wolle, eine Kiste mit Kacheln, die für die Garderobe im Erdgeschoss gedacht gewesen waren, einen Deckenstrahler und dreiundvierzig Teile eines blauen Denby-Geschirrs, das die Firma aus dem Sortiment genommen hatte.

Sie stritt sich mit Baba, als er sämtliche Gegenstände in die Garage verfrachtete und ihr verbot, die Sackgasse in einen Bazar zu verwandeln. Sie stritt sich mit Mr. Hartley, ihrem unmittelbaren Nachbarn. Und sie stritt sich mit Arif, weil er ihr zwischen die Füße geraten war – ein Verbrechen, dessen man ihn bisher noch nie angeklagt hatte.

Ma hatte sich in Harriets Haus wahrscheinlich unwohl gefühlt, auch wenn sie es genossen hatte, während des Salons im Mittelpunkt zu stehen. Vielleicht wusste sie ja im tiefsten Innern, dass man sie studiert hatte wie ein Exponat in einem menschlichen Zoo. Ein anthropologisches Versuchsexemplar.

»Ist das hier Harriet Sangsters Tisch?«

Yasmin bejahte die Frage. Der Mann trug Jeans und ein kurzärmeliges khakifarbenes Hemd. Die vier obersten Knöpfe standen offen und gaben den Blick auf eine milchig weiße Brust unter einem wettergegerbten Hals frei. In einem Raum voller Menschen in Abendgarderobe war dieses Outfit eine glasklare Ansage.

»Sagen Sie ihr doch bitte, dass David Cavendish vorbeigekommen ist«, sagte er. Aber statt zu gehen, nahm er sich einen der Löffel vom Tisch und begann, sich über Yasmins unberührt gebliebene Pavlova herzumachen.

»Das werde ich«, sagte Yasmin.

»Ich habe keine Ahnung, warum ich überhaupt noch zu diesen Scheißveranstaltungen gehe.« Seine Unterlippe war voller Sahne. »Ich bin sowieso der ewige Zweite und nie das Arschloch, das gewinnt.«

»In welcher Kategorie sind Sie denn nominiert?«

»Roman.« Er setzte sich auf Harriets Stuhl. »*Die Sinfonie der Vögel*«, fügte er hinzu und sah sie verstohlen an, auf der Suche nach irgendwelchen Anzeichen dafür, dass ihr das Buch ein Begriff war. Dann fuhr er mit dem Finger über den Teller und sammelte die restliche

Sahne und ein paar Passionsfruchttropfen auf. »Meine Bücher kauft sowieso niemand.«

»Das tut mir leid«, sagte Yasmin. »Aber Sie stehen immerhin auf der Shortlist für einen Preis, das ist doch schon mal was. Und vielleicht gewinnen Sie ja.«

Er wischte seinen Finger am Tischtuch ab. »Ausgeschlossen! Schauen Sie mich doch an. Weiß. Männlich. Heterosexuell. Absolut ausgeschlossen.«

»Das meinen Sie doch nicht im Ernst. So läuft das doch bestimmt nicht.«

»Nicht offiziell, nein.« Er könnte mehr erzählen, schien sein Tonfall anzudeuten, aber er schwieg lieber. »Und was machen Sie so?«

»Ich bin Ärztin.«

»Ein echter Job! Was für eine Art Ärztin denn?«

»Ich bin noch in der Ausbildung. Im Moment in der Geriatrie.«

David Cavendish runzelte die Nase, als könnte er die Altenstation förmlich riechen, den Gestank von Urin und Tod und Desinfektionsmittel. »Na, dann viel Spaß.« Er wirkte ein wenig angeekelt, aber auch ein bisschen fröhlicher als vorher. Wenigstens hatte er heute Abend das Glück gehabt, die einzige Person im ganzen Raum zu finden, die er nicht um ihr Schicksal beneiden musste. »Schön für Sie«, fügte er hinzu und stand auf. »Sagen Sie Harriet –« Er hielt inne. »Nein, ich hab's mir anders überlegt. Sagen Sie ihr lieber gar nichts.«

Im Taxi auf dem Heimweg sagte Yasmin: »Jemand hat nach dir gesucht. David Cavendish?«

»Der liebe David! Und wie ging es ihm heute so? War er wieder mal ein Häuflein Elend?« Harriet saß neben Joe auf dem Rücksitz, und Yasmin, die den beiden gegenübersaß, war ein wenig eifersüchtig, als hätte Harriet ihren Platz gestohlen.

»Er wirkte ein wenig… Er meinte, er würde den Buchpreis nicht bekommen, weil er …«

»Weiß ist, aus der Mittelschicht stammt und einen Penis hat?«

»Ja, sowas in der Richtung.«

Harriet lachte. »Oh ja, das ist die neue verfolgte Minderheit. Diese Männer werden von ihrer jahrhundertewährenden Privilegiertheit unterdrückt. Davids wahres Problem besteht darin, dass – und das wiederhole ich gern, obwohl ich es schon öfter gesagt habe – der Roman als Kunstgattung überholt ist. Er schlägt sich mit einem todgeweihten Medium herum. Der Roman ist tot.«

»Im Ernst?« Das war Yasmin neu.

Aber Harriet hatte sich Joe zugewandt. Sie legte ihre Hand auf sein Knie. »Darling, hast du dich in letzter Zeit *unterdrückt* gefühlt?«

»Nun ja, zwangsläufig, da ich ja, äh, weiß bin und so weiter.«

Harriet tätschelte sein Bein. »Hört mal, ihr Lieben, ihr müsst euch für ein konkretes Datum entscheiden. Und ich finde, Mai wäre doch viel besser als März. Oder Juni? Juni ist sogar noch besser. Jetzt, wo wir im Garten feiern, wäre das ein Riesenunterschied. Im März kann das Wetter wirklich entsetzlich sein.«

Joe sah Yasmin an. »Was meinst du?«

»Lass uns nochmal darüber nachdenken.«

»Deine Mutter ist dafür«, sagte Harriet.

»Sie ist nicht diejenige, die heiratet«, sagte Yasmin. Es klang schärfer, als sie beabsichtigt hatte.

Harriet gähnte und schaute aus dem Fenster. »Ich will ja nur helfen.«

»Das wissen wir«, sagte Joe. »Und wir sind dir auch sehr dankbar.«

»Ich hoffe, ich habe mich stets offen, zuvorkommend und gastfreundlich gezeigt.«

»Oh ja, das hast du«, sagte Yasmin. Und es stimmte. Harriet war zu Yasmin und ihrer Familie immer nur die Freundlichkeit in Person gewesen. »Mai oder Juni wäre besser. Definitiv.«

Sie wartete, bis sie schon fast im Bett waren. »Niamh hat heute etwas sehr Merkwürdiges behauptet.« Es war fast Mitternacht. Bald würde ein neuer Tag anbrechen.

»Hmmm?«, sagte er und schlang einen Arm um sie. »Was hat sie gesagt?«

»Sie hat gesagt, du hättest mit einer ihrer Freundinnen geschlafen. Vor kurzem.«

»Oh«, sagte er. »Niamh? Das ist die rothaarige Krankenschwester, oder? Die, die du eigentlich gar nicht leiden kannst? Die, die dir immer auf die Nerven geht?«

»Ja«, sagte sie. »Genau die.«

MRS. ANTONOVA

Auf der Station herrschte Stille. Der Sturm aus Waschen, Anziehen, Visite, Medikamentenvergabe, Essensverteilung, Physiotherapie, Körperpflege, Ergotherapie, Bingo, Scrabble und Friseurbesuchen hatte sich gelegt, und nun war eine geradezu unheimliche Ruhe eingekehrt. Yasmin sah sich um. Der Wäschetrolley war fast leer, nur ein paar weiße Laken und Kopfkissenbezüge hingen schlaff über dem Drahtgestell. Die Tür zum Geräteraum stand offen und gab den Blick auf einen sich schräg zur Seite neigenden Turm aus Toilettenstühlen, lose übereinandergestapelten Hebevorrichtungen und Infusionsständern frei. Vor der Krankenhausapotheke lagen gelbe Beutel mit dreckiger Wäsche, wie Sandsäcke, die eine Flut abwehren sollten. Nichts regte sich.

Es kam öfter vor, dass es während der Besuchszeit so aussah. Yasmin schlich auf Zehenspitzen an den aufgereihten Körpern vorbei, an den geschlossenen Augen und offenen Mündern, an den zahlreichen Armen, die sich auf die Bettdecken drückten, als hätte schon die Totenstarre eingesetzt.

Sie verharrte immer wieder unentschlossen neben einem der Betten und musste dem Drang widerstehen, die darin liegende Person zu kneifen oder anzustupsen. Es war nicht nötig, den Schlaf der Patienten zu stören, um zu überprüfen, ob auch alle noch atmeten. Es war nichts als Erschöpfung. Alter und Krankheit und schiere Erschöpfung, weil das Waschen und Anziehen schon während der Nachtschicht um halb sechs Uhr früh begonnen hatte. Wenn dann während der Besuchszeiten keine Besucher kamen, war das vielleicht sogar ein Segen, weil die Patienten in diesem Fall ein wenig Schlaf nachholen konnten.

Irgendwo regte sich etwas. Yasmin drehte sich um und sah, wie Mrs. Antonova versuchte, sich im Bett aufzusetzen.

»Warten Sie, ich helfe Ihnen.« Yasmin eilte zu ihr. Als sie ihre Hände auf Mrs. Antonovas Rücken legte, fühlte sich der Oberkörper der alten Frau unter der rauen Baumwolle unendlich zerbrechlich an.

»Danke, Schätzchen.« Mrs. Antonova nannte alle und jeden Schätzchen, von den Putzfrauen bis hin zu den Chefärzten. Sie war sechsundneunzig Jahre alt, und dies war ihr dritter Krankenhausaufenthalt in ebenso vielen Monaten, diesmal aufgrund eines Sturzes, den sie bei sich zu Hause erlitten hatte. »Und wenn Sie mir jetzt noch einen Gefallen tun wollen, dann holen Sie doch eines dieser Kissen dort und drücken es mir aufs Gesicht. Und lassen Sie nicht los, bevor Sie nicht ganz sicher sind.«

»Es tut mir leid, dass Sie sich so schlecht fühlen«, sagte Yasmin. »Ich kann Ihnen ein Antidepressivum verschreiben, wenn Sie traurig sind.«

»Das könnten Sie zweifellos, Schätzchen. Aber ich bin nicht deprimiert.«

Yasmin setzte sich aufs Bett und umfasste Mrs. Antonovas Handgelenk. Ihr Puls war ein bisschen schwach, aber das war bei einer Patientin mit chronischem Vorhofflimmern und chronischer Arrhythmie nichts Ungewöhnliches.

»Ich bin nicht deprimiert, ich bin gelangweilt«, sagte Mrs. Antonova. »Ich bin von allen Seiten von …« Sie sah sich um, und Yasmin fiel plötzlich auf, wie königlich ihre Haltung war, selbst in dem hochgerutschten Nachthemd und mit schiefsitzender Perücke. »Von *dem* hier umzingelt!«

»Mrs. Antonova«, sagte Yasmin. »Wäre es Ihnen recht, wenn ich mich eine Weile zu Ihnen setze?«

»Nennen Sie mich Zlata.« Seit ihrer neuerlichen Einlieferung machte Mrs. Antonova einen beängstigend gebrechlichen Eindruck. Man konnte sich unmöglich vorstellen, dass sie jetzt noch genügend Kraft haben könnte, um einen der Essenswägen durch die Gegend zu schieben. Mit einem solchen Wagen hatte sie nämlich den Türgriff des Fernsehzimmers verbarrikadiert, als sie während ihres letzten Krankenhausaufenthaltes dort eine Protestaktion inszeniert hatte. Aber in ihrer Stimme schwang immer noch eine ordentliche Portion Schabernack mit, und sie zwinkerte Yasmin zu, während sie fragte: »Ärger mit einem Kerl, was?«

»Nein, nein«, sagte Yasmin und fragte sich, wie Mrs. Antonova das wissen konnte. War es denn so offensichtlich? »Ich dachte nur, wir zwei könnten uns gegenseitig ein bisschen Gesellschaft leisten.« Das Gala-Dinner letzte Nacht war absolut grauenvoll gewesen. Sie war so angespannt gewesen, dass sie jede einzelne Minute gehasst hatte. Und danach hatte sie mit Joe darüber gesprochen, was Niamh ihr erzählt hatte, und… Nun, sie hatten die Sache zu den Akten gelegt. Es war erledigt. Eine unerquickliche Unterhaltung, die sie nie wieder würde führen müssen.

Mrs. Antonova zupfte an ihrer Perücke herum, sodass sie noch schiefer saß als vorher. Die auberginenfarbigen dicken glänzenden Locken kontrastierten eindrucksvoll mit ihrer Haut, die so dünn und trocken war wie Papier. »Ärger mit einem Kerl! Das erkenne ich sofort! Ich war fünfmal verheiratet. Ja, so ist das.«

»Fünfmal!«, sagte Yasmin. Mrs. Antonova hatte ihr während eines ihrer vorherigen Aufenthalte von drei Ehemännern erzählt: einem Zahnarzt aus Uruguay, der sich als homosexuell entpuppte, einem Geiger aus Israel, der zwei Jahre in Treblinka gewesen war und drei Tage nach ihrer Hochzeitsreise zum See Genezareth Selbstmord beging, indem er sich im Hauptbahnhof von Tel Aviv vor einen Zug warf (es war der 21:45-Zug nach Hod HaSharon), und einem Beamten im öffentlichen Dienst aus Bexley Heath, der – wie Mrs. Antonova mit einer vagen Handbewegung anzeigte – es nicht wert war, dass man auch nur ein einziges Wort über ihn verlor.

»Ja, fünf. Wissen Sie, wie alt ich war, als ich das erste Mal geheiratet habe? Ich war sechzehn. Das war vor achtzig Jahren.«

»Du liebe Güte! Das müssen Sie mir unbedingt mal erzählen.« Sie sollte dringend ein wenig Papierkram erledigen, während es auf der Station so ruhig war. Oder die Gelegenheit nutzen und für die MRCP-Prüfung lernen oder ihre reflexive Praxis auf ihrem E-Portfolio auf den neuesten Stand bringen. Sie hinkte mit allem hinterher.

Mrs. Antonova lehnte sich zu Yasmin. Es war ein riskantes Manöver, und Yasmin fürchtete einen Moment lang, die alte Dame könnte seitwärts aus dem Bett kippen. »Sie sind bestimmt sehr beschäftigt, Schätzchen. Danke, dass Sie mich besucht haben. Das war ganz wunderbar.« Sie klang, als meinte sie es ehrlich. Ihre Stimme war offenbar nicht mit ihr zusammen gealtert. Es war eine kraftvolle und verschmitzte Stimme.

»Ich bin nicht beschäftigt«, sagte Yasmin. »Erzählen Sie mir von Ihrem ersten Ehemann.«

»Dimitri Iwanowitsch Schestow war dreiundfünfzig, als ich ihn geheiratet habe. Damals war ich gerade sechzehn Jahre alt geworden. Natürlich war es nicht meine Idee gewesen, Dimitri zu heiraten, ich hatte bei der Sache kein Mitspracherecht. Ich glaube, mein Vater schuldete ihm Geld oder irgend so etwas Dummes.«

»Wie schrecklich.« Yasmin tat es leid, dass Mrs. Antonovas einziger »Besuch« eine Ärztin war. Ihr tat die gesamte verschlafene Geriatrie-Station leid. Auf der Krebsstation herrschte während der Besuchszeit ein einziges Gedränge. Krebs machte einen beliebt.

»Er war die Liebe meines Lebens«, sang Mrs. Antonova. Irgendwo in dem Trümmerhaufen und den Ruinen ihres Körpers war sie immer noch quicklebendig, die sechzehnjährige Braut namens Zlata. »Er war ein weißer Russe, ein Émigré, genau wie ich – wissen Sie über die weißen Émigrés Bescheid, Schätzchen?«

Mrs. Antonova erklärte ihr, dass sie noch ein kleines Baby gewesen war, als ihre Eltern 1921 aus Moskau geflohen waren. Ihr Vater, Wladimir Antonov, war Akademiker und ihre Mutter, Natalia, war erst zwanzig Jahre alt, als sie nach Istanbul aufbrachen, und von dort aus später nach Prag, Paris und London. Im Gepäck hatten sie die kleine Zlata, ein Kornilow-Teeservice und den festen Vorsatz, im Exil das Leben russischer Adliger zu führen. Die Henkel der Teetassen aus dem Kornilow-Service hatten die Form winziger goldener Greife, das Innere war zur Gänze vergoldet und die Außenseite mit Muschelschalen und Blumen bemalt. »Wissen Sie, was wir waren, Schätzchen? Wir waren Zigeuner. Adlige Zigeuner, die quer durch Europa zogen, mit unseren Teetassen und unserem Schwarzbrot und unserem russischen Stolz. Manchmal hatten wir gar kein Brot. Aber Wladimir hatte seine Schriftstellerei und Taschenka ihre Tassen, und beide hatten sie ihren Stolz. Und Stolz kann einen sehr teuer zu stehen kommen, wissen Sie?«

Mrs. Antonova verfiel in Schweigen.

»Und was war nun mit Dimitri?«

»Wer?«, fragte Mrs. Antonova und schloss die Augen.

»Die Liebe Ihres Lebens«, flüsterte Yasmin.

EIN WILLKÜRLICHES FLIMMERN DES GLÜCKS

»Die Sache ist die, Yasmin«, sagte Niamh. »Ich gehöre ja sonst nicht zu denen, die sich auf die faule Haut legen, aber mein Rücken ist total kaputt von der ganzen Heberei, und das da ist Mr. Soames, der muss gewaschen werden, und das heißt ganz klar, dass ich mal wieder jemanden hochhieven müsste, nicht wahr?«

Yasmin warf einen Blick auf den blinkenden Lichtruf über Niamhs Kopf. »Wo sind denn alle anderen? Jacinda? Die ganzen anderen Pflegekräfte?«

»Ich weiß!«, sagte Niamh, als hätte Yasmin den anderen gerade irgendeine Schuld zugewiesen. Ihre Haare von der Farbe eines neugemünzten Pennys schimmerten in selbstgerechtem Glanz. »Ich bin ja eigentlich die Letzte, die sich über Kollegen beschwert, egal, um wen es geht. Aber ich will jetzt auch nicht lügen, also, Jacinda, die ist echt verdammt faul.«

»Willst du sie suchen gehen, oder soll ich das tun?«

»Ich wollte mich gerade auf den Weg machen.« Niamh stand auf und zog ihre Uniform zurecht. Krankenschwestern durften zwischen einer Kombination aus blauer Hose und blauer Hemdbluse und einem Kleid wählen. Niamh trug immer ein Kleid, das sie in der Hüfte mit einem breiten schwarzen Gürtel eng zusammenschnürte. Ihr Dekolleté legte die Vermutung nahe, dass sie dort das ein oder andere hatte machen lassen. »Ach, und Yasmin, wenn du darüber reden möchtest, ich bin immer für dich da, okay?« Niamh schob sich noch ein wenig näher an sie heran. »Aber ich will ja nicht neugierig sein«, fügte sie hinzu, während sie scheinheilig den Kopf zur Seite legte.

Yasmin spitzte die Lippen und versuchte, ihrem Gesicht einen fragenden Ausdruck zu verleihen. »Wie? Ah! Deine Freundin. Ich habe Joe darauf angesprochen. Es war ein bisschen peinlich, aber am Schluss haben wir darüber gelacht.«

»Es tut mir leid, Yasmin, aber ganz gleich, was er dir erzählt hat, er lügt.«

»Es ist gar nichts passiert. Er hat ein wasserdichtes Alibi.«

»Hat er dir erzählt, er wäre auf einer Konferenz gewesen oder sowas?«

Yasmin schüttelte den Kopf. Joe hatte nicht gelogen. Er hatte ihr die Wahrheit gesagt. *Es tut mir leid,* hatte er gesagt. *Es ist einfach so passiert. Es hat nicht das Geringste bedeutet.* »Nein. Er hat mir nur in Erinnerung gerufen, dass wir den ganzen Abend und auch die Nacht zusammen verbracht haben.«

Sie drehte sich um und verließ die Station. Sie ging immer weiter. An der Spezialklinik für Brandwunden vorbei, an der Apotheke, der plastischen Chirurgie, um die Notaufnahme herum und durch den Bereich für den Patiententransport, wo all jene, die zu gebrechlich oder zu arm waren, um es allein nach Hause zu schaffen, herumsaßen und auf einen Krankenwagen warteten.

Sie ging durch die Flure, stieg Treppen hinauf, schlängelte sich durch unbekannte Durchgänge. Von irgendwoher wehte der Geruch nach gebratenem Essen zu ihr herüber. Ein stetiger unterdrückter Lärm, ein erbarmungsloses maschinelles Brummen, das anstieg und wieder nachließ. Noch eine Treppe hinauf und durch einen Notausgang nach draußen auf eine verrostete Plattform, wo sie stehenblieb und in den Wind hinausbrüllte.

Auf der Station, auf der es vor einer Weile noch so erschreckend ruhig gewesen war, ging es sehr viel lebhafter zu, als Yasmin zurückkehrte.

»Mr. Sarpong«, sagte Julie. »Ich verspreche Ihnen, dass ich nach Ihrer Uhr suchen werde, aber jetzt müssen wir Sie erstmal wieder zurück ins Bett bringen. Sie dürfen nicht einfach immer so durch die Gegend laufen.«

Ihre Schwesternuniform – dunkelblau mit roter Kordel – galt bei Mr. Sarpong nicht als Autoritätsbeweis. »Nein«, sagte er. »Ich will meine Uhr zurück. Vierzig Jahre. Ich habe vierzig Jahre für die gearbeitet. Und dann haben sie mir eine Uhr geschenkt. Eine verdammte Scheißuhr!«

»Ist ja schon gut«, sagte Julie und tätschelte seinen Arm. Sie hatten ihn abgefangen, als er von der Demenzstation aus zu seiner Mission aufgebrochen war. Mr. Sarpong hatte ein langarmiges T-Shirt mit Tarnmuster an, einen empörten Ausdruck im Gesicht und keinerlei Kleidung an der unteren Hälfte seines Körpers. Was vielleicht auf die riesige Hydrozele in seinem Skrotum zurückzuführen war, die in etwa die Größe eines Heliumballons hatte.

»Die da hat sie mir geklaut!«, sagte Mr. Sarpong und zeigte auf Yasmin. »Ich will sie wiederhaben!«

»Dr. Ghorami hat Ihre Uhr nicht. Jacinda!« Das letzte Wort rief Julie der Pflegerin zu, die gerade mit einer Hebevorrichtung, einem Laken und zwei Packungen Feuchttüchern vorüberhastete.

»Mr. Macrae ist explodiert«, sagte Jacinda, die ohne anzuhalten in Richtung der Männerabteilung lief. »Den ganzen Rücken hoch. Es ist sogar bis in seine Haare gespritzt!«

Das erklärte den Gestank. Lichtrufe blinkten überall. Krankenschwestern eilten vorüber. Der Vertretungsarzt saß am Bett einer Patientin und fühlte ihren Puls. Eine andere Patientin lag in ihrem Bett und schrie. Man hörte das Scheppern und Schwappen des Putzeimers, zusammen mit dem Zwitschern und Pfeifen, mit dem Harrison sich während der Arbeit immer selbst zu beruhigen versuchte. Überall herrschte Chaos, und Yasmin hätte sich am liebsten selbst geohrfeigt, dass sie einfach so auf Wanderschaft gegangen war.

Vom einen Ende der Station näherte sich Dr. Arnott. Ihre Haare waren zu einem perfekten Chignon hochgesteckt, und ihre Absätze ratterten wie Maschinengewehrsalven über den gekachelten Boden. Vom anderen Ende näherte sich Pepperdine mit einem riesigen Stapel Akten im Arm.

»Sie hat sie geklaut«, sagte Mr. Sarpong. »Die klaut alles.« Er schlurfte näher an Yasmin heran. »Holst du mir wenigstens einen Keks?«

Yasmin warf einen Seitenblick auf Pepperdine und hoffte, dass er gerade keinen schlechten Eindruck von ihr bekam. Vielleicht hätte sie sich krankmelden sollen. Sie kam heute nicht besonders gut klar. »Es ist bald Essenszeit«, sagte sie. Es war halb fünf, und das bedeutete, dass die Tabletts mit dem Abendessen in etwa einer halben Stunde verteilt werden würden.

»Hi, Yasmin.« Dr. Arnott war trotz ihrer hohen Absätze in Warp-Geschwindigkeit herbeigeeilt. »Gibt es Schwierigkeiten? Wie kann ich helfen?« Catherine hatte diese Ich-bin-reich-und-gesund-Ausstrahlung. Wahrscheinlich nahm sie regelmäßig an Marathons teil. Und bestimmt war sie Schulsprecherin gewesen.

Ich habe mir den falschen Job ausgesucht, dachte Yasmin. Ich bin nicht geschaffen für so etwas wie das hier.

»Yasmin?«, fragte Dr. Arnott.

»Keks?«, fragte Mr. Sarpong, wobei er sich genau desselben fragenden Tonfalls bediente. Wie es schien, hatte er alle Hoffnung, seine Uhr zurückzubekommen, fahren lassen.

Pepperdine erreichte die Gruppe und warf Julie einen bedauernden Blick zu. »Ich sehe, wie schwer … nun, ich muss weiter.« Und er ging seiner Wege.

»Wo ist Niamh?«, fragte Julie.

»Hab Hunger«, sagte Mr. Sarpong. Er zupfte mit einer Hand an Yasmins Ärmel. Mit der anderen winkte er in Richtung der Vorratskammer. Durch die Glastüren konnte man deutlich zahlreiche Päckchen mit Schokoladenbiskuits und Keksen mit Vanillefüllung erkennen.

»Es tut mir leid«, sagte Yasmin. »Da komme ich nicht dran.« Die Tür zur Vorratskammer war abgeschlossen, und nur Mitarbeiter von »Cotillion«, der privaten Firma, die für die gesamte Krankenhausverpflegung verantwortlich war, hatten einen Schlüssel.

Mr. Sarpong duckte sich und rannte an Yasmin vorbei. Ganz offenbar plante er einen Raubüberfall mit Schaufenstereinbruch. Sein Skrotum baumelte auf alarmierende Weise gegen seinen Oberschenkel, während er vorwärtsstürmte, aber Catherine stellte sich ihm vollkommen ruhig und gelassen in den Weg. »Ich bin Catherine, ich bin eine der Ärztinnen hier«, sagte sie. »Wie wär's, wenn Sie mit mir kämen, und wir schauen mal, was wir für Sie tun können.«

»Die da hat sie geklaut«, erklärte er freundlich, während er zuließ, dass Dr. Arnott ihn mit sich wegführte.

»Wir brauchen doppelt so viel Pflegepersonal auf der Demenzstation«, sagte Julie. Sie sah erschöpft aus. »Ist bei Ihnen alles in Ordnung?«

»Bei mir?«, sagte Yasmin. »Mir geht es gut.« Sie wandte den Kopf ab und blinzelte eine Träne fort.

»Dr. Ghorami«, sagte Pepperdine. »Ah, setzen Sie sich doch.« Er wandte sich wieder der vor ihm liegenden Akte zu und trug etwas ein.

Yasmin setzte sich und wartete. Pepperdines Büro war klein, und die Luft darin stickig. Er war der Chefarzt der Geriatrie und im Grunde genommen war er es, der das Ganze leitete, aber offiziell war Professor Shah der Klinikleiter und hatte ein sehr viel größeres Büro. Oder jedenfalls hatte man das Yasmin so erzählt. Sie hatte noch nie einen Anlass gehabt, es zu betreten.

Pepperdine blätterte eine Seite um und schrieb weiter. Niamh hatte recht. Er sah eigentlich gar nicht so schlecht aus. Für sein Alter. Ein paar Falten um die Augen, ein paar graue Haare an den Schläfen, aber er war nicht *alt*. Seine Stirn war hoch, aber nicht zu hoch, und das wurde durch sein Kinn wieder ausbalanciert. Er hatte einen schönen Mund, nicht zu dünn und kein bisschen miesepetrig. Nur seine Augen sahen traurig aus. Oder vielleicht gar nicht unbedingt traurig. Gedankenverloren vielleicht? Er sah irgendjemandem ähnlich. Einem Antarktis-Forscher, über den sie einmal etwas während eines Schulausflugs ins Naturkundemuseum gelernt hatte. Er sah wie einer der Männer auf diesen Fotos aus: mager und stoisch, mit Eiszapfen an den Augenbrauen.

Er legte den Stift zur Seite und sah sie an. »Klinikstunden, nehme ich an.«

»Wie bitte?«

»Wie viele Stunden müssen Sie für die CMT-Prüfung zusammenbringen? Sind es jetzt zwanzig? Ich vergesse das immer.«

»Vierundzwanzig insgesamt«, sagte Yasmin. »Ich habe zehn oder elf, bis jetzt.« Sie war in sein Büro gekommen, um ihm, da er ihr Tutor war, mitzuteilen, dass sie sich ernsthaft zu fragen begonnen hatte, ob eine Karriere als Ärztin überhaupt das Richtige für sie war. Nein, das war so nicht richtig. Sie hatte bisher nicht darüber nachgedacht. Aber heute hatte sie – ganz plötzlich – die Nase voll. Sie wollte raus aus der Sache.

»Das ist doch schon einiges«, sagte er. »Sie machen Fortschritte.« Er nahm den Stift wieder in die Hand. Offenbar hoffte er, dass dieses Gespräch nicht mehr lange dauern würde. »Nun, die Kliniken für Alterstraumatologie, Schlaganfall-Folgebehandlung und Bewegungsstörungen brauchen alle dringend mehr Arbeitskräfte. Sie müssten mir nur kurz in Erinnerung rufen, welche davon Sie schon abgedeckt haben. Andererseits ist es im Augenblick schwierig, auch nur eine einzige Person aus der Geriatrie abzuziehen. Da sind wir heute ein bisschen in Stress geraten, was?«

»Ich glaube, ich höre auf«, sagte Yasmin.

»Ja, heute war echt ein übler Tag.« Er lehnte sich in seinem Stuhl zurück. Sein Hemd hatte Knickfalten auf der Brust, als hätte er es direkt aus der Packung genommen und angezogen, ohne es erst zu bügeln. Er war nie verheiratet gewesen. Und falls er mit irgendjemandem zusammenlebte, dann wäre das Hemd wohl gebügelt, dachte sie. »Haben Sie es mal mit Joggen versucht? Ich finde immer, dass das hilft.«

»Gegen was?«

»Gegen den Stress. Nehmen wir den heutigen Tag, zum Beispiel. Ich kämpfe hier gerade gegen diesen unsäglichen Bürokratismus an und versuche herauszufinden, warum die Visaanträge der beiden Stiftungs-Ärzte, die ich einstellen wollte, abgelehnt wurden. Wenn ich joggen gehe… dann verschwindet das Problem zwar nicht, aber ich gewinne eine gewisse Gelassenheit.«

»Ich stehe nicht unter Stress. Ich bin …« Was? Es leid? Enttäuscht, dass sie nicht jeden Tag Spaß ohne Ende hatte? Was hatte sie denn geglaubt, wie es sein würde, als Ärztin zu arbeiten? Sie hatte die Pflicht, sich um die Bedürfnisse anderer zu kümmern und nicht nur um ihre eigenen. Es ging Niamh nichts an, was Joe getan oder nicht getan hatte. Das ging nur Joe und Yasmin etwas an und sonst niemanden.

»Sehen Sie es mal so. 2016 ist ein miserables Jahr für Assistenzärzte. Diese neuen Verträge – wenn Sie meine Meinung hören wollen – sind ein Skandal, aber ich befürchte, es steht jetzt fest, dass sie das durchprügeln werden. Es würde Ihnen niemand übelnehmen, wenn Sie unter diesen Umständen aufhören wollen. Überlegen Sie, ob Sie nach Australien gehen sollen? Oder nach Neuseeland? Es gibt viele Mediziner, die in eins dieser Länder auswandern.«

»Ich bin mir einfach nicht mehr sicher, ob ich überhaupt Ärztin sein möchte«, sagte Yasmin. »Ich glaube, ich sollte irgendetwas anderes mit meinem Leben anfangen.«

»Ah«, sagte er. »Nun, in diesem Fall …« Er nickte vage. »Das müssen Sie natürlich ganz allein entscheiden.«

»Ja«, sagte Yasmin. Sie biss sich auf die Innenseite ihrer Unterlippe. Was hatte sie denn erwartet? Dass er ihr sagen würde, dass das britische Gesundheitswesen ohne sie in sich zusammenbrechen würde? Dass sie etwas ganz Besonderes sei? »Danke«, sagte sie und stand auf. »Das hat mir *sehr* geholfen. Vielen Dank auch für Ihren Input.«

Sie hatte schon fast die Tür erreicht, als er ihr hinterherrief: »Einen Moment noch.«

Sie drehte sich um und machte sich auf eine Auseinandersetzung gefasst, machte sich darauf gefasst, sofort und auf der Stelle zu kündigen, falls er sie für ihre unverschämte Bemerkung maßregeln sollte.

»Nur, dass Sie's wissen«, sagte er. »Ich finde nicht, dass Sie den medizinischen Beruf aufgeben sollten. Das wäre äußerst schade, denn so weit ich bisher sehen konnte, sind Sie eine sehr gute Ärztin.« Er lächelte.

Also konnte er tatsächlich lächeln! Sie lächelte zurück und spürte ein seltsames Stechen in der Brust. Auf dem Heimweg diagnostizierte sie es als ein willkürliches Flimmern des Glücks.

DIE LIEBE ÜBERWINDET ALLES

Der Garten des Hauses im Beechwood Drive grenzte an den grasbewachsenen Hang einer Parklandschaft, der von zottigen Kiefern und pilzbefallenen Ulmen umringt war. Ein breiter, von uralten, majestätischen Buchen gesäumter Weg zog sich zu Tatton Hall hinauf, dem Herrenhaus oben auf dem Hügel, dessen verschlungene barocke Brüstungen Yasmin von ihrem Schlafzimmer aus gerade noch sehen konnte. Früher hatte das Haus einmal einer berühmten englischen Adelsfamilie gehört, die sich ihr Geld mit Sklavenhandel verdient hatte, doch jetzt war es ein Café und Gemeindezentrum.

Yasmin lehnte die Stirn an das Fensterglas und sah zu, wie Ma unten im Garten Gemüse erntete und in eine rostige Schubkarre warf. In diesem Moment schnitt sie gerade einen Butternutkürbis ab und hielt ihn wie einen abgetrennten Kopf in die Höhe, um zu überprüfen, ob sich auf der Unterseite womöglich Mehltau oder Fäulnis gebildet hatte oder Insekten darauf herumkrabbelten. Anisah trug einen gelben Baumwollsari und hatte sich das Pallu um die Schulter geknotet, damit es nicht herunterrutschte. Der rosarote Saum des Sari war mit einer Schlammschicht bedeckt, und Schweißflecken breiteten sich unter den Ärmeln ihrer Choli aus. Typisch Ma. Sie kleidete sich einfach zu jeder Gelegenheit oder Tätigkeit vollkommen unpassend.

Yasmin zwang sich, an ihren Schreibtisch zurückzukehren. Es war Samstag, und sie hatte – ausnahmsweise – zwei freie Tage, um zu lernen. Heute morgen hatte sie die 419 Pfund für die Prüfungsgebühr bezahlt, um einen Anreiz für ihre Konzentration zu schaffen.

Doch bis jetzt hatte sie sich gerade mal zwei Übungsfragen angeschaut. Danach hatte sie ein paar Zeitschriften durchgeblättert, die Patienten oder Besucher im Fernsehzimmer liegengelassen hatten. Erst hatte sie eine Geschichte über eine junge Frau gelesen, die ihren Stiefvater geheiratet hatte, und dann eine andere über eine Frau aus Kanada, die mit einem Serienmörder ausgegangen war (und sich immer gefragt hatte, warum es in seinem Auto auf der Innenseite der Beifahrertür keinen Türgriff gab). Die Zeitschriften waren Schund. Sie waren veraltet und schlecht geschrieben, aber immerhin konnte sie sich darin vergraben. Wohingegen es ihr einfach nicht gelingen wollte, sich in ihrer Arbeit zu vergraben.

Mein Verlobter hat mich betrogen! Sie könnte glatt selbst in einer dieser Zeitschriften auftauchen. Joe hatte mit einer anderen Frau Sex gehabt. Auch wenn sie ihm – offiziell und vermeintlich – vergeben hatte, kehrten ihre Gedanken doch immer wieder zu dieser Tatsache zurück, wobei diese »Tatsache« jedes Mal eine andere Schattierung annahm. Ausrutscher. Betrug. Unbedeutend. Monumental. Verlogen. Ehrlich (immerhin hatte er ihr alles gestanden). Ungeheuerlich. Und aus irgendeinem Grund, den sie nicht ganz begreifen konnte, beschämend. Die Scham war idiopathisch. Sie hatte keine erkennbare Ursache. Und trotzdem war sie da. Ein Gefühlsschwall, ein warmes, nasses Gefühl, wie eine chronische innere Inkontinenz.

Es tut mir leid, es hat nicht das Geringste bedeutet. Sie hatte geweint. Natürlich hatte sie geweint. Er hatte sie in seinen Armen gehalten, und sie hatte geglaubt, sie würde buchstäblich zerfließen, dort, auf der Stelle. Aber schon bald darauf versteifte sie sich. Sie hielt ihr Ohr an seine Brust gepresst, und das stetige Klopfen seines Herzens löste eine blinde Wut in ihr aus. Stundenlange Fragen, *Warum* und *Wie konntest du nur.* Danach war sie vollkommen erschöpft, und er ließ als Zeichen der Niederlage den Kopf hängen. Plötzlich bekam sie Angst. Wenn sie ihn verlor… aber das würde sie nicht. Sie würde ihn nicht verlieren und sie würde ihn nicht verstoßen.

Sie wandte ihre Aufmerksamkeit wieder dem Prüfungsbeispiel zu. *Eine neunundsiebzigjährige Frau wird zur einer geplanten Hüftersatz-OP eingeliefert. Bei der Untersuchung sieht sie sehr blass aus. Es ist eine 2 cm große Splenomegalie und eine leichte Absonderung der axillären Lymphknoten zu erkennen.*

Konzentrier dich! Aber schon als sie anfing, die Untersuchungsergebnisse zu lesen, wusste sie, dass sie die Frage nicht beantworten würde. Es war ihr vollkommen egal, ob diese hypothetische neunundsiebzigjährige Frau akute myeloische Leukämie, chronische lymphozytäre Leukämie, Osteomyelofibrose oder die Beulenpest hatte. Sie war eine schlechte Ärztin. All diese Jahre des Studiums und der Ausbildung. Was für eine Verschwendung.

Yasmin bahnte sich einen Weg zwischen der mit Holz und Kiessäcken gefüllten Zinnbadewanne, dem Bambus-Wigwam, an dem sich im Sommer die Stangenbohnen hinaufschlängelten und den Erdbeerpflanzen hindurch, die unter dem zerrissenen Netz allmählich braun wurden. Sie hatte den Versuch zu lernen aufgegeben. Ma stand in dem baufälligen Gewächshaus und starrte gedankenverloren einen Garderobenständer an. Worüber dachte sie gerade nach? Was gab es denn überhaupt für Dinge, über die sie nachdenken musste? Ma war immer auf die ein oder andere Weise beschäftigt, aber seit sie zwei- bis dreimal die Woche zu Harriet ging, verhielt sie sich irgendwie anders, als trüge sie irgendeinen geheimen kostbaren Schatz mit sich herum. Es war total lächerlich.

Ma schreckte auf, als Yasmin die Tür zum Gewächshaus öffnete. »Ich wollte eigentlich nur Tomaten holen.« Sie hob ihren Sari hoch, um ihrer Tochter den verdreckten Saum zu zeigen, als sei sie, ganz ohne es zu wollen, von einem Strudel aus Gartenarbeit mitgerissen worden.

»Ma«, sagte Yasmin. Sie zögerte. »Würdest du mir erzählen, wie es wirklich war… damals, als du Baba kennengelernt hast? Und woher du wusstest, dass du ihn heiraten wolltest.«

Anisah ging zu einer Tomatenpflanze und begann, an ihr herumzuschneiden und Blätter auszuzupfen. »Ich weiß nicht. Was soll ich dir erzählen? Ich weiß nicht.«

»Hattest du jemals Zweifel?«

»Es war damals alles sehr schwierig«, sagte Ma und ergänzte ihre Bemerkung mit ein paar komplizierten Kopfbewegungen.

Das Gewächshaus diente als letzte Zufluchtsstätte für den von Ma gehorteten Krimskrams und ihrer überschüssigen Garderobe. Yasmin setzte sich auf einen schwarzen Müllsack, der mit alten Kleidungsstücken und Kissen vollgestopft war. Kaum saß sie, entwich ihm eine Wolke aus modriger Luft, die sich mit dem berauschenden Aroma der Tomatenpflanzen vermischte. »Hattest du das Gefühl, dass du ein Risiko eingehst? Mit Baba, meine ich.«

»Gibt es eine Ehe ohne Risiko? Nein. Ehe ohne Risiko ist unmöglich.«

»Weil … ich nämlich mit Joe ein Risiko eingehe.«

»Wenn du liebst«, sagte Ma, »schaffst du alles andere auch. Liebe ist das Wichtigste, und wenn dann Probleme kommen, nimmst du sie in Angriff.«

Ma hatte sehr viel in Angriff genommen. Es hatte bestimmt großen Mut erfordert, dem Gründer und Präsident von Hussein Industries zu sagen, dass sie einen mittellosen Jungen ohne Universitätsabschluss heiraten wollte.

Hashim Hussein – den Yasmin und Arif Naana nannten – trug eine Kurta, die genauso weiß war wie sein Bart, der inmitten der nussbraunen Haut seines Gesichts grell leuchtete. Er saß in einem Rattanstuhl unter einem Deckenventilator in seinem Empfangssalon. Der Raum war mit zahlreichen Polstermöbeln vollgestellt, bei denen einem sofort auf dem Gesäß und im Rücken der Schweiß ausbrach, sobald man sich daraufsetzte. Diener umschwirrten Hashim Hussein wie geprügelte Hunde, eifrig und aufmerksam und mit schleichenden Schritten. Bei ihrem ersten Besuch, im Alter von neun und elf Jahren, wurden Arif und Yasmin ihm vorgestellt, nachdem man sie von oben bis unten geschrubbt und ihnen eine glänzende Schicht aus Kokosnussöl in die Haare gerieben hatte. Sie brachten kein Wort hervor. Naana winkte Arif zu sich heran, der stattdessen einen Schritt rückwärts machte, sodass Yasmin ihm einen kleinen Schubs geben musste. Dann packte er Arif, kniff einen seiner dünnen Ärmchen zwischen Daumen und Zeigefinger zusammen, inspizierte den Jungen kurz und ließ ihn dann wieder los, woraufhin Arif losrannte und sich gegen Mas Beine warf. Yasmin wappnete sich, weil sie dachte, dass nun sie an die Reihe kommen würde, aber Naana rief sie nicht zu sich. Sie war enttäuscht. Die restlichen beiden Wochen, die sie dort verbrachten, wartete sie auf eine Gelegenheit, ihn zu beeindrucken, aber diese Gelegenheit kam nicht. Sie kam auch während des nächsten Besuchs nicht, dem letzten, bevor Mas Eltern beide starben.

Ma musste es zuerst ihrer Mutter erzählt haben, das mit Baba. Yasmin und Arif nannten sie Naani. Naani hatte Augen wie verbrannte Rosinen und die winzigsten Füße, die man sich nur vorstellen konnte. Es war ein Wunder, dass sie überhaupt damit gehen konnte. Ihre großen Zehen waren so klein wie Cashewnüsse. Jedes Mal, wenn sie sich mit Baba im selben Raum aufhielt, bedeckte sie ihre Haare, auch wenn Yasmin auffiel, dass sie das bei anderen männlichen Verwandten nicht tat. Damals hatte sie das für ein Zeichen des Respekts gehalten. Doch mittlerweile war sie davon überzeugt, dass es vielmehr bedeutete, dass Naani Baba nie akzeptiert hatte. Ja, Ma war eine bemerkenswerte Frau, ganz so, wie Harriet es gesagt hatte. Sie hatte nicht zugelassen, dass sich ihrer Liebe irgendetwas in den Weg stellte.

»Danke, Ma«, sagte Yasmin, wobei ihr die Stimme ein wenig brach. Die Liebesheirat ihrer Mutter rührte sie sehr, mehr als sie das seit Jahren getan hatte. Liebe – das hatte Ma ihr nicht nur mit ihren Worten, sondern auch mit ihrem Beispiel gezeigt – überwindet am Ende alles.

Anisah nahm den Eimer mit Tomaten, drängte sich an Yasmin vorbei und tätschelte ihr im Vorbeigehen geistesabwesend den Kopf.

Sie verteilten die Ausbeute ihrer herbstlichen Ernte – Kürbisse, Möhren, Rote Bete und Zwiebeln – auf die Küche, die Speisekammer und die Garage, die immer noch mit den Überbleibseln von Anisahs gescheitertem Flohmarkt-Versuch vollgestellt war. »Ich werde Chutneys machen«, verkündete Ma, als wäre dies ein plötzlicher Geistesblitz und nicht aufgrund des sie umgebenden Ernteüberflusses von vornherein beschlossene Sache gewesen.

Unmittelbar neben der Küchentür war ein kleines sonniges Plätzchen, zwischen der mit Kieselrauputz verkleideten Wand und dem Schuppen mit den Mülltonnen. Sie setzten sich auf zwei der Schemel, die dort standen, und ruhten sich aus. Ma knotete ihren Pallu auf und benutzte ihn, um sich das Gesicht abzuwischen, und Yasmin puhlte die Erde unter den Fingernägeln hervor.

Nach einer Weile sagte Anisah: »Ich lebe in diesem Haus schon so lange. So viele, viele Jahre.« Sie seufzte, und das braune Band ihres Bauches zwischen Sari und Bluse bebte. Sie kräuselte ihre kleine Nase. »Warum sind wir nicht in Wembley? Inder sollen in Wembley wohnen oder in Southall oder am besten in Tooting. Southall ist gut, aber in Tooting wohnen alle Muslime.«

Yasmin lachte. »Hast du eine Umfrage zur demographischen Verteilung von Indern in Großbritannien gestartet? Und warum? Du liebst dieses Haus doch!« Ma murrte und beschwerte sich manchmal darüber, wie weit sie fahren musste, um Hilsa-Fisch zu kaufen, oder dass es bei den Madschlis der Glaubensschwestern keine Bengalis gab, aber sie liebte es, mit dem Bus durch die Gegend zu fahren, und sie traf bei den Madschlis so viele andere Frauen, aus der Türkei, Afghanistan, Syrien, Somalia, Irak …

»Viele Gujaratis leben in Tooting«, sagte Ma. »Aber auch ein paar, die sprechen Bengalisch. In Tower Hamlets sind es ganz viele. Warum wohnen wir hier wie Mäuse?«

»Mäuse?«, fragte Yasmin. »Was um alles in der Welt meinst du damit?«

»Mäuse«, wiederholte Ma leise, aber mit Nachdruck. Ihre Haare, die sie erst vor kurzem mit Henna gefärbt hatte, glänzten wie gekochte Rote Bete, und ihre dritten und vierten Finger waren ganz gelb vom Kurkumagewürz. »In Harrow gibt es auch Gujaratis, und in Ilford viele Punjabis. Sogar Watford wäre besser, und da sind die Tamilen, aber selbst das wäre akzeptabler.«

»Akzeptabler?«, sagte Yasmin. »Du liebst es, hier zu wohnen.«

»Nein«, sagte Anisah. »Dein Vater hat mich hier festgebunden wie eine… eine Ziege.«

»Baba lässt dich immer tun, was du willst, egal was.«

»Ich wollte etwas mit meinem Leben anfangen«, sagte Ma. Sie schwieg und vergrub ihre Finger in den Falten des Sari. Sie schien einen Entschluss zu fassen. Im nächsten Moment brach es in einem gewaltigen Schwall aus ihr heraus, als könne der Mut sie verlassen, wenn sie nur eine Sekunde länger wartete. »Aber dein Vater besteht auf …« Sie zögerte erneut. »Se…gre…gation, und was kann ich schon dagegen tun, wenn so wir leben?«

Ma hatte in Kalkutta angefangen zu studieren, jedoch nach einigen Monaten das Studium wieder abgebrochen, als sie Baba kennengelernt hatte. Das war ihre eigene Entscheidung gewesen. Niemand hatte sie dazu gezwungen. Und schließlich fing sie doch sehr wohl etwas mit ihrem Leben an! Sie kümmerte sich um ihre Familie.

»Ma«, sagte Yasmin. »Es passiert doch so viel, es gibt so viel, was dich auf Trab hält – nicht zuletzt meine Hochzeit, die geplant werden muss!« *Und Arifs Freundin bekommt ein Kind. Das wird dir auf jeden Fall ordentlich etwas zu tun geben.* Die Versuchung war groß, es laut auszusprechen.

»Mrs. Sangster sagt, es ist nie zu spät, und besser man redet über alles.«

Natürlich. Harriet war schuld! Für sie mochte es schön und gut sein, Ma dazu anzustacheln, wer weiß welche Sachen zur Sprache zu bringen, denn die Sangsters redeten über alles, aber in dieser Familie lagen die Dinge eben anders. In der Familie Ghorami platzte man nicht einfach rücksichtslos mit allem heraus. Gott weiß, wo das sonst hinführte.

»Mrs. Sangster sagt, der Mensch *gedeiht nicht ohne die Gemeinschaft.*« Ma riss die Augen auf und betonte jedes Wort, so wie Harriet es immer tat.

»Aber du kennst doch hier alle«, sagte Yasmin. »Du hast total viele Freunde.« Doch wenn man mal ehrlich war, stimmte das gar nicht. Ma hatte keine Freunde, sie hatte Klienten für ihren kostenlosen Essen-auf-Rädern-Service. Aber bisher war sie mit dem, was sie hatte, immer glücklich gewesen. Ein Plausch über den Gartenzaun. Kochen. Ein Ausflug zu einer Poundland-Filiale. Die Kleiderstangen im Laden der britischen Herzstiftung durchstöbern. Noch mehr kochen. Gebete. Familie. Stricken, häkeln, einmachen, Sitzkissen nähen, Gartenarbeit, backen, unausgereifte Heimwerker-Projekte. Noch mehr Gebete. Ma war immer beschäftigt. Und sie war glücklich dabei gewesen, bis zu dem Augenblick, in dem Harriet beschlossen hatte, sich einzumischen.

»Ich war isoliert«, sagte Ma und sprach das Wort sehr sorgfältig aus. »Viel, viel zu lange.«

Yasmin setzte sich wieder hin. Segregation! Das war das Wort, das Ma versucht hatte zusammenzusetzen, und erst jetzt kam es in Yasmins Gehirn an. Mas Leben wäre ganz anders verlaufen, wenn sie in Tooting gewohnt hätten. Aber in Tatton Hill gab es viel Platz, offene Fläche, frische Luft, gute Schulen. Irgendjemand – war es die Stadtverwaltung? – pflanzte sogar Stiefmütterchen um die Stämme der Bäume herum, die die Straßen säumten. Im Winter waren es Zyklamen. Es war ruhig. Jeder kümmerte sich um seine eigenen Angelegenheiten. Baba war zu allen Nachbarn freundlich, aber er war ein zurückhaltender Mensch und genoss es, hier für sich bleiben zu können. Tatton Hill war perfekt.

HARUT UND MARUT

Segregation. Isolation. Entsprach das tatsächlich Mas Gefühlen? Oder lag das nur an Harriet, die sie aufgehetzt hatte? Aber vielleicht war Ma ja einsam… Vielleicht war sie das schon seit sehr langer Zeit. Sie war in die Küche gegangen, um Tee zu kochen und Samosas aufzuwärmen, für einen kleinen Imbiss in der Sonne.

Als Yasmin etwa dreizehn Jahre alt war und sich zu ihrem Entsetzen zwei zarte Brüste herauszubilden begannen, zusammen mit einem widerlichen Interesse für Jungen, zog eine neue Familie in die Sackgasse. Die Gazis wohnten in dem alleinstehenden Haus, das dem Eingang zum Park am nächsten gelegen war. Man konnte mit dem Auto von links in ihren Vorgarten fahren und durch ein weiteres Tor rechts wieder heraus. Man brauchte das Auto nie rückwärts aus der Einfahrt zu manövrieren, so wie Baba das immer in seinem braunen Lancia tun musste, wobei er ein Dutzend Mal in den Rückspiegel schaute und die Handbremse stets ein wenig angezogen hielt. An dem Tag, an dem die neue Nachbarsfamilie eintraf, war Ma furchtbar aufgeregt. Sie war auf der Schule mit einem Mädchen befreundet gewesen, das Malika Gazi hieß. Vielleicht waren diese Gazis hier ja auch aus Bengalen. Ma rechnete nicht damit, dass die neuen Nachbarn tatsächlich mit Malika verwandt sein würden – oder vielleicht tat sie es ja doch. Sie stolperte über die Türschwelle, als sie mit einem Willkommenstablett voller Mango-Lassis hinübereilen wollte, und schlug sich das Knie und das Kinn auf. Immer noch von wildem Enthusiasmus erfüllt, humpelte sie in die Küche und bereitete einen neuen Schwung Getränke zu, dem sie noch einen Schuss Limettensaft und eine Prise gemahlenen Kardamom hinzufügte. Dann musste sie sich hinsetzen, weil ihr Knöchel so dick angeschwollen war wie ein Luchi, das man in heißes Öl geworfen hat. Yasmin wurde mit dem Tablett losgeschickt, zusammen mit der dringlichen Aufforderung, die Gazis mögen bald einmal zu Besuch kommen. In einem der Gläser schwamm ein rotschimmernder Blutstropfen, der sich von der blassen, mangofarbigen Flüssigkeit abhob. Yasmin rührte den Tropfen mit der Fingerspitze unter und leckte sich dann den Finger ab.

Der älteste Sohn der Gazis war fünfzehn, und als sie ihn sah, bekam sie Schmetterlinge im Bauch. Er sagte, er hieße Rupert. Später fand sie heraus, dass sein Name in Wirklichkeit Raseem war, aber niemand nannte ihn so. Mrs. Gazi hatte goldene Creolen in den Ohren, genau wie Jennifer Lopez, trug ein violettes Bodycon-Kleid mit Rüschensaum und hatte Pfennigabsätze an den Füßen – und all das nur, um die Männer der Umzugsfirma durch die Gegend zu scheuchen. Ihr Handy klingelte andauernd, und wenn sie sich das Gerät zwischen Schulter und Ohr klemmte, baumelten ihre Creolen hin und her. Der Anblick machte Yasmin traurig. Mrs. Gazi würde auf keinen Fall Anisahs neue beste Freundin werden.

Die Familie blieb nur zwei Jahre. Yasmin war froh, als sie wieder wegzogen. Mittlerweile hasste sie Rupert.

Die Gazis waren zwar, wie sich herausstellte, tatsächlich Bengalis, aber nicht aus Kalkutta. Sie waren aus Birmingham. Yasmin war es fürchterlich peinlich, dass Mrs. Gazi die von Ma unternommenen Annäherungsversuche amüsant fand. *Sieh mal,* sagte Mrs. Gazi einmal, *deine Amma hat mir diese Notiz dagelassen, aber ich kann sie gar nicht lesen. Mir fällt es schon schwer genug, diese Sprache überhaupt zu sprechen.*

Natürlich wäre es schön für Ma gewesen, wenn die Gazis sich als die Art von Familie erwiesen hätten, die sie sich erhofft hatte. Oder die Patels, die nur zwei Straßen weiter wohnten. Aber Baba hatte die Patels sofort unsympathisch gefunden. Das sind doch nur Profitgeier, hatte er gesagt.

Ma kehrte mit einem Tablett zurück. Sie saßen eine Weile da, ohne etwas zu sagen.

Nachdem sie gegessen hatten, fragte Ma: »Dir liegt etwas auf dem Herzen, ja? Etwas, das du deiner Ma gern erzählen möchtest?«

»Es geht mir gut«, sagte Yasmin. »Es ist nur, dass… Ich dachte wohl, Joe wäre perfekt… Aber niemand ist perfekt, nicht wahr?«

»Niemand ist perfekt, aber Joe ist gut. Ein guter Junge. Sieh doch nur, wie er sich um seine Mutter kümmert. Es gibt nicht viele Engländer, die so sind. Du wirst immer Fehler finden, in jedem Jungen.«

»Kann schon sein. Aber er …« Sie war es plötzlich leid, die Art und Weise, wie man in diesem Haus um den heißen Brei herumschlich. Immer dieses Zartgefühl. Das war so unnötig. Und erdrückend. *Er hatte Sex mit einer anderen Frau.* Sie sollte es einfach laut aussprechen. »… er hat mich enttäuscht und das… tut weh.«

Ma tätschelte Yasmins Hand. »Kennst du die Geschichte von Harut und Marut? Habe ich schon mal erzählt?«

»Wahrscheinlich schon«, sagte Yasmin. Sie war froh, dass sie nicht mit der ganzen Wahrheit herausgeplatzt war. Es würde Ma überfordern. Sie hatte immer ein sehr behütetes Leben geführt.

Anisah seufzte.

»Um ehrlich zu sein«, sagte Yasmin, »glaube ich eigentlich nicht, dass du sie mir schon erzählt hast.«

Ma ordnete ihren Sari und wickelte sich das lose Ende um die Schultern wie einen Schal. »Ich erzähle. Vor sehr sehr langer Zeit, zur Zeit des Propheten Idris – er ist der fünfte Prophet nach Adam – hatte sich das Böse auf der Erde eingeschlichen. Die Engel waren entsetzt, als sie sahen, wie sich die Menschen verhielten, überall gab es Schlechtigkeit. Gott weiß das. Er hat den Menschen den freien Willen geschenkt, und das Begehren. Und auch das Wissen um richtig und falsch. Aber er hat auch die Engel geschaffen, aus dem Licht, und sie sündigen nicht, weil sie keinen freien Willen haben.«

Ma schwieg einen Moment, um sich eine Haarsträhne festzustecken, die sich aus ihrer unordentlichen Hochsteckfrisur gelöst hatte. Es gab immer irgendetwas an ihr, das sich aufzulösen schien. Yasmin wünschte, sie würde sich etwas beeilen.

»Die Engel glauben, sie werden niemals eine Sünde begehen. Gott schickt zwei Engel, Harut und Marut, nach Babylon, als Menschen mit allen menschlichen Gelüsten. Und, was wird passieren?«

Yasmin glaubte, es erraten zu können, aber Ma wollte eigentlich gar nicht, dass sie das tat. »Ich weiß es nicht«, sagte sie.

»Eines Tages«, sagte Ma, »lädt eine wunderschöne Frau namens Zohra sie in ihr Haus ein. Sie begehren beide diese Frau, und sie sagt, sie würde sich ihnen hingeben, wenn sie dafür ihren Gott anbeten. Harut und Marut stimmen zu. Sie beten ein Götzenbild an. Sie trinken Wein mit Zohra.«

»Gefallene Engel«, sagte Yasmin in dem Versuch, das Ganze ein wenig zu beschleunigen.

»Ein Bettler sieht, was sie tun, und er sagt ihnen, dass dies unmoralische Dinge sind. Sie hetzen ihn in eine dunkle Gasse und töten ihn dort. Das ist das Gewissen. So bringen sie das Gewissen zum Schweigen.«

»Aha«, sagte Yasmin.

»Harut und Marut eilen zu Zohra zurück, aber sie ist verschwunden, und sie sind nackt und verängstigt.« Ma schwieg, damit dieses gewagte Detail voll zur Geltung kommen konnte. »Sie haben den Test nicht bestanden. Irgendwo in der Nähe von Babylon hängen diese beiden gefallenen Engel kopfüber in einem tiefen Brunnen und beten um Vergebung. Das ist ihre Strafe, bis auf der Erde der Tag des Jüngsten Gerichts anbricht.«

»Das ist eine wunderbare Geschichte«, sagte Yasmin. »Ich sollte jetzt wohl besser mal wieder lernen gehen.«

Ma begann, die Teller und Tassen einzusammeln und auf das Tablett zu stellen. »Es ist Zeit für das Asr«, sagte sie. »Betest du mit mir? Weißt du, wo dein Gebetsteppich ist?«

Yasmin schüttelte den Kopf. »Tut mir leid, ich muss dringend arbeiten.«

»Dann geh und arbeite«, sagte Ma. Sie stellte das Tablett ab und nahm Yasmins Hände. »Es ist alles gut«, sagte sie. »Du wirst schon sehen. Menschen sündigen immer. Männer sind keine Engel. Und die Engel fragen sich nicht mehr, wie es sein kann, dass Menschen sündigen. Sie beten um Vergebung. Ich werde auch darum beten.«

INDISCHE KEULEN

Am Fuß der Treppe blieb Yasmin stehen. Aus dem Wohnzimmer kam ein leises Sirren. Sie ging, um nachzuschauen. Vielleicht war es ja Arif. Er war während der vergangenen zwei Wochen kaum zu Hause gewesen.

Als sie die Tür öffnete, wusste sie, noch bevor sie etwas sehen konnte, was das Geräusch verursacht hatte. Sie hatte es nur deshalb nicht sofort erkannt, weil es an einen anderen Ort gehörte.

»Ah, gut, komm rein und setz dich«, sagte Baba.

Er hatte das Sofa unters Fenster geschoben und den Couchtisch daraufgestellt. Yasmin wusste nicht, wo sie sich hinsetzen sollte. Es gab einen Sessel und auch noch den Stuhl an Babas Arbeitsplatz, aber dazu hätte sie den Keulen ausweichen müssen, die er sich um den Kopf wirbelte. Sie schnitten mit einem gewaltigen Rauschen durch die Luft, berührten fast die Decke und ließen den Eindruck entstehen, als könnten sie jeden einzelnen Winkel des Raumes erreichen.

Nichts war dort, wo es hingehörte. Baba verbrachte seine Samstage für gewöhnlich in der Garage oder im Straßenzimmer.

Sie setzte sich auf die Sofalehne, wo sich das gelbe Blumenmuster durch den Verschleiß und verschütteten Tee braun verfärbt hatte. Anisah stellte ihre Tasse immer dorthin, wenn sie eine ihrer Serien schaute.

Baba schwang die Keulen vollkommen furchtlos, am Hinterkopf vorbei, in wechselnden Richtungen, in jeder Hand eine, diagonal am Körper entlang, seitlich nach außen, in gegenläufigen Kreisen, mit Richtungswechseln, ohne aus dem Takt zu geraten, mit der Linken in eine Richtung und der Rechten in die andere. Die Keulen waren gefährlich schwer. Mit einer einzigen falschen Bewegung konnte man sich selbst k.o. schlagen. Als Kinder hatten Yasmin und Arif das ganze, aus sechs Keulen bestehende Set mit in den Vorgarten genommen und versucht, die Keulen als Kegel zu benutzen, aber sie waren zu schwer, als dass ein Tennisball sie aus dem Gleichgewicht hätte bringen können. Schließlich hatten sie sich darauf verlegt, sie mit einem Fußball über den Haufen zu schießen. Arif bekam zur Strafe ein paar Klapse auf die Beine verpasst.

»In der Garage ist kein Platz«, sagte Baba. »Deine Mutter hat sie nach Herzenslust vollgestellt. Ich muss dankbar dafür sein, dass sie so großzügig ist, nicht auch diesen Raum als Mülldeponie zu benutzen.« Er trug seine Sportkleidung – einen braunen Trainingsanzug mit weißem Reißverschluss und einem weißen Streifen an den Hosennähten. Seine nackten Füße – Fersen zusammen, Zehen nach außen gestellt – hatten fast exakt dieselbe Farbschattierung wie der Stoff seiner Hose.

»Ich bin hier bald fertig«, sagte er. »Und dann gibt es da eine Fallstudie, die ich gern mit dir durchgehen würde.«

»Okay«, sagte Yasmin.

»Du siehst blass aus, Mini«, sagte Baba. Er senkte die Keulen und ließ die Schultern kreisen. »Du solltest regelmäßig Sport treiben. Ich werde dir ein paar Übungen zeigen. Es gibt auf der Welt keine bessere Leibesübung als indische Keulen. Und du kannst diese Übungen natürlich auch an der frischen Luft durchführen. Ich selbst ziehe geschlossene Räume vor, aber das ist meine ganz persönliche Präferenz. Fang mit den Füßen an, in der Zehn-vor-Zwei-Position… Wenn du es in der Position nicht schaffst, ist auch akzeptabel, die Füße hüftbreit hinzustellen …«

Er schwang eine einzelne Keule in einem Halbkreis. Yasmin verfolgte die Bewegung mit den Augen. Ihr Blick verengte sich, sodass sie nur noch den blauen Farbstreifen sah, der sich an der dicksten Stelle um die Keule zog. Ma hatte einen armen Jungen geheiratet, einen Diener, einen ehemaligen Chai-Wallah, einen Chauffeur, der die weiterführende Schule erst mit dreiundzwanzig abgeschlossen hatte, einen mittellosen Waisenknaben, der aus einem Dorf stammte, das aus Lehm und Stroh gebaut war. Heiraten war immer ein Risiko. Und wie sollte sie überhaupt die Hochzeit wieder absagen? Selbst wenn sie wollte. Man stelle sich nur vor, sie würde es Baba sagen. Oder Arif. Wie furchtbar demütigend das wäre! Man stelle sich vor, Ma, die Ärmste, müsste es ihren Verwandten sagen.

»… zeige es dir noch einmal… Hammergriff auf Säbelgriff… schau genau hin… die Keule ist eine Verlängerung deines Arms …« Baba wechselte die Keule in die linke Hand. Die ganze Herumwirbelei hatte den Staub von dem Gesims an der Decke geweht, der nun glitzernd über Babas weißgrauen Haaren schwebte. »Das sind die Grundbewegungen… Pendel nach innen… Kreis nach vorne… und Windmühle nach innen.« Er legte die Keulen auf den Boden. »Das reicht für die erste Stunde.«

Er fing an, ein paar energische Streckbewegungen mit den Armen auszuführen, und ließ zwischendurch immer wieder den Kopf kreisen. Nie die Übungen zum Abkühlen vergessen, erklärte er. Yasmin stellte erleichtert fest, dass er nicht von ihr erwartete, dass sie selbst direkt ein paar Keulenschwünge ausprobierte. Er öffnete den Reißverschluss an der Jacke seines Trainingsanzugs und zog sie aus. Ein paar gekräuselte Haare lugten unter dem Ausschnitt seines Baumwollunterhemds hervor. Seine Brust und seine Schultern waren breit, während seine Taille aufgrund des konstanten Trainings schmal geblieben war. Er hob den Couchtisch vom Sofa, als wäre er federleicht, und stellte ihn wieder auf den Teppich.

Er ließ an einem Arm seinen Bizeps spielen und schlug dann mit der anderen Hand darauf. »Und das mit sechzig Jahren«, sagte er. »Gut. Sollen wir jetzt diesen Fall zusammen lösen? Oder wäre es dir lieber, wir würden etwas aus deinen Studien für die MRCP-Prüfung durchgehen?«

»Um ehrlich zu sein …«, sagte Yasmin. Ihr wäre es am liebsten, sie würden sich mit keinem von beiden beschäftigen. Die Haustür öffnete sich. Yasmin sprang auf. »Arif«, rief sie. »Wir sind hier im Wohnzimmer. Baba bringt mir die Keulen bei. Komm und versuch's mal.«

»Komm«, sagte Baba zu Arif. »Knie dich hierhin.« Er wies auf den Couchtisch. »Sehen wir doch mal, wie stark du bist. Ich fordere dich zum Armdrücken heraus.«

»Ne«, sagte Arif auf der Schwelle der Wohnzimmertür. »Nein danke.« Seine Haare waren gerade lang genug, dass er sie zurückkämmen und zu einem Pferdeschwanz zusammenbinden konnte. Irgendwie sah er dadurch dünner aus.

»Hast du Angst, du könntest gegen einen alten Mann verlieren?«, fragte Baba. Er kniete sich hin, stützte sich mit seinem rechten Ellbogen auf die grüngesprenkelte Steinplatte, ballte seine Faust und öffnete sie wieder.

Arif schüttelte den Kopf. »Hab was zu erledigen.« Er versuchte, sich davonzuschleichen, indem er rückwärts mit dem Flur verschmolz.

»Das ist ja hervorragend«, sagte Baba. »Bitte komm doch herein und lass uns wissen, welch dringende Beschäftigung dich so in Anspruch nimmt. Ist es dir gelungen, eine Erwerbstätigkeit zu finden?«

Arif betrat das Zimmer. Dabei setzte er die Miene eines Menschen auf, der zu etwas gezwungen wird, schlurfte wie ein Gefangener mit zusammengeketteten Beinen durch den Raum und ließ sich aufs Sofa fallen.

Baba stand auf und nahm sich eine der Keulen. »Hier«, sagte er zu Arif und warf sie ihm zu. »Willst du mal versuchen?«

Die Keule landete auf Arifs Schoß. Arif ließ seinen Blick nach unten und wieder hoch und wieder nach unten schnellen, als dächte er darüber nach, wie es wohl um das todbringende Potential dieser Waffe bestellt sein mochte. Baba ließ die andere Keule wie einen Schlagstock in seine flache Hand klatschen.

»Was steht da auf deinem Hemd?« Yasmin, die immer noch auf der Sofalehne hockte, bereute es, Arif ins Zimmer gerufen zu haben.

»Fünf Säulen«, murmelte Arif undeutlich. Die kurze weiße Kurta, die er über seinen ausgebeulten Jeans trug, hatte einen runden Ausschnitt, fünf Knöpfe am Hals, eine Brusttasche und arabische Schriftzeichen, die mit einem roten Faden in den Ärmel gestickt waren. Er verrenkte seinen Oberkörper, um Yasmin den anderen Ärmel zu zeigen, der ebenfalls beschriftet war. »Allah ist der Größte«, sagte er.

Baba schnaubte, aber er legte immerhin die Keule hin und zog seine Trainingsjacke wieder an. Dann setzte er sich auf den Stuhl mit der geraden Rückenlehne. »Hast du schon mal probiert, für einen Job zu beten?«

»Ich arbeite da an etwas«, sagte Arif. Sein Hemd sah sauber und ordentlich aus, aber es gab immer irgendetwas an ihm, das unordentlich war. Allein die Art, wie er saß, war schon chaotisch. Er hing da, als bestünde er aus nichts als Fleisch und keinem einzigen Knochen. Es sah so aus, als würde er sich wieder einen Bart wachsen lassen, auch wenn man das nicht so genau sagen konnte, weil er manchmal einfach nur zu faul war, um sich zu rasieren.

»An der App?«, fragte Baba ernst. »Das ist doch nur ein Vorwand.«

»An einer Dokumentation«, sagte Arif. »Wenn du es wirklich wissen willst. Ich mache eine Dokumentation über Islamfeindlichkeit.«

Baba musste diese Neuigkeiten erst einmal verdauen. Er dehnte seine nackten Füße und krümmte dann seine Zehen, bis die Gelenke knackten. »Das machst du selbst? Niemand bezahlt dich dafür?«

Arif zuckte mit den Schultern. »Ich habe die Idee allen möglichen Leuten angeboten, aber ich werde den Film einfach auf YouTube einstellen.«

In drei Monaten würde er Vater werden. Würde er versuchen, auch das als unwichtig abzutun? Yasmin wünschte, er würde endlich erwachsen werden, sich auch um andere kümmern und nicht länger erwarten, dass die ganze Welt sich um ihn drehte und allein dem Zweck diente, seine Bedürfnisse zu befriedigen.

»Erzähl mir von dieser Islamfeindlichkeit«, sagte Baba. »Diesem Hass auf Muslime. Bist du selbst ein Opfer davon geworden? Solche Vorkommnisse begegnen dir auf offener Straße?«

»Jeden Tag«, sagte Arif. »Kann ich jetzt gehen, bitte?«

»Erklär es mir«, sagte Baba. »Gib mir Beispiele.«

Arifs Gebaren veränderte sich. Eben war er noch mürrisch gewesen, jetzt wirkte er aufgebracht. Er verlagerte sein Gewicht und kratzte sich den Bart. »Da ist diese Moschee in Leeds, auf die ein Anschlag verübt wurde –«

Baba unterbrach ihn. »Das gehört nicht zu deinen eigenen tagtäglichen Erfahrungen.«

»Mikroaggressionen«, sagte Arif. »Das bekommt man jeden Tag zu spüren. Mikroaggressionen. Es gibt drei verschiedene Arten, also, Mikroangriffe, wie zum Beispiel, wenn jemand absichtlich etwas Abwertendes über deine Religion sagt, also sowas wie, warum unterdrückt ihr Frauen oder so, oder wenn sie absichtlich eine weiße Person zuerst bedienen, also vor dir, obwohl du eigentlich dran bist. Dann gibt es die Mikrobeleidigungen, also, die sind unterbewusst, also merkt es der Schuldige eigentlich gar nicht, aber sie mikrobeleidigen dich, wenn sie sagen, du sprichst ja echt gut Englisch, oder dir sagen, dass du gar nicht wirklich wie eine muslimische Person wirkst, weil du cool bist und so. Und dann, also, dann ist da noch die Mikroentwertung, wenn sie sagen, also wir sind alle nur Menschen, und ich sehe dich gar nicht als Asiate, und alle sind gleich und der ganze Scheiß.«

Am Ende brabbelte er nur noch, und Yasmin war sich nicht sicher, ob das Ganze überhaupt einen Sinn ergab. Man konnte sich zum Beispiel kaum vorstellen, dass Arif jemals Komplimente wegen seiner guten Englischkenntnisse bekommen haben könnte. Und einige seiner Beispiele schienen nicht das Geringste mit dem Islam zu tun zu haben. Außerdem bestand ohnehin die beste Strategie darin, solche Sachen einfach zu ignorieren. Sonst raubte einem das die gesamte Energie. Je mehr man auf so etwas achtete, desto mehr entdeckte man auch.

»Wann bist du denn fertig mit dieser Dokumentation?«, fragte Yasmin. »Wie viel hast du schon gefilmt?« Aus den Augenwinkeln beobachtete sie Baba, der mit vor der Brust verschränkten Armen dasaß und nachdachte. Früher hatte er Arif immer beiseitegenommen und ins Straßenzimmer geführt, um ihm Vorträge zu halten. Doch mittlerweile tat er dies überall, ganz gleich, wo, in der Küche, im Wohnzimmer, im Flur. Nichts war mehr so wie früher.

Arif zuckte mit den Schultern.

»Mikroaggressionen«, sagte Baba. »Schön und gut. Ich nehme an, das hast du während deines Soziologiestudiums gelernt. Ich werde nicht mit dir darüber streiten. Aber ich werde dir etwas sagen. In Indien schert sich niemand um deine Mikroangriffe. Wenn du in Indien angegriffen wirst, weil du ein Muslim bist, dann stellt sich dir gar nicht erst die Frage, ob du dir das womöglich nur eingebildet hast. Erst letzte Woche sind in Delhi zwei Muslime auf offener Straße angegriffen worden. Und die Polizei stand daneben und hat den Pöbel beschützt. Einen Mann haben sie an seinem Bart gepackt, durch die Gegend geschleift und mit Holzplanken verprügelt, während er um Gnade flehte. Der andere wurde getreten und mitgeschleift, während er schon bewusstlos war. Beide sind später an ihren Verletzungen gestorben. Man beschuldigte sie, Rindfleisch gegessen zu haben. Tatsächlich kommen solche Lynchmorde jeden Tag vor.«

Arif stand auf. »Du hast mich gefragt, was ich tue, aber du willst es eigentlich gar nicht wissen.«

»Du irrst dich«, sagte Baba. »Ich brenne vor Neugier. Was ist der Zweck deiner Dokumentation?«

»Das ist doch wohl offensichtlich«, sagte Arif. Seine Wangen waren rot vor Wut. »Heute, also, heute habe ich zwei Frauen interviewt, die man auf der Straße angespuckt hat, weil sie Hidschabs trugen. Ich weiß, was ich erreichen will!« Er zog seine Hose hoch, die ein wenig runtergerutscht war, und trat näher an Baba heran. »Diese Gewalt gegen Frauen muss aufhören!«

»Was weißt du schon«, sagte Baba und sprach mit Donnerstimme, »was weißt du schon über Gewalt gegen Frauen? Weißt du, wie es in Indien zugeht? Interessiert es dich vielleicht zu wissen, wie es für diese Frauen in dem Land ist, aus dem sie kommen, bevor du dieses Land hier kritisierst? Glaubst du denn allen Ernstes, sie wären woanders besser dran?«

Arif nahm die Keule, die auf dem Couchtisch lag, und begann, sie mit einem Arm in einer langsamen Windmühle kreisen zu lassen. »Warum sollten sie woanders hingehen? Das hier ist ihr Zuhause, sag mal, raffst du das nicht? Sie sind hier zuhause.« Die Spitze der Keule schwang sehr nah an Babas Knien vorbei. Arif trat einen halben Schritt nach vorn. Es gab einen leichten Windhauch und ein Rauschen, während er immer schneller wurde. Noch ein Schritt weiter, und die Keule würde auf Babas Kopf herabschmettern. Arif würde es nicht wagen. Aber andererseits – er war unbesonnen und dumm und unfähig, die Konsequenzen seines Handelns zu überdenken.

Yasmin presste mit hoher, erstickter Stimme hervor: »Arif, leg das hin!«

Arif verdoppelte seine Anstrengungen. Es sah so aus, als könnte er sich jeden Moment die Schulter auskugeln oder das Gleichgewicht verlieren oder die Keule aus der Hand gleiten lassen.

Shaokat sah zu. Er zuckte nicht mit der Wimper und bewegte sich nicht. Er stellte seine Berechnungen an, beurteilte die Lage, beobachtete, wartete.

Arifs Kurta rutschte ihm am Rücken nach oben. Sein Mund stand offen, als sei er selbst erstaunt darüber, wozu sein Arm sich da gerade entschlossen hatte.

Yasmin sprang auf, genau in dem Moment, als Baba mit seinen durch jahrelange Übung geschärften Reflexen die Hand vorschnellen ließ und die Keule stoppte, gerade als sie in einem wilden Bogen nur wenige Zentimeter vor seinem Gesicht herabsauste. Das Klatschen des Holzes auf nackter Haut schmerzte ihr in den Ohren. Sie konnte fast fühlen, wie es brannte.

Ihr Herz raste. Arif stand keuchend da. Aber Shaokat war vollkommen ruhig. Er drehte sich zu seinem Schreibtisch um und setzte die Brille auf. »Ich wünsche dir viel Erfolg mit deiner Dokumentation.«

Yasmin starrte ihren Bruder an und schüttelte den Kopf. Sie war diese ewigen Spannungen so leid, diese Szenen, diese allgegenwärtige Androhung von etwas, das sie nicht benennen konnte, das sie jedoch mit großer Angst erfüllte. Wenn sie verheiratet war, würde sie das alles endlich los sein. Sie wollte hier nicht mehr leben. Sie konnte es nicht erwarten auszuziehen.

»Und ich möchte dich daran erinnern«, fuhr Baba fort, »dass der eine Monat fast vorüber ist. Ich glaube, wir hatten eine Vereinbarung. Wenn du keine Arbeit hast – eine bezahlte Arbeit –, dann wirst du auch nicht mehr in diesem Haus wohnen.«

»Keine Sorge«, sagte Arif. »Ich gehe. Ich bin nur hergekommen, um meine Sachen zu holen.«

Baba nickte und öffnete eine Fachzeitschrift. »Deine finanzielle Unterstützung hat natürlich ab sofort ein Ende.«

»Es gibt noch etwas, das ich erzählen muss«, sagte Arif. Er sah Yasmin an, als Warnung, dass er nun jeden Moment den Stift aus der Handgranate ziehen würde.

»Komm mit hoch«, sagte Yasmin. »Ich helfe dir beim Packen.« Sie glaubte nicht für eine Sekunde, dass er tatsächlich ausziehen würde. Er würde einfach nur noch ein paar Kleider mitnehmen und kommen und gehen und Baba ausweichen, so wie er es immer tat, wenn sich die Lage zuspitzte. Es sei denn, er erzählte Baba tatsächlich von Lucy. Wenn er das jetzt tat, wäre alles vorbei. Baba würde ihn endgültig aus dem Haus werfen.

»Worum handelt es sich?«, fragte Baba. »Ich höre.« Er las weiter in seiner Zeitschrift.

Arif wirkte wild entschlossen, als wüsste er, dass er jetzt sprechen musste, bevor sich der Mut, den er mit jedem Schwung der

Keule angesammelt hatte, wieder in Luft auflöste. Seine lange Nase bebte. Er öffnete den Mund. Doch dann ging ein Wandel mit ihm vor. Es geschah sehr rasch, und Yasmin konnte es daran erkennen, wie seine Schultern in sich zusammenfielen.

»Nein«, sagte Arif leise. »Du hörst nicht zu. Das tust du nie.« Er zog seine Kurta glatt und verließ den Raum.

WIRRKOPF

»Grüß sie von mir, zum Abschied, ja? Und sag ihr, ich komme vorbei, wenn er auf der Arbeit ist.« Arif stand vor dem Nischenschrank und zog ein paar Jacken von den Kleiderbügeln. Als er sie in den Koffer warf, krabbelte eine Spinne aus dem gestreiften Futter des Deckels. Den Großteil seiner Kleider hatte er in Schubladen gestopft oder auf der Erde verstreut. Und ein weiterer Teil lag wahrscheinlich schon über die Möbelstücke in Lucys Schlafzimmer drapiert. Der Schrank war fast leer.

Es war ein symbolischer Akt, dieses Ausräumen der Schränke. Eine rituelle Ausweidung seines Zimmers. Die Jacken, die gerade im Koffer gelandet waren, hatte er seit seiner Schulzeit nicht mehr getragen. »Sie ist nur mit Mr. Hartley einkaufen gegangen«, sagte Yasmin. »Du kannst es ihr selbst sagen, wenn sie heimkommt.«

Arif schniefte laut und gab ein ersticktes Geräusch von sich. Er hielt ihr den Rücken zugekehrt. »Er hat keine Selbstachtung, weißt du, er hat keine Identität… Selbsthass… Er ist genau wie eine Kokosnuss – außen braun und innen weiß… er hat keinen Stolz …«

»Keinen Stolz?« Wenn man Baba mit drei Worten beschreiben müsste, dann wären zwei davon stolz. Das andere wäre würdevoll.

»Er ist jedenfalls nicht stolz auf *mich*, oder?« Er drehte sich um und ließ sich an der Wand heruntergleiten, bis er auf der Erde saß. »Lucy ist stolz auf mich.« Er klang, als wäre er sieben Jahre alt.

»Sie ist stolz darauf, dass du ein …« Yasmin suchte nach den richtigen Worten. »Dass du für eine Sache kämpfst? Dass du ein Aktivist bist?« Es klang unglaubwürdig. Arif als Aktivist? Wofür? Muslime? Er war so ein Wirrkopf. Ein vollkommen orientierungsloser Wirrkopf. Wo stand es in den fünf Säulen des Islam geschrieben, dass man seine Eltern geringschätzen und ein uneheliches Kind zeugen sollte? War es Arif überhaupt klar, dass man seine Religion nicht einfach nur wie ein Abzeichen tragen konnte, wie eine – in seinem Fall buchstäblich – in den Ärmel gestickte Verzierung?

Arif zuckte mit den Schultern. »Dass ich ins Fernsehen komme«, sagte er. Dann schlug er einen etwas bescheideneren Tonfall an. »Dass ich was schreibe und produziere. Dass ich eine Dokumentation mache.«

»Arif«, sagte Yasmin vorsichtig. »Ist ein YouTube-Video denn dasselbe wie ins Fernsehen zu kommen? Hat sie denn nicht… Hast du… Ich meine, ihr bekommt bald ein Kind.«

»Glaubst du, das weiß ich nicht?« Er sog die Luft durch die Zähne.

»Hör mal, du kannst dich nicht einfach so treiben lassen. Lass mich helfen. Ich habe Geld. Genug für eine Kaution und ein paar Monatsmieten. Genug, um euch auf die Beine zu helfen, und wenn du einen Job hast, dann erzählen wir Ma und Baba das mit dir und Lucy und dem Baby.« Es würde nicht halb so schlimm aussehen, wenn er nicht mehr dieses Leben eines Mann-Kindes führte. Es würde Babas Wut ein wenig den Stachel nehmen.

»Was wolltest *du* werden?«, fragte Arif. »Was hättest du gern getan?«

»Ich biete dir meine Ersparnisse an«, sagte Yasmin. »Willst du das Geld haben oder nicht?«

»Nein danke. Was wolltest du werden?«

Yasmin setzte sich steif auf das Fußende des Bettes. »Eine Ärztin, Arif. Ich wollte Ärztin werden.«

Er schnaubte und klang dabei genau wie Baba. »Nein, das wolltest du nicht, Apa. *Er* wollte, dass du Ärztin wirst. Und du hast mitgemacht.«

»Na und wenn schon? Er hat mich nicht dazu gezwungen… Er… er hat mich inspiriert!«

»Du willst doch immer nur Frieden stiften, Apa«, sagte Arif, der sich der Länge nach auf dem Boden ausgestreckt hatte, als wäre er das Opfer eines Verkehrsunfalls. »So warst du schon immer. Du bist der größte Friedensstifter seit Neville Chamberlain.«

»Und du bist der größte Vollidiot seit… seit …« Sie war in sein Zimmer hochgekommen, um ihm zu helfen und ihre Unterstützung anzubieten, und das war nun der Dank. »Du bist ein Riesenschwachkopf, Chhoto bhai. Lucy und das Baby tun mir echt leid.«

Entsetzt sah sie, wie ihm die Tränen in die Augen traten und dann wie auf Schienen an seiner Nase herunterliefen.

»Mir auch«, sagte Arif und schniefte laut. »Mir tun sie auch leid.«

»Oh, Arif«, sagte sie.

Ein paar Minuten brachte er kein Wort mehr hervor. Dann wischte er sich das Gesicht an seinem Ärmel ab. »Und, willst du mal meine Filmaufnahmen sehen?«

»Na klar.«

»Ich will dein Geld nicht«, sagte Arif, während er aufstand und den Laptop aus seinem Rucksack holte. »Danke, aber von jetzt an muss ich alles auf meine Weise durchziehen.«

»Okay«, sagte Yasmin. »Das verstehe ich.« Sie hätte ihn gern gefragt, was genau »seine Weise« beinhaltete. So etwas wie ein Plan gehörte wahrscheinlich nicht dazu.

Er fuhr den Laptop hoch. »Ich hab heute ein paar richtig abgefahrene Interviews klargemacht. Und dann habe ich gedacht, deine Freundin Rania, die wäre echt interessant, also, könntest du sie mal fragen, ob sie Lust dazu hätte?«

»Ja, sicher«, sagte Yasmin und dachte: auf keinen Fall. Sie konnte eine Weile gut auf Rania verzichten. Hätte sie ihr doch bloß nichts davon erzählt, dass Joe mit einer Krankenschwester geschlafen hatte. *Du wirst ihm nie wieder trauen können. Du musst Schluss machen.* Rania war selbst noch nie in einer Beziehung gewesen, aber sie musste eben bei allem die große Expertin sein. »Komm, schauen wir uns das Video an.«

Aber gerade als der Cursor über der Wiedergabetaste schwebte, hüpfte und pulsierte ein FaceTime-Anruf über den Bildschirm.

»Es ist ja auch höchste Zeit, dass ihr zwei euch mal kennenlernt«, sagte Arif. »Habe ich dir schon erzählt, dass es ein Mädchen wird? Du bekommst eine Nichte!«

KNUDDELBÄR

Lucy lehnte sich etwas vom Bildschirm zurück, damit man ihren Bauch sehen konnte. Er war so perfekt gerundet, als hätte sie einen Basketball verschluckt. Ihr rosafarbener Pullover spannte sich säuberlich darüber. »Siebenundzwanzigste Woche«, sagte sie. Ihre Brüste bildeten zwei weitere, kleinere Kugeln darüber, und auch ihr Gesicht war rund. Möglicherweise gab es da um den Kiefer herum auch ein paar Wassereinlagerungen. Ihre weit auseinanderliegenden, großen Augen schauten vertrauensvoll. Wenn man sie zeichnen wollte, dachte Lucy, bräuchte man im Grunde genommen nur ganz viele Kreise zu malen.

Lucy rückte wieder näher heran, sodass ihr Gesicht den Bildschirm ausfüllte. Sie hatte die Haare zurückgebunden, und über ihren Mittelscheitel zog sich ein dicker schwarzer Streifen. An ihren Ohren baumelten große goldene Creolen. Noch mehr Kreise, dachte Yasmin.

»Ich hab grad noch gesagt, höchste Zeit, dass ihr zwei euch kennenlernt«, sagte Arif. »Zeig ihr das Bild vom Ultraschall.«

»Wir kennen uns doch schon längst, du Dussel! Das war im Londis, oder? Nein, im Seven Eleven. Hallo, schön dich wiederzusehen!« Lucy winkte in die Kamera.

Yasmin winkte zurück. »Herzlichen Glückwunsch! Es wird ein kleines Mädchen, hat Arif mir erzählt. Wie spannend!« Es war absurd, aber was hätte sie sonst sagen sollen?

»Wir haben überlegt, welchen Namen wir ihr geben sollen«, sagte Lucy. »Das ist echt nicht leicht. Mir tut schon das Hirn weh, sag ich dir.« Sie hielt sich die Finger an die Schläfe, um ihre Aussage zu unterstreichen. »Ich denke über den Namen jedes Patienten nach, der in die Praxis kommt. Sogar den Nachnamen. Vor ein paar Tagen, da kam diese Mrs. Ladonna in die Praxis, da habe ich gedacht, das ist doch ein schöner Name für ein Mädchen, Ladonna. Siehst du, was ich meine?« Sie blinzelte mit ihren großen runden Augen.

»Nie im Leben!«, sagte Arif. »Wir nennen sie auf keinen Fall Ladonna.«

»Nein, werden wir ja auch nicht«, sagte Lucy. »Bestimmt nicht, aber ich kann einfach nicht anders, ich muss über jeden Namen nachdenken, weil man ja für sein Kind das absolut Beste will. Also die Namen, die wir bis jetzt unter den ersten zehn haben, Moment, lass mich mal überlegen, also die sind:« Sie begann, die Namen an ihren Fingern abzuzählen. »Luna, Maddison, Summer – das ist jetzt keine bestimmte Ordnung – Hallie, Harper, Darcy, Willow, Aurora, Peaches und Zina. Welcher gefällt dir am besten, Yasmin?«

»Tja«, sagte Yasmin. »Ich bin mir nicht sicher. Die sind alle schön.«

»Oh ja«, sagte Lucy und kräuselte die Nase. »Ich weiß. Die sind alle total süß, nicht wahr?«

»Der Ultraschall«, sagte Arif. »Zeig ihr den Ultraschall.«

»Der ist oben, warte, ich geh ihn holen«, sagte Lucy. »Yasmin, glaubst du, es ist okay, dass mein Bauchnabel so rausragt? Das sieht echt komisch aus, warte, ich zeig's dir.« Sie rückte vom Bildschirm ab, zog ihren Pullover hoch und drehte sich ein bisschen zur Seite. »Sieh mal. Das sieht doch komisch aus.«

»Wenn du dir Sorgen machst, dann solltest du einen Termin bei deinem Arzt vereinbaren, aber ich finde, es sieht okay aus. Das ist total normal.« Was nicht normal war, so schien es ihr, war, eine Online-Konsultation mit der schwangeren Freundin ihres Bruders durchzuführen, und dann auch noch von dessen Schlafzimmer aus. Aber Lucy erweckte den Eindruck, als wäre sie vollkommen entspannt, als wäre diese ganze Situation nicht eine einzige Katastrophe, und als sei es selbstverständlich, dass sie von nun an zur

Familie gehörte. Yasmin fragte sich, ob sie vielleicht ein bisschen einfältig war. Arif mochte zwar ein fauler, idiotischer Kerl sein, aber im Grunde genommen war er ziemlich intelligent. Und wenn man dann noch all den anderen Stress bedachte, unter dem die beiden standen – wie lange würde ihre Beziehung da wohl halten?

»Danke«, sagte Lucy. »Das ist echt ein totales Glück, dass du Ärztin bist.« Sie zog den Pullover wieder über ihren Bauch. Dann lächelte sie und zeigte dabei ihre perfekten Zähne. Wahrscheinlich war das einer der Vorteile, wenn man in einer Kieferorthopädiepraxis arbeitete.

»Bevor ich's vergesse«, sagte Lucy. »Ich hab dich eigentlich angerufen, weil ich dir sagen wollte, dass du auf dem Rückweg noch eine Flasche Fanta mitbringen sollst, und dann noch zwei Doppel-A-Batterien für die Fernbedienung.«

»Klar«, sagte Arif. »Aber du weißt doch, wie weh es dir jetzt tut, wenn du rülpsen musst. Soll ich dir nicht lieber irgendeinen Ribena-Saft mitbringen oder so?«

Jetzt waren die beiden bei den wahrhaft lebenswichtigen Themen angelangt. Welches Erfrischungsgetränk man kaufen sollte. Hatte Lucy denn überhaupt keine Ahnung? War ihr nicht klar, dass der Vater ihres Kindes keinen Job hatte und jetzt möglicherweise auch noch obdachlos war? Arif hatte sein Leben weggeworfen. Wenn er dieses Mädchen wirklich lieben würde, dann wäre es das ja wert. Ma hatte ja schließlich auch gegen den Willen ihrer Familie gehandelt. Aber Arif und Lucy, das war keine romantische Liebesgeschichte. Das war eine Katastrophe, die allen als Warnung dienen sollte!

Mittlerweile hatten die beiden ihre Erfrischungsgetränkediskussion beendet und sich auf Rubicon-Sprudel mit Kirschgeschmack geeinigt. »Ich würde euch gern einen Kinderwagen schenken«, sagte Yasmin. »Ihr wählt einen aus, und ich kaufe ihn dann.«

»Wir kommen schon klar«, sagte Arif. »Wir brauchen nichts.«

»Aber, aber, Knuddelbär«, sagte Lucy und drohte ihrem Mann-Kind mit erhobenem Zeigefinger. »Tante Yasmin darf ihrer Nichte doch wohl ein Geschenk kaufen. Vielleicht einen Strampelanzug, oder ein paar Stiefelchen oder eine Mütze?«

»Ist das Arif? Und wer ist das da bei ihm?«, fragte eine Frauenstimme im Hintergrund.

»Es ist Yasmin«, sagte Lucy. »Komm und sag Hallo!«

Sie kippte den Bildschirm zur Seite, sodass man den Raum hinter ihr und eine Frau in einem kanariengelben Jumpsuit sehen konnte.

»Hallo, Yasmin. Ich bin La-La.« Sie winkte, mit beiden Händen und dem ganzen Arm, wie eine Schiffbrüchige, die ein Rettungsboot entdeckt hat. Die berühmte Showbiz-Tänzerin. Sie hatte dieselbe platinblonde Haarfarbe wie Lucy und den gleichen dunklen Streifen auf dem Mittelscheitel. »Hast du irgendwo meine Kippen gesehen, Häschen?«

»Du kannst hier drin nicht rauchen«, sagte Lucy mit Nachdruck.

»Na, also entschuldige mal«, sagte La-La. »Mir war nicht klar, dass ich in meinem eigenen Wohnzimmer meine Silk Cuts nicht mal kurz rumliegen lassen darf! Oh! Sieh mal!« Sie klopfte auf eine der vielen Taschen ihres Overalls, der, zumindest von weitem, fast nur aus Gürteln, Schnallen und allen möglichen Hosen- und Brusttaschen zu bestehen schien. »Hier sind sie ja, direkt auf meinen Möpsen.«

»Was ist denn da los?«, fragte eine andere Stimme außerhalb des Bildschirms.

»Es ist Arif«, hörte man Lucy sagen. »Und Yasmin. Komm und sag mal Hallo, Mama.«

»Hallo, Schätzchen!«, sagte Lucys Mutter, während sie vor den Bildschirm trat. Yasmin bekam allmählich einen genaueren Eindruck davon, wie furchtbar klein dieses Wohnzimmer der Maisonette-Wohnung in Mottingham war. Es gab kaum genug Platz für drei Leute. Das geometrische Muster der Tapete war für einen wesentlich größeren Raum entworfen worden. Die Decke war zu niedrig, um auch nur eine einzige Keule zu schwingen. Der Kaminsims über der altmodischen Gas-Feuerstelle war mit eingerahmten Fotografien vollgestellt. Und Lucys Mutter hatte sich an La-La vorbeidrängen müssen, die währenddessen die Arme hochgehalten hatte, um auf theatralische Weise zu demonstrieren, wie wenig Platz zum Manövrieren es gab. Wenn erst einmal Arif und das Baby dazukamen, würden sie buchstäblich alle übereinander stolpern.

»Nett, dich kennenzulernen, Yasmin. Ich bin Janine. Arif, Schätzchen, wir holen uns was vom Chinesen, möchtest du wieder dieses Enten-Dings? Wenn ja, dann müsstest du für alle anderen die Pfannkuchen zubereiten, okay?«

Janine trug einen Bademantel, der so aussah, als gehörte er eigentlich einem Mann. War sie um diese Uhrzeit mitten am Nachmittag erst aufgestanden, oder ging sie gerade zu Bett? Sie ließ sich auf das Ecksofa aus Leder fallen, das mehr als die Hälfte des Raums einnahm, zog die Füße aufs Sofa und griff nach der Fernbedienung. »Oh, und bring Batterien mit, Doppel-A, dieses Ding ist so gut wie leer.«

»Mach ich. Bis gleich«, sagte Arif. »Lucy? He, Lucy?«

Lucy war verschwunden.

Wie ungezwungen sie alle waren. Als gäbe es keine Probleme. Als gäbe es nichts, worüber man sich Sorgen machen müsste. Die Art, wie sie Yasmin begrüßt hatten, als sei es das Normalste von der Welt. Dass dieses Baby zur Welt kam, ohne dass irgendjemand irgendeine Vorsorge getroffen oder sich Gedanken gemacht hätte. Chinesisches Fastfood vor der Glotze, und Arif als Teil des Mobiliars, als Teil der Familie. Fast hätte sie neidisch werden können. Obwohl es natürlich nichts gab, das man hätte beneiden müssen.

Der Bildschirm wurde herumgerissen und füllte sich im nächsten Moment mit einem verschwommenen Etwas aus Schwarz- und Grautönen. »Siehst du ihre kleinen Fingerchen?«, ließ sich Lucys gurrende Stimme vernehmen. »Siehst du, wie perfekt sie sind?«

»Oh ja, perfekt!«, sagte Yasmin, aber in Wahrheit konnte sie überhaupt nichts sehen.

Lucys Gesicht füllte wieder den Bildschirm. »Deine Mama war so wahnsinnig süß, als ich ihr das Bild gezeigt habe. Sie hat es angeschaut, als wäre es ein Kunstwerk oder sowas. Und dann hat sie mich ganz fest in den Arm genommen. Die ist wahnsinnig nett, deine Mama.«

Yasmin drehte sich zu Arif um. »Wann war das denn? Sie weiß Bescheid? Seit wann?«

»Warum sollte sie es nicht wissen?«, fragte Arif. Er berührte den Bildschirm mit einem Finger, dort, wo sich Lucys Wange befand.

»Nein«, sagte Yasmin. »Sie sollte es wissen, ich meine nur …«

»Ist schon okay«, sagte Lucy mit großen, unschuldigen Augen. »Sie wird es eurem Papa nicht erzählen. Er ist ein bisschen altmodisch, aber das respektiere ich, echt, das respektiere ich total. Sie wird es ihm nicht erzählen. Erst, wenn der richtige Zeitpunkt gekommen ist.«

»Das war's dann«, sagte er. »Du kommst uns doch besuchen, ja?« Arif stemmte die Hände in die Hüften und betrachtete sein Zimmer. Er nahm es von oben bis unten in sich auf, als würde er es nie wiedersehen.

Yasmin nickte. »Du kommst uns aber auch besuchen, okay?« Er zog garantiert nicht endgültig aus, aber in diesem Augenblick schien er das tatsächlich zu glauben. Falls Arif hierher zurückkehrte, wäre wenigstens seine ganze Familie für ihn da. Als Baba in sein Dorf zurückkehrte – er war damals sechzehn oder siebzehn –, um nach seinem Onkel und seiner Tante und seinen Cousins zu suchen, waren sie alle verschwunden. Die Leute sagten, sie seien über die Grenze nach Ost-Pakistan gegangen, und Baba glaubte das auch, aber es gab keine Möglichkeit, sie zu finden. Sie hatten ihm nicht einmal eine Nachricht hinterlassen. Wie hart er gearbeitet hatte, um eine eigene Familie zu gründen und ihr ein gutes Leben zu ermöglichen, ihnen all das zu geben, was er selbst nie gehabt hatte. Daran verschwendete Arif keinen einzigen Gedanken.

»Die repariere ich«, sagte Arif und nahm seine Gitarre. »Die Band kommt wieder zusammen. Wahrscheinlich. Lucy kann singen, weißt du?«

»Toll«, sagte Yasmin. Arif machte sich die schlimmsten Illusionen über sein neues Leben als Dokumentarfilmer und Popstar, aber Yasmin hatte in diesem Moment nicht das Herz, ihm ein paar bittere Wahrheiten aufzutischen. »Das ist wirklich toll, Knuddelbär!«

»Ich lass dir das mal durchgehen, dieses eine Mal. Okay, Pekingente, ich komme! Mein Samstagabend ist gerettet. Geht Joe mit dir aus?«

Sie schüttelte den Kopf. Joe hatte sie treffen wollen, hatte angeboten, er könne vorbeikommen, aber sie hatte abgelehnt. Sie hatte gesagt, sie hätte ihm vergeben, bräuchte aber ein bisschen Freiraum. Was sie in Wahrheit gemeint hatte, war, dass sie ihn bestrafen wollte. Er hatte sie verletzt, und er musste begreifen, dass er das nie wieder tun durfte.

ABENTEUERSPIELPLATZ

Rania saß am Küchentisch und aß eine Schüssel Semai. »Das ist wahnsinnig lecker, Mrs. Ghorami, wie machen Sie das?«

»Man muss die Milch lange lange kochen«, sagte Ma. »Manche Leute nehmen Kondensmilch, aber dann geht der Geschmack verloren. Man schmeckt Ghee nicht mehr und Kardamom auch nicht, noch nicht mal Rosinen oder Cashewnüsse. Ich sage dir das Rezept.«

Es war am späten Sonntagvormittag, und Yasmin war noch im Bett gewesen, als sie erst die Klingel und bald darauf gehört hatte, wie Anisah sie nach unten rief. Jetzt stand sie an der Spüle und füllte den Wasserkessel.

In ihrem Rücken sagte Ma: »Hier ist Stift und Papier. Ich sage, und du schreibst auf.«

Yasmin betrachtete die Grünlilien auf dem Fensterbrett. Sie hatten sich ganz von selbst vermehrt, und nun hingen glänzende kleine Babypflanzen fast bis zu den Bodenfliesen hinunter.

Wie üblich war das Radio eingeschaltet, wenn auch sehr leise. Es stand auf dem Fensterbrett, zwischen dem Grünzeug. *Je tiefer man als Schriftsteller gräbt, je tiefer man in sein eigenes Inneres vordringt, in das tägliche Einerlei, aus dem sich das Ich notwendigerweise zusammensetzt…* Die Stimme im Radio kam ihr bekannt vor. Yasmin drehte die Lautstärke höher. *…was heißen soll, dass der geometrische Punkt, an dem das Selbst verortet ist, ebenso sehr in einer Kaffeetasse residiert, auf die ein Barista den eigenen Namen gekritzelt hat, wie in der eigenen Psyche …*

Harriets Preisverleihungszeremonie. Es war dieser Autor, dieser Typ mit dem khakifarbenen Hemd und der rosaweißen Brust.

… Je tiefer man sich in dieses Selbst hineinversenkt, oder vielmehr diese Selbsts, je genauer man sie unter die Lupe nimmt, je rigoroser die eigene Untersuchung des Ich ausfällt, desto mehr kommt man zu dem Schluss, zu der unweigerlichen Erkenntnis, dass das einzig passende und richtige Motiv für einen Romanautor, für jede Art von Romanautor, das eigene Selbst ist. Tatsächlich ist das das einzige Thema, über das man schreiben kann, ohne seine Integrität zu verlieren.

»Was für ein Schwachsinn!« Rania stand direkt hinter ihr. »Entschuldigen Sie, Mrs. Ghorami, ich wollte nicht fluchen. Das einzig richtige Motiv für einen Romanautor ist er selbst? Alles klar. Wir wollen auf keinen Fall, dass Autoren sich für ihre Umwelt interessieren, Gott bewahre. Oder sich womöglich irgendetwas ausdenken. Wer ist dieser Vollidiot?«

Yasmin schaltete das Radio aus. »Ich brauche ein bisschen frische Luft. Lass uns in den Park gehen.«

Sie gingen den breiten Mittelweg entlang, der von alten Buchen mit riesigen, gewölbten Kronen gesäumt war. Das dunkle Grün der Blätter war mit orangefarbenen und goldenen Tupfern gesprenkelt. Bei jedem Schritt knirschten Bucheckern unter ihren Füßen. Seit sie das Haus verlassen hatten, hatten sie kaum ein Wort gewechselt, aber Rania hatte sich bei Yasmin untergehakt, und Yasmin hatte sie nicht abgeschüttelt. Als sie Tatton Hall erreichten, schlug Rania vor, ins Café zu gehen. Yasmin schaute zu den grauen Steinmauern und den sandfarbenen Architraven hoch, die vor dem Hintergrund des leuchtend blauen Himmels ein wenig glitzerten.

»Dazu ist es ein viel zu schöner Tag. Lass uns an der frischen Luft bleiben.«

»Der Abenteuerspielplatz«, sagte Rania. »Sieh mal, da ist keine Menschenseele!«

Sie bogen nach links ab und gingen den Hang hinunter, in Richtung des Piratenschiffs und der hoch oben in der Luft schaukelnden Holzbalkenbrücke und den orangefarbenen Kletternetzen. Ein Zug ratterte unten vorbei, ein kleiner, zuckelnder Sonntagszug mit vier Waggons. Er hielt kurz an und wartete, bis drei fluoreszierende Jacken die Gleise überquert und das Entwarnsignal gegeben hatten. Aus einem der Gärten kräuselte sich träge die Rauchsäule eines Lagerfeuers in den Himmel. Eine Krähe hüpfte ihnen über das Gras voraus.

Am Tor hing ein Vorhängeschloss und ein Zettel mit einer Bekanntmachung: *Der Abenteuerspielplatz bleibt aufgrund notwendiger Reparaturen bis auf weiteres geschlossen.*

»Hier drüben«, rief Rania. »Da kommen wir durch.«

»Wir dürfen aber doch gar nicht hinein.« Trotzdem folgte sie Rania und zwängte sich durch den kaputten Zaun. Als sie Rupert Gazi zum ersten Mal geküsst hatte, war das genau dort drüben gewesen, hinter der Reifenwand.

Rania steckte den Kopf in eine der riesigen Entwässerungsrohre, die über und über mit Graffiti bedeckt waren. »Stinkt nach Pisse.«

»Wippe«, sagte Yasmin.

»Wer zuerst da ist«, sagte Rania.

Die Wippe war viel zu klein für sie. Jedes Mal, wenn es abwärts ging, donnerte man in eine mit Gummi ausgelegte Grube, und wenn es hochging, stieß man sich den Unterleib an der Griffstange aus Metall. Aber wenn man den Dreh einmal raushatte und sich gegenseitig ausbalancierte, hörte das Donnern und Stoßen auf, und man schwebte heiter und unbeschwert auf und ab.

»Autsch, das tut *weh*«, sagte Rania bei einer besonders harten Landung. Im nächsten Moment drückte sie sich mit aller Kraft ab, und Yasmin schrie auf, als sie nach unten sauste und beim Aufprall fast von der Wippe geschleudert wurde. »Rania! Hör auf!«

»Alles okay?«

»Ja, aber sei nicht so wild.«

»Nein, ich meine, ist bei *dir* alles okay?«

Yasmin nickte.

»Du kannst mir ruhig sagen, dass ich mich um meinen eigenen Kram kümmern soll.«

»Um ehrlich zu sein, möchte ich eigentlich nicht darüber reden.«

»Das ist total okay. Dann reden wir über was anderes.«

Aber sie redeten über gar nichts, und nach einer Weile schloss Rania die Augen, ganz so, wie sie es früher gemacht hatte, als sie noch klein waren. Wenn man auf der Wippe die Augen schloss, dann schwebte man. Es fühlte sich an, als würde man fliegen. Zunächst hinkte der Magen ein wenig hinterher, aber irgendwann holte er auf.

Yasmin legte den Kopf zurück. Eine einzelne weiße Wolke jagte durch das Blau. Sie schien so unendlich weit entfernt, aber wenn Yasmin mit der Wippe himmelwärts schoss, hatte sie das Gefühl, als könnte sie die Wolke berühren, wenn sie nur die Hand ausstreckte. Sie war fünfzehn, als Rupert Gazi sie hinter der Reifenwand geküsst hatte. Er war siebzehn, füllte seine Diesel-Jeans auf beeindruckende Weise aus, fuhr ein Moped und manchmal sogar das Auto seiner Mutter, obwohl er nur eine vorläufige Fahrerlaubnis hatte, und schmeckte nach Lakritz und Zigarettenkippen. Rupert, Rupert, Rupert, schrieb sie in ihr Biologiebuch und malte dann so viele Kritzeleien darüber, dass die Spitze ihres Stifts die Seite zerfetzte.

Sie küssten sich wieder, bei ihm zu Hause, so viel Spucke, so viele Zähne, und er fragte sie, ob sie mit ihm nach oben käme, und sie hätte es auch getan, obwohl er seine Zunge in ihr Ohr gesteckt hatte. Doch dann tauchte Arif auf, zusammen mit Ruperts kleinem Bruder, und machte alles kaputt. Nachts, im Bett, rieb sie sich mit den Fingern zwischen den Beinen und stieß sie in sich hinein und tat so, als wäre es Rupert. Sie saugte am Saum der Bettdecke, drehte sich auf die Seite und dann auf den Bauch und stieß und rieb, bis sie erst ganz starr und dann ganz weich wurde.

In der Schule ignorierte er sie größtenteils, aber das nahm sie ihm nicht übel. Sie war schließlich zwei Jahre jünger als er und galt selbst in ihrem eigenen Jahrgang nicht als cool. Ein paar Wochen später hielt er auf seinem Moped neben ihr an, während sie in ihrer Schuluniform von der Bushaltestelle nach Hause lief. Sie war schon fast im Beechwood Drive angekommen, also hatte er eigentlich keinen Grund, sie zum Mitfahren einzuladen. Als sie ihr Bein über den Sitz schwang und ihre Hände auf seine Bomberjacke legte, wusste sie, dass sie zu ihm nach Hause fahren würde. Und sie betete, dass Arif diesmal nicht auftauchen würde.

»Das hatte ich vergessen«, sagte Rania, die immer noch die Augen geschlossen hatte. »Wie gut sich das anfühlt. Als wäre man in Trance.«

Yasmin schloss die Augen.

Er küsste sie in der Küche, ohne den Kaugummi aus dem Mund zu nehmen. Sie folgte ihm die Treppe hoch in sein Schlafzimmer. Das Bett war ungemacht, die Vorhänge immer noch geschlossen. Auf der Schwelle zögerte sie. Er streckte seine Hand nach ihr aus. Ich habe nicht den ganzen Tag Zeit, sagte er. Dann nahm er ihre Hand und zog sie zu sich heran und küsste sie und schob den Kaugummi von seinem eigenen in ihren Mund. Sie versuchte, den Kopf zurückzuziehen, hatte das Gefühl zu ersticken, konnte nicht richtig atmen und verschluckte sich fast an dem Kaugummi. Er stöhnte, ohne seinen Mund von ihrem zu lösen, er stöhnte in ihren Mund hinein, und seine Hand steckte unter ihrem Rock und in ihrer Strumpfhose. Sie versuchte, ihn von sich wegzuschieben, versuchte, ihren Kopf wegzudrehen, aber er hatte sie gegen die Wand gepresst und sich eng an sie gedrückt. Er ächzte und zwängte seine Finger zwischen ihre Beine, rammte einen Finger nach oben und löste endlich seinen Mund von ihrem. Davon hast du doch geträumt, sagte er. Also hör auf, Schwierigkeiten zu machen.

Sie trat ihn gegen das Schienbein. Du frigide Schlampe, rief er ihr hinterher, als sie die Treppe hinunterrannte.

Irgendwo über ihren Köpfen zerriss ein Flugzeug den Himmel. Yasmin hielt die Augen geschlossen. Vielleicht war sie das ja. Vielleicht war sie ja frigide.

Es hatte zwei Jahre gedauert, bis sie wieder einen Jungen geküsst hatte. Ying war ihr erster fester Freund. Rupert zählte nicht. Es war das Jahr ihrer Abschlussprüfungen, und Ying saß im Unterricht neben ihr. Sie waren noch kein einziges Mal zusammen ausgegangen, da war schon allgemein bekannt, dass Yasmin und Ying ein Paar waren. Und danach entsprach es dann auch irgendwann der Wahrheit. Man hatte sie in einen Topf geworfen, und sie fanden sich damit ab, von allen als die beiden ausländischen Naturwissenschafts-Nerds angesehen zu werden (auch wenn sie Engländer waren). Sie küssten sich mittags auf dem Weg zur Frittenbude, denn dort ging man in der Stufe 13 hin. Also taten sie das auch. Ying litt unter schwerer Sinusitis, und das war gut so, denn dann konnte er nicht so wahnsinnig lang seinen Mund auf ihren pressen, weil er immer wieder nach Luft schnappen musste.

Als ein halbes Schuljahr vorüber war, in dem Ying sich immer wahnsinnig beeilt hatte, neben ihr Platz zu nehmen, gestand Yasmin sich endlich ein, was sie eigentlich schon die ganze Zeit vermutet hatte. Er wollte bei ihr abschreiben. Das machte ihr zwar nichts aus, aber sie wies ihn so schonend wie möglich darauf hin, dass das in den Prüfungen nicht mehr gehen würde. Ying trug seine Schultasche auf der Brust wie den Beutel eines Kängurus. Er umklammerte die Tasche, setzte einen finsteren Blick auf und teilte Yasmin mit, dass Ying »schlau« bedeute und sie zu blöd sei, um das zu wissen. Yasmin begann ihr Medizinstudium, und Ying ging auf irgendein College, um die Abschlussprüfungen zu wiederholen.

Sie hatte nie so etwas wie Begehren für ihn empfunden, soweit sie das beurteilen konnte. Wie stand es mit Kashif? Ihrem zweiten Freund und erstem Liebhaber? War sie bei Kashif frigide gewesen?

»He«, rief Rania. »Bist du eingeschlafen? Yasmin! Wach auf!«

Die Reifenwand war im Grunde genommen eine Wand aus Backsteinen, aus denen ein paar Reifenteile zum Hochklettern herausragten. Trotz ihrer Keilabsätze war Rania schneller oben als Yasmin. Die Plattform, auf der sie nun saßen, war der höchste Punkt auf dem ganzen Spielplatz. In der Ferne konnte man die Skyline der Stadt sehen, wie einen Siebdruck auf einer immer heller werdenden Leinwand. The Shard schimmerte in metallischer blaugrauer

Tusche, The Gherkin, The Walkie-Talkie und The Cheese Grater mischten sich mit Violett- und Blauschattierungen ins Bild. Den Hügel hinunter, jenseits der Bahngleise, standen ein paar rote Backstein-Bungalows, in deren Gärten irgendwo ein Lagerfeuer schwelte, und daneben ein paar niedrige Wohnblöcke. Dahinter lag die Einkaufsstraße, wo sie zufällig Lucy und Arif begegnet war. Es kam ihr vor, als sei das eine Ewigkeit her.

»Ich habe gerade einen interessanten neuen Fall angenommen«, sagte Rania. »Da geht's um eine Frau, eine Mutter, die man aus der Schule ihres Sohnes geworfen hat, weil sie einen Niqab trug. Sie wollte zu einem Elterntreffen, und einer der Lehrer hat ihr gesagt, sie müsse das Gebäude verlassen. Sie verklagt die Schule wegen Diskriminierung, und ich denke, das gewinnen wir.«

»Meinst du? Das muss doch auch ein Sicherheitsproblem für die Schule gewesen sein. Sie müssen schließlich wissen, wer sich auf dem Gelände befindet. Und wenn ihr Gesicht verdeckt war …«

»Sie hat den Schleier angehoben.« Rania schüttelte den Kopf. Sie trug ein Kopftuch mit Leopardenmuster, das sie sich wie einen Turban um die Haare gewickelt hatte. Mit ihren zerrissenen schwarzen Jeans, der Seidenbluse und der Lederjacke sah sie aus wie eine etwas zu klein geratene Hells-Angel-Muslima mit einem Touch 50er-Jahre-Glamour. Rania kleidete sich immer irgendwie kämpferisch. »Beim Betreten des Schulgeländes hat sie den Schleier am Eingang hochgehoben, damit der Wachmann ihr Gesicht sehen konnte, und er hatte keinerlei Probleme damit. Also ging es nicht um Sicherheit.«

»Na ja, wahrscheinlich gibt es eine Schulregel, die sowas verbietet.« Yasmin trug an den Wochenenden immer nur lässige Jeans und Pullover. Und wenn sie zur Arbeit ging, trug sie Kleider mit bravem Kragen und einer Knopfleiste vorne, oder kurzärmelige Hemdkleider. Ihre Jacken kaufte sie bei Jigsaw und Hobbs. Sie bevorzugte Pastelltöne. Obwohl es eigentlich gar keine richtige Vorliebe war. Sie wusste einfach nur nicht, welche Farben ihr gut standen, deshalb war es sicherer, sich für etwas zu entscheiden, das nicht allzu gewagt war. Ranias Kleidung sagte: So bin ich! Yasmins Kleidung sagte: Ich bin mir fremd.

»Nein, es gibt keine solche Schulregel. Die Frau hat verlangt, dass man ihr die betreffende Regel vorlegt, aber es gibt keine. Ganz im Gegenteil: Der Schulleiter hat ihr explizit geschrieben, dass es eine solche Regel nicht gibt, weil dafür bisher keine Notwendigkeit bestand, und dass sie jetzt eine solche Regel einführen würden. Wenn das keine Diskriminierung ist, dann weiß ich auch nicht.«

»Okay«, sagte Yasmin. Es hatte keinen Zweck, mit Rania zu diskutieren. Sie musste immer gewinnen. »Und woran arbeitest du sonst noch so?«

Rania stürzte sich in eine komplexe Geschichte über einen Fall, bei dem es um einen Mann ging, den die Einwanderungsbehörde nach Bagdad abzuschieben versuchte. Yasmin nickte von Zeit zu Zeit mit dem Kopf, hörte jedoch kaum zu.

Kashif war ihr wie ein möglicher Ehemann vorgekommen. Er selbst ging jedenfalls davon aus, dass sie auf jeden Fall seine Frau werden würde. Und das war auf gewisse Weise auch genau das Problem. Sie studierten zusammen Medizin, und Yasmin verbrachte die Nächte in seinem Studentenwohnheim oder später in seiner schmuddeligen Wohnung in Acton. Er erwartete von ihr, dass sie das Bett machte, den Tee kochte und den Mülleimer leerte, als wäre das Muster, nach dem ihr gemeinsames Leben verlief, schon vor langer Zeit festgelegt worden und als bliebe ihnen nun nichts anderes übrig, als die ihnen geschenkte Lebenszeit herunterzuspulen. Sie erzählte ihm, ihre Eltern hätten ihr verboten, einen festen Freund zu haben. Er befürwortete diese Bestrebung, ihre Ehre und Jungfräulichkeit zu bewahren, voll und ganz, insbesondere dann, wenn er sie fickte. Was sie ihm erzählt hatte, war weder eine Lüge noch die Wahrheit. Zu Hause mied man dieses Thema, und wenn sie bei Kashif übernachtete, erzählte sie, sie wäre bei einem Kommilitonen, wobei man wie selbstverständlich davon ausging, dass es sich dabei um eine weibliche Studentin handelte. Der Sex mit Kashif machte keinen Spaß. Anfangs dachte sie, das würde mit der

Zeit – und mit mehr Erfahrung – besser werden. Später fragte sie sich, ob sie frigide war. Am Ende fand sie sich damit ab, denn Kashif beschwerte sich nicht und fragte sie auch nie, ob ihre Bedürfnisse befriedigt waren.

Die Geschichte zog sich über drei Jahre hin, bis sie ihn eines Tages rülpsen hörte. In diesem Moment wusste sie, dass es vorbei war, dass sie es nicht mehr aushielt. Er befand sich nicht einmal im selben Raum wie sie. Sie hatte ihn natürlich auch vorher schon rülpsen und furzen hören und hatte gesehen, wie er in der Nase bohrte und sich mit der Fingerspitze Schmalz aus den Ohren pulte. Sie hatte seinen Atem gerochen, den Schweiß in seiner Achselhöhle, seinen Urin und sogar seinen Kot, wenn er wieder einmal vergessen hatte abzuziehen. Wir sind alle nur Menschen, hatte sie sich selbst immer wieder gesagt. Jeder von uns sondert Sekrete ab. Wir bestehen alle aus Gas und Fleisch und Blut.

Sie hörte ihn rülpsen wie ein Ochsenfrosch, nahm ihren Mantel und verließ die Wohnung.

Rania berührte Yasmins Ärmel. »Rede ich zu viel?«

»Tut mir leid«, sagte Yasmin. »Nein, ich höre zu.« Vielleicht war sie wirklich frigide. Sex mit Joe war schön, vollkommen anders als mit Kashif. Joe war zärtlich und aufmerksam und liebevoll… aber sie konnte nie ganz loslassen und vielleicht war das ja der Grund dafür, dass er fremdgegangen war. Sie war schlecht im Bett. Aber sie konnte es lernen. Er konnte es ihr beibringen.

»Ich mache mir Sorgen um dich«, sagte Rania. »Ich verstehe es ja – du willst nicht, dass man dir irgendwelche Ratschläge gibt, aber warum redest du nicht einfach mit mir? Vielleicht hilft dir das ja, gedanklich ein wenig ins Reine zu kommen.«

»Danke, aber ich bin bereits ins Reine gekommen.« Sie hätte es Rania nicht erzählen sollen. Ganz gleich, wie viele Jahre sie mit Joe verheiratet war – Rania würde ihn insgeheim immer verurteilen.

»Auf keinen Fall«, sagte Rania. »Glaub mir. Sowas lässt man nicht in ein paar Tagen hinter sich.«

»Woher willst *du* das denn wissen?«

»Hör mal, dein Verlobter ist dir untreu geworden. Das ist eine ernste Sache. Ich weiß, dass dir das wehtut, und ich bin deine Freundin, deshalb bin ich für dich da.«

»Ich habe dich nicht darum gebeten.«

»Ist schon okay«, sagte Rania und tätschelte Yasmins Knie. »Lass es raus. Du kannst deine Wut gerne an mir auslassen.«

»Ich bin nicht wütend!«

»Du klingst aber ziemlich wütend.« Rania lächelte.

»Schön. Du hast recht. Wie immer.«

»Nicht immer«, sagte Rania. »Nur meistens.«

»Oh nein«, sagte Yasmin. »Ich kann mich nicht erinnern, dass du jemals nicht recht gehabt hättest. Nie. Nicht ein einziges Mal.«

»Jetzt wirst du unverschämt.«

»Na los«, sagte Yasmin. »Nenn mir ein Beispiel. Nenn mir ein einziges Beispiel, wo du zugegeben hast, dass du unrecht hattest.«

Rania zuckte mit den Schultern. »Ich denke, das, was zählt, ist doch, dass ich jetzt nicht unrecht habe.«

»Tatsächlich? Du bist Richter und Geschworener in einem, wie immer. Im Ernst jetzt! Du bist selbst doch noch nie in einer Beziehung gewesen, Rania. Ich wäre doch vollkommen verrückt, wenn ich von dir auch nur einen einzigen Ratschlag zu diesem Thema annehmen würde.«

REGELN

Es gab nichts, was ihr leidtun müsste. Rania hätte nicht uneingeladen auftauchen sollen. Einfach so angestürmt zu kommen, auf ihrer Mitleidsmission, und dann noch zu erwarten, dass Yasmin dankbar war. Ohne mich, dachte Yasmin. Sie würde es nicht dulden, dass Rania sie so von oben herab bemitleidete. Die Flamme der Selbstgerechtigkeit leuchtete hell, bis zu dem Moment, als Yasmin die Ruine des Pförtnerhauses am Parkeingang erreicht hatte. Als sie den Beechwood Drive hinunterging, war das Feuer bereits erloschen.

Sie schloss die Haustür so leise wie möglich hinter sich, zog ihre Schuhe aus und schlich auf Zehenspitzen nach oben. *Wenn dir etwas Kummer macht, dann weißt du, was am besten hilft.* Ma bewahrte den Koran in ihrem Schlafzimmer auf, in ein dunkelblaues Seidentuch gehüllt. Er enthielt eine englische Übersetzung neben dem arabischen Text und hatte ein ganzes Regal für sich allein. Weil Ma in diesem Raum ihrem zwanghaften Sammlerdrang ansonsten vollkommen ungehindert freien Lauf ließ, unterstrich der großzügige Platz, der dem Buch eingeräumt worden war, seinen Status. Yasmin stellte sich vor das Regal und neigte den Kopf. Sie fühlte sich jetzt schon ein wenig ruhiger. Wie viele Jahre waren seit dem letzten Mal vergangen?

Yasmins Finger schwebten über dem Seidentuch. Ihre Periode hatte heute begonnen.

Wenn dir etwas Kummer macht …

Ma behauptete, man könne die Antwort auf alle Fragen finden, die sich einem im Leben stellten, nur, indem man sich eine Weile hinsetzte und im Heiligen Koran las. Das war eins von diesen Dingen, die Ma gerne behauptete. Yasmin wusste nicht einmal, was sie hier wollte. Soll ich Joe heiraten? Kann ich ihm vertrauen? Wenn es wirklich wichtige Fragen in Mas Leben gäbe, würde sie vielleicht auch nicht auf eine uralte Schrift zurückgreifen.

Yasmin streckte die Hand aus und hob eine Ecke des Tuchs an. Die Seide schlüpfte durch ihre Finger und fiel zu Boden.

Ihre Periode hatte eigentlich noch gar nicht richtig angefangen. Sie hatte ihren Tampon erst ein einziges Mal gewechselt und das war noch nicht einmal nötig gewesen. Gut möglich, dass es weniger als ein Teelöffel voll Blut gewesen war.

Aber. Es gab Regeln.

Sie setzte sich aufs Bett. Es gab immer noch Textstellen, die sie auswendig kannte und die sie im Kopf hätte rezitieren können, falls sie auf diese Weise meditieren wollte. Es ging schließlich nur darum, sich den Kopf ein wenig freizumachen, das war alles. Ma glaubte, das Ganze würde wie eine Art Wunder funktionieren, und machte sich nicht klar, dass die Antworten aus ihr selbst kamen und nicht aus dem Buch.

Yasmin stand auf und streckte erneut die Hand zum Regal aus. Was glaubte sie denn, was passieren würde? Welche Konsequenzen konnte es schon haben, wenn man einen Haufen Pappe und Papier berührte? Warum sollte ihr diese Schrift verboten sein?

Sie ließ den Arm wieder sinken. Sie würde den Koran nicht berühren, bevor ihre Periode nicht vorbei war. Man brach keine Regeln, nur weil sie einem gerade nicht passten.

Joe hatte die Regeln gebrochen. Dumme, absurde Regeln. Es war nur ein Keks vom falschen Stationswagen. Es war nur ein Foto, das ein dankbarer Vater per SMS geschickt hatte. Es war nur Sex.

Wenn man erst einmal anfing, die Regeln zu brechen, erkannte man den Zeitpunkt nicht mehr, wann man damit aufhören musste. Wenn du dich nur nach den eigenen Bedürfnissen richtest, wenn du egoistisch handelst, wenn du anfängst zu glauben, dass allein das wichtig ist, was *du* willst und was *du* denkst und was *du* fühlst, dann ist das der Punkt, von dem an die Dinge entsetzlich schiefgehen und Menschen verletzt werden. Sie werden ganz schrecklich verletzt, sie werden auf das Übelste verletzt, nur deinetwegen.

»Oh, da bist du ja. Reis ist in zehn Minuten fertig. Ich probiere meine neue Maschine aus.« Ma hielt einen Pappkarton hoch, auf dem die Worte »Lloytron Automatischer Reiskocher« standen. Darunter prangte das Foto eines beigeschwarzen Topfes aus Edelstahl.

»Du hast sie kennengelernt. Du hast Lucy kennengelernt. Warum hast du das nicht erzählt?«

Ma deponierte den leeren Karton oben auf einem Ersatz-Lampenschirm, der immer noch in Cellophanpapier eingeschlagen war. Dann lief sie im Zimmer hin und her, um Ordnung zu schaffen, und räumte dabei wahllos Dinge von einem Ort an den anderen. »Du hast sie auch kennengelernt«, sagte Ma. »Arif hat angerufen. Ihr hattet eine sehr nette Unterhaltung.«

»Hat er dir auch erzählt, dass Baba ihn gestern rausgeworfen hat? Hat er das erwähnt?«

»Mach dir keine Sorgen«, sagte Ma. »Ich werde mich darum kümmern.« Sie neigte den Kopf, als wollte sie sagen, dass sie die Dinge bereits unter Kontrolle hatte. »Ich kümmere mich um deinen Vater, verstehst du?«

»Arif hat echt Mist gebaut«, sagte Yasmin. »Er hat sein Leben ruiniert.«

Ma schnalzte mit der Zunge. »Nein. Mach dir keine Sorgen. Alles ist gut. Alles ist gut.«

»Dann gehe ich mal eben runter und erzähle es jetzt Baba, soll ich? Wenn alles so gut ist.«

Ma verzog das Gesicht. Die Bemerkung hatte sie ganz offenbar verletzt. »Ich kümmere mich um deinen Vater.« Sie durchwühlte eine Schublade ihrer Kommode und zog ein kleines Päckchen hervor, das in braunes Papier eingeschlagen und mit einem ausgefransten Schnürsenkel zugebunden war. »Komm. Setz dich zu mir«, sagte sie und räumte ein wenig Platz auf dem Wäschekasten am Fußende des Bettes frei. »Mein Hochzeitsschmuck. Habe ich dir den schon mal gezeigt?«

»Nein«, sagte Yasmin. Und da hatte sie ihre Antwort! Sie liebte Joe, und er liebte sie. Das war das Einzige, was zählte. Niemand wusste das besser als Ma. Und sie schenkte ihr ihren Hochzeitsschmuck.

»Alles Gold«, sagte Ma. »Und sehr schwer. Du wirst sehen.« Sie knotete das Päckchen auf und begann, das braune Papier auseinanderzuschlagen. Im Innern war ein roter Samtbeutel.

»Ich wette, er ist wunderschön«, sagte Yasmin.

»Nein, nicht schön«, sagte Ma und zog an der Kordel. »Hässlich. Aber wertvoll. Ich will diese hässliche Kette verkaufen und das andere Zeugs. Geld für Arif und das Baby. Hilfst du mir dabei? Wenn ich gehe, werden sie versuchen, mich zu betrügen, aber wenn sie dich sehen, eine kluge Ärztin, bei dir werden sie sich nicht trauen, dich zu betrügen.«

»Wenn es das ist, was du willst«, sagte Yasmin. Aber warum sollte Arif den Schmuck bekommen? Warum sollte er von seiner Verantwortungslosigkeit profitieren? Warum setzte Ma sich immer nur für ihn ein?

»Schau«, sagte Ma. »Fühl mal, wie schwer.«

Yasmin stand auf und ging zur Schlafzimmertür. »Ich lege mich ein bisschen hin.«

»Aber das Mittagessen ist fertig«, sagte Ma, während sie immer noch die Kette in ihren Händen wog. »Ich habe dein Lieblingsessen gekocht. Chingri macher malai.«

»Das ist *Arifs* Lieblingsessen«, brüllte Yasmin. »Nicht meins. Und ich habe keinen Hunger. Lass mich in Ruhe.« Sie rannte in ihr Zimmer und knallte die Tür hinter sich zu.

PATHOLOGIE

In der Pathologie ging nie jemand ans Telefon. Man ließ es einfach bis in alle Ewigkeit weiterklingeln. Yasmin konnte das den dort beschäftigten Leuten nicht unbedingt übelnehmen, denn es gab immer jemanden, der dringend irgendwelche Testergebnisse brauchte. Aber es war trotzdem frustrierend. Sie würde einfach runtergehen, das kostete weniger Zeit.

Als sie die Station verließ, sah sie, wie er ihr im Flur entgegenkam.

»Können wir reden?«

Sie trafen sich auf halbem Weg, neben dem dritten Fenster. Die Flurfenster bestanden aus einem Drahtgeflecht, das mit gelblichem Milchglas beschichtet war, als wären sie mit Absicht so gebaut worden, dass so wenig Licht wie möglich hindurchdrang.

»Ich muss runter in den Keller«, sagte sie.

»Die gehen in der Pathologie nie ans Telefon.« Er lächelte. »Du auch nicht, in letzter Zeit.«

»Doch, tue ich«, sagte sie. »Oder jedenfalls habe ich das getan.« Sie hatten noch vor ein paar Tagen miteinander gesprochen. Aber in der Woche, die seit Harriets Gala-Dinner vergangen war, hatte er sehr oft angerufen und auf die Mailbox gesprochen. Und eine Million SMS-Nachrichten verschickt, in denen er sie um Verzeihung bat. Ein paar davon hatte sie auch beantwortet, wobei sie lange über jedes Wort nachgedacht hatte. Sie wollte unbedingt den richtigen Ton anschlagen: Kühl, aber nicht feindselig.

»Das sollte jetzt keine Beschwerde sein«, sagte Joe. »Ich wollte dich nur sehen und mit dir reden.«

»Hier? Hier können wir nicht reden.« Ein Patient in Schlafanzug und Bademantel schlurfte vorbei und schob seinen Infusionsständer vor sich her. Er blieb stehen, um sich die Eingeweide aus dem Leib zu husten, und ging dann wieder seiner Wege.

»Ich weiß, aber könnten wir uns vielleicht heute Abend treffen?« Er trug ein graues Leinenhemd mit einer aufgesetzten Brusttasche. Irgendwie schaffte er es immer, gut auszusehen, ohne dass man den Eindruck bekam, er wolle genau das erreichen.

Yasmin warf einen kurzen Blick auf ihr taubengraues Kleid. Der rechtwinklige Halsausschnitt stand ihr, das wusste sie, und es war definitiv einer dieser Tage, an denen ihre Haare mitspielten. Außerdem hatte sie Mascara aufgetragen statt des üblichen hastigen Tupfers Vaseline. Sie achtete mehr auf ihr Äußeres.

»Heute Abend geht es nicht«, sagte sie. »Ich treffe mich mit ein paar Freunden von der Uni, die ich schon seit einer Ewigkeit nicht gesehen habe.« Das entsprach der Wahrheit, aber selbst wenn sie nicht verabredet gewesen wäre, hätte sie ihn noch ein bisschen länger zappeln lassen. Sie konnte ihn unmöglich so leicht davonkommen lassen.

»Okay«, sagte er. »Ich will nicht drängen …«

»Sag mir einfach nur warum«, sagte sie. »Warum hast du es getan.«

Er starrte auf den Boden und biss sich auf die Unterlippe.

»Ist sie hübscher als ich?«

Er sah ihr direkt ins Gesicht, mit seinen klaren blauen inständigen Augen. »Was? Natürlich nicht! Wie könnte sie!«

»Liegt es daran, dass ich nicht gut im Bett bin?«

»Yasmin! Nein! Was zum… nein! Ist das etwa der Eindruck, den ich dir vermittle?«

Er wirkte so verzweifelt, so aufrichtig, dass sie beinahe eingeknickt wäre. Aber noch nicht. Sie durfte auf keinen Fall schwach werden. »Warum dann? Sag's mir!« Es war der falsche Ort zum Reden. Andauernd gingen Leute vorbei, Essenswägen rumpelten, Fußtritte polterten auf der Treppe, und ununterbrochen klingelte der Fahrstuhl, wenn sich die Türen öffneten und schlossen. Und jeden Moment könnte Niamh auftauchen.

Joe fuhr sich mit der Hand durch die Haare. Er öffnete den Mund. Er sah aus, als bekäme er keine Luft. »Ich kann nicht… was… es gibt keine Erklärung… ich kann nicht …«

Die Türen des Aufzugs am Ende des Flurs öffneten sich erneut und spuckten einen Mann mit einer Fernsehkamera aus, gefolgt von einer Frau mit einem Mikrofongalgen und einem zweiten Mann mit einem riesigen Mikrofon. Als Nächstes trat Professor Shah aus dem Aufzug, begleitet von einer Entourage aus Mitgliedern der Krankenhausverwaltung, die alle gelbe Bänder mit Ausweiskarten um den Hals hängen hatten. Die Prozession schritt langsam durch den Flur, wobei der Kameramann rückwärts ging.

»Es ist einfach so passiert«, sagte Joe. »Es tut mir so unendlich leid. Es ist einfach so passiert.«

»Wie? *Wie* ist es passiert? Wie kann es sein, dass so etwas *einfach so passiert?*«

»Also, ja, okay… wir haben uns bei Graham zu Hause getroffen, du weißt schon, Graham, der bei der Royal London …«

»Also wissen alle deine Freunde Bescheid?« Sie behielt Professor Shah im Auge. Es geschah so selten, dass er auf der Station auftauchte, dass es einem jedes Mal so vorkam, als würde sich ein hoher Würdenträger zu einem Besuch herablassen. Er trug einen Anzug und eine offen herabbaumelnde Krawatte, obwohl es die Regeln eigentlich verlangten, dass sie unter das Hemd gesteckt wurde. Er zog sein Jackett niemals aus, und natürlich krempelte er auch die Ärmel nicht hoch.

»Du lieber Gott, nein! Niemand weiß es. Ich bin nicht stolz darauf!«

»Nicht einmal Harriet?«

»Nein. Auf keinen Fall.«

»Also, ihr habt euch bei Graham zu Hause getroffen, und dann *ist es einfach so passiert?*«

»Oh, Gott, wie ist es passiert? Sie hat unter dem Tisch ihre Hand auf mein Bein gelegt und ist in der Küche an mir vorbeigestreift… Es kommt mir so vor, als wollte ich das Ganze irgendwie entschuldigen… und als es Zeit war zu gehen, da …«

»Joe!«, sagte sie. »Ich will das nicht hören! Ich will diese scheußlichen Details nicht hören, darüber, wie du mit dieser Frau geschlafen hast!«

»Aber …«, sagte er. Er blinzelte und presste sich einen Daumen gegen das Kinn. »Es tut mir leid.«

»Wenn ich es nicht herausgefunden hätte, hättest du es mir dann erzählt?«

»Ich weiß es nicht. Ich hoffe es, ich hatte es vor… aber ganz ehrlich, ich weiß es nicht, weil ein Teil von mir gehofft hat, du würdest es nie herausfinden, und weil ich gedacht habe, es würde dich nur unnötig verletzen. Es tut mir leid. Das ist echt armselig.«

Sie sah ihn an. Er wirkte so elend, dass sie sich erbarmte. »Okay«, sagte sie. »Danke, dass du ehrlich warst.« Immerhin war er nicht den leichten Weg gegangen. Er hatte ihr keine glatte Lüge erzählt und nicht einfach behauptet, dass er ihr seine Untreue auf jeden Fall gestanden hätte. Wenigstens das musste sie ihm zugutehalten. »Sieh mal, wer da kommt«, sagte sie.

Er drehte den Kopf und schaute über seine Schulter zurück. »Das ist Shah, oder? Der ist doch wahnsinnig in sich selbst verliebt, stimmt's?«

»Psst!«, sagte Yasmin. »Er hört dich sonst noch.« Der Tross hatte sie fast erreicht.

»Jetzt sieh dir mal diese Haartolle an«, flüsterte Joe. »Glaubst du, die ist gefärbt? Die hat er bestimmt gefärbt.«

»Sollen wir ihn mal fragen?« Sie berührte Joes Arm, eine kurze, leichte Berührung, und sofort leuchteten seine Augen auf. Sie hatte genug davon, ihn zu bestrafen. Wenn er litt, litt auch sie.

Der Kameramann machte seinen Moonwalk an ihnen vorbei, und Yasmin und Joe pressten sich gegen das schmutzige Fenster, um Platz für Shah und seine Höflinge zu machen.

Professor Shah blieb direkt neben ihnen stehen und wandte sich an den Mann mit dem Mikrofon. »Gestatten Sie mir, ein paar Mitglieder meines Teams vorzustellen. Hier ist gute Zusammenarbeit das Allerwichtigste, auf jeder einzelnen Station, aber besonders in der Geriatrie, in der wir es notwendigerweise mit einer fachübergreifenden Tätigkeit zu tun haben.«

Der Kameramann schlurfte wieder ein Stück vorwärts und hielt die Kamera auf Yasmin gerichtet. Der Galgen schwang über ihrem Kopf.

»Dies ist …« Professor Shah hielt inne. Er hatte keine Ahnung, wie Yasmin hieß, auch wenn er sie von seinen Besuchen auf der Station zumindest flüchtig kannte. »Nun, am besten stellt sie sich einfach selbst vor!« Ein selbstzufriedenes Lächeln breitete sich auf seinem Gesicht aus. Genau genommen sah er immer selbstzufrieden aus. Vielleicht war sein Gesicht einfach so gemacht.

»Ja«, sagte der Mann mit dem Mikrofon und hielt es Yasmin direkt vor die Nase. »Könnten Sie bitte Ihren Namen nennen und ein oder zwei Sätze darüber sagen, wie es so ist, mit Professor Shah zusammenzuarbeiten?«

»Das ist für eine Dokumentation«, sagte jemand von der Verwaltung. »Sie müssen dann noch ein Freigabeformblatt unterzeichnen. Ich werde dafür sorgen, dass es Ihnen zugestellt wird. Ich bin Clare, ich bin die Pressesprecherin der Stiftung.«

»Ich bin Dr. Yasmin Ghorami, ich bin Assistenzärztin.« Was sollte sie sonst noch sagen? »Die Station wird sehr gut geführt. Meiner Meinung nach«, fügte sie hinzu, »ist es eine hervorragende Station.«

»Großartig«, sagte der Mann mit dem Mikrofon. »Großartig. Und können wir von Ihnen auch noch etwas hören?« Er schwenkte das Mikrofon zu Joe hinüber. »Auch so etwas in dieser Richtung.«

»Ich bin Dr. Joe«, sagte Joe. »Ich bin Assistenzarzt am St. Barney's, und Professor Shah ist eine absolute Legende.«

»Wunderbar«, sagte der Mikrofon-Mann. Er sah den Kameramann an. »Haben wir das?« Der Kameramann reckte den Daumen in die Höhe.

»Das habe ich so nicht geplant«, sagte Professor Shah. »Das versichere ich Ihnen. Auch wenn es ganz so aussieht, als wäre das jetzt ein abgekartetes Spiel gewesen, es ist mir ja fast peinlich, so ein wunderbares Lob von beiden Seiten.« Er hielt sich eine haarige Hand aufs Herz. »Nun, sollen wir weiter zur Station gehen?«

Sobald sich die Schwingtüren hinter der Prozession geschlossen hatten, brachen sie in ein haltloses Gelächter aus.

»Professor Shah ist eine Legende! Er war begeistert«, sagte Yasmin. »Und er hat es total ernst genommen!«

»So machen das Legenden eben.«

»Dr. Joe!« Aus irgendeinem Grund war das wahnsinnig lustig. »Dr. Joe!«

»Was? Was ist denn daran so lustig?« Aber er lachte auch.

»Ich weiß nicht«, sagte sie. »Ich habe keine Ahnung.« Als sie wieder zu Atem gekommen war, sagte sie: »Ich sollte los. Ich muss dringend ein paar Laborergebnisse abholen.«

»Also, wir können uns heute Abend nicht treffen?«

»Nein, heute Abend nicht«, sagte sie. »Aber bald. Und ich will, dass wir uns eine Wohnung auf der Südseite des Flusses suchen. Ich will nicht in den Norden ziehen.« So wie sie das gerade gesagt hatte, klang es so, als wollte sie ihn testen. Und vielleicht tat sie das ja auch. Sie hatte sich einverstanden erklärt, in den Norden zu ziehen, weil er das gewollt hatte. Zu diesem Zeitpunkt war ihr das noch relativ egal gewesen, aber seither hatte sie darüber nachgedacht und war zu dem Schluss gekommen, dass es besser wäre, wenn sie nicht in allzu großer Nähe zu Harriet wohnten.

»Kein Problem. Dann machen wir das. Dann haben wir es auch nicht so weit zur Arbeit.« Er sah erleichtert aus und ließ ein wenig die Schultern kreisen. »Wann sehe ich dich? Wann hast du Zeit?«

»Morgen, direkt nach der Arbeit.«

»Morgen«, grinste er. »Wunderbar. Morgen! Aber direkt nach der Arbeit habe ich einen Termin bei meinem Therapeuten.« Er verdrehte die Augen. »Das klingt irgendwie so wichtigtuerisch, wenn man das laut ausspricht.«

»Oh, was für eine Art von Therapeut denn? Warum? Nein, es ist überhaupt nicht wichtigtuerisch, auf gar keinen Fall. Es ist bestimmt gut, wenn man sowas macht. Aber was hat dich dazu veranlasst?«

»Mein Vater. Als ich über meinen Vater nachgedacht und mich gefragt habe, ob ich ihn zur Hochzeit einladen soll oder nicht. Die Angst vorm Verlassenwerden und so. Anscheinend habe ich Angst, verlassen zu werden.«

»Nun, das ist doch gut«, sagte Yasmin. »Ich meine, es ist gut, dass du dich damit auseinandersetzt. Es ist besser, wenn man solche Dinge nicht verdrängt, denke ich.«

»So sieht zumindest die Theorie aus. Kann ich dich danach zum Essen ausführen?«

»Klar«, sagte sie. »In irgendein schickes Restaurant. Du kannst mich in ein richtig gutes Restaurant einladen.«

»Absolut! Wo würdest du gern hingehen?«

»Nein, denk du dir was aus. Lass nicht *mich* die ganze Arbeit machen.« Sie ging von ihm fort und spürte seinen Blick auf sich ruhen und fühlte sich gut in diesem Kleid, das ihren Bauch so vorteilhaft kaschierte und sich eng, aber nicht zu eng über ihren Po legte. Sie blieb stehen und drehte sich um, und er sah sie an, genau so, wie sie sich vorgestellt hatte, dass er sie ansehen würde. Sie ging zu ihm zurück. »Hör mal, ich finde, du solltest mit deinem Therapeuten auch darüber reden, wie das *einfach so passieren* konnte. Wenn du es schon nicht verstehst, dann versteht es vielleicht dein Therapeut.«

»Ja, das werde ich«, sagte Joe. Er legte eine Hand an ihre Wange.

»Versprochen?«

»Versprochen«, sagte er.

SANDOR

»Und wie findet Ihre Verlobte es, dass Sie bei Ihrer Mutter wohnen? Sorgt das für irgendwelche Spannungen zwischen Ihnen beiden?« Sandor notierte sich gedanklich die Irritation des Patienten, die an einer flüchtigen Verhärtung um die Augen zu erkennen gewesen war.

»Die beiden verstehen sich wunderbar. Und Yasmin wohnt ja auch bei ihren Eltern, also ist das ganz normal. Es ist kein Problem.«

»Das ist ein Begriff, den Sie schon einmal verwendet haben, um Ihre Beziehung zu beschreiben: normal. Diese Vorstellung einer Normalität nimmt einen wichtigen Platz in Ihrem Leben ein beziehungsweise hat für Sie eine zentrale Bedeutung?«

»Ich weiß nicht, wie ich das beantworten soll. Ist das denn etwas Schlechtes?« Joe lächelte sein charmantes Lächeln. Er bekam dadurch etwas Schüchternes, Verletzliches. War er sich dessen bewusst? Kultivierte er dieses Lächeln etwa? Vielleicht ja, vielleicht auch nein. Aber bei seinen sexuellen Aktivitäten war es ihm sicherlich sehr dienlich.

»Kommen wir zu Ihrer Mutter zurück. In unserer letzten Sitzung haben Sie darüber gesprochen, dass Sie immer der Mann im Haus waren. Haben Sie diese Verantwortung als große Last empfunden? Und haben Sie Ihrer Mutter das manchmal verübelt?«

Joe schüttelte den Kopf. »Es waren immer auch irgendwelche anderen Männer im Haus. Ich denke, sie wollte mir einfach vermitteln, dass ich die Nummer eins für sie war. Die anderen kamen und gingen, und ich blieb immer da. Das war irgendwie tröstlich.«

»Und aus welchem Grund brauchten Sie Trost?«

»Ich *brauchte* ihn nicht. Jedenfalls nicht mehr als alle anderen Kinder. Es ist schließlich kein Verbrechen, wenn man seinem Kind ein Gefühl von Sicherheit gibt.«

»Und fühlten Sie sich sicher?«

»Ich denke schon. Ja, soweit ich mich erinnern kann. Wir standen uns immer recht nah. Hören Sie, ich will mich ja jetzt nicht beschweren oder so, aber worauf wollen Sie hinaus? Weil ich nämlich immer noch ziemlich im Dunkeln tappe. Sie sind der Experte. Und es tut mir leid, wenn das jetzt vielleicht etwas unverschämt klingt, aber könnten Sie mich vielleicht mal einweihen? Wie soll das hier funktionieren?«

»Beunruhigen meine Fragen Sie in irgendeiner Weise? Empfinden Sie sie möglicherweise als aufdringlich?«

Sandor lächelte den Patienten an, um ihm zu zeigen, dass er sich keineswegs beleidigt fühlte. Das sind keine Patienten, hatte sein Schwiegervater immer gesagt, das sind Kunden. Robert war mit einigen der Behandlungsangebote des »Red Maple« nicht einverstanden gewesen, der privaten Klinik, die Sandor einige Jahre geleitet hatte. Akupunktur und Fußreflexzonenmassage waren doch im Grunde genommen nichts anderes als Voodoo, wenn man mal ehrlich war, hatte Robert immer gesagt. Es gab viele Therapeuten, die den Begriff »Klient« benutzten, aber Sandor gefiel dieser Terminus nicht.

»Ich weiß, Psychotherapie, das ist …« Joe sah sich um, als stellte er erst in diesem Moment überrascht fest, wo er sich eigentlich befand. »Ich weiß, worum es dabei geht, es ist nur …«

Sandor wartete. Manchmal wurde die wichtigste Arbeit in den Momenten des Schweigens geleistet.

»Es fühlt sich so an, als würden Sie sie verurteilen. Weil sie unkonventionell war, konnte sie keine gute Mutter gewesen sein. Aber so war das nicht. So ist das nicht. Sie ist nicht perfekt, aber sie war die einzige Person, die sich um mich gekümmert hat, als ich klein war. Sonst gab es niemanden. Erst recht nicht meinen Vater.«

»Würden Sie sagen, dass Sie ein einsames Kind waren?«

»Nein, das Gegenteil war der Fall, jedenfalls manchmal.«

»Inwiefern?«

»Es waren zu viele Leute da. Ich fand es zwar meistens toll, wenn das Haus voll interessanter Menschen war. Filmemacher, Künstler, Designer, Politiker, alles Mögliche. Ich war ein ziemlicher Glückspilz. Nicht viele Kinder haben die Chance, in einer solchen Umgebung aufzuwachsen.«

»Es muss manchmal verwirrend gewesen sein, all das Kommen und Gehen. Vielleicht auch ein wenig destabilisierend?«

Joe zuckte mit den Schultern. »Es gibt bestimmt schlimmere Arten aufzuwachsen.«

»Ja? Was meinen Sie damit?«

»Wenn man als Kind vernachlässigt wird. Wenn man das Opfer von Missbrauch wird. Prügel. Hunger. Suchen Sie sich was aus. Und es gibt noch genug andere Sachen.«

»Und das entwertet Ihr eigenes Leiden?«

»Ich würde nicht sagen, dass ich überhaupt irgendetwas erleiden musste!«

»Okay«, sagte Sandor. »Und doch sitzen wir uns hier gegenüber.« Er schwieg einen Moment. Gab dem Patienten ein wenig Zeit und Raum. In seiner Anfangszeit als Therapeut, als ihm das Freud'sche Modell noch ein Dorn im Auge gewesen war, hatte er zu viel geredet, hatte zu früh zu viel gesagt.

»Ich weiß es nicht«, sagte Joe.

»Ich frage mich, ob es vielleicht manchmal beängstigend war, schon im frühen Kindesalter der unverhohlenen Sexualität Ihrer Mutter ausgesetzt zu sein. Haben Sie das Gefühl, dass sie Grenzen verletzt hat, indem sie Ihnen gegenüber intime Informationen über ihr Privatleben preisgegeben hat?«

Joe lachte. »Mir gegenüber? Sie hat es der ganzen Welt erzählt. Wenn überhaupt, dann war ich… manchmal eifersüchtig. Oder vielleicht ist das das falsche Wort. Ich wollte ihre Aufmerksamkeit ganz für mich allein oder sowas. Manchmal bin ich dann in das

Gartenhäuschen am Ende des Grundstücks gegangen und habe mir vorgestellt, wie leid ihr alles täte, wenn sie mich nicht finden kann. Es würde ihr leidtun, dem *Mann im Haus* nicht die nötige Aufmerksamkeit geschenkt zu haben.« Er betonte die Phrase besonders, um diese kindliche Sichtweise seines eigenen Stellenwerts zu verspotten. »Ganz ehrlich, ich war ein verwöhnter Rotzbengel.«

Am Ende läuft es immer auf dasselbe hinaus, dachte Sandor. Auf die Überzeugung des Suchtkranken, dass er es nicht wert ist, geliebt zu werden. »Für ein Kind kann das bedrohlich sein – Ihre Mutter ist für Sie die einzige Quelle der Zuneigung, die einzige Person, die Ihnen Liebe schenkt, und dann wird Ihre Position angefochten. Sie haben gesagt, Sie wären auf die Beziehungen Ihrer Mutter eifersüchtig gewesen«, sagte Sandor. »Könnten Sie das noch ein wenig ausführen?«

»Das hatte nichts mit Sex zu tun.«

»Ich habe nicht behauptet, dass es das tat.«

»Ich dachte, darauf wollten Sie hinaus.«

»Warum dachten Sie das?«

Joe runzelte die Stirn. »Ich weiß nicht. Weil es bei all dem hier um Sex geht? Sexsucht. Weil ich das Gefühl habe, dass Sie andeuten wollen... nein, nicht andeuten... aber dass Sie mich auf einem Weg entlangleiten wollten, der dann dort hinführt, wo ...«

»Wohin?«

»Dass ich einen Ödipuskomplex habe. Und den habe ich nicht. Definitiv nicht.«

»Da stimme ich Ihnen zu.« Doch sein Bedürfnis, es abzustreiten, war natürlich interessant.

»Okay«, sagte Joe. »Und als ich dann zwölf wurde, hatte sie ohnehin keine Liebhaber mehr, oder sie hat sie zumindest nicht mehr mit nach Hause gebracht, bis ich siebzehn oder achtzehn war.«

»Warum nicht?«

»Damit ich nicht das Gefühl hatte, mit ihnen in Konkurrenz treten zu müssen. Jungen im Teenageralter wollen nicht, dass Männer in ihr Revier eindringen, das führt immer nur zu Konflikten, deshalb hat Harry mich an erste Stelle gestellt.«

»Hat sie das? Sie an erste Stelle gestellt?« Joe würde an dieser Geschichte festhalten, solange er konnte. Sandor hatte Jahre gebraucht, um wirklich zu begreifen, dass es in Fällen wie diesen für den Patienten überlebenswichtig war, an dem Glauben festzuhalten, seine einzige Bezugsperson habe alles in ihrer Macht Stehende getan, um für ihn zu sorgen und ihn zu lieben.

»Ja«, sagte Joe. »Das hat sie.«

»Hat sie gegenwärtig einen Partner?«

»Nein. Sie sagt, sie ist fertig mit dem ganzen Kram. Sie sagt, sie wolle keinen Sex mehr.«

»Seit wann?«

»Seit… Ungefähr seit der Zeit, als ich wieder zu Hause eingezogen bin, äh, vor drei Jahren etwa.«

»Und bald lassen Sie sie dann wieder ganz allein. Ich frage mich, ob das bei Ihnen irgendwelche Schuldgefühle auslöst?« Es war kein Zufall. Kaum hatte sie ihn wieder in ihrem Haus, hatte sie allen anderen Partnerschaften abgeschworen. Sie wollte Joe so nah wie möglich bei sich haben.

»Ich bin ja nicht weit weg.« Er wechselte die Position, setzte sich auf dem weichen, beigefarbenen Sofa um und schlug die Beine übereinander, sodass der Knöchel des einen Fußes auf dem gegenüberliegenden Knie zu liegen kam. Sein Schuh wippte auf und ab. »Ich ziehe schließlich nicht nach Australien. Ob ich mich schuldig fühle? Ein bisschen, klar. Aber das ist doch normal, oder?«

»Normalität scheint etwas zu sein, nach dem Sie sich sehnen. War das etwas, das Ihnen vorenthalten wurde? Sind Sie wütend auf Ihre Mutter, weil sie Ihnen das vorenthalten hat?«

»Hören Sie«, sagte Joe und nestelte an seinem Schnürsenkel herum. »Wenn Sie Harry kennen würden, dann wüssten Sie, dass sie einen manchmal echt in den Wahnsinn treiben kann. Aber ich bin nicht auf irgendeine prinzipielle Weise wütend auf sie. Sie hat ihr Bestes getan, und mehr kann niemand tun.«

»Und manchmal ist das Beste, das ein Elternteil tut, schädlich für das Kind. Besteht die Möglichkeit, dass Sie Ihrer Mutter gegenüber eine uneingestandene Wut empfinden? Und dass diese Wut Ihre Sucht anfacht – oder sie womöglich sogar verursacht hat? Wenn Sie Sex mit einer Frau nach der anderen haben, wenn Sie den weiblichen Körper in dieser Weise gebrauchen, dann bringen Sie damit womöglich eine Art sublimierter Feindseligkeit zum Ausdruck.«

»Meiner *Mutter* gegenüber?« Joe lachte, um seine Wut auf Sandor zu kaschieren. Er war nicht in der Lage, seine negativen Gefühle zuzulassen. Es war eine eingefleischte Reaktion, diese Gefühle zu übertünchen, zu beschönigen, sie vor sich selbst zu verstecken. »Sind Sie jetzt wieder bei dieser Ödipus-Sache?«

»Nein, das bin ich nicht. Da war ich nie. Ich möchte keineswegs behaupten, dass Sie das Bedürfnis verspüren, mit Ihrer Mutter zu schlafen. Nur, dass Sie tief in Ihrem Innern sehr wütend auf sie sind.«

»Warum?« Joe warf den Kopf zurück, als wollte er seine Fragen den Göttern stellen. »Warum sollte ich wütend auf sie sein? Ich empfinde keine Feindseligkeit Frauen gegenüber. Harry kann manchmal eine echte Nervensäge sein, aber na und? Verdammte Scheiße, na und?«

Sandor nickte. »Ich verstehe.« Die Zeit war fast um, und mehr würde er heute nicht erreichen. Joe war noch nicht bereit, sich weiter in diese Richtung drängen zu lassen. Aber es fügte sich alles ins Bild. Alle Indikatoren wiesen in dieselbe Richtung. Die Schwierigkeiten, die der Patient hatte, seine eigenen Bedürfnisse zu erkennen, die Wahl eines Berufs, bei dem man sich um andere kümmerte, das extreme, übertriebene Bekenntnis zu einer Liebesbeziehung, die daraus resultierende Angst, von Emotionen überwältigt zu werden, der Versuch einer Sabotage ebendieser Beziehung, die sexuelle Dysfunktion und Zwangsstörung, der Kampf um Bestätigung und Anerkennung, weil oberflächlich betrachtet keine Verletzung der eigenen Rechte oder Persönlichkeit stattgefunden hatte. Es war alles wie aus dem Lehrbuch. Emotionale Distanz vom andersgeschlechtlichen Elternteil. Noch ein Haken in noch einem Kästchen. Der aber weiteres Nachfragen erforderte. Beim nächsten Mal.

»Tut mir leid«, sagte Joe. »Dass ich geflucht habe.«

»In diesem Raum weinen wir, wenn wir traurig sind. Wir lachen, wenn wir uns über etwas amüsieren und wenn wir wütend sind, fluchen wir lautstark. Solange wir uns nicht gegenseitig schlagen, ist alles gut. Okay?«

»Okay.«

»Noch eine letzte Frage für heute. Die Schnürsenkel – was hat es damit auf sich? Heute sind sie grün, letzte Woche waren sie rot, nicht wahr?«

»Das ist nur so'n kleiner Tick von mir.« Joe hob seinen Fuß und betrachtete ihn. »Das habe ich irgendwann mal in einer Zeitschrift gelesen, im Wartezimmer einer Zahnarztpraxis. Was man als Mann so für modische Tricks anwenden kann. Wie es einem gelingen kann, sich ohne große Mühe aus der Masse herauszuheben. Man trägt eine schicke Krawatte oder farbenfrohe Socken oder einen Schal oder ein Einstecktuch. Solche Dinge. Da hieß es, das sei eine gute Methode, mit Frauen ins Gespräch zu kommen. Dann würden einen nämlich in der Bar irgendwelche fremden Frauen ansprechen und einem Komplimente wegen der Krawatte oder so machen. Ich ging damals noch zur Schule und war in der Gegenwart von Mädchen immer sehr schüchtern. Ich hatte natürlich keine Ahnung, wie ironisch der Artikel in Wirklichkeit gemeint war. Wie auch immer, ich habe jedenfalls damals beschlossen, dass ich die Schnürsenkel zu meinem Markenzeichen machen würde, und seitdem habe ich das einfach immer weiter so gemacht. Ist irgendwie hängengeblieben.«

»Und bei den Frauen? Hat es bei den Frauen funktioniert?«

»Ja, witzigerweise hat es das«, sagte Joe. »Es war wirklich erstaunlich, wie einfach es dadurch wurde.«

»Sie glauben, es waren die Schnürsenkel, die den Unterschied ausgemacht haben?«

»Na ja, natürlich waren sie das nicht …« Er verstummte.

»Was sich geändert hat, war Ihr Glaube. Als Sie aufhörten zu glauben, dass Sie schüchtern sind, da war es ganz so, als hätten nicht Sie sich, sondern als hätte stattdessen die ganze Welt sich geändert. Das Unmögliche wurde möglich. Genau so kann es auch mit der Sucht sein. Manchmal ist das Wichtigste, was ein Suchtkranker aufgeben kann, der Glaube, den er über sich selbst hegt.«

HARRIET

Harriet legt die zwanzig langstieligen Blumen neben die Küchenspüle. Wenn Joe seine Zeit und sein Geld für einen Seelenklempner verschwenden will, dann ist das ganz allein seine Sache. Sie wird nichts sagen. Wenn es eine Lektion gibt, die sie als Elternteil gelernt hat, dann die, sich zurückzuhalten.

Rosalita ist mit gewaltigem Scheppern und Klirren in der Vorratskammer zugange. Sie stellt dort Gläser und Packungen und Dosen um, wischt die Regale ab und räumt Servierteller von einem Schrank in den anderen. Letzte Woche hat Harriet ihr den Vorschlag gemacht, doch mal die Füße hochzulegen und eine Tasse Tee zu trinken. Alles, was getan werden musste, war bereits getan. Rosalita war zutiefst beleidigt. Deshalb macht sie sich diese Woche so viel zusätzliche Arbeit wie nur irgend möglich. Als wollte sie dadurch beweisen, wie unentbehrlich sie ist. Die Realität sieht jedoch so aus, dass es einfach nicht genug Arbeit für Rosalita gibt. Seit einigen Jahren schon ist das Haus nur noch sehr selten voller Menschen. Aber Harriet denkt nicht im Traum daran, Rosalitas Arbeitsstunden zu reduzieren oder ihr womöglich zu kündigen.

Sie füllt eine Vase zur Hälfte mit Wasser, schätzt die Länge der Stängel ab und macht sich dann daran, sie ein wenig zu beschneiden und aufzuspalten. Hätte sie das Thema nur nicht erwähnt, an dem Abend, an dem die Ghoramis zum Essen da waren… Aber früher oder später wäre ohnehin die Rede darauf gekommen. Neil ist immer noch Josephs Vater. Leider. Wenn Joseph ihn zur Hochzeit einladen möchte, dann ist das ganz allein seine Sache. Und wenn er deshalb einen Therapeuten konsultieren möchte, dann soll er das ruhig tun.

Er ist wütend auf seinen Vater. Nein, anders. *Er trägt eine gewaltige Wut in sich.* Therapeuten-Jargon. Darling, natürlich bist du wütend! Neil war ein beschissener Vater. Und nun braucht Joe einen Therapeuten, der ihm hilft, seine Wut loszuwerden. Sie musste sich sehr beherrschen, um nicht zu fragen: Warum, Darling? Warum um alles in der Welt solltest du sie loswerden wollen?

Gott sei Dank hat sie nichts gesagt. Der Ungar hätte sonst seine wahre Freude an dieser Geschichte gehabt. Sie arrangiert die großen Blütenkelche der Rosen zusammen mit Myrtenzweigen und Straußenfarn und tritt einen Schritt zurück, um ihr Werk zu begutachten. Bartok. Der Nachname ist definitiv Bartok, den Vornamen weiß sie nicht mehr. Er wird garantiert unterstellen, sie hätte die emotionale Entwicklung ihres Sohnes blockiert. Oder sonst irgend so einen Müll. Die stürzen sich doch immer auf die Mutter. In der gesamten psychoanalytischen Branche ist ein tiefverwurzelter Sexismus am Werk. Sie nimmt noch ein paar kleine Änderungen an ihrem Blumenarrangement vor und trägt die Vase dann in die Diele.

Es ist höchste Zeit, sich endlich hinzusetzen und zu schreiben. Sie muss sich geradezu zwingen, nach oben zu ihrem behelfsmäßigen Schreibtisch im Schlafzimmer zu gehen. Ihren Schreibblock hervorzuholen. Die Kappe des Füllers abzuschrauben. Joseph wird schon seinen eigenen Weg finden, wie er mit seinem Vater umzugehen hat. Er wird seine eigenen Schlüsse ziehen. Kaum vorstellbar, dass sie jemals mit Neil alt werden wollte. Denn das wollte sie tatsächlich. Eine kurze Zeitlang hatte sie fest vor, zu heiraten, noch mehr Kinder zu bekommen und sich in ein lebenslängliches Gefängnis mit einem einzigen Mann einzuschließen – einem Mann, der Gimlets trank, zweitklassige Fotografien machte, der sie betrog, während sie schwanger war, der seinen Bruder betrog, indem er mit dessen Freundin vögelte, der alles und jeden betrog, einschließlich des kleinen Funkens Talent, das er besaß.

Aber sie ist auch dankbar, dass Neil so ein absolut beschissenes Arschloch war. Als Daddy starb, da war sie so verloren und traurig, dass sie sich an den nächstbesten Mann klammerte. Es hätte auch sehr viel schlimmer kommen können. Wäre Neil einer dieser gütigen, verlässlichen Männer gewesen, dann wäre sie bei ihm geblieben und wäre erstickt. An Langeweile gestorben. Hätte gelernt, wie man Quiche backt.

Joseph hat von der Sache natürlich ungemein profitiert. Sie hat ihr Leben für ihn gelebt. Kein Mann ist jemals zwischen sie getreten. Keine Frau. Die Liebhaber, die sie im Verlauf ihres Lebens hatte, waren immer zweitrangig. Sie hat ihr Kind immer an erste Stelle gestellt.

Es gibt da etwas, über das sie heute eigentlich schreiben will, aber als sie sich an ihren Frisiertisch setzt, wird sie von lähmenden Zweifeln erfasst. Im Spiegel betrachtet sie das opulente Mobiliar ihres Schlafzimmers, die antike italienische Truhe aus geschwärztem Holz mit Kartuschen aus Scagliola und Ebenholz, die hochaufgestapelten Seidenkissen auf dem Bett, der Fauteuil, den sie mit Mutters cremegoldenem Nerzmantel ausgelegt hat. Der Mantel ist das Einzige, was sie noch von Mutter besitzt, abgesehen von ihrem Schmuck, von dem nur noch sehr wenig übrig ist, weil Daddy das meiste davon kurz nach ihrem Tod verkauft hat. Aber Daddy hat ihr andererseits auch den Mantel geschenkt, an ihrem achtzehnten Geburtstag. Er hatte ihn für sie aufgehoben.

Harriet hört, wie es an der Eingangstür klingelt, und muss dem Drang widerstehen, nach unten zu laufen, um nicht weiterschreiben zu müssen. Es wird ja doch nur irgendein Paket sein. Heutzutage kommt niemand mehr einfach so vorbei. So etwas macht man nicht mehr. Harriet hat ihre Haustür früher nie abgeschlossen, damals, als die Leute noch einfach kamen und gingen, ohne Verabredungen zu treffen, Tage, Wochen, Monate im Voraus.

Armer Daddy. Sie ist ihm nicht gerecht geworden. Das, was sie über ihn geschrieben hat, ist überhaupt nicht gut geworden. Es war viel leichter, über Mutters eiskalte Schönheit und ihr gefrorenes Herz zu schreiben. Selbst ein Nerzmantel konnte diese Frau nicht auftauen. Natürlich gab sie ihrem Mann die Schuld an Hectors Tod. Wenn sie auf Partys zu viel getrunken hatte – und sie trank *immer* zu viel auf Partys –, dann fragte sie jedes Mal, Haben Sie meinen Mann schon kennengelernt, den brillanten Arzt? Wir hatten einen Sohn, wissen Sie, aber er hatte mit sechzehn Monaten einen Krampfanfall, und Ludo durfte unglücklicherweise nicht gestört werden, weil er gerade im Theater war. Er ist ein sehr brillanter Arzt, mein Gatte. Sehr wichtig.

Sie hatte immer schon mit anderen Männern geflirtet, so wie es von einer Gastgeberin und schönen Frau erwartet, ja geradezu verlangt wurde. Aber nach Hectors Tod, nachdem sie sich endlich wieder aus dem Bett gequält hatte, veränderte sich ihre Haltung. Harriet war damals erst sieben Jahre alt, aber sie sah es trotzdem: Die Art, wie Mutter sich verhielt, insbesondere wenn sie flirtete, war allen unangenehm.

Daddy stand darüber. Ludo Sangster war ein Salonlöwe. Wenn es um gesellige Zusammenkünfte ging, war er der beliebteste Chirurg in ganz London, um nicht zu sagen im ganzen Land. Er war ein gewaltiger Mann, fast ein Meter neunzig groß, mit schweren Knochen. Wenn er sich in den Fauteuil setzte, füllten seine Oberschenkel die gesamte Breite des Möbelstücks aus. Aber er war auch in jeglicher anderen Hinsicht gewaltig: In seinem beruflichen Umfeld und in seinem Hunger auf das Leben. Ludo Sangster sagte nie nein, wenn es um neue Erfahrungen ging. Er sang Bariton, tanzte den Boogaloo und den Twist, ritt bei einer Fuchsjagd mit, reiste quer durch Afrika, lebte in wilder Ehe mit einem Mädchen in Chiang Mai, kaufte eine Bar in Mayfair und verkaufte sie für ein Vermögen an einen Araber. Er hatte ein gewaltiges Herz, gründete in Thailand eine kostenfreie Klinik und bildete einheimische Ärzte aus. Das sei sein Vermächtnis, sagte er auf dem Sterbebett. Sein zweitgrößtes Vermächtnis, nach seiner Tochter.

Harriet war fünfzehn, als Mutter an Eierstockkrebs starb. Sie brachte keine einzige Träne zustande, aber Daddy heulte wie ein Baby. Vergibst du mir?, fragte er Mutter immer wieder, immer und immer wieder. Mutter starb in ihrem eigenen Bett, mit dem Gesicht zur Wand, und Daddy legte sich mit seinem großen, warmen Körper neben sie und schluchzte. Vergibst du mir? Vergibst du mir? Harriet hielt seine große, wunderschöne Hand und sagte, Lass doch, Daddy, lass doch. Sie wusste, dass es ihnen ohne Mutter besser gehen würde. Und sie hatte recht. Kaum war die Beerdigung vorbei, da erholte Daddy sich. Er fuhr mit ihr zum Skifahren nach Gstaad, und dort lernte er Aurelia kennen, die erste in einer langen Reihe von Frauen, die verzweifelt versuchten, Harriets Stiefmutter zu werden. Harriet machte sich keine Sorgen deswegen. Daddy hatte gesagt, er würde nie wieder heiraten, und er hatte die Versprechen, die er ihr gab, immer gehalten.

WIE EINE GEFANGENE

»Du stehst jetzt bestimmt ziemlich unter Stress, was?« Catherine Arnott verschränkte die Beine, sodass sich unter ihrem engen Rock die Konturen ihrer Oberschenkel abzeichneten. Sie sahen in der Tat stark genug aus, um damit eine Stange zu umklammern und sich kopfüber herunterbaumeln zu lassen.

»Wer tut das nicht?«, fragte Yasmin, während sie weitertippte. Sie saß vor dem Computer im Büro der geriatrischen Abteilung. Eigentlich ging es ihr heute ganz gut. Anfangs hatte sie fest damit gerechnet, dass Niamh ihren Klatsch verbreiten und sie immer wieder mit unerwünschten Kondolenzbekundungen belästigen würde, aber inzwischen war ein Monat vergangen, und bisher war alles gutgegangen. Sie hatte niemanden hinter ihrem Rücken tuscheln hören. Vielleicht fanden die Leute sie ja nicht interessant genug, um sich das Maul über sie zu zerreißen.

»Ja, das dachte ich mir. Ich dachte mir, dass du gestresst sein würdest.« Catherine rollte mit ihrem Stuhl vom Schreibtisch zurück und rückte näher zu Yasmin heran. Offenbar wollte sie ein bisschen plaudern.

»Aber so geht es doch jedem hier«, sagte Yasmin. »Wie schaffst du das denn?« Sie hatten das Datum festgelegt: Samstag, den 21. Juni 2017. Vielleicht sollte sie Catherine ja einladen. Joe und sie hatten angefangen, Listen zu führen. Schulfreunde, Universität, Arbeit, Leute, die zu treffen sie nie Zeit hatten, außer auf Facebook.

»*Ich?* Mir geht es gut. Ich mache mir nur Sorgen um dich. Hat man dich denn noch nicht da raufgeschleift?«

»Raufgeschleift? Was meinst du damit?«

»Das Krankenhausmanagement. Ich brauche dir ja nicht zu sagen, was das für Arschlöcher sind. Die denken immer nur an PR.«

»Wovon redest du?«

»Vor ein paar Tagen – als du dich mit dieser Frau gestritten hast, im Patienten-Aufenthaltsraum.«

»Na, einen Streit würde ich das nicht gerade nennen.« Oder vielleicht war es das ja doch gewesen. Denn schließlich wusste sie sofort, was Dr. Arnott meinte. »Sie ist ziemlich laut geworden… aber… woher weißt du darüber Bescheid?«

»Ich habe gehört, wie sie sich später bei Julie beschwert hat. Eine ganz üble Hexe, wenn du mich fragst. Auch wenn ich keine Ahnung habe, was eigentlich genau passiert ist. Was ist denn genau passiert?«

Passiert war Folgendes: Eine der Krankenschwestern hatte Yasmin mitgeteilt, eine Angehörige habe darum gebeten, mit einem Arzt über die Diagnose und den Behandlungsplan ihres Onkels zu sprechen. Mrs. Rowland wartete im Fernsehzimmer. Eine große, schwer gebaute Frau mit einem sommersprossigen Gesicht und einem Wickelkleid, das ihren üppigen Busen von ihrem üppigen Bauch abtrennte. Sie hatte einen äußerst humorlosen Gesichtsausdruck, und als sie zu reden anfing, geschah dies in einem Tonfall, der mit jedem Wort »Stell-bloß-meine-Geduld-nicht-auf-die-Probe« zu sagen schien.

Kann ich einen Arzt sprechen, der in Großbritannien ausgebildet wurde?

Kein Problem, ich habe meine Ausbildung in London gemacht. Wie kann ich Ihnen helfen?

Ich meine einen britischen Arzt.

Ich bin britisch. Ich bin hier geboren. Reicht Ihnen das?

Mrs. Rowland spitzte die Lippen. Es war deutlich zu sehen, dass sie das Gefühl hatte, beleidigt worden zu sein – als wären Yasmins Antworten auf irgendeine Weise unverschämt gewesen oder als hätte Yasmin sich über sie lustig gemacht. Aber die Frau wusste nicht, was sie entgegnen sollte. Sie sah sich im Aufenthaltsraum um, auf der Suche nach einer Inspiration, aber es war nirgends eine zu finden, schon mal gar nicht von dem einzigen anwesenden Patienten, – bei dem es sich nicht um ihren Onkel handelte – der vor dem stummgeschalteten Fernseher vor sich hin döste.

Würde es Ihnen helfen, wenn ich Ihnen meinen Ausweis zeige?

Yasmin hätte den Mund halten sollen. Sie hätte nichts mehr sagen sollen. Baba wäre enttäuscht von ihr gewesen. *Reg dich nicht auf, Mini. Lass dich nicht in triviale Probleme verwickeln.*

Wollen Sie damit sagen, dass Sie einen weißen Arzt sprechen möchten? Ist es das, was Sie meinen?

Mrs. Rowland war zutiefst empört.

Wie können Sie es wagen? Wagen Sie es nicht, mir hier irgendwelche rassistischen Vorurteile zu unterstellen! Bezeichnen Sie mich etwa als rassistisch? Mich? Ich habe keine einzige rassistische Faser im Leib. Keine einzige! Ich habe mein Leben lang Steuern gezahlt, genau wie mein Onkel, und ich habe das Recht, einen britischen Arzt zu verlangen, ohne dass man mich beleidigt oder beschimpft.

Sie glauben, Sie wären diejenige, die hier beleidigt wurde?

Mrs. Rowland hob einen Finger und stach damit wiederholt auf die Luft ein.

Bezeichnen Sie mich als rassistisch? Ja oder nein.

Ziehen Sie Ihre eigenen Schlüsse. Möchten Sie, dass ich jetzt den Behandlungsplan Ihres Onkels mit Ihnen bespreche?

Was ich möchte … was ich möchte, und zwar jetzt sofort, ist eine Entschuldigung. Sie müssen sich bei mir entschuldigen und Sie müssen es jetzt auf der Stelle tun, sonst passiert was!

»Du lieber Gott«, sagte Catherine, als Yasmin ihre Geschichte zu Ende erzählt hatte. »Was für eine Giftkröte. Und wenn – *falls* – sie dich tatsächlich nach oben schleifen, dann sag denen, sie können dich mal.«

»Glaubst du nicht, dass Julie …«

»Ach was! Julie hat ihr nur gesagt, sie soll das Patientenberatungsformular ausfüllen, wenn sie über irgendetwas unglücklich sei. Sie ist diese Frau so schnell losgeworden, wie sie konnte.«

Yasmin seufzte. »Vielleicht hätte ich etwas höflicher sein sollen …« Es passierte durchaus nicht zum ersten Mal, dass sie bei Patienten oder Angehörigen auf ein gewisses Widerstreben gestoßen war, sobald diese sie zu Gesicht bekamen. Aber es war immer nur eine Kleinigkeit in ihrem Gesichtsausdruck oder ihrem Verhalten gewesen oder allenfalls ein Scherz oder eine beiläufige Bemerkung, auf die dann unweigerlich die Worte *Ich wollte Ihnen aber bestimmt nicht zu nahe treten* folgten. Mrs. Rowland hatte etwas in Worte gefasst, das Yasmin schon öfter zu spüren bekommen hatte. Doch bei solchen Gelegenheiten hatte sie sich jedes Mal selbst versichert, dass sie sich das wahrscheinlich nur einbildete. Und das war auch der Grund dafür, warum Yasmin es dieses Mal nicht gelungen war, sich zu beherrschen.

»Tut mir leid, aber das ist Schwachsinn. Selbst wenn sie sich über dich beschwert, wäre es das trotzdem wert gewesen. Per angusta ad augusta, wie meine Mutter immer sagt.«

Yasmin war davon ausgegangen, dass Catherine Arnott mit ihrer cremig weißen, blauschimmernden Haut, ihren strammen Beinen und ihrer noch strammeren Art so englisch war, wie man nur sein konnte. Aber ihre Mutter schien Italienerin oder Spanierin zu sein oder so etwas in der Richtung. Selbst Menschen, die von hier waren, stammten also eigentlich von woanders. Sie wartete darauf, dass Catherine den Satz übersetzte.

»Ich sollte besser meinen Schreibkram fertigmachen«, sagte Catherine.

»Ich auch. Was war das, was deine Mutter immer sagt?«

»Oh, ich nehme an, du hast nie Latein gelernt? Durch Mühsal gelangt man zur Größe. Durch den Ärger zum Erfolg, sozusagen.« Dr. Arnott lächelte. »Meine Mutter gibt eine Menge Unsinn von sich.«

Yasmin hatte es sich angewöhnt, während der Besuchszeit so viel Zeit wie möglich mit Mrs. Antonova zu verbringen. Für gewöhnlich war das nicht besonders lange, aber an diesem Nachmittag schaffte sie es etwas länger, trotz der chaotischen Situation vom Vormittag.

»Ich höre ihm gern beim Singen zu. Dem Raumpfleger. Harrison.« Mrs. Antonova winkte mit ihrer großen knochigen Hand, als dirigierte sie eins von Mr. Harrisons atonalen Wiegenliedern.

»Er übt auf jeden Fall sehr viel.« Yasmin fragte sich, ob Mrs. Antonovas Hände tatsächlich groß waren oder ob es nur so aussah, weil der Rest von ihr geschrumpft war. Vielleicht hatte man ihr ja, als sie noch jünger war, Komplimente wegen ihrer schmalen Finger und zierlichen Hände gemacht.

»Es ist eine Schande, wie die ihn behandeln. Ich habe ihm gesagt, er soll einer Gewerkschaft beitreten. Und dann eine Gehaltserhöhung verlangen.«

Sie waren extrem unterbesetzt gewesen, bis dann gegen Mittag weitere Pflegekräfte und Hilfsarbeiter der Agentur eingetroffen waren. Als Pepperdine zur Visite gekommen war, hatte er die dreckige Wäsche und Essenstabletts mit einem äußerst gequälten Gesichtsausdruck betrachtet. Das Ganze hatte Julie derart zur Verzweiflung getrieben, dass sie Harrison angebrüllt hatte, als er seinen Putzeimer aus Versehen mitten auf dem Flur umgestoßen hatte.

Harrison hatte düster vor sich hingemurmelt, er würde sich irgendwohin versetzen lassen, wo es zivilisierter zugehe. Im Büro des Managements müsse man nie den Boden putzen, weil das mit Teppich ausgelegt war, und außerdem gab es da immer übriggebliebene Sandwiches. Mrs. Antonova brachte lautstark ihre Sympathie für Harrisons Beschwerde zu Gehör. Ihr Körper schien mit jedem Tag noch etwas mehr zu schrumpfen, aber ihre Stimme blieb kräftig. Sie war empört über das Krankenhaus.

»Und was hat er geantwortet?« Harrison war die einzige noch verbliebene feste Reinigungskraft des Krankenhauses, alle anderen arbeiteten für die Agentur und kamen und gingen. Julie behauptete, er sei der Vater des Fitnesstrainers der Frau von Professor Shah und stünde daher immer noch auf der Gehaltsliste des Krankenhauses, obwohl die Reinigungsarbeiten eigentlich außer Haus an eine Privatfirma vergeben worden waren.

»Er sagt, er trifft sich nächste Woche mit dem Premierminister, um die Sache zu besprechen. Er ist nicht mehr ganz dicht, wissen Sie?«

»Ich weiß. Und wie geht es Ihnen heute so, Zlata?«

»Pah! Ich fühle mich wie eine Gefangene. Ich will an die frische Luft, aber niemand bringt mich mal nach draußen. Ich habe keine Freiheit mehr. Nicht einmal die Freiheit zu sterben.«

»Aber …«

»Diese Frau, die letzte Woche gestorben ist, die hatte unglaubliches Glück. Sie war erst neunundachtzig, und eigentlich wäre ich doch dran gewesen. Ich bin sechsundneunzig. Ich hatte auch einen Schlaganfall, vor ein paar Jahren, aber der war absolut lächerlich. Nicht der Rede wert.«

»Ich bringe Sie nach draußen«, sagte Yasmin. »Aber wir können nicht weit gehen.«

»Weit? Ich will gar nicht weit gehen. Ich verlange ja gar nicht, dass man mich ans Meer bringt oder nach Disneyland.« Sie kratzte sich an der Perücke. »Dimitri, mein erster Ehemann, war achtundfünfzig Jahre alt, als er starb. Erst achtundfünfzig! Damals waren wir gerade mal fünf Jahre verheiratet. Es war während der Feier anlässlich meines einundzwanzigsten Geburtstags. Nicht tatsächlich an meinem Geburtstag, aber eben der Tag meiner Party. Oh, das war ein prachtvolles Ereignis! Es gab eine Eisskulptur in Form eines Schwans, die mit Wodka gefüllt war. Man trank ihn aus dem Schnabel. Stellen Sie sich das mal vor. Wir waren alle ganz fürchterlich betrunken, und als Dimitri hinfiel, dachten wir alle, das läge am Wodka. Aber er hatte …« Sie wurde immer kurzatmiger. »… einen Herzinfarkt.« Inmitten ihres verschrumpelten Apfelbutzengesichts stiegen ihr die Tränen in die Augen.

»Und er war die Liebe Ihres Lebens.« Yasmin war plötzlich ebenfalls zum Weinen zumute. Sie grub sich die Fingernägel in die Handflächen, um sich zu beherrschen. Es wäre schrecklich unprofessionell.

»Ja, so geht's, Schätzchen. Diese Perücke juckt wie der Teufel!« Mrs. Antonova steckte ihre Finger noch tiefer unter die auberginenfarbigen Locken und kratzte sich eifrig, aber vergeblich.

»Soll ich sie Ihnen abnehmen?« Es wäre ohnehin gut, wenn sie Mrs. Antonovas Kopfhaut nach Ausschlag oder gar Verletzungen untersuchen würde, die durch die Perücke entstanden sein könnten.

»Nein, und ich will hier auch nicht nackt und bloß rumsitzen. Tscha! Ich habe immer noch ein bisschen Stolz übrig, wissen Sie!«

»Na, dann gönne ich Ihnen mal etwas Ruhe.«

»Beachten Sie mich am besten gar nicht. Manchmal rede ich, und das, was herauskommt, ist die Stimme meiner Mutter. Die Prinzessin, die alles verloren hat, außer ihrem Talent, die Leute herumzukommandieren.«

Sie unterhielten sich noch ein Weilchen, bis Yasmin gehen musste.

»Danke für Ihren Besuch«, sagte Mrs. Antonova, so wie sie es immer tat. »Würden Sie mir bitte noch mein Buch und meine Brille geben? Ich würde gern ein bisschen lesen.«

Yasmin zog den Metallarm des Betts herunter, der sich in verschiedene Richtungen klappen ließ und den man als Halterung für medizinische Geräte, für das Essenstablett oder wie in diesem Fall als Lesepult verwenden konnte. Sie schlug die erste Seite von *Eine Geschichte aus zwei Städten* auf. »Ist das eine gute Position? Oder noch ein bisschen höher?« Mrs. Antonova nickte, und Yasmin schob die Vorrichtung ein wenig nach oben, aber das Ding weigerte sich, an Ort und Stelle zu bleiben, und rutschte wieder nach unten.

»Ist schon gut. Es geht auch so. Wissen Sie, was jetzt ganz herrlich wäre? Ein Keks. Ich hab heute den Teewagen verpasst, weil ich vorhin ein bisschen gedöst habe. Aber ich weiß, eine Ärztin hat wichtigere Dinge zu tun, als den Leuten Snacks zu holen.« Sie klapperte mit ihren wenigen noch verbliebenen Wimpern und lächelte ihr zahnloses Lächeln.

Yasmin warf einen Blick zu der abgeschlossenen Vorratskammer hinüber. Vielleicht gab es im Schwesternzimmer ja noch ein paar Kekse. »Ich schau mal, was ich finden kann.«

Der Rest des Tages zog sich in einem nahezu unerträglich langsamen Tempo dahin. Was wolltest *du* werden? Arifs blöde Frage ging ihr nun schon seit Wochen im Kopf herum. Sie hatte Ärztin werden wollen, aber wie sich gerade herausstellte, war sie keine besonders gute. Sie wollte viel lieber bei Mrs. Antonova sitzen und ihren Geschichten zuhören, als Laparoskopien zu veranlassen und die Resultate von Blutuntersuchungen zu überprüfen.

Endlich war ihre Schicht zu Ende, und sie konnte nach Hause gehen.

Beim Verlassen der Station griff sie nach der Kette, die um ihren Hals hing. Das war ihr zur Gewohnheit geworden. Kaum hatte sie sich abgemeldet, steckte sie sich den Verlobungsring wieder an den Finger. Sie ging den Flur entlang, an einem Pflegeassistenten vorbei, der einen leeren Rollstuhl vor sich herschob, vorbei an grüngewandeten OP-Schwestern, an Patienten in Bademänteln und an Mitarbeitern des Catering-Services, die weiße Kittel trugen. Sie war genervt und aufgewühlt. Und wütend. Aber auf wen oder was? Auf Mrs. Rowland? Die Sache war im Grunde genommen so belanglos, dass sie sie schon wieder vollkommen vergessen hatte, bis Catherine sie zur Sprache gebracht hatte. Aber sie würde deswegen nicht in Schwierigkeiten geraten, oder etwa doch?

Sie hatte es so eilig, dass sie fast frontal mit Niamh zusammengeprallt wäre.

»Wie geht es dir, Yasmin? Du siehst verstört aus.«

»Tue ich das? Es geht mir gut.«

Niamh streckte die Hand aus und berührte den Saphir an Yasins Hand. »Oh, das war mir nicht klar! Also bist du immer noch …«

»Verlobt. Ja.«

»Wenn du mal reden willst, ich bin für dich da! Und hat er dir auch bestimmt die Wahrheit erzählt? Darüber, dass er mit meiner Freundin geschlafen hat?«

Yasmin schwieg.

»Das muss dir nicht peinlich sein. Ich kann schon verstehen, wie peinlich es für dich wäre, die Hochzeit abzublasen. Aber du musst dir selbst treu bleiben. Jetzt mal ganz ehrlich, Yasmin, das ist alles, was zählt. Dass man sich selbst treu bleibt. Seinem wahren Selbst.«

»Nicht unbedingt. Manchmal wäre das keine so gute Idee«, sagte Yasmin. Sie betrachtete Niamhs makellose Haut, ihre glänzenden, kupferfarbenen Haare und ihre intriganten grünen Augen.

»Wann denn zum Beispiel?«

»Wenn dein wahres Selbst ein mieses Ekelpaket ist. Dann zum Beispiel.«

»Na ja, dann nicht, das ist ja klar. Hör zu, ich weiß, wir beide kennen uns nicht so wahnsinnig gut …« Niamh sprach leise. Sie hatte Yasmins Bemerkung ganz offenbar nicht auf sich bezogen. »Aber ich weiß, wie es ist, wenn einem das Herz gebrochen wird, und wenn du mal eine Freundin brauchst, dann bin ich für dich da.«

»Danke«, sagte Yasmin steif.

Sie stolperte den Korridor entlang und stieß andauernd mit irgendwelchen Leuten zusammen. Am liebsten wäre sie mit dem Kopf gegen die Wand gerannt. Sie hätte Niamh umbringen können. Und deren Freundin gleich mit. Sie hätte Joe umbringen können. *Es ist einfach so passiert.* Sex passierte nicht einfach so. Er passierte nicht automatisch, wie das Atmen. Sie riss sich den Ring vom Finger und ließ ihn in ihre Tasche fallen. Dinge passierten nicht einfach so, sie hatten Gründe, und sie erforderten Taten. Gedanken und Begierden und Taten. Es war nicht alles vorgezeichnet. Harut und Marut hingen immer noch kopfüber in einem Brunnen, weil sie es so überaus schlecht angestellt hatten, als sie ihren freien Willen in die Tat umsetzten. Und wie war Joe bestraft worden? Sie hatte ihn viel zu leicht davonkommen lassen! Und jetzt war sie diejenige, die immer noch litt.

Sie erreichte die Eingangshalle. Als sie sie durchquerte, sah sie Pepperdine, der die Hände in die Taschen seines Mantels gesteckt hatte und auf jemanden zu warten schien.

»Ah, Yasmin«, sagte er. »Haben Sie es heute Abend eilig?«

Sie schüttelte den Kopf. Sie las die Plakate an der Wand, die sie alle längst auswendig kannte: Halten Sie den Norovirus von unserem Krankenhaus fern! Die Notaufnahme ist nur für Notfälle! Fragen Sie einfach nach: Könnte es eine Blutvergiftung sein?

»Wir hatten schon seit einer ganzen Weile keine Gelegenheit mehr, uns zu unterhalten. Und Sie sehen aus, als könnten Sie was gebrauchen. Einen Drink«, fügte er erklärend hinzu.

»Ja«, sagte Yasmin. »Das könnte ich.«

ICH AUCH

Im Pub waren ziemlich viele Leute. Sie hatte geglaubt, sie würden sich zu einer größeren Gruppe von Mitarbeitern aus dem St.-Barnabas gesellen, mit ihm im Zentrum, während sie an der Peripherie blieb und sich nach einem Drink unauffällig aus dem Staub machte. Aber er steuerte sie zu einem kleinen Tisch am Fenster hinüber und ging dann zur Bar, um Drinks zu holen.

Sie sprachen natürlich über die Arbeit, über ihre Station, über das Krankenhaus als Ganzes und den Zustand des britischen Gesundheitswesens. Die restlichen Streiks, die man für diesen Monat – Oktober – geplant hatte, waren am Tag zuvor abgesagt worden. Sie erzählte ihm, wie sie im April in der Streikpostenkette gestanden hatte und wie groß die Unterstützung gewesen war, die sie damals bekommen hatten – von den Patienten, von Autofahrern, die beim Vorbeifahren gehupt hatten, und von ganz gewöhnlichen Leuten, die den Assistenzärzten Sandwiches gebracht hatten oder bei ihnen stehengeblieben waren, um ihnen zu erzählen, dass sie dem für sie zuständigen Abgeordneten im Parlament geschrieben oder bei einem Radiosender angerufen hatten, um ihre Unterstützung zum Ausdruck zu bringen. Sie sprachen darüber, wie all das in der Folge so rasch umgeschlagen war und wie die Presse sie plötzlich als destruktive Kraft geschildert hatte, die die Regierung stürzen wollte.

Misch dich nicht ein, Mini. Baba hatte ihr natürlich seinen üblichen Rat gegeben. Doch das erwähnte sie Pepperdine gegenüber nicht. Ebenso wenig erwähnte sie, dass sie zusammen mit Joe in der

Streikpostenkette gestanden hatte. Wusste Pepperdine überhaupt, dass sie verlobt war?

»Also, haben Sie eine Entscheidung getroffen?« Er schaute irgendwo hinter sie und über ihre Schulter, während er redete.

»Worüber?«

»Ob Sie die Medizin an den Nagel hängen wollen.«

Also deshalb waren sie hier. Natürlich, das war es. Warum sonst hätte er sie auf einen Drink einladen sollen? »Ja«, sagte sie. »Ich höre nicht auf. Es sei denn, mir fällt tatsächlich irgendetwas anderes ein, was ich tun könnte. Aber das ist ziemlich unwahrscheinlich.«

»Gut. Das freut mich.« Seine Haare waren an den Schläfen ein wenig ergraut, aber er war eigentlich gar nicht so furchtbar alt. Seine Unterlippe war ein bisschen aufgesprungen. Wahrscheinlich hatte er an so etwas wie Lippenbalsam noch nie einen einzigen Gedanken verschwendet. Sie musste irgendetwas sagen. Sie war an der Reihe.

»Was machen Sie so, wenn Sie gerade nicht bei der Arbeit sind?« Es kam ihr kühn vor, diese Frage zu stellen.

Er sah ihr direkt in die Augen. Sie schauten sich einen Moment lang unverwandt an, ein bisschen länger, als es normal gewesen wäre. Es war nur ein kurzer Moment, aber sie wusste es, und sie wusste, dass er es auch wusste.

Er machte eine vage Geste, und sein Blick huschte davon. »Ich gehe joggen. Ich gehe ins Theater. Ich lese. Das Übliche. Ich fürchte, ich bin ziemlich langweilig. Vorhersehbar.«

Niamh fand ihn attraktiv und versuchte immer, seine Aufmerksamkeit zu erregen, streckte ihren Busen vor und nestelte an ihrem BH-Träger herum. Er beachtete sie nicht. Niamh sagte, sie würde mit ihm vögeln, aber Yasmin fand ihn nicht attraktiv. Überhaupt nicht.

»Was ist mit Ihnen?«

»Dasselbe. Die üblichen Sachen.«

»Habe ich etwas Falsches gesagt?«

Yasmin wandte den Blick ab, schaute aus dem Fenster auf die

langsame Verkehrskarawane, die sich aus der Innenstadt in Richtung Vororte schleppte. Gegenüber auf dem Krankenhausgelände standen ein paar Patienten im Raucherunterstand, in Bademänteln und mit hochgezogenen Schultern.

»Nein«, sagte sie.

»Ich fürchte, ich bin eine ziemliche Niete, wenn es um Smalltalk geht.«

Sie sah ihn an. Seine Lippen waren leicht geöffnet, als wollte er noch mehr sagen, schaffte es aber nicht. Seine dichten, kurzgeschorenen Haare standen ihm über der Stirn zu Berge. Niamh würde liebend gern ihre Finger darin versenken. Aber Niamh würde niemals Gelegenheit dazu bekommen.

»Ich auch«, sagte sie.

Er zog den Mantel an. »Zeit, nach Hause zu gehen.«

In wortloser Übereinkunft gingen sie zur nächsten Straßenecke und überquerten die dahinterliegende Seitenstraße. Sie hatten nichts mehr zueinander gesagt, aber Yasmins Herz raste. Würde es *einfach so passieren*? Nur Sex. Was, wenn sie es heute Abend einfach so passieren ließ?

»Wo müssen Sie hin?«, fragte er.

»Primrose Hill. Ich nehme die U-Bahn und steige dann in die S-Bahn um.«

»Ich wohne in Chalk Farm. Ich kann Sie irgendwo rauslassen. In Camden zum Beispiel, wenn Sie möchten.«

Sie wollte ihm sagen, er solle sich ihretwegen keine Mühe machen, aber er ging bereits in Richtung des Mitarbeiterparkplatzes, und sie folgte ihm, als wäre sie mit einem chirurgischen Faden lose, aber unauftrennbar mit seinem Mantelsaum verbunden.

Sie fuhren Richtung Norden. Das Armaturenbrett leuchtete wie Phosphor, und im Innern des Autos roch es nach Leder und Pfefferminze. Yasmin schaute verstohlen zu Pepperdine hinüber.

Er hielt den Blick starr auf die Straße gerichtet.

Sie sagte: »Ich glaube, ich war in dem Pub ein wenig unfreundlich zu Ihnen.«

Als sie vor einer roten Ampel standen, sah er sie an und schüttelte den Kopf. »Nein. Waren Sie nicht.«

Sie wartete, dass er noch etwas hinzufügte, aber er fuhr schweigend weiter. Er machte den Eindruck, als sei er weit weg. Als hätte er – so kam es Yasmin zumindest vor – vergessen, dass sie überhaupt da war.

Schließlich sagte er: »Ich fahre Sie bis vor die Haustür, es ist ja nicht nötig, dass Sie sich noch mit der U-Bahn herumschlagen. Wie lautet die Adresse?«

»Nein«, sagte Yasmin. »Das möchte ich nicht.«

»Ich bestehe darauf.«

»Nein«, wiederholte Yasmin. »Ich möchte dort nicht hin. Ich möchte nicht nach Primrose Hill.«

Eine Weile gab es nichts als das stetige Rauschen des Verkehrs und das weniger stetige Klopfen ihres Herzens.

Er sagte: »Wo wollen Sie dann hin?«

Es war nicht einfach so passiert. Man sorgte dafür, dass es passierte, oder man tat es nicht. Niemandem *passierte es einfach so*. »Zu Ihnen nach Hause. Das will ich.«

Diesmal kam seine Antwort sofort. »Gut«, sagte er. »Das will ich auch.«

UM DAS KLARZUSTELLEN

Sie hatte einen entsetzlichen Fehler gemacht. Yasmin schloss die Badezimmertür und drehte den Schlüssel um. Als sie die kurze Treppe zur Eingangstür hinaufgestiegen waren, hatte er sie gefragt, ob sie Wein oder lieber noch einen Gin Tonic trinken wollte. Aber sie hatte nichts mehr trinken wollen, hatte stattdessen die Gelegenheit beim Schopf oder vielmehr ihn gepackt und ihn praktisch in sein Schlafzimmer geschleift. Sie war über ihn hergefallen und gerade in dem Moment, als sie das tat, fiel es ihr wieder ein, und jetzt stand sie vor dem Spiegel des Badezimmerschranks und fragte sich, wie zum Teufel sie sich aus der Sache wieder herauslavieren konnte, ohne das Gesicht zu verlieren.

Es gab keinen Weg.

Sie öffnete den Badezimmerschrank, halb aus Neugier, aber vor allem, um ihr eigenes Gesicht nicht mehr sehen zu müssen. Zahnpasta, zu viele Seifenpackungen, die er offenbar en gros gekauft hatte, ein Rasierapparat, Rasiergel für empfindliche Haut.

Wie hatte sie vergessen können, dass sie ihre Tage hatte?

Was sollte sie sagen? Und sie blutete nicht etwa nur ein bisschen, wie zu Beginn oder am Ende der Periode. Es würde auf keinen Fall unbemerkt bleiben, wenn sie beide das taten, was zu tun sie so unmissverständlich vorgehabt hatten.

Aber sie konnte das jetzt unmöglich durchziehen, zumindest in dieser Frage war sie sich ganz sicher. Vielleicht könnte sie ja die Treppe hinunterschleichen und heimlich die Wohnung verlassen. Ihre Tasche lag in der Diele. Sie wusste nicht genau, wo sie ihren Mantel gelassen hatte, aber zur Not konnte sie auch ohne ihn gehen.

Sie hatte mit Ma zusammen zum ersten Mal seit einer Ewigkeit das Namaz gebetet, und auch da hatte sie schon geblutet. Es gab Gelehrte, die behaupteten, das sei verboten, aber viele andere legten die Schrift so aus, dass es erlaubt war. Und Ma hatte immer gesagt, Mädchen könnten beten, wann immer sie wollten. Die Reinheit liegt im Herzen. Allah heißt jeden willkommen.

Aber was den Geschlechtsverkehr anbelangte, gab es keinen Spielraum für irgendeine andere Auslegung. Es war verboten. So ist die Regel. Diesen Scherz hatte Joe gemacht, als sie es ihm erklärt hatte. Es hatte ihm nicht das Geringste ausgemacht. Er meinte, sich eine Weile zu enthalten, würde dafür sorgen, dass es in der restlichen Zeit nur noch besser wurde. Bei Kashif war es anders gewesen. Es stand zwar nicht zur Debatte, dass sie während dieser Zeit Geschlechtsverkehr hatten, aber er schien es ihr zu verübeln, als würde sie mit Absicht bluten, nur um ihm eins auszuwischen.

Ihre Schuhe waren im Schlafzimmer. Vielleicht konnte sie ja auch ohne ihre Schuhe gehen. Wenn sie sich ein Uber rief und draußen in einer Seitenstraße wartete.

Die Tür des Badezimmerschranks fiel zu, obwohl sie sie gar nicht berührt hatte. Sie schloss sich mit einem magnetischen Klicken.

Oh Gott, ihre Augenbrauen! Wie lange war es her, dass sie sie gezupft hatte? Warum um alles in der Welt hatte sie irgendwann angefangen, sie einfach zu ignorieren? Sie? Warum den Plural benutzen? Es war eine einzige fette Augenbraue, die ihr da über die Stirn kroch.

»Ist bei dir da drin alles in Ordnung?«

»Ja«, antwortete sie. »Alles in Ordnung.«

Er saß auf der Bettkante. Yasmin stellte sich vor ihn. Dabei zog sie den Bauch ein, trotz allem, und bereute es, nie die Bauchpress- und Radfahrübungen gemacht zu haben, von denen sie so oft gelesen hatte. Es hätte sie jeden Morgen nur ein paar Minuten gekostet, und wenn sie es getan hätte, wäre ihr Bauch jetzt durchtrainiert.

Es half nichts. Sie musste es ihm einfach unverblümt sagen. »Ich habe meine Tage. Es tut mir leid. Deshalb können wir nicht… Ich weiß auch nicht, warum ich nicht eher daran gedacht habe.«

Pepperdine saß da in Hemd und Unterhose. Erst hatte er die Jacke ausgezogen, und dann hatte Yasmin sein Hemd mehr oder weniger aufgerissen, seinen Gürtel gelöst und ihm die Hose ausgezogen. Yasmin selbst war immer noch vollständig angezogen. Das gab ihr ein wenig Selbstvertrauen, auch wenn es ziemlich irritierend war, einen so deutlichen Beweis für ihren ungezügelten Enthusiasmus vor sich sitzen zu haben.

»Okay«, sagte er. »Das verstehe ich zwar nicht, aber okay.«

»Tut mir leid«, wiederholte sie. Wie er so dasaß mit seinen zerzausten Haaren sah er zum Fressen aus. Niamh wäre verrückt vor Eifersucht.

»Wenn du nicht möchtest, dann ist das überhaupt kein Problem. Du musst nicht irgendeinen Vorwand erfinden. Es ist erlaubt, seine, äh, Meinung zu ändern.«

»Wirklich. Ich habe meine Tage.«

»Das hast du schon gesagt. Aber warum ist das ein Problem?«

Sie zuckte mit den Schultern. Vielleicht war sie ja wirklich frigide. Wenn sie fähig wäre, sich gehen zu lassen, dann würden sie es jetzt schon längst tun und sich nicht wegen eines dämlichen uralten Verbots den Kopf zerbrechen.

Er rieb sich das Genick. »Ich weiß, dass in manchen Kulturen mit der Menstruation einige Tabus verbunden sind.«

»Ja. Vielen Dank auch. Das ist mir durchaus bekannt.« Sie sollte ihre Schuhe nehmen und gehen, bevor sie noch mehr Schaden anrichtete. Erst hatte sie versucht, Sex mit ihm zu haben, und jetzt attackierte sie ihn. Und das nur, weil sie sich selbst in eine peinliche Lage gebracht hatte.

Zu ihrer Überraschung begann er zu lachen. »Ja, das denke ich mir.«

»Ich sollte besser gehen«, sagte Yasmin. Sie schluckte. Ihre Zunge fühlte sich an, als sei sie zu dick für ihren Mund.

»Klar. Wenn es das ist, was du willst.« Er ließ sich rückwärts auf das Bett fallen.

Yasmin nickte und hob ihre Schuhe auf. Als sie schon an der Tür war, sagte er: »Nur, um das klarzustellen. Ich würde mich sehr freuen, wenn du bleibst.«

Sie drehte sich um und betrachtete das Zimmer, als wollte sie eine Bestandsaufnahme machen und sie ihrer Erinnerung einprägen. Sie erlaubte sich einen kurzen Blick auf ihn, und die Schuhe fielen ihr aus der Hand. Sie ging auf ihn zu und zog sich dabei die Bluse über den Kopf. Er setzte sich auf und küsste sie auf den Bauch, und dieses Mal vergaß sie, die Luft anzuhalten.

HARAM

»Du kannst mich alles fragen. Was willst du wissen?«

Sie lagen auf dem Rücken, ihre Hände berührten sich kaum. Ein schwacher Lichtschimmer von der Straße umrahmte das Fenster, dessen Jalousie heruntergezogen war, ein schwebendes Rechteck aus Schwärze. Sie ließ erst zu, dass er ihr die Unterwäsche auszog, nachdem sie sich über ihn gebeugt und die Lampe ausgeschaltet hatte. Im Dunkeln war es leichter, sich zu verlieren. Und auch leichter zu reden.

»Okay«, sagte sie. »Wie alt bist du?«

»Sechsundvierzig.«

Er klang dabei nicht, als wolle er sich entschuldigen. Yasmin war erleichtert. Keine Witze darüber, dass er alt genug sein könne, um ihr Vater zu sein. Nur die Zahl. Nur die Tatsache.

»Wie heißt du mit Vornamen?«

»Du machst wohl Witze!«

Der Schweiß auf ihrem Körper kühlte allmählich ab, und sie fing an, ein bisschen zu frösteln, aber sie wollte sich nicht bewegen. Die Bettdecke, da war sie ziemlich sicher, lag irgendwo auf dem Boden. Unterhalb des Fensters waren die Umrisse einer Chaiselongue zu erahnen, die irgendwie an einen Leichensack erinnerte. Der etwas hellere Fleck zur Rechten war eine Schrankwand ohne Griffe. Der Raum war minimalistisch, genau wie Pepperdine.

»Nein, ganz im Ernst. Ich hab's vergessen. Ich weiß die Initialen. Mr. J. A. Pepperdine, das steht an deiner Bürotür. Alle nennen dich nur Pepperdine.«

»Ich weiß. Ich heiße James.«

»James«, sagte sie. »Und wofür steht das A?«

»Archibald.«

»Archibald.«

»Findest du das etwa lustig?«

»Archibald! Natürlich finde ich das lustig!«

Er umfasste ihre Brust mit einer Hand und ließ den Daumen um ihren Nippel kreisen.

»Das ist ein Familienname. Ich versichere dir, dass ich es niemals wagen würde, mich über Namen lustig zu machen, die in deiner Familie vererbt werden. Macht es dir was aus, wenn ich hiermit weitermache, während du lachst?« Er löste den Daumen mit seinem Mund ab.

Sie hatten alles getan. Es gab nichts mehr, was sie nicht getan hätten, und sie konnte kaum glauben, dass sie mit allem noch einmal von vorne anfangen würden. Es war ein einmaliges Ereignis, ein spektakuläres, fleischliches Cabaret im Dunkeln. Sie hatten jede geometrische Form in die Tat umgesetzt, die man sich nur denken konnte. Eine Trigonometrie des Sex. Sie hatte ihren eigenen Körper genauso oft berührt wie seinen. Hände auf dem Boden, Füße auf dem Boden, Hände auf dem Bett, Füße über seinen Schultern, Hände an der Wand. Zuerst hatte sie geglaubt, sich selbst anstacheln zu müssen. Wer A sagt, muss auch B sagen. Ein Sprichwort, das einer der Patienten auf der Demenzstation in einer Endlosschleife wiederholte. Dann verbannte sie den Satz aus ihren Gedanken. Und war frei.

Ihre Bewegungen wurden immer weniger hektisch und kristallisierten sich zu einem essentiellen Rhythmus. Er drang immer tiefer ein. Sie hatte das Gefühl, als grübe sie durch ihn einen Tunnel in sich selbst.

Sein Mund lag auf ihrem Nippel. »Oh mein Gott«, sagte sie.

Danach blieben sie wieder im Dunkeln liegen. Sie trieb, sie schwebte, Gedanken stiegen auf und senkten sich wieder herab, wie die Wellen des Ozeans. Ein Schwan aus Eis, der mit Wodka gefüllt war. Ihr Mantel auf dem Geländer. Der Saphir, Niamh hat ihn berührt, denk daran, ihn morgen wieder auf die Kette zu fädeln. Verlier ihn nicht. Auf und ab. Auf und ab. Die Wippe, die Wippe. So schläfrig. Rania. Sie musste Rania anrufen und sich entschuldigen. Sie musste Joe anrufen.

Sie setzte sich panisch auf. Nein, es war okay, er war mit Freunden unterwegs. Er hatte heute Abend nicht mit ihr gerechnet.

Pepperdines Atem hörte sich langsam und tief an, und plötzlich bekam sie Angst. Sie wollte nicht, dass er schlief. Sie hatte etwas Schlimmes getan und wollte damit nicht allein sein.

»Also, ich kann dich alles fragen?« Er bewegte sich nicht. Sie stieß ihn an und wiederholte ihre Worte, diesmal etwas lauter. »Also, ich kann dich alles fragen?«

»Hmmmm. Was?« Er gähnte. »Ja, klar. Nur zu.«

Was wollte sie wirklich wissen? Seine Beziehungsgeschichte? Er hatte ihr schon gesagt, dass er allein lebte.

»Jetzt fällt mir nichts mehr ein.«

»Ich nehme an, ich sollte beleidigt sein. So langweilig bin ich also?« Er rollte sich auf den Rücken.

»Ich muss dir etwas erzählen.« Wusste er es bereits?

»Okay.«

»Ich bin verlobt.«

»Ah. Ich verstehe.« Er schwieg eine Weile. »Gratuliere.«

»Ich dachte, du wüsstest das vielleicht schon. Ich meine, die Kollegen auf der Arbeit, die wissen das alle.«

»Ich wusste es nicht.«

Sie wartete, aber er sagte nichts mehr.

»Ich nehme an, ich hätte es dir erzählen sollen, aber das hier ist… du weißt schon …« Es hätte keinen Unterschied gemacht, wollte sie damit sagen. Schließlich war das hier nicht der Anfang einer Beziehung. »Das hier, das war… nur Sex… also denke ich, dass …«

»Ich werde es keinem erzählen, wenn es das ist, was dir Sorgen macht.«

Das war ihr gar nicht in den Sinn gekommen. »Nein, deshalb mache ich mir keine Sorgen.«

»Was mich betrifft, ist es nie passiert.«

»Aber es war gut, oder?«

Seine Hand tastete nach ihrer Hand, aber er ergriff sie nicht. Schob sie nur nah genug heran, dass sich ihre Knöchel berührten. »Kann schon sein, dass es ganz okay war.«

»Okay?« Sie boxte ihn leicht in die Rippen. »Okay? Du sagst, es wäre *okay* gewesen!?«

»Durchschnittlich.«

Sie boxte ihn erneut, und er rollte sich auf sie. »Ich bin froh, dass ich es nicht wusste.«

»Kann ich heute Nacht hierbleiben?«

»Ja. Ich will, dass du bleibst. Ich gehe jetzt ins Bad. Und dann sollten wir vielleicht ein bisschen schlafen.«

Nachdem er gegangen war, blieb sie bewegungslos liegen und starrte ins Dunkel. Es war Haram. Na und? Sie versuchte, den Gedanken abzuschütteln. Sie hatte schon vieles getan, was verboten war. Es war Haram. Es war eine Sünde. Es war falsch, auf so unendlich viele Weisen. Na und? Na und? Na und? Von jetzt an würde sie tun, wonach ihr der Sinn stand, so wie jeder andere auch. Sie tastete nach der Nachttischlampe und suchte vergeblich das Nachttischchen auf ihrer Seite des Bettes ab. Die Lampe musste auf den Boden gefallen sein. Auf dem Tischchen lag nur noch ein Buch, das sie jetzt auch noch aus Versehen herunterwischte. Sie kroch auf die andere Seite. Wo zum Teufel war die Lampe? Sie tastete mit den Fingern am Kopfteil des Bettes entlang und an der Wand hoch und fand schließlich den Schalter für das Deckenlicht.

Von der plötzlichen Helligkeit geblendet, schloss sie die Augen. Als sie sie wieder öffnete, entfuhr ihr ein Aufschrei. Es war entsetzlich. Im Schutz der Dunkelheit war ein Mord geschehen, vielleicht ja ein Massenschlachten, wie sonst konnte da so viel Blut sein? Es war überall. Blut auf dem Laken, Blut auf den Kopfkissen, über die

Lampe verschmiert, die man jetzt auf der Erde liegen sehen konnte. Blut auf dem Teppich. Blut auf dem Nachttisch. Blutige Handabdrücke an der Wand. Das Ganze war ein einziger Tatort.

Blut an ihrem Körper. Sie hielt ihre Hände vor sich und drehte langsam die Handflächen nach oben. Noch mehr Blut. Noch mehr Beweise.

Sie sprang aus dem Bett. Sie hatte gewusst, dass die Bettwäsche voller Flecken sein würde, aber *damit* hatte sie nicht gerechnet. Mit diesem Standfoto aus einem Horrorfilm. Sie musste hier raus, und zwar schnell. Ihr Herz klopfte wie wild, aber sie war gelähmt, wusste nicht, in welche Richtung sie sich bewegen sollte. Sie entdecke ihren Tampon, wie er halb von einem Stuhl herunterhing. Pepperdine musste ihn geworfen haben. Oder vielleicht war sie es ja auch gewesen. Sie starrte erneut die Wand an, die blendend weiße Fläche und dann die roten Hände, die sich in einem Halbkreis auffächerten. Hätte sie ein Feuerzeug gehabt, dann hätte sie das Ganze niedergebrannt.

»Was ist los?«, fragte Pepperdine. »Tut mir leid, dass es so lange gedauert hat. Ich habe geduscht, und dann dachte ich, wir könnten die hier vielleicht gebrauchen.« Er hielt einen Stapel säuberlich gefalteter Bettwäsche in die Höhe.

Yasmin schnappte sich ein Kopfkissen und bedeckte sich damit.

»Ah, du wahrst den Anstand? Nur zu.« Falls ihn der Zustand des Raumes beunruhigte, ließ sein Gesichtsausdruck das nicht erkennen. Er war nackt und unbekümmert, als wäre hier nichts Ungehöriges geschehen.

»Vielleicht wäre es besser, wenn ich jetzt ginge«, sagte Yasmin und schob sich in Richtung der Schlafzimmertür. »Aber erst dusche ich noch, wenn's dir nichts ausmacht.«

»Du wirst dich noch viel elender fühlen, wenn du jetzt abhaust. Das ist jedenfalls meine Meinung.« Er ging zum Bett und machte sich daran, das Laken abzuziehen. »Es ist doch nur ein Tropfen Blut.«

»Mehr als ein Tropfen«, sagte Yasmin. Sie warf das Kissen auf ihn, und er fing es.

»Geh unter die Dusche, während ich hier aufräume. Lauf nicht weg.«

Er schlief, und sie lag neben ihm in dem frisch gemachten Bett und konnte nicht einschlafen. Sie fühlte sich schrecklich. Sie hätte es nicht tun sollen. Aber Joe hatte es mit einer anderen getrieben. Wenn auch nicht so, wie sie gerade mit Pepperdine. Garantiert nicht so. Aber was machte das für einen Unterschied? Sollte sie ihn fragen: Wie war es mit dieser anderen Frau? Hat es dich bis in dein Innerstes erschüttert? Hast du Sterne gesehen? Bist du so gewaltig gekommen, dass deine Beine unter dir nachgegeben haben?

Sie selbst hatte das so noch nie erlebt. Nicht mit Kashif. Und auch nicht mit Joe. Nur heute Nacht, mit Pepperdine. Was hatte das zu bedeuten? Nur, dass sie nicht frigide war. Wenigstens diese eine Erkenntnis hatte sie jetzt gewonnen.

Wie würde es bei der Arbeit sein? Würde es zwischen ihnen für eine unangenehme, peinliche Stimmung sorgen? Auf jeden Fall zu Anfang. Wie unangenehm würde es werden? Wie peinlich würde es ihnen sein? Wie sehr würde sie sich schämen, wenn sie seinen Blick auffing?

Ihre Gedanken trieben davon. Mas gelber Sari blähte sich auf der Wäscheleine. Babas Keulen wirbelten ihm um den Kopf. Arif zupfte die Saiten seiner Gitarre. Arif war fort… Lucy machte Seifenblasen, und das Gesicht eines Babys, es lachte, ihrer beider Kind… kann mich nicht an den Namen des Kindes erinnern, ach nein, es gibt noch gar kein Kind.

Ein Arm umschlang sie, und Yasmin verlagerte ihren Körper, rückte näher in die Wärme hinein. Es fühlte sich gut an. Sie hatte kein schlechtes Gewissen mehr. Die Scham war verflogen. Sie hatte sie ausgeblutet, über das ganze Schlafzimmer. Sie gab sich dem Schlaf hin.

DA IST SIE JA

Es war eine der schlimmsten Schichten, die sie jemals erlebt hatte. Zwei der Pflegekräfte, die von der Agentur kamen und der Demenzstation zugeteilt worden waren, hatten nach nur einer Stunde das Handtuch geworfen und waren gegangen. Niamh weigerte sich, auf der benachbarten Station auszuhelfen. Obwohl sie ja der flexibelste Mensch sei, den man sich nur denken könne und mehr als gewillt, alles zu tun, was man von ihr verlange, dürfe sie dennoch nicht ihre Sicherheit gefährden, indem sie auf einer unterbesetzten Station voller aggressiver Patienten arbeitete. Sie war sich sicher, dass der nationale Krankenpflegerverband ihr in dieser Frage den Rücken stärken würde, falls das nötig werden sollte. Julie war weiß vor Wut, was zur Folge hatte, dass die vielen Löcher in ihren Ohren, in denen mal Piercings gesteckt hatten, alle rot wurden.

Yasmin war vollkommen erschöpft. Die Demenzstation war immer eine Herausforderung, und jetzt kam auch noch der Personalmangel hinzu. Und außerdem hatte sie in den letzten zwei Wochen sehr schlecht geschlafen, seit jener Nacht mit Pepperdine. Schuldgefühle. *Schuld ist von allen Gefühlen eindeutig das nutzloseste. Das erbärmlichste und auch das egozentrischste.* Das hatte Harriet Sangster verkündet, und Yasmin wusste jetzt, dass es stimmte.

Ein Patient mit Creutzfeldt-Jakob, der in seinem früheren Leben Elektriker gewesen war, stieg immer wieder auf Stühle und versuchte, die Verkabelung herunterzureißen oder die Beleuchtungskörper aufzustemmen. Man hatte zwei männliche Pfleger abkommandieren müssen, die dabei helfen sollten, ihn in Schach zu halten. Die

Krankheit hatte ihm das Gehirn zerfressen, und er konnte nur noch einige wenige Standardsätze von sich geben. *Schau'n wir mal. Wer A sagt, muss auch B sagen.* In ein paar Monaten, vielleicht ja auch schon eher, würde er auch körperlich verfallen, bis er schließlich nicht einmal mehr schlucken konnte. Aber heute waren zwei kräftige Männer nötig, um ihn daran zu hindern, den Sicherungskasten aufzubrechen. Eine Patientin mit der Pick-Krankheit, die aufgrund dessen keinerlei Hemmungen mehr hatte, unternahm wollüstige und zunehmend aggressiver werdende Versuche, die beiden Pfleger – am liebsten beide gleichzeitig – in ihr Bett zu locken.

Mr. Sarpong hatte Yasmin begrüßt wie einen lange vermissten Freund. Seinen Verdacht, sie habe ihm die Uhr gestohlen, hatte er offenbar vollkommen vergessen. Glücklicherweise bestand er seit seiner Hydrozelenresektion auch nicht mehr darauf, sich immer die Schlafanzughose auszuziehen. Er hatte das Korsakow-Syndrom und litt infolgedessen unter einem irreversiblen Gehirnschaden. Bald schon war er in eine ganz neue Verlust-Geschichte eingetaucht. Dieses Mal wurde seine Tochter als Geisel festgehalten, im Abstellraum oder im Bad oder an irgendeinem anderen Ort des Geländes. Das letzte Mal hatte er seine Tochter vor zwei Wochen gesehen – das berichtete zumindest Anna, eine der Pflegekräfte. Zu diesem Zeitpunkt hatte seine Tochter ihm erklärt, dass sie nun in Urlaub fahren würde, aber daran erinnerte er sich natürlich nicht mehr. Seine Konfabulationen waren typisch für einen Korsakow-Patienten, die Art und Weise, wie er für die gegebenen Umstände eine eigene Erklärung erfand. Vielleicht ist das ja auch typisch für alle Menschen, dachte Yasmin, während sie Mrs. Garcia untersuchte, die bewegungslos und mit offenem Mund da lag.

»Man kann es in den Augen sehen«, sagte Anna, die sich über Mrs. Garcia beugte wie eine frischgebackene Mutter über das Kinderbettchen. »Sehen Sie, Frau Doktor, da, sie hat es schon wieder gemacht.«

Yasmin starrte in Mrs. Garcias Augen. Sie glichen alten, verschrammten Murmeln und schienen auch genauso leblos zu sein.

»Was genau hat sie gemacht?«, fragte Yasmin. Mrs. Garcia hatte fortgeschrittene vaskuläre Demenz und befand sich, soweit Yasmin das beurteilen konnte, jenseits jeglicher menschlicher Kommunikation. Die tiefen Furchen, die sich zu beiden Seiten ihrer Nase herabzogen, bildeten zwei Klammern um ihren Mund, als sollte dadurch die gesamte menschliche Sprache in permanente Parenthese gesetzt werden.

»Wenn sie die Augen verengt, so wie eben, dann hat sie Schmerzen. Es ist ihr drittes Mal hier drin, da weiß man sowas. Glauben Sie mir.«

Yasmin glaubte ihr. Wenn es irgendjemanden gab, der so etwas wissen konnte, dann war es Anna.

»Wie lange ist es her, dass der gewechselt wurde?«, fragte Yasmin und schaute den leeren Urinbeutel an.

»Heute früh«, antwortete Anna. »Aber sie hatte ohnehin so gut wie kein Wasser gelassen.«

»Vielleicht ist es ja eine Harnwegsinfektion«, sagte Yasmin. »Oder die Nieren womöglich. Ich nehme eine Blutprobe. Danke, Anna.«

Anna nickte, tätschelte Mrs. Garcias klauenartige Hand und eilte davon, um einen anderen Patienten an der Flucht zu hindern. Obwohl man die Stationstüren eigentlich nur mit einer Karte oder einem Sicherheits-Code öffnen konnte, standen sie häufig offen, weil irgendjemand etwas dazwischengestellt und sie blockiert hatte, um technische Geräte oder sonstige Versorgungsgüter leichter hindurchschieben zu können.

Yasmin suchte nach einer Vene. Manchmal traten bei älteren Patienten die Venen wie fette grüne Würmer hervor, die sich unter der Haut hindurchwühlten. Bei anderen, wie zum Beispiel bei Mrs. Garcia, war der Versuch einer Blutentnahme in etwa so erfolgreich, wie wenn man eine Kerze ohne Docht anzünden wollte. Yasmin tätschelte die Haut, drei vorsichtige Stupser, die jedoch nichts an der wächsernen Blässe von Mrs. Garcias Ellbogen änderten. Es hatte keinen Sinn, sie zu bitten, eine Faust zu machen. Yasmin musste es irgendwie selbst schaffen, den Blutfluss anzuregen. Sie hob Mrs. Garcias Unterarm bis zu ihrer eigenen Schulter hoch und ließ ihn dann wieder sinken. Eine schwache blaugrüne Linie wurde sichtbar. Yasmin tupfte sie mit einem Antiseptikum ab, führte die Nadel ein und steckte einen Schlauch in die Halterung. Das weinrote Blut begann rasch und reichhaltig zu rinnen. Als sie einen Wattebausch auf den winzigen Schnitt legte, floss das Blut immer weiter und sie musste einen zweiten Bausch benutzen. Mrs. Garcia drehte den Kopf auf ihrem Kissen und schaute Yasmin an, als wollte sie sagen: Sieh doch, ich bin immer noch hier. Ich lebe noch.

»Da ist sie ja! Da ist sie ja!«, sagte Professor Shah. Er fegte mit einem Arm durch die Luft, um Yasmin aufzuhalten, unmittelbar nachdem sie die Station verlassen hatte.

Er hatte ihr noch nie zuvor auch nur die geringste Aufmerksamkeit geschenkt. »Wollten Sie zu mir?« Das kam ihr höchst unwahrscheinlich vor. Es war nicht seine Gewohnheit, Assistenzärzte aufzusuchen. Und er tauchte auch fast nie auf der Station auf. Es war allgemein bekannt und akzeptiert, dass sich Professor Shah wegen seiner Forschungs- und Lehrtätigkeit sowie seiner Arbeitsverpflichtungen in mehreren äußerst teuren privaten Pflegeeinrichtungen nur sehr selten mit Patienten abgab. Es gab Forschungsarbeiten, die er veröffentlichen, Vorträge, die er auf den Podien zahlreicher Länder halten, und Auszeichnungen, die er entgegennehmen musste, ganz gleich, wie stark er zeitlich belastet war. Davon abgesehen war er ein absoluter Engel im Umgang mit seiner Belegschaft, anders als manch andere Chefärzte (ohne irgendwelche Namen nennen zu wollen), die ganz und gar unzumutbare Forderungen stellten. Und wenn – wie es unweigerlich von Zeit zu Zeit geschah – ein Angehöriger eine Beschwerde einlegte, darüber, wie seine Mama oder sein Papa oder seine Großmama behandelt worden war, dann rief man Professor Shah herbei, um die Situation zu entschärfen. Er wusste ganz genau, auf welche Knöpfe er drücken und welche Kabel er durchtrennen musste, um eine Explosion zu verhindern.

»Ich habe da etwas über Sie gehört.« Professor Shah betrachtete Yasmin von oben bis unten, eine vollständige und unverhohlene Einschätzung vom Kopf bis zu den Füßen und wieder zurück.

»Oh? Das klingt ominös.«

»Ganz und gar nicht. Ich habe gehört, Sie hätten sich gegen eine gewisse Dame behauptet, die zweifelhafte Ansichten vertrat. Bravo!« Professor Shah war auf dem Feld der Geriatrie eine absolute Berühmtheit. Er war der Omar Sharif der Altenfürsorge, das war sozusagen amtlich, denn genau mit diesen Worten war er von einem Interviewer des britischen Ärzteblatts beschrieben worden. Yasmin hatte nicht gewusst, wer Omar Sharif war, und als sie ihn googelte, entdeckte sie Fotos, die aussahen wie Professor Shah mit einer Kosakenmütze. Und jetzt war Professor Shah von ihr beeindruckt, aus einem Grund, den sie noch herausfinden musste.

»Eine gewisse Dame?«

»Die Angehörige eines Patienten, eine Schwester oder Tante oder Nichte – Sie haben ihr wegen ihrer rassistischen Äußerungen die Leviten gelesen. Ich bin beeindruckt! Man zeigt bei solchen Sachen viel zu schnell Schwäche und zieht den Kopf ein, weil man um jeden Preis eine Auseinandersetzung vermeiden und bei den Leuten nicht anecken will.«

»Ich habe eigentlich nicht wirklich … Ich würde nicht unbedingt sagen, dass ich ihr die Leviten gelesen habe.«

»Wie ich sehe, habe ich Sie in Verlegenheit gebracht. Es gibt nicht viele Auszubildende, die so wie Sie mit der Gabe der Bescheidenheit gesegnet sind.« Er lächelte sie an und senkte seine schweren Augenlider auf Halbmast. Es war der Blick eines Mannes, der sich selbst unwiderstehlich findet. »Sie werden hier adäquat angeleitet und so weiter? Wenn Sie irgendetwas brauchen – meine Tür steht immer offen!«

Professor Shahs Bürotür war immer geschlossen gewesen, jedes einzelne Mal, bei dem Yasmin daran vorbeigekommen war. »Das ist gut zu wissen«, sagte sie.

EINE BESICHTIGUNG

»Es ist perfekt«, sagte Harriet. »Definitiv überteuert, aber ich bin mir sicher, dass die Leute bereit wären zu verhandeln. Das ist der Vorteil einer Volksbefragung. Vor Juni hätte man es möglicherweise sogar für noch mehr Geld verkaufen können, aber jetzt ist es geradezu absurd überteuert.« Sie warf dem Makler einen kühlen Blick zu. Er sagte, der Verkäufer sei »sehr motiviert«, und ging dann nach draußen, um im Flur auf sie zu warten.

»Ihr Lieben, ist das nicht ganz und gar entzückend?« Harriet breitete die Arme aus. Sie hatte ihren Kamelhaarmantel abgelegt und ihn übers Sofa drapiert. Ihre elegante Bluse aus cremefarbener Seide hatte sie in ihre maßgeschneiderte schwarze Hose gesteckt.

»Das Licht ist fantastisch«, sagte Joe. »Und wir haben so viele Wohnungen gesehen, wo man noch eine Küche in die Ecke des Wohnzimmers gequetscht hat, um eine Zweizimmerwohnung daraus zu machen. Oder wo sie die Küche mit einer Wand abgetrennt haben, um die doppelte Nutzung zu umgehen, was aber die Proportionen des Raumes total zerstört hat.«

Es war eine wunderschöne Wohnung. Sie nahm die obersten beiden Etagen eines schmalen Reihenhauses ein und überblickte eine breite Grünfläche, die von einem schmalen Pfad und einem Radweg durchschnitten wurde. Sie befand sich in Islington, was eigentlich ein Ausschlusskriterium hätte sein müssen, weil Joe zugestimmt hatte, auf die Südseite des Flusses zu ziehen, aber dennoch waren sie nun hier. Bei einer Besichtigung, die Harriet in die Wege geleitet hatte.

»Ich mag den Kamin und die Fensterläden«, sagte Yasmin. »Es ist wirklich wunderschön, aber ich glaube, es ist nicht ganz das Richtige für uns. Und die Lage …« Sie warf einen Unterstützung heischenden Blick zu Joe hinüber.

»Ihr hättet genug Raum, um euch zu vergrößern. In die Gaube würden mit Leichtigkeit zwei Kinderzimmer passen, und das zweite Schlafzimmer könnte dann als Büro dienen oder auch als Gästezimmer.« Sie umschlang Joe von hinten mit beiden Armen und legte ihre Wange an seine Schulter. »Er wird ein ganz wunderbarer Vater sein, nicht wahr?«

»Auf jeden Fall«, sagte Yasmin. »Aber das hier ist sowieso viel zu teuer für uns, selbst wenn die Verkäufer bereit wären zu verhandeln. Und außerdem haben wir ja auch beschlossen, dass wir auf der Südseite des Flusses wohnen wollen.«

Harriet umklammerte Joes Brustkorb mit ihren Armen, als wollte sie ihn nie wieder loslassen. »Wegen der Finanzen müsst ihr euch bitte keine Sorgen machen. Ich sehe keinen vernünftigen Grund, warum wir warten sollten, bis ich tot bin, bevor mein Geld euch etwas nützt. Yasmin, da würdest du mir doch zustimmen, oder? Joseph, deine Braut möchte nicht in einer feuchtklammen Wohnung in Camberwell wohnen, wenn dafür überhaupt keine Notwendigkeit besteht. *Überhaupt gar keine Notwendigkeit.*«

Harriet ließ sie in Primrose Hill aussteigen und fuhr dann weiter. Sie war zu einer Vernissage in einer Kunstgalerie eingeladen. Joe und Yasmin setzten sich in die Küche.

»Tut mir leid«, sagte er. »Ich kann sehen, dass du wütend bist, und es tut mir leid. Ich dachte nur, es könnte nicht schaden, es sich mal anzuschauen.«

»Ich bin nicht wütend.« Sie lächelte und schüttelte den Kopf. Pepperdine. Sie schüttelte noch einmal den Kopf, um ihn loszuwerden.

»Du siehst aus, als wärst du stocksauer. Fängst du an, sie zu hassen?«

»Wen? Deine Mutter?«

»Sie meint es gut.«

»Ich weiß.« Ihr war schwindlig. Am Rand ihres Blickfelds wurde alles schwarz.

»Sie begeistert sich schnell. Wenn sie helfen will, kann es schon mal vorkommen, dass sie über das Ziel hinausschießt.«

»Es ist okay. Ganz ehrlich. Es macht nichts.« Noch ein Anfall. Der würde auch vorbeigehen.

»Was ist es dann?«

Ein Verlangen, sich an einem winzigen dunklen Ort zu verstecken. Ein wachsendes Gefühl der Panik.

»Geht es dir nicht gut?«

Ein Impuls, alles zu gestehen.

»Hast du Kopfschmerzen?«

»Ja«, sagte sie. »Kopfschmerzen. Könntest du mir Paracetamol holen?«

Warum? Warum hatte sie es bloß getan? Um sich an Joe zu rächen? Damit sie quitt waren? So mies war sie nicht. Und auch nicht so kleinlich. In den letzten zwei Wochen hatte sie immer wieder unterschiedliche Varianten der Geschichte ausprobiert. Denn wenn sie die Sache nicht einmal sich selbst erklären konnte, wie sollte sie es dann Joe erklären? Sie konnte es ihm nicht erzählen.

Wenigstens wusste sie jetzt, wie schwer es ihm gefallen sein musste, ihr die Wahrheit zu erzählen. Sie verstand, warum er es ihr nicht einfach sofort erzählt hatte. So leicht war das eben nicht. Sie verstand ihn jetzt in einer Weise, die zuvor nicht möglich gewesen war. Es würde sie enger zusammenschweißen. Das hatte es bereits getan. Sie wusste, wie es sich anfühlte, wenn man fremdging. Sie wusste, dass das nicht bedeutete, dass man ein schlechter Mensch war. Sie war fremdgegangen, und sie war kein schlechter Mensch.

Obwohl. Vielleicht war sie es ja doch. Er hatte die Wahrheit gesagt und sie nicht. Noch nicht. Aber das würde sie noch tun.

Sie drehte sich auf die Seite und schob das Kissen unter ihrem Kopf zurecht. Joe hatte ihr Kopfschmerztabletten und eine Decke gebracht und sie genötigt, sich auf das L-förmige Sofa zu legen, das in der Nähe der Terrassentüren stand. Ruh dich ein bisschen aus, hatte er gesagt und ihr die Decke bis zum Kinn hochgezogen. Tut mir leid, sagte sie, ich weiß, das sollte heute unser Tag sein, an dem wir ein bisschen Spaß haben, und jetzt muss ich heute Nachmittag nach Hause. Ruh dich einfach nur aus, sagte er.

Er glaubte, sie sei wütend auf Harriet. Vielleicht war sie das ja auch. Im Auto auf dem Rückweg von Islington hatte Harriet erzählt, dass sie damit angefangen hatte, eine zweite Autobiographie zu schreiben. Die erste hatte für Entrüstung gesorgt, weil sie darin über offene Beziehungen geschrieben hatte, ohne ein Blatt vor den Mund zu nehmen. Aber heutzutage, sagte sie, würden die überall offen ausgelebten nicht-monogamen Strukturen dazu führen, dass die *vorherrschende Prämisse zur Durchführbarkeit einer lebenslänglichen sexuellen Treue* in Frage gestellt wurde. Diese Haltung sei für die Millennials mittlerweile *praktisch zum Standard* geworden.

Kein Wunder, dass Joe ein Ausrutscher unterlaufen war. Seit frühester Kindheit war ihm die Überzeugung eingebläut worden, dass Sex keine große Sache war. Und er hatte dann seinerseits herausfinden müssen, dass es sich um eine selbsterfüllende Prophezeiung handelte. Er hatte genug von Gelegenheitssex gehabt, von Tinder Dates und One Night Stands. Er *wollte*, dass Sex eine Bedeutung hatte. Er *wollte* heiraten. Er *wollte* lebenslange sexuelle Treue.

Sie döste eine Weile, und als sie aufwachte, aß sie mit Joe die Champignonquiche, die Rosalita zum Mittagessen gemacht hatte. Dann gingen sie nach oben.

Er rollte sich von ihr herunter und seufzte.

»Du kannst einfach… weitermachen. Wirklich. Es macht mir nichts aus.«

»Nicht so.«

»Tut mir leid«, sagte Yasmin.

»Du hast mir noch nicht verziehen.« Er stützte sich auf einen Ellbogen auf, und im schwachen Licht des von Vorhängen verdunkelten Schlafzimmers ähnelten seine Augen zwei schwarzen nassen Steinen in einem Flussbett.

»Das ist es nicht. Ich bin müde. Und ich mache mir Sorgen wegen Arif.«

»Wegen des Babys? Weiß dein Vater mittlerweile Bescheid?«

»Nein. Es ist alles so verfahren. Er wird erwarten, dass Arif wie ein geprügelter Hund mit eingezogenem Schwanz nach Hause geschlichen kommt. Es ist schon Mitte November, und der Entbindungstermin ist Mitte Januar!«

»Wollte deine Mutter es ihm nicht sagen?«

»Genau!« Ich kümmere mich um deinen Vater, hatte sie gesagt. Aber sie hatte rein gar nichts getan, außer heimlich damit anzufangen, Babysachen zu stricken.

»Wie geht es Arif? Soll ich mit dir kommen, um ihn zu treffen?«

»Danke, aber ich glaube, es ist besser, wenn nur ich und Ma hingehen. Dann können wir ihn in die Mangel nehmen und ihn fragen, wie er es schaffen will, endlich die Kurve zu kriegen.« Sie hatte ein paar Mal mit Arif telefoniert, aber Ma war die Einzige, die ihn tatsächlich auch getroffen hatte. Yasmin war in letzter Zeit zu sehr mit ihren eigenen Problemen beschäftigt gewesen.

»Mit Babys ist das so –«, sagte Joe. Er unterbrach sich, um sie auf die Stirn zu küssen. »Ich sehe das jeden Tag bei meiner Arbeit. Selbst wenn die Lage schwierig ist, bringen Kinder unglaublich viel Freude in das Leben der Menschen. Und in deiner Familie wird es genauso sein. Du solltest dir keine Sorgen machen. Du wirst schon sehen.«

»Ich bin sicher, dass du recht hast.« Aber sie war sich überhaupt nicht sicher.

»Hey, ich habe meinen Vater angerufen. Zum ersten Mal seit… ich habe keine Ahnung, seit wann.«

»Wie ist es gelaufen?«

»Ganz gut. Sehr gut, eigentlich. Ich habe ihm erzählt, dass ich verlobt bin, und er hat gesagt, ich soll dich ganz herzlich grüßen.« Er zog eine Augenbraue hoch. »Absurderweise hat er tatsächlich ziemlich wie ein Vater geklungen. Er freut sich schon darauf, dich kennenzulernen.«

»Joe«, sagte sie. »Das ist ja wunderbar! Dieser Therapeut hilft also tatsächlich?«

»Kann schon sein. Ja, ich denke, das tut er.«

»Und hast du ihm erzählt, dass… du weißt schon, davon, dass …«

Er nickte.

»Was hat er gesagt?«

»Dass Ehrlichkeit das Allerwichtigste ist. Dass ich ehrlich zu dir sein muss und zu mir selbst.«

»Natürlich«, sagte sie und nahm schockiert zur Kenntnis, welch schamlose Worte ihr da im nächsten Moment einfach über die Lippen kamen. »Solange wir ehrlich miteinander sind, kann uns nichts etwas anhaben!«

BESUCH

Anisah hatte auf dem Couchtisch ein Teeservice bereitgestellt: Tassen und Untertassen, eine Teekanne, ein Milchkännchen und sogar eine Etagere. Alles war blau mit orangefarbenen und gelben Blumen, zu denen sich zu allem Überfluss auch noch ein Muster aus rosa Pünktchen gesellte. Die Etagere war mit lauter zuckergussglänzenden Süßigkeiten gefüllt, Sandesh, Laddu, Jalabi.

»Gefallen sie dir?« Ma nahm ihre Tasse und drehte sie auf der Untertasse von links nach rechts.

»Sie sind wunderschön!«, sagte Lucy. Sie hielt ihre eigene Tasse in die Höhe und spitzte die Lippen, als wollte sie ihr einen Kuss geben.

Yasmin versuchte immer noch, sich von dem Schock zu erholen, Lucy und Arif zusammen mit Ma im Wohnzimmer sitzen zu sehen. Ihr erster Gedanke war, was, wenn Baba hier hereinschneit, aber natürlich würde er die Praxis erst in zwei Stunden verlassen. Lucy war in natura noch viel runder als auf dem Bildschirm. Wie sie da saß, die Beine seitwärts auf dem Sofa unter ein Kissen gesteckt, wirkte sie weniger wie eine Ansammlung von Kreisen, sondern vielmehr wie ein einziges kugelförmiges Objekt. Dennoch wirkte sie keineswegs schwer. Yasmin fand, sie sah aus wie ein hübscher Luftballon, der jeden Moment in die Höhe schweben könnte. Doch Arif verankerte Lucy mit seiner linken Hand und sorgte dafür, dass sie nicht vom Sofa abhob.

»Und Yasmin, gefallen sie dir?«, fragte Ma.

»Ja, Ma. Von der britischen Herzstiftung?«

»Oh nein«, sagte Ma, als sei dies eine geradezu lächerliche Unterstellung. »Oxfam.«

»Ich habe gerade erzählt, wie wir uns kennengelernt haben«, sagte Lucy. »Ich und Arif«, fügte sie zur Vermeidung von Missverständnissen hinzu.

»*Caravan's* Billard-Club«, sagte Arif. Er und Lucy schauten sich an und rümpften die Nasen. »Eigentlich heißt der Laden Kavanagh's, aber –«

»Ich hab's aus Versehen immer Caravan's genannt.«

Ma lachte mit der Hand vor dem Mund, überrascht und entzückt von diesem romantischen Leckerbissen.

»Wie kam es, dass du dich in Arif verliebt hast?«, fragte Yasmin.

»Warte, lass mich mal überlegen«, sagte Lucy. Sie lehnte sich vor, und Arif ließ ihre Hand los, um zu zeigen, dass er Lucy die Freiheit gewährte zu sagen, was auch immer sie wollte. »Okay, also gut, er ist gütig und freundlich. Er ist ein gütiger, freundlicher Mensch. Das habe ich sofort gesehen. Und er kann echt gut zuhören. Weißt du, es gibt so viele Männer, die können nicht mal so tun, als würden sie zuhören, ist dir das auch schon aufgefallen? Die bekommen dann so einen glasigen Blick, bis sie endlich wieder über sich selbst reden dürfen. Aber Arif ist da ganz anders.«

»Also, äh, wie?«, sagte Arif. »Was hast du gesagt?«

»Wie … ach so!« Sie ließ sich gegen ihn rollen. Ihre Haare waren frisch gebleicht und hatten keinen dunklen Mittelstreifen mehr. »Und er ist lustig! Als es mit uns anfing, so richtig ernst zu werden, nach ein paar Monaten oder so, weißt du, was ich da auch noch an ihm entdeckt habe, was ich ganz wunderbar finde – seinen Ehrgeiz. Er ist so ehrgeizig, mit seinen Zukunftsplänen, unseren Zukunftsplänen ja jetzt, und ich war immer, na ja, weißt du, immer ein bisschen so, ein Schritt nach dem anderen, und ich habe echt mächtig Respekt davor, was er für tolle Sachen vorhat und so.«

Lucy himmelte Arif an, und Ma tat dasselbe. Arif, der eingezwängt zwischen ihnen auf dem Sofa saß, setzte sich ein wenig aufrechter hin, um diesen hohen Erwartungen gerecht zu werden. Er legte seine Arme um die Schultern der beiden Frauen und schaute Yasmin an, als wollte er sagen: Und, wie denkst du jetzt so über mich?

Yasmin formte mit ihren Lippen lautlos das Wort »Knuddelbär«.

Arif zeigte seiner Schwester hinter Mas Kopf den erhobenen Mittelfinger, aber er lächelte sie gleichzeitig an.

»Und was ist mit dir?«, fragte Yasmin. »Magst du deinen Job? Wirst du nach dem Mutterschaftsurlaub wieder dort anfangen?«

»Ich hab echt Glück, weil ich meinen Job nämlich wirklich mag, obwohl ich da eigentlich nur so reingerutscht bin, nach der Schule. Damals hab ich gedacht, das ist jetzt nur so eine Übergangslösung, aber ich arbeite immer noch dort. Ich wollte eigentlich studieren, um Zahnhygienikerin zu werden, da brauchst du ein Diplom und so, das sind zwei Jahre Vollzeitstudium, und Norman – mein Boss – hat gesagt, er würde mich auf jeden Fall wieder einstellen, wenn ich dann das Diplom habe. Aber dann hat Mama sich auf unbefristete Zeit krankschreiben lassen, und Nana ist sowieso in Rente. Tja! Und jetzt ist ja auch das Baby unterwegs … Aber ich will das Diplom eigentlich immer noch machen, wenn ich es irgendwie schaffe.« Lucy sprudelte, hüpfte geradezu vor Enthusiasmus.

Yasmin ging das Herz auf. Lucy war so hübsch und warm und voller Leben. Sie arbeitete ganz offenbar hart und unterstützte ihre Familie. Ihre Karrierepläne waren so viel vernünftiger als Arifs vage Ambitionen, die eigentlich nichts weiter als Sehnsüchte und Träume waren.

»Ich bin mir sicher, dass du das schaffst«, sagte Yasmin.

»Ich finde eben Zähne einfach richtig toll«, sagte Lucy und zeigte dabei ihr eigenes perfektes Gebiss.

»Zähne sind sehr wichtig«, sagte Ma. »Wie kämen wir ohne sie zurecht?«

»Genau!«, sagte Lucy. »Das ist genau das, was ich auch immer denke!«

»Ich kümmere mich um Baby, wenn du studieren gehst«, sagte

Ma. »Und deine Mutter und Großmutter werden sich auch kümmern.«

»Danke«, sagte Lucy. »Es hat jetzt schon wahnsinnig viel Glück, dieses Baby, wo es so viele Leute gibt, die sich darum kümmern wollen.«

»Was ist mit mir?« Arif neigte den Kopf, um ihn an Lucys Kopf anzulehnen. Seine schwarzen Haare vermischten sich mit ihren blonden. »Darf ich mich auch mal um meine eigene Tochter kümmern?«

Alle lachten. Der ganze Raum war von ihrem Gelächter erfüllt, und plötzlich war Yasmin ganz beschwingt vor Liebe für dieses Kind, ihre Nichte, dieses unschuldige unglückselige Wesen. Joe hatte recht, ein Baby, jedes Baby, verbreitet immer Freude.

»Wie ich sehe, haben wir Besuch.«

Sie hatten nicht gehört, dass sich die Eingangstür geöffnet hatte und auch nicht das Klackern von Babas Brogue-Schuhen, wie sie die Diele durchquerten. Im Raum wurde es still. Yasmin erstarrte. Ma sprang auf, mit klirrender Tasse und Untertasse. Lucy umfasste ihren Bauch mit beiden Händen, und Arif zog sie an sich.

KONSULTATION

»Ein Antazidum wird dem Baby nicht schaden«, sagte Baba. »Achten Sie darauf, dass Sie immer eine Flasche mit Gaviscon zur Hand haben. Das hilft gegen das Sodbrennen und den Reflux.«

»Das werde ich«, sagte Lucy. Ihr Gesicht, das bei Shaokats Anblick kalkweiß geworden war, bekam allmählich wieder Farbe. »Ich wollte lieber keine Medikamente nehmen, wissen Sie, um ganz sicher zu gehen.«

»Ein durchaus weises Vorgehen«, sagte Baba. »Aber es ist nicht nötig, dass Sie diese Verdauungsstörungen ertragen. Leiden Sie unter morgendlicher Übelkeit? Für gewöhnlich ist das jedoch in diesem Stadium der Schwangerschaft kein Problem mehr.« Er saß auf seinem Stuhl mit der geraden Lehne, Lucy unmittelbar gegenüber, und fuhr mit der Konsultation fort, die er sofort nach seinem Eintreten begonnen hatte, als hätte ganz unerwartet einer seiner Patienten bei ihm zu Hause vorbeigeschaut. Sein Auftreten war professionell und höflich, was dazu führte, dass Lucy sich nach und nach entspannte.

»Nur in den ersten beiden Monaten. Also hatte ich da echt Glück, denn La-La hat gesagt – das ist meine Oma – sie hat gesagt, dass es bei ihr ganz schlimm war, als sie mit Mama schwanger war. Und bei meiner Mama war es auch ganz schlimm, und als sie dann im achten Monat war …«

Lucy plapperte immer weiter, eine lange Geschichte, die mit zu hohem Blutdruck und der Angst einer möglichen Präeklampsie begann und dann in eine Beschreibung ihres Vaters und seines Berufs als Fensterputzer von Hochhäusern mündete, die ihn wie einen Trapezkünstler klingen ließ, was jedoch möglicherweise, hinsichtlich der Dramatik, sogar eine Untertreibung war, wenn man bedachte, wie die Sache ausgegangen war.

Ma saß mit gesenktem Kopf da. Sie hatte noch eine Kanne Tee kochen wollen, wurde davon jedoch durch einen Blick ihres Ehemanns abgehalten, der bei dem gegenwärtig stattfindenden Interview keinerlei störende Ablenkung duldete. Das Outfit, das Anisah heute trug, war selbst nach ihren eigenen Maßstäben absolut grotesk. Sie trug minzgrüne Leggins zu einem bonbonrosa und weiß gestreiften Kleid. Die nächste Lage darüber war ein weißer Pullover, der an der Stelle eingefasst war, an der ihre Taille gewesen wäre, wenn sie eine gehabt hätte, und diesem Ensemble hatte sie dann noch eine ärmellose Strickjacke hinzugefügt, die lose aus irgendeinem seltsamen khakifarbenen Material gewoben war und so aussah, als hätte man sie aus einer Wäscheleine gestrickt. Yasmin sah zu, wie Ma ihre Finger in der langen Bernsteinkette verknotete, die ihr vom Hals bis zum Bauch herunterhing. Warum konnte Ma sich nicht wie ein normaler Mensch kleiden? Trotz des Ernstes der Lage konnte Yasmin nicht umhin, sich diese altvertraute Frage ganz automatisch zu stellen.

Arif saß da und hatte die zusammengeballten Fäuste auf die Knie gelegt. Er starrte in die Ferne und aus der Art und Weise, wie er das Kinn vorstreckte, konnte Yasmin erkennen, dass er sich bemühte, hart und entschlossen auszusehen. Jedes Mal, wenn er schluckte, tanzte sein Adamsapfel auf und ab, was nur unterstrich, wie dürr sein Hals war und wie leicht man ihm das Genick brechen konnte.

Lucy redete immer noch. Shaokats Fragen hatten sie in ein Gefühl der Sicherheit eingelullt, von dem Yasmin – und sicher auch Ma und Arif – wusste, dass es trügerisch war. Babas Auftreten war zu würdevoll, zu sehr das eines Gentlemans, als dass es irgendetwas anderes hätte sein können als Höflichkeit einer schwangeren Frau gegenüber, die in seinem Haus eine Fremde war. Außerdem hielt er nicht viel von Aufregung und Unruhe. Er würde die Situation ganz in Ruhe beurteilen, ohne ungebührliche Hast, würde dann zu einem Fazit gelangen und sein Urteil verkünden.

»Ich habe immer ein Foto von ihm in meinem Portemonnaie«, sagte Lucy und griff nach ihrer Handtasche. »Das ist er, das ist mein Papa.« Sie reichte Shaokat das Foto. Mas Lippen bewegten sich lautlos, während sie mit den Fingern an den Bernsteinkugeln an ihrer Halskette entlangstrich, als wären es Gebetsperlen. Baba betrachtete das Foto und setzte dann seine Brille ab.

»Was für eine Tragödie«, sagte er. »Ihr Vater sieht wie ein feiner junger Mann aus. Tatsächlich ist das Fensterputzen der gefährlichste Beruf – wenn ich diesen Begriff gebrauchen darf – in ganz Großbritannien.« Sein Tonfall war nachdenklich geworden. Die Untersuchung war abgeschlossen, aber die Jury noch zu keinem Urteil gelangt. »Ich hatte einen Patienten, der von seiner Leiter gefallen ist und infolgedessen fast ein ganzes Jahr im Rollstuhl verbringen musste. Er machte sich Sorgen wegen seines zukünftigen Versicherungsbeitrags, nachdem er seinen Anspruch geltend gemacht hatte – denn der Beitrag war zuvor schon entsetzlich hoch gewesen. Ich habe damals ein wenig nachgeforscht. Der Versicherungsbranche zufolge ist es gefährlicher, als Fensterputzer zu arbeiten, als in irgendeinem anderen Beruf – Soldaten, Polizisten oder Feuerwehrmänner mit eingeschlossen.«

Lucys Unterlippe begann zu zittern. »Ich bin so stolz auf ihn. Ich wünschte, ich hätte ihn gekannt. Ich war noch ein Baby, als er gestorben ist.«

»Wie ich schon sagte, eine Tragödie.« Baba verneigte sich, immer noch sitzend, mit steifem Rücken. Er trug seinen dunkelsten braunen Anzug, der in dem dämmrigen Licht des späten Nachmittags fast schwarz aussah.

Yasmin dachte, sie sollte vielleicht ein oder zwei Lampen einschalten. Wenn sie jetzt aufstand und im Raum herumlief, Smalltalk machte, die Vorhänge zuzog, geschäftig hierhin und dorthin ging und Lucy und Arif zur Haustür hinauskomplimentierte, dann – was? – was würde sie dadurch erreichen? Die Frage war ohnehin gegenstandslos. Yasmin war genauso gelähmt wie Ma und Arif. Alle warteten darauf, dass Baba den nächsten Schritt unternahm.

Baba erhob sich und setzte seine Brille wieder auf. Die Gläser glitzerten düster, während das Scheinwerferlicht eines vorbeifahrenden Autos durch den Raum schweifte. Yasmin versuchte, seinen Gesichtsausdruck zu deuten, aber sie sah nur ihr eigenes Spiegelbild in den beiden Brillengläsern, zwei verzerrte Bilder mit riesigen Köpfen und winzigen Körpern. Das Scheinwerferlicht verschwand, gefolgt vom Motorengeräusch, das ihm wie ein lärmender Pöbel hinterherjagte, und dann war wieder alles in tiefe Schatten getaucht.

Baba schaltete eine Lampe ein. »Lucy, es hat mich gefreut, Sie kennenzulernen. Arif, ich erwarte dich im Straßenzimmer.«

REINE UNSCHULD

»Denkt ihr, er mochte mich?« Lucys Augen waren vor gespannter Erwartung weit aufgerissen. »Hab ich mich okay verhalten?«

»Oh ja!«, sagte Ma.

»Definitiv!«, sagte Yasmin. Sie hatte eigentlich damit gerechnet, dass Arif Widerstand leisten würde, als Baba ihn ins Straßenzimmer zitierte. Arif hätte sich weigern können, hätte ihm sagen können, dass er ruhig alles in Gegenwart von Lucy sagen solle, oder hätte einfach das Haus verlassen können. Stattdessen war er Baba ohne ein Wort gefolgt und hatte im Gehen seine gürtellose Jeans mit plötzlicher Vehemenz hochgezogen. Sie rutschte ihm zurück auf die Hüftknochen, bevor er die Tür erreicht hatte.

Mas Kopf bewegte sich auf mysteriöse Weise. Lucy erforschte die Umrisse ihres Bauches. Die drei Frauen saßen schweigend da und versuchten angespannt zu hören, was zwischen den beiden Männern vor sich ging.

Nach ein oder zwei Minuten sagte Yasmin: »Klingt doch recht friedlich da drin.« Man konnte die Stimmen nur hören, wenn man sich sehr konzentrierte, und auch dann nur sehr schwach. Vielleicht hatten sie ja ein Friedensabkommen geschlossen. Vielleicht hatte sich Baba dazu durchgerungen zu akzeptieren, was nicht mehr zu ändern war. Vielleicht hatte Arif ihm alle möglichen Zusagen und Versprechungen über seine Zukunft gemacht oder sich womöglich sogar für vergangene Vergehen entschuldigt. Die unumstößliche Tatsache seiner Existenz und reine Unschuld des Babys hatten ein Wunder bewirkt und den Bruch gekittet!

»Ich spüre, wie sie tritt!«, sagte Lucy. »Gib mir deine Hand, da, genau da!«

Ma, mit ihrer Hand unter Lucys Pullover, schloss die Augen und lächelte. »Dieses kleine Mädchen ist stark. Yasmin, komm und fühl.«

Yasmin kniete sich neben das Sofa, und Ma machte Platz, während Lucy Yasmins Hand an die richtige Stelle führte. »Oh«, sagte Yasmin. Und dann nochmal: »Oh!«

Arifs Stimme wurde lauter und war nun auch im Wohnzimmer deutlich zu hören, auch wenn man keine einzelnen Worte verstehen konnte. Der Tonfall war jedoch unverkennbar. Lucy zog den Pullover wieder über den dehnbaren Bund ihrer Umstandshose.

»Iss doch noch ein Laddu«, sagte Ma zu Lucy und legte das Gebäck auf ihren Teller.

Jetzt war auch Babas Stimme zu hören, ein dumpfes Grollen, wie ein weit entferntes Erdbeben.

Yasmin schob das Teeservice beiseite und setzte sich auf den Couchtisch, um so nahe wie möglich bei Lucy zu sein, die angesichts der fettigen orangefarbigen kugelförmigen Süßigkeit ein wenig so auszusehen begann, als sei ihr übel. Yasmin nahm ihr den Teller vorsichtig aus der Hand.

Arifs Stimme wurde erneut lauter. Die Worte ließen sich nach wie vor nicht verstehen, aber die Wut war in den stillen Pausen, die jeden Satz wie eine Axt in Stücke schlugen, deutlich vernehmbar. Rums, Rums, Rums.

»Hab ich mich okay verhalten? Ganz ehrlich?«

»Du warst großartig, und er mochte dich, ganz bestimmt. Das konnte ich sehen. Arif kommt nur schon lange nicht mehr gut mit unserem Vater klar, das ist alles. Falls sie sich streiten, dann ist das nichts Neues.« Ihre beruhigenden Worte entsprachen nicht gerade der Wahrheit, aber sie wusste nicht, was sie sonst hätte sagen sollen.

»Gott sei Dank«, sagte Lucy. »Arif dachte, er würde sich wahnsinnig aufregen über das Baby, aber er hat einfach nur dagesessen und mir ganz viele Fragen gestellt, über den Geburtstermin und den

Geburtsvorbereitungskurs und all das, nicht wahr? Das hab' ich Arif auch immer wieder gesagt: Du glaubst, er würde das in den falschen Hals kriegen und so, aber man weiß nie, vielleicht freut er sich ja total, dass er eine Enkeltochter hat oder jedenfalls bald eine bekommt.«

Ma zog ihre ärmellose Makramee-Jacke aus und zeigte sie Lucy stolz. »Sieh mal. Hab ich gestrickt. Aber jetzt stricke ich für Baby, nur ganz ganz weiche Wolle.«

SEI STILL! JETZT REDE ICH!

Ma sprang auf. Alle verstummten.

Sie gehorchten Babas Befehl, als wäre er auf sie gemünzt gewesen.

Lucy stiegen Tränen in die Augen.

»Es ist okay«, sagte Yasmin. »Es wird alles gut werden.«

»Sollen wir vielleicht reingehen?«, flüsterte Lucy.

»Nein, das ist nicht nötig«, flüsterte Yasmin zurück. Dann zwang sie sich, in einem normalen Tonfall zu reden. »Es dauert bestimmt nicht mehr lange.«

»Du gehörst jetzt zur Familie«, sagte Ma, rutschte mit ihrem Po über das Sofa und schmiegte sich enger an Lucy. »Wir sind Familie. Das Blut ist da. Er wird seinen Segen geben.« Ihre Stimme war ganz belegt, vor lauter Hoffnung und Halsstarrigkeit. Und weil es so ein emotionaler Moment war, verfiel sie unwillkürlich ins Bengalische. »Bhalobashar nouka pahar boie jae.«

Lucy sah Ma ins Gesicht, als wüsste sie genau, was sie da gerade gesagt hatte.

Ein gewaltiges Krachen war aus dem Straßenzimmer zu hören. Eine Faust, die auf den Tisch niedergesaust war? Ein schwerer Gegenstand, den man aus großer Höhe hatte fallen lassen? Ein Kopf, der gegen die Wand geschmettert worden war? Ma und Lucy klammerten sich aneinander fest. Yasmin schlang die Arme um ihren Körper.

Die Tür öffnete sich, und Lucy gab ein derart hohes Kreischen von sich, dass es kaum noch akustisch wahrnehmbar war. Die Tür stand offen, aber es dauerte einige sehr lange Sekunden, bis Arif auftauchte. Er hatte eine Schnittwunde auf der Stirn, und sein rechtes Auge begann bereits zuzuschwellen.

VERLOREN

Shaokat hatte seine Jacke ausgezogen. Sein Hemd war unter den Achseln vollkommen schweißdurchtränkt und ihm hinten aus der Hose gerutscht. Er lief mit langen Schritten und derart abrupten Drehungen im Wohnzimmer auf und ab, als würde sich immer wieder ganz unerwartet eine Wand vor ihm auftürmen.

»Ich dulde das nicht.« Er brüllte fast. »Ich habe schon viel zu viel hingenommen.«

Ma saß neben Yasmin auf dem Sofa und weinte lautlos. Ihre runden Wangen waren gerötet und glänzten. Sie massierte ihre minzgrünen Knie, als würden diese ihr plötzlich unerträgliche Schmerzen bereiten.

»Ihr haltet mich alle in meinem eigenen Haus zum Narren! So ist es doch, oder? Ihr lacht mich aus, hinter meinem Rücken!«

Yasmin öffnete den Mund, um zu widersprechen, aber Baba sah sie mit solch einer ungezügelten Wut an, dass sie ihn sofort wieder schloss. Als Arif hereingekommen war, mit der Wunde auf der Stirn, hatte er zu Lucy nichts weiter gesagt als »Lass uns gehen«. Sein Auge war zusehends dunkler geworden und immer mehr angeschwollen, während ihm das Blut über den Nasenrücken und an einer Seite des Mundes herablief. Er ließ nicht zu, dass Yasmin sich die Wunde näher anschaute, und hob den Arm, um sie abzuwehren. Er stieß sogar Ma beiseite. Lucy zitterte am ganzen Körper, aber man musste ihr hoch anrechnen, dass sie sowohl Yasmin als auch Anisah zum Abschied umarmte und ihnen dankte, während Arif sie schon mit sich fortzuziehen versuchte.

»Er ist auf mich losgegangen, versteht ihr?« Baba blieb vor dem Heizkörper stehen. Seine durchnässten Hemdsärmel dampften in der aufsteigenden heißen Luft. »Du verstehst das doch, Mini. Du hast doch selbst gesehen, wie er die Keulen geschwungen hat. Da hätte er beinahe meinen Kopf zerschmettert. Du erinnerst dich. Du hast gesehen, wie knapp das war.«

Yasmin nickte stumm. Ihr Herz raste. Wenn Baba aufgewühlt war, wenn er sich zu sehr in die Enge getrieben fühlte, dann war das ein furchteinflößender Anblick. Jene allgegenwärtige Bedrohung – die, von der sie gedacht hatte, sie nicht benennen zu können – war gar nicht so geheimnisvoll. Es war Babas Wut. Eine Wut, die sich schon sehr lange aufgestaut hatte, wegen Arifs Verantwortungslosigkeit, seiner Faulheit und seines Mangels an Respekt. Und dass Arif jetzt auch noch seine Freundin geschwängert hatte, wäre schon schlimm genug gewesen, doch das hier – dass Baba durch Zufall das Geheimnis aufgedeckt hatte, das sie alle gemeinsam vor ihm verborgen gehalten hatten – das schlug dem Fass den Boden aus.

Er begann wieder hin und her zu laufen. Yasmin warf verstohlen einen Blick zu Anisah hinüber, die immer noch weinte. Auf ihren Lippen bildeten sich Speichelbläschen und platzten lautlos.

»Der Junge ist auf mich losgegangen. Genau so.« Er sprang vorwärts, mit rudernden Armen, während ihm hinter der Brille fast die Augen aus den Höhlen traten. »Ich habe mich geschützt. So.« Er fällte seinen imaginären Angreifer mit einem blitzschnellen Schlag. »Er ist mit dem Kopf auf die Schreibtischkante geprallt.«

Es war das zweite Mal, dass Shaokat ihnen eine Demonstration des Vorgangs gab, aber Anisah schrie auf, als sei die Tat just in diesem Moment und direkt vor ihren Augen geschehen. »Du hättest ihn wenigstens ins Krankenhaus fahren können«, sagte sie, während sie den Pullover hochhob, um ihre Nase abzuwischen und ihr Gesicht dahinter zu verstecken.

»Krankenhaus?«, brüllte Shaokat. »Es gibt zwei Ärzte in diesem Haus!« Er warf die Worte in den Raum, als wären sie das Gewinnblatt eines Kartenspiels.

Obwohl sie nur eine sehr flüchtige Einschätzung hatte vornehmen können, war Yasmin davon überzeugt, dass die Schnittwunde ganz von selbst heilen würde. Es bestand keine Notwendigkeit, stundenlang in der Notaufnahme zu sitzen. Kopfwunden bluteten einfach nur sehr stark. Baba musste es sich angesehen haben und zu demselben Schluss gekommen sein. Arif würde eine Zeit lang ein blaues Auge haben und eine Narbe, die in ein paar Jahren verblasst wäre.

Es gibt zwei Ärzte in diesem Haus. Ein Krankenhaus ist nicht nötig.

Aber er hatte so viel mehr gemeint als das.

Allen Widrigkeiten zum Trotz – die unermesslich groß gewesen waren – hatte er es geschafft, Arzt zu werden. Und seine Tochter ebenfalls. Was er begonnen hatte, das hatte sie fortgeführt. Er hatte das Gewinnblatt in der Hand. Und sie war sein As.

»Er wird nie wieder einen Fuß in dieses Haus setzen, hört ihr? Ich verbiete es. Habt ihr das verstanden?«

»Nein«, sagte Ma. Als sie den Pullover herunterzog, war ihr Gesichtsausdruck in seine denkbar störrischste Form gegossen. »Das habe ich nicht verstanden. Willst du es auch deiner Enkeltochter verbieten?«

Endlich setzte sich Shaokat auf einen Stuhl und versteifte den Rücken, was Yasmin als gutes Zeichen ansah. Das hieß, dass er sich allmählich wieder beruhigte. All dieses Rumgeschimpfe mitsamt der unkontrollierten Bewegungen war beängstigend gewesen. Jetzt gewann er seine Haltung und Würde zurück.

Er beantwortete die Frage nicht sofort, und Yasmin hätte am liebsten etwas zugunsten des unschuldigen Kindes gesagt und auch etwas zugunsten von Arif – schließlich war er selbst kaum mehr als ein Kind, auch wenn das ja genau das Problem war. Dieser gequälte Ausdruck in seinem unversehrten Auge. Aber wenn sie jetzt etwas sagte, würde ihn das vielleicht nur von Neuem aufbringen.

Sie hielt den Mund.

Baba steckte sein Hemd wieder in die Hose. Das Manöver gelang ihm, ohne die kerzengerade Linie seines Rückens zu beeinträchtigen.

»Arif ist verloren«, sagte er. Seine Stimme klang nachdenklich und war von tiefem Bedauern erfüllt. »Er ist nicht mehr mein Sohn. Ich habe keinen Sohn und kein Enkelkind.«

Mas Bernsteinperlen schwangen hin und her, als sie sich vom Sofa hochhievte. »Wenn er nicht dein Sohn ist«, sagte sie leise, »dann bin ich nicht deine Frau.«

Später lag Yasmin auf ihrem Bett und lauschte dem Geräusch der Schranktüren, wie sie geöffnet und wieder geschlossen wurden, dem Quietschen der Schubladen, dem dumpfen Poltern, das nahelegte, dass Anisah so tat, als wollte sie ihre Drohung, ihren Mann zu verlassen, tatsächlich wahrmachen.

Wo willst du denn hingehen? Baba glaubte ganz offenbar nicht, dass sie dazu fähig war.

Ich werde gehen.

Ja. Aber wohin? Nach Mumbai, zu deiner Schwester? Oder zu der anderen Schwester nach Virginia?

Ich werde gehen.

Dann solltest du wohl besser deine Koffer packen.

Wenn ich gehe, komme ich nicht wieder.

Seitdem hatte Ma im Schlafzimmer ihr Theater veranstaltet, und Yasmin, die mit ihren Lehrbüchern auf dem Bett lag, hatte versucht, jedes Geräusch zu interpretieren. Es gab kein Abendessen. Keine verheißungsvollen Düfte, die aus der Küche die Treppe hinaufwehten. Das Haus roch nach Raumspray, Yardley's Lavendelwasser, nach der Erinnerung an gebratene Chilischoten, nach einem Flüstern aus Kardamom, und unter alledem versteckte sich noch etwas ganz anderes, etwas, das wie Traurigkeit roch, das wahrscheinlich letztendlich jedoch nichts anderes war als Staub, der aus den Teppichen aufstieg.

Endlich hörte Ma auf herumzupoltern. Yasmin kroch leise aus ihrem Zimmer, stellte sich in den Flur und lauschte dem Summen und Surren des Hauses, lauschte dem Wasser, wie es in den Rohren klopfte und dann wieder stillstand. Sie schlich auf Zehenspitzen durch den Flur zu dem weißen Holzgeländer hinüber, das sich von der Treppe bis zum Wäscheschrank hinüberzog. Im Schlafzimmer ihrer Eltern war es dunkel.

Sie kehrte in ihr eigenes Zimmer zurück und holte ein Buch aus ihrer schwarzledernen Umhängetasche. Dann setzte sie sich im Schneidersitz aufs Bett und legte sich das Buch auf die Knie. Sie vergrub sich darin, und es trug sie fort.

»Ich bin froh zu sehen, dass du lernst.« Baba stand am Fußende ihres Bettes.

Sie hatte sich verloren, aber sie kehrte rasch wieder zurück. »Ja, Baba.« Wie beiläufig verdeckte sie die aufgeschlagenen Seiten mit dem Unterarm. Auf sämtlichen Ecken der Bettdecke lagen medizinische Fachbücher ausgebreitet. Yasmin saß in der Mitte, mit dem Rücken gegen die Wand und dem Kopf ein paar Zentimeter unter dem Bücherregal. Alles war ordentlich. Alles war korrekt.

»Selbst unter diesen Umständen«, sagte Baba. »Wenn dein Bruder sich nicht unter Kontrolle hat. Wenn sogar deine Mutter nicht in der Lage ist, klar zu denken. Du lernst, weil die Prüfung so wichtig ist. Ich war genauso. Das ist genau der Weg, auf dem es uns gelingt, in dieser Welt erfolgreich zu sein. Ich bin sehr stolz auf dich.«

»Danke, Baba.«

Als er gegangen war, legte sie sich der Länge nach aufs Bett und fuhr mit ihrer Lektüre der Großdruckausgabe von *Die Fahrt hinaus* fort. Das Buch war ein Geschenk von Mrs. Antonova. Sie wünschte, sie hätte sich nicht darauf eingelassen, im Januar die MRCP-Prüfung zu machen. Das hatte sie nur getan, um Baba eine Freude zu machen. Sie hätte problemlos noch ein Jahr warten können.

Sie versenkte sich wieder in das Buch. Hier und da tauchte sie auf und versuchte, sich selbst davon zu überzeugen, dass es vollkommen undenkbar war, dass Ma sie verließ. Ma würde bleiben. Wenn sie ging, wäre das gleichbedeutend mit Aufgeben, und das würde sie niemals tun. Sie würde bleiben und still und leise ihre Ränke schmieden, so lange, bis Arif und Lucy und das Baby – auch wenn sie vielleicht nicht gerade willkommen waren – wenigstens das Haus würden betreten dürfen.

Am nächsten Morgen lag ein Zettel auf dem Küchentisch.

Mrs Sangster ist so nett und lässt mich in ihrem schönen Haus wohnen. Du kannst immer auf dem Handy anrufen. Ich bin deine dich liebende Mutter und auch die liebende Mutter deines Bruders. Inshallah sehe ich dich bald wieder.

HARRIET

Die BBC hat ihren Vorschlag abgelehnt, eine Radio-Dokumentation über frauengeführte Kulte im Lauf der Menschheitsgeschichte zu senden. Sie kennt dort nicht mehr die richtigen Leute. Es kommt immer nur darauf an, wen man kennt. Früher hat das zu ihren Gunsten funktioniert. Jetzt nicht mehr. Der *New Yorker* hat ihren Artikel über die Schuldgefühle der Liberalen abgelehnt. Macht nichts. Macht überhaupt nichts. Irgendjemand wird ihn schon veröffentlichen. Da ist sich Harriet sicher. So gut wie sicher.

Außerdem hat sie auch so schon genug zu tun. Sie muss einen Vortrag vorbereiten, die Weihnachtsfeier und die Hochzeit planen, und bald werden auch die Korrekturfahnen des Penis-Buchs vom Verlag zurückkommen. Das Buch braucht einen ordentlichen Titel. Auch wenn sich der Arbeitstitel irgendwie durchgesetzt zu haben scheint.

Es ist gar nicht so lange her, da war *sie* diejenige, die Ablehnungen verteilt hat: Einladungen zu Vorträgen, Bitten, etwas zu schreiben, Anfragen, eine Dokumentation zu moderieren. Was soll's, sie hat mehr als genug zu tun. Eine ihrer ältesten Freundinnen wird bald eintreffen, um sie für ein paar Tage zu besuchen. Oder auch für länger. Andererseits ist es auch gut möglich, dass sie überhaupt nicht kommt. Bei Flame weiß man nie.

Aber Anisah Ghorami hält sie ohnehin ganz schön auf Trab. Als Anisah an ihrem Salon teilnahm, fragte Belinda sie, ob sie ihr beibringen könne, bengalisch zu kochen. Rachel Tyler meinte, sie würde wahnsinnig gern lernen, wie man einen Sari trägt, und Anisah hat versprochen, es ihr zu zeigen. Emma Carmichael interessierte sich für die Rituale der islamischen Gebete. Emma hat sich schon an mehreren Religionen versucht. Aber eigentlich ist sie auf der Suche nach einem Kult, jedoch ohne die finanziellen Auswirkungen, die normalerweise damit verbunden sind. Die liebe Emma, was ist sie doch für eine verlorene Seele …

Aber sie verliert den Faden. Woran dachte sie gerade noch? Oh, daran, dass Anisah sie auf Trab hält. In den vier Wochen, die seit ihrem Einzug vergangen sind, hat es ganze fünf Zusammenkünfte gegeben, die es zu organisieren galt. Harriet hat das ganz klar gesagt: Anisah soll sich *auf keinen Fall* zu irgendetwas verpflichtet fühlen. Genauso wenig, wie sich diese Salonistas zu irgendetwas verpflichtet fühlen, wenn sie »Oh, wir müssen uns unbedingt mal zum Lunch treffen« flöten, zu Leuten, bei deren Anblick sie eigentlich am liebsten sofort die Flucht ergreifen würden. Aber es hat alles ziemlich viel Spaß gemacht. Das Haus ist seitdem viel belebter, und das fühlt sich gut an. Rosalita ist natürlich entsetzt. Sie hat ein paar fürchterlich rassistische Bemerkungen gemacht, aber Harriet ruft sich selbst zur Nachsicht auf, schließlich kann Rosalita nichts für ihre Ignoranz. Anisah darf gern so lange bleiben, wie sie will. Ihr Mann ist ein Idiot.

Und es war eine willkommene Ablenkung von dieser lästigen Aufgabe, die sich Harriet selbst gestellt hat und die verlangt, dass sie jeden Tag an ihren Memoiren schreiben muss. Selbst wenn es nur eine einzige Zeile ist. Es gibt keine Ausrede, nicht wenigstens das zu schaffen.

Und hier sitzt sie nun, und was hat sie nach einer Stunde zustande gebracht? Nichts. Kein einziges Wort. Nicht mal ein Gekritzel. Noch nicht mal einen Punkt.

Joseph geht immer noch zu diesem Ungarn, erzählt jedoch nichts darüber. Er wird immer mehr zum Geheimniskrämer. Das muss etwas mit dem Ungarn zu tun haben oder vielleicht … vielleicht hat Joseph ja auch Zweifel, was Yasmin anbelangt.

Harriet betrachtete sich im Spiegel ihres Frisiertisches. Ihre Augenbrauen wölben sich. Ihre Wangenknochen ziehen sich in einem bezaubernd schrägen Winkel über ihr Gesicht, aber die Haut unter dem Kinn fängt allmählich an, schlaff zu werden. Sie dreht den Kopf, um sich von der Seite zu betrachten. Klopft mit zwei Fingern gegen den bösen Hautsack. Ja, vielleicht bekommt Joseph ja kalte Füße. Vielleicht geht er ja deshalb noch zu dem Ungarn, um darüber zu reden, wie er mittlerweile über die Hochzeit mit diesem Mädchen denkt. Es wäre gelinde gesagt ziemlich peinlich, wenn er das Ganze jetzt noch abblasen würde, nicht zuletzt deshalb, weil Anisah Ghorami gerade im obersten Stockwerk haust. Und wer weiß, wie lange sie das noch tun wird.

Auf jeden Fall ist es undenkbar, dass er mit dem Therapeuten immer noch über Neil redet. Wie viel gibt es denn da schon zu sagen, über einen Vater, der nie anwesend war? Und welchem Zweck sollte das dienen? Was könnte er damit erreichen wollen?

Ihre Gedanken sind ganz fürchterlich abgeschweift. Sie sollte dringend etwas schreiben. Und sei es auch nur, um für den Rest des Tages ihre Freiheit zurückzugewinnen. Wo hatte sie aufgehört? Ah ja, sie hatte über Daddy geschrieben, wie gut es ihm gelungen war, die Kälte auszugleichen, die seine Frau ihrem einzigen überlebenden Kind entgegenbrachte.

Während der meisten Nächte hatte Daddy im Gästezimmer geschlafen, und wenn Harriet dann aufwachte und nicht wieder einschlafen konnte, war sie über den Flur geschlichen und zu ihm ins Bett gekrochen. Es hatte ihn nie gestört. Er war immer mit dem größten Vergnügen bereit gewesen, sie am Ohr zu kraulen. Hier und da kam es auch vor, dass sein Bett leer war, und dann stellte sie sich mit einem schrecklichen Knoten im Bauch vor Mutters Tür und lauschte. Meistens hörte sie nichts. Ein- oder zweimal hörte sie ihn schnarchen. Ein- oder zweimal hörte sie andere Geräusche, als hätte er Schmerzen.

Er fehlt ihr. Joseph wird ihr fehlen.

Harriet schiebt den DIN-A4-Notizblock in die Schublade. Heute will sie nichts schreiben.

VERANDERUNG

»Also, jetzt erzähl mal«, sagte Rania, während der Kellner sie zu ihrem Tisch führte. »Ich will auf den neuesten Stand gebracht werden, über alles!« Seit dem Tag auf dem Spielplatz hatten sie sich ein paar Mal gesehen, aber immer nur, wenn auch noch andere dabei waren – einmal mit Schulfreunden, ein anderes Mal bei Ranias Eltern, als Rania moralische Unterstützung bei einer Familienfeier brauchte, und einmal waren sie mit Joe und einem von Ranias Arbeitskollegen kegeln gegangen. Rania hatte alle anderen natürlich haushoch besiegt. Heute war die erste Gelegenheit, sich endlich wieder unter vier Augen auszutauschen. Yasmin hatte versucht, sich für ihr Verhalten auf dem Spielplatz zu entschuldigen, aber Rania behauptete beharrlich, dass dazu überhaupt keine Notwendigkeit bestand.

»Wo soll ich anfangen?«

Das Restaurant bot »Fusionsküche aus dem Balkan« an und nannte sich »Orient«. Sowas gibt es nur in Shoreditch, hatte Rania gesagt. Die Küche war zum Speisesaal hin offen, als sei das Kochen eine Art Zuschauersport. Blaue Feuer glühten unter gusseisernen Bratrosten, und theatralische Stichflammen loderten auf, wenn hier und da das vom Fleisch herabtropfende Fett in Brand gesetzt wurde.

»Was ist mit deiner Ma? Ist sie wieder zu Hause?« Rania hatte sich heute ganz anders geschminkt. Sie hatte mit einem dunkelgrün schimmernden Eyeliner zwei kühne, kräftige Linien über und unter dem Auge entlanggezogen. Die Linien trafen sich im Augenwinkel und schwangen sich dann nach oben. Es war sehr ausgefallen, aber sie kam damit durch.

»Sie wohnt immer noch bei Harriet. Es ist total verrückt. Das sind jetzt schon über vier Wochen! Glaubt sie, sie könne bis in alle Ewigkeit bei Harriet wohnen bleiben?« Vor ein paar Tagen hatte Yasmin das Haus betreten, als Anisah gerade mehreren von Harriets Freundinnen Kochunterricht gab. Sie hatten sich um den Herd mit seinen sechs Kochflächen versammelt, während Anisah mit Pfannen und Kochtöpfen hantierte und in Kesseln mit siedendem Öl rührte, in denen Samosas oder Bhajis brutzelten und sich bräunten.

»Und Harriet macht das nichts aus?«

»Ich glaube, sie findet es toll. Sie genießt es, mit Ma vor ihren Freundinnen anzugeben.« Yasmin schilderte den Kochkurs in allen Einzelheiten. Sie erzählte Rania, wie Ma einem eifrigen Publikum gezeigt hatte, wie man einen Sari wickelte. Sie erzählte ihr von einer qualvollen Dinner-Party, bei der Rosalita immer aufgebrachter und schließlich fuchsteufelswild geworden war, weil Anisah andauernd hatte helfen wollen. Von einer improvisierten indischen Kopfmassage, um die Harriet gebeten hatte und die Ma mit größtem Eifer ausgeführt, dabei die einzelnen Griffe jedoch während des Vorgangs einfach selbst erfunden hatte.

»Alhamdulillah!«, sagte Rania und lachte. »Wenigstens hast du deinen Sinn für Humor wiedergefunden. Aber jetzt wird mein Eyeliner verschmiert, und das ist eine Vollkatastrophe. Warte, ich hole mal kurz meinen Spiegel aus der Tasche und begutachte den Schaden.«

»Es geht noch weiter«, sagte Yasmin. »Harriet war im Bett mit einer bösen Erkältung, das ist vielleicht fünf oder sechs Tage her. Ma wollte ihr einen Teller Suppe hochbringen, und ich habe versucht, sie aufzuhalten, weil Harriet überall im Schlafzimmer einen Haufen indischer Erotika zur Schau gestellt hat. Ma sagt nein. Ich sage, ich bringe es ihr, und wir tragen einen kleinen Ringkampf aus, bei dem am Ende die Suppe auf dem Fußboden landet.«

»Nein! Und Harriet musste hungern? Was ist dann passiert?« Ranias Hand mit dem Eyeliner blieb unbeweglich unter ihrem Auge in der Luft hängen.

Ma war natürlich so störrisch geblieben wie eh und je. Yasmin hatte in der Küche gewartet und sich Sorgen gemacht. Sie hatte sich vorgestellt, wie schockiert Ma sein würde, wenn sie all diese Dinge zu Gesicht bekam: die Illustration namens »Paar beim Vorspiel«, die einer Tempelskulptur nachempfunden war und bei der der Mann eine Erektion hatte, die so groß war wie sein Arm, oder die Sammlung von Shiva-Lingams oder das Fragment eines Wandbilds, das einen komplexen Liebesknoten darstellte oder das Gemälde eines schakalgesichtigen Homunkulus', der mit seinem Phallus eine Trommel schlug. Yasmin fielen immer mehr und mehr Gegenstände der Sammlung ein, und sie wurde immer nervöser, aber als Anisah zurückkehrte, war sie vollkommen gelassen und räumte die Küche auf, als wäre nichts geschehen.

»Das ist ja zum Schreien komisch! Aber jetzt mal im Ernst, es klingt, als würde Harriet deine Ma wie ein Haustier behandeln.«

»Das habe ich auch die ganze Zeit gedacht! Bin ich froh, dass ich nicht die Einzige bin, die das findet!«

»Oder wie eine Hausangestellte«, sagte Rania. »Du weißt schon, die Suppe und das alles.«

»Oh nein! So ist es nicht! Auch wenn Rosalita sie manchmal ganz argwöhnisch anstarrt, als hätte sie Angst, Ma könnte sich um ihren Job bewerben.«

»Okay, also gut, dann handelt es sich definitiv um Orientalismus. Das ist gönnerhaft und reduziert den Menschen auf seine Herkunft«, sagte Rania. Sie schwieg einen Moment, um in Ruhe die jadegrünen Linien um ihre Augen aufzufrischen. »Das Gegenüber wird Gegenstand einer Exotisierung, die eine inhärent entwertende und potenziell misogyne Reaktion darstellt und zudem gefährlich nah am Rassismus vorbeischrammt.«

»So schlimm ist sie nicht!«

»Vielleicht nicht«, sagte Rania. Aber sie klang nicht überzeugt. »Glauben wir mal an das Beste im Menschen. Aber so viel kann man auf jeden Fall sagen: Das, was sie mit deiner Ma macht, ist eindeutig Othering. VerAnderung.«

»Na schön. Okay. Ich gebe dir recht. Auch wenn ich dazu sagen muss, dass meine Ma schon von sich aus extrem anders ist. Manchmal kommt es mir so vor, als stammte sie nicht nur aus einer anderen Kultur, sondern von einem anderen Planeten.«

»Das ist hart! Aber komm, lass uns bestellen, ich sterbe vor Hunger.«

»Ich auch.« Yasmin sah sich nach dem Kellner um. Das Restaurant, in dem es bei ihrem Eintreffen noch sehr ruhig gewesen war, war jetzt bis auf den letzten Platz besetzt. Es gab mehrere Betriebsweihnachtsfeiern, bei denen man die üblichen Knallbonbons neben das Besteck gelegt hatte. Zahlreiche Teller mit Fleischspießen und Reis schwebten verlockend nah in der Hand eines Kellners an ihrem Tisch vorbei.

»Komm, wir bestellen ganz viel und teilen uns alles«, sagte Rania.

»Das Kuzu Tandir ist absolut köstlich«, sagte Rania und legte ihre Gabel hin. »Und jetzt erzähl mir was von Arif. Wie geht es ihm? Gibt es irgendwelche Anzeichen dafür, dass dein Vater seine Meinung ändern könnte?«

»Dass er seine Meinung ändert? Im Leben nicht! Ich habe keine Ahnung, was ich tun soll oder wie man das wieder hinbiegen könnte.«

»Ist das denn deine Aufgabe?«

»Wenn ich es nicht tue, macht es niemand.«

»Und Arif?«

»Das Baby kommt Mitte Januar, und er hat noch immer keinen Job. Und jetzt sagt er, dass er beim Fernsehen arbeiten will. So sieht sein toller, brillanter Plan aus.«

»Er will Schauspieler werden? Ich nehme an, heutzutage gibt es immer mehr Rollen für Asiaten und andere Minderheiten, aber –«

»Nein, nicht als Schauspieler. Als Produzent und Regisseur.«

»Ach so, tja, also das kann er vergessen. Das ist eine ausschließlich weiße Branche.«

»Woher weißt du das?«

»Ich bin nicht einfach nur Anwältin für Migrationsrecht, Yasmin, ich habe mich auch auf Diskriminierungsfragen spezialisiert.«

»Und ich bin nicht einfach nur Ärztin. Ich habe mich auch auf absolut hoffnungslos verkackte Familienstrukturen spezialisiert.«

»Jetzt sieh's doch mal positiv«, sagte Rania. »Wenn alles verkackt ist, dann kann ansonsten nichts mehr schiefgehen. Darf ich es wagen zu fragen, wie es mit Joe läuft?«

»Natürlich darfst du das«, sagte Yasmin. »Es tut mir leid, dass ich dich so angeranzt habe, als …«

»Vergiss es. Ganz ehrlich. Ich hab's schon längst vergessen. Oder das hätte ich jedenfalls, wenn du mich nicht andauernd daran erinnern würdest! Wie ist es, deine Ma im selben Haus wohnen zu haben, während du die Nacht dort verbringst?«

»Es ist okay. Ich dachte, es würde irgendwie heikel werden… Ich meine, ich habe die ersten paar Nächte so getan, als würde ich in einem der Gästezimmer schlafen. Ich wollte nicht… na ja, du weißt schon.«

»Du wolltest nicht respektlos sein.«

»Aber es scheint ihr tatsächlich völlig egal zu sein.«

»Und du und Joe, wie läuft es da?«

Wie sollte sie das beantworten? Sie schaute zu den Glühbirnen mit ihren orangefarbenen Leuchtfäden hoch, die stolz ihre Nacktheit zur Schau stellten. Die sah man jetzt überall, solche Glühbirnen. Dieser ganze Industrie-Chic musste doch so allmählich seinen Zenit erreicht haben und demnächst mit Pauken und Trompeten untergehen. Was würde Rania sagen, wenn sie ihr die Geschichte mit Pepperdine erzählte?

»Es läuft gut. Ich weiß, du denkst, ich wäre verrückt, weil ich ihm verziehen habe, aber …«

Rania unterbrach sie. »Ganz ehrlich? Zuerst habe ich tatsächlich gedacht, dass du verrückt bist. Aber ich habe seitdem sehr viel darüber nachgedacht und da ist mir klargeworden, dass ich unrecht hatte.« Ihre bernsteinfarbenen, von glitzerndem Grün eingerahmten Augen sahen wunderschön aus. Rania hielt sich an die Vorgaben der »Modest Fashion« und trug immer züchtige Kleidung, aber Yasmin fragte sich manchmal, ob ihre Freundin nicht vielleicht sogar weniger verführerisch wirken würde, wenn sie das Kopftuch ablegen und mehr von sich preisgeben würde. »Du liebst ihn, das ist schon mal das eine. Und er liebt dich. Wenn man die Menschen immer nur nach ihrer schlimmsten Handlung beurteilt, nach der Handlung, die sie vielleicht mehr bereuen als alles andere in ihrem Leben, dann müsste man die gesamte Menschheit lebenslänglich einsperren. Und das verstößt gegen alles, an das ich glaube und wofür ich arbeite. Jeder sollte eine zweite Chance bekommen.«

»Danke.«

»Gern geschehen.«

»Und könntest du diese eine Sache noch mal sagen – die, wo du zugibst, dass du unrecht hattest? Das würde ich mir gern noch mal anhören.«

»Treib's bloß nicht auf die Spitze«, sagte Rania.

FREIHEIT

Es passierte wieder.

Sie betrat sein Büro und schloss die Tür hinter sich. In diesem Moment wusste sie es. Sie leugnete diese Erkenntnis. *Ich bin hier, um über einen Patienten zu sprechen, das ist alles.*

Er stand auf. Er wusste dasselbe, was sie wusste.

Im Büro war es irrsinnig heiß, obwohl er den winzigen Teil des Fensters geöffnet hatte, der nicht dauerhaft verschlossen war. Schweiß glitzerte auf der Haut über seinem Mund. Sein Mund, der weder zu voll noch zu schmal war. Ich habe schon das Wartungsteam angerufen, sagte er mit einer hilflosen Geste. Der Heizkörper weigert sich mitzuspielen. Er kam hinter dem Schreibtisch hervor, und sie redete sich ein, dass daran nichts Ungewöhnliches sei.

Sie berichtete ihm von dem Patienten, und er hörte zu, mit vor der Brust verschränkten Armen und einem durstigen Ausdruck in den Augen.

Ja, sagte er, ich bin mit dem Behandlungsplan einverstanden.

Sie sagte nichts mehr.

Ist sonst noch etwas? Er kam näher.

Seit der Nacht, in der sie miteinander geschlafen hatten, waren sie sich weder aus dem Weg gegangen, noch hatten sie sich direkt in die Augen geschaut. Ihr Verhalten war ebenso professionell wie undurchschaubar gewesen.

Yasmin schüttelte den Kopf.

Er ging zur Tür und schloss ab.

Als er sie zu küssen versuchte, machte sie einen Schritt rückwärts. Warte. Es gibt da etwas, das ich dich fragen wollte.

Okay, sagte er. Frag.

Wieder schüttelte sie den Kopf.

Ich habe in einer halben Stunde eine Besprechung, sagte er, und ich brauche zehn Minuten für den Weg dorthin.

In ihrem Nacken kitzelte es, Aufregung oder Schweiß oder Angst. Nein, keine Angst. Sie war in diesem Moment vollkommen furchtlos. Diesen Moment hatte sie in der Hand. Sie streifte die Schuhe von den Füßen und schob die Hände unter ihren Rock, um sich die Strumpfhose herunterzurollen. Er wollte nach ihr greifen, aber sie gebot ihm mit einem einzigen Blick Einhalt.

In diesem Moment ist sie allmächtig. Alles unterliegt ihrer Kontrolle. Rasch zieht sie Rock und Bluse aus. Sie riecht ihren eigenen Körper, riecht den Schweiß, der ihre Achselhöhlen befeuchtet, die Haarspülung, die sie heute Morgen benutzt hat, den moschusartigen Geruch ihrer Scheide, die Kakaobutter, mit der sie sich ihre unrasierten Beine eingecremt hatte. Sie steht vor ihm, in ihrem BH und ihrer Unterhose, die nicht zueinanderpassen, und dies ist der Beweis. Sie unterbreitet dem Richter und der Jury ihre Unterwäsche, als Beweis dafür, dass sie dieses Verbrechen nicht mit Vorsatz begeht.

Er leckt sich die Lippen, eine unbewusste Geste, die sie fast zum Lachen bringt. Seine Schultern heben und senken sich, während sein Atem sich verlangsamt und vertieft. Sie stehen getrennt, in einem Abstand, der mindestens die Länge eines menschlichen Körpers beträgt, aber sie spürt, wie sich der Rhythmus ihres Atems dem seinen anpasst. Das Licht ist hart und unbarmherzig und macht seine Augen zu dunklen Kratern. Ihr Schambein schmerzt. Er wird sie nackt sehen. Jede Unvollkommenheit. Sie hat viele davon, und sie weiß, ohne hinsehen zu müssen, dass der Bund ihres Rocks eine Druckstelle auf ihrem Bauch hinterlassen hat, dort, wo er sich in das weiche Fleisch eingegraben hat.

Sie hat gar nichts unter Kontrolle, nicht einmal sich selbst.

Zieh das aus, sagt er. Seine Stimme ist heiser. Er schnallt seinen Gürtel auf.

Sie zieht ihren BH aus und streift ihre Unterhose herunter, die zu ihrer Bestürzung sehr feucht geworden ist. Niemals zuvor in ihrem ganzen Leben hat sie vollkommen nackt in dem grellen, strengen Licht einer Deckenlampe vor einem Mann gestanden. Wie viel Voraussicht und List dieser Moment erfordert hat, wird ihr erst jetzt klar. Es ist furchteinflößend und wundervoll, hier in diesem erbarmungslosen Büro zu stehen, am Ende einer langen, heißen Schicht auf der Station, mit Haarstoppeln an den Beinen, nackt, ohne jede Verteidigung und auf mysteriöse Weise unverwundbar, als hätte sie gerade durch diesen Akt der Selbstentblößung jenen Teil von ihr, der ihr geheimstes und wertvollstes Sein umfasst, vor allen Gefahren geborgen.

Komm her, sagt er. Und sie gehorcht.

Als es das nächste Mal passierte, schwor sie, dass es das letzte Mal sein würde. *Wem erzähle ich das? Kann ich mir selbst etwas erzählen, das ich schon längst weiß? Gibt es hier drinnen zwei von mir, eine, die über alles Bescheid weiß, und eine andere, die vollkommen unschuldig ist?*

Sie sah ihn, wie er den Parkplatz überquerte, während sie auf dem Weg zur U-Bahn-Station war. Als er in sein Auto einstieg, ohne einen Blick in ihre Richtung zu werfen, versetzte ihr das einen Stich der Enttäuschung. Das Fenster auf der Fahrerseite glitt ganz langsam nach unten. Ihre Beine fühlten sich wackelig an, während sie näherkam, und dann öffnete sich die Beifahrertür, und plötzlich – als wäre sie wie von Zauberhand dorthin transportiert worden – saß sie neben ihm.

Willst du reden?

Nein, sagte sie. Du?

Sie starrten nach vorne durch die Windschutzscheibe, während die ersten Regentropfen wie unbeholfene Krakeleien über das Glas huschten.

Er startete den Wagen und sie griff nach dem Sicherheitsgurt.

Als sie sein Haus erreichen, verschwendet sie keine Zeit mit Fragen, und auch er verlangt nichts von ihr außer, dass sie ihren Körper hierhin und dorthin bewegt. Sie weiß, dass es falsch ist, dass das, was sie tun, schlecht ist, und es fühlt sich so gut an, etwas Schlechtes zu tun, ohne jede Entschuldigung. Sich einfach zu nehmen, was man will. Sie ist frei. Sie ist entehrt, verdorben, verkommen. Ihr Rücken wölbt sich, sie presst die Schultern in die Matratze. Ihre Fäuste ballen sich und lösen sich wieder. Sie hat sich selbst entehrt, und es ist diese Selbsterniedrigung, die sie geöffnet hat für diese wilden, wütenden Freuden der Intimität. Sie ist schlecht, und dadurch ist sie frei. Sie verliert Halt und Klarheit, die Welt dreht sich, und alles ist auf den Kopf gestellt. Freiheit führt zur Erniedrigung, zum Niedergang, das ist die Wahrheit. Er legt sich auf sie, und sie löst sich in ihrem eigenen Körper auf, der seine eigenen Wahrheiten sucht.

Später, als sie auf dem Rücksitz des Prius saß, auf ihrem Heimweg nach Tatton Hill und zu Baba und der improvisierten Mahlzeit, die sie gemeinsam einnehmen und bei der beide so tun würden, als wäre alles ganz normal, durchlebte sie die vergangene Stunde noch einmal in Gedanken. Die Erinnerung war so intensiv, dass sie in einer einzigen Sekunde enthalten war, und so umfassend, dass sie die Ewigkeit ausfüllte. Als der Uber-Fahrer sich zu ihr umdrehte, um ihr zu bedeuten, dass sie jetzt aussteigen könne, schreckte sie überrascht hoch, und als sie das Tor zum Vorgarten öffnete, sah sie, wie das Gesicht ihres Vaters vom Fenster verschwand. Er wartete auf sie, seine gute und gehorsame Tochter. Sie machte die Haustür hinter sich zu, lehnte sich dagegen und schloss einen Moment lang die Augen.

SANDOR

Joe war aufgesprungen. Dabei hatte er sich beide Schienbeine heftig an der abgeschrägten Kante des Spinnentischs gestoßen. »Hören Sie, es tut mir leid, aber das hier… das ist doch bescheuert. Das ist reine Zeitverschwendung.«

»Sie sind wütend.«

»Wütend? Natürlich bin ich wütend, Scheiße nochmal!«

»Okay. Können Sie einfach bei dieser Wut bleiben?«

»Was soll denn das nun wieder heißen?« Sein Blick glitt zur Tür.

Sandor lehnte sich zurück und schlug die Beine übereinander. Er ließ sich mit seiner Antwort Zeit. Es war besser, die Dinge ein wenig zu entschleunigen.

»Das soll heißen, dass ich den Eindruck bekommen habe, als sei das Ihre Standardreaktion: einfach auszusteigen. Sie würden gerne diese Sitzung verlassen. Sie sagen, Sie möchten mit der Therapie aufhören. Ich schlage Ihnen eine Alternative vor: Bleiben Sie bei dieser Wut. Lassen Sie es raus.« Sandor lächelte zu Joe hinauf.

»Also gut. Was soll's.« Joe warf sich mit ganzer Wucht wieder auf das Sofa, und trotz der tiefen, weichen Polsterung gab der Rahmen ein lautes, protestierendes Knacken von sich. »Aber das ist totaler Schwachsinn.«

»Was ist Schwachsinn?«

»Hören Sie, ich will ja nicht unverschämt sein, aber Sie haben es nicht anders gewollt. Wissen Sie, was ich heute bei der Arbeit gemacht habe? Ich habe ein Kind gerettet, dessen Nabelschnur sich bei der Geburt um den Hals gewickelt hatte. Ich habe einen Notkaiserschnitt bei einer Frau mit einer vorzeitigen Plazentalösung durchgeführt. Ich habe eine Frau mit einer ektopischen Schwangerschaft behandelt. Ich habe etwas *Wichtiges* getan. Kapieren Sie das? Ich bin kein Opfer. Was ich tue ist *real*. Und Sie – es tut mir leid – aber Sie erfinden da einfach irgend so eine *Scheißtheorie*. Und es ist totaler Schwachsinn. Hokuspokus. Es hilft nicht im Geringsten.« Der Junge zitterte vor Wut.

»Ich verstehe.« Die Wut verdeckte die Scham. Die Scham, die in diesem Moment zu überwältigend war, als dass Joe sie an die Oberfläche hätte lassen können. »Ich verstehe«, wiederholte Sandor. »Sie leisten wichtige Arbeit. Heute haben Sie ein Leben gerettet, vielleicht ja sogar mehr als eines. Und vielleicht haben Sie ja Angst, dass Sie sich, wenn Sie diesen Weg der Selbsterkenntnis beschreiten – einen Weg, der dunkel und gefährlich zu sein scheint –, in Ihre Bestandteile auflösen.«

Joe kaute an seiner Oberlippe. Er hielt den Blick gesenkt. Ein paar freundliche Worte konnten Sandors Erfahrung nach eine verheerende Wirkung haben. Und sorgten oft genug für Tränen.

»Ich habe schon viele Jahre mit Menschen gearbeitet, die unter Sexsucht leiden, und ich weiß, wie schlimm dieses Leiden sein kann. Manchmal wird die Sucht romantisiert, und man nennt den Suchtkranken einen Casanova. Manchmal wird sie auch als eine Störung gesehen. Oder sie wird als verderbt verurteilt. Man bezeichnet den Betroffenen als willensschwach und unmoralisch. Aber ganz gleich, welches Etikett die Welt dieser Krankheit verleiht, die Verwirrung, die Schuldgefühle und die Verzweiflung bleiben immer gleich. Ich habe mit Suchtkranken zu tun gehabt, die nicht in der Lage waren, den eigentlichen Grund für ihre Sucht zu erkennen. Manchmal ist es einfach unerträglich, und es steht mir nicht zu, jemanden deshalb zu verurteilen.«

»Ich *bin* in der Lage«, sagte Joe. »Ich bin dazu in der Lage, aber …« Er schüttelte den Kopf.

»Für diejenigen, die es schaffen, sich ihrer Vergangenheit zu stellen, kann es sehr qualvoll werden, aber die Resultate sind immer positiv.« Es hatte Patienten gegeben, denen Sandor nicht hatte helfen können. Benjamin Taylor, der unter zwanghafter Masturbation litt, war gestorben. Es war ein Unfall gewesen. Autoerotische Erstickung. Das Streben nach dem »petit mort«, nach dem Vergessen, das auf seine logische Spitze getrieben wurde. Avi Rothman, der Rabbi, der mit Mitgliedern seiner Gemeinde geschlafen und keinen anderen Ausweg gesehen hatte, als zu seinem Schöpfer heimzukehren, auch wenn sein Schöpfer nicht erfreut sein würde, ihn zu sehen. Das waren Namen, die Sandor niemals vergessen würde. Auch seine Arbeit war wichtig.

»Es ist so widerlich«, sagte Joe. »Es kommt mir so… obszön vor. Verstehen Sie? Ich fühle mich …« Er runzelte die Stirn.

»Beschmutzt? Erniedrigt?«

»Ich fühle mich *beleidigt*. Als hätten Sie mich und meine Mutter auf die schlimmste nur vorstellbare Weise beleidigt.«

»Okay. Können Sie noch mehr dazu sagen?«

Sandor ließ ihn reden, wartete, bis er alles rausgelassen hatte. Letzte Woche, in ihrer siebten Sitzung, hatten sie sich fast ausschließlich auf die Beziehung zur Mutter konzentriert. Joe war zu dem Thema zurückgekehrt, dass er immer das Gefühl vermittelt bekommen habe, etwas Besonderes zu sein. Von frühester Kindheit an war er immer derjenige gewesen, dem sie alles anvertraut hatte, was ihr auf dem Herzen lag. Er war der Einzige gewesen, mit dem sie über seinen Vater hatte reden können, und über die gescheiterten Versöhnungsversuche, die immer wieder sporadisch unternommen worden waren, als Joe noch klein war. Der Sohn wurde dafür gelobt, dass er all das war, was der Vater nicht hatte sein können. Mutter und Kind blieben bis spät in die Nacht auf und unterhielten sich. Manchmal weinte sie und sagte, sie sei einsam. Es war ein »Privileg«. Der Rest der Welt durfte niemals sehen, wie verletzlich Harriet Sangster in Wirklichkeit war. Er hielt sie in seinen Armen, während sie auf dem Sofa einschlief, nachdem sie eine Flasche Wein geleert hatte. Er deckte sie zu und brachte sich dann selbst zu Bett.

Die Mutter mochte die Handvoll früherer Freundinnen nicht, die er mit nach Hause gebracht hatte. Sie zeigte deren Mängel auf, und zunächst widersprach Joe, aber dann erkannte er jedes Mal rasch, dass sie recht hatte. Vielleicht, schlug Sandor vor, fühlt Ihre Mutter sich ja von Yasmin nicht bedroht. Joe lachte. Harry, sagte er, fühlt sich von niemandem bedroht.

Sandors anfängliche Vermutung war durch jede einzelne Sitzung bestätigt worden. Einem klareren Fall von verdecktem Inzest war er kaum jemals begegnet. Er hatte Joe erklärt, dass das der Begriff sei, den man verwendet, wenn ein Elternteil ein Kind zum Ersatzpartner macht, aber es sexuell nicht berührt. Die meisten Betroffenen eines solchen Traumas, hatte er weiterhin ausgeführt, während Joe ihn entsetzt angestarrt hatte, sind sich dieser Dynamik nicht bewusst. Weil sie nicht körperlich verletzt wurden, wird ihr Leiden nicht anerkannt. Während sich das Opfer eines offenen Inzests missbraucht fühlt, hat das Opfer eines verdeckten Inzests das Gefühl, bevorzugt worden zu sein. Etwas Besonderes zu sein. Aber in einer psychologisch invasiven Beziehung zu einem Elternteil gefangen zu sein, ist schädlich und zerstörerisch. Joe hielt sich die Ohren zu, aber Sandor wusste, dass er ihn immer noch hören konnte. Die Art der Verführung, die dabei zum Tragen kommt, ist heimtückisch. Das Gefühl der Verletzung ist immens, aber es liegt tief vergraben. Und unter der Maske der Privilegiertheit lauern Schuld, Scham und Wut.

»Aha«, sagte Joe. Er trank das Glas Wasser in einem Zug aus, als könnte es ein Feuer in seinem Innern löschen, und wischte sich die Lippen ab. »Das ist ekelhaft. Tut mir leid, aber das ist ekelhaft.«

Die Erklärung war natürlich nicht bei ihm angekommen. Das gelang beim ersten Mal auch äußerst selten. Das Einzige, was der Patient hörte, war *Inzest.* Der Rest war nur noch eine verschwommene Wolke.

»Es ist mir wichtig zu betonen«, sagte Sandor, »dass das betreffende Elternteil normalerweise – und soweit ich das ersehen kann, definitiv auch in Ihrem Fall – nur die besten Absichten für das Kind hegt.«

»Das ist ein schmutziges Wort«, sagte Joe, als habe Sandor ihn mit Schimpfwörtern beworfen.

»In der Tat«, sagte Sandor. »Es ist ein sehr beunruhigendes Wort. Und der Umstand, dass es in diesem Zusammenhang benutzt wird, macht deutlich, wie ernst und weitreichend die Konsequenzen einer jeden Eltern-Kind-Beziehung sind. Was es jedoch nicht impliziert, ist ein unangemessenes sexuelles Verhalten. Weder auf der Seite des Kindes noch auf der Seite des Elternteils gibt es ein bewusstes sexuelles Empfinden.« Es war zu diesem Zeitpunkt noch nicht notwendig, dem Patienten aufzuzeigen, dass die Beziehung dennoch sexuell aufgeladen und übergriffig sein konnte. »Entscheidend ist, dass die Eltern-Kind-Beziehung benutzt wird – und sei es auch noch so unbeabsichtigt –, um die Bedürfnisse des Elternteils zu erfüllen und nicht die des Kindes.«

Joe schüttelte den Kopf. »Sie hat mich auf Händen getragen.«

»Aus dem, was Sie mir erzählt haben, schließe ich, dass sie sich eher auf Sie gestützt und bei Ihnen Kraft gesucht hat. Dass sie sich auf Sie verlassen hat.«

»Na und? Das ist schließlich kein Verbrechen.«

»In einer gesunden Eltern-Kind-Beziehung hat die Liebe des Elternteils einen befreienden, nährenden, fürsorglichen Charakter. Wenn ein Vater oder eine Mutter – aufgrund von Einsamkeit oder Leere oder einer problematischen Ehe – das Kind zum Ersatzpartner macht, dann kann sich diese Liebe einengend und belastend anfühlen. Das kann erstickend sein …« Sandor hielt inne. Ihm war die Veränderung im Atemrhythmus des Patienten aufgefallen. »Ich frage mich, welches dieser beiden Muster in Ihren Ohren vertrauter klingt.« Der Patient hatte sich an das Märchen seines privilegierten Lebens gekettet. Aber in Wahrheit war es ein großes Unglück, wenn man um seine Kindheit betrogen wurde.

Joe starrte den Art-déco-Schreibtisch an. Eine Fliege summte am Fenster, und er drehte den Kopf, um hinüberzuschauen. Sandor wartete. Es war ein kritischer Moment in ihrer gemeinsamen Arbeit. Der Patient steckte in einem Treibsand aus Irrglauben und

Selbstverurteilung fest, und es war Sandors Aufgabe, ihm dabei zu helfen, sich zu befreien. Aber der Patient musste das auch wollen.

Joe sah wieder zu Sandor zurück. Er zuckte mit den Schultern. Sandor widerstand der Versuchung, ihm die Sache noch näher zu erklären, ihn zu drängen. Ihm etwas aufzuzwingen. Die Arbeit musste entweder zusammen geleistet werden oder überhaupt nicht. Das war der Unterschied – der wichtigste Unterschied – zwischen seiner und Roberts Arbeit. Zwischen Psychotherapie und Psychiatrie.

»Wenigstens war ich ihr wichtig«, sagte Joe schließlich.

»Ja.«

»Meinem Vater war ich das nicht. Neil …« Die Fliege stieß drei Mal gegen das Fensterglas, Summ-Summ-Summ, drei kleine, elektrische Schocks. »Dem war ich scheißegal. Er hatte immer irgendeine Freundin im Haus, wenn er sich eigentlich um mich kümmern sollte. Er konnte nicht ein einziges Wochenende mal ohne… Sie wurden immer jünger und jünger, während ich älter wurde. Als ich fünfzehn war, dachte ich, verdammte Scheiße, die nächste, die er vernascht, trägt eine Schuluniform. Dann ist er in den Norden gezogen.« Er wandte wieder den Blick ab und kaute an seiner Oberlippe.

»Er hat Sie verlassen. Zum zweiten Mal.« Diese Erkenntnis war leicht zu erlangen gewesen. Der Vater war gegangen. Die viel schädlichere Wahrheit war nicht nur um einiges schwieriger zu erkennen, sondern es war auch sehr viel schwieriger, sie zu akzeptieren.

»Ich habe immer gedacht: Ich werde nie so werden wie er. Ich werde mich verlieben und ein geregeltes Leben führen. Ich werde heiraten. Kinder haben …« Tränen standen ihm in den Augen. »Treu sein.« Er lachte. »Ein guter Vater sein.«

Der Karton mit den Taschentüchern war leer. Sandor ging zum Schreibtisch und öffnete die Schubladen aus Walnussholz. Hier waren auch keine Taschentücher.

Joe wischte sich mit dem Hemdsärmel das Gesicht ab. Er schniefte. »Oh Gott«, sagte er. »Tut mir leid. Ich veranstalte hier gerade eine kleine Selbstmitleidsparty.«

»Normalerweise habe ich immer Taschentücher.« Wie viele Taschentücher hatte Robert im Laufe seiner Karriere verteilt? Gut möglich, dass es kein Einziges gewesen war.

Sandor kehrte zu seinem Stuhl zurück. Sein Knie knackte, als er sich setzte.

»Oh Gott«, sagte Joe. Die Fliege summte, und er zuckte, als sei er gestochen worden. »Das macht mich wahnsinnig.«

»Es ist sehr schwierig. Aber wir erlangen unsere Freiheit erst, wenn es uns gelingt, Klarheit über unsere Vergangenheit zu erlangen. Das kann ein sehr schmerzlicher Prozess sein.«

»Die Fliege! Die *Fliege* macht mich wahnsinnig!« Joe sprang auf und lief zum Fenster. Er kämpfte mit dem Fensterschloss.

»Der Schlüssel liegt in dem kleinen grünen Topf auf dem Fensterbrett.«

»Sie ist weg.« Joe schloss behutsam das Fenster, legte den Schlüssel wieder in den Topf und kehrte zum Sofa zurück. »Selbst wenn das wahr ist«, sagte er. »Was bedeutet das dann?« Seine Augen hatten rote Ränder, waren jedoch wieder trocken. Er wirkte matt. Als wäre jegliche Kampfeslust erloschen.

»Nicht alle Opfer eines verdeckten Inzests werden sexsüchtig, und nicht alle sexsüchtigen Patienten haben eine dysfunktionale Beziehung mit einem Elternteil durchlebt. Aber für diejenigen, die in einer solchen Beziehung gefangen waren, ist die Sucht nach Sex alles andere als ungewöhnlich. Sexsucht ist ein Versuch, sich abzukoppeln und selbst zu definieren. Ergibt das für Sie einen Sinn?«

Der Junge zuckte mit den Schultern. Dann nickte er.

»Können Sie mir sagen, was Sie in diesem Moment empfinden?«

»Nein, eigentlich nicht.«

»Okay. Lassen Sie sich Zeit.«

Nach einer Weile kam die monoton vorgetragene Antwort: »Was macht das schon? Ist es denn relevant?«

»Wo haben Sie das gelernt?« Sandor schwieg einen Moment. »Wo haben Sie gelernt, dass das, was Sie fühlen, nicht wichtig ist?«

»Sie liebt mich. Sie ist vielleicht manchmal etwas anmaßend … übertrieben fürsorglich, aber das ist doch nicht ihre Schuld.«

»Ja. Es ist auch keine Frage von Schuld. Eltern tun ihr Bestes für ihre Kinder, soweit ihnen das möglich ist. Das tun fast alle Eltern. Und manchmal sind ihre besten Versuche eben schädlich. Wir wollen hier keine Schuld zuweisen. Wir wollen nur verstehen.« Das war am verheerendsten, diese verzerrte Art der Wahrnehmung. Sie hatte zu der verdrehten Auffassung geführt, dass die exzessive Fürsorge seiner Mutter ihn vor einem sehr viel schlimmeren Schicksal bewahrt hat. Wenn jemand in seiner Kindheit geschlagen wird, empfindet er es jedes Mal als ein schreckliches Ereignis. Aber wenn ein Kind geschlagen wird und man ihm sagt, dass das zu seinem eigenen Besten geschieht, dann trägt es Narben davon, die ein Leben lang bleiben werden.

»Manchmal …«, sagte Joe. »Ich fühle… manchmal fühle ich …«

»Sie fühlen?« Aber der Junge konnte nicht antworten. Sandor wartete eine ganze Minute lang. »Ich frage mich, ob Ihre Mutter Ihre persönlichen Grenzen respektiert. Wie würden Sie Ihr Zusammenleben im selben Haus beschreiben?«

»Ich weiß nicht. Gut. Es ist ein großes Haus.«

»Respektiert Sie Ihre Privatsphäre?«

»Klar. Sie spioniert mich nicht aus. Sie hackt sich nicht in mein Handy oder sowas.«

»Sie betritt nicht Ihr Schlafzimmer, ohne anzuklopfen?«

»Ja, doch, das macht sie.«

»Sie würde nicht einfach ins Bad gehen, während Sie sich darin befinden?«

»Es ist ihr Haus.«

»Das soll heißen?«

»Sie tut, was sie will.«

»Und wenn Sie gerade unter der Dusche stehen …?«

Der Junge rieb sich mit beiden Händen übers Gesicht. Seine breiten Schultern waren bis zu den Ohren hochgezogen. »Ja.«

»Denken Sie, dass sie Ihre persönlichen Grenzen respektiert?«

»Harry respektiert keine Grenzen. Sie übertritt sie. Das hat sie schon immer getan. Das ist ihr Wesen.«

»Ich verstehe. Und wie ist Ihr Wesen? Besteht Ihr Wesen aus dem, was Sie tun?«

»Nein«, sagte Joe mit brechender Stimme. »Ich weiß es nicht.«

Ein Glück, dass das hier der letzte Termin für heute war. Sandor war müde. Was konnte ein einzelner müder alter Mann schon tun, um zu verhindern, dass die Welt aus den Fugen geriet?

»Wie sind Sie in letzter Zeit klargekommen? Mit Ihrer Impulskontrolle? Ist Ihnen das einigermaßen gelungen?«

»Yasmins Mutter ist eingezogen.«

»Oh? Sie wohnt nun …«

»Mit Harry und mir im selben Haus. Yasmin ist auch die meiste Zeit da.«

»Und?«

»Und eine Freundin von Harriet. Sie heißt Flame. Als sie das letzte Mal bei uns wohnte, wurde sie verhaftet, weil sie sich an eine der Statuen im Tate-Museum gekettet hatte.«

»Ich meinte, wie wirkt sich das auf Ihre Impulskontrolle aus?«

»Ich war immer mal wieder in den Apps unterwegs. Aber ich habe nicht… Es ist nichts passiert. Ich hab das nicht durchgezogen, aber …«

»Sie haben diese Apps auf Ihrem Handy? Wie viele sind es?«

»Ziemlich viele.«

»Ich nehme an, Sie verstecken diese Apps gut?« Joe nickte. Suchtkranke kannten jeden Trick – wie man Apps in einem vollkommen harmlos und langweilig aussehenden Ordner verschwinden lassen und wie man sie aus der Suchmaschine und den Vorschlagsoptionen und auch aus der Einkaufshistorie löschen konnte. »Würden Sie sie mal für mich auflisten? Dann können wir vielleicht darüber reden, wie Sie sich dabei fühlen würden, wenn Sie sie löschen. Selbst wenn es nur ein oder zwei wären.«

Joe zögerte, ratterte sie dann jedoch, so schnell er konnte, herunter: Tingle, Casualx, Pure, AdultFriendFinder, Xmatch, Shagbook, iHookup, e-hookups, NoStringsAttached… Es ging immer weiter. Es gab sogar ein paar, von denen Sandor noch nie gehört hatte. Es war wichtig, dass Joe sich dem Ausmaß seines Zwangs stellte. Wie sehr dieser Zwang sein Leben beeinträchtigte. Und auch die Person, die er war oder sein könnte.

»Scheiße«, sagte Joe. »So fühle ich mich. Weil Sie ja gefragt hatten. Ich fühle mich scheiße. Was soll das alles? Wo ist da der Sinn in dieser ganzen Scheiße?« Er schwieg einen Moment und holte tief Luft. »Tut mir leid. Ignorieren Sie mich einfach. Ich weiß, was ich tun muss.«

»Die Apps löschen?« Avi Rotham hatte Sandor in seiner letzten Sitzung feierlich für all seine Hilfe gedankt, war heimgegangen, hatte zu Abend gegessen, die Thora gelesen und sich dann mit einer Ruger LC9 in den Kopf geschossen.

Joe nickte. Aber er vermied den Blickkontakt.

»Joe«, sagte Sandor. »Sie haben heute ein Leben gerettet.«

»Zwei«, sagte Joe.

»Was Sie tun, ist wichtig für diese Welt. Sie sind wichtig.«

»Klar. Danke.«

»Ich bringe Sie zur Tür.«

»Bis nächste Woche«, sagte Joe.

Sandor legte eine Hand auf Joes Schulter. Er drückte sie, so fest er konnte. »Und ob! Nächste Woche! Ich werde auf Sie warten.«

RASTLOS

Es fiel kein Schnee mehr, und wenn man aus dem Fenster sah, war die Welt von jener besonderen Stille erfüllt – wie ein sichtbar gemachtes Schweigen. Yasmin schaute über den Garten hinweg zu den schwarzen, weißumrahmten Bäumen, zu den Büschen in ihren spitzenbesetzten Leichentüchern, zu dem diamantenen Glitzern des zugefrorenen Teichs. Auf der Arbeit prophezeiten alle eine weiße Weihnacht. Oder sie sagten, dass der jetzige Schnee bedeutete, dass es am Feiertag selbst nicht schneien würde.

Joe murmelte im Schlaf vor sich hin und rollte sich auf die andere Seite. Es war noch sehr früh am Morgen. Sie waren am Abend zuvor eine Ewigkeit wachgeblieben, und auch danach hatte Yasmin kaum schlafen können.

Joe kämpfte immer noch mit dem Gefühl des Verlassenwerdens, das er als kleines Kind hatte erfahren müssen. Jedenfalls sagte das sein Therapeut. Joe stand mittlerweile in Kontakt mit seinem Vater und begann allmählich, seine Probleme in den Griff zu bekommen. Er war der Ansicht, den Therapeuten nun nicht mehr zu brauchen. Yasmin hatte mit einem Finger seine Blinddarmnarbe nachgezeichnet und hatte die Hand dann über seinen Nabel und schließlich hoch zu seinem Brustkorb gleiten lassen. Ich bin stolz auf dich, sagte sie.

Er fragte nach Baba. Yasmin verbrachte ein paar Nächte die Woche in Tatton Hill, damit Baba nicht vollkommen allein war. Ihr Schlafzimmer mit dem Einzelbett, den Selbstbaumöbeln und verblichenen Tapeten war immer noch das Zimmer eines kleinen

Kindes, als gehörte der Raum einer Person, die sie früher einmal gekannt hatte. Es waren qualvolle Stunden, die sie mit Baba verbrachte. Deine Mutter macht sich zum Narren, Mini. Ihre Dickköpfigkeit wird die allerbittersten Früchte tragen. Sie wird schon sehen. Arif hat sein Leben weggeworfen. Er hat nie begriffen, welchen Wert harte Arbeit hat. Er glaubt, es wäre alles ganz einfach, weil ihm immer so viel in den Schoß gelegt wurde. Weil er niemals Entbehrung erleben, niemals kämpfen musste, weiß er das, was er hat, nicht zu schätzen und kann sich auch nicht im Entferntesten vorstellen, wie schwer es für ihn ohne meine Unterstützung werden wird. Dieses Mädchen hat ihn auf ihr Niveau heruntergezogen, und er wird nie wieder den Weg zurück nach oben finden.

Warum kann er nicht etwas aufgeschlossener und unvoreingenommener sein? Warum macht er es Arif immer so schwer?

Joe strich ihr über die Haare. Weil er sich um ihn sorgt. Weil er Angst hat. Weil er seinen Sohn liebt.

Er hat eine sehr komische Art, das zu zeigen.

Unbedingt.

Was, unbedingt? Dass er seinen Sohn liebt oder dass er eine komische Art hat, das zu zeigen?

Aber Joe antwortete nicht. Er schlief schon fast.

Sie hatten geredet und geredet. Es hatte etwas Berauschendes gehabt. Sie hatte sich ihm vollkommen preisgegeben, hatte ihre Seele bloßgelegt, hatte nichts vor ihm verborgen gehalten. Kaum war er eingeschlafen, stürzte mit aller Gewalt die Wahrheit auf sie ein. Sie hatte ihm nichts von Pepperdine erzählt.

Yasmin lehnte die Stirn an das Fenster. Ihr Atem beschlug das Glas. Sie hatte es ihm noch nicht erzählt. Sie hatte nicht den richtigen Moment gefunden. Und wie hätte sie es erklären sollen? Es konnte nicht ganze drei Mal *einfach so passieren*. Und was hätte es überhaupt für einen Sinn, es ihm zu erzählen? Um ihr schlechtes Gewissen zu erleichtern? Harriet hatte vollkommen recht, was Schuld anging. Es war ein eigennütziges Gefühl. Eine Methode, sich selbst vorzugaukeln, dass man eigentlich ein guter Mensch war, weil man sich wegen seiner Vergehen schuldig fühlte.

»He, wie spät ist es?« Joe setzte sich auf und rieb sich die Augen.

»Früh. Schlaf weiter.«

»Warum bist du aufgestanden? Komm wieder ins Bett.«

Als sie wieder unter der Decke steckte und ihre Füße an seinem Körper aufwärmte, sagte sie: »Joe, wenn deine Mutter genug davon hat, dass Ma hier wohnt, dann musst du mir das sagen. Wenn Ma ihre Gastfreundschaft zu lange in Anspruch nimmt …«

»Scheiße, deine Füße sind ja eiskalt! Glaub mir, Harriet ist durchaus in der Lage, Leute loszuwerden, wenn sie will. Darin hat sie einige Erfahrung.«

»Es hat schon wieder geschneit.«

»Ach ja? Bist du rausgelaufen und hast mit nackten Füßen Schneemänner gebaut? Nein, Harry genießt es, dass deine Ma hier wohnt. Und ich auch. Rosalita ist vielleicht nicht so begeistert. Könnte sein, dass die beiden sich irgendwann die Köpfe blutig schlagen. Ich habe sie erst gestern dabei erwischt, wie sie sich um einen Wischmopp gestritten haben.«

»Oh Gott«, sagte Yasmin. »Ich habe keine Ahnung, warum sie hier immer alles sauber machen muss. Früher war sie nie so ein Putzteufel.«

»Ich habe vor ein paar Tagen mit ihr zusammen diese seltsame Fernsehsendung geguckt, bei der die Leute auf ihrem Speicher irgendwelche wertvollen Sachen finden. Sie kann echt gut raten, für welche Summe dieser alte Plunder dann am Ende verkauft wird.«

»Das glaube ich sofort.«

»Vielleicht sollten wir sie auf Möbelauktionen mitnehmen, wenn wir Zeug für die neue Wohnung brauchen. Es gibt jetzt übrigens keine neuen Inserate mehr, wegen Weihnachten. Wie gut, dass wir die Hochzeit auf Juni verschoben haben, oder? Stell dir nur vor, wir müssten das alles jetzt planen. Es ist schon manchmal ganz nützlich, wenn Harry ihre Nase in anderer Leute Angelegenheiten steckt.«

»Ja«, sagte Yasmin. Aber wenn Harriet ihre Nase nicht in ihre Angelegenheiten gesteckt hätte, wäre es eine kleine, simple Hochzeit geblieben, die man ganz leicht hätte planen können. »Joe, wenn wir dann unsere eigene Wohnung haben, möchtest du das Schlafzimmer so wie hier? In diesem Stil? Ich meine, ich finde es schön, aber ich hatte mir da etwas vorgestellt, das ein bisschen anders ist.«

»In diesem Stil? Französische Antiquitäten und Kleiderschränke mit Blumenmalereien? Du glaubst doch wohl nicht, ich hätte das alles hier selbst ausgewählt, oder? Harry findet es einfach wahnsinnig toll, Räume zu gestalten. Und wenn ich von gestalten rede, dann meine ich, sie findet es toll, Innenarchitekten einzustellen, die für die Gestaltung zuständig sind. Nein, du kannst ganz frei wählen, welchen Stil du haben willst.«

»Gut«, sagte sie. »Danke.« Es fühlte sich an, als hätte sie einen kleinen Sieg errungen. Als hätte er sie Harriet vorgezogen.

»Wir sollten wohl besser mal aufstehen.« Er drehte sich auf die Seite, sodass sie sich die Gesichter zukehrten, und blies sich die Ponyfransen aus den Augen. »Also, was meinst du, glaubst du, deine Eltern werden sich scheiden lassen?«

»Sich scheiden lassen!« Es war undenkbar. Das war ihr überhaupt noch nicht in den Sinn gekommen. Ihre Eltern. Sich scheiden lassen? Nein. Ma würde zu Baba zurückkehren. Die Frage war einfach nur, wann. Sie küsste ihn. »Nein, das ist süß von dir, aber mach dir keine Gedanken. Das ist vollkommen unmöglich. So weit würden die beiden es nie und nimmer kommen lassen.«

EINGEMACHTES

Es war erst zehn nach sieben, als Yasmin zum Frühstück nach unten ging, aber Anisah stand bereits in der Küche und bereitete Pickles zu. Harriet saß am Tisch und sah die Layouts für ihr neues Buch durch, und ihre Freundin, die vor zwei Wochen auf einen Wochenendbesuch vorbeigeschaut hatte, saß an der Frühstücksbar und rührte Zucker in eine Schüssel mit Porridge. Die Sonne war noch nicht aufgegangen, aber der Schnee im Garten glitzerte bereits silbern und blau, und es versprach, ein herrlicher frischer Wintertag zu werden. In der Küche brannten alle Lampen, sodass der Raum in ein gleißendes Licht getaucht war, und die Fußbodenheizung wärmte die Fliesen aus Kalksandstein auf Körpertemperatur. Überall sprossen kleine dekorative Sträuße aus Misteln und Stechpalmen aus den Wänden.

»Möchtest du Porridge?«, fragte Anisah. »Oder lieber Toast?« Sie wischte sich die Stirn mit einem Geschirrtuch ab. Alle sechs Herdplatten waren an und beide Öfen, und auf dem Küchentisch stand ein Sortiment an Kürbissen, die noch geröstet werden sollten. Die ganze Küche duftete nach Zitronen, Ingwer und Gewürznelken, was die weihnachtliche Atmosphäre noch verstärkte. Einmachgläser, die in Töpfen mit kochendem Wasser sterilisiert worden waren, standen inmitten großer Pfützen auf der von Gemüseschalen und Kernen übersäten Arbeitsfläche. Seit sie nach Primrose Hill ausgewandert war, hatte Ma stets einen äußerst fröhlichen und geschäftigen Eindruck gemacht, als sei es nichts Ungewöhnliches, Heim und Gatten einfach so den Rücken zu kehren.

»Ich hole mir was von dem Porridge«, sagte Yasmin. Sie zögerte, weil sie nicht wusste, ob sie sich neben Harriets Freundin an die Frühstücksbar setzen wollte. Aber Harriet hatte ihre Layouts über den ganzen Küchentisch ausgebreitet. Und der Teil des Tisches, den sie nicht vereinnahmt hatte, war mit prächtigen Kränzen aus Tannenzweigen bedeckt, die mit Hagebutten, getrockneten Samenkapseln, winzigen Orangen, riesigen Oliven und Zimtstangen verziert waren.

Die Freundin mochte etwa Mitte vierzig sein. Sie hatte kurzgeschorene schwarze Haare, bronzefarbene Haut und zinnoberrotlackierte Lippen und war eine Performance-Künstlerin, deren Werke, so war es Yasmin erklärt worden, sich mit Konzepten wie Transgression, Transformation und Transzendenz auseinandersetzten. Ihr Name war Flame.

»Wann gehen wir shoppen?«, fragte Ma und wandte sich dabei an Flame.

»Um zwei«, sagte Flame.

»Ich zeige ihr die Wohltätigkeitsläden, zum Kleider einkaufen«, sagte Ma und strahlte.

Yasmin wand sich innerlich. Unter ihrer Schürze trug Ma einen leuchtend blauen Salwar Kameez mit goldenem Halsausschnitt und goldenen Ärmelbündchen. Flame war von oben bis unten schwarz gekleidet, in einen schwarzen Rollkragenpullover und schwarze Leggins, als wollte sie jeden Moment einen Einbruch begehen oder eine Pantomime zum Besten geben. Schwer vorstellbar, dass diese beiden Frauen einen gemeinsamen Einkaufsbummel unternehmen würden.

»Kostüme«, sagte Flame. »Wir gehen Kostüme kaufen.«

»Ich weiß nicht«, sagte Ma und kicherte.

»Doch, tust du. Gewandmeisterin.«

Ma kratzte aus einem Bottich geschmolzene grüne Lava in eine Schüssel. Sie lachte, ein wenig unbändig, als hätte Flame etwas gesagt, das zugleich lustig und schmeichelhaft war. Yasmin war einer möglichen Unterhaltung mit Flame während der letzten beiden

Wochen, so oft sie konnte, aus dem Weg gegangen. Flame war eine äußerst ernste Person, und es war unmöglich, mit ihr ein zwangloses Gespräch zu führen. Als Yasmin einmal gesagt hatte, sie habe einen höllischen Tag auf der Arbeit hinter sich, hatte Flame sie – statt ihr wie jeder normale Mensch ihre Sympathie zu bekunden – einem Verhör über ihre Definition von Hölle unterzogen. Ma schien sich jedoch gern in Flames Gesellschaft aufzuhalten. Sie lachten zusammen über Dinge, die niemand sonst lustig fand. In diesem Moment saß Flame zum Beispiel da und kicherte in ihre Porridgeschüssel.

»Yasmin, komm doch mal her und schau dir diese Seiten hier an«, rief Harriet. »Findest du es besser, wenn die Fotografien eingerahmt sind oder wenn sie so wie hier mit dem weißen Raum dahinter verschmelzen?«

Yasmin stellte sich hinter Harriet und aß einen Löffel lauwarmen Haferbrei. Es waren Fotos von nackten Männern, frontal aufgenommen, vom Oberschenkel bis zur unteren Hälfte des Torsos. Während der letzten zwei Wochen waren immer neue Stapel mit Fotos aufgetaucht, und mittlerweile war selbst Anisah nicht mehr irritiert, die anfangs immer den Blick abgewandt hatte. Die Bilder waren genauso wenig erotisch wie die Fotografien in medizinischen Fachbüchern, in denen Gonorrhoe-Ausflüsse, Genitalherpes oder Feigwarzen abgebildet wurden. Einzig die Beleuchtung war besser, die Auflösung schärfer, und der Begleittext basierte auf Harriets Interviews mit den dargestellten Personen, statt auf dem jeweiligen anatomischen oder medizinischen Lehrmaterial. Das Bemerkenswerteste an ihnen war jedoch der Umstand, dass sie in ihrer Gesamtheit alles andere als bemerkenswert waren. Ein einzelner Penis drängte sich auf. En masse verloren sie an Kraft und bekamen fast etwas Klägliches.

»Ohne die Rahmen ist es besser.«

»Bravo«, sagte Harriet. »Auf diese Weise sind sie noch nackter. Ich gebe dir recht.« Sie schob die Blätter zusammen und schrieb eine Korrektur an einen der Ränder. »Sie haben so etwas Wehrloses, findest du nicht? Dem Penis wird große Macht zugestanden, aber selbst der erigierte Penis *hat immer etwas Lächerliches.*«

Flame knallte ihren Löffel auf die Küchentheke. »Erzähl das mal einer Frau, die vergewaltigt wurde.«

Genau das ist ihr passiert, dachte Yasmin. Flame war vergewaltigt worden.

»Du hast recht. Es lag nicht in meiner Absicht, gegen die schwesterliche Solidarität zu verstoßen.« Harriet fegte ihre Seiten zu einem chaotischen Stapel zusammen, offenbar aus der Fassung gebracht. Sie sah Flame an und schüttelte den Kopf, als wollte sie sagen, *Tut mir furchtbar leid.* Aber als sie aufstand, eilte sie vom Tisch direkt zu Ma hinüber, die ihr heiter entgegenlächelte, während sie eine grüne Mango würfelte.

Harriet küsste Ma auf ihre dicke, flaumige Wange. »Das musst du mir beibringen. Ich bekomme in der Küche überhaupt nichts auf die Reihe. Es ist wahrhaftig eine Schande. Im Grunde genommen kann ich gar nichts. Ich kann keine Kranken heilen. Ich kann keine großartige Kunst mit meinem Körper erschaffen« – bei diesen Worten warf sie Flame einen bedeutungsvollen Blick zu – »und ich kann keine köstlichen Gerichte zubereiten. Alles, was ich tue, ist, vor mich hinzuschwafeln und mit meinen Meinungen um mich zu werfen. Schande über mich.«

»Ja, Schande über dich«, sagte Flame. Ihre Umgangsformen waren so stachelig wie ihre Haare. Aber dennoch. Falls sie tatsächlich das Opfer einer Vergewaltigung war, dürfte es kaum überraschen, dass sie sich durch Harriets Bemerkung vor den Kopf gestoßen fühlte.

»Oh nein«, sagte Ma. »Du bist meine Schwester. Ich lerne viele viele Dinge von dir. Und dann schreibst du auch Bücher. Nicht viele Leute können das.«

Harriet lächelte. Ihr seelisches Gleichgewicht war bereits wiederhergestellt. »Schön, dann sollte ich mich wohl mal fertigmachen. Ich muss den Zug kriegen.«

»Du gibst einen Vortrag, heute?«, sagte Ma. »Worüber?«

»Medea – die arme Medea. Sie ist eine sehr komplexe Gestalt. Viel geschmäht und häufig missverstanden. Monströse Medea. Das ist sie in der Tat. Aber sie ist auch noch so viel mehr als das.«

Ma strahlte. »Ja? Du erzählst mir später?«

»Natürlich. Wo ist meine Tasche? Ah, da!« Harriet segelte quer durch den Raum und sammelte alle möglichen Gegenstände ein. »Schlüssel, Geld, Laptop, fertig!« Von der Küchentür aus rief sie Yasmin noch zu: »Oh, fast vergessen! Wie denkst du über Save-the-Date-Karten? Ich habe mir die Freiheit genommen und ein paar drucken lassen, aber bitte, tu dir keinen Zwang an und wirf sie einfach weg, wenn du keine möchtest. Oder wenn dir das Design nicht gefällt. Ich werde nicht beleidigt sein. Du sollst dir natürlich die Art von Karte aussuchen dürfen, die du gut findest.«

»Yasmin wird sie gut finden«, sagte Ma.

Der Porridge war zu einer pampigen Masse erkaltet. Yasmin kratzte ihn von ihrem Teller in den Mülleimer. Sie hatte den Appetit verloren. So wie sich die Dinge entwickelten, hätte sie genauso gut eine indische Schwiegermutter haben können! Sie konnte allmählich nachvollziehen, wie Baba sich gefühlt haben musste, als er zusammen mit seiner Schwiegermutter in deren Haus gewohnt hatte. Obwohl das natürlich verkehrt herum gelaufen war, eigentlich sollte ja die Braut im Haus des Bräutigams einziehen. Aber es war auch nicht so gedacht, dass die Mutter der Braut gleich mit einzog! Kein Wunder, dass sie kaum mehr schlafen konnte, bei all dem Stress. Von wegen, die englische Mittelschicht mischte sich nicht in die Eheangelegenheiten ihrer Kinder ein! Sie hatte noch nie in ihrem Leben so daneben gelegen.

BESCHWERDEN

Eine Woche später war aus dem Schnee Matsch geworden. Als Yasmin vom Bahnhof zum Krankenhaus lief, stand sie einen Moment lang zu nah an der Bordsteinkante, sodass ein Lastwagen, der bei Grün losgerast war, ihr Hosenbein mit dreckigem Wasser und Eissplittern durchnässte. Als sie sich am späten Vormittag an den Schreibtisch im Abteilungsbüro setzte, war der Stoff immer noch feucht und klebte an ihrem Knie.

»Dr. Ghorami, hätten Sie einen Moment Zeit? Jen Stevens mein Name. Ich komme von der Abteilung für Patientenberatung.« Die Frau hielt ihr die Hand entgegen.

Der Händedruck war schlaff und flüchtig. »Ich bin sehr beschäftigt. Aber …«

»Ich mache es ganz kurz. Ich würde Sie nur bitten, sich diesen Brief hier durchzulesen und dann dieses Formular zu unterschreiben, zur Bestätigung, dass wir dieses Gespräch geführt haben und Sie das Feedback entgegengenommen und verstanden haben und dass Sie sich bereit erklären, in Zukunft Ihre Ausdrucksweise den Patienten oder Angehörigen gegenüber zu mäßigen, zur Vermeidung unnötiger Kränkungen oder Beleidigungen.« Die Frau ratterte ihre Sätze herunter, als stünden diese bei sämtlichen Krankenhausformularen im Kleingedruckten.

»Verzeihung«, sagte Yasmin. »Aber worum geht es überhaupt?« Bisher war sie in ihrer Laufbahn noch nicht mit der Abteilung für Patientenberatung konfrontiert gewesen, weil sich – bis jetzt – noch niemand über sie beschwert hatte.

»Yasmin, hast du mal eine Sekunde Zeit?« Catherine Arnott sah in ihren schwarz-glänzenden hochhackigen Schuhen tadellos aus. Sie musste das einzig Sinnvolle getan und ihre Schuhe nach ihrer Ankunft auf der Arbeit gewechselt haben. Yasmins Schuhe hingegen waren mit zahllosen Schmutzrändern aus Schotter und Schneematsch verunziert.

»Im Moment ist es schlecht.«

»Kein Problem, ich warte.« Catherine setzte sich auf die Schreibtischkante, um das Geschehen mitzuverfolgen. *Sehr geehrte Mrs. Rowland,* begann der Brief, *es tut mir leid, wenn Sie das Gefühl haben, in unserer Geriatrieabteilung eine ungute Erfahrung gemacht zu haben, als Sie letzten Monat Ihren Onkel besuchten.*

Yasmin warf rasch einen Blick auf das Ende des Briefes, um zu sehen, wer ihn unterschrieben hatte: Michael Edgar, Leiter der Abteilung für Patientenberatung.

Sie haben Ihren Angehörigen unserer Fürsorge anvertraut und sind durchaus im Recht, wenn Sie erwarten, dass man Ihnen im Gegenzug während der Besuchszeit das Gefühl vermittelt, willkommen zu sein. Ich kann verstehen, dass der Vorfall mit Dr. Ghorami Ihren Onkel aufgebracht hat und dass dies wiederum für Sie Anlass zu großer Sorge war. Es ist unser Anliegen, dass unsere Patienten und deren Angehörige stets mit Respekt und Höflichkeit behandelt werden, und es ist daher auf keinen Fall vertretbar, dass einer unserer Mitarbeiter Ihnen mit »unverhohlener Feindseligkeit« gegenübergetreten ist.

Yasmins Füße fühlten sich plötzlich bleischwer an, als hätte man sie in orthopädische Stiefel gezwängt.

Eine Person des Rassismus zu bezichtigen ist, wie Sie sehr richtig sagen, eine schwerwiegende Anschuldigung. Ich kann durchaus nachvollziehen, dass dies einen gewissen Zorn in Ihnen ausgelöst hat und dass Sie äußerst frustriert über Dr. Ghoramis Weigerung waren, sich während dieses Vorfalls zu entschuldigen.

»Aber ich habe sie nicht als Rassistin bezeichnet. Dieses Wort habe ich kein einziges Mal benutzt. Sie hat es gesagt, nicht ich.« Sie klang trotzig und spitzfindig, als wollte sie sich aus der Sache herausreden.

»Wir halten es in solchen Situationen immer für die beste Lösung«, begann die Mitarbeiterin der Patientenberatung besänftigend, »die Sache im Keim zu ersticken. Die Sache zu entschärfen. Ansonsten eskaliert das Ganze nur, und das will ja schließlich keiner. Wir wollen ja gar nicht sagen, dass die eine Seite hundertprozentig recht hat oder so etwas. Wir reden hier nur über Gefühle. Und wenn jemand das Gefühl hat, dass man sie … enttäuscht hat … dann tut es uns doch nicht weh zu sagen, es tut uns leid, dass Sie dieses Gefühl haben, und wir tun unser Bestes, damit das nicht noch mal passiert. Okay?«

Yasmin sagte nichts. Sie schaute kurz zu Catherine Arnott hinüber, die die Augen verdrehte und den Kopf schüttelte.

»Nun, ich weiß, wie beschäftigt Sie sind. Wenn Sie mir also nur kurz hier dieses Formular unterschreiben könnten. Sehen Sie, da, das Formular unter dem Brief. Ja, genau das. Darin steht, dass Sie den fraglichen Vorfall bestätigen, dass Sie den Brief gelesen und verstanden haben und dass Sie sich bereit erklären, bei der nächsten sich bietenden Gelegenheit an einem Sensibilisierungstraining teilzunehmen. Die Stiftung organisiert solche Trainings regelmäßig.«

»Der Onkel dieser Frau war noch nicht einmal dabei«, sagte Yasmin. »Wie kann er da betroffen gewesen sein?«

Jen Stevens seufzte, als sei sie schon viele Male gezwungen gewesen, das zu erklären. »Ja, Mrs. Rowland hat in ihrer Beschwerde ganz klar gesagt, dass er nicht zugegen war, aber dass er sich sehr aufgeregt hat, als sie ihm davon erzählt hat. Er konnte zwei Nächte lang nicht schlafen, hat sie gesagt. Soll ich die Papiere hier bei Ihnen auf dem Schreibtisch liegen lassen? Oder wir machen das jetzt direkt. Sie wären doch bestimmt froh, wenn Sie einfach nur hier in diesem Kasten rasch zu unterschreiben brauchen, und dann ist die ganze Sache vorbei und erledigt, nicht wahr?«

»Froh?«, sagte Yasmin. »Nein. Ich unterschreibe das nicht. Wenn überhaupt, dann sollte sie sich entschuldigen.« Professor Shah würde sie unterstützen. Schließlich hatte er sie explizit dafür gelobt, dass sie dieser Frau ihre Vorurteile nicht einfach so hatte durchgehen lassen.

»Ich möchte Sie dringend bitten, sich das noch einmal zu überlegen.«

»Nein«, sagte Yasmin. »Auf gar keinen Fall.«

»Arschlöcher«, sagte Catherine. Sie las den Brief durch. »Es ist noch nicht einmal eine richtige Entschuldigung. *Es tut mir leid, wenn Sie das Gefühl haben...* Die haben nicht den Arsch in der Hose, um dieser Frau die Stirn zu bieten. Und genauso wenig trauen sie sich, eine richtige Entschuldigung zu formulieren, für den Fall, dass sich womöglich jemand dazu entschließen könnte, sie vor Gericht zu zerren.«

»Vielleicht hätte ich ja unterschreiben und die Sache hinter mich bringen sollen. Dadurch würde ich mir wahrscheinlich eine Menge Ärger ersparen.« Sie hatte jetzt schon Zweifel, ob sie die richtige Entscheidung getroffen hatte. Vielleicht war sie dieser Mrs. Rowland gegenüber ja aggressiver gewesen als nötig. Schließlich war die Frau ja nicht beleidigend gewesen, sondern einfach nur unhöflich und ignorant. Während der sechs Monate, die sie in der Notaufnahme gearbeitet hatte, war ihr viel Schlimmeres begegnet. Einmal hatte ein Betrunkener, der sich aus Versehen die Fingerspitze abgeschnitten hatte, eine der Schwestern als schwarze Fotze bezeichnet. Die Schwester hatte einfach auf dem Absatz kehrtgemacht und war gegangen.

»Aber es geht hier doch ums Prinzip!« Catherine packte den Brief mit spitzen Fingern und ließ ihn zwischen Daumen und Zeigefinger hin und her baumeln. Dann riss sie ihn sorgfältig in zwei Teile.

»Tut es das?« Vielleicht hatte sie sich ja den falschen Beruf ausgesucht. Als Mediziner konnte man es sich nicht leisten, allzu empfindlich zu sein.

»Mal ehrlich, Yasmin, du musst denen Paroli bieten. Meine Mutter sagt immer: Hab niemals Angst, dich zur Wehr zu setzen, denn eine wehrhafte Frau ist die beste Art von Frau, die du sein kannst.«

»Vielleicht hat deine Mutter recht.«

»Ja«, sagte Catherine. »Dieses eine Mal.«

IM BETT

Auf der Station hingen ein paar trostlose Lamettafäden und halb zersplitterte violette Kugeln von der Decke herab. Etwas fröhlicher wurde das Ganze jedoch durch die Krankenschwestern und Pflegekräfte, die alle in erwartungsvoller Weihnachtsstimmung waren und die Patienten mit ihren sporadischen Gesangseinlagen zahlreicher Weihnachtslieder zum Mitsingen animierten. Julie hatte zwar offenbar zu viel Scheu, selbst zu singen, doch immerhin trug sie eine Weihnachtsmannmütze und ließ auf diese Weise durchblicken, dass sie dem Geschehen wohlwollend gegenüberstand.

Um Mrs. Antonovas Bett war der dünne blaue Vorhang zugezogen. Yasmin schlich eine Weile um das Bett herum, ohne einzutreten. Sie war plötzlich von der schrecklichen Gewissheit durchdrungen, dass Mrs. Antonova gestorben war. Und sie wollte auf keinen Fall diejenige sein, die ihren Totenschein ausstellte.

»Kommen Sie entweder rein oder scheren Sie sich von dannen!«

Mrs. Antonovas Stimme, so kräftig wie eh und je, ließ Yasmin zusammenfahren.

»Na, wie sieht das aus? Was meinen Sie, Schätzchen?« Sie wies auf ihren Kopf, während Yasmin den Vorhang zur Seite zog. »Die Perücke ist beim Friseur. Er hat gesagt, sie muss mal gründlich gereinigt werden, also habe ich ihn gebeten, den Vorhang zuzuziehen. Ihnen gewähre ich jedoch das Privileg, mich in all meiner Pracht zu bewundern. Wie finden Sie's?« Sie bot ihr Haupt zur Inspektion dar.

Die Haut auf ihrem Kopf war mehrfarbig, als hätte ein Kind mit einem Packen Buntstifte darauf herumgekritzelt. Zahlreiche Kratzer, zwei kleine Läsionen und eine entzündete, nässende Dermatitis hinter dem rechten Ohr.

»Spektakulär«, sagte Yasmin. »Ich verschreibe Ihnen ein bisschen Cortisonsalbe gegen den Ausschlag.«

Mrs. Antonova winkte mit einer ihrer Krabbenhände. »Verschwenden Sie nicht Ihre Zeit. Was macht es schon, wenn es hier und da ein wenig juckt. Vollkommen egal, in meinem Alter!« Jedes Wort, das mit »W« begann, war mit einem winzigen, kaum wahrnehmbaren Akzent behaftet, ein Geist aus ihrem früheren Leben als Tochter eines russischen Émigrés. »Der Sozialarbeiter kommt vorbei, der Beschäftigungstherapeut kommt vorbei, der Physiotherapeut kommt vorbei, die Ärzte und Schwestern kommen und jetzt kommt auch noch jemand, der meine Perücke wieder aufpäppelt. Tscha! Was für eine Verschwendung!«

»Was hat der Sozialarbeiter gesagt? Hat man irgendwo einen Platz für Sie gefunden?«

»Kein Platz in der Herberge. Jedenfalls nicht in den Heimen, die das Sozialamt bezahlen würde. Ich bin ein Bettblockierer, so sieht es doch aus.«

»Nein, sind Sie nicht.« Was für ein schreckliches Wort. Es war schließlich nicht Mrs. Antonovas Schuld, dass sie seit Monaten im Krankenhaus festsaß. Yasmin streichelte ihre Hand. Die lose Haut glitt wie Sand unter ihren Fingern hin und her.

»Aber selbstverständlich bin ich das!«, sagte Mrs. Antonova fröhlich. »Aber nicht mehr lange, hoffe ich. Lassen Sie uns über etwas Interessanteres reden. Erzählen Sie, was ist mit Ihnen und Ihrem jungen Mann passiert?«

»Oh, das ist jetzt alles wieder in Ordnung.« In einem schwachen Moment hatte sie Zlata ihr Herz ausgeschüttet. Sie hatte natürlich keine Details erzählt, nur, dass die Dinge kompliziert seien.

»Die Leidenschaft ist in Ihre Beziehung zurückgekehrt?«

»Absolut!«, sagte Yasmin. Aber das war sie keineswegs. War sie überhaupt jemals vorhanden gewesen? Was war das überhaupt, Leidenschaft?

»Und wie steht's im Bett?«

»Alles in Ordnung.«

»In Ordnung? Das macht mir Sorgen. Wenn es keine Leidenschaft gibt, dann stimmt was nicht. Mein dritter Ehemann war auch in Ordnung, im Bett. Und dann stellte sich heraus, dass er eigentlich homosexuell war. Vielleicht verheimlicht Ihnen Ihr Verlobter ja auch, wie es um seine sexuelle Orientierung bestellt ist.«

Sie sagte das mit einer solchen Dramatik, dass Yasmin lachen musste. »Das muss ein ziemlicher Schock gewesen sein. So ist das heutzutage nicht mehr. Die Leute gehen jetzt ganz offen mit den Dingen um. Sogar mit Sex«, fügte sie im Flüsterton hinzu.

Zlata verdrehte die Augen. »Es gibt drei Dinge im Leben, bei denen die Leute Lügen erzählen, und das wird sich auch nie ändern. Eins davon ist Geld. Das zweite ist die Verzweiflung und Leere, die sie in ihrem Innern spüren. Mir geht es gut, erzählen sie dann immer. Bei mir ist alles in Ordnung.«

»Und das dritte?«

»Das dritte ist natürlich Sex.«

»Kann schon sein.«

»Kann schon sein, sagt sie! Hören Sie mal, Schätzchen …« Sie klapperte mit ihren spärlichen Wimpern, so wie sie es immer tat, wenn sie im Begriff stand, eine Bitte auszusprechen. »Ein kleiner Schluck Whisky hier und da, das wäre großartig. Ein Single Malt wäre gut, ganz gleich, welche Sorte. Ein kleiner Plausch und ein kleiner Schluck Whisky und ein bisschen frische Luft. Was sagen Sie dazu?«

»Dass es gegen die Regeln verstößt, fürchte ich. Die Stiftung hat alle Arten von Alkohol verboten. Und wir dürfen auch Ihre Herzerkrankung nicht vergessen.« Auch wenn sie recht hatte – ein kleiner Schluck wäre sicher kein Problem. Wäre Mrs. Antonova in einem Pflegeheim – oder sogar in einem Hospiz –, dann würde man ihr die Freiheit zugestehen, diese Entscheidung für sich selbst zu treffen.

»Tscha! Das wäre ein absoluter Segen. Aber ich nehme an, ich verlange zu viel. Ich würde so unglaublich gern mal nach draußen und die Sonne auf meiner Haut spüren. Aber niemand hat Zeit, mich mal hinauszubringen.«

»Es tut mir leid«, sagte Yasmin. »Ich bringe Sie, versprochen!« Sie hatte das schon vor Wochen versprochen, aber da gab es ein Problem: Es war Ärzten nicht erlaubt, Patienten im Rollstuhl zu schieben. Sie waren im Fall eines Falles nicht versichert. Yasmin würde einen Pflegeassistenten organisieren müssen. Sie konnte Zlata nicht einfach spontan in einen Rollstuhl packen und nach Herzenslust durch die Gegend schieben.

»Nun ja, man wird ja wohl noch träumen dürfen. Und bekomme ich eine Einladung zu Ihrer Hochzeit?« Sie sagte es scherzhaft.

»Aber selbstverständlich. Ich würde mich wahnsinnig freuen, wenn Sie kämen.«

Mrs. Antonova lachte. »Nun, in diesem Fall sollten Sie sich besser beeilen. Kann sein, dass ich nicht mehr lange zur Verfügung stehe.«

MITSPIELEN

»Professor Shah möchte dich sprechen, Yasmin. Er hat gesagt, er wäre auf der Demenzstation. Und wenn er nicht dort sein sollte, dann sollst du in sein Büro hochgehen.« Yasmin schaute von ihrer Schreibarbeit auf. Das Licht, das auf Niamhs Kopf fiel, brannte einen weißen Heiligenschein um ihre rotgoldenen Haare.

»Alles klar«, sagte Yasmin. »Danke«, fügte sie hinzu, als Niamh stehen blieb.

»Ich hab euch heute Morgen gesehen. Dich und deinen Verlobten. Wie ihr euch auf dem Parkplatz zum Abschied geküsst habt.«

»Okay«, sagte Yasmin. Pepperdine kam auf sie zu, und sie wurde ganz fahrig, ohne jeden Grund. »Wie auch immer, danke für die Nachricht.«

»Ganz ehrlich, ich wollte euch beide nicht auseinanderbringen. Ich dachte nur, du hättest es verdient, die Wahrheit zu erfahren.«

»Alles klar, danke, Niamh.«

»Ich freue mich für dich, wirklich, das tue ich. Wenn ihr das durchgestanden habt, dann seid ihr ganz offenbar füreinander bestimmt. Die meisten Paare würden sowas gar nicht überleben.«

»Ah, genau die Person, die ich gesucht habe«, sagte Pepperdine.

Yasmin senkte die Augen.

»Ich? Ich gehöre ganz Ihnen.«

Yasmin schaute hoch und sah, wie Niamh ihm lasziv ihre Hüfte entgegenschob. Er hatte sich am Kinn beim Rasieren geschnitten, auf seinem Hemdkragen war ein einzelner glänzender Blutstropfen. Es lag nur an diesem Fleck, dass ihr Herz einen Schlag aussetzte. Blut auf dem Teppich. Blut an den Wänden.

»Wie kommen Sie klar?«

»Gut«, sagte Yasmin. »Alles okay. Ich wollte gerade zu Professor Shah gehen.« Sie lächelte idiotisch und stand auf.

Niamh berührte Pepperdines Arm. »Wir haben uns gerade über ihren Verlobten unterhalten. Ich habe sie heute früh gesehen, wie sie auf dem Parkplatz rumgeknutscht haben. Sie sind ja sooo verliebt!«

Yasmin lächelte verbissen, während sie fortging.

Warum musste Niamh ihre Nase immer in fremde Angelegenheiten stecken? Lass mich bloß in Ruhe! Erzähl nicht überall Sachen über Joe und mich herum. Erzähl Pepperdine nicht, dass ich ... dass ich ...

Am Eingang zur Demenzstation bleib sie stehen, um wieder zu Atem zu kommen. Erzähl Pepperdine nicht, dass – was? Dass ich in Joe verliebt bin?

»Perfektes Timing!« Professor Shah kam aus der Stationstür, bevor sie Gelegenheit hatte einzutreten. »Also, ich habe gehört, Sie haben sich gestern bei Jen Stevens geweigert mitzuspielen. Könnte ich Sie vielleicht dazu ermutigen, Ihre Meinung zu ändern?«

»Oh«, sagte Yasmin. »Ja, aber es ...«

»Es ist die einzig vernünftige Weise, mit dieser Sache umzugehen. So halten wir das hier jedenfalls immer gern.« Seine schweren Augenlider verliehen ihm etwas Selbstzufriedenes. Wie ein Löwe, der majestätisch über einem Kadaver thront, nachdem er sich satt gefressen hat.

»Ja, ich weiß, aber sehen Sie, in diesem besonderen Fall liegen die Dinge anders, weil ...« Sie musste sich überwinden weiterzureden. »Weil ich finde, dass ihr keine Entschuldigung zusteht. Mrs. Rowland, meine ich. Sie haben doch selbst gesagt, ich hätte das Richtige getan.«

Professor Shah massierte sich das Kinn. Trotz der Krankenhausregeln, die besagten, dass der Arm unterhalb des Ellenbogens frei bleiben muss, trug er eine fette goldene Uhr mit mehreren funkelnden Zifferblättern. »Das Entschuldigungsschreiben wurde bereits abgeschickt. Und ich bitte Sie jetzt, Ihre Teamfähigkeit unter Beweis zu stellen und die Formulare zu unterschreiben, in denen Sie Ihren Fehler eingestehen und sich dazu bereit erklären, das entsprechende Training zu absolvieren.«

»Im Ernst? Sensibilisierungstraining? Ich war ihr gegenüber nicht unverschämt, jedenfalls nicht direkt. Ich habe sie nicht als rassistisch bezeichnet. Dieses Wort habe ich überhaupt nicht benutzt. Das hat sie getan. Sie haben gesagt, ich hätte das Richtige getan, weil ich mich gegen sie gewehrt habe.« *Ich bin beeindruckt!* Das hatte er zu ihr gesagt. *Man zeigt bei solchen Sachen viel zu schnell Schwäche… weil man bei den Leuten nicht anecken will.*

»Gestatten Sie mir, Ihnen einen Rat zu geben. Man muss wissen, wann es sich zu kämpfen lohnt und wann nicht. Mehr möchte ich dazu gar nicht sagen. Haben wir uns verstanden?«

Yasmin nickte. Aus dem Augenwinkel sah sie Anna, die auf sie wartete. Yasmin lächelte sie an, um ihr zu bedeuten, dass sie nun Zeit für sie hatte.

»Entschuldigen Sie die Störung.« Anna richtete ihre Entschuldigung an Professor Shah und wandte sich dann an Yasmin. »Bei Mr. Babangida stimmt etwas nicht. Könnten Sie ihn sich bitte mal ansehen, Frau Doktor?«

»Ja, ich komme mit Ihnen.« Sie war mehr als froh, sich aus dem Staub machen zu können.

Aber Professor Shah entschied sich, die Station erneut mit seiner Anwesenheit zu beehren. Er zwinkerte Anna zu. »Na, dann gehen Sie mal vor.«

»Das stärkt die Moral«, murmelte er Yasmin zu, »wenn der Chefarzt den Pflegekräften seine Aufmerksamkeit schenkt.«

Anna fasste sich an die Brust und machte ein paar Schritte rückwärts, als stünde sie vor einer königlichen Hoheit. Yasmin wäre nicht überrascht gewesen, wenn sie noch einen Hofknicks gemacht hätte, bevor sie sich umdrehte. Professor Shah galt bei allen als äußerst charmanter Mann. Er strahlte Autorität aus. Wenn eine Frau einen solchen Bauch vor sich hertragen würde, wie er das tat, dann würde man sich über sie lustig machen. Aber bei einem Mann war das natürlich etwas anderes. Männer konnten sich einen Bauch zulegen, ohne an Respekt zu verlieren.

Mr. Babangida hatte Alzheimer und war mit Unterernährung und Dehydration eingeliefert worden. Sein Sohn, der mit ihm zusammenwohnte, hatte sein Bestes getan, aber er schaffte es nicht immer, ihn zum Essen und Trinken zu bewegen.

»Und wie geht es uns heute so?« Professor Shah benutzte den lauten, stoischen Tonfall, den er bei Patienten bevorzugt anwandte. Er setzte sich auf die Bettkante. Mr. Babangida erschrak und zog sich die Bettdecke übers Gesicht.

Yasmin schaute in die Patientenakte. Er hatte zugenommen. Gut. Sie überprüfte den Infusionsapparat. Es war alles in Ordnung.

»Ich glaube, er hat Schmerzen«, sagte Anna und massierte sich den linken Oberarm. »Hier, das ist die Stelle, wo es ihm wehtut.«

Nachdem Anna ihm gut zugeredet hatte, ließ Mr. Babangida sich von Professor Shah untersuchen. Er stöhnte und rollte mit den Augen, aber auf dieser Station herrschte immer ein solcher Tumult, dass ein Stöhnen oder ein unterdrückter Schrei darin einfach unterging. Ein Patient, der bei jedem Wort, das er bilden wollte, kämpfen musste, konnte so klingen, als plagten ihn furchtbare Schmerzen. Und ein Wehgeschrei signalisierte meistens keinen körperlichen Schmerz, sondern Verzweiflung.

Mr. Babangidas Stöhnen wurde lauter.

»Erregung und Rastlosigkeit«, sagte Professor Shah, als er mit seiner Untersuchung fertig war. »Eine gewisse Sehstörung ist auch festzustellen, möglicherweise Halluzinationen, die zu einem Gefühl des Unwohlseins führen. Ich verschreibe ihm etwas, das helfen wird.« Er erhob sich und nickte Anna zu. »Es ist nichts, weswegen man sich Sorgen machen müsste, jedenfalls nichts Physisches. Aber

Sie haben gut daran getan, uns darauf hinzuweisen. Sie als Pflegekraft sind unsere Augen und Ohren. Gute Arbeit!« Er begann, ein Rezept auszustellen.

Yasmin betrachtete Mr. Babangidas lange knochige Finger, die sich in die Bettdecke krallten. Sein Kopf war vollkommen kahl, und obwohl er zugenommen hatte, traten seine Gesichtszüge scharf hervor. Er machte keine Geräusche mehr, sondern verlieh seinem Unbehagen jetzt durch stumme Lippenbewegungen Ausdruck. Sie sah Professor Shah an, seine bauschigen, gefärbten Haare, die zu einer Tolle aufgetürmt waren. Aufgeblasen und unecht.

Anna bedankte sich bei Professor Shah. Sie trat nervös von einem Fuß auf den anderen und sah besorgt aus.

»Ist es okay, wenn ich Ihnen das hier überlasse?« Professor Shah reichte Yasmin das Rezept.

Es war auf Olanzapin ausgestellt, ein Antipsychotikum. Das würde Mr. Babangida auf jeden Fall ruhigstellen, keine Frage. »Und was ist mit seinem Arm?«

»Dem fehlt nichts.«

»Sollte ich nicht eine Röntgenuntersuchung anordnen, nur für den Fall?«

»Nur für den Fall? Für welchen Fall?« Professor Shah lächelte. »Für den Fall, dass ich mich irre? Für den Fall, dass *Sie* besser diese Abteilung leiten sollten?« Er kicherte und zwinkerte Anna zu, als hätte er gerade einen Scherz gemacht, den nur sie verstehen konnte. Anna sah vollkommen verängstigt aus.

»Nein, tut mir leid«, sagte Yasmin.

Professor Shah war verschwunden. Anna auch. Aber Yasmin blieb. Sie sah Mr. Babangida an. Was für ein psychotisches Verhalten soll er denn da angeblich an den Tag gelegt haben? Sie sah sich noch einmal das Rezept an. Was, wenn mit seinem Arm tatsächlich etwas nicht stimmte? Anna war nur eine Pflegekraft. Sie hatte keinerlei medizinische Ausbildung. Aber sie war äußerst qualifiziert. Sie hatte bei Mrs. Garcia recht gehabt, als sie am Blick ihrer Augen erkannt hatte, dass sie Schmerzen hatte. Sie kannte ihre Patienten, und wenn sie wegen irgendetwas beunruhigt war, dann verdiente das Beachtung. Vielleicht war Mr. Babangida ja gestürzt. Es hätte daheim passiert sein können, ohne dass sein Sohn das gemerkt hatte. Olanzapin würde das Problem nur vertuschen, statt es zu lösen.

Mr. Babangida stöhnte erneut. Spucke brodelte auf seiner Unterlippe. Yasmin nahm ein Taschentuch und wischte ihm den Mund ab.

DAS GROSSE GANZE

Nachdem sie die Röntgenuntersuchung angeordnet hatte, ging sie sofort nach oben in Pepperdines Büro. Sie reichte ihm das Formular der Abteilung für Patientenberatung.

»Ich rede mal mit Darius«, sagte er, nachdem sie ihm die ganze Geschichte erläutert hatte. »Das scheint mir tatsächlich ein bisschen übertrieben zu sein. Aber wie gesagt, er ist sehr erpicht darauf, sich diese neue Finanzierung zu sichern.«

»Ich möchte nicht, dass du mit ihm redest. Ich brauche nur einen Rat. Ich komme schon allein damit klar.« Als sie an Pepperdines Bürotür klopfte, hatte sie gehofft, er würde die Sache in die Hand nehmen, sich mit Professor Shah zusammensetzen und das Ganze aus der Welt schaffen. Aber jetzt, als er ihr genau das anbot, wollte sie es nicht mehr. Sie wollte etwas ganz anderes.

»Übrigens ist das im Moment noch streng geheim. Sie wollen es mit Posaunentusch und Fahnenschwenken bekanntgeben, wenn – oder vielmehr falls die Sache festgeklopft wird.«

»Verstehe«, sagte Yasmin. »Ich behalt's für mich.«

Falls alles gut ging, hatte Pepperdine ihr erklärt, würde das St.-Barnabas ein sogenanntes »Kompetenzzentrum« für Altenfürsorge werden. Das würde mehr Geld, mehr Personal, bessere Ausbildung und mehr Betten bedeuten.

»Wir können dann sogar eine orthogeriatrische Station einrichten. Wir würden unsere eigene Spezialabteilung für Schlaganfallpatienten bekommen.« Ein Schweißtropfen rann ihm vom Scheitel herab und sickerte in sein Auge. Er blinzelte. »Vielleicht ist ja sogar noch genug Geld übrig, um diese verdammte Heizung zu reparieren. Guter Gott, hier drin kocht es ja vor Hitze. Ich öffne mal die Tür. Meistens hilft das ein bisschen.«

Er sprang auf, und Yasmin drehte den Kopf, um ihm dabei zuzusehen: wie er die Tür öffnete, die sie geschlossen hatte. In seinem Büro war es immer stickig. Es war spartanisch eingerichtet und sehr ordentlich. Es enthielt das übliche Mobiliar und Aktenordner und sonst nichts. Die einzigen persönlichen Dinge in diesem Raum waren die Sporttasche, in der er seine Laufkleidung aufbewahrte, und eine einzelne Weihnachtskarte auf seinem Schreibtisch, auf der die schneebedeckte St.-Paul's-Kathedrale abgebildet war.

»Aber was soll ich deiner Meinung nach jetzt tun?«

»Ich rede mit Darius.«

»Also gibst du mir recht, dass ich nicht unterschreiben sollte?« Was sie von ihm wollte, war eine Spur mehr Emotion. Das wollte sie. Ein bisschen Empörung.

»Mein Rat, wo du schon fragst, wäre, dass du dich Darius besser nicht entgegenstellen solltest. Besonders jetzt. Sowas wie… äh… Insubordination kann er überhaupt nicht leiden, auch nicht in normalen Zeiten. Und jetzt …« Er setzte sich, verschränkte die Finger und legte seine Hände auf den Schreibtisch. Warum blieb er in ihrer Gegenwart so kalt? Der Blutfleck auf seinem Hemdkragen. Sie bemühte sich, nicht hinzusehen. Seine Ärmel waren hochgekrempelt, sodass man die Muskelstränge an seinen schlanken Unterarmen sehen konnte.

»Insubordination? Du machst doch wohl Witze, oder?«

Seine grünen Augen schienen nachdenklich auf einen weit entfernten Horizont gerichtet zu sein, und sie wusste, was er jetzt dachte: Hör auf, so einen Wirbel zu machen. »Ich fürchte nein«, sagte er schließlich. »Darius sitzt auf glühenden Kohlen wegen dieser Kompetenzzentrum-Geschichte. Neben uns hat sich auch noch ein anderes Krankenhaus beworben. Es sieht zwar so aus, als würden wir gewinnen – aber es ist noch in der Schwebe. Also muss diese Geschichte hier unbedingt gütlich abgeschlossen und fein säuberlich zu den Akten gelegt werden. Ich nehme an, falls diese Frau sich erkundigen sollte, was für disziplinarische Maßnahmen getroffen wurden, dann… Wie auch immer, es ist zwar ein Sturm im Wasserglas – aber es ist immer wieder erstaunlich, wie schnell unbedeutende Angelegenheiten plötzlich eskalieren können.«

»Disziplinarische Maßnahmen! Vor gar nicht so langer Zeit wollte er mir noch einen Orden verleihen!« Ihre Achselhöhlen waren schweißgebadet. Wie hielt er es bloß hier drinnen aus?

»Nimm's nicht persönlich, Yasmin. Versuch doch mal, das große Ganze zu sehen. Du weißt doch, wie desolat die Situation auf der Demenzstation ist. Wenn wir diese Gelder bekommen, können wir unsere Kapazitäten mindestens verdoppeln.«

Reg dich nicht auf, Mini. Wenn sie Babas Rat gefolgt wäre, würde sie jetzt nicht in dieser Situation feststecken. »Ich denke drüber nach.«

»Was war das andere? Als du reinkamst, hast du gesagt, es gebe zwei Sachen, die du besprechen wolltest.«

Sie hatte vorgehabt, ihm die Sache mit Mr. Babangida zu erzählen und dass sie einfach eigenmächtig eine Röntgenuntersuchung angeordnet hatte, aber jetzt war sie sich nicht mehr so sicher. Falls sich die Röntgenuntersuchung als überflüssig herausstellte, wäre das noch ein weiteres Armutszeugnis, das man ihr ausstellen würde.

»Ich weiß es nicht mehr. Nichts.«

»Okay«, sagte er. »Alles klar.«

»Danke für den Rat.«

»Habe ich dich irgendwie verärgert?«

»Ich bin nicht verärgert.«

»Dann also wütend.«

»Nein.« Sie biss sich auf die Unterlippe. Das war nicht fair. Er sollte ihr keine persönlichen Fragen stellen. Sie mussten professionell bleiben. Schließlich hatten sie das bis jetzt ganz gut hinbekommen. »Ich will nicht, dass du mich für einen schrecklichen Menschen hältst.«

»Das tue ich nicht.« Er runzelte die Stirn. »Warum sollte ich?«

»Wegen …« Sie schniefte und räusperte sich. »Wegen der Sache, die Niamh gesagt hat.«

»Niamh? Was hat sie denn gesagt?«

»Über mich und Joe. Meinen Freund. Du musst mich für eine ganz miese Schlampe halten.«

Er drehte die Handflächen nach oben, in dieser hilflosen Geste, die für ihn typisch war und die zu besagen schien, dass auch dies, ganz wie das Heizungssystem des Krankenhauses, seine Kompetenz überstieg.

»Er hat mich betrogen.« Sie hatte nicht vorgehabt, damit herauszuplatzen.

»Ah, ich verstehe. Und ich war dann… äh, sozusagen… deine Rache.«

»So habe ich es nicht gemeint.«

»Ich habe mich nicht beschwert.«

Nein, er beschwerte sich nicht. Er verhielt sich so, als ginge ihn das Ganze überhaupt nichts an. Als interessierte es ihn kaum. Sie musste sich dringend zusammenreißen. »Okay. Alles klar. Dann vielen Dank. Und ich denke darüber nach, was du gesagt hast. Das mit dem großen Ganzen.«

»Bist du sicher, dass da nicht noch was anderes ist?«

»Nein, nichts«, sagte sie. »Oder doch. Warum hast du nie geheiratet?«

Daraufhin lächelte er sie an, ein trauriges Lächeln mit geschlossenen Lippen. »Das hängt ganz davon ab, wen du fragst.«

»Ich frage dich.«

»Nun, ich würde sagen, das liegt daran, dass ich auf die richtige Person warte. Aber ich musste mir mehr als einmal sagen lassen, es läge daran, dass ich… *emotional unerreichbar* bin.« Er sagte es, als stammte der Ausdruck aus einer anderen Sprache.

Sie lachte. »Das kann man so sagen.«

»Kann man das?« Er lachte ebenfalls. »Und ich dachte, es läge an *dir*. Ich dachte, *du* wärest unerreichbar.«

FLUCHTWEG

Das Abendessen bestand aus derselben unappetitlichen Gemüsepampe, die Baba jedes Mal auftischte. Er hatte eine Routine entwickelt, bei der er sonntags einen riesigen Kessel davon kochte, der die ganze Woche reichen musste. Wenn dann der Freitag kam, waren die Zutaten zu einer Art Säuglingskost mit leichtem Currygeschmack zusammengeschmolzen. Den Reis kochte er ebenfalls auf Vorrat und stellte dann die Portion für jede Mahlzeit in die Mikrowelle. Danach war der Reis so hart wie ein Haufen Kieselsteine und bildete einen unerquicklichen Kontrast zu dem matschigen Gemüse. An diesem Abend hatte Baba mal so richtig auf den Putz gehauen und ein Kartoffelcurry als Beilage gekocht. Dabei hatte er jedoch um einiges zu viel Kurkuma in das Gericht gegeben, sodass die Kartoffeln bitter schmeckten und aussahen, als wären sie radioaktiv verstrahlt.

Yasmin stocherte in dem Essen auf ihrem Teller herum. Sie fragte sich, wo der elektrische Reiskocher abgeblieben war und ob sie Baba nicht dazu überreden könnte, ihn zu benutzen, damit er wenigstens jeden Tag frischen Reis hatte. Von Zeit zu Zeit schlug sie vor, sie könne doch das Abendessen zubereiten, an den Tagen, an denen sie zu Hause war – ein Angebot, das sie ohne viel Enthusiasmus unterbreitete. Glücklicherweise lehnte Baba jedes Mal ab. Es war für ihn eine Frage des Stolzes geworden, dass er ganz wunderbar allein klarkam.

»Baba, auf der Arbeit ist etwas Interessantes vorgefallen.« Sie hatte ihm von dem Vorfall mit Mrs. Rowland nichts erzählt und jetzt würde sie es ihm erst recht nicht mehr erzählen. Er würde nur sagen, dass sie töricht gehandelt hatte, und sie drängen, ihre Torheit nicht noch auf die Spitze zu treiben. Aber sie glaubte, dass ihm die Geschichte von Mr. Babangida gefallen würde.

»Für uns ist jeder Tag interessant, Mini. Wie könnte es anders sein? Wir sind Ärzte.« Er sprach in sehr heiterem Tonfall, aber die Bemerkung machte Yasmin traurig. Seine Tage waren schrecklich monoton.

Sie erzählte ihm von Mr. Babangida. Wie sie die Röntgenuntersuchung angeordnet hatte, obwohl Professor Shah darüber nicht erfreut sein würde. Mr. Babangida hatte einen Bruch im rechten Humerus und brauchte einen Gips und keineswegs die Antipsychotika, die Professor Shah verschrieben hatte. Sein Sohn – der Einzige, der sich um ihn kümmerte – hatte von keinem Sturz oder Unfall berichtet, aber er konnte nicht jede einzelne Sekunde eines jeden einzelnen Tages auf ihn aufpassen. Vielleicht war Mr. Babangida bei seiner Einlieferung ja zu schwach gewesen, um auf seine Schmerzen hinzuweisen. Was für ein Glück, dass es Anna gab. Was für ein Glück, dass sie so wachsam war.

»Du hast gegen die Anordnungen des Chefarztes gehandelt?« Babas buschige Augenbrauen stiegen so hoch, dass sie den dicken schwarzen Rahmen seiner Brille überragten. »Du hast dich Professor Shah widersetzt? Und das nennst du *interessant?*«

»Aber ich hatte recht.« Yasmin aß eine Gabel voll Gemüsematsch. Blumenkohl, von der kaum merklich genoppten Struktur zu schließen. Babas Reaktion war vorhersehbar gewesen, und doch hatte sie sie nicht vorhergesehen. Wie hatte sie so blind sein können, ein Lob von ihm zu erwarten?

»Es gibt eine Hierarchie in der Welt der Medizin«, sagte er, wobei er um jedes Wort kämpfen musste. »Man handelt nicht gegen die Anordnung seiner Vorgesetzten. Dafür gibt es gute Gründe, Mini.«

»Aber in diesem Fall hatte ich keine andere Wahl. Ich musste die Bedürfnisse des Patienten an erste Stelle setzen. Du würdest doch einen Patienten mit gebrochenem Arm niemals einfach leiden lassen, oder? Nur, weil dir das jemand befohlen hat.«

Baba steckte sich eine radioaktive Kartoffel in den Mund und setzte zu einer äußerst gründlichen Mastikation an. Es war für ihn ein unumstößliches Glaubensbekenntnis, dass ungenügende Kautätigkeit zu Magenverstimmungen und Blähungen führten. Also ließ er sich reichlich Zeit damit.

Yasmin konnte nicht stillsitzen. Sie stand auf, um ihren Teller abzuräumen. In der Küche war es sauber und ordentlich. Baba hatte sämtliche Arbeitsflächen freigeräumt, abgesehen von den Packungen mit Frühstücksflocken, die er in eine Ecke gestellt und der Größe nach geordnet hatte. Die Sauberkeit war deprimierend. Eine allgegenwärtige Erinnerung daran, was – oder vielmehr wer – hier fehlte.

»Nun, Mini«, sagte er endlich. »Deine Absichten waren gut. Das Ergebnis war auch gut. Aber heiligt der Zweck die Mittel? Es muss eine Ordnung geben. Solche Dinge haben eine festgelegte Ordnung.«

Yasmin stand an der Spüle. »Aber was ist, wenn es die falsche Ordnung ist?«

»Du hast dein Bestes getan«, sagte Baba sanft. »Ich bin stolz auf dich. Ich möchte dich nur darum bitten, in Zukunft sorgfältig nachzudenken. Vielleicht ziehst du es dann in Betracht, deine Bedenken zunächst mit deinen Vorgesetzten zu besprechen, statt einfach Maßnahmen zu ergreifen, die dich später teuer zu stehen kommen könnten. Und nun… haben wir dieses Thema zur Genüge diskutiert.« Er schwieg einen Moment. »Wie geht es deiner Mutter?«

»Sie vermisst dich.« Ma hatte zwar nicht gesagt, dass sie irgendetwas an Tatton Hill vermisste, aber sie musste doch zumindest Baba auf jeden Fall vermissen, auch wenn sie es nicht zeigte. Yasmin seufzte. Die Küche wurde ohne Ma immer trostloser. Das Radio war im Schrank verstaut worden. Die Grünlilien waren vom Fensterbrett verschwunden, nachdem sie verwelkt und braun geworden waren.

»Sie weiß, wo ich zu finden bin.«

»Komm doch morgen mal vorbei! Harriet würde sich freuen, dich zu sehen. Und Joe natürlich auch.« Baba musste Ma beweisen, wie viel sie ihm bedeutete, wie sehr er sie brauchte, und dazu musste er nach Primrose Hill kommen und sich entschuldigen. Ma würde alles zusammenpacken und heimkehren. Er musste nur seinen Stolz hinunterschlucken.

»Sie weiß, wo ich zu finden bin«, wiederholte er.

Baba schien vergessen zu haben, wie sehr er Ma liebte und wie sehr sie ihn liebte. Er musste daran erinnert werden. »Baba, wie war Ma gekleidet, das erste Mal, als du sie gesehen hast?«

Er machte sich mit akribischer Sorgfalt an die Bearbeitung eines weiteren Kartoffelstücks. »Sie trug einen roten Sari, und als ich ihr Gesicht zum ersten Mal sah …« Er brach ab und zog ein Taschentuch aus der Hosentasche. »Deine Mutter ist eine wunderschöne Frau.«

Yasmin ging das Herz auf. »Eine Liebesheirat, Baba, das muss damals etwas ganz Besonderes gewesen sein, besonders bei einer so unterschiedlichen Herkunft.«

»Ja, in der Tat, es war außergewöhnlich.« Yasmin hielt den Atem an. Vielleicht würde er ihr ja jetzt endlich all die Dinge erzählen, die sie schon immer über die große Romanze ihrer Eltern hatte wissen wollen. Als er zu sprechen begann, war seine Stimme immer noch ganz weich vor Ergriffenheit und Zärtlichkeit. »Es war sehr außergewöhnlich und wunderbar, dieses wunderschöne, aufgeweckte Mädchen zu heiraten. Sie war so schüchtern, deine Mutter, und sie war sich gleichzeitig bei allem so sicher, aber ihre Familie – die war sehr schwierig. Jeden Tag musste ich mir von ihnen anhören, was für ein ungeheures Glück ich hatte, wie großzügig sie waren, wie dankbar ich dafür sein sollte, dass sie mich in ihr Haus gelassen hatten, dass ich ihre Tochter heiraten durfte, um deren Wohl ich mich seither auf jede nur erdenkliche Weise gekümmert habe. Auf jede nur erdenkliche Weise. Und weißt du, wie viele Jahre ich gebraucht habe, um mich endlich zu befreien, von ihrer …? Aber ich habe jeden einzelnen Penny zurückgezahlt.«

Er schloss die Augen. Aus dem Wasserhahn fielen zwei laute Tropfen in die Edelstahlspüle.

Mas Hochzeitsschmuck vegetierte immer noch in der Schublade vor sich hin. Yasmin nestelte an der verschlissenen braunen Schutzhülle und der ausgefransten Kordel herum. Sie hob das Paket hoch, um sein Gewicht abzuschätzen. War der Schmuck vergoldet oder aus Massivgold? Und wie viel war er wert? Es mussten mehrere Tausend sein. Genug, um für Lucy und Arif eine recht ordentliche Starthilfe zu bilden.

Yasmin legte den Schmuck wieder zurück und schloss die Schublade. Man verkaufte seinen Hochzeitsschmuck nicht – es sei denn, die Ehe war kaputt. Das war schließlich der Zweck eines solchen Schmucks – er war eine Art Versicherung, falls der Gatte starb oder man verlassen wurde. Sie nahm eine der Flaschen mit Yardley's Lavendelwasser und sprühte ein wenig davon in den Raum, als kleine Gedächtnisstütze für Baba.

Bis es Zeit war, schlafen zu gehen, würde es noch einige Stunden dauern. Es war jedes Mal dasselbe, wenn sie in diesem Haus übernachtete. Dieses Gefühl, eingesperrt zu sein. Ein langsames Ersticken. Yasmin stand im Flur und überlegte, welche Fluchtmöglichkeiten sich ihr boten. Sie musste eine Weile hier raus. Wenigstens einmal um den Block laufen, das würde vielleicht schon helfen. Aber falls Baba mitbekam, wie sie das Haus verließ, würde er sie fragen, wo sie hinwollte und es nicht gutheißen, dass sie im Dunkeln ziellos durch die Straßen lief. Er könnte darauf bestehen, sie zu begleiten, als Vorsichtsmaßnahme. Tatton Hill war zwar eine friedliche Gegend, aber selbst in friedlichen Gegenden gab es »Rohlinge«, wie er sie nannte.

Arif war als Teenager immer aus seinem Schlafzimmerfenster und an der Regenrinne heruntergeklettert. Yasmin hatte jedes Mal gedroht, ihn zu verpetzen, es aber nie getan. Irgendwo tief in ihrem Innern war die Vorstellung vergraben, sie könne vielleicht irgendwann selbst an der Regenrinne herunterrutschen und loslaufen, einem geheimnisvollen Etwas entgegen, nach dem sie sich sehnte, ohne die geringste Ahnung zu haben, worum es sich dabei handelte. Das würde sie nur herausfinden, wenn sie das Risiko einging, sich diesem Etwas mit blindem Vertrauen und kosmischer Fluchtgeschwindigkeit entgegenzuwerfen. Doch sie war nicht mutig genug. Was war es, wonach sie sich gesehnt hatte? Wegzurennen und sich mit einem heimlichen Liebhaber zu treffen? Nein. Wenn sie Kashif treffen wollte, ließ sich das ganz leicht bewerkstelligen, indem sie die Eingangstür benutzte und in aller Unschuld aus dem Haus schlenderte. Doch jedes Mal, wenn Arif einen seiner Ausbrüche unternahm, hatte sie das Gefühl, ein Feigling zu sein, während sie sich gleichzeitig jedes Mal einredete, dass ihr Weg klug und seiner dumm war.

Sie könnte nach Primrose Hill fahren, aber das würde Baba kränken. Sie blieb immer zu lange weg, sagte er. Niemand tat mehr so, als wäre sie auf der Nachtschicht, wenn sie nicht zu Hause war. Sie besuchte Mrs. Sangster und Ma, und das war – zumindest in Maßen – durchaus angemessen. Joe war ziemlich antriebslos, seit er mit seinen Therapiestunden aufgehört hatte. Zuerst hatte Yasmin geglaubt, er würde vielleicht irgendeine Krankheit ausbrüten, aber mittlerweile fragte sie sich, ob er nicht unter einer leichten Depression litt. Er war antriebslos, aber gleichzeitig unruhig und besorgt. Sprunghaft. Gereizt, Harriet gegenüber. Vielleicht sollte er ja besser mit seiner Therapie weitermachen. Zu Ende führen, was er angefangen hatte. Sie hatte mit ihm darüber gesprochen, ob er nicht einen Termin vereinbaren wolle. Es musste unendlich viele Erinnerungen und Gefühle aufgewühlt haben, über seinen Vater zu reden. Er hatte ihr ein wenig darüber erzählt, und sie war gern bereit zuzuhören, aber sie konnte nichts weiter tun, als ihre Empathie auszudrücken oder ihn anzuspornen weiterzuerzählen. Er hatte die Therapie zu früh abgebrochen.

Zurück in ihrem eigenen Zimmer fand sie keine Ruhe. Statt für die MRCP-Prüfung zu lernen, studierte sie das Muster aus rosa- und cremefarbenen Kohlrosen auf der Tapete. Die Rosen schwebten in einer schwarzen Borte, die sich unterhalb der umlaufenden Bilderleiste entlangzog. Die einzelnen Tapetenbahnen waren nicht perfekt ausgerichtet, sodass die schwarze Borte im Zickzack auf und ab sprang. Die rosafarbenen Rosen waren mit den Jahren verblichen, während die cremefarbenen Rosen bräunlich angelaufen waren, als wollten sie jeden Moment ihre welken Blütenblätter zu Boden fallen lassen.

Wie einsam Baba sein musste, wenn sie nicht hier war. Und selbst *wenn* sie hier war und sich in ihrem Zimmer versteckte. Sie hätte sich nach dem Abendessen zu ihm gesellen und eines der Rätsel zu Krankheitsfällen mit ihm lösen können. Sie hätte ihm diesen Gefallen tun können, statt zu behaupten, dass sie zu viel zu tun hatte und sich auf die Prüfung vorbereiten musste. Trotz seiner Bemerkung während des Abendessens war die Arbeit, die er in der Praxis verrichtete, nicht interessant genug für ihn. Er hatte das nie zugegeben, aber die Aufgaben, die er dort zu erfüllen hatte, waren monoton und langweilig. Eine endlose Reihe von Husten- und Erkältungskrankheiten musste diagnostiziert werden sowie Grippen, die keine Grippen waren. Leichte Infekte, Antibiotika, Verstauchungen, Reiseimpfungen, jeden zweiten Mittwochvormittag die Warzenklinik, Gürtelrose, Rückenprobleme, Verstopfungen… Das, wonach er sich sehnte, waren Acanthamoeba Keratitis oder Eigenbrauer-Syndrom oder irgendeine seltene genetische Krankheit, die eine angemessene Herausforderung für seinen Intellekt wäre, irgendetwas, das schwer zu diagnostizieren war. Er feilte fortwährend an seinem ärztlichen Können, löste die Fallbeispiele und hortete sein Wissen für den Tag, an dem er sich endlich würde beweisen können. Ein Tag, der nie kommen würde.

Die Tür zum Wohnzimmer stand offen, und aus dem Fernseher schallte das Gefasel von einer von »Mas Seifenopern«. So wurden sie in der Familie genannt, aber in Wahrheit schauten sie sie immer zusammen, Baba und Ma. Babas Hinterkopf ragte aufrecht und stolz über das Sofa hinaus. Die Haare hingen ihm bis über den Kragen herab, weil Ma nicht da war, um sie für ihn zu schneiden. Er schwenkte den Whisky in seinem rubinroten Kristallglas, während sein Handgelenk auf der Sofalehne ruhte, genau an der Stelle, wo Ma immer ihre Teetasse hinstellte.

Er sah so einsam aus. Vor vielen Jahren hatte er seine Abende noch mit Hausbesuchen verbracht. Wie schade, dass es die nicht mehr gab. Dann hätte er jetzt wenigstens etwas zu tun. Aber vielleicht war es ja gut, dass er einsam war. Das könnte ihn dazu motivieren zu tun, was nötig war, um seine Frau zurückzugewinnen. Er musste einfach nur zu ihr gehen und ihr versprechen, dass er mit Arif alles wieder in Ordnung bringen würde.

SANDOR

Manchmal vermisste er die Meth-Junkies und Heroinfixer. Er vermisste sie auf jeden Fall in diesem Augenblick, während er in seinem stillen Sprechzimmer saß. Er vermisste den menschlichen Karneval, der in der Klinik immer geherrscht hatte. Den Lärm, das Chaos, die Unberechenbarkeit. Sie hatten seine Seele berührt, diese Drogensüchtigen. Sie hatten ihn in eine harte Schule genommen. Sie hatten seine Geduld bis zur Belastungsgrenze auf die Probe gestellt. Er hatte über ihre Erfolge gejubelt und ihr Scheitern betrauert. Und war zu ihren Begräbnissen gegangen.

Joe machte ihm Sorgen. Eine Absage, gefolgt von einem nicht wahrgenommenen Termin. Würde er den Termin heute Nachmittag einhalten?

Er hatte eine freie Stunde, um an seinem Vortrag anlässlich der Jahrestagung der Society for Psychotherapy Research zu arbeiten. *Über klinische Weisheit: Eine Anleitung in Praxis, Training und Forschung* war als Hauptvortrag angesetzt, und er würde vor einem kritischen Publikum stattfinden. Heutzutage lag der Goldstandard für therapeutische Techniken in der Erstellung von Modellen und Berechnungen, was die möglichen Resultate einer Therapie anbelangte, wobei man sich so eng wie möglich an den Doppelblindstudien der Pharmaindustrie orientierte. Symptomlinderung hieß die Devise. Empirische Studien, Kosten-Nutzen-Kalkulationen innerhalb des Marktes für mentale Gesundheit. Wie sollte man da über Weisheit sprechen? Aber andererseits – was war ein Therapeut ohne sie?

Sandor öffnete das Dokument auf seinem Computer und las sich die Notizen durch, die er bis jetzt erstellt hatte. Dann öffnete er den Internetbrowser und tippte den Namen »Harriet Sangster« in die Suchmaschine – einem Drang folgend, dem er bisher wohlweislich widerstanden hatte. Da war sie und starrte ihn an und lächelte, als wüsste sie Bescheid. Als hätte sie ihn dabei erwischt, wie er sie ausspionierte.

Er schloss den Browser.

Vielleicht, so entschied er, war ja der wahre Maßstab für den Grad der Weisheit, den man besaß, das Bewusstsein der eigenen Torheit.

»In der Tat«, sagte Sandor. »Es gibt Leute, die den Nutzen oder sogar die Gültigkeit dieses Begriffs in Frage stellen.« Er war so froh gewesen, Joe zu sehen, dass es ihn große Mühe gekostet hatte, ihn nicht zu umarmen. Joe hatte anscheinend Nachforschungen angestellt. Das war vollkommen in Ordnung. Es war mehr als in Ordnung. Es bedeutete, dass er sich wieder auf die Sache einließ. »Andere bevorzugen den Begriff ›emotionaler Inzest‹«, fuhr Sandor fort. »Oder ›emotionaler sexueller Missbrauch‹ oder ›seelische Inzest-Wunden‹. Gut möglich, dass all diese begrifflichen Festlegungen im Grunde genommen nutzlos sind. Weil sich Menschen ohnehin nie in klar abgetrennte Kategorien einordnen lassen.«

»Ich hatte eigentlich nicht vor, noch einmal herzukommen«, sagte Joe. »Nun, ich hatte vor… Tut mir leid wegen letzter Woche.«

Sandor winkte ab. Heute waren Joes Schnürsenkel schwarz. Hatte das etwas zu bedeuten?

»Ich habe daran denken müssen. Ohne Unterlass.«

»Erzählen Sie mehr. Wie war das?«

»Schwer. Es war verdammt schwer.«

»Okay.« Sandor erhaschte einen kurzen Blick auf sich selbst in dem Rauchglas des Couchtischs. Er sah ungesund aus. Melissa hatte gedroht, dass sie ihn, wenn er nicht endlich anfing, Sport zu treiben, auf ihrem Laufband festbinden und es auf Höchstgeschwindigkeit stellen würde.

»Ich jage dem Rausch hinterher«, sagte Joe. »Nicht im Moment.

Im Moment ist meine Libido… tot. Aber es gibt einen Zyklus. Und wenn ich da drin stecke, dann… baut sich der Druck auf, und ich brauche den nächsten Rausch… Diese Intensität, wissen Sie, es ist, als wäre man in diesem Moment, in diesen Minuten, vollkommen frei. Und dann ist man es nicht mehr. Dann knallt die Gefängnistür wieder zu. Entschuldigung, ich gerate ins Schwafeln. Ich habe sehr viel nachgedacht. Mich zurückerinnert. Und es leuchtet mir ein. Das, was Sie gesagt haben.«

Also hatte sich der Junge der Logik gebeugt. Er hatte selbst Antworten auf seine Fragen gefunden. Aber mit einem Patienten wie Joe konnte man leicht in Versuchung geraten, sich allein auf den Bereich der Theorie und des Intellekts zu beschränken. Als würde die Erkenntnis allein schon ausreichen, um alle Probleme zu lösen. »Wie geht es Ihnen. Wie ist es Ihnen in den letzten Wochen ergangen?«

»Ein einziges Chaos, aber …«

Immer noch lebendig, wollte er damit sagen. »Ich weiß«, sagte Sandor. »Ich weiß.«

»Was soll ich jetzt tun?«

»Tun?«

»Wie bringe ich das in Ordnung? Wie bringe ich mich wieder in Ordnung? Können Sie mir bitte ein Rezept ausstellen?«

»Ha!«, sagte Sandor.

»Wohl eher nicht«, sagte Joe. »Und wo stehe ich jetzt?«

»Was sagt Ihnen denn Ihr Gefühl, wo Sie stehen?«

»Ich wäre lieber Alkoholiker.« Joe sah ihn mit einem ernsthaften Gesichtsausdruck an, als wäre das etwas, das Sandor für ihn in die Wege leiten könnte. »Ich wäre lieber drogenabhängig. Verglichen mit dem, was ich bin, sind die doch geradezu normal. Oder zumindest bekommen die Mitgefühl. Verstehen Sie?«

»Es geht nicht um das, was Sie *sind*, wissen Sie noch? Es geht um etwas, was Sie *tun* und was Sie ändern möchten. Ein Drogenabhängiger ist mehr als seine Sucht. Und Sie sind mehr als Ihre Sucht. Sehr viel mehr.« Aber der Junge hatte recht, was das Mitgefühl anbelangte. Sandors Erfahrung nach gab es davon wenig genug für

Drogenabhängige, aber fast überhaupt keins für Sexsüchtige, die schlimmstenfalls als pervers oder unmoralisch wahrgenommen wurden und bestenfalls zur Zielscheibe grausamer Witze wurden.

Joe sah nicht überzeugt aus, rang sich jedoch ein tapferes Lächeln ab.

»Wie läuft es mit Ihrer Verlobten?«

»Sie hat eine Menge eigene Probleme. Familiengeschichten. Die Freundin ihres Bruders ist schwanger, und ihr Vater ist damit überhaupt nicht einverstanden. Ihre Mutter wohnt immer noch bei uns. Yasmin ist ziemlich gestresst. Das sind wir beide – Arbeit, Familie, Wohnungssuche, Hochzeitspläne.«

»Das klingt anstrengend.«

»Ja, schon, ein bisschen.«

»Und wie äußerst sich der Stress bei Ihnen?«

Joe wandte den Blick ab. »Im Augenblick ist mein Verlangen nach Sex gleich null. Unter null.«

»Auf diese Weise versucht Ihr Körper, mit der Sucht klarzukommen. Ihre Libido ist unterdrückt, damit die Sucht unterdrückt wird. Aber ich gehe mit ziemlicher Sicherheit davon aus, dass Sie, sobald Sie die Sucht überwunden haben, in der Lage sein werden, eine gesunde Liebesbeziehung zu führen.«

»So fühlt es sich aber gerade nicht an«, sagte Joe. »Nach unserer letzten Sitzung ist etwas passiert – fast passiert –, was mir eine Scheißangst eingejagt hat.«

»Sie waren auf den Seiten für Gelegenheitssex im Internet?«

»Schlimmer.«

»Okay.« Sandor wartete. »Nichts, was Sie sagen, kann mich in irgendeiner Weise schockieren. Oder dazu führen, dass ich Sie verurteile.« Er hatte eine Vermutung, worum es sich handeln könnte. »Hat es etwas mit Ihrem Arbeitsplatz zu tun?«

»Ich habe *nichts* getan.« Joe warf Sandor einen flehentlichen Blick zu.

»Aber Sie hatten Angst, Sie könnten etwas tun?« Eine sexuelle Begegnung mit einem Patienten wäre die ultimative Grenzverletzung.

»Ich bin in Versuchung geraten. Das ist alles, das schwöre ich. Ich bin in Versuchung geraten, verdammt nochmal. Ich hasse mich.«

»Sie müssen die Verlobung lösen. Und zwar sofort.«

»Was?«

»Sie haben mich gefragt, was Sie tun sollten. Sie haben mich um ein Rezept gebeten. Ich stelle Ihnen eins aus.«

Joe presste sich einen seiner Daumenknöchel ins Kinn. »Das kann ich nicht. Das will ich nicht. Und dazu wäre ich auch gar nicht fähig.«

»Das Wichtigste ist Ihre Genesung. Wie wollen Sie denn in Zukunft ein guter Ehemann und ein guter Vater sein, wenn Sie sich nicht zuerst um Ihre eigene Genesung kümmern?« Und da war er plötzlich: sein innerer Robert. Musste er sich nun endlich eingestehen, dass auch er sich danach sehnte, seine Patienten zu ihrem Besten zu zwingen? Dazu, was seiner Meinung nach das Beste war. Einer Meinung, die natürlich der ihren weit überlegen war.

»Aber das kann ich nicht«, sagte Joe. »Jetzt, wo sie mir verziehen hat? Ich kann nicht einfach ohne jede Erklärung Schluss machen. Das schaffe ich nicht, so grausam zu sein, so bin ich nicht.«

»Dann erklären Sie es ihr.«

Joe schüttelte den Kopf.

»Aber begreifen Sie denn nicht, dass es genauso grausam wäre, die Sache durchzuziehen und das Mädchen zu heiraten? Hat sie nicht zumindest die Wahrheit verdient, damit sie eine fundierte Entscheidung treffen kann?«

»Die Wahrheit. Ja. Dass ich …« Er hielt inne. Ein Ausdruck höchster Qual verzerrte sein Gesicht. »Ich glaube nicht, dass ich die Worte herausbringe.«

»Joe«, sagte Sandor. »Joe? Sie fühlen sich von alledem überfordert, nicht wahr?«

»Vielleicht könnte ich es ja für sie aufschreiben. Für Yasmin. Ich glaube, das würde ich schaffen.«

»Nach reiflicher Überlegung«, sagte Sandor, »komme ich zu dem Schluss, dass das vielleicht doch nicht der richtige Ansatzpunkt ist.

Ich habe den zweiten Schritt vor dem ersten gemacht. Entschuldigen Sie.«

Joe starrte ihn mit leerem Blick an.

Du musst dem Jungen ein bisschen Hoffnung geben, dachte Sandor. Du bist in Panik geraten. Und hast direkt die Atombombe geschmissen. »Erzählen Sie Yasmin noch nichts.«

»Ich soll den Brief nicht schreiben?«

»Nein, schreiben Sie ihn nicht.«

»Was soll ich denn sonst tun?« Joe sprach leise. Als würde er zu sich selbst sprechen. Als hätte er schon längst entschieden, dass ihm kein Ausweg mehr blieb.

»Es gibt Schritte, die bei Ihrer Genesung zu beachten sind. Das ist ein Klischee, ich weiß, aber es handelt sich tatsächlich um eine Reise. Ich würde gerne wissen, wie sich in der Zwischenzeit die Dinge mit Ihrem Vater entwickelt haben.« Die Betroffenen eines solchen Traumas fanden es oft leichter, mit den Emotionen klarzukommen, die sich auf das gleichgeschlechtliche Elternteil bezogen. Zumindest leichter als eine Auseinandersetzung mit ihrer einzigen Bezugsperson. Auf diese Weise konnte der Patient Fortschritte machen, ohne dass ihm direkt seine ganze Welt um die Ohren flog.

»Wir haben uns ein paar Mal unterhalten. Er hat mich eingeladen, ihn besuchen zu kommen und bei ihm zu übernachten.«

»Und werden Sie hinfahren?«

»Wenn Sie mir sagen, dass ich das tun soll.«

»Nun, es ist Ihre Entscheidung. Ich weiß, das mag sich vielleicht in diesem Augenblick nicht so anfühlen«, sagte Sandor, »aber Sie haben in dieser sehr kurzen Zeit unglaublich große Fortschritte gemacht. Ganz ehrlich. Ich möchte, dass wir uns einen Moment Zeit nehmen, um das anzuerkennen.«

»Ich habe alle Apps gelöscht. War aber nicht zum ersten Mal.«

»Aber vielleicht zum letzten Mal«, sagte Sandor. »Wir arbeiten an den Auslösern, einverstanden?«

»Und ich muss mit Harry reden, richtig?«

»Wir können die Dinge langsam angehen.«

»Aber irgendwann …«

»Zu einem späteren Zeitpunkt.«

»Alles klar. Zu einem späteren Zeitpunkt.«

»Und es geht dabei nicht darum, ihr Vorwürfe zu machen. Es geht nicht um Schuldzuweisungen.«

»Es geht nicht um Schuldzuweisungen«, wiederholte Joe. Sein Blick wirkte irgendwie leer.

»Ist bei Ihnen alles in Ordnung? Fühlen Sie sich wieder überfordert?«

»Es geht mir gut. Ich werde es tun. Ich tue, was Sie mir sagen.«

»Als ersten Schritt könnten Sie ihr ein paar Grenzen setzen.«

»Ja.«

»Sie könnten damit anfangen, sie zu bitten, dass sie Ihre Privatsphäre respektiert.«

Joe schien ihn nicht zu hören. Er starrte vor sich hin. Irgendwann schüttelte er sich, wie ein Hund, der aus einem Schlummer aufwacht. »Wenn ich es tue… wenn ich alles tue, alle notwendigen Schritte unternehme, kann ich dann normal sein? Sagen Sie es mir ganz ehrlich. Wie wahrscheinlich ist es, dass ich nach alledem normal bin?«

»Sie meinen, ob es Ihnen gelingen wird, die Sucht zu überwinden?«

»Wie meine Chancen stehen. In Prozent. Nennen Sie mir eine ungefähre Größenordnung. Grob geschätzt. Aber sagen Sie mir die Wahrheit.«

Sandor wusste alles, was es über Suchtkrankheiten zu wissen gab. Er galt allgemein als anerkannter – um nicht zu sagen renommierter – Experte. Aber ob es eine spezifische Person, ein individueller Suchtkranker schaffen würde, seine Sucht zu überwinden oder nicht? Das war etwas, das niemand vorhersagen konnte.

»Hundert Prozent«, sagte Sandor. Joe musste glauben. Glauben war das Allerwichtigste, was Sandor ihm geben konnte. »Das ist die Größenordnung, in der wir uns bewegen. Meiner Meinung nach werden Sie es definitiv schaffen.«

INTERSEKTIONALITÄT

»Ihr Lieben, ich habe heute ein absolut entzückendes kleines Remisenhaus ganz in der Nähe der Delancey Street gesehen. Ich weiß, ihr habt gesagt, ihr wollt südlich des Flusses wohnen, aber, Schatz, *es ist wie für euch gemacht.*« Harriet drückte Joe einen Kuss auf die Wange, während er ihr einen Gin Tonic mit einer Scheibe Grapefruit reichte.

»Ist da nicht die Straße vor dem Haus voller Pflastersteine?« Joe war eben erst aus der Dusche gestiegen, seine Haare waren noch nass, die Füße nackt. Er trug Jeans und einen grauen Kapuzenpullover, den Harriet absolut scheußlich fand, wie sie sofort gesagt hatte. Du musst ihn ja nicht tragen, hatte er entgegnet.

»Pflastersteine?«

»Ich hasse diese Dinger.«

»Ich vereinbare einen Besichtigungstermin. So kurz vor Weihnachten wird garantiert nichts anderes mehr auf den Markt kommen.«

»Um Himmels willen«, sagte Joe. »Könntest du damit aufhören? Hör endlich auf.«

»Ich weiß nicht. Vielleicht sollten wir es uns ja ansehen.« Yasmin, die an der Küchentheke stand und eine Gurke schälte, schnitt sich in den Daumen. Sie hatte Joe noch nie so grimmig erlebt. Er war diese Woche wieder zu seiner Therapiestunde gegangen und hatte gesagt, dass er nie damit hätte aufhören dürfen. Er meinte, das sei etwas, das er unbedingt zu Ende führen müsse. Aber er war dadurch nicht ausgeglichener geworden. Vielleicht war es ja doch eine schlechte Idee gewesen, wieder hinzugehen. Worin bestand der Sinn einer Therapie, wenn sie einen nicht zufriedener machte?

»Nein, nein«, sagte Harriet. »Joseph hat seine Gefühle in dieser Hinsicht nur allzu deutlich zum Ausdruck gebracht.«

Joe verdrehte die Augen. »Du blutest«, sagte er.

»Es ist nicht schlimm.« Yasmin ging zur Spüle und ließ sich Wasser über den Daumen laufen.

»Lass mich sehen«, sagte er über ihre Schulter. Sein Atem kitzelte ihren Hals.

»Es hat schon aufgehört.« Sie hielt den Daumen in die Höhe, um ihm den aufgeschnittenen Hautfetzen zu zeigen. Er schlang die Arme um ihre Taille. Scharlachrote Kügelchen sprudelten aus ihrem Daumen und liefen an ihrem Handgelenk herunter. Blut auf dem Teppich. Blut an der Wand. Es hatte nicht das Geringste zu bedeuten, dass ihr Herz gerade einen Schlag ausgesetzt hatte.

»Ich hole ein Pflaster.« Joe ließ sie los.

Sie drückte sich noch etwas mehr Blut aus dem Daumen.

»Soll ich weiter schneiden?«, fragte Harriet.

»Nein, alles in Ordnung. Wo ist Ma?« Für gewöhnlich übernahm Ma die Herrschaft in der Küche, sobald Rosalita nach Hause gegangen war. Ma ging abends nie aus dem Haus. Wo sollte sie auch hingehen?

»Sie ist mit Flame unterwegs«, sagte Harriet. »Flame probt heute. Ihre Show hat im Januar Premiere, und Anisah begleitet sie. Die beiden sind sehr gute Freundinnen geworden, wie du vielleicht bemerkt hast.«

»Hm«, sagte Yasmin. Sie hatte sich so wenig wie möglich mit Flame beschäftigt. Die weißen Marmorarbeitsflächen rochen nach Desinfektionsmittel. Rosalita hasste den hartnäckigen Geruch, den Mas Kochkünste hinterließen. Am heutigen Abend hatte Rosalita die Schlacht um das Abendessen für sich entschieden (im Ofen garte ein Shepherd's Pie) und hatte außerdem ihr Territorium noch mit ihrer Duftmarke gekennzeichnet. Trotz aller gegenteiligen Beweise hielt Anisah beharrlich an ihrer Überzeugung fest, dass Rosalita ihre Hilfe bei den Mahlzeiten und sonstigen Arbeiten willkommen hieß. Normalerweise nahm sich Rosalita während der Weihnachtszeit immer zwei Wochen frei, um ihre Familie zu besuchen, aber dieses Jahr hatte sie darauf bestanden, zur Arbeit zu kommen, bis Harriet ihr schließlich hoch und heilig versprochen hatte, dass Ma nicht das Weihnachtsessen für die Hausbewohner und acht geladenen Gäste kochen würde. Stattdessen hatte Harriet einen Privatkoch gemietet, der sich um alles kümmern würde.

»Sie ist eine bemerkenswerte Person«, sagte Harriet.

»Flame?«

Harriet schüttelte ihren glänzenden blonden Kopf. »Deine Mutter.«

»Ich weiß. Mein Vater vermisst sie sehr.« Sie hoffte, Harriet würde ein wenig Mitgefühl an den Tag legen. Schließlich konnte sie schwerlich einfach offen heraus sagen: Du musst meine Mutter zu ihm zurückschicken.

Harriet stieg nicht darauf ein. »Natürlich.«

»Ich mache mir Sorgen um ihn.« Sie hatte gelacht, als Joe von Scheidung gesprochen hatte. Aber vielleicht hatte Harriet ihrem Sohn ja irgendetwas erzählt, von dem Yasmin nichts wusste.

»Bitte grüß ihn ganz herzlich von mir«, sagte Harriet.

Yasmin öffnete den riesigen Sub-Zero-Kühlschrank und zog die Gemüseschublade heraus. Welche Blätter sollte sie für den Salat nehmen? Radicchio, Lollo rosso, Frisée-Endivie oder alle drei? Im Ghorami-Haushalt hatte das Wort »Salat« immer nur für Kachumber gestanden – eine Mischung aus Zwiebeln, Gurken, Tomaten, grünen Chilischoten und Korianderblättern. Im Sangster-Haushalt konnte das Wort nahezu alles bedeuten.

Sie hatten bereits mit dem Essen begonnen, als Ma aufgeregt hereingeflattert kam. Sie war mit riesigen Plastikwäschebeuteln beladen. Unmittelbar hinter ihr betrat Flame den Raum, deren geschmeidige, klare Silhouette einen starken Kontrast zu der turbulenten Ansammlung aus Formen und Farben bildete, aus der Anisah sich zusammensetzte.

»U-Bahn-Zug-Probleme«, sagte Ma und ließ die Taschen fallen. Eine davon kippte um, und ein gewaltiges Durcheinander aus Kleidern ergoss sich auf den Boden. »Wegen Person auf dem Gleis.« Ihre Jacke war falsch geknöpft, sodass sie auf der linken Seite tiefer hing als auf der rechten.

»Egoistischer Mistkerl«, sagte Flame und glitt von der Tür zum Esstisch. »Selbstmörder sollten außerhalb der Stoßzeiten springen.«

Ma bewegte ihren Kopf in einem rituellen Muster von einer Seite auf die andere. Genau so hatte sie ihn immer bewegt, wenn Arif in der Schule nachsitzen musste oder gerade etwas Unverschämtes gesagt hatte.

»Was denn?« Flame sah Ma an und zuckte mit den Schultern.

Ma kicherte und schlug sich die Hand vor den Mund. »Oh, da ist noch einer! Wunderschön!« Tagsüber waren die Weihnachtsbäume geliefert worden und hatten den Festtagsschmuck vervollständigt. Es gab drei. Einer stand in der Küche, ein zweiter im Wohnzimmer und ein dritter in der Diele. Letzterer war so hoch wie ein Telegrafenmast und so breit wie ein Einfamilienhaus.

»Und was ist das?« Harriet gestikulierte zu dem chaotischen Haufen aus Taschen hinüber. »Nein, nein, lass sie doch liegen, nein, setz dich und iss.«

»Kostüme«, sagte Ma. Sie setzte sich neben Flame. »Ich werde nähen.«

»Und hat dir die Probe gefallen?«

»Oh ja«, seufzte Ma. »Ich habe so viel gelernt. Ich will noch mehr lernen, über griechische Mythen und Tragödien.«

»Anisah war absolut brillant«, sagte Flame.

Yasmin starrte Flame an, ihre stacheligen, abstehenden schwarzen Haare, ihre Klappmessernase und ihren grellroten Lippenstift. »Brillant inwiefern?«

»Sie hat mir eine ganz neue Sichtweise auf die Funktion des Chores vermittelt. Sie hat sofort erkannt, welche Bedeutung diese Personen im Hintergrund haben, wofür sie stehen. Ich habe sie nur als Erzählinstanz gesehen, aber jetzt hat das Ganze sehr viel mehr Tiefe als vorher.«

»Oh, toll«, sagte Yasmin. Ma hatte Flame neue Erkenntnisse zur griechischen Tragödie vermittelt? Und Flame hatte sie ernst genommen?

»Welches Stück?« Joe hatte nicht seinen gewohnten Platz neben Harriet eingenommen, die immer am Kopfende des Tisches saß. Er saß auf dem Platz, auf dem normalerweise Yasmin saß, und sie hatte sich neben ihn gesetzt, zu Harriets Rechten.

»Antigone. Aber umgedeutet, und auch nicht als Theaterstück… Ich inszeniere keine Theaterstücke.«

»Es ist eine *feministische Neuerzählung* aus Bewegung, Musik und Tanz, wobei ein Chor die Geschichte erzählt«, sagte Harriet. »Und es ist ganz großartig inszeniert.«

»Von Antigone habe ich gehört …« Yasmin verstummte. Plötzlich war es ihr peinlich, das Ausmaß ihrer Ignoranz preiszugeben.

»Die Tochter von Ödipus und seiner Mutter Iokaste. Nimm dir doch noch ein wenig Shepherd's Pie.« Harriet schob die Auflaufform zu Yasmin hinüber.

»Oder von seiner Frau Euryganeia«, sagte Flame. »Sie ist die Tochter von Iokaste oder von Euryganeia, der Schwester des Polyneikes.«

»Ah, ja«, sagte Yasmin, als hätte sie nur eine Erinnerungshilfe gebraucht. »Und was hat Ma über den Chor gesagt, das so nützlich war?«

»Mach schon, erzähl es ihr!«

»Nein«, sagte Ma und lachte. »Erzähl du.«

»Okay, okay.« Ma und Flame lachten beide, als handelte es sich um einen Insiderjoke.

»Was ist denn so lustig?«, fragte Yasmin.

Flame ignorierte sie. »Anisah«, erklärte sie, »hat die Interpretation dadurch bereichert, dass sie etwas gesehen hat, was mir entgangen war: dass nämlich die Menschen im Schatten, im Hintergrund – der Chor – für die unendlich vielen Menschen stehen, die in unserer heutigen Welt gezwungen sind, eine staatenlose Existenz zu führen, entweder innerhalb eines Staates oder auf der Grenze zweier verschiedenen Staaten. Menschen, denen man keine Rechte zugesteht und sie so ihrer Menschlichkeit beraubt. Die in einem Schattenreich agieren, einem Reich der Ungewissheit, und die den öffentlichen Raum heimsuchen wie einst Antigone den Kreon.«

»Wow«, sagte Joe. »Wie klug!« Er streckte die Hand über den Tisch aus, um Anisah abzuklatschen, die ihm nach einem kurzen Moment der Verwirrung auf halber Strecke entgegenkam.

»Toll«, sagte Yasmin. Was um alles in der Welt? Ma? Ma hatte sich all das einfallen lassen? Flame verarschte sie doch bestimmt gerade. Auch wenn sie – abgesehen von den Momenten, in denen sie gerade mit Ma zusammen lachte – immer todernst aussah.

Ma kicherte. »So habe ich nicht gesagt.«

»Du hast es noch viel besser gesagt.« Flame stützte ihre Ellbogen auf dem Tisch auf und legte die Hände ineinander, als wollte sie beten. Ihre Unterarme waren sehnig und kräftig, von der Schwerstarbeit, mit ihrem eigenen Körper die Welt zu deuten. »Ich hatte mich dermaßen auf die Gender-Problematik konzentriert und darauf, mit meiner künstlerischen Interpretation auf dem Werk meiner Vorgängerinnen aufzubauen – zum Beispiel dem von Carolee Schneemann –, dass mir die Frage der Intersektionalität gar nicht in den Sinn gekommen ist.«

»Wer?«, fragte Yasmin.

Harriet sprang in die Bresche. »Eine Performance-Künstlerin und visuelle Experimentalkünstlerin. Sie war eine Pionierin auf dem Gebiet der multimedialen Kunst, die sich mit Körperlichkeit, Sexualität und Geschlechterrollen auseinandersetzt. Besonders bekannt ist sie für ein Werk mit dem Titel ›Interior Scroll‹ eine Performance, bei der sie von einer Schriftrolle abliest, die sie sich aus ihrer Vagina zieht.«

»Sie ergründet die Macht der Vagina im kreativen Prozess«, fügte Flame hinzu.

»Oh ja,«, sagte Ma mit einem zufriedenen Seufzer. Als wäre sie schon ihr Leben lang auf der Suche nach genau so einer Person gewesen. Als würde es ihr nicht das Geringste ausmachen, dass man sich am Abendessenstisch über Vaginen unterhielt.

Yasmin war sprachlos. Zu Hause wurde Ma sofort rot, wenn es auch nur zu der Andeutung eines sexuellen Themas kam. Der Fernseher musste ausgeschaltet werden, wenn ein Paar zu knutschen anfing oder wenn Genitalien erwähnt wurden, ganz gleich, in welcher Form.

»Aber arbeite dich bloß nicht zu Tode mit diesen Kostümänderungen«, sagte Flame zu Ma. Sie zupfte einen Fusel vom Ärmel von Mas Strickjacke, hob ihn an ihre Lippen und blies ihn sich von der Fingerspitze.

»Ich werde nähen«, sagte Ma. »Denn wenn du deine Performance machst, ist das wunderschön, und alles andere muss auch perfekt sein.« Ma, die Königin der verpfuschten Unternehmungen, unausgegorenen Pläne und nicht zu Ende geführten Projekte, gelobte Perfektion.

»Nun, ich bin mir sicher, dass du eine ganz wunderbare Gewandmeisterin abgeben wirst.« Harriet goss sich noch ein Glas Wein ein und stand auf. »Die Druckerei hat die Save-the-Date-Karten geschickt. Ich hoffe, sie gefallen euch. Ich habe mich für ein ganz schlichtes, klassisches Design entschieden, auch wenn ihr für die eigentlichen Einladungen dann möglicherweise einen etwas aufwendigeren indischen Stil bevorzugt.«

Yasmin sah Joe an. Er rang sich ein Lächeln ab, machte jedoch noch immer einen ziemlich niedergeschlagenen Eindruck. Vielleicht hatte er sich ja eine Erkältung eingefangen.

»Das Design ist großartig«, sagte Ma, während sie zärtlich mit dem Finger über die dicke, cremefarbene Karte strich, die Harriet ihr gereicht hatte. Sie gab die Karte über den Tisch hinweg an Yasmin weiter.

Yasmin und Joseph werden heiraten!

Save the date

Samstag, den 17. Juni 2017

Einzelheiten folgen

Yasmin starrte die Karte an, und die Wörter begannen zu verschwimmen. Sie schaute auf, und auch hier war alles verschwommen, Mas Gesicht, die Windlichter, die am Fenster aufgereiht hingen, das gelbgrüne fleckige Gemälde. Ihre Brust schmerzte. *Und ich dachte,* du *wärest unerreichbar.*

»Dein Vater soll Imam Siddiq Bescheid sagen, damit er das Salaat-ul-Istikhaarah betet – wir müssen Segen erbeten.«

»Nein«, sagte Yasmin. »Wir wollen das nicht. Joe und ich haben entschieden, dass wir doch keine Nikah wollen.«

»Aber, ihr Lieben –«

Anisah fiel Harriet ins Wort. »Ist okay. Nur ihr entscheidet. Es ist noch Zeit, und wenn ihr es anders überlegt, kann man es noch einen Monat vorher oder eine Woche vorher arrangieren. Insha'allah, werdet ihr dann doch wollen. Wenn ihr nicht wollt, ist es okay. Aber wir müssen Gaye Holud haben, nicht? Werdet ihr euch freuen, wenn ich das arrangiere?«

»Was ist das denn?«, fragte Joe.

»Die Braut wird mit Kurkuma-Paste eingerieben«, sagte Yasmin.

»Na, da bin ich doch sehr dafür!« Er drückte ihre Hand, und sie wusste nicht, wie sie hier sitzen und zulassen konnte, dass ihr Verlobter sie tröstete, während ihr Kummer doch allein auf ihren eigenen Betrug zurückzuführen war, aber irgendwie schaffte sie es doch. Sie ließ es zu.

»Du darfst nicht dabei sein. Ma, ich weiß nicht recht. Können wir ein anderes Mal darüber reden?«

Ma lächelte tapfer. Yasmin hoffte, sie würde nicht anfangen zu weinen.

»Warum tust du nicht einfach das, was sie möchte?«, sagte Flame.

»Darum«, sagte Yasmin. Sie schüttelte den Kopf. Flame schien stolz darauf zu sein, mit ihren Gedanken und Meinungen einfach so herauszuplatzen. Konnte sie vielleicht nicht anders? Konnte sie sich nicht beherrschen? War sie irgendwie krank? Oder fand sie es einfach nur cool und künstlerisch, alle vor den Kopf zu stoßen?

»Anisah«, sagte Harriet und sprang schon wieder in die Bresche. Was auch immer Harriet für Fehler haben mochte – wenigstens war sie nicht allen gesellschaftlichen Konventionen gegenüber mit Blindheit geschlagen. »Anisah, ich weiß gar nicht, wie du überhaupt die Zeit finden willst, noch mehr Zeremonien und Feierlichkeiten auszurichten. Wenn man bedenkt, dass du dich schon um die Kostüme kümmern willst, und dann sind da ja noch die Chutneys! Yasmin, deine Mutter wird Geschäftsfrau!«

Ma lachte, stritt es jedoch nicht ab.

»Du steigst ins Chutney-Geschäft ein?«

»Ich entwerfe die Etiketts«, sagte Flame.

»Die Etiketts?« Ma hatte doch schon Etiketts für ihre Gläser. Sie zog ein Etikett von einer Kleberolle und schrieb mit einem Filzstift das Datum darauf, an dem sie das Chutney eingemacht hatte, sowie die wichtigsten, darin enthaltenen Zutaten.

»Am Anfang nur fünf oder sechs Sorten«, sagte Ma, als wäre das Unternehmen dadurch sofort praktikabel geworden. »Zum Verkauf an *Delikatessen*.« Sie sprach das Wort voller Stolz und Sorgfalt aus. »Und ich verkaufe auch auf Wochenmärkten, sie sind sehr beliebt.«

»Du machst Witze!« Sie musste dem jetzt brutal einen Riegel vorschieben, um Ma vor sich selbst zu retten. »Du weißt doch überhaupt nicht, wie man so ein Unternehmen führt. Das muss gut organisiert sein, das ist schon mal das Erste. Und was ist mit Arif und Lucy? Das Baby soll nächsten Monat kommen, und sie werden jede Hilfe brauchen, die sie bekommen können. Und du kannst doch überhaupt nicht mit Geld umgehen und weißt nicht, wie man etwas verkauft! Das wird eine einzige Katastrophe, Ma! Was hast du …« Sie brach mitten im Satz ab, weil Joe ihr die Hand oberhalb ihres Knies aufs Bein gelegt und fest zugedrückt hatte.

»Ich liebe deine Chutneys«, sagte er. »Ich prophezeie, dass du damit ein Vermögen verdienen wirst.«

Ma lächelte Joe an.

Flame warf Yasmin einen bösen Blick zu.

»Wer möchte Nachtisch?«, fragte Harriet.

EIN HUND SCHLICH UM DEN BRUNNEN

Sie würde sich bei Ma entschuldigen. Sie war zu hart gewesen. Mas Schlafzimmertür stand offen: Anisah würde am Frisiertisch sitzen und sich die Haare bürsten oder sich Yardley's English Rose Nourishing Handcreme ins Gesicht reiben.

Aber der Raum war leer. Die Bettdecke war für die kommende Nacht zurückgeschlagen oder vielleicht war das Bett auch seit dem Morgen gar nicht erst gemacht worden. Die Kleiderschranktüren, die anscheinend nicht mehr ganz schlossen, hatte Ma mit einem Schal zusammengebunden, den sie durch die Griffe geschlungen hatte. Offenbar hatte sie viel zu viel hineingestopft. Aber wenigstens hielt sie ihr Zimmer ordentlich. Sie hatte es noch nicht in einen Flohmarkt verwandelt. Noch nicht.

Wo war sie?

Die Save-the-Date-Karte stand gegen eine Dose gelehnt auf dem Frisiertisch. Yasmin nahm sie in die Hand. *Und ich dachte,* du *wärest unerreichbar.* Was wollte er von ihr. Verdammter Kerl. Es war nur Sex. Er hatte nie gesagt, dass er mehr wollte. Er machte alles kaputt. Und er war nicht im Geringsten als Partner geeignet. Er war zu alt. Zu still. Und wenn Joe sie nicht mit dieser Krankenschwester betrogen hätte… Warum hatte er bloß etwas so Dämliches getan?

Sie hörte Schritte und drehte sich um. Anisah kam durch die Tür geschlüpft. Sie trug ein Hochzeitskleid.

»Ma! Sei vorsichtig«, sagte sie, als Ma über den Stoff stolperte, den sie hinter sich herschleifte.

»O! Was ist denn?«, rief Ma. »Was ist passiert?« Sie hob alarmiert die Hände. Ihre gelösten und ungekämmten Haare fielen ihr in großen, schwarzen, hier und da mit Grau durchsetzten Wellen über die Schultern. Bei näherer Betrachtung stellte sich das weiße, bodenlange und bauschige Kleidungsstück als voluminöses Nachthemd heraus. Es war unter ihrer Brust gerafft und sammelte sich wie eine Lache zu ihren Füßen. Es ließ sie sehr keusch aussehen und gleichzeitig auch wunderschön, wenn auch ein bisschen verrückt – wie eine bengalische Mrs. Havisham.

»Nichts ist passiert«, sagte Yasmin. »Wo warst du? Ich habe dich gesucht.«

»Eeesch! Ich war bei Flame, wir haben geredet …« Ma griff sich ihre Bürste und begann damit, sich wie jeden Abend lange und ausgiebig die Haare zu bürsten.

»Über das Chutney-Geschäft? Die Etiketts? Ma, es tut mir leid, was ich gesagt habe. Du solltest auch versuchen, ein paar Sorten deiner Pickles zu verkaufen. Die finden alle toll. Nur pass auf, dass du nicht… dass du dich nicht verrennst.«

»Alles langsam-langsam«, sagte Ma und verminderte das Tempo, mit dem sie mit der Bürste durch ihre Haare fuhr.

»Dann hattest du also einen netten Tag mit ihr? Mit Flame?«

»Ja, sie ist sehr nett.«

»Sie kann manchmal ein bisschen… unsensibel sein, findest du nicht?«

»Wir lachen immer und scherzen«, sagte Ma. »Ich genieße sehr. Und ich lerne viel von Flame. Von Mrs. Sangster auch, aber bei Flame ist es anders.«

»Inwiefern?«

Mas Nase zuckte aufgrund eines Gefühls, das Yasmin nicht identifizieren konnte. »Mrs. Sangster erzählt mir so viel. Manchmal liest sie mir aus ihren Vorträgen vor. Sie lernt auch von mir, über den Islam, zum Beispiel. Aber von Flame lerne ich über …« Sie zerrte an einem Knoten in ihren Haaren. »Mich. Ich lerne über mich selbst.«

»Was denn, zum Beispiel?« Yasmin musste lächeln, als sie sich vorstellte, wie Ma sich auf eine Entdeckungsreise zu ihrem Selbst begab.

»Viele Dinge«, sagte Ma.

»Wie zum Beispiel?«

»Ich bin gut in *Interpretation* –« sie sprach das Wort sehr sorgfältig aus, »von Chor in griechischer Tragödie. Ich würde das nie denken, wenn Flame es nicht gesagt hätte. Außerdem habe ich andere Dinge, in denen ich gut bin. Nähen und Kochen. Flame bringt mir bei, wie ich diese Dinge … professionell benutze. Sie sind etwas wert.«

»Das sind sie«, sagte Yasmin. »Definitiv. Wir wissen dich *alle* zu schätzen, weißt du?«

»Okay«, sagte Ma.

»Ich gehe ins Bett.« Yasmin umarmte ihre Mutter ganz fest, um sich zu vergewissern, dass es immer noch Ma war, dass sie nicht im Begriff stand, wegen Flames Einfluss irgendeine unumkehrbare Wandlung durchzumachen. Sie atmete tief ein. Ma roch heute nicht nach Kreuzkümmel. Da war die übliche, leichte Lavendelnote, die alles überlagerte, aber auch etwas Tieferes, Kräftigeres, das Yasmin nicht identifizieren konnte.

»Du wirst heiraten, wie du willst. Ich werde nur tun, worum du bittest. Mehr nicht.«

»Danke, Ma. Könntest du Harriet sagen, dass sie sich auch raushalten soll? Sie wäre bestimmt heilfroh, wenn wir zu unserem ursprünglichen Plan zurückkehren, und sie gar nichts mehr beitragen muss.«

»Oh nein!«, sagte Ma entsetzt. Trotz ihres neu entdeckten Talents zur kritischen Analyse klassischer Texte überstieg Ironie immer noch ihr Begriffsvermögen. »Sie *will* eine große Party geben und richtige Feier. Das ist wichtig für sie.«

»Ich weiß nicht recht, Ma. Ich weiß nicht, ob ich das Richtige tue.« Ein Stockwerk tiefer lag Joe im Bett und wartete auf sie, und sie war hier oben und hinterging ihn.

Ma legte die Bürste hin. »Erzähl mir. Was ist los?«

»Nichts. Ich bin nur müde.«

»Du hast große Sorge. Ich sehe es in deinen Augen, und ich spüre es. Weil du Fleisch von meinem Fleisch bist und Blut von meinem Blut.«

»Ich *weiß* es nicht«, sagte Yasmin. Sie legte die Stirn auf Mas spitzenbesetzte Schulter und brach in sich zusammen. »Er hat mich betrogen... er hat mit einer anderen Frau geschlafen... Er hat... er hat *alles kaputt gemacht.*« Der letzte Satz war nur noch ein einziges Wehgeschrei.

Ma umschlang sie mit ihren Armen und tätschelte ihr den Rücken.

»Was soll ich *tun?*«

»Du bist wütend. Er hat dir Schmerz verursacht, und du bist wütend. Er hat sich schlecht verhalten. Das ist sehr sehr falsch.«

»Ja, ich bin wütend. Ich bin so wütend auf ihn!« Doch das war sie nicht. Das konnte sie gar nicht sein. Nicht, seit sie mit Pepperdine geschlafen hatte. Was war sie doch für eine Heuchlerin. Sie schob Joe die ganze Schuld in die Schuhe.

»Aber du liebst«, sagte Ma. »So groß deine Liebe ist, so groß ist auch deine Wut. Sie sind gleich. Wenn die Liebe klein ist, ist auch die Wut klein.«

»Mag sein«, sagte Yasmin. »Aber soll ich ihn heiraten? Obwohl er das getan hat?«

Ma schwieg. Was erwartete sie denn auch von ihr? Wie hätte Ma, die bisher immer ein äußerst behütetes Leben geführt hatte, auch nur ansatzweise die Komplikationen begreifen können, die Liebesbeziehungen heutzutage prägten?

Ma ließ sie los, und Yasmin hob das Gesicht von dem spitzenbesetzten Nachthemd.

»Ich weiß nicht«, sagte Ma. »Hast du ihm gesagt, wie du fühlst?«

»Mehr oder weniger. Ja. Nein, eigentlich nicht.« Sie hatte ihm nichts von Pepperdine erzählt. Es wäre leichter, wenn sie die Hochzeit absagte. Das wäre barmherziger, ihm gegenüber. Wenn sie es ihm erzählte, dann würde er es Harriet erzählen, die es wiederum Ma erzählen würde, und es war vollkommen unnötig, da alle mit reinzuziehen. Aber sie liebte ihn immer noch. Er war so gut zu ihr. Sie passten so gut zueinander, und sie würde nie wieder einen Mann finden, der so perfekt für sie war.

»Setz dich her zu mir«, sagte Ma und ließ sich auf das Bett sinken. Sie klopfte neben sich auf die zerwühlte Bettdecke. »Ich erzähle dir eine Geschichte. Magst du?«

»Ja, Ma.« Yasmin machte es sich auf der Decke gemütlich und legte den Kopf in Mas Schoß. Sie schloss die Augen und wartete darauf, eine tröstliche, vertraute Geschichte zu hören. Ma streichelte ihr die Haare. Sie nahm sich Zeit. Und als sie zu erzählen begann, da war es eine Geschichte, die Yasmin noch nie zuvor gehört hatte.

»Ein Hund schlich um einen Brunnen. Er hatte entsetzlichen Durst. Es war ein heißer Tag. Glühend heiß. Und die Leute standen oder saßen im Schatten der Dattelpalmen, oder sie schöpften Wasser aus dem Brunnen. Eine Frau kam näher. Sie war eine Prostituierte aus dem Stamm der Beni Israel. Manche Männer riefen ihr rohe Bemerkungen zu, aber sie ignorierte sie, denn sie war an solche Dinge gewöhnt und behielt ihr Selbstvertrauen.

Die Zunge des Hundes hing ihm aus dem Maul, und er hechelte und winselte. So schrecklich war sein Leiden. Nicht eine einzige Person erübrigte einen Tropfen Wasser für diesen armen Hund. Vielleicht fiel ihnen gar nicht auf, wie er litt, denn er war ja nur ein unbedeutendes Tier. Es war unter ihrer Würde, seine Qual zu bemerken.

Die Prostituierte hatte keinen Eimer. Sie war nicht gekommen, um den Brunnen zu benutzen. Aber sie zog ihren Schuh aus und knüpfte ihn an ihren Schleier. So schöpfte sie Wasser und bot es dem Hund dar. Und wegen ihres Mitgefühls wurde ihr vergeben. Sie wurde von allen Sünden reingewaschen. So wird es berichtet von Abu Huraira, möge Gott ihm und uns allen gnädig sein.«

SCHMUTZIGE DETAILS

Er saß aufrecht im Bett, als sie sich in sein Schlafzimmer schlich, nachdem sie Ma endlich Gutenacht gesagt und ihr noch einen Kuss gegeben hatte. »Rede mit mir«, sagte er. »Was ist los?«

»Nichts ist los. Du bist doch nicht aufgeblieben, weil du auf mich gewartet hast, oder?«

»Ich konnte nicht schlafen.«

»Was hast du denn?« Sie schlüpfte unter die Bettdecke, und er legte den Arm um ihre Schultern.

»Nichts Schlimmes. Es fühlt sich nur so an, als ginge die Welt unter. 2016: Das Jahr, in dem die Menschheit die Dinge so fürchterlich vor die Wand gefahren hat, dass die Welt sich nie wieder davon erholen konnte.«

»Brexit? Oder Er-der-nicht-genannt-werden-darf?« Harriet war Hillary Clinton vor Jahrzehnten einmal bei einer Auslands-Spendenaktion der US-amerikanischen demokratischen Partei begegnet. Als Clinton gegen einen Mann verlor, der Frauen üble Dinge antat, rief Harriet eine Zeit der Trauer aus und schwor, den Namen des Mannes, der nächstes Jahr zum Oberbefehlsidioten der Freien Welt vereidigt werden würde, niemals in den Mund zu nehmen.

»Er ist nur das Sahnehäubchen. Brexit, sechzig Millionen Flüchtlinge, Umweltkatastrophen … Save-the-Date-Karten, die mit einem unsagbar hässlichen Schrifttyp gedruckt sind. Ich dachte schon, du würdest kotzen, als du sie gesehen hast.«

Sie lachte unbehaglich. »Oh, ja, stimmt. Tut mir leid, es war nur Ma, mit diesem ganzen Nikah- und Ishtikaar-Zeugs. Das hat mich total gestresst.« Was war nur los mit ihr? Wie um alles in der Welt war es dazu gekommen, dass sie so schamlos geworden war? Den einen Moment war sie noch bei Ma und beklagte sich über Joe, und im nächsten Moment war sie bei Joe und beklagte sich über Ma.

»Also schicken wir die Einladungen nach wie vor los? Du hast noch nicht die Schnauze voll von mir?«

Sie schaute in sein liebes, jungenhaftes Gesicht. Auf das Grübchen in seinem Kinn. »Nein, natürlich nicht.«

»Natürlich schicken wir sie nicht los? Oder das andere?«

»Sei nicht albern. Aber wir sollten bis nach Weihnachten warten. Im Augenblick geht bei der Post ganz viel verloren oder wird übersehen – es gibt einfach zu viele Leute, die was verschicken wollen.«

»Aber wir lassen das mit der Nikah?«

»Wir lassen dieses ganze Zeug.«

»Und das macht deiner Ma nichts aus?«

»Nein, ich habe mit ihr geredet. Und außerdem war es ja *deine* Mutter, die das Ganze überhaupt erst vorgeschlagen hat.«

»Tut mir leid.«

»Es kam mir heute Abend so vor, als wärst du sauer auf sie.«

»Ach ja?«

»Du warst ziemlich grob zu ihr.«

»Das warst du auch, zu deiner eigenen Mutter.«

»Ich weiß. Ich habe mich entschuldigt. Joe, hör mal, ich muss dir etwas sagen.« Es konnte so nicht weitergehen. Ausweichmanöver und Verzögerungen und Halbwahrheiten. Und Lügen. »Ich bin… Ich …« Sie brachte kein weiteres Wort mehr heraus. Stattdessen kam ein seltsames gestöhntes Gurgeln aus ihrem Mund. Es war genau die Art von Geräusch, die sie so unendlich oft auf der Demenzstation gehört hatte.

»Hast du dich verschluckt? Alles in Ordnung? Soll ich dir ein Glas Wasser holen?«

»Nein, alles okay. Ich muss das jetzt loswerden. Ich will, dass du weißt, dass …«

Er lächelte sie an. »Hast du jemanden ermordet?«

Sie schüttelte den Kopf.

»Hör mal«, sagte er. »Ganz gleich, was es ist, ich bin mir sicher, dass du dich besser fühlen wirst, wenn du es erst einmal ausgesprochen hast.«

»Nein. Das werde ich nicht. Ich habe etwas Schlimmes getan. Etwas Furchtbares.«

»Alles klar. Dann mal raus damit.« Er klang amüsiert. »Irgendwie bezweifle ich, dass es ganz so furchtbar ist. Du bist einfach nicht fähig, irgendetwas Böses zu tun. So bist du nicht gemacht. Du bist der normalste, verlässlichste, netteste, beste Mensch, der mir je begegnet ist.«

»Ich habe nicht für die MRCP-Prüfung gelernt. Mein Vater wird sehr enttäuscht von mir sein.«

»Du hast nicht gelernt? Aber du bist doch so oft bis spät in der Nacht aufgeblieben. Du brauchst dir keine Sorgen zu machen. Du wirst supergut abschneiden, da bin ich ganz sicher!«

»In Wirklichkeit habe ich mich immer nur auf dieses Samtsofa in der Bibliothek deiner Mutter gelegt und Romane gelesen. Ich habe nur so getan, als würde ich arbeiten! Ich habe gelogen. Ich habe dich angelogen und ihn und mich selbst. Ich werde die Prüfung gar nicht erst machen.« Sie brach in frustrierte Tränen aus. Der netteste Mensch, der ihm jemals begegnet war! Wie konnte sie es ihm da erzählen!

»Yasmin«, sagte er und zog sie an sich. Er küsste sie auf den Scheitel. »Du bist ein ganz großartiger Mensch, das weißt du doch, oder? Scheiß auf die Prüfung. Was macht das schon? Dann machst du sie halt in irgendeinem anderen Jahr. Na und?«

Sie ließ es zu, dass er sie tröstete. Sie trocknete ihre Augen. »Ich bin nicht mal mehr sicher, ob ich überhaupt noch eine Ärztin sein will. Oder ob ich das überhaupt jemals gewollt habe. Mein Vater wollte, dass ich Medizin studiere, also habe ich es gemacht.«

»Na, dann steig aus und mach was anderes.«

»Aber was denn? Was könnte ich denn machen?«

»Alles, was du willst. Ich unterstütze dich, während du eine neue Ausbildung machst oder was auch immer.«

»Denkst du wirklich, das könnte ich?«

»Alles, was du willst. Ja, das glaube ich.«

»Danke.« Sie drehte sich um, damit sie ihm in die Augen schauen konnte. Diese Augen, die in sie hineinschauten und Dinge sahen, die niemand sonst sah. War es nicht genau das, was die Leute meinten, wenn sie sagten, dass sie ihren Seelenverwandten getroffen hatten?

»Ich habe da auch etwas, über das ich gerne mit dir reden würde.« Er lächelte, aber sein Gesicht war wieder finster geworden. »Vielleicht ist das ja jetzt nicht gerade der ideale Moment, aber es gibt nie einen Moment, an dem es passt. Der ideale Moment wird nie kommen, deshalb kann ich es auch genauso gut jetzt sagen.« Er legte den Kopf in die Hände und massierte sich die Schläfen.

»Kopfschmerzen?«

»Ja. Nein, eigentlich nicht.«

»Ich glaube, du wirst krank. Lass mich mal deine Lymphknoten abtasten.«

»Ich möchte, dass wir immer ehrlich zueinander sind«, sagte er. Seine Stimme war rau. »Und ich glaube… mein Therapeut sagt …«

»Was sagt dein Therapeut?«

»Vergiss den Therapeuten. Er sagt, ich soll dir das später sagen, aber ich muss das jetzt tun.«

»Okay«, sagte sie. »Dann mal los.« Aber er schloss die Augen und sagte nichts. Im schwachen Licht der Lampe und vor dem Hintergrund der weißen Kopfkissen wirkte seine Brust, als wäre sie in Gold getaucht. Yasmin setzte sich im Schneidersitz ihm gegenüber oben auf die Bettdecke. Er bewegte andauernd seinen Mund und schluckte. Es sah fast so aus, als versuchte er verzweifelt, sich nicht zu übergeben.

»Tut mir leid«, sagte er und öffnete die Augen. »Ich habe dir nicht alles über meine Beziehungsgeschichte erzählt, bevor wir uns kennengelernt haben. Und es ist wichtig, dass du alles weißt, bevor wir heiraten. Ich habe mit sehr vielen Frauen geschlafen.«

»Oh Gott! Hör auf! Das weiß ich doch schon.« Sie wollte es nicht hören. Nicht jetzt und auch nicht später.

»Du weißt nicht… du weißt nicht alles. Über meine sexuelle Vorgeschichte. Ich bin nicht stolz darauf, und es gibt da so einiges, was ich dir nicht erzählt habe. Als ich gesagt habe, dass ich …«

Sie legte ihm eine Hand auf den Mund. »Bitte! Verschone mich mit den schmutzigen Details.«

Als sie die Hand wieder fortnahm, sagte er: »Ich möchte alles loswerden, ich möchte ganz neu anfangen, weil …«

Sie hielt ihm erneut den Mund zu. »Ich will es nicht wissen. Okay?« Dieser Therapeut war ein Idiot. Warum sollte sie mehr hören wollen als das, was Joe ihr bereits erzählt hatte? Vielleicht geilte sich der Therapeut ja an all den intimen Details auf. Vielleicht war er ja irgend so ein Perverser.

Joe nickte.

»Erzähl es mir nicht. Versprichst du mir das?«

Er nickte wieder.

»Ich fühle mich nicht besonders gut«, sagte er, nachdem sie seinen Mund wieder freigegeben hatte. »Du Armer. Lass mich mal fühlen.« Sie legte ihm die Hand auf die Stirn. »Du lieber Gott, Joe, du bist ja kochend heiß. Du verglühst ja!«

HARRIET

Vom Auto aus hat sie einen Lieferanten beobachtet und dann noch einen, der zur Haustür gegangen ist, und eine Frau – die Ehefrau, wie sie annimmt –, die für die Entgegennahme des Pakets unterschrieben hat. Die Frau hat das Haus vor etwa zwanzig Minuten verlassen. Sie hat gelacht und geredet und sich dabei ihr Handy ans Ohr gepresst. Es macht Harriet wütend, wie diese Frau so fröhlich in den Tag hineinlebt, als müsste sie sich um nichts und niemanden Sorgen machen.

Die Klienten kommen zur Seitentür. Dort tauchen sie zehn Minuten vor Beginn der vollen Stunde auf, scharren mit den Füßen und schauen auf die Uhr, bevor sie dann exakt zur vollen Stunde auf die Klingel drücken. Sie kann nur aus ganzem Herzen hoffen, dass Joe heute keinen Termin hat. Wenn er sie entdecken würde, wie sie hier draußen im Auto sitzt …

Was um alles in der Welt will sie hier?

Sie hat über ihn nachgelesen, diesen Ungarn, der in Wahrheit ein Amerikaner ist, und er ist nicht nur Familientherapeut – der Titel, den Joseph benutzt hat, als er von ihm erzählte –, sondern auch Spezialist für Suchtkrankheiten. Natürlich hat sie gefragt, ob das bei seiner Therapeutenwahl eine Rolle gespielt hat, aber Joseph ist momentan sehr unkommunikativ. Sie wünschte, er würde endlich wieder richtig mit ihr reden, so wie er es früher getan hat, statt nur irgendetwas zu murmeln und sich dann fortzustehlen. Was auch immer dort vor sich geht, in diesem Raum hinter der Seitentür, von der die Farbe abblättert, treibt einen Keil zwischen sie. Das ist kaum überraschend. Diese Therapeuten haben es eben immer auf die Mutter abgesehen.

Zehn Minuten würden schon reichen. Zwischen zwei Klienten. Zehn Sekunden. Mehr Zeit braucht sie gar nicht.

Ihr Sohn ist nicht suchtkrank, das weiß sie genau. Er trinkt kaum einen Tropfen Alkohol. Er stopft nicht unablässig Essen in sich hinein, und er nimmt auch keine Drogen. Aber das ist nicht der Grund, weshalb sie hergekommen ist. Nichtsdestotrotz wird sie diesen Bartok danach befragen, und er wird nichts sagen, aber falls es da etwas zu wissen gibt, wird sie es in seinen Augen sehen.

Dreißig Sekunden mit dem Amerikaner, von Angesicht zu Angesicht. Das Hauptziel dieser Aktion ist beileibe nicht der Versuch, an Informationen zu gelangen. So dumm ist sie nicht. Sie will nur, dass er sie sieht. Dass er sie sieht und weiß, dass sie ein Mensch ist. Ein Mensch aus Fleisch und Blut.

Die Seitentür öffnet sich und ein junger Mann kommt heraus. Er schaut nach links und nach rechts und hastet dann den Gartenweg entlang.

Harriets Hand liegt auf dem Griff der Autotür, und sie beginnt, daran zu ziehen. Jetzt oder nie. Sie holt tief Luft, schaut in den Rückspiegel. Du albernes Weibsbild, sagt sie. Was für eine Idiotie! Sie dreht den Schlüssel im Zündschloss und fährt weg.

DĪN

»Eine gute Schwester, die nicht mit anderen Männern redet. Eine Schwester, die niemandem die Haut an ihren Armen und Beinen zeigt, nur ihr Gesicht und ihre Hände.« Rania saß im Schneidersitz auf dem Sofabett in ihrem Wohnzimmer und scrollte sich durch eine Dating-Webseite. »Was noch? Ah, ja, den hier fand ich besonders toll: Ich hasse Make-up im Gesicht. Dein Make-up zerstört deine Schönheit. Es gibt irre viele unglaublich charmante Männer da draußen in der Halal-Dating-Welt.« Sie lachte, klang aber niedergeschlagen.

»Total unwiderstehlich«, sagte Yasmin. »Wann triffst du dich mit ihm?«

»Niemals. Inshallah.« Rania seufzte. Ihre welligen, rostbraunen Haare fielen ihr um die Schultern. Sie sah trotzig aus. Und wunderschön.

»Lass mich mal versuchen«, sagte Yasmin. »Ich finde bestimmt jemanden.«

Rania reichte ihr den Laptop und griff sich stattdessen ihr Handy. »Ich habe angefangen, darüber zu twittern. Wobei ich natürlich nicht damit rechne, dass *diese* Typen da in den Genuss meiner Weisheit kommen, oh nein. Aber irgendwo muss man ja anfangen.«

»Was schreibst du denn so in deinen Tweets?«

»Ich schreibe, dass es nicht gerade attraktiv ist, wenn Männer nur auflisten, was sie von einer Frau *nicht* möchten. Rede nicht mit anderen Männern. Trag kein Make-up. Mach dies nicht, mach das nicht! Leute! Wir suchen nach Ehemännern, nicht nach Gefängniswärtern. Wenn dich das Einsperren von Frauen glücklich macht, dann solltest du dir echt mal das Hirn einrenken lassen.«

»Ich suche nach einer Muslima, der ihre Dīn am Herzen liegt.« Yasmin las laut aus einem Profil vor. »Das ist doch ein bisschen positiver.«

»Korrekt«, sagte Rania. »Mir der Betonung auf *ein bisschen*. Und sehr viel positiver als das wird es auch nicht. Nichts über persönliche Eigenschaften, Interessen, Bildungsstand und ganz bestimmt kein Sinn für Humor – und wenn dir deine Dīn nicht am Herzen liegt, bist du kein Muslim. Das ist ganz so, als würde man schreiben, ich suche nach einem Muslim, der ein Muslim ist.« Sie verdrehte die Augen. »Ich beneide dich. Ganz ehrlich. Ich weiß, es war zwischendurch ein bisschen holprig, aber wenigstes hast du ihn gefunden. Ich sollte es mal auf deine Weise probieren. Jedes Mal, wenn ich mich mit dieser Scheiße hier herumschlage, schwöre ich, dass ich es nie wieder tun werde! Apropos – wie geht es Joe?«

»Immer noch krank. Geschwollene Lymphknoten, schlimme Halsschmerzen. Er lässt dich grüßen.«

Yasmin scrollte sich durch ein paar weitere Profile. »Nun, nach meiner ausführlichen Online-Recherche muss ich feststellen, dass diejenigen, die zum Glauben zurückgefunden haben, die Allerschlimmsten sind, was die Konzentration aufs Negative angeht. Lass dies und lass das.«

»Kann schon sein. Aber was ich gerne wissen würde, ist Folgendes: Warum gibt es so viel mehr gebildete Frauen als Männer auf diesen Websites? Schau dir mal die Auswahlkästchen an. Es gibt wahnsinnig viele Männer, die bei der Frage zum Bildungsstand *Möchte ich lieber nicht beantworten* ankreuzen. Wenn du lieber nicht beantworten möchtest, wie es um deine Bildung bestellt ist, dann ist es doch wohl ziemlich offensichtlich, was das zu bedeuten hat.«

»Dass Männer bescheiden sind? Dass sie lieber nicht mit ihren Doktortiteln protzen wollen?«

»Ha! Das wird es sein!« Rania trug einen Jeans-Blaumann. Sie sah winzig darin aus, aber auch taff und gleichzeitig erstaunlicherweise sehr feminin. »Egal, genug von diesem Mist.« Sie nahm Yasmin den Laptop ab und schloss den Deckel. »Stell dir vor, jetzt werden alle hier rausgeschmissen. Ich muss mich nach einer neuen Wohnung umsehen.«

»Oh nein! Warum? Moment mal – *alle*?« Rania wohnte in einem Ein-Zimmer-Apartment in einem Hochhaus im Londoner Stadtteil Elephant and Castle. Der Blick aus dem siebzehnten Stock entschädigte für den Gestank im Aufzug, die schlechten Sanitäranlagen, die häufig verstopften Müllschlucker und die kaum jemals ordentlich funktionierende Heizung.

»Das Gebäude wird abgerissen. Von irgendwelchen Investoren. Die Stadt hat es verkauft, wahrscheinlich, weil sie dringend Geld braucht. Mein Vermieter hat sich für die einmalige Entschädigung und nicht für eine Ersatzwohnung entschieden. Das war's dann wohl.«

»Ich mag diese Wohnung. Ich werde sie vermissen.« Das Apartment war klein, die Decke hatte feuchte Stellen, und an einer Wand war ein hässlicher Heizstrahler angebracht, aber Rania hatte es liebevoll eingerichtet. Sie hatte sämtliche Wände in verschiedenen Terrakottatönen gestrichen, die der Wohnung eine ruhige Atmosphäre verliehen. Es gab einen Planter's Chair mit ausladenden Armlehnen und einem gemütlichen, cremefarbenen Polster, das Schlafsofa, auf dem sie es sich gerade bequem gemacht hatten, und ein Sortiment von Trommelhockern in den verschiedensten Größen, von denen manche Lederpolster hatten und andere mit irgendwelchen bunten Stoffen bezogen waren. Den Großteil ihrer Möbel hatte Rania aus zweiter Hand in Trödelläden gekauft. Die einzige Ausnahme war ein Paar handgeschnitzte Stühle mit Intarsien aus Kamelknochen und Perlmutt, die aus dem Nachlass von Ranias verstorbenen Großeltern aus Marokko stammten. Sie waren zu kostbar und auch zu unbequem, als dass man sie tatsächlich hätte benutzen können.

»Ich auch«, sagte Rania. »Ich werde die günstige Miete vermissen. Aber ehrlich gesagt hatte ich auch ein immer schlechteres Gewissen, weil ich als Untermieterin in einer Sozialwohnung lebe. Auch wenn normale Ein-Zimmer-Apartments definitiv mein Budget übersteigen… Ich werde mich in Zukunft wohl damit abfinden müssen, mich mit irgendwelchen Mitbewohnern herumzuschlagen und mir ein Bad mit fremden Leuten zu teilen.«

»Oh nein! Kennst du denn keinen, der auch gerade nach einer Wohnung sucht?«

»Ich werd's überleben. Ist die Heizung schon wieder ausgegangen?« Rania sprang auf und legte eine Hand auf den Heizkörper. »Verdammter Mist! Ich schaue mal, ob sich der Heizstrahler einschalten lässt. Manchmal funktioniert er und manchmal nicht.« Sie hockte sich neben das Gerät mit den drei Heizstäben, das an der gegenüberliegenden Wand hing. »Und außerdem haben auch viel zu viele Leute im Gebäude spitzgekriegt, dass ich Fälle betreue, die mit Einwanderungsproblemen zu tun haben, und wenn ich noch sehr viel länger hier wohne, stehen sie bald im Hausflur Schlange.« Der unterste Stab gab ein schwaches Leuchten von sich, das im nächsten Moment jedoch sofort wieder erlosch. Sie ruckelte an ein paar Leitungen unterhalb des Heizstrahlers. »Und ich habe die Schnauze echt voll davon, hier immer zu erfrieren. Schau nur, wie sonnig es da draußen ist, und hier drinnen fühlt es sich an wie in einem Kühlschrank. Also erzähl mal, was ist denn da mit diesem Typen auf der Arbeit passiert?«

»Was für ein Typ?« Yasmin rutsche unbehaglich hin und her. Pepperdine? Aber sie hatte Rania nichts erzählt. Sie konnte unmöglich Pepperdine meinen.

»Der, der dich schikaniert hat, damit du zugibst, dass du einen Patienten beleidigt hast. Nein, den Angehörigen eines Patienten. Oh, jetzt wird das Ding hier endlich warm.«

»Ach so, Shah! Darius Shah. Ich habe nachgegeben, um meine Ruhe zu haben. Es war mir den Ärger nicht wert.« Die Wahrheit war, Shah hatte sie jetzt ohnehin auf dem Kieker. Während einer Stationsvisite hatte er sie vor sämtlichen versammelten Medizinstudenten verspottet, als sie bei der Beantwortung einer Frage zu spinaler Osteomyelitis einen Fehler gemacht hatte. Zudem hatte er sie angewiesen, bei einem Patienten einen Einlauf durchzuführen – eine Aufgabe, die einer stillen Übereinkunft zufolge ausschließlich Ärzten in der Grundausbildung aufgetragen wurde, zu denen zum Beispiel Catherine gehörte. Er riss »Witze« darüber, ob man nicht bei Halsschmerzen oder Durchfall eine Röntgenuntersuchung veranlassen sollte, und war nach wie vor felsenfest davon überzeugt, dass der Bruch in Mr. Babangidas Humerus genauso schnell ohne einen Gips verheilt wäre. Darüber hinaus behauptete er, der Gips habe dem Patienten letztendlich mehr Unbehagen verursacht als die Verletzung selbst.

»Im Ernst? Du machst ein Diversitätstraining, als Strafe dafür, dass du eine Person als Rassist bezeichnet hast, die sich tatsächlich auch wie ein Rassist verhalten hat?«

»Ich habe sie nicht …« Sie unterbrach sich selbst und kicherte. »Ich weiß! Es ist absurd. Aber was soll man machen?«

Rania sah Yasmin mit einem Blick an, der besagte, dass es sehr viel gab, was man da tun könnte. »Was hat Joe zu der Geschichte gesagt?«

»Ich hab's ihm gar nicht erst erzählt.«

»Weil er dir sagen würde, dass du verrückt bist, diesen Mist mitzumachen.«

»Weil am Ende Harriet von der Sache Wind bekommen würde und… die würde die ganze Zeit darauf rumreiten, und das würde mir wahnsinnig auf die Nerven gehen.« Harriet würde es nur allzu sehr genießen, wieder einmal eine Gelegenheit zu haben, ihre Ansichten zur *Immunität bürgerlicher Strukturen gegenüber gesellschaftlichen Veränderungen* zum Besten zu geben. Harriets Ansicht nach bestand der einzige Zweck eines Diversitätstrainings darin, die bestehende Ordnung zu festigen oder sie nur sehr unwesentlich zu verändern. Das Ziel sollte es jedoch sein, die alte Ordnung zu zerstören.

Rania sah sie von der Seite an. »Okay. Dann werde ich mal nicht darauf rumreiten.« Sie zog ihr Handy aus der Hosentasche ihres Blaumanns. »Zwanzig Retweets für den ersten Tweet«, sagte sie.

»Und neunundzwanzig Retweets für den zweiten. Und über hundert Likes!«

»Für die Tweets, die du gerade gepostet hast?«

»Ja. Es ist eine Schande: Es macht mir wesentlich mehr Spaß, über Modest Fashion und Halal Dating zu twittern, als Anträge für Berufungsverfahren bei Abschiebungsanordnungen aufzusetzen.«

»Und macht dich das etwa zu einem schlechten Menschen? Oh, ich wollte dich was fragen. Ich vergesse es nur immer wieder.« Auf dem Weg zu Rania war sie am Oxford Circus aus der U-Bahn ausgestiegen, um Babykleidung zu kaufen, weil sie morgen nach Mottingham fahren würde, um Arif und Lucy zu besuchen. Es war der Samstag vor Weihnachten und ein sonniger Tag, deshalb war es der denkbar ungünstigste Ort auf der Welt, wo man sich gerade hätte aufhalten können. Sie hatte rasch ein paar Kleidchen und Mützen und Baby-Schuhe gekauft und dann so schnell wie möglich die Flucht ergriffen. »Arif will ein Interview mit dir machen, für eine Dokumentation über Islamophobie. Hättest du Lust dazu? Es ist für keinen Sender oder so – wahrscheinlich stellt er sie nur bei YouTube rein. Falls er sie jemals fertigstellt.«

»Klar. Kein Problem.« Rania ging zum Fenster und setzte sich auf den schmalen Fenstersims. Sie schaute nach draußen. »Ich werde diese Aussicht vermissen.« Sie warf ihre Haare zurück, während in ihrem Rücken die Sonne mit einer Wolkenbank verschmolz und sie in ein Leuchten hüllte. »Das passt ganz gut. Man hat mich nämlich gefragt, ob ich nächsten Monat an einer Fernsehshow teilnehmen kann. Die wollen, dass ich über den Hidschab rede, und ich weiß, dass sie hoffen, dass ich über die Unterdrückung der Frau rede und nicht über Mode, aber ich denke, ich werde trotzdem hingehen.«

»Wenn das so weitergeht«, sagte Yasmin, »brauchst du bald einen Agenten.«

»Vergiss das Fernsehen. Wer schaut sich das überhaupt noch an? Aber die sozialen Medien… Weißt du, ich denke, ich könnte da echt was bewirken. Wenn ich mehr Follower hätte, eine größere Reichweite, dann könnte ich glatt zum Influencer werden. Und das könnte ich dann nutzen, um auch über ein paar wirklich wichtige Dinge zu reden.« Sie warf erneut einen Blick auf ihr Handy und lächelte über die Zahl der Retweets, die sie in der Zwischenzeit bekommen hatte.

»Wie so eine Art Muslima Kim Kardashian?«

»Genau. Aber mit weniger Produktplatzierung. Hör mal …« Sie legte Yasmin die Hand auf den Arm. »Du könntest gegen diesen Scheiß auf der Arbeit Beschwerde einlegen. Wenn du eine Rechtsberatung brauchen sollest – ich kenne da zufällig eine gute Anwältin.«

»Ich auch«, sagte Yasmin. »Eine ganz fantastische.« Sie hatte sich tatsächlich bei Pepperdine darüber beschwert, wie Professor Shah sie schikanierte. Warum ist er im Augenblick andauernd auf der Station? Macht er das, damit er mich fertigmachen kann? Pepperdine hatte nur *Ah, verstehe* gesagt. Was wahnsinnig ärgerlich war. Und dann hatte er hinzugefügt: *Darius möchte sich unbedingt so oft wie möglich blicken lassen, weil er weiß, dass es immer mal wieder unangekündigte Inspektionen gibt, wegen der etwaigen Verleihung des Status eines Kompetenzzentrums.* Eine Erklärung, die es so aussehen ließ, als wäre sie paranoid. Am Ende hatte er noch gesagt: *Yasmin, wie wäre es, wenn wir uns nach der Arbeit treffen? Dann können wir uns mal richtig unterhalten. Nur reden.* Was in ihr die Befürchtung wachgerufen hatte, er könne vielleicht doch mehr von ihr wollen als nur reden. Und gleichzeitig die Befürchtung, er könne das nicht wollen.

Rania grinste. »Ich mein' ja nur – ich bin immer für dich da.«

»Das weiß ich«, sagte Yasmin und umarmte ihre fantastische Freundin.

REAL

Arif holte Yasmin wie vereinbart an der Bushaltestelle ab. Er bückte sich, um sie zu umarmen, und obwohl sie natürlich wusste, dass er größer war als sie, empfand sie das immer noch als überraschend, denn er war ja schließlich ihr kleiner Bruder. Und nun beugte er sich herab, um sie liebevoll an sich zu drücken.

»Du siehst gut aus«, sagte sie, nachdem sie einen Schritt zurück gemacht hatte, um ihn besser in Augenschein nehmen zu können. Er war ordentlich rasiert, und seine Haare waren stufig geschnitten und gestylt. Sie bedeckten zwar immer noch seine Ohren, aber zumindest war es nun eine Frisur, und die Haare hatten etwas Lebendiges, statt ihm wie sonst schlaff um das Gesicht zu hängen.

»Gleichfalls, Apa. Wir müssen da entlang.« Er wies auf eine Reihe von Wohnblöcken, die am Ende einer baumlosen Straße ein paar kleine Geschäfte überragten. In den Fenstern mehrerer Kioske blinkten hektische Weihnachtslichter. Ein aufblasbarer Weihnachtsmann, der an der Fassade eines Ladenlokals angebracht war, lehnte sich in einem erbärmlich schiefen Winkel so tief herab, dass sein Bauch nur wenige Zentimeter über den rissigen Bordsteinplatten hing.

»Jetzt bist du dran mit Verwandtschaft kennenlernen«, sagte Arif. »Hör mal, ich habe ein schlechtes Gewissen wegen der Sachen, die ich über Harriet gesagt habe. Sie ist echt okay. Als Ma mit ihr aufgetaucht ist, da war das so, als ob …«

»Sie war hier? Harriet?«

»Ja, klar, letzte Woche, zusammen mit Ma. Und sie hat einen

Haufen Babyspielsachen für die ›kognitive Entwicklung‹ mitgebracht.«

»Oh Gott! Wie sind denn die anderen mit ihr klargekommen?«

»Harriet geht voll klar. Echt, war null Problem.«

»Geht voll klar?«

»Also im Ernst jetzt«, sagte Arif und grinste. »Du hast schon viel zu lange im Altersheim gelebt, was?«

»Tut mir ja leid, dass ich kein Teenager mehr bin. Oh, warte mal einen Moment, da fällt mir ein: Du bist ja auch keiner mehr.«

»Sie ist verdammt real, verstehst du?«

»Nein, tue ich nicht, ganz ehrlich.«

»Siehst du diese Häuser da drüben, mit den Mülltonnenhäuschen davor, da wohnen wir, das fünfte Haus von links, das mit der roten Tür.«

Er nahm ihren Arm, während sie die Straße überquerten, als wäre sie das Kind und er der Erwachsene.

»Und da sind wir auch schon«, sagte er und benutzte dabei einen Tonfall, den er selbst immer als affektiert bezeichnete, auch wenn er im Grunde genommen nur wie eine ganz normale Person aus der Mittelschicht klang – genau die Art von Person, die er verzweifelt versuchte, *nicht* zu sein. »Real – das heißt, dass jemand sich selbst und seinen eigenen Werten treu bleibt und gleichzeitig anderen gegenüber ehrlich und respektvoll ist.« Er steckte den Schlüssel in die Haustür. »Meld dich einfach, wenn ich was für dich übersetzen soll, okay?«

Die Maisonette-Wohnung, die man durch einen klaustrophobisch engen Flur und eine noch engere, über und über mit violettem und silbernem Lametta geschmückte Treppe erreichte, zog sich über den ersten und zweiten Stock. Lucy kam in den Flur hinausgewatschelt, um sie zu begrüßen. Sie trug eine Trainingshose und ein dehnbares Oberteil, das hochgerutscht war und nun den Blick auf die dunkle, vertikale Linie freigab, die sich über ihren hervorstehenden Bauchnabel zog.

»Yasmin, du siehst aber toll aus, was für ein wunderschöner Mantel, und wo hast du diese Schuhe her, ich bin gigantisch, nicht wahr, komm rein, darf ich dir einen Kuss geben, wir essen gleich Pizza, ich hoffe, du magst Pizza, sonst können wir auch was anderes bestellen, wir haben irre viele Speisekarten.«

»Hallo, Yasmin!«, rief La-la über Lucys Schulter hinweg. »Nennt man dich Yaz oder Yasmin? Erinnerst du dich an mich? La-la. Lucy, geh mal kurz zur Seite, jetzt nimm sie doch nicht so in Beschlag!«

»Hawaii oder mit Peperoni oder vielleicht ein bisschen von beiden? Jetzt gebt dem armen Mädchen doch ein bisschen Raum, sie kriegt ja kaum noch Luft!« Janine ging ins Wohnzimmer voraus, mit zwei großen Pizzakartons von Domino's unterm Arm.

»Also, wo sind denn jetzt die Geschenke für Yasmin?«, fragte Lucy. »Mama, hast du sie auch unter den Baum gelegt, oder sind sie irgendwo anders?«

Arif legte seine Hand in Yasmins Kreuz und schob sie sanft vorwärts. »Siehst du«, raunte er ihr ins Ohr. »Jetzt gehörst du zur Familie.«

Zwei Stunden später begleitete er sie wieder zur Bushaltestelle, weil Lucy darauf bestanden hatte. Er hatte sie vorher noch nie irgendwohin begleitet, und jetzt hatte er es schon zwei Mal an einem Abend getan.

Sie setzten sich in das Wartehäuschen und ließen drei Doppeldecker vorbeifahren, von denen kein einziger in Yasmins Richtung fuhr.

»Ich hab wohl gerade einen verpasst«, sagte Yasmin. Sie rieb sich ihre Hände. Es war eine kalte Nacht, aber es war keine klare, frostige Kälte. Die Luft fühlte sich eher an wie in einem feuchten, dunklen Keller.

»Schon möglich.« Arif hatte im Sitzen die Beine vor sich ausgestreckt und den Kopf gegen die Rückwand des Wartehäuschens gelehnt, sodass er fast von dem schmalen Plastikbrett herunterrutschte.

»Du musst nicht warten.«

»Klar.«

»Ich hätte daran denken sollen, auch ein paar Weihnachtsgeschenke mitzubringen.« Lucy und ihre Familie hatten ihr ein Glas mit rosafarbenem Badesalz und Schaumbad-Kugeln und einen Stapel Dankeskarten mit Umschlägen geschenkt. Die braucht man nach Weihnachten immer, sagte Lucy. Aber verschwende bloß keine davon an uns, sagte Janine. Sie braucht doch keine Anleitung dafür, wie sie sie benutzen soll, sagte La-la.

»Ach was«, sagte Arif. »Du hast doch die Babykleidung gekauft.«

»Doch, das hätte ich machen sollen.« Arif und sie schenkten sich nie etwas zu Weihnachten.

Arif schüttelte den Kopf. »Mach dir keine Gedanken. Mochtest du sie denn? Magst du Lucy?«

»Ja«, sagte sie und meinte es auch so. »Sie sind wahnsinnig nett. Allesamt. Lucy ist zauberhaft. Wehe, du bist nicht gut zu ihr.« Sie hatten Pizza gegessen, während der Fernseher lief, und die Unterhaltung hatte sich um die Gameshow gedreht.

Jetzt muss er die nächsten drei Fragen richtig beantworten, sonst verliert er alles wieder. Hat Arif dir nichts von seinem Job erzählt? Er arbeitet als Testkäufer! Diesen Monat sind es Handys. Und vergiss bloß nicht, ihn zu fragen, wenn du ein neues brauchst, er kann dir genau sagen, wer die besten Angebote hat! Da, sieh mal, Yasmin, jetzt kommt eine Frage zur Medizin. Mach schon, los, ach, das ist doch viel zu einfach, bei Gastro geht's um den Magen, das weiß ja sogar ich.

»Hab ich dir doch gesagt!« Arif grinste. Er schien in den vergangenen zwei Monaten zugenommen zu haben. Selbst seine Arme hatten ein wenig Fleisch angesetzt und bestanden nicht mehr nur aus Haut und Knochen.

»Das hast du. He, wie habt ihr eigentlich den Baum da reingekriegt?« Im Verhältnis zur Größe des Wohnzimmers war der Weihnachtsbaum absolut riesig. Er versperrte komplett das Fenster und teilweise auch den Fernseher, was niemanden groß zu stören schien. Riesige Mengen an Lametta, Lichterketten und Glitzerkugeln sorgten dafür, dass man das Grün so gut wie überhaupt nicht mehr sehen konnte. An zwei Wänden waren Schnüre angebracht, die dank der daran aufgereihten Weihnachtskarten in der Mitte durchhingen, als wären es Wäscheleinen.

»In einzelnen Stücken. Es ist ein künstlicher Baum. Du hast doch nicht ernsthaft geglaubt, dass er echt ist?«

»Doch, das habe ich.« Zu Hause hatten sie zwar nie offiziell gefeiert, aber Ma liebte Lichterketten abgöttisch. Sie hatte immer den ganzen Garten und das Haus damit vollgehängt und darüber hinaus noch die Fenster dosenweise mit künstlichem Schnee eingesprüht.

»Wie geht es Joe? Schade, dass er nicht mitkommen konnte.«

»Ja, es tat ihm auch furchtbar leid. Er liegt im Bett, mit einer Halsentzündung. Aber die Antibiotika werden das in ein oder zwei Tagen wieder in Ordnung bringen.«

»Klar, ja, das nächste Mal dann.«

»Arif, warum gehst du nicht einfach zu Baba und redest mit ihm …«

»Bist du noch zu retten? Das soll doch wohl ein Witz sein, Scheiße nochmal! Sieh dir das an! Hier – falls du's vergessen hast.« Er wies auf die silbrige Narbe über seinem rechten Auge.

»Aber das war ihm wahnsinnig peinlich, glaub mir. Du hättest ihn sehen sollen. Es war ein Unfall.«

»Ich möchte mich nicht streiten. Also lass es einfach gut sein, okay?«

»Aber, Arif …« Früher hatte er immer eingelenkt, war immer zurück nach Hause getrabt, wenn er genug geschmollt hatte oder Geld brauchte. »Dem Baby zuliebe. Ma zuliebe – sie kann doch nicht für den Rest ihres Lebens bei Harriet wohnen! Und sie geht erst wieder heim, wenn du dich mit Baba versöhnt hast.«

»Weißt du noch, wie sehr wir ihn immer gehasst haben?«

»Wen?« Sie wünschte, Arif würde aufhören, so egoistisch zu sein.

»Baba. Du hast ihn am allermeisten verabscheut.«

»Ich? Im Ernst?«

»Aber ich bin doch derjenige, der einen ordentlichen Schlag auf den Kopf abbekommen hat, nicht du, Apa. Und jetzt hast du Amnesie?« Er gab ein hohles Lachen von sich.

»Vergessen wir's einfach, okay? Hast du ja auch schon gesagt.« Ihre Stimme klang scharf. »Lass uns nicht sinnlos streiten.«

»Du hast ihn abgrundtief gehasst. Bis du so zehn oder elf warst. Dann hast du plötzlich die Seiten gewechselt und immer seine Partei ergriffen, gegen mich und Ma.«

»Wovon redest du da? Ganz im Ernst, Chhoto bhai, du musst aufhören, so rumzuhängen. Wie willst du eine Familie ernähren, mit so einem Gelegenheitsjob ein paar Stunden die Woche? Du musst endlich mal die Kurve kriegen. Entscheide dich endlich für einen Beruf, verdammt noch mal!«

Arif hörte nicht zu. »Er hat dich immer dazu verdonnert, ihm nach dem Essen die Haare zu kämmen ... tu nicht so, als würdest du dich nicht daran erinnern. Du musstest ihm weiße Haare auszupfen und seine Kopfhaut durchsuchen, wie so'n kleines Äffchen, so'n kleines wütendes Äffchen, das man an die Kette gelegt hat. Kein Wunder, dass du ihn gehasst hast!«

»Das habe ich nicht!«, brüllte sie. »Werd' endlich erwachsen!« Arif war derjenige, der Baba hasste. Arif war derjenige, der früher immer so wahnsinnige Angst vor ihm hatte. Wenn Yasmin Baba zu beruhigen versuchte, hatte sie das meistens nur getan, um Arif zu schützen. Und jetzt machte er ihr deswegen Vorwürfe! Sie hatte ihn so laut angebrüllt, dass sich einige Passanten auf der gegenüberliegenden Straßenseite umgedreht und sie angestarrt hatten.

Arif rutschte noch weiter auf der Bank nach unten. Er war wieder ganz der Alte, mürrisch und verdrossen. »Er hat mir nur hier und da eine geknallt oder Schuhe nach mir geworfen und mich angebrüllt. Aber dich hat er psychisch gefoltert.«

»Danke für deine Anteilnahme«, sagte sie. »Aber anscheinend ist es mir trotz allem gelungen zu überleben. Und zwar ganz gut. Falls dir das noch nicht aufgefallen ist.«

»Er hat dich umgedreht. Du hast das Stockholm-Syndrom. Und

weißt du was, du bist immer noch seine Geisel. Es ist höchste Zeit, dass du endlich mal den Tatsachen ins Auge siehst, Apa.«

Er sprach leise, fast flehentlich, aber es machte sie fuchsteufelswild. Sie sprang auf. Es war höchste Zeit, dass *er* den Tatsachen ins Auge sah und sich ein paar harte, bittere Wahrheiten anhörte.

Reg dich nicht auf, Mini.

Es war sinnlos, sich so aus der Fassung bringen zu lassen. Sie musste die Vernünftige sein. Arif war dazu nicht fähig. »Okay«, sagte sie und redete wieder leise. »Also er ist böse, und ich bin schwach. Was ist mit Ma?«

»Was soll mit ihr sein?«

»Warum hat sie uns nicht beschützt?«

»Uns beschützt? Was redest du da, Scheiße nochmal?«

»Ich weiß nicht«, sagte Yasmin. *Du bist der größte Friedensstifter seit Neville Chamberlain.* Vielleicht hatte Arif ja recht, und sie hatte unrecht. Vielleicht hatte sie ja ihr ganzes Leben auf Lügen aufgebaut. Oder auf irgendwelchen dämlichen Geschichten, die sie sich selbst ausgedacht hatte.

Er lachte und schüttelte den Kopf.

»Worüber lachst du?«

»Dein Bus ist grad vorbeigefahren.«

Sie drehte sich um und sah, wie das Heck des Busses die Straße entlangruckelte und dann um die Ecke verschwand.

»Scheiße. Warum hast du nichts gesagt?«

»Wir hatten grad so viel Spaß.«

Sie setzte sich wieder.

Er boxte sie gegen den Arm. »Ich hab ihn nicht gesehen. Beziehungsweise, als ich ihn gesehen habe, war's schon zu spät.«

»Na, wie auch immer.«

Sie saßen eine Weile schweigend da und warteten.

»Hast du Rania gefragt, ob sie bei meiner Dokumentation mitmacht?«

»Ja, habe ich. Sie ist dabei. Wie läuft's denn damit?«

»Ich mach grad nicht so wahnsinnig viel dran. Aber das kommt dann auf meine Visitenkarte, wenn ich bei den ganzen Fernsehproduktionsfirmen Klinken putzen gehe.«

»Schön für dich.« Sie stieß ihm liebevoll den Ellbogen in die Seite. »Hier in der Gegend gibt's reichlich islamfeindliche Leute, die du interviewen könntest, würde ich mal sagen.« Sie zeigte auf das Hakenkreuz, das jemand auf das Wartehäuschen gesprüht hatte.

»Ich mag's hier. Wenigstens weiß man, womit man es zu tun hat. Nicht so wie in Tatton Hill, wo die Leute alle nur heimlich Vorurteile haben.«

»Du weißt aber schon, dass nicht alle weißen Leute auch gleichzeitig Rassisten sind, oder?« Sie lachte, aber es war kein spöttisches Lachen. »Wenigstens Joe und Lucy und La-La und Janine nicht.«

»Ich habe unseren Vater gemeint.«

»Jetzt ist er also auch noch ein Rassist, ja?«

»Er ist voller Vorurteile. Baba ist total gegen Lucy eingenommen. Du hast doch gesehen, wie er sie behandelt hat.«

»Er war doch höflich.«

»Ja, höflich. Es war deutlich zu sehen, dass er fand, dass sie zum gesellschaftlichen Abschaum gehört.«

»Oh, Arif«, sagte sie. Aber sie konnte es nicht abstreiten. »Er wird sich schon wieder beruhigen. Es war einfach Pech. Es muss ein ziemlicher Schock für ihn gewesen sein, es auf diese Weise zu erfahren.«

»Du musst ihn nicht entschuldigen.«

»Tut mir leid. Ich hör sofort auf damit. Ganz andere Frage: Wirst du deine Tochter als Muslimin oder als Christin großziehen? Habt ihr darüber geredet, Lucy und du?«

»Es ist gar keine so große Sache«, sagte Arif. »Wir glauben an Jesus, er ist ein Prophet, wir respektieren ihn, also ist Weihnachten okay, und sonst gibt's doch eigentlich gar nichts mehr. Das ist doch schon alles, woran die glauben.«

»Da könntest du recht haben.« Sie war froh, dass sie den ersten Bus verpasst hatte.

Er stand auf. »Ich sehe deinen Bus. Da kommt er.«

Eine Minute später bremste der Bus schwerfällig, und die Türen öffneten sich mit einem lauten Zischen. »Wir sehen uns …«, sagte Yasmin. »Ich weiß nicht wann, aber bald.« Sie stieg ein, und als sich die Türen schlossen, drehte sie sich noch einmal um. »Und Arif, ich mag deine neue Frisur!«

Sie hielt ihre Karte vor den Automaten, setzte sich nach unten und winkte ihm zu, als der Bus losfuhr.

Er formte seine Hände zu einer Schale und brüllte: »Keep it real, Apa!«

DER ERSTE WEIHNACHTSFEIERTAG

Sie hatte nicht vorgehabt zu kommen, und jetzt wünschte sie, sie hätte es nicht getan. Es war fast zehn Uhr abends. Sie hatte bis fünf Uhr Dienst gehabt und noch eine weitere Stunde gewartet, bis Joe mit seiner Schicht fertig war. Dann waren sie nach Primrose Hill gefahren, zu einem Weihnachtsessen mit Harriet, Ma, Flame und acht weiteren Freunden von Harriet. Harriet hatte für den Abend einen französischen Privatkoch eingestellt (Gott allein wusste, was das gekostet haben mochte) und zwei polnische Frauen (oder zumindest vermutete Yasmin, dass sie polnisch waren), die servieren und abräumen sollten. Dennoch war das Essen sehr anstrengend gewesen.

Und dann hatte sie ein Uber genommen und war den ganzen weiten Weg in den Süden der Stadt gefahren, um Baba zu besuchen und auch die Nacht dort zu verbringen, und jetzt wusste sie, dass das ein Fehler gewesen war. Sie saßen sich am Tisch in der Küche gegenüber, weil er darauf bestanden hatte, dass es etwas zu essen geben sollte, obwohl sie ihm gesagt hatte, dass sie nicht hungrig sei. Er behauptete, bereits gegessen zu haben, aber er war dünner denn je und stank nach Whisky. Die Art und Weise, wie er das matschige Currygericht auf ihren Teller schaufelte, verriet ihr, dass er nicht nur betrunken, sondern auch wütend war.

Als sie ihn gestern angerufen hatte, um ihm frohe Weihnachten zu wünschen, hatte er vorgegeben, überrascht zu sein. Es ist doch ein Tag wie jeder andere, sagte er. Ein weiterer Tag, an dem er vollkommen allein war, hatte er damit sagen wollen. Wenn du mal eine gute Tat tun willst, dann ruf Mr. Hartley an, er sitzt den ganzen Tag allein mit seiner Katze da. Er vermisst deine Mutter. Wahrscheinlich ernährt er sich von Katzenfutter.

Eine gute Tat. Deshalb sah er so wütend aus. Er dachte, sie sei aus Mitleid hergekommen.

»Du triffst um Mitternacht ein«, sagte Baba und stand auf. »Als wäre das hier ein Hotel. Ich mache dir etwas zu essen, und du rührst deinen Teller nicht einmal an! Zeigt man so seine Dankbarkeit?« Er ragte bedrohlich über Yasmin auf, und sie roch erneut den Whisky in seinem Atem. Er trug seinen braunen Trainingsanzug, dessen Reißverschluss bis zum Kinn hochgezogen war. Weiße Härchen sprossen ihm aus den Ohren.

»Es ist erst zehn Uhr«, sagte sie törichterweise.

»Ich weiß, wie spät es ist«, sagte er und nahm die Pfanne vom Tisch, aus der er ihr das Essen serviert hatte.

»Tut mir leid. Ich dachte, du würdest dich freuen, dass… du würdest dich freuen, mich zu sehen. Es tut mir leid, dass es so spät ist. Ich musste heute arbeiten. Soll ich dir von der Arbeit erzählen? Der diensthabende Stationsarzt hat sich als Weihnachtsmann verkleidet und hat Geschenke für die Patienten verteilt. Es ist eine Tradition, dass der Stationsarzt …« Sie verstummte, weil er sie finster ansah.

»Die Traditionen in englischen Krankenhäusern sind mir durchaus geläufig. Du brauchst nicht zu glauben, dass *du mir* das erklären musst. Das Ei will klüger sein als die Henne.«

»Nein, ich weiß, aber dieser Arzt ist die letzte Person, von der man denken würde, dass sie sich einen falschen Bart ins Gesicht klebt und ein Polster vor den Bauch bindet. Und weißt du noch, die Patientin, von der ich dir erzählt habe, die, die schon so lange auf der Station festsitzt …« Pepperdine hatte seinen langen weißen Bart zur Seite gezogen, um von Mrs. Antonova einen Weihnachtskuss entgegenzunehmen. Plötzlich war da ein Schmerz in Yasmins Magenhöhle. »Ich bin hier, weil ich mir Sorgen um dich mache«, sagte sie. »Wir machen uns alle Sorgen. Wir wollen nicht, dass du einsam bist.«

Baba starrte die Pfanne an, die er immer noch in der Hand hielt – eine große, gusseiserne, langstielige Pfanne.

»Wir wollen nicht, dass du …«, wiederholte sie, als Baba die Pfanne plötzlich quer durch die Küche schleuderte. Sie flog krachend in den Küchenschrank, prallte mit einem gewaltigen Scheppern von der Theke ab und landete dann mit einem weiteren, ebenso gewaltigen Scheppern auf der Erde. Der Nachhall wich einer entsetzlichen Stille.

»Zur Hölle mit euch, allesamt.«

Yasmin klingelten die Ohren, und ihre Wangen brannten, als hätte er sie geohrfeigt.

»Ich räume das weg«, flüsterte sie. Und dann fügte sie hinzu, wobei sie sich bemühen musste, normal zu sprechen: »Baba, du siehst müde aus. Vielleicht solltest du ins Bett gehen.«

»Sag mir nicht, was ich tun soll. Das ist mein Haus.« Er machte einen großen Schritt über die Sauerei auf dem Boden hinweg, nahm eine Flasche Johnnie Walker vom Schrank und goss sich so hastig davon ein, dass das Glas überschwappte. »Du willst hier nicht wohnen, also hau ab! Geh und wohn mit deinem Liebhaber und deiner Mutter zusammen. Ich habe dazu geschwiegen. Aber dann kommst du her und wagst es, *mich* zu beleidigen? Geh schon, los, hau ab!« Er kippte sich den Whisky in die Kehle.

»Es tut mir leid.« Die Nächte, die sie zu Hause verbracht hatte, waren immer seltener geworden. Und er hatte recht: Sie war tatsächlich aus Mitleid hergekommen. »Du musst einsam gewesen sein.«

»Was weißt du schon darüber? Denkst du, *ich* hätte ein Problem damit, allein zu sein? Du hast ja keine Ahnung, wovon du redest.«

Yasmin schluckte. Sie wünschte verzweifelt, sie könnte da raus. Und ebenso verzweifelt wünschte sie, dass er das nicht merkte.

»Ich werde dir mal erklären, was es heißt, allein zu sein, denn du hast davon nicht die geringste Ahnung.« Baba goss sich ein weiteres Glas ein. »Es heißt, niemals eine Mutter gehabt zu haben, es heißt, dass dein Vater gestorben ist, als du noch ein kleines Kind warst, und dass du fortgeschickt wurdest. Es heißt, auf dem blanken Asphalt zu arbeiten und auf der Straße zu schlafen. Begreifst du das? Das wirst du *nie* begreifen. Du und dein Bruder – ihr seid einer wie der andere!«

»Ich bin doch hier, Baba.« Aber sie sagte es so leise, dass er es nicht hörte.

»Was verstehst du schon vom Einsamsein? Was bedeutet das schon für dich? Ein oder zwei Stunden allein in deinem Schlafzimmer zu verbringen? Bemitleidest du dich dann selbst? Fällt dir dein Studium zur Last? Glaubst du, es wäre für mich leichter gewesen? Solltest du jemals die Einsamkeit verspüren, die ich damals gefühlt habe, dann wird es … dann wird es …« Er formte seine Hände zu Klauen und drückte sie mühsam gegeneinander, als kämpfte er gegen ein unsichtbares Kraftfeld an. »Dann wird es dich *zerstören*! Du wirst daran sterben.« Er atmete schwer vor Anstrengung.

»Es tut mir leid, Baba.«

Er starrte sie an, und sie spürte ein Kribbeln im Genick. Sie hätte sich umziehen sollen, hätte etwas anderes anziehen sollen als dieses Kleid mit seinen durchscheinenden Puffärmeln, das so kurz war, dass man ihre in schwarzen Nylons steckenden Oberschenkel sehen konnte, wenn sie sich hinsetzte.

»Es tut dir leid«, sagte er. Er machte einen Schritt auf sie zu, und sie zuckte zusammen.

Er blieb stehen. Überrascht. Schockiert. Gekränkt.

Endlich fragte er: »Bin ich ein Monster?«

»Nein, Baba«, krächzte sie.

Er setzte sich mit äußerst langsamen Bewegungen – vorsichtig, behutsam – ihr gegenüber an den Tisch. »Mini«, sagte er. »Komm her zu mir. Komm. Stell dich neben mich.«

»Ich möchte nicht.«

»Meine Mini«, sagte er. Unter seinen weißen buschigen Augenbrauen waren seine Augen so schwarz wie Asche. Alles Feuer darin war verglüht. »Warum? Was ist denn?«

»Ich möchte einfach nicht.«

»Schon gut.« Er nestelte an seiner Brille herum und legte sie dann beiseite.

Für ein paar, eine Ewigkeit währende Sekunden hörte man nur das angestrengte Geräusch seines Atems, das entfernte Knacken in den Wänden und das leise Wabern des alten Heizkessels, der die Wärme im Haus verteilte. In diesem kleinen Stück Himmel auf Erden. Im Augenblick war es weit davon entfernt, himmlisch zu sein.

»Schon gut. Es ist schon gut«, wiederholte Baba. »Von jetzt an werde ich nichts mehr von dir verlangen. Nur dies eine: Denk immer daran – alles, was ich getan habe, habe ich nach bestem Wissen und Gewissen getan.« Er senkte den Kopf und murmelte etwas, das sie nicht verstand. Dann sah er sie wieder an. »Ich habe für euch getan, was ich konnte. Für meine Familie. Für dich, deinen Bruder und deine Mutter. Falls ich den an mich gestellten Anforderungen nicht gerecht geworden bin, falls ich in irgendeiner Weise versagt habe… Aber ich habe immer versucht, meine Pflicht zu tun, und ich hege die allerhöchste Wertschätzung für deine Mutter.« Er setzte sich die dickrandige Brille wieder auf und erhob sich. »Denk immer daran, Mini. Bitte.«

»Das werde ich, Baba.«

»Mehr verlange ich nicht.« Er tätschelte mit einer vagen Geste den Tisch, als wollte er seine Dankbarkeit für dessen Standhaftigkeit zum Ausdruck bringen. All seine Kampfeslust war verflogen. »Ich bin mit dem Studieren meiner Fachzeitschriften in Verzug geraten. Ich muss jetzt eine Weile lesen.« Er sagte es mit einem Lächeln, als wollte er sich über die endlose und sinnlose Weiterbildung lustig machen, die er sich selbst auferlegt hatte. »Ich hoffe, dein Studium verläuft erfolgreich. Die Prüfung ist schon bald, nicht wahr?«

»Ja, und ich komme gut voran, denke ich.«

»Das ist schön. Gut. Dann gute Nacht.« Er wandte sich zum Gehen.

»Baba – ich glaube, ich fahre wieder nach Primrose Hill zurück.« Sie wollte nicht in ihrem Zimmer schlafen. Bei jedem ihrer Besuche fühlte es sich immer mehr so an, als wäre es das Zimmer eines verstorbenen Kindes. Das konnte sie heute nicht ertragen.

Baba nickte. »Frohe Weihnachten«, sagte er und verschränkte beim Hinausgehen die Hände hinter dem Rücken.

AUSREISSER

Sie rannte die Steinstufen hoch und klingelte. Ich werde in meinem Büro sein, hatte er durch den Wattebart gesagt, wenn du über irgendetwas reden möchtest, ich bin den ganzen Tag dort. Morgen, hatte er ihr erzählt, fahre ich nach Suffolk und übernachte bei meiner Schwester. Die wird jedes Jahr von der ganzen Familie heimgesucht. Die heutige Nacht würde er allein verbringen. Es war praktisch eine Einladung gewesen. Joe glaubte, sie würde bei Baba übernachten. Baba glaubte, sie wäre zurück zu Joe gefahren. Niemand wusste, wo sie war. Sie war kühn und wild und frei und konnte tun, was immer sie wollte. Er würde erst schockiert sein und dann hocherfreut. Wortlos würde er die Hand nach ihr ausstrecken …

Aber als sie seine Schritte im Flur hörte, brach sie in Panik aus und rannte die Treppe wieder hinunter. Zu spät! Er würde sie sehen, wie sie die Straße entlang fortlief. Vielleicht könnte sie sich ja hinter die Mülltonnen kauern… sich zwischen die Tonnen und die Zaunstäbe quetschen… Sie musste verrückt gewesen sein, auch nur daran zu denken! Einfach unangekündigt aufzutauchen. So spät am Abend. Am ersten Weihnachtsfeiertag!

Sie hörte, wie sich die Haustür öffnete. »Hallo?«

Sie hielt den Atem an. Sie wollte sterben, aus ganzem Herzen sterben.

»Hallo? Wer ist da?«

Lautlos begann sie zu beten: *Bedecke meine Scham, beschwichtige meine Angst, beschütze mich vor dem, was vor mir ist und was hinter mir ist, vor dem was zu meiner Linken ist und zu meiner Rechten und über meinem Kopf und unter meinen Füßen.*

Schritte, die hinunterstiegen. Wind, der durch die schwarzen, eisernen Zaunstäbe fuhr. Eine Plastikschachtel, die auf dem Pflaster im Kreis wirbelte und neben ihren Füßen landete. Eines Tages würde sie über diesen Moment lachen.

Sie duckte sich noch tiefer und bedeckte ihr Gesicht mit den Händen, wie ein Kleinkind, das Verstecken spielt.

»Yasmin?«

»Nein«, sagte sie und meinte: *Das ist jetzt alles gar nicht wahr.*

»Yasmin. Möchtest du nicht hereinkommen?«

Sie saß auf dem Sofa und trotz allem – trotz der schneidenden Demütigung, trotz der Verzweiflung, die sie zu diesem Verhalten veranlasst hatte, trotz der Angst, sie könne den Verstand verlieren – sog sie alles gierig in sich auf. Es war das erste Mal, dass sie sein Wohnzimmer sah. Es gab nicht viel, was man daraus hätte schließen können – aus den weißen, hölzernen Fensterläden, den geraden Linien des kastanienbraunen Ledersofas und den dazu passenden Sesseln, dem Kuhfell-Teppich, den gedämpften Farbtönen des gestreiften Gemäldes, das an der Wand hing. Aber im Kamin brannte ein Holzfeuer, im Fernsehen lief ein Kriegsfilm – Zweiter Weltkrieg – mit leise gestelltem Ton, und eine Flasche Rotwein – nobles Etikett, halb voll – stand auf dem Beistelltisch. Ein Feuer, ein Film, ein Glas vom Roten. Sie starrte in die bläuliche Penumbra zwischen dem schwarzverkohlten Holz und den orangefarbenen Flammen. Sie hatte immer noch ihren Mantel an.

Was um alles in der Welt sollte sie ihm sagen? Er war gegangen, um ein zweites Weinglas zu holen. Bin sofort wieder da, hatte er gesagt. Und: Fühl dich ganz wie zu Hause. Keine wortlose Umarmung. Kein *Was zum Teufel machst du hier?*

Vielleicht rief er ja in diesem Moment einen Psychiater an, um sie einweisen zu lassen.

»Da bin ich wieder«, sagte er, als er mit dem Glas zurückkehrte.

»Ist es dir nicht zu heiß in dem Mantel?« Er trug Jeans und ein verblichenes blaues T-Shirt mit ausgefranstem Halsausschnitt.

Als er sich setzte, stand sie auf. Daraufhin stand er ebenfalls auf.

»Ich sollte nicht hier sein«, sagte sie. »Ich gehe besser wieder.«

Er nahm die Weinflasche und goss das Glas voll, als hätte er ihre Worte nicht gehört. Dann stand er plötzlich hinter ihr, und seine Hände waren auf ihren Schultern, hoben den Mantel an, schälten die Ärmel von ihren Armen. Sie schauderte.

»Falls dir nicht danach ist zu reden, können wir uns den Film ansehen. Ich habe ihn erst vor ein paar Minuten angefangen, kurz bevor du … geklingelt hast. Und ich könnte ihn wieder zurückspulen.«

»Okay«, sagte sie. Wenn er so tun wollte, als wäre das hier normal, dann würde sie das auch tun. Was machte es schon? Was auch immer sie jetzt tat, es konnte die Sache nicht noch schlimmer machen. Sie würde hier sitzen und Wein trinken, als hätte sie einfach nur auf einen Film und einen kleinen Schlummertrunk vorbeigeschaut. »Aber ich mag keine Kriegsfilme«, sagte sie, weil sie einen unwiderstehlichen Drang verspürte, unfreundlich zu sein. In Wahrheit hatte sie erst so wenige Kriegsfilme gesehen, dass sie keine wirkliche Meinung dazu hatte. Sie nahm ihr Glas und setzte sich auf das Sofa. Das Leder fühlte sich irgendwie buttrig an, als hätten die Flammen des Kamins das Material zum Schmelzen gebracht.

»Ich auch nicht, normalerweise. Aber den hier mag ich. *Der schmale Grat.*«

»Was ist denn daran so gut?«

»Na ja«, sagte er. »Also. Die Kameraführung.« Er nahm die Fernbedienung, setzte sich in einen der Sessel und drückte auf die Pausentaste. »Die fiebertraumartige Atmosphäre. Die Geschichte – bei der es in Wirklichkeit darum geht, dass …«

Er redete, und sie sah ihn an, wie er seine langen Beine ausgestreckt hatte, mit den Füßen auf dem Couchtisch, sah die Sehnen und Muskeln an seinen nackten Unterarmen, den stoischen Zug um seinen Mund. Es war plötzlich unerträglich. Wie konnte er so dasitzen und den Filmkritiker spielen, ohne das geringste Interesse daran zu zeigen, warum er sie dort draußen zwischen dem Biomüll und der Plastiktonne gefunden hatte?

»Ich weiß nicht, was ich tun soll«, brach es aus ihr heraus. »Ich bin so unglücklich!«

»Was ist passiert?« Er sah sie ernst an. »Mein kleiner Ausreißer. Was ist passiert?«

»Es ist alles ganz fürchterlich schiefgegangen! Es ist alles so schrecklich!«

»Erzähl's mir«, sagte er. »Lass es raus.«

»Ich kann nicht! Ich kann nicht von dir verlangen, dass du zuhörst, wie… wie ich über meine dysfunktionale Familie rede. Über Joe.«

»Yasmin«, sagte er. »Ich möchte, dass du es mir erzählst. Du kannst mir alles erzählen, was du willst.«

Später, als sie wieder zu Atem gekommen waren und eine Weile unter der Bettdecke gelegen hatten, stand er auf und kehrte mit einem Päckchen zurück. Geschenkpapier mit Stechpalmen und silbernen Glöckchen, um das eine rote Schleife geknotet war.

»Ich hab was für dich. Hier.«

»Wirklich? Oh nein! Ich habe gar kein Geschenk für dich besorgt.« Mitternachtsblaue Lederhandschuhe mit einem Futter aus grauer Seide. »Danke. Sie sind wunderschön!«

»Und passen sie?«

»Perfekt.« Sie wackelte mit den Fingern, um zu zeigen, wie gut sich der Stoff um ihre Hände schmiegte. »Aber bist du sicher? Ich möchte nicht, dass du dann für jemand anderes morgen kein Geschenk mehr hast.«

»Sie sind für dich. Schau dir das Kärtchen an, wenn du mir nicht glaubst.«

»Ich glaube dir.« Er hatte sie bestimmt einfach umfunktioniert und rasch ein neues Kärtchen geschrieben, als er nach unten gegangen war. »Woher wusstest du, dass ich heute Abend herkommen würde?« Sie fragte es in einem neckischen Tonfall, aber er sah sie vorwurfsvoll an.

»Ich dachte, du würdest in meinem Büro vorbeischauen. Ich habe dort den ganzen Tag auf dich gewartet.«

»Oh! Das hättest du sagen sollen.« Sie legte ihm eine behandschuhte Hand auf die Brust, bettete ihren Kopf daneben und zählte seine Herzschläge. Langsam. Der Herzschlag eines Läufers.

»Was hast du gedacht, als du entdeckt hast, dass ich mich wie der letzte Vollidiot in deinem Vorgarten versteckt habe?«

»Ich dachte… Ich weiß nicht, was ich dachte. Ich dachte, dass du besser ins Haus kommen solltest.«

»Aber warst du schockiert? Warst du froh? Oder entsetzt?«

»Nicht entsetzt.«

»Na vielen Dank auch.«

»Was möchtest du denn von mir hören?«

Sie setzte sich auf und zog die Handschuhe aus.

»Yasmin. Ich bin froh. Ich bin froh, dass du hier bist.«

»Gut.« Sie hatte ihm alles erzählt. Sie hatte ihm ihr Herz ausgeschüttet. Über Baba und darüber, wie schuldig sie sich seinetwegen fühlte. Wie verwirrt sie sich wegen Joe fühlte. Und auch schuldig, obwohl Harriet gesagt hatte, dass Schuld die nutzloseste aller Emotionen war. Harriet war ein Teil des Problems, immer mischte sie sich ein, auch wenn sie es nicht böse meinte, sie wollte ja nur helfen. Aber es störte Yasmin auf eine Art und Weise, die sie nicht einmal in Worte fassen konnte. Arif hatte einen Keil zwischen die Angehörigen der Familie getrieben. Ma hatte die Sache noch zehn Mal komplizierter gemacht, indem sie bei Harriet eingezogen war. Yasmin wollte ehrlich zu Joe sein, sie hätte es ihm beinahe erzählt, es hatte ihr schon auf der Zunge gelegen, aber wenn sie sich trennten, wäre sie dazu verdammt, bei Baba zu wohnen, weil Arif aus dem Haus geschmissen worden war und Ma sich ins Exil begeben hatte und warum sollte Yasmin die Einzige sein, die nicht entkommen konnte, und Arif hatte gesagt, sie hätte das Stockholm-Syndrom, aber das stimmte nicht, sie versuchte nur, das Richtige zu tun. Danach hatte sie geweint, und Pepperdine hatte sie in die Arme genommen.

Und dann waren sie ins Bett gegangen.

»Ich mache dich wütend«, sagte er. »Nein? Dann enttäusche ich dich.«

Sie sah sich im Schlafzimmer um. Eine cremefarbene Chaiselongue, eine gepolsterte Sitzbank am Fußende des Bettes, Einbauschränke mit unsichtbaren Griffen, ein Stuhl mit Sprossenlehne, auf den sie ihre Kleider geworfen hatten. Es war alles ziemlich neutral. So wie Pepperdine.

»Natürlich nicht. Du hättest mich nicht hereinlassen brauchen. Ich habe nichts erwartet. Na ja, abgesehen vom Offensichtlichen.«

»Sex?«

»Was denn sonst?«, sagte sie leichthin. Wie seltsam, dass er der Eine war. Sie schaute in seine grüngrauen Augen. Er war von einem Hauch der Entsagung umgeben, hatte etwas Asketisches an sich, als hätte er allen irdischen Freuden abgeschworen.

»Ich glaube, da ist noch was anderes«, sagte er.

»Oh? Was denn, sag's mir.« Wie seltsam, dass er es gewesen war, der ihre archaischsten Bedürfnisse zum Vorschein gebracht hatte.

»Ich denke, das ist nicht alles, was du willst.«

»Was will ich denn sonst noch?«

Er zog sie zu sich herab, sodass ihr Kopf neben seinem auf dem Kopfkissen zu liegen kam. Für einen langen Moment war alles still, alles Frieden, alles ruhig. Er strich mit einem Finger an ihrer Wange herab, an ihrem Kiefer entlang und zeichnete ihre Lippen nach. Umschloss ihr Kinn mit der Hand und küsste sie auf den Mund.

»Was will ich noch?« Diesmal flüsterte sie.

»Freundschaft.«

Er küsste sie wieder, aber sie schob ihn von sich fort und setzte sich auf.

»Ja«, sagte sie. »Natürlich.«

»Wirst du Joe von uns erzählen?«

»Von uns? Darüber, dass wir Freunde sind?«

Er lag dort auf dem Rücken und drehte die Handflächen nach oben, mit dieser typischen Geste, die sie immer so wütend machte. Er hatte ihr eine Falle gestellt, und sie war direkt hineingelaufen. Freundschaft!

»Yasmin, du wirst mir irgendwann sagen müssen, was du willst.«

Freundschaft. Okay, Freundschaft. Was wollte sie tatsächlich? Eine Liebesbeziehung?

»Du willst nicht zu Hause bei deinem Vater leben, weil du dann das Gefühl hättest festzustecken. Aber du könntest dir irgendwo eine Wohnung mieten oder …« Er streckte die Hand nach ihr aus, aber sie rollte sich von ihm fort. »Du könntest hier wohnen.«

»Nein, das könnte ich nicht. Er wäre furchtbar verletzt, wenn ich ihn allein lassen würde, um in irgendeine beliebige Wohnung zu irgendeiner beliebigen Person zu ziehen.«

»Ah, ich verstehe«, sagte er. »Beliebig.« Er grübelte eine Weile vor sich hin. »Das Leben ist von vorne bis hinten beliebig, soweit ich das bisher habe feststellen können. Und ich bin immer sehr dankbar für die beliebigen Personen gewesen, die es mir zugeschanzt hat, besonders die, die ich hinter Mülltonnen gefunden habe.«

Sie lächelte. Sie kniete auf der Bettdecke, den Po auf die Fersen gestützt, nackt und auf dem Präsentierteller. In Joes Gegenwart war sie immer noch ziemlich schüchtern, wenn es um Nacktheit ging. Aber vielleicht war das ja auch schon längst nicht mehr der Fall. Vielleicht lag es nur daran, dass er ihr Widerstreben immer so charmant gefunden hatte, dass es ihr zur Gewohnheit geworden war, und sie vergessen hatte, diese Gewohnheit irgendwann abzulegen.

»Wie viele Leute hast du denn dort schon gefunden?«

»Oh, nicht so viele. Ein oder zwei. Ich nehme an, die Ehe deiner Eltern war arrangiert und von deren Eltern von vorneherein geplant, sodass es für sie alles andere als beliebig war. Ich meine, es war keine zufällige Begegnung. Sie waren nicht wie vom Blitz getroffen.«

»Doch. Es war eine Liebesheirat.«

»Das musst du mir erzählen«, sagte er.

Es war fast vier Uhr morgens, als sie endlich einschliefen. »Gefallen dir die Handschuhe?«, fragte er sie irgendwann zwischen drei und vier, als sie immer wieder in den Schlaf hinüberdrifteten, nur, um im nächsten Moment wieder aufzuwachen. »Du hast immer so kalte Hände.« Sie hielt die Augen geschlossen. »Ich liebe sie. Ich dachte, du hättest sie für jemand anderes gekauft.« Sie spürte seine Lippen auf ihrer Stirn. »Es gibt niemand anderes«, sagte er.

DER ZWEITE WEIHNACHTSFEIERTAG

Als sie aufwachte, war er nicht da. Sie machte die Augen wieder zu und vergrub sich unter der Decke, in der Hoffnung, dass er jeden Moment wieder zurück ins Bett kommen würde. Nach einer Weile musste sie sich eingestehen, dass das nicht passieren würde. Es blieb ihr nichts anderes übrig als aufzustehen und sich dem Tag zu stellen. Dem Tag, der auf gestern folgte. Und gestern war ein einziges, grandioses Chaos.

Ihr Kleid lag gefaltet über einem Sessel. Offenbar hatte er aufgeräumt. Sie fand ihre Unterwäsche und schlüpfte dann in ihr Kleid. Schwarzer Samt mit durchscheinenden Puffärmeln. Gestern war sie noch so begeistert davon gewesen, doch heute fühlte sie sich schrecklich darin. Auf der Universität hatten die Mädchen immer über den »Gang der Schande« geredet. Yasmin wusste, worum es sich dabei handelte – wenn man nach einer vorher nicht geplanten sexuellen Begegnung in denselben Kleidern nach Hause ging, die man am Abend zuvor getragen hatte – aber sie war ihn noch nie selbst gegangen.

Sie fand Pepperdine unten in der Küche, wie er eine Scheibe Vollkorntoast mit Orangenmarmelade aß.

»Da ist noch Kaffee in der Kanne«, sagte er. »Was hättest du sonst noch gern? Ich muss bald los.«

»Ich hole nur meine Sachen und gehe dann.« Es fühlte sich so an, als würde er sie hinauswerfen.

Er stand auf und goss ihr eine Tasse Kaffee ein. »Milch? Zucker?«

»Nur Milch.«

Er stellte die Tasse auf den Tisch und zog einen zweiten Stuhl heran. Sie setzte sich. Das Sonnenlicht strömte durch das Küchenfenster. Es war hell hier drin, zu hell, und sie hielt sich schützend eine Hand vor die Augen.

»Noch müde?«, fragte er. »Hast du einen Kater? Ich glaube, ich habe irgendwo Alka Seltzer. Soll ich es mal suchen gehen?« Er legte ihr eine Hand auf den Kopf, als wäre er eine Art Priester und sie eine Supplikantin.

Sie ließ ihre eigene Hand sinken und schaute hoch in sein großes, ernstes Gesicht. Sie hatte das Gefühl, dass er sie nicht ernst nahm. Warum war er so salopp?

»Ich weiß nicht, was ich tun soll«, sagte sie. »Mein ganzes Leben ist ein einziges Chaos.«

»Fang erstmal mit einer Scheibe Toast an«, sagte er. »Toast hilft immer.« Er ging zum Toaster hinüber, und sie sah zu, wie er zwei Scheiben von einem Vollkornbrot abschnitt.

»Ich meine es ernst«, sagte sie. »Jedes Wort.«

»Ich auch«, sagte er.

Sie trank Kaffee und überlegte sich Angriffsstrategien. Es brannte ihr unter den Nägeln, ihn zu attackieren, und sie begriff nicht, warum. Aber der Drang war sehr stark.

»Also, du gehst jetzt einfach. Du willst nicht mit mir reden. Du steigst in dein Auto und fährst weg, und das ist dann alles, soweit es dich betrifft. Du wäschst dir die Hände in Unschuld, aber mein Leben liegt in Scherben.«

Er hatte ihr den Rücken zugekehrt. Er steckte das Brot in den Toaster, drehte an dem Knopf und drückte den Hebel nach unten. »Ich muss nach Suffolk fahren, ja. Das habe dir gesagt. Wenn ich vorher gewusst hätte, dass du hier auftauchen würdest …«

»Egal. Vergiss es. Vergiss, dass ich was gesagt habe.« Sie wünschte, sie hätte etwas anderes zum Anziehen, ganz gleich was, nur etwas anderes als dieses lächerliche Kleid. Wie konnte er sie auch ernst nehmen, während sie hier in diesem Kleid vor ihm saß!

Er antwortete nicht. Ein Klingeln ertönte, und der Toast sprang nach oben.

Er reichte ihr den Toast auf einem weißen Teller und gab ihr auch ein sauberes Messer dazu. »Butter und Orangenmarmelade stehen schon da, aber vielleicht hättest du ja lieber eine andere Marmeladensorte? Oder Honig?«

Sie schüttelte den Kopf, schlürfte ihren Kaffee und bereute es, so um sich geschlagen zu haben.

»Ich weiß, dass die Dinge im Augenblick recht kompliziert sind.« Er setzte sich, und sie fühlte sich klein und verweichlicht und ungesund neben ihm, neben seiner großen, athletischen Gestalt. »Aber du schaffst das schon.«

»Ich will keine Ärztin sein.« Sie war selbst überrascht darüber, mit welcher Vehemenz sie das gesagt hatte. Als hätte sie das gerade in diesem Augenblick entschieden.

»Ah, und ich dachte, du hättest diese Klippe umschifft. Wir haben doch darüber geredet, und ich glaube, du hast gesagt, dass du beschlossen hast weiterzumachen.«

»Mein Vater hat beschlossen, dass ich Ärztin werden soll. Ich habe gar nichts beschlossen.«

»Nun, glücklicherweise hat sich herausgestellt, dass du eine sehr gute Ärztin bist.«

»Es gibt garantiert auch andere Dinge, in denen ich gut wäre.«

»Ja«, sagte er. »Schon möglich.«

»Joe hat gesagt, er würde mich unterstützen, wenn ich eine andere Ausbildung mache oder mir einfach eine Auszeit nehme, um darüber nachzudenken, was ich machen möchte.«

»Ah, gut. Das ist gut.«

Sein Gesicht war wie Granit. Es war unmöglich, ihn zu verletzen, auch wenn sie nicht wusste, warum sie ihn überhaupt verletzen wollte. Hoffte sie, dass er bei der Erwähnung ihres Verlobten auf die Knie fallen und in ein wildes Schluchzen ausbrechen würde?

Wollte sie, dass er sie anflehte, mit ihm zusammen zu sein statt mit Joe?

»Er ist ein sehr liebevoller Mensch. Sehr solidarisch.«

»Schön. Das freut mich. Lass dir ruhig Zeit mit dem Frühstücken. Ich gebe dir einen Schlüssel, dann kannst du damit die Haustür abschließen und ihn in den Briefkasten werfen.«

»Bin ich dir denn total egal?«

»Yasmin«, sagte er. »Hör auf damit. Ich mache bei solchen Spielchen nicht mit.«

»Was denn für Spielchen?« Sie rang sich ein Lächeln ab. Ihr war schlecht. Sie ekelte sich vor sich selbst und ihrem Verhalten, und sie schaffte es nicht, sich in den Griff zu bekommen.

»Du versuchst, mich zu provozieren. Mit deinen Sticheleien. Das ist unter deiner Würde. So etwas hast du doch gar nicht nötig.« Er stand auf und schaute mit ernstem Blick auf sie herab.

»Für wen hältst du dich? Meinen Lehrer? Meinen Schuldirektor?«

»Yasmin, ich mag dich. Ich finde dich wunderbar. Aber manchmal hast du etwas Gemeines an dir.«

Gemein! Sie war nicht gemein! Joe hatte gesagt, sie sei der netteste Mensch, dem er jemals begegnet war. Er hatte gesagt, sie sei zu gut für ihn. Für wen hielt sich Pepperdine? Sie hatte nichts Gemeines an sich! Warum musste er so bösartig sein?

»Habe ich nicht«, sagte sie und brach in Tränen aus. »Das habe ich nicht!«

»Wir haben alle unsere Fehler«, sagte Pepperdine – eine Bemerkung, die alles andere als tröstlich war. »Es tut mir leid, aber ich muss los«, sagte er ein wenig sanfter. »Da liegt der Schlüssel. Wirst du klarkommen? Du solltest versuchen, etwas zu essen. Dann fühlst du dich besser, ganz bestimmt.«

Sie wischte sich mit dem Handrücken die Wangen ab. »Ich bin okay, hör auf, so ein Getue zu machen. Hör auf, mich wie ein Kind zu behandeln.«

»Das werde ich, wenn du aufhörst, dich wie eins zu benehmen.« Er lächelte. »Abgemacht?« Er hielt ihr die Hand hin, als wollte er diese Abmachung mit einem Handschlag besiegeln, aber sie verschränkte die Arme und wandte den Kopf ab.

Sie beschloss, zu Fuß nach Primrose Hill zu gehen. Es war nicht weit, aber sie würde genug Zeit haben, um nachzudenken. Sie trug immer noch das Kleid vom ersten Feiertag, und wenn sie die Nacht im Beechwood Drive verbracht hätte, hätte sie sich mit Sicherheit umgezogen. Es befanden sich immer noch ein paar Kleidungsstücke in den Schubladen in ihrem Zimmer. Sie überlegte und überlegte, bis ihr fast der Kopf zersprang, aber dann wurde ihr irgendwann klar, dass sie sich gar keine Geschichte ausdenken musste. Sie konnte ja genauso gut beschlossen haben, dasselbe Kleid einfach noch einmal anzuziehen. Niemand würde das seltsam finden. Ihre Sorge war einzig und allein auf ihre Schuldgefühle zurückzuführen, die wie krankes Gewebe gewuchert waren. Als sie die Einfahrt erreicht hatte, blieb sie stehen und überprüfte ihr Äußeres von oben bis unten. Was könnte sie verraten? Sie hielt ihre Hände vor sich hin, wie ein Mörder, der nachsieht, ob sich nicht noch Blutspuren unter den Nägeln befinden. Ihre Hände waren nackt, die mitternachtsblauen Handschuhe hatte sie in ihrer Handtasche verstaut. Ihre Hände waren nackt. Irgendwo hatte sie den Ring abgelegt und ihn dann vergessen.

HARRIET

Sie schleicht in die Küche und schleicht sich dann mit einer Tasse Kaffee wieder heraus. Das Haus wird für die Party vorbereitet, und das hat bei Rosalita noch nie für gute Stimmung gesorgt, wenn sie nach Silvester von ihrem Jahresurlaub zurückkehrt. Nicht noch eine Neujahrsparty. Früher machte es Spaß. Die Leute liebten diese Partys, weil man damit mitten im Januar der typischen Nach-Feiertags-Depression den Stinkefinger zeigen konnte. Aber es kommt ihr so vor, als würde die Party von Jahr zu Jahr trostloser werden.

Rosalita lärmt wütend in der Küche, und das liegt nicht nur daran, dass im Haus ein fürchterliches Durcheinander herrscht. Sie ist nicht gerade begeistert über Anisah Ghoramis Gegenwart, und im Augenblick ist sie besonders sauer, aber Harriet hat keineswegs vor, sich von ihrer eigenen Haushälterin herumkommandieren zu lassen. Irgendwo muss sie ja schließlich eine Grenze ziehen. Es ist nicht an Rosalita zu entscheiden, wer in diesem Haus willkommen ist oder nicht. Und Anisah ist definitiv willkommen.

Anisah und Flame sind sich sehr nahegekommen, und auch das weckt Harriets Beschützerinstinkte. Aber welche von beiden bedarf nun eher ihres Schutzes? Es gibt Leute, die Flame als bedrohlich empfinden, aber Anisah gehört nicht dazu. Diese Frau ist ihr ganzes Leben lang unterschätzt worden. Als sie ihr die Geschichte erzählt hat, wie es zu ihrer Hochzeit kam … selbst jetzt treten Harriet bei dem bloßen Gedanken daran schon wieder die Tränen in die Augen. Anisah ist eine unglaublich mutige und auf ihre stille Art äußerst eindrucksvolle Frau.

Das wird das letzte Mal sein, dass sie diese Party veranstaltet, beschließt Harriet, während sie dem ganzen Party-Kram ausweicht, der in der Diele steht: ein Stapel Klapptische, ein Stapel Stühle, die man später für die Raucher nach draußen stellen wird, Tischdecken, rutschfeste Tabletts, Flaschenkühler, Behälter für leere Flaschen, Eiskübel und mehrere Kisten mit der Beleuchtungsanlage für den Garten. Sie bleibt stehen und schlürft ihren Kaffee. Nein, sie wird diese Party nicht mehr veranstalten. Eine der Mitarbeiterinnen des Event-Teams – sie hat ihre Haare zu zwei Zöpfen geflochten, obwohl sie garantiert keinen Tag jünger als vierzig ist – öffnet gerade die Tür für die nächste Lieferung. Tut mir leid, sagt sie, während sie sich zu Harriet umdreht. Tut mir leid, dass sich hier das ganze Zeug stapelt, wir schaffen das gleich alles hier raus.

Harriet lächelt und winkt und sagt, Ach, machen Sie sich da mal keine Gedanken. Die Diele sieht immer so schrecklich leer aus, wenn der Weihnachtsbaum weg ist, und… Sie verstummt, denn niemand hört ihr zu. Die Frau ist viel zu sehr damit beschäftigt, die Lieferanten zu instruieren und Notizen auf ihrem Clipboard zu machen.

Auch aus dem Wohnzimmer sind sämtliche Weihnachtsdekorationen verschwunden, zusammen mit einem Großteil der Möbel. Harriet steht in der Mitte und dreht sich ganz langsam im Kreis. Dieser Raum ist zu groß, denkt sie. Das Haus ist zu groß. Joseph wird fortgehen, und sie wird allein sein. Sie betrachtet den riesigen leeren Raum, die protzigen Samtvorhänge, die Holzscheite im Kamin, das mit einem vergoldeten Rahmen eingefasste Gemälde über dem Kaminsims. Die kalte weiße Wintersonne strömt durch die georgianischen Schiebefenster mit ihren sechs einzelnen Scheiben, und ihre Strahlen senken sich wie Frost auf die Teppiche, die noch niemand zusammengerollt hat. Sie steht da, die Hand auf den Kaminsims gelegt, und fragt sich, ob sie nicht nach oben gehen und sich eine Weile hinlegen soll. Jetzt, da sie es aufgegeben hat, ihre Memoiren zu schreiben, hat sie definitiv das Gefühl, unterbeschäftigt zu sein.

Was würde Daddy denken, wenn er sie jetzt sehen könnte? Er würde dafür sorgen, dass sie sich wieder zusammenriss. Als er sie damals in Oxford besuchte, brachte er seine neueste Freundin mit – eine fürchterlich langweilige Person. Harriet und Daddy ließen sie einfach sitzen und entwischten durch die Hintertür, während die Frau vorne in der Bar des King's Arms Hotels auf sie wartete. Daddy lud Harriet zum Essen ein und dann ging sie mit ihm tanzen, um mit ihm vor ihren Freunden anzugeben. Was ist mit Davina?, fragte Harriet immer wieder. Mach dir keine Gedanken, sagte Daddy, sie wird zurück zum Randolph Hotel fahren, und ich mache es morgen bei ihr wieder gut. *Du* bist mein liebstes Mädchen. Er schleuderte sie über die Tanzfläche. Harriets Freunde stießen sich gegenseitig an. Sie dachten, er sei ihr Liebhaber. Das Ganze war irrsinnig komisch. Ein herrlicher Abend.

Harriet trinkt ihren Kaffee aus und stellt die Tasse ab.

Diese Delfter Kannen müssen noch in Sicherheit gebracht werden und auch die Tiffany-Lampen. Rosalita wird sich selbst darum kümmern wollen. Am besten sollte man ein paar runde Hochtische in diesen Raum stellen, damit die Gäste ihre Drinks darauf abstellen können. Aber keine Stühle, sonst sitzen die Leute immer nur rum und erwarten, dass sich das ganze Geschehen automatisch um sie dreht. Sie weiß immer noch, wie man eine Party schmeißt, das muss man ihr lassen. Dafür taugt sie immer noch. Dieses Jahr sollten überall im ganzen Vorgarten Windlichter stehen, nicht nur am Eingang. Machen wir es zu etwas Besonderem. Zu etwas Glamourösem. Überall weiße Dahlien. Weiße Dahlien in hohen Vasen für das Haus und auf der Terrasse und in der Einfahrt weiße Lotusblüten, die in großen Stahlschüsseln auf dem Wasser treiben.

Sie hat keine Zeit, sich hinzulegen, wie ihr gerade klar wird, während sie davoneilt, um Rosalita zu suchen. Es gibt viel zu tun. Es gibt sehr viel zu tun.

HARRIETS PARTY

In gewisser Hinsicht beneidete sie die Kellner, die geschäftig mit ihren Tabletts voll Kanapees und Bowl-Food herumliefen – Thunfisch-Poké, Risotto mit Erbsen und Minze und Shepherd's Pie. Manche Leute hatten die Begabung, auf Partys die Runde zu machen, aber sie gehörte definitiv nicht dazu. Yasmin stand mit Ma und Flame zusammen. Ma trug ihren prachtvollsten Sari – cremefarbene Seide mit einer goldenen Borte – und eine goldene Choli, die unter den Armen vielleicht ein winziges bisschen zu eng war. Sie hatte ihre Haare auf dem Kopf aufgetürmt und mit funkelnden Klammern zusammengesteckt.

»Namasté«, sagte eine der Besucherinnen, presste ihre Hände zusammen und verbeugte sich leicht, während sie vorüberging. Ma strahlte die Frau an – eine ehemalige Schülerin ihres Kochkurses. Flame flüsterte Ma etwas ins Ohr, und beide fingen an zu lachen.

»Sie wollte doch nur nett sein«, sagte Yasmin, während sie sich das nächste Glas Champagner geben ließ.

»Das ist ihr ja dann ordentlich misslungen«, sagte Flame.

»Bisschen hart, oder?«, murmelte Yasmin, auch wenn sie noch genau wusste, wie sehr es sie bei Harriets Gala-Dinner geärgert hatte, dass ihre Tischnachbarin wie selbstverständlich davon ausgegangen war, sie gehöre der hinduistischen Religion an.

Flame trug eine elegante schwarze Hose und eine reichlich mit Perlen besetzte meerjungfrauengrüne Bluse, die sie zusammen mit Ma in einem der Wohltätigkeitsläden gekauft hatte. Es war die Art von Kleidungsstück, die Anisah mit ihrem Elster-Instinkt für sich selbst ausgesucht und darin ganz fürchterlich ausgesehen hätte, aber an Flame sah es gut aus. Ma benutzte seit Neuestem grellroten Lippenstift – den gleichen wie Flame. Sie tat es zwar nicht jeden Tag, aber doch sicher oft genug, dass Flame auffallen musste, dass Ma sie nachahmte.

»Steht ihr gut, was?«, sagte Flame und berührte Mas Lippen ganz leicht mit einem ihrer schlanken weißen Finger.

»Mm«, sagte Yasmin. Konnte Flame Gedanken lesen?

»Starkes Rot, starke Lippe, starke Frau«, deklarierte Flame.

»Ich werde mir die Haare schneiden«, sagte Ma und legte ihrerseits einen Finger ganz leicht auf Flames Kopf. »Ich schneide sie ganz kurz, so wie deine.« Sie lachte.

»Komm mit nach oben«, sagte Flame. »Dann mache ich es. Dann schneide ich sie dir jetzt sofort.« Sie klang ungeduldig und angespannt, als würde sie sich über Mas Neckereien ärgern.

Ma lachte nur. »Okay, du geh schon mal, ich folge dir dann.«

Flame stahl sich sofort davon, und Ma kullerte hinter ihr her. Yasmin beschloss, sich irgendwo hinzusetzen. Im Wohnzimmer standen so gut wie keine Möbel mehr, also zog sie sich mit einem Schälchen Risotto und einem weiteren Glas Champagner auf die luxuriös gepolsterte Fensterbank zurück, um die Partygäste zu beobachten. Sie zog kurz die Möglichkeit in Betracht, dass Flame gerade Mas Haare abhackte, aber Ma würde nie so weit gehen, nur wegen irgendeines Scherzes, den die beiden ausgeheckt hatten.

Harriet, die ihre übliche monochrome Kleiderordnung durchbrochen hatte und einen silbernen Plisseerock und eine ochsenblutrote Bluse trug, schob Joe von einer Gästetraube zur nächsten, während sie eine Hand immer in sein Kreuz gepresst hielt. Stets auf der Hut. Wie ein Leibwächter, dachte Yasmin.

Wenn sie erst einmal verheiratet waren, würde alles anders werden. Sie würde aufhören, sich so dämlich zu verhalten. So unbeholfen und unsicher. Pepperdine hatte behauptet, sie verhielte sich wie ein Kind. Was bildete er sich ein? Er war sechsundvierzig und noch nie verheiratet gewesen. Sie war in sein Büro gegangen, direkt am ersten Tag, an dem er nach den Feiertagen zur Arbeit zurückgekehrt war. Ich habe meinen Ring verloren, hast du ihn gefunden? Blauer Saphir mit Diamanten auf einem Ring aus Platin. *Ich fürchte nein. Was für ein Pech.* Sonst hatte er nichts zu sagen. Nichts.

Seitdem hatte sie ihm die kalte Schulter gezeigt, und er hatte so getan, als fiele es ihm nicht auf. Er behandelte sie nicht anders als alle anderen. Es war ihr egal. Sie würde ohnehin bald versetzt werden, in die kardiologische Abteilung eines anderen Krankenhauses.

Die Save-the-Date-Karten lagen in einer Schublade in Joes Schlafzimmer. Yasmin hatte akribisch darauf geachtet, dass sie auch wirklich alle eingesammelt hatte. Wir können sie erst losschicken, sagte sie, wenn alles wieder normal ist. Joe stimmte ihr zu. Es gibt einfach zu viele Unwägbarkeiten, wir können keine Hochzeit planen, während meine Eltern getrennt sind. Joe verstand. Während mein Vater und mein Bruder zerstritten sind. Joe konnte das sehr gut nachvollziehen. Und wir müssen meiner Mutter und deiner Mutter sagen, was wir beschlossen haben, und sie zwingen zu akzeptieren, dass wir die Entscheidungen treffen. Das werden wir, sagte Joe. Er war so lieb! So verständnisvoll. Er hatte sie sogar wegen des verlorenen Rings getröstet. Es hatte ihrer ganzen Überzeugungskraft bedurft, um ihn davon abzuhalten, einen Ersatz kaufen zu gehen. Ich finde ihn schon, hatte sie gesagt. Irgendwann wird er wieder auftauchen. Aber das würde er nicht. Er würde sich nicht finden lassen, das wusste sie einfach.

Yasmin trank ihr Glas leer.

Harriet tauchte wie aus dem Nichts auf und streckte ihr die Hände entgegen. »Da bist du ja, Yasmin! Nicht doch, du darfst dich doch nicht zum Mauerblümchen machen!«

Harriet lieferte sie bei Joe ab, der erleichtert schien, sie zu sehen. »Hier ist sie, wie versprochen, Darling«, sagte Harriet. »Ich muss weiter.«

»Alan hält gerade einen Vortrag über die großartigen Vorteile des

Brexits«, flüsterte Joe Yasmin ins Ohr, während er seinen Arm um ihre Schultern schlang.

»Das Problem mit der akademischen Linken …« Alan wedelte drohend mit einem Finger in der Luft.

»Und ich dachte, wir wären die hauptstädtische Elite.« Die Frau, der Alan mit seinem Finger gedroht hatte, war klein und stämmig, mit einer struppigen Haarmähne und einem neugierigen Gesicht. Genau wie ein Shetlandpony, dachte Yasmin.

»Ist doch egal.« Alan trug ein kragenloses Hemd und eine moosgrüne Ballonmütze. Es schien eine Angewohnheit von ihm zu sein, mit dem Finger herumzufuchteln, während er seine Argumente vorbrachte. »Ihr brüllt bei jeder Gelegenheit empört ›Rassismus!‹ und spielt eure Identitätspolitikspielchen, aber die normalen Leute haben es gründlich satt, als bigott bezeichnet zu werden. Und außerdem …«

»Warum hören wir uns nicht mal eine *andere* Stimme an.« Die Ponyfrau warf Yasmin einen bedeutungsvollen Blick zu.

Joes Finger schlossen sich ein wenig enger um ihre Taille. »Damit bist du gemeint! Du sollst ihnen diese ›andere Stimme‹ liefern«, sagte er so leise, dass nur sie es hören konnte.

»Ich bin ein bisschen betrunken«, flüsterte sie zurück.

»Wenn man für den Austritt stimmt, heißt das noch lange nicht, dass man ein Rassist ist«, sagte Alan. »Wenn man sich mulmig fühlt, weil die englische Sprache in deiner eigenen Stadt und in der Schule deiner Kinder allmählich zur Fremdsprache wird, dann bedeutet das nicht, dass man Vorurteile hat. Es geht nicht um Ethnien, es geht um Kultur und Zugehörigkeit. Wenn man das Gefühl hat, in seinem eigenen Land nicht dazuzugehören, dann ist das ein Problem, oder etwa nicht?«

»Also hast du für den Austritt gestimmt, ja, Alan?«

»Nein, Sophie. Das habe ich nicht.«

»Warum fragen wir nicht mal Yasmin, wie ihr eigenes Umfeld so abgestimmt hat?«, sagte Sophie.

Yasmin schenkte ihr ein kleines Lächeln. Baba hatte für den Brexit gestimmt, sie und Arif dagegen. Hatte Ma überhaupt gewählt? Was war damit überhaupt gemeint, mit ihrem »Umfeld«? Zählte Mr. Hartley dazu? Was sollte sie antworten?

»Glaubst du«, fragte Sophie, als von Yasmin nichts kam, »dass du als weißer Mann die nötige Autorität hast, um über Rassismus zu reden?«

»Glaubst du«, gab Alan zurück, »dass du als reiche Frau die nötige Autorität hast, um über die Arbeiterschicht zu reden?«

»Was glaubst du denn, wie viel ein Akademiker verdient?«

»Dann eben als Frau aus der Mittelschicht«, sagte Alan. »Die Zugehörigkeit zu einer bestimmten Gesellschaftsklasse sticht die ethnische Zugehörigkeit aus. Da ist es ganz egal, ob man weiß oder schwarz oder gelb ist, es geht darum, wie viel Geld man hat, welchen Job man ausübt, in welchen Kreisen man sich bewegt... Yasmin, du bist doch Ärztin. Erzähl uns doch mal, wie du darüber denkst.«

Sie versuchte, einen nachdenklichen Gesichtsausdruck aufzusetzen. Aber er fragte sie nicht als Ärztin. Er fragte sie als einen Menschen mit brauner Hautfarbe. Als Expertin. Als unbestreitbare Autorität, wenn es um Fragen der Herkunft ging. Alan und Sophie sahen sie erwartungsvoll an, wollten ihre Ansichten legitimiert wissen, von der Repräsentantin der braunhäutigen Menschen, der Immigranten, von der Outsiderin oder vielleicht auch der Insiderin, wenn auch der gerade eben erst frischgebackenen Insiderin, die daher doppelt loyal war und wenn nicht, dann war sie undankbar oder wollte allein aufgrund ihrer Hautfarbe irgendwelche Vorteile genießen... Sie bekam Kopfschmerzen davon – es war so viel leichter, wenn man es mit Menschen wie Mrs. Rowland zu tun hatte. Denen konnte man wenigstens sagen, dass sie sich zum Teufel scheren sollten... obwohl das am Ende auch nicht so besonders gut funktioniert hatte.

»Das hängt ganz von der Situation ab«, brachte sie schließlich hervor. »Aber zu der Zeit, als meine Eltern hierhergezogen sind, gab es noch sehr viel mehr Rassismus. Sie haben uns davon erzählt.

Womit ich nicht sagen will, dass es heutzutage überhaupt keinen Rassismus mehr gibt.«

»Aber du ganz persönlich«, sagte Alan freudig, während sein Finger wieder in Aktion trat, »du selbst hast doch keinen Rassismus erlebt.«

»Sie hat doch gerade gesagt, dass es immer noch Rassismus gibt«, knurrte Sophie.

»Nun, Sophie, genauer gesagt hat sie –«, begann Alan.

»Ich heiße nicht Sophie! Mein Name ist nicht Sophie!« Sie wedelte ihm ihrerseits mit einem Finger vor dem Gesicht umher. »Machst du das mit allen Frauen? Dass du so tust, als könntest du dich nicht an unsere Namen erinnern, um uns in die Schranken zu weisen?«

»Scheiße nochmal«, sagte Alan. »Jetzt reg dich mal ab.«

»Wag es nicht, mir zu sagen, dass ich mich abregen soll!« Einige Gäste drehten die Köpfe, um zu sehen, was es mit diesem Geschrei auf sich hatte. »Wage es nie, *niemals*, einer Frau zu sagen, dass sie sich abregen soll!« Sie machte auf dem Absatz kehrt und drängelte sich quer durch den Raum, um sich in Sicherheit zu bringen.

Alan trat unbehaglich von einem Fuß auf den anderen. »Heutzutage kann man mit niemandem mehr eine ordentliche Unterhaltung führen.« Er steckte die Hände in die Hosentaschen und rüttelte energisch darin herum, um sicherzustellen, dass ihm auch niemand seine Eier geklaut hatte.

»Wir sollten uns besser ein wenig unter die anderen Gäste mischen«, sagte Joe. Er nahm Yasmin an der Hand und führte sie durch die glitzernde Menge.

Sie standen draußen auf der Terrasse vor den Glastüren, um ein wenig frische Luft zu schnappen. Die Tische und Stühle, die man dort für die Raucher aufgestellt hatte, waren größtenteils leer. Einige wenige Unverwüstliche hatten sich um den Tisch versammelt, der dem Rasen am nächsten stand. Yasmin fror entsetzlich. Und außerdem verspürte sie den Drang, immer wieder einen Blick auf ihr Spiegelbild in den Terrassentüren zu werfen. Ihr Outfit war eine

Katastrophe: eine babyblaue Kurta mit türkisfarbenen Stickereien und darunter eine Röhrenjeans und hochhackige Schuhe. Es hatte wie eine souveräne Verschmelzung der Kulturen aussehen sollen. Stattdessen war es ein einziges Wirrwarr. Schizophren. Sie hätte in dem Moment wissen müssen, dass es ein Desaster war, als Ma dem Ganzen ihr Gütesiegel aufdrückte.

Joe bemerkte, dass sie vor Kälte zitterte, und schob sie zu einem der Heizstrahler hinüber, die man draußen aufgestellt hatte.

»Tut mir leid, dass du in das Gespräch dieser Leute hineingezogen wurdest.«

»Schon okay. Sie meinten es gut.«

»Schau mir in die Augen, und dann sag mir allen Ernstes, dass du bei der Aussicht, eine leidenschaftliche Verteidigungsrede zur Multikulturalität abliefern zu müssen, nicht das kalte Grausen bekommen hast. Oder bei der Aussicht darauf, erklären zu müssen, warum sie definitiv gescheitert ist.«

»Ich wäre schon damit klargekommen. Und schließlich haben sie nicht einmal gemerkt, dass sie ein bisschen …«

»Rassistisch klangen«, beendete er ihren Satz. »Sag es doch einfach! Warum hast du es ihnen nicht unter die Nase gerieben?«

»Weil …« Sie schwieg. Weil sie dank Mrs. Rowland ihre Lektion gelernt hatte. Weil sie an einem Diversitätstraining und einem Sensibilisierungstraining teilnehmen musste. »Weil es wirklich schlimm ist, jemanden als Rassisten zu bezeichnen. Es ist eine der schlimmsten Beleidigungen, die man sich nur vorstellen kann. Die Leute nehmen sich das wahnsinnig zu Herzen.«

»Jemanden als Rassisten zu bezeichnen, ist schlimmer als ein Rassist zu sein?«

»Lass es mich so sagen: Man kommt mit dem einen eher durch als mit dem anderen.«

Er küsste sie. Direkt auf den Mund. Und es fühlte sich sehr natürlich und sehr sittsam an. Wo war die Leidenschaft? Er war anständig, liebevoll und aufmerksam, aber sie wollte mehr. Sie brauchte Leidenschaft. Er sah sie aufmerksam an, wie er es immer tat, wenn er zu erraten versuchte, was sie wollte. Mit seiner neuen Frisur sah er so anders aus, dass sie manchmal erschrak. Seine Haare waren derart kurz, dass es fast so aussah, als hätte er sich den Kopf rasiert, und die übrig gebliebenen Haare waren dunkler und wiesen nicht die geringste Spur einer blonden Farbe auf. Sein Gesicht wirkte dadurch eckiger. Härter. Aber wenn er sie so wie jetzt ansah, dann sah sie nur denselben altvertrauten Joe. Er küsste sie erneut, sehr sanft, und es beunruhigte sie, wie platonisch sich das anfühlte. Wie unschuldig.

»Möchtest du wieder reingehen?«

»Noch nicht«, sagte sie. »Sieh mal, wie klar der Himmel heute Nacht ist. Sieh mal, die Sterne.«

Sie hatten keinen Sex mehr. Es war Wochen her. Einmal hatten sie damit angefangen, und Yasmin hatte etwas ausprobiert. Das musst du nicht tun, hatte er gesagt. Da war es ihr sofort peinlich gewesen. Jede Nacht kuschelten sie sich aneinander, aber er machte nie den nächsten Schritt. Immer, wenn sie ihre Hand auf seinen Penis legte, sagte er, es tut mir leid, ich bin total müde. Ist schon okay, sagte sie dann. Kein Problem. Aber sie wollte es. Sie wollte mit ihm dasselbe fühlen, was sie mit Pepperdine gefühlt hatte. Was für eine Ironie. Sie hatte all diese Jahre gebraucht, um sich der Lust zu öffnen. Aber für Joe war das nichts Neues, es war nichts Aufregendes mehr. Er hatte mit so vielen Frauen geschlafen. Wie viele waren es? Er hatte es ihr an diesem einen Abend sagen wollen, aber sie hatte ihn daran gehindert. Sie hatte es nicht hören wollen. Genauso wenig, wie er die Geschichte mit Pepperdine hören wollen würde. Es wäre herzlos, es ihm zu erzählen, nur um ihr eigenes Gewissen zu erleichtern. Schuld war von allen Gefühlen das egoistischste. Das hatte Harriet gesagt.

»Joseph! Yasmin! *Hier* seid ihr also.« Harriet breitete ihre Fledermausärmel aus, während sie über die Terrasse rauschte. »Und, amüsiert ihr euch gut?«

»Ja, danke«, sagte Yasmin.

Harriet schob sich zwischen sie und hakte sich bei ihnen unter.

Die Lichtergirlanden über ihnen tauchten die lang geschwungenen Diamantenranken, die an ihren Ohren hingen, in ein gewaltiges Glitzern. »Erzählt! Ich will alles über die faszinierenden Gespräche erfahren, die ihr bisher geführt habt.«

»Wir hatten ein interessantes Gespräch mit Alan«, sagte Yasmin. »Über Identitätspolitik. Da habe man die Dinge zu weit getrieben, behauptet er.«

»Oh, ist er nicht absurd?« Harriet lachte. »Alan bekämpft das linksliberale Establishment mit seinem *wackeren Schwert der Wahrheit.* Ich fürchte, er leidet unter Wahnvorstellungen. Identitätspolitik! Ich muss ihn unbedingt mal zur Rede stellen. Schließlich haben sie unzählige Jahre ihre Identitätspolitik gefeiert, diese angelsächsischen, protestantischen, heterosexuellen Männer, und es war alles ganz wunderbar, solange ihre eigene Identität die einzige war, die zählte. Aber jetzt gehen wir wieder hinein! Kommt mit!«

Es waren mindestens hundert Menschen versammelt. Vielleicht sogar hundertfünfzig? Es gab viele, die – der gegenwärtigen Mode entsprechend – erst spät eingetroffen waren. Harriet war mit Joe davongerauscht, um ihn irgendjemandem vorzustellen, und Yasmin hatte sich auf die Suche nach Ma gemacht, sie jedoch nirgends finden können. Sie stellte sich neben die Tür zur Bibliothek und beobachtete das Geschehen. Ein paar Gäste saßen auf der großen, prächtigen Treppe aus Eichenholz, als wären auch sie nur hergekommen, um andere zu beobachten. Eine kleine Schlange hatte sich vor der Garderobe im Erdgeschoss gebildet, und etwa zwanzig Leute standen mit ihren Drinks in der Diele und unterhielten sich.

Neben dem goldumrahmten Spiegel stand ein Mann und winkte ihr zu. Hochgewachsen, Korkenzieherlocken, Hemd mit Paisleymuster, dürre Handgelenke, die aus den Ärmeln ragten. Nathan, jetzt fiel ihr der Name wieder ein. Von Harriets Gala-Dinner. Sie winkte zurück, und er bedeutete ihr mit einer Geste, sich doch zu ihm zu gesellen.

»Was ich damit vermitteln will …«, sagte der Mann, der neben

Nathan stand. Sein Hemd war vorne auf der Brust durchgeschwitzt, und er hatte einen Flachmann in der Hand. »Das einzig passende und richtige Motiv für einen Romanautor ist das eigene Selbst. Jeder, der etwas anderes behauptet, macht sich absolut lächerlich.«

»Da bin ich anderer Meinung«, sagte Nathan. Er wandte sich an Yasmin. »Und, amüsieren Sie sich?«

»Mehr oder weniger. Oh, ich glaube, wir sind uns auch schon mal begegnet«, fügte sie hinzu, als sie erkannte, dass es sich bei dem anderen Mann um David Cavendish handelte.

»Ich bin David Cavendish«, sagte er, als bezweifelte er ihre Behauptung. »Wie auch immer, wir leben in einer Zeit, die Realität verlangt. Authentizität, Unmittelbarkeit, Transparenz. Figuren zu erfinden, die Fred und Flora heißen – das reicht einfach nicht mehr. Es hilft niemandem. Der Bedarf an Erzählliteratur nimmt ab, weil wir es mit so dringlichen Fakten zu tun haben. Fakten!« Er nahm einen Schluck aus seinem Flachmann.

Baba würde ihm recht geben, dachte Yasmin. *Sag mir – was ist da der Unterschied zwischen dir und einem Lügner? Inwiefern unterscheidet sich dieses kreative Schreiben vom Lügen?*

Nathan blinzelte ihr zu. »Die Leute wollen Geschichten. So einfach ist das.«

»Unterhaltungsliteratur«, sagte David.

»In welches Genre fällt denn *Das Vogelorchester?*«

»*Sinfonie der Vögel*«, knurrte David.

»Ich habe Sie im Radio gehört«, sagte Yasmin. »Wo Sie gesagt haben, dass Ihr Roman von Ihrem eigenen Leben handelt?«

David Cavendish schnaubte verächtlich.

»Die Leute wollen Gssschichten«, sagte Nathan und bekam einen Schluckauf. Bis zu diesem Moment hatte er eigentlich einen recht nüchternen Eindruck gemacht. »Die *Umwelt*, das ist das einzig wahre Thema für einen Roman. Was sagen Sie nun!«

»Umweltkatastrophen, Krieg, Überflutungen, Hungersnöte, Seuchen – aber was wissen *Sie* schon darüber? Sie haben nichts davon selbst erlebt.«

Du weißt nicht, was ich damals in der Bibliothek in Kalkutta zu deiner Mutter gesagt habe. Du warst nicht dabei. David Cavendish war zweifellos derselben Meinung wie Baba. Kein Wunder, dass Harriet gesagt hatte, der Roman sei tot.

»Haben Sie es gelesen? *Sympathie der Vögel,* meine ich.« Nathan schwankte Yasmin entgegen, groß und schlank wie ein Birkenbaum.

»Nein«, sagte Yasmin, »aber ich finde es sehr mutig, einen autobiographischen Roman zu schreiben und sich selbst so zu entblößen.«

»Es ist *Autofiktion*«, sagte David und drehte sich zu Yasmin um. Seine Augen waren rotumrandet. Schweißperlen sammelten sich in den Hautfalten seines Halses. »Kein scheiß David Copperfield.«

»Ich habe es gelesen«, sagte Nathan. »Es dreht sich viel ums Einkaufen. Er mag die gebackenen Bohnen von Crosse & Blackwell lieber als die von Heinz.«

»Was ist mit Liebe?«, fragte Yasmin. Vielleicht sollte sie noch einmal nach Ma suchen gehen und sicherstellen, dass bei ihr alles in Ordnung war. »Wäre das nicht ein gutes Thema? Die Leute wollen immer gern etwas lesen, wo es um Liebe geht.«

»Frauenliteratur«, sagte David. »Nur frivole oder dumme Menschen verschwenden ihre Zeit mit konstruierten Geschichten – Handlungen, Figuren, Motive, Dénouments!«

»Sanitäre Anlagen«, sagte Nathan. Je mehr David die Zähne fletschte, desto jovialer wurde Nathan. Er bückte sich, um Yasmin ins Ohr zu flüstern. »Verstopfung. Barcelona. Arsenal. Spiegeleier. Twitter. Durchfall. Goethe. Mamis Kamee-Brosche. Bodmin Moor. Isis. Hundescheiße.« Er richtete sich wieder auf und zeigte beim Lächeln seine Zahnlücken.

»Na los, sagen Sie ruhig Ihre Meinung«, sagte David Cavendish, der plötzlich so tat, als wäre er bester Laune. Doch seine Augen verrieten ihn. Sie flackerten vor Kampfeslust. »Kommen Sie schon, lassen Sie auch den Rest der Klasse daran teilhaben!«

»Die Leute wollen Geschichten, mehr will ich gar nicht sagen.

Sonst könnten sie genauso gut Reality-TV schauen. Oder sich die Facebook-Seiten irgendwelcher x-beliebigen Fremder anschauen.«

»Alle Menschen brauchen Geschichten«, sagte Yasmin. Hoffentlich hatte Ma es Flame nicht erlaubt, ihre Haare mit einer Schere zu attackieren. Was würde Baba sagen, wenn Ma bei ihrer Heimkehr einen Igelkopf hatte, so wie Flame? »Ich hatte einmal einen Patienten mit Korsakow-Syndrom. Das beeinträchtigt das Gedächtnis. Und weil er oft nicht begreifen konnte, was um ihn herum vor sich ging, hat er einfach Geschichten erfunden, um es sich auf diese Weise zu erklären. Aber in gewisser Weise tun wir das doch eigentlich alle.«

»Na, da sind wir aber froh, über dieses medizinische Gutachten!«, sagte David.

Nathan griff nach Davids Flachmann. »Darf ich?«

»Klar, Boy«, sagte David. »Das darfst du in der Tat.«

Nathan erstarrte. »Was haben Sie da gerade gesagt?«

»Klar, Boyo – da sind wohl meine walisischen Wurzeln mit mir durchgegangen. Na, trinken Sie schon.« David presste Nathan die mit Leder umhüllte Flasche in die Hand.

Nathan trank, leckte sich die Lippen und trank noch einmal. »Das war's.« Er warf den Flachmann zu David zurück, doch die Flasche prallte ihm von der Brust ab und landete auf der Erde. »Hoppla«, sagte Nathan.

David Cavendish schaute den Flachmann an. Dann schaute er Nathan an und dann wieder den Flachmann. Seine kleinen roten Augen schienen aus ihren Höhlen zu treten. Er riss sich die Hemdsärmel hoch, und einen Moment lang befürchtete Yasmin, er würde sich auf sein Gegenüber stürzen. Aber David lachte nur. »Scheiß drauf«, sagte er. »Die war sowieso leer. Also wann erscheint Ihr Buch nochmal?«

»Oh, wie toll!«, sagte Yasmin und wagte wieder zu atmen. »Herzlichen Glückwunsch!«

»Im September«, sagte Nathan. Es klang ein wenig verschwommen, mit einem stockenden s-Laut.

»Wie aufregend«, sagte David.

»Ja«, sagte Nathan. »Danke. Also ich hab jetzt genug. Werd' dann mal nach Hause gehen.«

»Nach Hause! Wir haben doch noch nicht einmal richtig angefangen. Nein, scheiß auf den Flachmann, lassen Sie ihn liegen, ich weiß, wo Harriet ihre alkoholischen Schätze aufbewahrt. Folgen Sie mir.«

»Nein, nein, lassen Sie nur. Ich muss ins Bett. War nett, Sie kennengelernt zu haben«, sagte Nathan und streckte ihm die Hand entgegen.

David schüttelte sie. »Ganz meinerseits. Hören Sie, ich finde das toll, dass die Verlage endlich mal sowas machen. Es gibt Leute… die sind da etwas komisch, aber *ich* finde, das war schon lange mal fällig.«

»Was meinen Sie mit sowas?«

»Den Minderheiten ein bisschen unter die Arme greifen.«

»Sie wollen also sagen, das sei der Grund, warum ich einen Verlag gefunden habe.« Nathan wirkte immer noch entspannt. Seine Stimme klang leise und ruhig.

»Ein hübsches Gesicht schadet auch nicht. Hübsche Haare. Jetzt ärgern Sie sich nicht, Kumpel, ist doch alles gut. Und dann noch 'ne interessante Herkunftsgeschichte, wette ich, die kann man dann für die Interviews noch ein bisschen aufpolieren.«

»Mich ärgern? Warum sollte ich mich ärgern?«

»Es gibt Leute, die würden fordern …«, sagte David Cavendish und schwieg dann einen kurzen Moment. Er rieb sich das Kinn und schaute in Nathans Gesicht hinauf. »Es gibt Leute, die würden fordern, dass man ein Buch einzig und allein danach beurteilen sollte, wie gut oder schlecht es geschrieben ist. Aber zu diesen Leuten gehöre ich nicht. Minderheiten sollten ge-, nein, nicht geschützt – wie lautet nochmal das Wort, nach dem ich suche? Gefördert? Also ich persönlich bin hundertprozentig dafür.«

»Das ist ja sehr nett von Ihnen«, sagte Nathan.

»Auch wenn es andererseits auch irgendwie traurig ist, dass wir noch nicht weitergekommen sind, dass wir die Leute immer noch in verschiedene Gruppen aufteilen und das dann als Fortschritt bezeichnen, wo doch die Rasse ohnehin nichts als ein gesellschaftliches Konstrukt ist. Ich will damit sagen, die Leute nach ihrer Hautfarbe zu beurteilen, das war doch früher mal 'ne schlimme Sache, stimmt's? Und ich sehe die Menschen sowieso nicht in diesen Kategorien. Ich persönlich nehme Hautfarben gar nicht wahr.«

»Tun Sie nicht?«, fragte Nathan sehr leise.

»Nein, tue ich nicht.«

»Sehen Sie das hier?« Nathan hob seine Faust.

»Aber, aber –«, sagte David lächelnd. Doch das war alles, was er noch sagen konnte, bevor Nathans Faust auf seinem Kinn landete.

»Wie schade, dass ich das verpasst habe«, sagte Flame.

»Ich habe versucht, sie zu beruhigen«, sagte Yasmin. Die Party war vorbei, und sie hatten sich in der Küche versammelt.

»Darling, das war eine großartige Show! Wie im Theater!« Harriet zog ihre Ohrringe aus und massierte sich die Ohrläppchen. »In der Diele haben sich die Leute *gestapelt*! Anisah, hör auf, sauberzumachen!« Harriet ließ sich auf die Sofagarnitur sinken. »Die Leute von der Catering-Firma kommen morgen früh und räumen auf. Komm und setz dich.«

»Ich werde ein paar Sachen machen«, sagte Ma und kratzte Essensreste von einem Teller in den Mülleimer. Ihre Haare waren noch intakt, Gott sei Dank.

»Du«, sagte Flame. »Du, Gewandmeisterin! Du musst morgen arbeiten. Ab ins Bett!«

»Nein«, sagte Ma.

»Doch!«

»Nein«, sagte Ma und lachte.

»Grrrrr«, sagte Flame.

Ma kicherte wie eine Irre. Was *hat* sie bloß, dachte Yasmin. Flames Witze waren alles andere als lustig.

»Jetzt bin ich müde«, sagte Ma. »Ich werde zu Bett gehen.«

»Gute Nacht«, sagte Flame. Kaum war Anisah gegangen, da gähnte Flame und verkündete, dass auch sie nun zu Bett gehen werde.

»Brandy«, sagte Harriet. »Wir trinken noch einen Brandy und gehen dann schlafen. Joe, würdest du uns bitte den Remy Martin bringen, und schau doch, dass du auch die Cognacschwenker findest, ich kann Brandy unmöglich aus einem Whiskyglas trinken.«

Harriet setzte sich auf, um an ihrem Brandy zu nippen. Joe stürzte sein Glas in einem Zug hinunter. Yasmin schwenkte ihres hin und her, und allein die Dämpfe führten schon dazu, dass sich ihr Kopf drehte.

»Melvin hat sich heute Abend gar nicht blicken lassen«, sagte Harriet. Ihre Stimme klang ungewöhnlich tonlos. »Clare hat eine Erkältung vorgeschoben! Leute, die in den letzten Jahrzehnten immer gekommen sind, hatten einfach keine Lust.«

»Sie werden es schon bald bereuen, nicht dabei gewesen zu sein«, sagte Joe. »Wegen der Prügelei werden sich alle das Maul über die Party zerreißen.«

»Natürlich muss man es mal so sehen«, sagte Harriet. »Wenn den Leuten klar wäre, wie qualvoll es ist, etwas zu schreiben, was für eine entsetzliche Folter das ist, dann wären sie überrascht, wie *selten* Autoren sich zu einer öffentlichen Zurschaustellung ihres Wahnsinns hinreißen lassen.«

»Folter?«, fragte Yasmin.

»Eine Qual, Darling. Eine entsetzliche Qual. Ich habe die Memoiren aufgegeben.« Sie stellte ihr Glas ab, lehnte sich wieder zurück und ließ ihre blauweißen Füße gnädig in Joes Schoß sinken, als wollte sie ihn damit beschenken. »Würde es dir etwas ausmachen, Darling? Diese Schuhe tun höllisch weh!«

»Das ist widerlich, Harry«, sagte Joe. Er schob ihre Füße grob beiseite.

»In Indien bücken sich die Kinder, um ihren Eltern die Füße zu küssen«, sagte Harriet und schlug ihre Beine übereinander. In ihrer Stimme schwang ein ganz ungewohnter, unsicherer Tonfall mit.

»Wir sind keine Inder, Mutter.«

»Sei nicht albern, Darling.« Sie hatte einen Frosch in der Kehle und musste sich räuspern. »Nun gut«, sagte sie und stand langsam auf. »Ihr zwei müsst euch damit beeilen, euch eine eigene Wohnung zu suchen. Es ist nur allzu offensichtlich, dass Joe die Nase voll davon hat, mit mir zusammenzuwohnen.«

»Joe«, sagte Yasmin. Aber er weigerte sich, sie anzusehen. »Joe, willst du denn gar nichts dazu sagen?«

»Ich denke nicht.«

Yasmin starrte ihn an. Seine Oberlippe kräuselte sich immer noch angewidert, genau wie in dem Moment, als er Harriets Füße von seinem Schoß heruntergeschubst hatte. Sicher, Harriet konnte manchmal ziemlich anmaßend sein, aber das hier war definitiv eine Überreaktion.

»Er ist einfach nur müde«, sagte sie zu Harriet, als wäre Joe ein trotziges Kleinkind.

Harriet blähte die Nasenflügel auf. »Das weiß ich auch«, sagte sie.

GRENZEN

An dem ersten Donnerstag, der auf die Party folgte, hatte Yasmin frei. Sie hätte eigentlich Baba besuchen sollen, aber sie konnte schon den Gedanken daran nicht ertragen. Die Nächte, die sie seit Weihnachten im Beechwood Drive verbracht hatte, waren entsetzlich gewesen. Baba saugte sämtlichen Sauerstoff aus dem Haus. Man konnte dort nicht mehr atmen. Arif hatte noch einmal angerufen. Der Geburtstermin war für gestern ausgerechnet. Sie hatten eine Tasche fürs Krankenhaus gepackt. Warum kam das Baby nicht? Die durchschnittliche Schwangerschaft, sagte Yasmin, dauert in Wirklichkeit eher zehn Monate als neun. Das erzähle ich Lucy lieber nicht, sagte Arif.

Sie stand lange am Fenster und sah den Regentropfen zu, wie sie lauter flüchtige, durchscheinende Mosaike formten und wieder zertrümmerten. Und dann war da noch das langsame, stetige Zischen der Regenrinne und der Zitronengeruch des Fensterreinigers und das kalte Glas an ihrer Nase. Sie musste etwas unternehmen. Ihr Leben steckte in der Warteschleife fest, und alles wegen Ma.

Ma war immer noch hier, obwohl sie doch genau wusste, was das bedeutete: Die Save-the-Date-Karten würden weiterhin in der Schublade bleiben, das Festzelt konnte nicht gebucht und nichts konnte geplant werden.

Du könntest hier wohnen, hatte Pepperdine gesagt. Aber das konnte sie nicht. Selbst wenn er es ernst gemeint hätte, was natürlich nicht der Fall gewesen war.

Wenn sie an ihn dachte, löste das ein komisches Gefühl in ihr aus. Und es machte sie auch wütend. Jedes Mal, wenn sie ihn nach Weihnachten bei der Arbeit gesehen hatte, war sie so wütend gewesen, dass ihr die Brust wehtat. Ich fürchte nein, hatte er gesagt, als sie ihn gefragt hatte, ob er ihren Verlobungsring gefunden hatte. Nur das, sonst nichts. Warum dachte sie überhaupt an ihn? Er hatte nicht das Geringste mit ihrem Leben zu tun. Der Ring war immer noch verschwunden. Er war nicht hier und nicht im Krankenhaus oder in Tatton Hill oder in Pepperdines Wohnung. Joe sagte, sie solle sich keine Gedanken machen, er würde schon wieder auftauchen. Aber das war nicht geschehen und würde es auch nicht mehr. Harriet musste Ma *zwingen* zu gehen. Nur Harriet hatte die Macht dazu. Es war vollkommen sinnlos zu versuchen, Ma zu beeinflussen. Stur wie ein Esel, wie immer. Ma verhielt sich unverantwortlich, aber Harriet gab ihr überhaupt erst die Gelegenheit dazu. Und Flame war auch nicht gerade hilfreich. Sie war irgendwie unheimlich. Und in diesem Moment war sie mit Ma unten in der Küche, wo die beiden zusammen Chutneys zubereiteten und wo Flame Ma zu Gott weiß welchen Unternehmungen ermutigte.

Sie klopfte an Harriets Tür. Harriet war eben erst von einem »abscheulichen Lunch« zurückgekehrt und hatte erklärt, sie ginge jetzt zum Lesen in ihr Schlafzimmer, falls irgendjemand sie brauchen sollte.

»Herein«, sagte Harriet. »Ah, Yasmin, ja, ja, komm rein.«

»Danke. Ich würde gern mal mit dir reden …« Sie wusste nicht, wie sie anfangen sollte.

Harriet lag auf dem Sofa und hatte den Kopf auf ein flauschiges Schaffell gebettet. Jeder Gegenstand und jede Oberfläche in diesem Raum lud zum Anfassen ein, von den reich bestickten Wandbehängen bis hin zu den fein ziselierten Ebenholzpaneelen der antiken Möbel. Selbst an diesem düsteren Januartag strahlte der Raum eine große Sinnlichkeit aus. Er war ein Boudoir. Ein Schlafzimmer für eine Orgie, auch wenn Harriet erklärtermaßen enthaltsam lebte.

»Also?«, verlangte Harriet zu wissen.

»Es gibt da etwas, um das ich dich gerne bitten würde. Einen Gefallen. Ehrlich gesagt ist es ein bisschen peinlich.«

»Aha. Dann gestatte mir, dass ich meinerseits etwas sage, bevor du fortfährst.« Harriet ließ ihre Füße auf den Boden gleiten und stand auf. »Es ist kein Verbrechen, sein eigenes Kind zu lieben«, deklarierte sie feierlich und mysteriöserweise. »Und sei es auch noch so übermäßig«, fügte sie hinzu. »Ich werde mich nicht dafür entschuldigen.«

»Klar«, sagte Yasmin. »Natürlich.« Harriet hatte sie aus dem Konzept gebracht.

»Botschaft angekommen«, sagte Harriet. »Laut und deutlich.«

»Verzeihung? Welche Botschaft?«

»Die Botschaft, die da lautet: Halt dich raus, und zwar ein für alle Mal.« Harriet lächelte ein beängstigend eisiges Lächeln. »Halt dich aus den Hochzeitsvorbereitungen raus. Betrete bloß nicht sein Zimmer ohne eine formelle Einladung. Habe ich das richtig verstanden?«

»Nein, das habe ich nicht –«

Harriet unterbrach sie einfach. »Habe ich dich nicht in meinem Haus willkommen geheißen, Yasmin? Habe ich dir nicht alle nur erdenkliche Gastfreundschaft geschenkt? Ich habe dir und deiner Familie mein Haus und meine Arme geöffnet, oder etwa nicht?«

Yasmin stand fassungslos da. Sie hatte zu Harriet kein Wort davon gesagt, dass sie sich aus den Hochzeitsvorbereitungen raushalten solle. Als Harriet vor ein paar Tagen einen Satz über Blumenarrangements angefangen hatte, war Joe ihr in die Parade gefahren und hatte gesagt, Verdammte Scheiße, Harry, wenn du dich nicht raushältst, wird es überhaupt keine Hochzeit geben. Auf Eis gelegt ist das Ganze ja schließlich schon.

Es war Joe gewesen, der das gesagt hatte, aber offenbar hatte Harriet für sich beschlossen, dass Yasmin ihn dazu angestiftet haben musste. Doch es lag an Joe. In letzter Zeit reagierte er andauernd gereizt auf Harriet.

»Du bist unglaublich großzügig gewesen«, brachte Yasmin hervor. Die Haut an ihrem Hals und ihren Händen kribbelte vor Scham, denn das war die reine Wahrheit, und Yasmin hatte sich noch kein einziges Mal dafür bedankt. Stattdessen war sie hergekommen, um sich über Harriets Großzügigkeit zu beschweren und zu verlangen, dass sie damit aufhörte.

»Ich liebe meinen Sohn!«, sagte Harriet erbittert. Heftig. Keine Spur mehr von ihrer üblichen lakonischen und leicht affektierten Sprechweise. Sie hatte das Kinn hoch erhoben. Ihr langer, schlanker Hals glich einer weißen Lilie, und ihre majestätischen Wangen waren glühend rot. »Und ich werde mich nicht… ich werde mich *nicht* …«, wiederholte sie leidenschaftlich, »noch einmal so demütigen lassen. Ich brauche keine Erlaubnis, um in meinem eigenen Haus einen Raum zu betreten, ganz gleich welchen.«

Gestern hatte Harriet am frühen Morgen an Joes Schlafzimmertür geklopft und war in ihrer üblichen Manier einfach hineinmarschiert, ohne auf eine Antwort zu warten. *Es gibt Grenzen, Mutter!*, hatte Joe sie angebrüllt, und Harriet war zusammengezuckt. Harriet Sangster hatte niemals Angst, aber in diesem Moment sah sie aus, als fürchtete sie sich vor ihrem Sohn. Sie hatte ohne ein weiteres Wort das Zimmer verlassen.

»Tut mir leid«, sagte Yasmin, obwohl auch diesmal Joe für das Vergehen verantwortlich gewesen war.

Harriet wandte sich ab und presste die Handflächen gegen die Fensterscheibe. Ihre beringten Finger funkelten im milchigen Licht des regenverhangenen Himmels. Sie schniefte zweimal kurz. »Aber nun gut, lassen wir das«, murmelte sie in die Fensterscheibe hinein. »Er hat schon ein paar Mal mit seinem Vater geredet, weißt du. Ich glaube, daher kommt das, unter anderem.«

»Oh«, sagte Yasmin. »Ich hatte geglaubt, das würde ganz gut laufen.«

»Wir reden hier über *Therapie*«, sagte Harriet bitter. »Dir ist doch sicher klar, dass die Mutter immer für alles verantwortlich gemacht wird.«

»Aber er geht doch dorthin, um über seinen Vater zu reden.«

Harriet drehte sich ruckartig um und sah Yasmin an. »Ja, aber so funktioniert das nicht in einer Therapie. Es ist… ach, was soll's, lassen wir das!« Sie räusperte sich. »Also, was kann ich für dich tun?«

»Nun… also… Könntest du Anisah bitte zu meinem Vater zurückschicken? Ich bin sehr dankbar dafür, dass du sie hier hast wohnen lassen. Du bist unglaublich großzügig gewesen. Aber sie muss jetzt wieder heimkehren. Mein Vater braucht sie. Und ich bin sicher, dass du nie geplant hattest, dass sie so lange hierbleibt.«

»*Sie zurückschicken?*« Harriet runzelte die Stirn. »Nein, ich denke nicht, dass ich das tun kann. Sie kann kommen und gehen, wie sie will.«

»Aber die Sache mit Ma ist die: Man muss ihr die Dinge direkt ins Gesicht sagen. Sie bekommt die Feinheiten nicht mit.«

»Was für Feinheiten? Ich freue mich, wenn sie bleibt. Ich freue mich sogar sehr. Ich habe sie gern um mich.«

»Bitte«, sagte Yasmin kläglich. Wenn es sein musste, würde sie auch auf die Knie fallen und betteln.

Harriet runzelte immer noch die Stirn. Sie betrachtete Yasmin von oben bis unten und schien etwas abzuwägen. »Weißt du, was dir gut stehen würde? Edelsteinfarben – saphirblau, smaragdgrün, Amethyst, Citrin. Pastellfarben sind nichts für dich, und Khaki ist so furchtbar trist. Du bist ein hübsches Mädchen, Yasmin. Mach was draus.«

Yasmin schaute auf ihr rosafarbenes Sweatshirt und ihre Armeehose hinunter.

»Jetzt mal ganz im Ernst, Harriet, du willst doch nicht, dass Rosalita kündigt, oder?« Rosalita hatte schon wieder gedroht, das Handtuch zu werfen. Ihre Lippen waren jeden Tag dünner geworden, bis sie schließlich ganz verschwunden waren und ihr Mund nur noch eine Falte war, die sich durch ihr Gesicht zog.

»Also Rosalita hat dich zu diesem Gespräch angestiftet? Ich werde mal ein ernstes Wörtchen mit ihr sprechen müssen.«

»Nein! Es ist das, was *ich* möchte. Ich! Ma muss gehen.«

»Dann sag es ihr doch selbst.« Harriet zuckte mit den Schultern, durchquerte den Raum und setzte sich an ihren Frisiertisch. Für sie war das Gespräch beendet.

»Das ist nicht mein Haus. Wenn du ihr sagst, dass es Zeit ist zu gehen, dann wird sie gehen. Mein Vater braucht sie daheim.«

»Ach ja? Tut er das? Und wer fragt danach, was *sie* braucht?« Der dreiteilige Spiegel warf Harriets Spiegelbild in einer endlosen Reihe in den Raum zurück. »Vielleicht braucht sie ja noch mehr Zeit, um herauszufinden, was sie mit dem Rest ihres Lebens anfangen will.«

Dem Rest ihres Lebens! Ma wusste doch längst, wie der aussehen würde. Das musste sie nicht erst herausfinden. »Meine Eltern hatten eine Meinungsverschiedenheit wegen Arif, das ist alles. Wenn sie wieder zu Hause ist – dann können sie das aus der Welt schaffen.«

»Dir ist aber schon klar, dass deine Mutter eine… eine Beziehung mit Flame angefangen hat?«

»Eine Beziehung?« Oh mein Gott! Was behauptete Harriet da? »Sie sind Freundinnen, das ist alles.«

Harriets Spiegelgesichter lächelten.

»Scheiße«, sagte Yasmin. »Das hat sie nicht. Das kann sie nicht tun.«

»Und das ist noch nicht alles«, sagte Harriet. »Es gibt noch andere offene Fragen. Anisah braucht Freiraum. Und ich bin froh, ihr diesen gewähren zu können.«

»Was für Fragen?«

»Mein liebes Kind«, sagte Harriet. Sie öffnete einen Tiegel und rieb sich Hautcreme in die Hände. Langsam, sinnlich. »Ich sollte nicht diejenige sein, die dir das erzählt. Also geh und rede mit deiner Mutter. Ich halte sie jedenfalls nicht gefangen.«

»Aber was auch immer es ist, du machst es nur noch schlimmer, wenn du sie hierbleiben lässt. Baba ist zu stolz, um sie holen zu kommen, und sie ist zu stur, um heimzukehren.«

»Jetzt hör mir mal gut zu«, sagte Harriet scharf. »So einfach ist das nicht. Es gibt da ein paar Dinge, die du nicht weißt.«

»Was denn? Jetzt sag schon!« Sie marschierte auf Harriet zu, als wollte sie die Informationen aus ihr herausprügeln, wenn es sein musste.

Harriet behielt einen kühlen Kopf. Sie nahm ihren prächtigen burgunderfarbenen Füller und schraubte die champagnergoldene Kappe ab. »Frag sie. Oder frag ihn. Aber es sollte nicht von mir kommen.«

»Du weißt doch gar nichts.« Yasmins Stimme klang ein wenig zittrig.

»Okay.« Harriet seufzte. »Ich möchte dich nicht verletzen. Lass uns nicht streiten.« Sie schwieg. Eine Ewigkeit saß sie nur da und massierte ihre Hände. »Es ist kompliziert. Aber ich nenne dir mal die simplen Fakten: Dein Vater hat über die Jahre eine Reihe von Affären mit anderen Frauen gehabt, und deine Mutter wusste das und hat es akzeptiert. Jetzt hat sie jedoch beschlossen, dass sie ein wenig Zeit und Raum für sich selbst braucht, um über ihre Zukunft nachzudenken. Ich bin froh, ihr beides zur Verfügung stellen zu können. Sie ist eine bemerkenswerte Frau, und ich werde sie nicht des Hauses verweisen, Yasmin. Sie hat meine volle Unterstützung. Und ich bin mir sicher, dass sie auch deine Unterstützung begrüßen würde.«

HAUSBESUCHE

»Ma, können wir mal nach oben gehen? Ich muss mit dir reden«, sagte Yasmin. »Allein«, fügte sie mit einem Blick auf Flame hinzu.

»Ich komme«, sagte Ma und wusch ihre Hände in der Küchenspüle. »Magst du? Die Etiketts – magst du? Flame hat sie für mich entworfen!«

Flame goss Chutney in ein quadratisches Einweckglas. Das Etikett, auf dem »Anisahs Achaars: Original Bengalische Pickles« stand, hatte bereits ein paar klebrige Flecken abbekommen.

»Hübsch«, sagte Yasmin.

»Wunderschön«, sagte Ma, während sie sich die Hände abtrocknete. »Aber ich habe keinen Kala Jeera für die Panch Phoron gefunden, also ist es nicht original. Ich werde nicht verkaufen können.«

»Doch, ist es«, sagte Flame. »Und doch, du kannst.«

»Ma«, sagte Yasmin. »Komm, lass uns hochgehen.«

»Geh nur«, sagte Flame zu Ma und erteilte damit eine Erlaubnis, die niemand brauchte. Ihre schuhcremeschwarzen Haare waren zu nervigen kleinen Stacheln hochgegelt. Wie konnte Ma es nur ertragen, so viel Zeit mit ihr zu verbringen?

Yasmin schloss Mas Schlafzimmertür hinter sich und lehnte sich dagegen, als fürchtete sie, Ma könnte einen Fluchtversuch unternehmen. »Hatte Baba jemals eine Affäre?«

»Oh«, sagte Anisah. Sie wandte sich ab und kehrte Yasmin den Rücken zu.

»Stimmt das? Hat Baba jemals eine Affäre gehabt?«

Schweigen.

»Sieh mich an, Ma. Ma?«

Anisah drehte sich langsam um und sah Yasmin an. Ein Fenchelsamen klebte an einer ihrer runden kugeligen Wangen.

»Harriet behauptet das jedenfalls. Sie sagt, er hätte sogar mehrere gehabt. Hat sie gelogen?« Das war eine dumme Frage. Aber es war absolut undenkbar, dass Baba eine Affäre gehabt haben sollte. Er tat doch nichts anderes als zu arbeiten und seine Fachzeitschriften zu lesen und sich um seine Familie zu kümmern. Wie konnte er da Affären haben? Er ging doch nie aus? Vielleicht hatte Ma das ja alles erfunden, als Rechtfertigung für das, was sie da mit Flame machte, was auch immer das war. »Ganz ehrlich, Ma, er wünscht sich verzweifelt, du würdest nach Hause kommen. Er liebt dich. Wenn du nur hören könntest, was er so sagt. Er bricht vollkommen in sich zusammen… Er schafft es nicht ohne dich. Du musst zu ihm zurückkehren.«

Anisah schüttellte trotzig den Kopf. »Er schafft es.«

»Nein, tut er nicht! Er ist furchtbar unglücklich!«, brüllte Yasmin. »Tut mir leid. Es ist nur… Unsere Familie bricht total auseinander. Ma, er wird schon zur Vernunft kommen, wegen Arif und Lucy und dem Baby. Du *weißt*, dass er zur Vernunft kommen wird. Aber wenn du ihn verlässt… Ma, hast du ihn denn noch nicht genug bestraft?«

»Es ist nicht wegen Strafe.«

»Warum dann?« Flame. Aber Ma würde das bestimmt nie zugeben.

»Ich brauche Zeit.« Ein Stapel sauberer Wäsche lag auf dem Fußende des Bettes. Ma nahm eine Bluse, faltete sie auseinander, faltete sie wieder zusammen, und tat das Gleiche mit einem Rock und einer Hose. Sie schüttelte ein T-Shirt aus und ballte es dann zu einem Knäuel zusammen.

»Zeit? Du kannst doch zu Hause so viel Zeit haben, wie du willst.«

»Er hatte Frauen«, sagte Ma. »Nicht viele. Nicht in letzter Zeit.« Sie setzte sich mitten in den Wäschestapel und streifte die Sandalen von den Füßen.

Yasmin glitt an der Schlafzimmertür herunter, bis sie auf der Erde hockte.

»Aber wie denn? Er geht doch nie aus, Ma. Das hat er nie getan.«

»Erinnerst du dich«, sagte Ma. »Wie er immer gegangen ist auf Hausbesuche?«

»Ja«, sagte Yasmin. »Er hat sich andauernd um irgendwelche Patienten gekümmert. Ja.«

»So hat er gemacht«, sagte Ma. »In dieser Zeit.«

»Und du hast ihn erwischt?«

»Oh nein!« Anisah legte leidenschaftlich Widerspruch gegen diese Unterstellung ein. »Er war immer ehrlich. Ein Mann hat Bedürfnisse.«

Also deshalb war sie über die Geschichte mit Joe nicht schockiert gewesen. Ma behauptete, sie sei Feministin. Sie hatte keine Ahnung, was dieses Wort bedeutete. »Nein, Ma. Das ist keine Entschuldigung.« Arif hatte recht. Baba war ein Heuchler und ein Scheinheiliger.

»Es gibt Dinge, die du nicht weißt«, sagte Anisah. »Ohne sie zu wissen, kannst du nicht verstehen.«

»Dann sag es mir.«

Ma senkte den Kopf. Sie zupfte an einem losen Faden am Ärmel ihrer Strickjacke.

»Dann hilf mir, es zu verstehen, Ma. Erzähl es mir. Ich bin kein Kind mehr.«

»Du bist mein Kind«, sagte Ma.

»Aber warum willst du nicht, dass ich es verstehe?«, jammerte Yasmin. »Das ist nicht fair«, fügte sie unwillkürlich hinzu, auch wenn sie wusste, dass das die typische Beschwerde eines Kindes war.

»Ich will schon. Aber du musst Geduld haben. Diese Dinge sind nicht leicht für mich, und du drängelst. Du drängelst zu sehr!« Sie wischte sich den Fenchelsamen von der Wange.

»Ich *bin* doch geduldig. Ich bin wahnsinnig geduldig, Ma! Sieh nur, ich werde hier sitzenbleiben, so lange, bist du bereit bist.« Yasmin wechselte aus der Hocke in den Schneidersitz. »Nimm dir alle Zeit der Welt. Und fang ganz von vorne an. Ich habe unendlich viel Geduld, und ich will alles wissen.«

Ma sah sie wehmütig an. Ihre Augen verschleierten sich. »Mein Engel«, sagte sie. »Ich kann es jetzt nicht erklären. Eines Tages werde ich dir erklären.«

»Na gut«, sagte Yasmin. Sie würde jetzt keine klaren Antworten aus Ma herausbekommen. Sie versuchte, nicht wütend auf sie zu werden, aber das fiel ihr schwer. »Was ist mit Flame? Kannst du wenigstens ehrlich sein, was das angeht? Harriet behauptet, ihr beide wäret… in einer Beziehung.« Es konnte unmöglich wahr sein. Und wenn es doch stimmte, würde Ma es abstreiten.

»Sie ist meine Freundin.«

»Nur eine Freundin? Das ist alles?«

»Nein. Sie ist meine besondere Freundin.«

»Ma, bist du …?« Yasmin geriet ins Stocken. Würde sie das Wort laut aussprechen, ihrer Mutter gegenüber? Das war ein Sakrileg. Aber sie hatte keine Wahl. Sie musste die Dinge klarstellen, und »besondere Freundin« konnte alles Mögliche bedeuten. »Bist du lesbisch?«

»Lesbisch?« Ma wackelte mit dem Kopf, als hätte Yasmin etwas Dummes gesagt. »Nein, ich bin nicht lesbisch.« Yasmin stieß einen Seufzer der Erleichterung aus, bevor Ma hinzufügte: »Ich mag nur Flame.«

»Auf… *diese* Weise?«

»Ja«, sagte Ma ohne das geringste Anzeichen dafür erkennen zu lassen, dass ihr das peinlich war.

»Was ist mit Baba?« Wie hatte es so weit kommen können? Wie war das geschehen? Wenn doch nur alles wieder so sein könnte wie früher. Als es ihr noch wie der Gipfel der Peinlichkeit, wie das schlimmste Problem auf der ganzen Welt erschienen war, in einem Fiat Multipla voller Tupperdosen in Primrose Hill einzutreffen.

Anisah hakte sich die Ohrringe aus den Ohren und massierte sich die im Laufe ihres Lebens immer länger gewordenen Ohrläppchen. »Es wird schon alles gut werden. Du wirst sehen.«

»Aber wie?«, jammerte Yasmin. »Wie denn?«

»Du wirst sehen«, wiederholte Ma stur.

Yasmin stand auf. Ihre Knie schmerzten. Sie atmete tief ein, und der Duft von leicht gerösteten Gewürzen und Yardley's Lavendelwasser stieg ihr in die Nase. Mas Geruch. Doch es lag auch noch etwas anderes in der Luft. Derselbe Geruch, der ihr schon vorher einmal hier drinnen aufgefallen war. Honig und Moschus. Das Parfum, das Flame immer trug.

»Na, ich nehme an, er hat es nicht anders verdient«, sagte Yasmin. Es reichte. Sie hatte es versucht, und es gab nichts mehr, was sie noch hätte tun können. »Hausbesuche«, murmelte sie. »Wie scheinheilig!«

»Er ist nicht scheinheilig«, sagte Ma.

»Wie du meinst.« Sie öffnete die Tür. »Ich werde mal sehen, wie er versuchen wird, die Sache zu erklären.« Wie erklärte Ma es sich selbst gegenüber? Sah sie Baba als Abraham und sich selbst als Sarah? Und die anderen Frauen waren dann alle Hagar, das Sklavenmädchen? Ma liebte diese Geschichte. So wie sie es erzählte, klang es immer so, als würden Abraham und Sarah die ideale Ehe führen. Sarah liebte ihren Mann so sehr, und sie war selbst unfruchtbar, also führte sie ihm Hagar zu und duldete es, dass er mit ihr schlief. Aber Ma hatte Baba zwei Kinder geboren. Wie also war das Ganze dann zu rechtfertigen? Wie hatte Ma das akzeptieren können? Warum hatte sie sich nicht gewehrt?

»Nein! Rede nicht mit Baba über diese Sache! Er will nicht, dass seine Kinder diese Dinge wissen.«

»Na klar will er das nicht!«

»Ich bin deine Mutter, und du wirst meine Wünsche respektieren.«

Der Türknauf hatte sich gelockert. Yasmin rüttelte daran. »Okay, Ma! Was auch immer du willst.«

Ma sah sie mit feuchten Augen an. »Es ist Zeit für mein Gebet. Willst du? Mit mir beten?«

»Nein«, sagte Yasmin. »Ich will nicht.« Sie wandte sich zum Gehen, drehte sich jedoch noch einmal um. »Du musst sehr inständig beten, Ma. Bete für uns alle. Bete für deine Familie.«

SANDOR

»Ich bin heute zur neonatologischen Station hochgegangen«, sagte Joe. »Es war schon wieder eine ganze Weile her, dass ich das letzte Mal dort war.«

»War es schön, die Ergebnisse Ihrer Arbeit zu sehen?« Der Junge hatte so gewaltige Fortschritte gemacht – man mochte kaum glauben, dass es sich um denselben Menschen handelte wie den, der bei ihrem ersten Termin dort gesessen hatte. Einen Menschen, der alles weit von sich gewiesen hatte und voller Angst gewesen war. Er sah auch anders aus. Nach dem Jahreswechsel hatte er sich die Haare schneiden lassen. Oder besser gesagt abrasieren lassen. Er wirkte dadurch älter. Der weiche Zug, der früher um seine Wangen gelegen hatte, war verschwunden.

»Die Neugeborenen-Station ist… das ist eine sehr intensive Erfahrung. All diese winzigen menschlichen Wesen, die mit dieser unglaublichen Technologie verkabelt sind, und auf einer rationalen Ebene weiß man, dass ihr Überleben oder Sterben davon abhängt, wie verfrüht sie geboren wurden, und auch vom Kenntnisstand und der Expertise der Ärzte und Schwestern, die sich um sie kümmern, und all sowas. Aber was man empfindet, das ist… Ehrfurcht.«

»Und wie erleben Sie das auf einer körperlichen Ebene?«

Während der letzten acht Sitzungen hatten sie hart daran gearbeitet, dass Joe sich auf eine ganz neue und natürliche Weise mit seinem eigenen Körper in Verbindung setzte. Sexsucht war schließlich ein Versuch, dem eigenen Körper zu entfliehen, der als

Schauplatz so vieler unerwünschter und unterdrückter Emotionen fungierte.

»Das umgibt einen irgendwie vollständig? Als wären alle Nervenenden plötzlich unglaublich empfindlich. So eine Art geschärftes Bewusstsein, nehme ich an.«

»Okay. Das Bewusstsein von was?«

»Das Bewusstsein von …« Joe zuckte mit den Schultern. »Vom Universum? Wie klein wir alle sind. Wie zerbrechlich. Wie alles miteinander in Verbindung steht. Man kann sich nur schwer der Vorstellung entziehen, dass das Schicksal all dieser Babys in der Hand …« Er verstummte.

»Des Schicksals liegt? Einer höheren Macht?«

Joe lächelte sein bedächtiges, etwas verschämtes Lächeln.

»Und das ist Ihnen peinlich?« Es hatte mehrerer Sitzungen bedurft, damit Joe sich diesen ungewollten Emotionen stellte und tief genug schürfte, um Zugang zu seiner Wut zu bekommen.

»Der männliche Säugling, den ich vor ein paar Tagen auf die Welt gebracht habe – dessen Mutter ist drogenabhängig. Methadon. Die lernt man schnell kennen, die suchtkranken Mütter, weil die viel mehr Unterstützung brauchen. Und diese Chloe, die hatte es echt schwer im Leben. Ich mag sie… Sie ist schon eine ziemlich harte Nuss, aber sie ist auch sehr lustig. Da fragt man sich, wie macht die das? Wie schafft sie es, all das zu überleben und dann auch noch Witze darüber zu reißen?« Er schwieg einen Moment und fuhr sich mit der Hand über die Stirn, obwohl da kein Pony mehr war, den er sich aus dem Gesicht hätte streichen müssen. »Wie auch immer, die Geburt war jedenfalls unkompliziert, und das Baby war gesund. Ich habe mich sehr für sie gefreut. Sie hat immer wieder darüber geredet, in eine Reha-Klinik zu gehen. Ich weiß nicht, ob sie das schafft, aber man kann jetzt schon erkennen, dass sie unbedingt gut für das Baby sorgen will. Sie hat immer wieder gesagt, wie sehr sie sich wünschte, sie hätte während der Schwangerschaft mit dem Methadon aufhören können, aber das ging nicht, wegen der neurologischen Schäden, die dem Fötus dadurch möglicherweise entstanden wären. Also lässt sich das natürlich leicht sagen, wenn es gar nicht die Möglichkeit gab, diesen Vorsatz auch in die Tat umzusetzen. Aber ich hatte ziemliches Mitleid mit ihr, ganz ehrlich.«

»Sie haben ihr Kind ein paar Tage nach der Geburt gesehen«, half Sandor ihm auf die Sprünge. Zu diesem Zeitpunkt setzten für gewöhnlich die Entzugserscheinungen ein. Babys, die bei der Geburt von Opiaten abhängig waren, wurden erst krank, wenn der Entzug begann.

»Er hat geschrien, wahnsinnig hoch und schrill, und die Krankenschwester hat mir erzählt, dass er in der vergangenen Nacht einen schlimmen Anfall hatte. Er wollte sich nicht füttern lassen, schwitzte und hatte Fieber… die üblichen Symptome halt, die beim neonatalen Abstinenzsyndrom eintreten. Ich habe schon oft Babys in diesem Zustand erlebt, aber diesmal hat es mich auf eine ganz andere Weise mitgenommen als früher.«

»Ja? Reden Sie weiter.« Joe hatte so großartige Fortschritte gemacht. Sandor war stolz auf ihn. Das mochte etwas paternalistisch sein, aber was machte das schon? So sah nun mal das Gefühl aus, das er hatte. Als wäre Joe hier in diesem Behandlungszimmer erwachsen geworden.

»Er brüllte und zitterte und lag da in seinem Bettchen und gab diese schauerlichen, unmenschlichen Schreie von sich. Und ganz plötzlich bin ich wahnsinnig wütend geworden… Ich wurde von einer ungeheuren Wut auf Chloe erfasst. Das hatte sie ihm angetan, diesem unschuldigen, wehrlosen kleinen Säugling. Dafür sollte man sie ins Gefängnis werfen.« Er sagte es ganz ruhig. »Sie hat nicht verdient, bestraft zu werden… aber ein paar Minuten war ich total blind vor Wut. Und deshalb habe ich mich gefragt… Jetzt, wo ich *Zugang zu meiner Wut* gefunden habe, wie Sie das formuliert haben, heißt das, dass dieses Gefühl dann auch immer wieder in ganz anderen Bereichen meines Lebens auftaucht?«

»Was denken Sie, warum hat das Baby diese Gefühle in Ihnen ausgelöst?«

Joe zuckte mit den Schultern. »Babys wecken doch in allen Menschen Beschützerinstinkte. Außer vielleicht in Soziopathen.«

»Ja. Und?«

»Er hatte Schmerzen.«

»Ja. Und?«

»Das hat mich wütend gemacht.«

»Und es hat Sie wütend gemacht, weil?«

»Ich konnte ihm nicht helfen. Ich bin Arzt, aber ich konnte nichts für ihn tun.«

»Sie haben gesagt, dass Sie auch vorher schon eine gewisse Verbindung zu diesem kleinen Jungen gespürt haben?«

»Ich weiß nicht.«

»Sie waren wütend auf die Mutter. Die Mutter, der Sie Sympathie entgegenbringen und die Sie wegen ihres schwierigen Lebens bemitleiden. Die Mutter, die ihr Bestes getan hat.«

Nach diesem Satz schwieg Sandor eine Weile. Er gab Joe Zeit, um darüber nachzudenken.

»Vielleicht«, fuhr Sandor schließlich fort, »haben Sie ja einen Grad an Mitgefühl für dieses Baby empfunden, den Sie für sich selbst noch nicht so ohne Weiteres aufbringen können.«

»Das Baby hat sich nichts zu Schulden kommen lassen. Es hat nichts getan, womit es das verdient hätte.«

»Und hatten Sie es sich ausgesucht, in einer dysfunktionalen Familie aufzuwachsen? Haben Sie es verdient, infolgedessen zu leiden?« Sandor lächelte Joe an.

»Ich nehme an, das sind rhetorische Fragen«, sagte Joe.

»Für die meisten Leute, ja. Bei Ihnen bin ich mir da nicht so sicher.«

»Schon gut, ich verstehe.« Joe trommelte mit den Fingern auf seinen Oberschenkel, so wie er es immer tat, wenn er im Begriff stand, das Gespräch in eine andere Richtung zu lenken. »Ich habe mich auf eine Stelle in Edinburgh beworben. Und man hat mich zu einem Vorstellungsgespräch eingeladen.«

»Und das wurde… wodurch ausgelöst?«

»Ich glaube, ich brauche Abstand, richtigen, echten Abstand zwischen uns, zwischen mir und Harry.«

»Klingt gut«, sagte Sandor. Es klang wie ein Ausweichmanöver. Wie ein Vorwand, das, was getan werden musste, aufzuschieben. »Wir Amis, wir lieben Edinburgh.«

»Kann sein, dass ich die Stelle nicht bekomme.«

»Es gibt auch noch andere Stellen. In anderen weit entfernten Städten.« Heute hatte er sich eine richtige Mittagspause gegönnt, und am Ende waren er und Melissa in einem langsamen Walzer durch die Küche geschwebt, während sie ihm ins Ohr summte. Er konnte sich glücklich schätzen. Und er würde in Zukunft besser auf sich aufpassen. Melissa hatte gesagt, er solle sich mal gründlich von einem Arzt untersuchen lassen. Es sei absolut lächerlich, meinte sie, dass er in seinem Alter noch nie eine solche Untersuchung in die Wege geleitet hatte. Und sie hatte recht, wie immer.

»Ich dachte, wir könnten dann ja vielleicht mit Online-Sitzungen weitermachen.«

»Joe, letzte Woche haben wir darüber gesprochen, dass Sie eventuell ein Gespräch mit Ihrer Mutter in die Wege leiten könnten. Ist es Ihnen gelungen, mit ihr zu reden?«

»Nein, noch nicht. Ich hab noch ein paar Mal mit Neil telefoniert. Das läuft ganz gut, denke ich.«

»Um ehrlich zu sein, haben wir jetzt schon seit ein paar Wochen darüber gesprochen ...«

»Ich habe gedacht, vielleicht wäre es ja besser, es eine Weile auf sich beruhen zu lassen. Ich habe ihr Grenzen gesetzt, deshalb habe ich mich gefragt, ob es wirklich notwendig ist –«

»Verzeihen Sie mir, wenn ich Sie unterbreche. Es *ist* notwendig. Hier geht es nicht darum, Ihrer Mutter irgendeine Schuld in die Schuhe zu schieben. Hier geht es darum, eine Verantwortung zuzuweisen, und zwar dort, wo sie hingehört. Ein Kind sucht sich diese Art von Beziehung zu seinem Elternteil niemals selbst aus. Sie haben sie sich nicht ausgesucht, genauso wenig wie der kleine Junge, den Sie heute gesehen haben, es sich ausgesucht hat, Toxine in seinem Blutkreislauf zu haben. Und bevor Sie sich dieser Wahrheit nicht zusammen mit Ihrer Mutter stellen und die Vergangenheit hinter sich lassen, werden Sie dieses Gift niemals loswerden.«

Joe nestelte an seinen Schnürsenkeln herum. Heute waren sie braun. Und er trug einen grünen Pullover.

Joe seufzte. »Ich dachte nur, wenn ich wegziehe, wenn ich mich tatsächlich körperlich von ihr entferne …«

»Dieser Gedanke drängt sich natürlich auf«, sagte Sandor. »Aber ich erzähle Ihnen jetzt mal etwas, was ich über die Jahre von meinen Patienten gelernt habe, insbesondere von denen, die drogenabhängig waren. Viele von ihnen haben sich durch die Gegend treiben lassen, von Stadt zu Stadt, und überall nach einem Ort gesucht haben, wo ihr Leben endlich anders werden würde. Von diesen Menschen habe ich gelernt, dass man sich selbst immer mitnimmt, ganz gleich wo man hingeht. Das, was Sie hinter sich lassen möchten, ist etwas, das in Ihrem Innern steckt.«

Joe saß schweigend da.

»Was ist mit Yasmin? Wie stehen Sie momentan ihr gegenüber?«

»Nun, ich habe nachgedacht«, begann Joe langsam und zaghaft. »Und ich weiß, das klingt jetzt verrückt, aber vielleicht ist es ja gar nicht so verrückt, wie es zunächst klingt. Wenn ich diese Stelle kriege, könnte sie mit mir kommen. Ich habe noch gar nicht mit ihr darüber geredet, aber wir verstehen uns so gut. Also wäre es doch durchaus möglich, dass sie mit mir kommt, und wir könnten einfach, wissen Sie – schwupps!« Er fuhr mit dem Finger durch die Luft, als wedelte er mit einem Zauberstab.

»Durchbrennen? Spurlos verschwinden? Würden Sie ihr vorher von Ihrer Sucht erzählen?«

»Ich weiß es nicht. Ich habe es einmal versucht, aber sie hat mir den Mund zugehalten.«

»Also haben Sie es ein einziges Mal versucht, und das muss reichen?«

Joe antwortete nicht, und Sandor ließ die Stille für sich sprechen. Es war jetzt noch nicht nötig, ihm zu verdeutlichen, was Joe selbst ohnehin nur zu gut wusste: Es gab keinen Zauberstab. Kein Und-sie-lebten-glücklich-bis-an-das-Ende-ihrer-Tage.

»Eine neue Stelle«, sagte Sandor schließlich, »neue Kollegen, eine fremde Stadt, weit weg von zu Hause. Das ist ein Wunschtraum von Flucht. Ein Wunschtraum des Sich-Neuerfindens. Sie fangen von vorn an, und die Vergangenheit ist Geschichte. Aber der Traum wird zum Albtraum, weil der Job viel Stress mit sich bringen wird und Sie niemanden kennen außer Ihrer Frau, die über Ihre Sucht Bescheid weiß oder auch nicht – aber so oder so wird das Ihre Beziehung sehr stark belasten – und dann hängt noch das Damoklesschwert über Ihnen, dass Ihre Mutter womöglich auf einen Besuch vorbeischaut. Wäre es unter solchen Umständen denn erstaunlich, wenn Sie dann erneut gegen Ihre Sucht ankämpfen müssten? Es wäre unendlich schade, wenn die großartige Arbeit, die Sie in diesen letzten Wochen geleistet haben, dadurch wieder zunichte gemacht würde.«

Joe ließ den Kopf hängen. »Uff«, sagte er. »Arrrg.«

»Lassen Sie es raus«, sagte Sandor. »Und immer atmen.«

»Aaaaaarrrg!!!«

»Tief einatmen. Können Sie mir sagen, was Ihnen gerade durch den Kopf geht?«

Joe hob den Kopf, hielt jedoch weiterhin beide Hände über dem Scheitel verschränkt, als wollte er auf diese Weise verhindern, dass ihm der Schädel explodierte. »Ich weiß, dass Sie recht haben. Ich bin ein Vollidiot und habe mir selbst etwas vorgemacht. Das geht mir gerade durch den Kopf. Dumm wie Scheiße!«

»Wäre es Ihnen eine Hilfe, wenn ich Ihnen sage, dass es viele Patienten gibt, die sich auf dem Weg zur Genesung genau zu dieser Art von magischem Denken hinreißen lassen? Für gewöhnlich geschieht das an einem Punkt unmittelbar vor einem bedeutenden Durchbruch. Sehen Sie es als letzten verzweifelten Versuch, eine Brücke über einen Sumpf zu finden, bevor Sie sich eingestehen, dass Sie nur auf die andere Seite kommen, wenn Sie hineinspringen und rüberschwimmen.«

»Okay«, sagte Joe grimmig. »Okay. Ich werde es tun. Ich werde in den Sumpf springen.«

»Sie werden mit Harriet sprechen?«

»Was soll ich sagen? Wie fange ich an?«

»Wir können das als Rollenspiel durchgehen, wenn Sie möchten. Würde Ihnen das helfen?«

Joe lächelte. »Ja, sehr«, sagte er. »Sie fangen an. Sie sind ich, und ich bin Harriet.«

TEE UND GEBÄCK

Es war Besuchszeit, und die meisten Patienten schliefen.

»Mir reicht's«, verkündete Mrs. Antonova. »Ich habe es jetzt wirklich satt. Aufwachen. Waschen. Anziehen. Medikamente. Frühstück. Nickerchen. Lesen. Nickerchen. Mittagessen. Nickerchen. Bla bla bla.« Ihre Stimme war dünn und zittrig. Es hörte sich ganz so an, als hätten ihre Stimmbänder nun doch noch mit dem Rest ihres Körpers gleichgezogen.

An diesem Vormittag hatte Yasmin erneut versucht, sie in einem Hospiz unterzubringen, aber Zlata passte einfach in keine einzige Kategorie. Abgesehen davon, dass sie bald sterben würde. Es war eine Schande, wie sie durch die Maschen des Systems gefallen war, das für sie hätte sorgen müssen. Die Sozialarbeiterin raufte sich die Haare, weil das Sozialamt sich weigerte, einen Platz in einem Pflegeheim zu bezahlen, und der Health Trust wollte nicht für eine »fortlaufende Betreuung« aufkommen. Also steckte Zlata im Krankenhaus fest. Sie würde sterben, bevor man die Formulare neu ausgefüllt und die nötigen Überprüfungen und Besprechungen durchgeführt hatte.

»Sie werden sich besser fühlen, wenn Sie sich erst einmal am richtigen Ort befinden.«

»Der richtige Ort, Schätzchen, ist dort, wo ich die Radieschen von unten betrachte.« Sie zwinkerte Yasmin mit einem wimpernlosen violetten Auge zu und grinste. Ihre falschen Zähne waren so riesig und weiß, dass es grotesk wirkte.

»Sie haben Ihr Mittagessen schon wieder nicht angerührt«, sagte

Yasmin und wies auf das Tablett, das auf dem Nachttisch stand. »Sie sind doch wohl nicht in Hungerstreik getreten, oder?«

»Tscha!« Zlata schnalzte mit der Zunge, wie sie es immer tat, wenn Yasmin sich dämlicher anstellte als gewöhnlich. »Es ist nur mittlerweile so, dass mein Magen rebelliert, wenn ich ihm nicht genau das gebe, was er will. Und er will Tee und Gebäck. Ein bisschen Joghurt und Obstkompott. Früher hatte ich eine Konstitution wie ein Pferd, wissen Sie. Ich konnte alles essen, ganz egal was, und das habe ich auch getan! Ich hatte einen ganz unverwüstlichen Magen, ja, ja.«

»Da haben Sie jetzt bestimmt Hunger«, sagte Yasmin. »Ich schaue mal, ob ich was für Sie finde.« Sie warf einen Blick zur Vorratskammer hinüber – der weißverkleideten Nische samt Glastür, die sich neben den Wäschefächern befand. Es war ganz und gar unmöglich, da einen Keks oder ein Törtchen rauszuholen. Das ging nur mit der Hilfe eines Cotillion-Angestellten.

Zlata winkte mit einer Klauenhand. »So wie meine Mutter uns ernährt hat, da konnte man nur überleben, wenn man sich einen Magen aus Eisen zulegte. Sie hat Kuhzungenstreifen in Milch gekocht und das Ganze dann als ›Stroganoff‹ serviert. Wir waren vollkommen mittellos, aber stolz! Meine Mutter war eine Prinzessin, das behauptete sie jedenfalls immer, und als ich herausfand, dass das gar nicht stimmte, war sie längst tot und –« Sie verstummte, als Julie eintrat.

»Wenn Sie mal einen Moment Zeit für mich hätten«, sagte Julie. Dann nickte sie und ging zu ihrem Büro hinüber.

»Ich komme gleich«, rief Yasmin ihr nach. »Tut mir leid«, sagte sie dann zu Zlata.

»Gehen Sie schon! Gehen Sie! Gehen Sie und machen Sie Ihre Arbeit. Und vergessen Sie das nächste Mal den Whisky nicht. Dann scheint die Sonne, und wir setzen uns nach draußen für einen kleinen Abschiedstrunk.« Sie klang sehr fröhlich bei der Aussicht, ihre eigene Totenwache zu feiern. »Sie haben es versprochen, Schätzchen, also vergessen Sie's nicht.«

»Bestimmt nicht«, sagte Yasmin, auch wenn sie wusste, dass sie ihr Versprechen unmöglich würde halten können, weil ein solcher Ausflug gegen alle Regeln verstieß.

»Und haben Sie schon einen Termin festgelegt?« Zlata beugte sich verschwörerisch vor.

»Ich muss mal schauen… Aber sobald es möglich ist, nehme ich Sie mit nach draußen, damit Sie ein bisschen frische Luft schnappen können.«

»Einen Termin für die Hochzeit! Haben Sie schon einen Termin für die Hochzeit festgelegt?«

»Oh. Nun… Um ehrlich zu sein …« Es war viel zu kompliziert, um es zu erklären.

»Sie haben sich schon wieder gestritten? Machen Sie sich keine Sorgen, Schätzchen, so ist das eben. Wahre Liebe hat's nicht leicht. Da läuft es nie glatt. Als ich Dimitri geheiratet habe, da hat es fast drei Monate gedauert, bis ich ihn in mein Bett gelassen habe. Natürlich hatte ich ihn gar nicht heiraten wollen, weil er so viel älter war als ich und weil damit die Schulden bezahlt werden sollten, die mein Vater bei ihm hatte, verstehen Sie… Nun, wie sich dann herausstellte, war er die Liebe meines Lebens… Aber warum weinen Sie denn jetzt?«

»Es ist nichts«, sagte Yasmin. »Ich meine, ich weine doch gar nicht. Es tut mir leid. Alles in Ordnung.« Sie stand auf. »Es tut mir leid, ich muss gehen. Soll ich Ihnen das Lesepult noch aufstellen, damit Sie lesen können?«

Mrs. Antonova ächzte und setzte sich ihre Lesebrille auf. Hinter den dicken Gläsern waren ihre Augen so riesig, dass es fast unheimlich wirkte. »Da, nehmen Sie sich ein Taschentuch, Schätzchen. Und ja, ich würde gern etwas lesen, danke. Geben Sie mir doch bitte das Buch da – das, das unter dem Tablett liegt.«

Yasmin legte das Buch auf den klappbaren Tisch, der über dem Bett angebracht war. Der Tisch blieb kaum zwei Sekunden in der vorgesehenen Position und knickte dann ein. Sie schob ihn wieder hoch. Julie wartete auf sie, und dann musste sie sich noch für die Schlaganfall-Abteilung vorbereiten, sie musste Untersuchungsergebnissen aus der Hämatologie hinterherjagen, Behandlungspläne für zwei neue Patienten schreiben… Aber Mrs. Antonova würde nicht lesen können, wenn der verdammte Tisch nicht an Ort und Stelle blieb.

Yasmin sah sich um, ob nicht irgendjemand in der Nähe war, der ihr helfen könnte.

»Gehen Sie schon!« Mrs. Antonova versuchte, sie mit ein paar wilden Flügelschlägen fortzuscheuchen. »Ich komme schon klar.« Das Buch – ein dicker Band, wahrscheinlich eins ihrer üblichen, aus der Bibliothek ausgeliehenen und längst überfälligen Exemplare – fiel auf die Erde, öffnete sich und blieb mit aufgefächerten Seiten liegen.

Yasmin hob es auf und versuchte es noch einmal. Zwar blieb der Tisch diesmal oben, neigte sich jedoch schräg zur Seite. Yasmin hielt das Buch fest.

»Harrison!«, rief sie dem Raumpfleger zu, der in diesem Moment in Sichtweite geschlurft kam, während er seinen gelben, mit Rädern versehenen Eimer vor sich herschob. Zwei Flaschen mit Desinfektionsmittel hingen ihm zu beiden Seiten an der Hüfte wie ein Paar Pistolen. Ausnahmsweise sang er gerade nicht vor sich hin.

»Wie geht's, Doc?«

»Ich weiß, das gehört nicht zu Ihren Aufgaben, aber könnten Sie vielleicht diesen Tisch hier irgendwie reparieren? Er kippt immer wieder seitlich weg.«

»Schraube locker«, sagte Mrs. Antonova.

»Kein Problem.« Harrison brachte einen Schraubenzieher zum Vorschein, den er offenbar in irgendeiner Tasche immer mit sich herumtrug.

»Sie verdienen eine Gehaltserhöhung«, schnurrte Mrs. Antonova. »Sagen Sie, haben Sie jemals *Lady Chatterleys Liebhaber* gelesen?«

Harrison schüttelte den Kopf. »Na, dann erzählen Sie mal, Mrs. A.!«

»Angstzustände und Depression?« Yasmin war fassungslos.

Julie hielt ihr die Karte hin, damit sie sie unterschrieb. *Gute Besserung* war in glänzenden pinkfarbenen Großbuchstaben auf die Vorderseite gedruckt. Innen standen in nüchternem Schwarz die Worte *Wir denken an Dich,* umgeben von aufmunternden und solidaritätsbekundenden Botschaften und Unterschriften von allen Mitarbeitern der Abteilung. *Du bist ein großartiger Mensch und Du fehlst uns! Alles Liebe, Liamh. P. S. Aber beeil Dich bloß nicht zu sehr damit, zurück zur Arbeit zu kommen, lass Dir so viel Zeit, wie Du brauchst!*

»Ich bestelle noch einen Blumenstrauß, der wird dann zusammen mit der Karte geliefert«, sagte Julie. »Vielleicht mögen Sie ja ein paar Pfund dazu beitragen?«

»Natürlich«, sagte Yasmin. »Aber dass Catherine sowas passiert? Bei ihr schien doch immer alles vollkommen in Ordnung zu sein, oder?«

»Dr. Arnott litt schon seit einiger Zeit häufig unter Panikattacken. Sie ist für zwei Wochen krankgeschrieben, aber ich denke, es wird sehr viel länger dauern, bis es ihr wieder gut genug geht, um zur Arbeit zu kommen.«

Catherine mit ihren muskulösen Waden und den musikalischen Darbietungen, mit ihrem Schulsprecherin-auf-hohen-Absätzen-Gang und lateinischen Zitaten. Catherine, die immer so selbstbewusst und kompetent wirkte. Die litt unter Panikattacken? »Mir ist gar nichts aufgefallen«, sagte Yasmin. »Ihnen?«

Julie antwortete nicht. Sie beteiligte sich grundsätzlich nicht an irgendwelchem Klatsch und Tratsch und würde offenbar auch jetzt nicht damit anfangen.

Ich wünsche Dir eine rasche Genesung, schrieb Yasmin und bereute es sofort, weil es so schrecklich lahm klang.

»Danke«, sagte Julie, als Yasmin ihr die Karte wieder auf den Schreibtisch legte. »Ich lasse bis heute Abend dieses Kästchen hier stehen, da können Sie dann das Geld für die Blumen reinwerfen.«

»Alles klar. Das mache ich. Oh, und gibt es irgendeine Möglichkeit, die Vorratskammer aufzuschließen und ein paar Kekse für

Mrs. Antonova herauszuholen? Sie hat nichts zu Mittag gegessen. Sie sagt, das Essen bekommt ihr nicht.«

»Heute war noch niemand von Cotillion hier«, sagte Julie. »Ich meine, wegen der Vorratskammer. Die Leute von der Reinigungsfirma waren da, aber die haben keinen Schlüssel.«

»Das ist doch lächerlich«, sagte Yasmin. »Warum muss das alles so schrecklich kompliziert sein?«

»Das spart anscheinend Geld. Wenn man die Törtchen privatisiert.«

»Toll! Und der Verkaufsautomat ist auch schon wieder kaputt.«

»Ich weiß«, sagte Julie. Sie nahm ihre Handtasche. »Ich habe immer eine Notration dabei. Keine Sorge, ich bringe Mrs. Antonova ein paar Kekse und eine Tasse Tee.«

Sie zog gerade im Abteilungsbüro ihren Mantel an, als Professor Shah hereingerollt kam.

»Dr. Ghorami! Also beehren Sie uns doch noch mit Ihrer Gegenwart?«

»Doch noch?«, fragte sie. Professor Shahs Haare waren heute besonders bauschig. Seine fetten Lippen glänzten unnatürlich. »Ich habe gerade meine Schicht beendet.« Vor ein paar Stunden war es ihr noch gelungen, ihm bei seiner Visite auf der Demenzstation aus dem Weg zu gehen. Es war immer viel stiller auf der Station, wenn er da war, als würde er die Patienten mit seiner Gegenwart einschüchtern.

»James hat mir erzählt, dass Sie Ihrem Beruf als Ärztin den Rücken kehren wollen. Dass Sie zu dem Schluss gekommen sind, dass die Medizin nicht das Richtige für Sie ist. Oder dass Sie nicht das Richtige für die Medizin sind!« Er ließ ein kurzes, gezwungenes Lachen hören.

Pepperdine hatte hinter ihrem Rücken über sie geredet? Und hatte Professor Shah Dinge über sie erzählt, die zu erzählen er nicht das geringste Recht hatte! »Nein, das stimmt nicht. Ich bin zu keinem derartigen Schluss gekommen.«

»Falls ich dazu eine Bemerkung machen darf?«

Yasmin schwieg, wohlwissend, dass Professor Shah sie nicht ernstlich um ihre Erlaubnis gebeten hatte. Aber weil er offenbar wartete, war sie schließlich gezwungen, etwas zu sagen. »Ja, natürlich.«

»Meiner Erfahrung nach kommt es häufig vor, dass Mädchen – junge Frauen – wie Sie ein Medizinstudium beginnen, weil man sie unter Druck gesetzt hat. Es ist ein angemessener Beruf, erstrebenswert, sicher… Oder sie stammen aus einer Medizinerfamilie. Solche Mädchen können dann leicht mal ins Straucheln geraten.«

»Was für Mädchen? Die mit der falschen Hautfarbe?« Es war ihr egal, wie unverschämt sie klang. Er durfte mit so einer Bemerkung nicht einfach ungestraft davonkommen.

Professor Shah lächelte salbungsvoll. »Ich weiß, wovon ich rede. Ich habe es in meiner eigenen Familie gesehen. Wenn das betreffende Mädchen dann einen passenden Ehemann findet, lässt sie das Studium einfach sausen. Ist Ihr Vater vielleicht Arzt, zufälligerweise?«

»Nein«, sagte Yasmin. »Ist er nicht.«

SEGREGATION

»Aber so war es doch gar nicht«, sagte Pepperdine. »Ich habe das nur erwähnt, um in unserem Gespräch etwas zu verdeutlichen. Es ging um Catherine Arnott. Darius und ich haben uns darüber unterhalten, unter welchem Druck Assistenzärzte heutzutage stehen, und da habe ich mich daran erinnert, was du zu mir gesagt hast – dass du darüber nachgedacht hast aufzuhören.«

»Tja, ganz offensichtlich findet er, dass ich das tun sollte. Vielen herzlichen Dank auch!«

Er stand auf und schloss die Bürotür. »Yasmin, das findet er nicht. Er hat durchaus seine Fehler, aber er weiß, dass du eine gute Ärztin bist. Du hast sein Ego verletzt, das ist alles, und dafür lässt er dich jetzt bezahlen. Nimm es nicht so ernst.«

Sie war in einer derart blinden Wut in sein Büro gestürmt, dass sie kaum noch geradeaus hatte sehen können. Jetzt war sie einfach nur noch erschöpft. Sie ließ sich wie eine welke Blume auf den Schreibtisch sinken. »Er hat gefragt, ob mein Vater Arzt ist, und ich habe nein gesagt!«

Pepperdine lachte. »Na und? Das geht ihn sowieso nichts an. Ich möchte ihn ja auch gar nicht in Schutz nehmen, aber die lassen uns immer noch warten, mit der Bekanntgabe, wer den Zuschlag für das Kompetenzzentrum bekommt, und obwohl Darius so nonchalant tut, ist er wahnsinnig angespannt. Was natürlich nicht heißt, dass er das Recht hat, auf dir rumzuhacken. Oder auf irgendjemandem sonst. Möchtest du, dass ich… Soll ich mal mit ihm reden?«

Yasmin schüttelte den Kopf. Sie bräuchte nur eine Hand auszustrecken, dann könnte sie ihn berühren. Wie gewöhnlich trug er ein hellblaues Hemd, das so brandneu war, dass man noch die Knickfalten von der Verpackung sehen konnte. Sie wünschte, er würde ihr endlich mal richtig in die Augen schauen.

»Und wie geht es dir?« Er starrte auf den Boden, während er sprach. »Abgesehen von ..., na ja, hier im Krankenhaus. Wie stehen denn die Dinge so... daheim?«

Seit Weihnachten wartete sie nun, und er hatte nichts gesagt. Sie hatte sich an jenem Abend so schrecklich lächerlich gemacht.

»Oh, du weißt schon«, sagte sie und lachte.

»Nein, ganz im Ernst, das tue ich nicht.«

»Gut. Na ja, die *Dinge* sind nicht okay, aber dafür ich. Ich bin okay.«

»Ah, das ist gut«, sagte er. »Gut.« Er hob den Blick und starrte auf irgendeinen Punkt über ihrer Schulter, ganz offenbar von all den wichtigen Dingen abgelenkt, die er planen und tun musste.

»Mein Vater hat Affären gehabt.« Jetzt hatte sie seine volle Aufmerksamkeit. »Nicht in letzter Zeit, aber in der Vergangenheit. Er hatte Affären mit mehreren Frauen.«

»Tut mir leid, das zu hören.«

Er sah tatsächlich traurig aus. Oder vielleicht auch nicht. Bei ihm konnte man das nie so genau sagen.

Sie sagte: »Ich denke, in Wahrheit sind die meisten Männer untreu. Vielleicht ja auch die meisten Frauen. So sind die Menschen halt, denke ich, letzten Endes.«

»Yasmin«, sagte Pepperdine. »Ich... ähm ....«

»Du bist beschäftigt, klar. Das ist schon okay. Ich gehe.«

»Nein, das ist nicht... Ich habe mich gefragt, ob... Was das Thema der, also, Untreue angeht... um es mal ganz offen zu sagen ...«

»Was denn?« Sie hielt den Atem an. Sie wünschte sich verzweifelt, er würde etwas sagen. Irgendetwas. Ganz gleich, was.

»Du wolltest es doch erzählen, deinem... Hast du es ihm erzählt? Du musst es mir natürlich nicht sagen, ob du es getan hast oder nicht.«

»Noch nicht.« Wenn er sich so verhielt, als hätte das nichts mit ihm zu tun, dann würde sie sich auch so verhalten.

»Verstehe.«

»Nein, das tust du nicht! Ich habe es Joe nicht erzählt, weil ich mich schäme. Ich schäme mich so fürchterlich.« Sie sah ihn an, wie er unbehaglich von einem Fuß auf den anderen trat, und plötzlich hatte sie das Bedürfnis, ihn zu verletzen. »Ich will nicht, dass irgendjemand jemals davon erfährt, dass ich mit dir geschlafen habe!« Sie brach in Tränen aus.

Er versuchte, den Arm um sie zu legen, aber sie schob ihn fort. Er setzte sich neben sie auf den Schreibtisch.

»Tut mir leid«, sagte sie. Ihre Nase lief. Sie wischte sie an dem Ärmel ihres Mantels ab. Ein silbriger Fleck blieb auf der schwarzen Wolle zurück.

»Ist schon okay.«

»Du hast seit Weihnachten so gut wie kein Wort zu mir gesagt. Und dann sind auch noch alle möglichen anderen Dinge passiert… Die Freundin meines Bruders bekommt jeden Moment ein Kind, und meine Mutter… ach, das ist nicht wichtig… Es war einfach viel los.«

»Vielleicht«, sagte er. »Vielleicht können wir ja mal essen gehen und darüber reden. Schließlich gibt es so einiges zu bereden.«

»Das wäre schön. Aber ich kann nicht, weil… Jemand könnte uns… Kann ich denn nicht zu dir kommen?«

Er legte eine Hand auf ihre, und sie schauderte, trotz der höllischen Hitze der Heizung und trotz ihres Mantels aus gekochter Wolle.

»Ich halte das für keine gute Idee.« Er nahm seine Hand wieder fort.

»Warum nicht?«

»Weil es nicht recht ist. Du weißt, dass es nicht recht ist.«

»Ich werde es ihm sagen. Das werde ich. Ich muss nur den richtigen Moment abwarten und es auf die richtige Weise tun, oder es wird… Und überhaupt, jeder betrügt doch jeden, sogar… Na ja, also… Die Leute betrügen sich alle gegenseitig die ganze Zeit.« Sogar *Ma*. Aber sie brachte es nicht über sich, es ihm zu erzählen. Obwohl sie sich diesem Mann gegenüber in jeder nur denkbaren Weise bloßgelegt hatte (und auch auf manche Weise, die sie immer noch als undenkbar empfand), konnte sie sich dennoch nicht dazu durchringen, ihm zu erzählen, dass ihre Mutter lesbisch war. Oder vielleicht nicht gerade hundertprozentig lesbisch, aber auf jeden Fall hatte sie eine Frau als Liebhaber. *Dein Vater hat mich hier festgebunden wie eine Ziege.* Sie hatten gerade im Garten Kürbisse und Zwiebeln geerntet, als Ma das gesagt hatte. Festgebunden wie eine Ziege. Segregation. Irgendetwas mit Segregation. Baba, der Ma fernhielt, von… der Gemeinschaft? Was auch immer das bedeuten sollte. Er wusste doch wohl nicht Bescheid, oder? Darüber, dass Ma Frauen mochte?

»Nicht jeder«, sagte Pepperdine.

»Nicht jeder was?« Sie legte eine Hand an seine Wange.

»Du hast gesagt, dass jeder betrügt.« Ganz sanft löste er ihre Hand von seinem Gesicht. »Aber das stimmt nicht. Ich habe es nicht getan. Ich war noch nie untreu.«

»Wirklich?«

Er lachte. »Ja, wirklich.«

»Ich werde es ihm sagen.«

»Aber nicht meinetwegen, hoffe ich. Ich wollte dich nicht zu irgendetwas drängen …«

»Nein«, sagte Yasmin steif und stand auf. Wieder einmal hatte sie das Gefühl, als hätte er ein Spiel gespielt und sie überlistet. »Nein, nicht deinetwegen. Auf keinen Fall deinetwegen.« Sie rang sich ein Lächeln ab. »Übrigens, was glaubst du, könnte es sein, dass Shah die Medikamente der Patienten auf der Demenzstation systematisch überdosiert?«

Er brauchte einen Moment, um ihrem plötzlichen Themenwechsel zu folgen. »Ah, wegen Mr. Babangida? Du denkst, er verschreibt regelmäßig eine Überdosis, wegen dieses einen besonderen Falls?«

»Na ja, das war ja nicht gerade toll, oder? Der arme Mann hatte einen gebrochenen Knochen und sollte mit Antipsychotika ruhiggestellt werden. Aber eigentlich komme ich darauf, weil mir aufgefallen ist, wie still es auf der Station ist, wenn Professor Shah da ist.«

Pepperdine massierte sich das Kinn. »Hast du irgendwelche Beweise? Hast du mal nach Beweisen gesucht?«

»Nein, ich habe mich nur gefragt, ob dir irgendetwas aufgefallen ist.«

»Nein, ist es nicht. Und ich halte es auch für höchst unwahrscheinlich.«

»Okay.« Sie versuchte, so leicht und fröhlich wie möglich zu klingen. Dann ging sie und öffnete die Tür. »Ich nehme dich irgendwann beim Wort, wegen dieses Angebots, mich zum Essen einzuladen!« Sie schenkte ihm ihr glücklichstes Gesicht, weil sie wusste, dass sie nicht das Recht hatte, sich von ihm verletzt zu fühlen.

»Yasmin«, sagte er und drehte die Handflächen nach oben.

Sie ging zur Station zurück, weil ihr das Geld für Catherines Blumenstrauß wieder eingefallen war. Niamh saß in Julies Büro und zählte Münzen und Scheine zusammen.

»Was ist denn mit dir los?«, fragte Niamh. »Du siehst ja furchtbar aus.«

»Nichts. Ich hab's nur eilig.« Sie kramte in ihrer Tasche und versuchte, ihr Portemonnaie zu finden. »Ich hoffe, ich bin nicht zu spät dran, um noch etwas für …«

»Julie hat mich gebeten, dass ich mich um die Bestellung kümmere. Hör mal, ich will ja nicht neugierig sein oder so, aber du bist doch ganz offenbar wegen irgendetwas aufgebracht.« Niamh hatte sich die Nägel lackiert. Grellrot. Das war ein Fehler, denn es ließ ihre kupferfarbenen Haare orange aussehen. Und außerdem verstieß es gegen die Regeln.

»Hier«, sagte Yasmin und reichte ihr einen Zehn-Pfund-Schein. »Die Karte habe ich schon unterschrieben.«

»Arme Catherine«, sagte Niamh. »Sie hat immer alles in sich reingefressen, klare Sache. Es ist wahnsinnig wichtig, dass man mit jemandem redet, nicht wahr? Über die Probleme, die man so hat.« Sie legte den Kopf schief und gab ihr übliches Mitleidstheater zum Besten.

»Du hast dir die Nägel lackiert«, sagte Yasmin.

Niamh betrachtete ihre Finger. »Oh, das habe ich ganz vergessen! Ich war drei Tage krankgeschrieben. Ich hatte ganz fürchterliche Rückenschmerzen. Der Ischias, weißt du. Ich konnte am ersten Tag kaum laufen, so schlimm war das.«

»Okay«, sagte Yasmin. »Tschüss.«

»Es ist jetzt schon viel besser«, sagte Niamh. »Danke der Nachfrage. Danke, dass du dir Gedanken machst. Es ist schön zu wissen, dass dir deine Kollegen wichtig sind und dass du uns nicht alle behandelst, als wären wir es nicht wert, beachtet zu werden, oder sowas.« Sie spitzte ihre hübschen Lippen.

Yasmin stand da und atmete tief ein. Sie stützte die Hände in die Hüften und blinzelte. Niamh war unfassbar! *Ich will ja nicht neugierig sein, aber…* Wenn sie nicht ihre Nase in anderer Leute Angelegenheiten gesteckt und ihr nicht erzählt hätte, dass Joe zu dieser Krankenschwester nach Hause gegangen war… Nicht, dass sie schuld daran war, nein. Aber… Sie hatte das Ganze genossen. Sie hatte diese Geschichte bis zum letzten Tropfen ausgekostet. Und sie musste einfach immer wieder ihre Klappe aufreißen. *Du bist ganz offenbar wegen irgendetwas aufgebracht.* Also echt jetzt! Unglaublich!

»Tut mir leid«, sagte Yasmin. »Es fällt schwer, bei deinen ganzen Wehwehchen den Überblick zu behalten. Ich bin ja wahnsinnig froh, dass deine Schmerzen nicht so furchtbar schlimm waren, dass sie dich daran gehindert hätten, faul rumzuliegen und dir die Nägel zu lackieren.«

»Weißt du was, Yasmin, ich gebe auf! Ich habe mir die allergrößte Mühe gegeben, nett zu dir zu sein, und du hast mich immer nur abserviert.«

Weißt du was, Yasmin, der sieht gar nicht mal so schlecht aus. Also ehrlich, das würde ich glatt tun. Ich würde mit ihm vögeln. Das würde ich tun. Niamh versuchte andauernd, mit Pepperdine zu flirten. Und er bemerkte es gar nicht. Yasmin hatte mit ihm gevögelt. Wenn das kein Abservieren war, was dann?

»Sieh zu, dass du diesen Nagellack von deinen Fingern entfernst«, sagte sie. »Das verstößt gegen die Hygieneregeln. Es gibt gute Gründe für diese Regeln, Niamh, und für dich gelten sie genauso wie für jeden anderen.«

FISCH AUF DEM TROCKENEN

Sie hatten sich in der »Kleinen Stube« versammelt, wie Harriet den Raum nannte, um sich Ranias Fernsehauftritt anzuschauen. *Sie behaupten, Frauen, die sich nach der islamischen Ordnung kleiden, seien nicht wirklich frei, weil man uns so konditioniert hat.* Rania wirkte bemerkenswert entspannt, als wäre die Teilnahme an einer Fernsehdebatte nichts Ungewöhnliches für sie. *Aber sagen Sie dasselbe auch über die Frauen auf* Love Island*? Diese Frauen haben sich bewusst entschieden, ihre Körper zur Schau zu stellen. Äußern Sie da auch Bedenken, sie könnten von ihrem kulturellen Umfeld konditioniert worden sein? Unterstellen sie* denen *auch, dass sie sich nur einbilden, frei zu sein?* Sie trug Stiefeletten mit Pfennigabsätzen, schwarze Jeans, eine Bluse mit Tigermuster und ein schwarzes Ninja-Kopftuch aus durchbrochener Spitze, das auch ihren Hals umschloss. Normalerweise würde sie ein solches Tuch nur als Unterlage für einen Hidschab aus Chiffon tragen, aber so wie sie es jetzt gestylt hatte, sah es sehr cool aus.

»Bravo!«, sagte Harriet, die eigens auf ihren sonntagvormittäglichen Yoga-Kurs verzichtet hatte.

»Rania ist Yasmins sehr-sehr gute Freundin«, sagte Anisah, nicht zum ersten Mal. »Auf der Schule und jetzt auch.«

Yasmin legte sich den Zeigefinger auf die Lippen. »Schsch!« Sie hatte Rania so viel zu erzählen. Auch wenn sie sich nicht sicher war, ob sie das alles überhaupt erzählen wollte. Die Vorstellung, irgendjemandem von der Untreue ihrer Eltern zu erzählen, war nicht gerade verlockend. Selbst Rania gegenüber nicht.

Flame, die sich aus irgendeinem Grund entschieden hatte, bäuchlings auf der Erde zu liegen, machte ein Geräusch wie ein altertümlicher Teekessel, der kurz vor dem Siedepunkt steht. »Patriarchat«, sagte sie. Es klang wie ein Niesen. Sie schniefte und rieb sich die Nase. Vielleicht hatte sie ja tatsächlich geniest.

Die Kamera schwenkte zu einem anderen Gast, einer Frau mittleren Alters, die ein blaues Kostüm und eine rotweiß gestreifte Bluse trug und auf Ranias Frage antwortete: *Ja, das würde ich tatsächlich. Ich finde diese Sendung geschmacklos und unchristlich.* Die Diskussionsrunde bestand aus vier Gästen, zwei zu beiden Seiten des Moderators. Sie saßen in einem Halbkreis auf der Bühne, und unten saß das Studiopublikum.

Der Moderator war ein Mann, der früher einmal attraktiv gewesen sein mochte, dessen Gesicht jedoch mittlerweile gealtert war und wegen irgendwelcher Enttäuschungen einen säuerlichen Zug bekommen hatte. Er wandte sich an Rania. *Was sagen Sie dazu? Linda behauptet, es ginge gar nicht um die Diskriminierung muslimischer Frauen. Sie stellt die Vorgehensweise der Frauen, die nahezu alles entblößen, genauso in Frage wie die derjenigen, die alles verdecken.*

Applaus aus dem Publikum.

Flame wechselte ihre Position auf dem Teppich, sodass ein nackter Fuß zwischen Mas Füßen zu liegen kam. Ma saß in einem Ohrensessel, den Nähkorb im Schoß und schien gar nicht zu bemerken, wie Flames nackte Ferse ihren Knöchel berührte.

Was ich dazu zu sagen habe, ist, dass die britische Gesellschaft nicht auf die Idee käme, die Selbstständigkeit derjenigen jungen Frauen in Frage zu stellen, die sich entscheiden, Miniröcke oder tief ausgeschnittene Oberteile zu tragen. Linda mag deren Kleiderwahl zwar missbilligen, aber die Gesellschaft als Ganzes unterstellt diesen Frauen nicht, sie seien unfähig, selbst zu entscheiden, was sie anziehen wollen. Es ist kein Verbrechen, in die Werte der eigenen Kultur einzutauchen. Die westliche Kultur ist nicht weniger vereinnahmend als jede andere Kultur, aber wenn sie allgegenwärtig ist, wird sie unsichtbar – sie wird hegemonial. Man merkt gar nicht, wie tief man in sie eingetaucht ist, genauso wenig wie ein Fisch merkt, dass er im Wasser schwimmt. Für ihn sind das ontologische Gegebenheiten. Es ist einfach.

»Sehr schlagkräftig!«, sagte Harriet. Sie hatte es geschafft, sich zwischen Yasmin und Joe auf das Sofa zu schieben. »Was für faszinierende Augen!«

»Schsch«, sagte Joe. »Niemand braucht deine ständigen Kommentare.«

In letzter Zeit reagierte er immer nur gereizt auf seine Mutter. Harriet hatte Yasmin dafür verantwortlich gemacht, aber Yasmin war immer sehr gewissenhaft – zu gewissenhaft? – darauf bedacht gewesen, Harriet bloß nicht zu kritisieren.

Der Moderator versuchte, etwas zu sagen, aber Rania überrollte ihn einfach. *Wir, die wir uns dafür entscheiden, einen Hidschab zu tragen – oder einen Niqab oder eine Burka –, sind diejenigen, die bewusst eine Wahl treffen. Wir sind die Fische auf dem Trockenen. Und wenn man unsere Entscheidung kritisiert, dann kritisiert man im gleichen Zug zahlreiche Menschen, die ohnehin schon verletzlich sind, die ohnehin schon zu Zielscheiben und Opfern von Diskriminierung und Hassverbrechen werden.*

»Sie ist großartig«, sagte Harriet.

Der Moderator erteilte einer Frau aus dem Publikum das Wort, die der Diskussionsrunde eine Frage stellen wollte. *Meine Frage geht an den Imam. Warum verlangt Ihre Religion, dass eine Frau sich verschleiern soll, damit sie für einen Mann nicht zum Objekt unkontrollierbarer Begierden wird? Männer sollten doch in der Lage sein, sich selbst zu kontrollieren!*

Der Imam saß neben Rania und bildete zusammen mit ihr das Pro-Hidschab-Team. Er machte einen recht umgänglichen Eindruck und hatte sich bisher auf Bemerkungen beschränkt, die den Islam als eine Religion des Friedens propagierten. Der Imam stimmte der Dame im Publikum aus ganzem Herzen zu und widersprach sich dann mit ebenso großer Leidenschaft selbst. Eine Frau sollte sich züchtig kleiden. Das war nur gesunder Menschenverstand. Es war besser, nie mit einem Mann allein zu sein, damit die Sicherheit und der gute Ruf einer Frau gewährleistet blieben.

»Na, da habe ich jetzt mal eine atemberaubende Neuigkeit«, sagte Flame, während sich ihr Oberkörper einer Cobra gleich vom Teppich nach oben schraubte. »Frauen haben auch Begierden. Wir sind nicht einfach nur Auffangbehälter für männliche Bedürfnisse.«

Yasmin verspürte den plötzlichen Drang, sich die Zickzackschere aus Mas Nähkorb zu schnappen. Transgression, Transformation, Transzendenz. Das war Flames Motto. Sie hatte es sich sogar in chinesischen Buchstaben auf den Rücken tätowieren lassen. Falls Yasmin nun eine Transgression beging, indem sie Flame in den Oberschenkel stach, dann würde Flame sich zu einer Performance transformieren, und Ma würde das alles dann transzendieren, indem sie nicht das Geringste bemerkte.

»Die Begierde einer Frau kann etwas sehr Gefährliches sein. Deshalb versuchen die Männer ja auch, sie zu ersticken. Würdest du mir da nicht recht geben, Yasmin?«

»Hmm«, sagte Yasmin. Es fiel ihr schwer, Flame anzusehen. Es fiel ihr schwer, Flame recht zu geben, ganz gleich was sie sagte, aber insbesondere, was diese Behauptung anging. Auch wenn gewiss viel Wahrheit darin steckte. Joe hatte sie missverstanden, als sie sich mit ihm über Flame und Ma unterhalten hatte. Sie hatte nichts gegen Homosexuelle. Sie hatte überhaupt keine Vorurteile. Es war einfach nur die Art und Weise, wie Flame sich zu Mas Sprachrohr machte, als wäre Ma zu dumm, um für sich selbst zu reden. Flame hatte Ma eingeredet, sie könne ihren Lebensunterhalt damit verdienen, dass sie diese dämlichen Pickles verkaufte, die zumindest in Tatton Hill niemand auch nur geschenkt haben wollte. Stell dir vor, es wäre deine Mutter, sagte sie, und dann hatten sie beide gelacht. Okay, sagte sie, aber es ist meine Mutter, und du kannst doch wohl verstehen, dass das ein ziemlicher Schock für mich war. Du solltest dich für sie freuen, sagte er. Und sie versuchte es ja, ganz ehrlich, sie versuchte es.

»Deine Freundin hat echt Mumm«, sagte Harriet. »Sie ist großartig. In diesem Land herrscht ein enormer gesellschaftlicher Druck, sich kulturell entwurzeln zu lassen, und ich ziehe den Hut vor ihr, dass sie sich diesem Druck nicht beugen will. Dass sie an ihrer Authentizität festhält.«

»Was meinst du damit?«, fragte Yasmin. »Was meinst du mit Authentizität?«

»Das erklärt sich eigentlich von selbst«, antwortete Harriet. »Aber es heißt, dass sie ihre eigene Wahrheit lebt, ihre eigene Geschichte schreibt, dass sie ihrer muslimischen Identität treu bleibt. Findest du, dass sie in irgendeiner Form nicht authentisch ist?«

»Nein. Ich meine, dass du sie nicht kennst und daher auch nicht beurteilen kannst, was für ein Mensch sie ist. Du weißt nicht, wie ihre Wahrheit aussieht, und du hast nicht die geringste Ahnung, was sie im Innersten ausmacht.«

Ma gab ein tadelndes Schnalzen von sich, aber Harriet winkte ab. »Ist schon okay. Dann kläre mich doch mal auf, Yasmin.«

Sie wusste nicht, ob sie es erklären konnte. Alle warteten und starrten sie an. Die Art und Weise, wie Harriet Rania für authentisch erklärt hatte, ärgerte sie. Das schien zu implizieren, dass Yasmin nicht authentisch war. Oder vielleicht auch nicht. Auf jeden Fall war es ein äußerst bedenklicher Maßstab. Was war mit Ma? Wurde sie ihrer muslimischen Identität untreu, indem sie eine Frau als Liebhaberin hatte? Allah kann in dein Herz sehen, würde Ma sagen. Aber wenn sie sich irrte, wäre in ihrer eigenen Religion kein Platz mehr für sie. Warum sollte das Tragen eines Hidschabs heißen, dass man die Wahrheit lebte? Rania hatte viele Wahrheiten, und nicht alle wurden dadurch sichtbar gemacht, dass sie sich ein Stück Stoff um den Kopf wickelte.

Flame schaltete den Fernseher aus. Ma nestelte an einem malvenfarbenen Stück Stoff herum.

»Ich geh mal Kaffee kochen«, sagte Joe.

»Nicht für mich«, sagte Flame. »Ich muss los.«

»Ach ja«, sagte Harriet. »Du triffst dich mit diesem holländischen Theatertypen. *Bonne chance!* Auch wenn er sich natürlich glücklich schätzen kann, wenn er deine Show auf die Bühne bringen darf.«

»Wenn Rania im Iran leben würde«, sagte Yasmin, »dann würde sie sich der Anti-Hidschab-Bewegung anschließen, die sich dort gerade formiert. Sie würde sich an deren Spitze setzen. Sie würde sich das Kopftuch herunterreißen. Sie würde beim Autofahren die Haare im Wind flattern lassen und ein Foto davon in den sozialen Medien posten.«

Alle lachten. Ein Klingelton ertönte, als Anzeige dafür, dass eine Textnachricht eingetroffen war, und Ma wühlte in ihrem Nähkorb. Sie starrte eine Weile auf ihr Handy und reckte es dann hoch in die Luft.

»Alhamdulillah! Sie ist geboren! Das Baby ist geboren! Oh Trost meiner Augen! Sie ist da!«

In Mas Augen standen Freudentränen, als wäre ihnen tatsächlich Trost zuteilgeworden, so wie einst Asija, der Frau des Pharao, in einer von Mas meistgeliebten Geschichten.

COCO

Die winzige neue Erdenbürgerin lag auf dem Rücken, so hilflos wie ein umgestürzter Käfer, und strampelte mit ihren krummen Gliedmaßen. Ihr Schädel war von der Zangengeburt gedehnt, von einem spärlichen Kranz schwarzer Haarbüschel umgeben und oben vollkommen kahl. Über der schlecht sitzenden Windel ragte der leuchtend rote und entzündete Stumpf der Nabelschnur hervor. Ihre Augen waren so fest zugeschraubt wie Ankerbolzen, und ihre Haut war gelb und runzlig, als hätte man sie in Sonnenblumenöl geröstet.

»Oh«, japste Anisah. »Sie ist so-so wunderschön!«

»Hinreißend«, sagte Yasmin, als Arif seinen kleinen Finger in die winzige Faust seiner Tochter schob.

Harriet stellte sich neben das Kinderbettchen und erklärte feierlich: »Ihr Lieben, ihr seid bestimmt furchtbar stolz! Lucy, ich habe dir etwas mitgebracht. Es bringen ja alle immer nur Geschenke für das Baby mit, deshalb komme ich mit einem Geschenk für die Mama.« Sie rauschte auf die andere Seite des Betts.

»Wunderschönes Gesicht«, sagte Anisah und klammerte sich an Arif, als könnte sie jeden Moment vor Freude ohnmächtig werden. »Wunderschöne Zehen und Finger und Haare… sogar Farbe ist wunderschön, wie Mango. Alles ist perfekt, kein Grund für Sorge.«

»Sie ist nur ein bisschen gelbsüchtig, Ma«, sagte Arif.

»Das kommt bei Neugeborenen häufig vor«, sagte Joe. »Kein Grund zur Sorge.«

Arif schlang einen Arm um seine Mutter und drückte ihr einen

Kuss auf den Scheitel. Er trug ein blaukariertes Flanellhemd und eine blitzsaubere Chinohose und wirkte irgendwie größer und kräftiger. Selbst sein Hals war dicker geworden, sodass es nicht mehr so aussah, als wäre sein Adamsapfel ein Golfball, der ihm in der Kehle steckengeblieben war. Wo war das magere Jüngelchen mit strähnigen Haaren geblieben? Wo war der verkorkste, gitarrenklimpernde Zeitverschwender? Steckte er immer noch da drinnen, in diesem plötzlich so männlichen Körper? Stand er irgendwo hinter diesem Erwachsenen-Arif-in-erwachsenen-Kleidern und lauerte auf seinen Auftritt, mit seiner Jeans auf Halbmast und der zur Schau gestellten Unterhose? Versteckte sich hinter diesem strahlenden, selbstsicheren Gesicht immer noch ein anderes, viel vertrauteres Gesicht, ihr kleiner Bruder, wie er schmollte und mit finsterem Blick in die Welt starrte? Yasmin betrachtete Arif aufmerksam, und er lächelte sie mit einer solchen Wärme an, dass ihr das Herz aufging. Ihr brach ein wenig die Stimme, als sie fragte: »Und, habt ihr euch schon für einen Namen entschieden?«

»Coco«, sagte Lucy. Sie lag gegen einen Turm aus Kissen gelehnt, in den sich selbstgestrickte Babykleider, Mullwindeln, Spucktücher, Waschlappen, Waschhandschuhe und eine Dose mit Sheabutter für den Babypopo mischten. »Coco Tallulah«, murmelte Lucy zärtlich. »Ist das nicht wunderschön? Wir finden es jedenfalls wunderschön, nicht wahr, Knuddelbär?«

»Ja, das tun wir«, sagte Arif mit hoher Singsangstimme zu seiner Tochter.

Es kam Yasmin wie ein kleines Wunder vor: Selbst so blutige Anfänger wie Arif wussten, ohne dass man es ihnen hätte beibringen müssen, dass Säuglinge am liebsten Töne im Hochfrequenzbereich hörten. Sie streichelte Cocos hauchzarte Haare mit ihren Fingerspitzen. »Coco«, flüsterte sie. »Coco Tallulah, ich bin deine Tante Yasmin.« Das Baby drehte seinen Kopf Yasmins Hand entgegen und öffnete ganz plötzlich die Augen. Es waren wunderschöne Augen, muskatnussbraun, und es war ganz egal, dass die Sklera um die Iris so gelb war, Ma hatte recht: Sie war trotzdem perfekt. Coco gurgelte und schluckte, und eine Luftblase wuchs auf ihrer Lippe und platzte. Sie lachten alle drei und gurrten, Yasmin und Arif und Anisah, entzückt über die wundervollen Talente, die das Kind bereits an den Tag legte.

»Nicht, dass ihr kalt wird!«, sagte Lucy. »Kannst du sie wickeln? Weißt du noch, wie das geht? Nicht zu fest.« Sie klang erschöpft. »Nicht zu locker«, fügte sie hinzu.

»Wir sollten gehen, damit du dich ein bisschen ausruhen kannst«, sagte Yasmin. Lucy hatte dunkle Ringe unter den Augen, und ihr Gesicht war blass und aufgedunsen.

»Nein, bleibt doch noch ein bisschen«, sagte Lucy. »Mama und La-La wären wahnsinnig enttäuscht. Sie sind nur kurz was essen gegangen. Die kommen ganz bald wieder, also geht noch nicht, eigentlich darf man ja nur drei Besucher gleichzeitig haben, aber wir haben total Glück, weil wir hier noch diesen Nebenraum haben und nur noch ein anderes Bett, und die Frau ist vor zwei Stunden entlassen worden, also gibt es da überhaupt kein Problem, es ist nur, wegen, wenn man zu viel Lärm macht oder so, wisst ihr, wenn man keine Rücksicht auf andere nimmt. Seht mal, was Harriet mir mitgebracht hat! Ist das nicht wunderschön?« Sie hielt ein weißes Negligé mit zahlreichen Rüschen in die Höhe und brach in Tränen aus.

Arif ging zu ihr, und sie schluchzte in seinen Hals.

Das Baby, das Hunger hatte oder vielleicht auch fror oder spürte, dass es plötzlich nicht mehr im Mittelpunkt des Universums stand, schrie und paddelte mit den Füßen und Fäusten. Seine Gesichtsfarbe wechselte von gelb zu rosa und violett. Anisah beugte sich über das Kinderbettchen, legte die Handfläche auf den starren Bauch ihrer Enkelin und versuchte, sie mit Worten zu beschwichtigen. Coco, Cocosona! Dulali! Aber das machte das Baby nur noch wütender. Coco war winzig und hilflos, aber ihre Wut war gewaltig, sie füllte den ganzen Raum.

»Kräftige Lunge«, sagte Joe mit einem Lächeln. »Die wird mal Opernsängerin. Oder vielleicht wäre Punk ja eher was für sie.«

Yasmin war vollkommen verzaubert. Coco war wütend, und ihre Wut war absolut: frei von Angst, frei von Schuld und frei von Zweifel. Weil sie keinerlei Bewusstsein ihrer selbst hatte, war sie auch nicht dessen Gefangene. Sie beanspruchte ihr Geburtsrecht allein dadurch, dass sie sie selbst war. Yasmin lächelte, voller Staunen und Neid. Genieß es, meine Kleine, genieß es, solange du kannst.

Anisah wickelte Coco in ein hellblaues Baumwolldeckchen und brachte sie, besänftigt und wie ein Geschenk verpackt, zu ihrer Mutter hinüber, die sofort zu weinen aufhörte und überglücklich aussah, trotz ihrer roten Augen und fleckigen Wangen.

Das sind die Hormone, dachte Yasmin.

»Du bist jetzt eine Mutter«, sagte Harriet, den Blick starr auf Lucy und das hellblaue Bündel gerichtet. »Das ist das kostbarste Privileg, das einem Menschen in seinem ganzen Leben zuteilwird. Das absolut kostbarste! Möge sie deinem Herzen Frieden bringen! Möge sie dir Trost spenden! Möge sie dir Freude schenken! Möge sie ...«

Harriet konnte nicht weitersprechen, weil sie jetzt selbst zu heulen angefangen hatte. Joe verzog das Gesicht, ging zur gegenüberliegenden Seite des Raumes und setzte sich auf das freigewordene ungemachte Bett. Die anderen betrachteten erstaunt das Geschehen. Wer hätte gedacht, dass Harriet Sangster weinen konnte! Und dann auch noch wegen eines Babys!

Anisah ging zu ihr und wollte einen Arm um sie legen, aber Harriet schob sie weg. »Entschuldigt, es tut mir leid... ich gehe mal ins Bad... nein, ich brauche keine Begleitung, es geht mir gut. Ich habe mich nur ein bisschen mitreißen lassen.«

Als Janine und La-La zurückkehrten, brachten sie eine absurd große Tafel Vollmilchschokolode und den Geruch nach Zigaretten mit. Lucy wehrte sie ab, als sie Coco zu nahe kamen. »Sie ist gerade erst eingeschlafen. Die Schokolade sieht großartig aus, aber ich sollte sowas ja eigentlich nicht essen... Glaubt ihr, dass ich jemals wieder hier reinpassen werde?« Sie hielt das Negligé hoch und seufzte.

»Natürlich wirst du das«, sagte Janine. »Aber es eilt ja nicht! Du musst diesen ganzen ›Mein-Körper-nach-der-Geburt‹-Scheiß auf Instagram einfach ignorieren.« Sie ließ sich in einen Stuhl sinken.

Anisah sah beunruhigt zu, wie Lucy ein Stück Schokolade nach dem anderen in sich hineinschlang. »Oh, warum habe ich nicht Essen mitgebracht?«

»Mach dir keine Sorgen«, sagte Janine. »Da in dem Korb ist noch Obst, und gleich bringen sie das Abendessen. Solange man nicht verhungert, kann man sich glücklich schätzen, sage ich immer.« Anscheinend war Janine mit dem Talent gesegnet, die Dinge so hinzunehmen, wie sie sind.

La-La trug rosafarbene Jeans und einen flauschigen grauen Pullover und hatte sich die Haare passend zu den Jeans gefärbt. »Nahrungsergänzungsmittel«, sagte sie, während sie durch den Raum tanzte, Geschenke aufräumte, Kleider und Decken faltete und im Schrank eine Vase für die Blumen fand, die Harriet mitgebracht hatte. »Da kannst du gar nichts falsch machen, wenn du Eisen und Vitamine nimmst. Wo ist meine Handtasche? Ich will Fotos machen.«

Die Handtasche war rasch gefunden, und alle anderen zückten ebenfalls ihre Handys. Lucy lächelte tapfer und drehte das Baby in ihren Armen um, sodass man Cocos Gesicht sehen konnte, winzig und golden über dem steifen, blauen Sarkophag.

»Coo-coo, Coco!« Janine schnipste mit den Fingern, um das Baby dazu zu bringen, dass es die Augen öffnete.

»Mama, nicht doch!«, sagte Lucy. Ihre Stimme war genauso sanft wie immer, aber weil der Satz so kurz war – und das aus ihrem Mund –, klang ihre Äußerung sehr streng.

Lucy rollte das Bündel an ihrer Brust fast bis zu ihrem Kinn hoch, sodass der Hinterkopf des Säuglings und dadurch auch der bedrohlich wirkende Abdruck der Geburtszange sichtbar wurde. Sie wandte sich an Joe: »Geht das noch weg? Weil, der Arzt hat gesagt, es würde weggehen, aber das hat es bis jetzt noch nicht getan.«

»Das ist absolut in Ordnung«, sagte er. »Es hat nichts zu bedeuten, der Fleck wird verschwinden und auch die Form des Schädels wird nicht so bleiben... das liegt an der Fontanelle, den weichen Stellen an ihrem Schädel – daran erinnerst du dich wahrscheinlich noch, aus irgendwelchen Babybüchern, die du gelesen hast?«

Lucy nickte. »Ich weiß, aber es ist was ganz anderes, wenn, na ja, du weißt schon, wenn man es nicht mehr nur in einem Buch liest.«

»Ich werde Fotos schicken an meine Schwestern.« Anisah lächelte manisch und machte ein Bild nach dem anderen.

»An Tante Amina?« Yasmin war Mas ältester Schwester nur zweimal begegnet. Sie wohnte in einer amerikanischen Kleinstadt, zusammen mit ihrem Mann, der Zahnarzt war, und ihren drei mittlerweile erwachsenen Kindern. Aminas Religiosität war mit einer ausgeprägten Belagerungsmentalität gekoppelt; weil sie so schrecklich fromm war, blieb ihr nichts anderes übrig, als alles und jeden auf Gottes weitem Erdboden zu kritisieren. Und Ma hatte vor, ihr ein fotografisches Beweisstück zu schicken, auf dem ihr unverheirateter Neffe mit seiner ungläubigen Freundin und deren gemeinsamem unehelichen Kind zu sehen war?

»Amina und Rashida, alle beide«, sagte Ma.

Bei Rashida lagen die Dinge anders. Sie wohnte in Mumbai und unterrichtete Chemie an der Universität. Als Yasmin vierzehn war, war Rashida zu einer wissenschaftlichen Konferenz angereist und hatte eine ganze Woche bei ihnen in Tatton Hill gewohnt. Ma war vorher vor Aufregung ganz aus dem Häuschen gewesen, aber Baba hatte allen die Freude an dem Besuch vollkommen verdorben, weil er Rashida wie einen Eindringling behandelt hatte – vielleicht ja so ähnlich wie Mas Familie damals ihn behandelt hatte. Trotzdem hatten Rashida und Anisah nach dem Besuch häufiger korrespondiert, und weil Rashida im weltoffenen Mumbai lebte, war sie sehr viel aufgeschlossener und liberaler als Amina.

»Im Ernst?«, sagte Yasmin. »Du schickst sie Amina?«

»Amina und Rashida, alle beide«, wiederholte Ma.

Arif saß auf dem Nachttisch und wiegte seine Tochter, die aufgewacht war und nun versuchte, sich aus ihrem Kokon zu winden. Immerhin war es ihr schon gelungen, einen Arm zu befreien.

»Möchtest du sie mal halten, Apa? Du hast sie noch gar nicht gehalten.«

»Liebend gern!«

Arif reichte ihr Coco. Yasmin atmete den unbeschreiblich süßen Babyduft ein und fuhr mit ihren Fingern ganz leicht über den deformierten, warmen, kostbaren kleinen Kopf.

»Sieh nur, wie lange Fingernägel!« Ma nahm die winzige Faust ihrer Enkeltochter. »Es wird alles gut werden«, flüsterte Ma Yasmin ins Ohr. »Du wirst auch Baby haben.«

»Nimm du sie«, sagte Yasmin. Sie hatte Ma von Joes Untreue erzählt, aber Ma hatte das Thema seitdem nie wieder angesprochen. Ging sie einfach davon aus, dass die Hochzeit stattfinden würde? Hatte sie es vielleicht sogar vollkommen vergessen? War es ihr egal, weil ihr jetzt nichts anderes mehr wichtig war, als mit Arifs kleinem Töchterchen anzugeben? Und das zu tun, was sie mit ihrer Freundin tat, was auch immer das sein mochte? Es wird schon alles gut werden. Das sagte sie immer, ganz gleich, wie die Dinge standen.

»Meine Freunde, meine lieben, lieben Freunde, da seid ihr ja! Was für eine große, wunderbare Freude!« Harriet trat in Erscheinung, mit weit ausgebreiteten Armen. Janine und La-La packten sich jede ehrfürchtig eine ihrer Hände, als wollten sie ihr die Ringe küssen.

Harriet ergötzte die versammelte Gesellschaft mit einer Anekdote über Joes Geburt: wie sie damals vorgehabt hatte, ihn zu Hause zu gebären, in einer Gebärwanne und nur mit homöopathischen Schmerzmitteln, um danach die Plazenta zu essen, und wie sie dann am Ende schreiend gefleht hatte, man möge sie ins Krankenhaus fahren.

Sie zog alle in ihren Bann. Alle außer Joe.

Yasmin schaute von Joe zu Harriet und wieder zurück. Was war bloß geschehen? Was hatte Harriet getan, das ihn so unglaublich wütend machte?

»Nun, ihr müsst natürlich alle zur Ausstellung kommen«, sagte Harriet. »Ich hoffe, dass das Buch dann auch gedruckt vorliegt.«

»Männer, die über ihre Dödel reden!«, sagte Janine. »Na, das wird bestimmt interessant. Ich habe noch nie einen Mann gefragt, wie er so über seinen denkt. Man kommt eben einfach nicht auf die Idee, das zu tun, nicht wahr?«

»Nein«, sagte La-La. »Aber ein paar der Kerle, die ich früher kannte, haben mich gefragt, wie *ich* denn so über ihre Schwänze denke!«

»Mama!«, sagte Janine.

Harriet zwinkerte La-La zu, um ihr zu zeigen, dass sie nicht im Geringsten schockiert war und dass man ihretwegen keineswegs hochgestochen zu reden brauchte.

Harriet gehörte gar nicht hierher, und doch fraßen ihr alle aus der Hand. Baba hätte hier sein müssen, nicht Harriet. Warum musste Baba aber auch so snobistisch sein? Ja, Arif hatte recht. Wenn diese Menschen nicht zu »gewöhnlich« für Harriet waren, warum glaubte Baba dann, sie seien nicht gut genug für seinen Sohn? Harriet Sangster war tausendmal vornehmer als Shaokat Ghorami. Er redete über Lucy, als stammte sie aus der Unterschicht, aber aus welcher Gesellschaftsklasse stammte er denn? Er kam aus der Gosse. Er war Immigrant. Er war Arzt. Vielleicht hatte er ja Angst, die Stufen der von ihm erklommenen gesellschaftlichen Leiter könnten rutschig werden.

Arif hatte Baba zur selben Zeit eine Nachricht geschickt wie Ma, aber Baba war nicht gekommen. Was auch immer seine Gründe dafür waren, wovor auch immer er Angst hatte – es war unverzeihlich. Irgendjemand musste ihm das sagen. Und dieser jemand konnte niemand anderes sein als Yasmin.

DIE ALTE ANGST

»Nein, ich will es nicht sehen. Falls das der Grund für deinen Besuch ist, hast du die Fahrt umsonst gemacht.« Er drehte sich um und schlurfte ins Wohnzimmer. Seine Hausschuhe waren an den Fersen ganz plattgedrückt.

»Baba«, sagte sie und folgte ihm. »Ich wollte heute sowieso kommen.« Sie hatte sich gewappnet, bevor sie den Schlüssel im Schloss umdrehte. Sie würde es ihm direkt ins Gesicht sagen. Sie würde ihn nicht anflehen, und sie würde sich nicht entschuldigen. Aber nun war es bereits so weit gekommen, dass sie ihn mit einer Lüge zu besänftigen versuchte.

»Also? Warum bist du dann hier?«

»Okay. Ehrlich gesagt bin ich tatsächlich wegen des Babys gekommen – sie heißt übrigens Coco Tallulah –, und ich wollte dir ihr Foto zeigen, weil sie nämlich hier ist, hier auf der Welt, und sie ist real, und du musst das allmählich mal akzeptieren. Es ist mir egal, ob du dir das Foto anschaust oder nicht, aber bitte geh und besuche sie. *Bitte.*« Und jetzt flehte sie doch. Aber was blieb ihr auch anderes übrig?

Er bewegte sich nicht und redete nicht. In seinem Gesicht zuckte kaum ein Muskel. Aber sie konnte es sehen: die Wut, die sich in seinem Innern sammelte, wie eine riesige schwarze Welle, die immer mehr anschwoll, immer mehr Wasser in sich aufsog, bis sie schließlich mit aller Gewalt herabschmetterte.

Endlich sagte er: »Dieses Mädchen hat ihn zerstört. Arif ist am Ende. Wir werden nicht mehr darüber reden.«

»Aber er hat einen Job«, sagte sie. »Und er macht immer noch diesen Film, und er wird ein guter Vater sein, das weiß ich genau. Und Lucy wird eine …« Sie verstummte verzweifelt.

Trank Baba immer noch? Er wiegte sich ohne ein Wort auf den plattgetretenen Hausschuhen vor und zurück. Sie atmete tief ein, konnte jedoch keinen Whisky in seinem Atem riechen.

Er sagte nichts.

Sie bereitete sich innerlich darauf vor, was nun kommen würde. Eine altvertraute Angst regte sich in ihr. Arif hatte recht, sie hatte ihn immer beschwichtigt, weil sie Angst hatte… vor was, wusste sie nicht genau… Er hatte sie nie geschlagen, ihr nie auch nur einen Klaps gegeben… aber er hatte Arif geschlagen, und wenn er wütend auf sie war, dann hatte er Arif noch etwas härter geschlagen, da war sie sich ganz sicher… Komm zu mir, hatte er gesagt, und sie war gegangen, obwohl sie nicht wollte… Sie war gegangen und hatte ihm zugehört, wie er über Anatomie und Penicillin sprach… und sie hatte ihm widerspruchslos die Haare gekämmt, hatte die weißen Härchen von seinem Kopf gezupft und hatte ihre Gefühle so tief in ihrem Innern vergraben, dass sie sie kaum noch spüren konnte.

Baba hielt die Lippen zusammengepresst und schwieg. Er durchbohrte mit seinem Schweigen die Luft, als wäre es eine Waffe.

»Sie ist deine Enkelin«, sagte Yasmin. »Arif hat eine Tochter, und du solltest dich für ihn freuen. Er arbeitet, er verdient Geld und außerdem macht er auch noch etwas, das ihm am Herzen liegt. Es ist nicht das, was *du* wolltest, aber es ist sein Leben. Es ist *sein* Leben, verdammt nochmal.«

»Etwas, das ihm am Herzen liegt? Was soll das sein?« Er sprach die Worte sehr langsam, als müsste er sich beherrschen, sie nicht zu brüllen.

»Seine Dokumentation«, sagte Yasmin. »Islamfeindlichkeit. Ungerechtigkeit.« Wenn Baba wütend auf sie war, schaute sie immer auf den Boden. Diesmal nicht. Diesmal schaute sie ihm direkt in die Augen.

»In Indien gibt es Ungerechtigkeit«, sagte er. »In diesem Land gibt es nur Vorwände. Jemand war nicht nett zu dir? Wird dich das umbringen? Wird es dich kleinhalten? Nur, wenn du dir selbst die Erlaubnis gibst, schwach zu sein!«

»Aber sie ist deine Enkelin! Du sagst immer, die Familie sei das Allerwichtigste, und sie gehört zu deiner Familie. Du kannst nicht so tun, als existierte sie nicht. Du musst akzeptieren, was geschehen ist. Wenn du nicht –«

Er machte einen Schritt auf sie zu. Die Adern an seinem Hals waren angeschwollen. »Hör auf damit! Es reicht!« Dann wich er wieder zurück, als fürchtete er, sich nicht beherrschen zu können, wenn er ihr zu nahekam. Er drehte sich um und senkte, immer noch stehend, den Kopf, um laut aus einer Fachzeitschrift vorzulesen: »Ein vierundachtzigjähriger Mann wird mit Fieber, Unpässlichkeit und einer blauschwarzen Verfärbung der Finger und Zehen eingeliefert –«

»Wenn du es nicht tust …«, wiederholte sie und übertönte ihn zum ersten Mal in ihrem Leben, redete einfach weiter, obwohl er gerade das Wort ergriffen hatte.

Seine Stimme wurde immer lauter, während er weiter vorlas: »Der Patient war Nichtraucher. Bei einer weiteren Untersuchung stellte sich heraus, dass er afebril –«

»Hör mir zu, Baba! Wenn du es nicht tust …« Sie versuchte verzweifelt, sich irgendeine Konsequenz auszudenken, die schwerwiegend genug wäre. Etwas, das ihn aufrütteln und ihn zu der Erkenntnis bringen würde, was für einen gigantischen Fehler er gerade machte.

»… palpabler radialer dorsalis pedis Puls auf beiden Seiten …«

»… dann wirst du allein sterben!«, brüllte sie.

Er kam rasch auf sie zu, und in seinen Händen hielt er eine Keule. Er hielt sie senkrecht, wie einen Schlagstock. Das Herz klopfte ihr in der Kehle.

»Du wirst allein sterben«, wiederholte sie. Ihre Stimme war nur noch ein leises Krächzen, aber sie bekam die Worte heraus, sie würde nicht weichen. Sie schloss die Augen und wartete darauf, dass der Schlag auf sie herabsauste.

Als nichts geschah, öffnete sie die Augen wieder. Baba stand da, die Keule hoch über den Kopf erhoben und mit einem mörderischen Ausdruck im Gesicht. Aber er hatte sich ein wenig von ihr weggedreht und schien auf den Couchtisch aus Onyx zu zielen. Während sie ihn ansah, zerfiel sein Gesicht und sämtliche Kampfeslust verpuffte. Zentimeter für Zentimeter sackte er in sich zusammen, sank qualvoll langsam in die Knie und ließ die Keule fallen.

Er öffnete den Mund, schien jedoch unfähig zu sein, etwas zu sagen. Ihr kam plötzlich der Gedanke, er könne einen Herzinfarkt haben. Dennoch blieb sie vollkommen reglos stehen.

»Geh«, sagte er schließlich.

»Geht es dir nicht gut?« Aber sie war bereits zu dem Schluss gekommen, dass ihm nichts fehlte. Er würde sich nicht beugen, also würde er zerbrechen. Aber noch war das nicht geschehen.

Er antwortete nicht. »Leb wohl«, sagte sie und ging zur Tür.

»Warte!«

Sie schloss den Reißverschluss ihres Mantels und stellte den Kragen hoch.

»Warte«, sagte er noch einmal. »Hör mir zu, Mini –«

»Nein«, sagte Yasmin. »Ich bin es leid, dir zuzuhören.« Sie marschierte in die Diele, rannte dann jedoch, einem Impuls folgend, zu Mas und Babas Schlafzimmer hoch. Der Hochzeitsschmuck. Er gehörte nicht hierher. Sie öffnete die Schublade, fischte das Samttäschchen heraus und steckte es sich in die Manteltasche. Wegen des zusätzlichen Gewichts hing der Mantel nun total schief und zerrte an ihrem Hals. Baba hatte seinen Nachttischschrank in eine Bar umgewandelt. Sein rubinrotes Kristallglas stand neben einem leeren Eiskübel und einer Eiswürfelzange. Dahinter waren zahlreiche Miniaturflaschen aufgereiht: Ballantine, Bell's, Cutty Sark, Dewar's… Er hatte sie in alphabetischer Reihenfolge geordnet… Famous Grouse, Glenfiddich, Haig, Johnnie Walker, McCallum's, Talisker. Yasmin strich mit einem Finger über die kleinen Fläschchen. Ihre Hand schloss sich um den Talisker, und sie ließ ihn in ihre Manteltasche gleiten. Dann fügte sie noch ein weiteres Fläschchen hinzu und noch eins und noch eins, bis beide Seiten ihres Mantels die gleiche Last zu tragen schienen.

Die Vorhänge waren geöffnet. Yasmin schaute in den Garten hinaus. Mas Garten. Es dauerte eine Weile, bis sie im Dunkeln irgendetwas erkennen konnte. Eine Plastikfolie, die wie ein Leichentuch über irgendwelche längst verdorrten Pflanzen gebreitet war, flatterte frech im Wind. Ma hatte sich immer geweigert, sie mit einem Stein oder etwas Ähnlichem zu beschweren. Die knochigen Äste des toten Kirschbaums hoben sich wie ein Röntgenbild von den weißlichen Glasflächen des Gewächshauses ab. Zwischen den Flecken mit struppiger Vegetation lugte überall die nackte Erde hervor, wie aufgehäufte Hügel auf frischen Gräbern.

Ma würde nie wieder in dieses Haus zurückkehren.

»Die Familie deiner Mutter«, sagte Shaokat. Er stellte sich ihr in den Weg, als sie zurück nach unten rannte. »Sie haben mich wie eine Kakerlake behandelt. Wenn ich mehr als einen einzigen Löffel Reis mit Linsen aß, beschwerte sich deine Naani über die Kosten.«

»Ich muss gehen«, sagte Yasmin.

»Es gibt Dinge, die du nicht verstehst«, sagte Shaokat. »Es gibt Dinge, die du nicht weißt.«

»Ich weiß mehr, als du denkst. Ich weiß über deine *Hausbesuche* Bescheid. Was du währenddessen in Wahrheit gemacht hast.« Sie hatte Ma versprochen, dass sie ihn nicht damit konfrontieren würde. Aber was machte das jetzt noch?

»Wenn es irgendwo einen kleinen Schmutzfleck gab, hat deine Naani gesagt, oh, seht mal, wie dreckig – na ja, wenn man sich Müll von der Straße ins Haus holt, kann man das Haus schlecht sauberhalten.«

»Hast du gehört, was ich gesagt habe? Ich habe gesagt, dass ich über deine Affären Bescheid weiß.« Was hatte sie doch damals vor jenem ersten Familienessen mit ihren Eltern und Harriet für eine

Angst gehabt. Das erste und das letzte Essen, wie sich herausstellen sollte. Aber nicht aus den Gründen, die sie befürchtet hatte. Harriet war ihr als Bedrohung erschienen, weil sie das Eigenheim der Ghoramis mit Sex konfrontieren könnte. Das keusche und nach Kardamom duftende Eigenheim. Tja. Jetzt roch es nach Schimmel und Staub und nach Gemüse, das mit zu viel Kurkuma gekocht worden war. Und es war alles andere als keusch. Das war es nie gewesen. Ihre Eltern waren fröhlich zu Gange gewesen. Hatten sich gegenseitig betrogen. Und sich selbst gleich dazu.

»Es gibt Dinge, die du nicht verstehst. Ich bin kein Tier. Es gibt Gründe, und du kennst die Geschichte nicht, du weißt nicht, wie es passiert ist.«

»Na, dann los, erzähl's mir!« Er war erbärmlich. Und was sie gesagt hatte, war wahr: Er würde allein sterben.

»Ich versuche ja, es dir zu erzählen. Dein Großvater, dein Naana …« Er räusperte sich. »Er war nicht wie deine Naani. Er hat einen Handel mit mir abgeschlossen. Und er wusste, dass er keinen besseren Handel zustande bringen würde. Vielleicht dachte er ja auch, dass ihm ansonsten nie wieder jemand einen derartigen Handel anbieten würde. Er war ein Geschäftsmann. Er hat meine Ausbildung bezahlt, meine Unterkunft und meine Verpflegung, und ich habe seine Tochter geheiratet. Er dachte wie ein Geschäftsmann: Das Kapital verliert immer an Wert, und wenn diese Wertminderung einen bestimmten Punkt erreicht hat, bleibt einem keine andere Wahl, als es zu investieren. Dein Großvater hat in mich investiert. Und ich kann dir sagen: Er hat eine sehr gute Rendite bekommen.« Seine Haltung war aufrecht und stolz. Seine braune Anzughose glänzte an den Knien.

»Ich gehe«, sagte sie. Sie hatte genug gehört. Die Vergangenheit war Vergangenheit, und sie rechtfertigte gar nichts.

»Mini«, sagte er leise. »Ich habe sie nie betrogen. Deine Mutter.«

Sie schüttelte den Kopf. Es hatte keinen Sinn, auch nur eine Sekunde länger hierzubleiben. Keinen Sinn, sich mit ihm zu streiten. »Ich muss gehen.«

Er streckte eine Hand nach ihr aus, und sie schreckte zurück. Er sah sie mit einem verletzten Blick an. »Aber du hast mir noch gar nichts von der MRCP-Prüfung erzählt. Du hast bestanden? Natürlich hast du bestanden. Aber ich habe auf einen Brief gewartet, und es ist nichts gekommen. Vielleicht schicken sie ja heutzutage keine Briefe mehr?«

»Ich habe sie nicht gemacht«, sagte sie. »Ich habe die Prüfung nicht gemacht.«

»Du... du bist durchgefallen?«

»Bist du taub? Ich habe gesagt, dass ich sie nicht gemacht habe. Wenn ich sie gemacht hätte, wäre ich durchgefallen, weil ich nicht gelernt habe. Aber ich habe die Prüfung nicht gemacht. Hast du das jetzt verstanden?« Es war berauschend, so frei zu reden. Was für einen Nervenkitzel der revolutionäre Umsturz der alten Ordnung mit sich brachte, wenn man sich mit allen erforderlichen Mitteln die Freiheit erkämpfte... und auch mit manchen Mitteln, die nicht erforderlich waren, aber Spaß machten.

Er trat von der Tür weg, sodass er ihr nicht länger im Weg stand.

»Ich wollte nie Ärztin werden«, sagte Yasmin. »Das habe ich nur für dich getan.«

»Nein«, sagte er. Sie hörte die Angst in seiner Stimme.

»Ja! Ich habe es nur für dich getan!«

»Nein«, sagte er erneut. »Es war umgekehrt, ich war es, der alles für dich getan hat. Mini, ich –«

»Ich heiße nicht Mini! Hör auf, mich so zu nennen!« Sie marschierte an ihm vorbei, riss die Tür auf und verließ das Haus, ohne die Tür wieder hinter sich zu schließen. Das Erste, was ihr ins Auge stach, war das bucklige, glotzäugige Auto.

Sie stampfte den Pfad zum Haus zurück und brüllte ins Innere: »Und dein Auto! Das ist einfach nur noch peinlich! Schaff dir endlich ein anderes an!« Dieses Mal knallte sie die Türe zu. Dann rannte sie los.

ESKAPADEN

Mrs. Antonova rutschte immer wieder im Rollstuhl nach unten, und dieses Mal verfing sich ihre Perücke in der Rückenlehne. »Autsch! Nehmen Sie mir das Ding da ab, Engelchen, ja? Es ist mir ganz egal, wer mich sieht.«

Ohne dieses exotische, purpurfarbene Biest, das sich auf ihrem Kopf aalte, würde Mrs. Antonova noch viel zerbrechlicher und verletzlicher aussehen. Yasmin fragte sich jetzt schon, ob es nicht ein Fehler gewesen war, mit Mrs. Antonova an die frische Luft zu gehen. »Aber ich möchte nicht, dass Sie am Kopf frieren«, sagte sie und zupfte die Locken zurecht. Sie zog Zlata hoch, damit sie wieder ein bisschen aufrechter im Stuhl saß. Zlata war so schrecklich leicht, nur ein paar Fetzen aus Haut und Knochen. Und sie rutschte immer wieder nach unten wie eine Stoffpuppe. Vielleicht gab es ja gute Gründe dafür, warum es Ärzten nicht erlaubt war, die Patienten im Rollstuhl durch die Gegend zu schieben.

»Kalt?! Ich brate hier wie ein Knish, in all diesen Decken. Wären Sie so nett, meine Arme zu befreien?«

Yasmin tat wie geheißen. »Besser so?« Sie hatte den Rollstuhl in der Mitte der »Dorfwiese« geparkt, jenem erbarmungslosen Tal aus Beton, das sich in der Mitte des Krankenhausgeländes befand.

»Wunderbar!«, sagte Zlata. »Was für ein Abenteuer! Eine Eskapade! Himmlisch. Die Sonne auf meinen Armen!«

Yasmin setzte sich auf eine niedrige Mauer neben den Rollstuhl. Die Sonne schien tatsächlich. Ihr Handy gab einen Klingelton von sich. Noch eine ängstliche Textnachricht von Arif, dem frischgebackenen Vater. *Geht mit ihr zum Arzt, wenn ihr beide euch Sorgen macht,* textete sie zurück. *Aber solange sie sich stillen lässt und pinkelt und kackt und kein Fieber hat, ist bestimmt alles in Ordnung.*

Zlata sagte etwas, aber ihre Worte gingen im Geheul eines Krankenwagens unter. In der Ferne strömten Schwärme von Krankenschwestern durch die automatischen Glastüren des Haupteingangs. Manche hinein, andere hinaus.

Yasmin beugte sich nah zu Zlata herunter, damit sie diesmal verstehen konnte, was die alte Dame ihr nun noch einmal zu sagen versuchte: »Ich hoffe, Sie geraten jetzt meinetwegen nicht in Schwierigkeiten, Schätzchen.«

»Nein, gar nicht. Und wenn doch, dann wäre es das wert gewesen.« Zur Hölle mit den Versicherungsproblemen. Es würde sie niemand verklagen, weil sie einen Rollstuhl schob. Es gab auch keine konkrete Regel, die einen kleinen Einbruch in der Vorratskammer verboten hätte, bei dem man sich rasch mal mit ein paar Keksen eindeckte. Aber wahrscheinlich fiel das unter die Rubrik eines generell unprofessionellen Verhaltens.

»Und wird Harrison auch nichts geschehen? Diese Krankenschwester war sehr wütend auf ihn.«

»Er hat mir nur geholfen. Und außerdem habe ich ihn ja darum gebeten. Machen Sie sich keine Sorgen, ich übernehme die Verantwortung.«

Wieder einmal hatte Mrs. Antonova hungern müssen, weil der Teewagen nicht bei ihr vorbeigekommen war und sie außer Keksen nichts essen wollte. Das mochte zwar nicht die gesündeste Art der Ernährung sein, aber Zlata war durchaus in der Lage, für sich selbst zu entscheiden, was sie essen wollte und was nicht. Weil die Firma Cotillion in finanziellen Schwierigkeiten steckte, war kein einziger ihrer Angestellten zur Arbeit erschienen. Die Leute bekamen kein festes Gehalt und hatten daher Angst, sie könnten für die geleisteten Schichtdienste nicht bezahlt werden. Harrison, die einzige Reinigungskraft, die in einem direkten Beschäftigungsverhältnis mit dem Krankenhaus stand, versuchte, die Arbeit von dreien zu erledigen, aber er hatte seine Anstrengungen unterbrochen, um Yasmin zu helfen.

Sie hatte mit einem extrabreiten bariatrischen Rollhocker auf das Fenster der Vorratskammer eingeschlagen. Die Tür war natürlich verschlossen gewesen, und in einem Anflug von Wahnsinn hatte sie den Schemel genommen und ihn gegen das Fenster geschleudert. Sie konnte es einfach nicht mehr ertragen. In diesem Moment war sie tatsächlich davon überzeugt gewesen, es sei das System, das verrückt war, und sie selbst würde sich vollkommen rational verhalten. Doch offenbar handelte es sich um kugelsicheres Glas. Aus schierer Verzweiflung hatte sie immer wieder darauf eingehämmert.

Auf der Station war es unheimlich still geworden. Alle standen herum und sahen zu – Krankenschwestern, Schwesternschüler, Pflegeassistenten, der Podologe, der sich um eingewachsene Fußnägel und Pilzinfektionen gekümmert hatte, der Vertretungsarzt und der neue Assistenzarzt. Diejenigen, die nicht mehr stehen konnten, sahen von ihren Betten aus zu. Julie wäre sicherlich eingeschritten, aber Julie war nicht da.

»Soll ich mal helfen, Doc?« Harrison streckte die Hände aus. Sie nickte stumm und reichte ihm den Hocker.

Harrison stellte den Hocker auf die Erde. Er betrachtete das Fenster so lange, dass sie schon dachte, er wolle ihr gar nicht helfen.

Und dann, mit einem einzigen gewaltigen Fußtritt, trat er die Tür der Vorratskammer ein.

»Danke«, sagte Yasmin.

»Brauchen Sie sonst noch was?«

»Einen Rollstuhl. Denken Sie, Sie könnten vielleicht einen für mich auftreiben?«

»Aber klar doch«, sagte er.

Niamh kam herbeigeeilt. »Was ist denn hier los?«

Yasmin ignorierte sie, aber Zlata erzählte fröhlich, dass Yasmin jetzt mit ihr nach draußen gehen würde, damit sie ein bisschen frische Luft schnappen und ein Schlückchen Whisky trinken konnten.

»Es gibt Regeln, Yasmin«, sagte Niamh. »Oder gelten die für dich nicht?«

Harrison sang sein übliches unmelodisches Lied vor sich hin, während er Mrs. Antonova in den Rollstuhl hob. In seinen großen Armen wirkte sie noch winziger, und ihre Fußknöchel, die unter dem Nachthemd hervorlugten, sahen aus wie Hühnerknochen. Als sie lächelte, sah man, dass an ihrem Zahnfleisch noch überall zermanschte Keksmasse klebte, aber ihre Augen leuchteten triumphierend und dankbar, und als Harrison sich über sie beugte, um sie festzuschnallen, spitzte sie die Lippen für einen Kuss.

»So, das hätten wir, Prinzessin«, sagte Harrison. »Und jetzt hierhin, bitte.« Er bot ihr seine Wange dar, und sie drückte einen Kuss darauf. »Das war das Beste, was mir heute passiert ist!«, fügte er hinzu.

»Glenfiddich«, sagte Zlata und bewunderte Babas Miniaturflaschen-Sammlung, nachdem Yasmin ihre Tasche geöffnet hatte. »Wunderbar. Lassen Sie uns einen Trinkspruch ausbringen.«

Yasmin zögerte. Die Stiftung hatte jeglichen Alkoholgenuss strikt verboten. Man würde ihr vorwerfen, dass sie gerade das Leben einer Patientin gefährdete.

»Bereit?« Zlata flötete etwas auf Russisch und hob einen fleckigen Arm.

Yasmin stieß mit ihr an. Wenn sie Mrs. Antonova jetzt Einhalt gebot, dann würde sie das nicht etwa deshalb tun, weil sie den Interessen der Patientin Vorrang einräumte. Es geschähe einzig und allein aus Feigheit. Sie fragte: »Was bedeutete das, was Sie da gerade gesagt haben?«

»Mögen wir immer einen guten Grund zum Feiern haben! Das war der Lieblingstrinkspruch meiner Mutter. Sie fand immer einen Grund zum Feiern, selbst, wenn keine Gäste kommen konnten und es nichts zu essen gab außer Kascha und nichts zu trinken außer Mondenschein.«

Yasmin nahm einen Schluck aus dem Fläschchen und verzog das

Gesicht, als die Flüssigkeit ihre Kehle hinunterrann. Mrs. Antonova kicherte. Die Mischung aus Abenteuer, frischer Luft und Alkohol hatte ihre Lebensgeister geweckt. Mit ihren sechsundneunzig Jahren war es durchaus möglich, dass ihr jeden Moment das Herz versagte oder dass es weiterschlug, bis sie hundert Jahre alt war oder hundertundeins oder …

Nein, sie wirkte jetzt definitiv gebrechlicher als noch vor einem Monat. Aber es hatte keinen Sinn, irgendwelche Messungen zu ihrer Greifkraft oder Mobilität anzustellen. Zlata hatte mehr oder weniger aufgehört, Nahrung zu sich zu nehmen. Sie weigerte sich, sich wiegen zu lassen. Und sie hatte recht unverblümt gesagt, dass sie eigentlich nur noch sterben wolle.

»Ich denke die ganze Zeit an sie, an meine Mutter. Zu meinem dreizehnten Geburtstag, da hat sie …«

Mrs. Antonova erzählte eine Geschichte nach der anderen. Yasmin hatte sie alle schon einmal gehört. Baba würde garantiert merken, dass sie seine Whisky-Kollektion gestohlen hatte, aber wenn er wüsste, was sie in diesem Moment damit anstellte… Sie hätte ihm sagen sollen, dass sie vorhatte, die Medizin an den Nagel zu hängen, nur um seinen Gesichtsausdruck zu sehen. Nicht, dass sie das wirklich vorhatte – was sollte sie auch sonst mit ihrem Leben anfangen? Wenn sie keine Ärztin mehr war, dann war sie… dann war sie gar nichts mehr. *Dein Großvater hat in mich investiert.* Aber was Baba wirklich damit hatte sagen wollen, war *Ich habe in dich investiert. Wertminderung*, hatte er gesagt. Was hatte er damit gemeint? Hatte er über Ma geredet? Meinte er sie? Ein Aktivposten, der stetig an Wert verlor? Dachte er so über sie?

»Und Stolz kann einen sehr teuer zu stehen kommen«, sagte Zlata – nicht zum ersten Mal.

»Als Sie damals herausgefunden haben, dass die Geschichten Ihrer Mutter alle gelogen waren«, fragte Yasmin, »waren Sie da wütend? Schließlich hatte sie behauptet, sie sei eine Prinzessin – ich nehme an, dadurch hätten Sie auch zur kaiserlichen Familie gehört. Und dann taten Sie es plötzlich nicht mehr.«

»Das weiß ich gar nicht mehr, um ehrlich zu sein. Gut möglich.« Sie trank noch einen Schluck Whisky, und Yasmin wischte ihr das Kinn mit einem Taschentuch ab. »Und jetzt erzählen Sie mal – haben Sie sich wieder mit Ihrem Verlobten versöhnt? Ich hoffe doch, denn Sie beide sind ein so entzückendes Paar. Er erinnert mich an Dimitri, wissen Sie, meinen ersten Ehemann. Er hat ein ganz ähnliches Kinn, genauso kräftig.«

»Oh, ich glaube nicht, dass Sie ihn kennen«, sagte Yasmin.

»Ihn nicht kennen! Ich bin doch seine Lieblingspatientin! Wussten Sie das nicht?«

Vielleicht hatte Zlata ja zu viel Whisky getrunken oder ihr geistiges Vermögen ließ nach. Aber auf jeden Fall war sie verwirrt. »Meine Lieblingspatientin sind Sie auch.«

»Ich hatte ein sehr nettes Gespräch mit ihm, heute Morgen, bei seiner Visite. Ich habe ihm gesagt, machen Sie sich keine Gedanken wegen des Altersunterschieds, Schätzchen. Aber ich hatte ihm auch schon vorher alles über Dimitri erzählt.«

Sie meinte Pepperdine. »Er ist nicht… wir sind nicht …«

»Da haben Sie sich einen richtig guten Kerl geangelt, also vergessen Sie die Probleme, die Sie hatten. Diese Kabbelei oder was auch immer das war. Ein starkes Kinn, das fand ich schon immer sehr attraktiv, bei einem …« Sie gähnte. »Bei einem Mann. Dimitri war mein erster Ehemann und ich war erst …« Sie schloss die Augen.

HARRISON

Ma war ganz begeistert gewesen, als sie von Harrisons Ritterlichkeit erfuhr. Yasmin hatte ihr die Geschichte erzählt, natürlich ohne das kleine Detail mit dem Alkohol zu erwähnten. Ma wollte, dass Yasmin ihm als Zeichen der Dankbarkeit sechs Gläser mit Chutney schenkte – die gesamte Produktpalette. Yasmin vergaß immer wieder, sie ihm mitzubringen, weil sie andauernd in Eile war. Heute hatte sie endlich daran gedacht, und nun konnte sie Harrison nirgends finden.

Aber irgendwie musste sie die sechs Gläser mit »Anisahs Achaars: Authentische Bengalische Pickles«, die sie dabei hatte, dringend loswerden.

»Julie«, sagte Yasmin. »Haben Sie Harrison irgendwo gesehen?«

»Eher unwahrscheinlich.«

»Also haben Sie nicht?«

»Nicht seit er gefeuert wurde.«

»Was?«

»Nicht seit er gefeuert wurde«, wiederholte Julie. Für gewöhnlich ließ sie weder ihre Ansichten noch ihre Gefühle durchblicken, aber jetzt war es nicht zu übersehen, dass sie Yasmin für das Ganze verantwortlich machte. »Übrigens, Pepperdine hat nach Ihnen gesucht.«

Er saß am Schreibtisch in seinem Büro und aß ein sehr spätes Frühstück. Ein kleiner Rest von seinem Croissant klebte ihm noch im Mundwinkel und rührte sich auch dann nicht von der Stelle, als er sich den Kaffeeschaum von der Oberlippe wischte.

»Ich denke nicht, dass es etwas bringt, wenn wir hier herumspekulieren.«

»Es war Niamh, nicht wahr?« Niemand sonst wäre so weit gegangen, eine formelle Beschwerde einzureichen. Es musste Niamh gewesen sein.

»Hör mal«, sagte er, »das ist doch jetzt nicht mehr wichtig. Es ist nunmal passiert.«

»Aber es ist wichtig! Sie hat dafür gesorgt, dass er gefeuert wurde, obwohl er gar nicht schuld war.«

»Wer?« Er rieb sich mit dem Daumen über den Mundwinkel. Ein Ruck ging durch ihren Magen. Sie wusste nicht, was sie fühlte: Ekel oder Verlangen.

»Harrison. Der Raumpfleger, du weißt schon, der, der immer –«

»Singt, ja, ich weiß, wer er ist, aber ich wusste nicht, dass er gefeuert wurde.«

»Dann weißt du es jetzt. Und wenn überhaupt irgendjemand gefeuert werden sollte, dann bin ich das! Ich bin für das Ganze verantwortlich.«

Er nickte. »Genau darüber wollte ich mit dir reden.«

»Oh«, sagte sie.

»Darius wollte, ähm, nun, er wollte unbedingt ein disziplinarisches Verfahren einleiten. Aber am Ende hat er sich darauf eingelassen, dass ich dir eine formlose …« Pepperdine verzog das Gesicht. »… eine formlose Rüge erteile. Und dich daran erinnere, dass du dieses Sensibilisierungstraining machen sollst.«

»Okay. Na, dann schieß mal los.« Seine Haare waren an den Schläfen grau. Es fiel ihm schwer, ihr in die Augen zu sehen. Sein Kinn war zu kräftig. Blut auf dem Teppich. Blut an der Wand. Er war zu alt. Zu alt.

»Das war's«, sagte er. »Schon erledigt. Betrachte dich als gerügt. Was auch immer das jetzt bringen sollte …« Er streckte seinen Arm über den Tisch aus und legte seine Hand auf ihre. »Yasmin, könnten wir –«

Sie ließ ihn nicht ausreden. »Ich halte das für keine gute Idee.«

Das hatte er zu ihr gesagt, wortwörtlich. Es fühlte sich gut an, ihm das ins Gesicht zurückzuwerfen. Sie zog ihre Hand fort. »Und ich komme schon allein mit Shah klar. Ich erwarte keine Sonderbehandlung.«

Er seufzte. »Yasmin, warum gehen wir nicht mal zusammen essen. Dann könnten wir uns wenigstens ein bisschen aussprechen. Was meinst du?«

Uns aussprechen! Es war Mitte Februar, nein, eher Ende Februar, und gedemütigt hatte er sie an Weihnachten. Er hatte behauptet, sie habe etwas Gemeines an sich. Hatte sie aufgefordert, sich nicht wie ein Kind zu benehmen. Und dann sagt er zwei Monate lang kein einziges Wort mehr zu ihr, und jetzt will er sich aussprechen! Ihr fehlten die Worte. Sie konnte ihn nur wütend anstarren.

»Ich möchte nicht, dass zwischen uns so eine komische Atmosphäre herrscht, und ich bin mir sicher, du auch nicht, also was meinst du, können wir vielleicht mal essen gehen und reden? Das kann ja wohl nicht schaden, oder?«

Er war so besonnen, so ruhig, so distanziert – es war zum aus der Haut fahren. Da war ein Gefühl in ihr gewachsen, und sie hatte nicht gewusst, was es war, aber jetzt wurde es ihr klar. Er lächelte sie an, und sie sah Zuneigung und Traurigkeit, und sie *hasste* ihn. Sie hasste ihn, weil er traurig war und Zuneigung empfand, weil er kein Recht hatte, so zu fühlen. Glaubte er denn, sie hätte keinen Stolz?

»Natürlich könnten wir das«, sagte sie gleichmütig. »Aber ich bin nur noch ein paar Wochen hier, dann werde ich versetzt, und ich bin mir sicher, dass wir bis dahin problemlos klarkommen. Und danach müssen wir uns nie wiedersehen.«

KOMPETENZZENTRUM

Professor Shahs Tür war wie immer geschlossen. Yasmin klopfte und marschierte einfach in den Raum, ohne eine Antwort abzuwarten.

Professor Shah telefonierte. »Ich rufe Sie zurück«, sagte er und legte auf.

»Ich bin wegen Harrison hier.« Sie sah sich um, betrachtete die Regale, mit ihren eingerahmten Auszeichnungen, Zertifikaten und Pokalen für seine Errungenschaften als Arzt und Golfspieler. Ein Foto von drei kleinen Kindern und einer blonden Frau mit nichtssagendem Gesicht und gewaltigem Busen. Ein anderes Foto von Shah hinter dem Lenkrad eines roten Sportwagens.

»Ich schlage vor, Sie vereinbaren einen Termin mit meiner Sekretärin«, sagte er aalglatt und verschränkte dann seine haarigen Hände auf dem Bauch.

»Aber jetzt bin ich schon hier.«

Er betrachte sie eine Weile abschätzend. »Was kann ich für Sie tun, Dr. Ghorami?«

»Harrison. Ich bin wegen Harrison hier.«

»Ein Patient, nehme ich an?«

»Ein Raumpfleger auf unserer Station. Er wurde gefeuert.«

Professor Shah schüttelte den Kopf. Dabei blieben seine sorgfältig frisierten, wie lackiert wirkenden Haare vollkommen unbeweglich. »Was hat das mit mir zu tun? Ich muss zugeben, dass ich keine Ahnung habe, worauf Sie hinauswollen.«

»Ich möchte, dass Sie ihm seinen Job zurückgeben. Er hat es nicht verdient, gefeuert zu werden. Er hat mir mit Mrs. Antonova geholfen, das war alles. Er hat nur getan, worum ich ihn gebeten habe.«

»Ah, ich verstehe! Vielleicht sollten wir ihn ja zurückholen und Sie feuern?« Er zwinkerte ihr zu, als hätte er gerade einen harmlosen, netten Scherz gemacht. Ganz offenbar begann er, die Situation zu genießen.

»Solange Sie ihm seinen Job zurückgeben.«

»Diese Art von Entscheidung übersteigt meine Kompetenzen bei weitem«, sagte er leichthin. Aber sie konnte sehen, dass es ihn ärgerte, wie leidenschaftslos sie geantwortet hatte. Wenn sie sich nicht provozieren ließ, hatte er viel weniger Spaß an der Sache. »Wie Sie sicher wissen, werden die Reinigungsarbeiten von einer privaten Firma durchgeführt, und da müssen Sie mit… ich habe keine Ahnung, mit wem Sie da reden müssen. Mit jemandem in der Einkaufsabteilung?«

»Harrison war beim Krankenhaus angestellt. Er ist der Vater des Fitnesstrainers Ihrer Frau. Als die Reinigungsarbeiten an eine auswärtige Firma vergeben wurden, war er der Einzige, der seinen Job behalten hat.«

»Der Fitnesstrainer meiner Frau? Sie hat seitdem wahrscheinlich schon eine Vielzahl anderer Trainer verschlissen. Sie wissen ja, wie Frauen so sein können.« Er lachte in sich hinein, und seine Hände hüpften mit, während sein Bauch auf- und abwogte.

Yasmin starrte die fleischigen Schwimmhäute zwischen seinen Fingern an, die haarigen Fingerknöchel, die säuberlich geschnittenen Fingernägel.

»Wie auch immer, wir haben uns jetzt lange genug unterhalten«, sagte er. »Ich bin beschäftigt. Ich kann nichts für Ihren putzenden Freund tun. Wenn Sie derart um sein Wohl besorgt sind, dann hätten Sie vielleicht besser nachdenken sollen, bevor Sie ihn in diese Sache mit reingezogen haben, was auch immer das für eine verdammte Sache war. Und was Sie angeht – wenn James nicht ein gutes Wort für Sie eingelegt hätte, wären Sie auch schon längst weg vom Fenster. Weil Sie nämlich sämtliche Chancen verspielt haben und ich den Ruf meiner Abteilung zu berücksichtigen habe. Und jetzt – raus mit Ihnen!« Er ließ seine Hand mit einer derartigen Wucht auf den Schreibtisch krachen, dass Yasmin zusammenfuhr. Er lachte, als wäre sie ein dummes kleines Ding und als hätte ihm nichts ferner gelegen, als sie einschüchtern zu wollen.

»Ja, das stimmt. Der Ruf der Abteilung ist äußerst wichtig. Den müssen Sie unbedingt berücksichtigen.« Sie setzte sich.

Er starrte sie ungläubig an. »Wie bitte?«

»Es steht viel auf dem Spiel, nicht wahr?«

Er sah sie finster an. »Für wen halten Sie sich, zum Teufel nochmal?« Und da war es. Die Nebelwand aus Jovialität war zerstoben, und dahinter kam der Tyrann zum Vorschein, von aller Tarnung entblößt.

»Man wird die Entscheidung bald bekanntgeben, nicht wahr, über das Kompetenzzentrum. Millionen an Fördergeldern. Eine enorme Expansion der Abteilung. Mit Ihnen als Galionsfigur.«

»Was *wollen* Sie von mir, Dr. Ghorami?«

»Ich? Ich will gar nichts. Es wäre nur eine Schande, falls …« Sie lächelte traurig. »Sie würden doch nicht wollen, dass ein anderes Krankenhaus den Zuschlag erhält, wegen irgendeiner bösen Geschichte. Vielleicht eine, in der es darum geht, dass die Patienten hier nicht sicher sind, weil, sagen wir einfach mal, weil irgend so eine verantwortungslose Ärztin sie durch die Gegend schiebt und ihnen Alkohol verabreicht.«

Er schnaubte. »So dumm wären Sie nicht. Ich werde Sie persönlich der Ärztekammer melden, wenn Sie mir so kommen. Sie hätten nicht die geringste Chance zu gewinnen. Und jetzt raus mit Ihnen!«

»Aber ich *bin* so dumm«, sagte Yasmin. »Weil ich die Medizin nämlich an den Nagel hänge.« Es war eine Lüge. Baba hatte gewollt, dass sie Ärztin wurde, aber das hieß nicht, dass sie es selbst nicht auch wollte. Sie hatte nur eine Weile gebraucht, um das zu erkennen. Professor Shah würde diese Lüge jedoch schlucken, aufgrund der Informationen, die er von Pepperdine erhalten hatte. »Das kratzt mich nicht im Geringsten. Sie hingegen …« Sie erkannte an seinem Gesichtsausdruck, dass das noch nicht reichte. »Und das ist noch nicht alles, stimmt's? Erinnern Sie sich noch an Mr. Babangida? Der mit dem gebrochenen Arm? Wissen Sie noch? Wie würde sich *das* wohl machen?«

»Wenn Sie glauben, Sie können mich erpressen, dann sind Sie dümmer, als ich dachte.« Er ließ seine Hände wieder auf den Schreibtisch krachen, aber diesmal war sie darauf gefasst. Sie zuckte mit keiner Wimper. Sie blieb vollkommen ruhig.

»Ich bin so dumm«, sagte sie. »Ich werde alles an die Öffentlichkeit tragen. Meine Bedenken. Kleine Details, wie zum Beispiel den Umstand, dass es auf der Demenzstation immer so still wird, wenn Sie anwesend sind.«

»Sie haben doch wohl den Verstand verloren. Sie können sich nicht zum Whistleblower aufschwingen, wenn es überhaupt nichts zu berichten gibt.«

»Tatsächlich? Die übermäßige Sedierung von Patienten ist eine ziemlich ernste Angelegenheit.«

»So etwas geschieht hier nicht.«

»Und was ist mit Mr. Babangida?«

»Der Bruch wäre von ganz allein geheilt!« Seine Nasenflügel hatten sich vor Wut geweitet. »Er hätte den Unterschied gar nicht gemerkt, Scheiße nochmal. Diese Geschichte ist vollkommen bedeutungslos.«

Beinahe wäre sie ins Wanken geraten, doch Shahs Einstellung, seine Arroganz, seine Gleichgültigkeit seinem Patienten gegenüber gaben ihr neuen Auftrieb. »Gosport«, sagte sie. Sie ließ das Wort einfach in der Luft hängen. Die Untersuchung dauerte noch an. Man hinterfragte die Ursachen für Hunderte von Sterbefällen in der geriatrischen Abteilung des Gosport War Memorial Hospital.

»Kaum zu fassen, dass das so lange unentdeckt geblieben ist«, sagte sie. »Obwohl einige Mitglieder des Krankenhauspersonals schon seit Jahren Bedenken hinsichtlich einer etwaigen Überdosierung angemeldet haben. Und auch ein paar Angehörige. Niemand hat ihnen zugehört, nicht wahr? Aber jetzt würde man sehr wohl zuhören, meinen Sie nicht?«

»Sie miese kleine Schlampe. Hier passiert nichts dergleichen, das wissen Sie genau.«

»Nun, man müsste entsprechende Untersuchungen durchführen. Das Kompetenzzentrum würde zwar immer noch gebaut werden, aber das würde woanders geschehen, und Sie hätten nichts mehr damit zu tun. Sind Sie bereit, dieses Risiko einzugehen? Das müssen Sie entscheiden.«

»Was *wollen* Sie?«

Sie sah ihn an. Er schien es tatsächlich vergessen zu haben. »Harrison bekommt seinen Job zurück. Ich bin mir sicher, dass Sie das deichseln können, wenn Sie nur wollen.«

»Das ist alles? Mehr nicht? Wollen Sie mich verarschen? Diese ganze Scheiße nur für eine Putzhilfe? Sie haben tatsächlich den Verstand verloren.«

»Wäre es denn besser, wenn ich Geld verlangt hätte?«

»Raus hier!« Er erhob sich und starrte bedrohlich auf sie herab.

»Erst wenn Sie mir eine Antwort gegeben haben.«

»Er bekommt seinen Job zurück. Aber Sie …« Sein Gesicht verzerrte sich. Eine Ader an seiner Schläfe schwoll an und pulsierte. »Ganz gleich, wo Sie von hier aus hingehen – ich habe überall Kontakte. Ich kenne Leute in jeder einzelnen Krankenhausstiftung im ganzen Land, und ich verspreche Ihnen, dass ich diese Geschichte hier niemals vergessen werde.«

»Ah, wie süß«, sagte Yasmin. »Ich werde sie auch immer in Erinnerung behalten.«

VIRAL

Der Video-Clip dauerte nur siebzehn Sekunden. Er war in eine Schleife geschaltet, sodass er immer wieder von vorne losging. Rania, die schwankend dasteht und ein Schnapsglas hochhält. *Ihr könnt alle zuschauen, wenn ihr wollt.* Eine lange, dunkle Haarlocke lugt unzüchtig unter ihrem Hidschab hervor. Eine Hand erscheint und zupft an Ranias Ärmel. Das Bild verschwimmt und wird eine Sekunde lang schwarz, dann sieht man Yasmin auf dem Bildschirm, neben Rania, die sich mittlerweile wieder gesetzt hat. Yasmin sagt etwas, das man nicht verstehen kann, und es erscheinen Untertitel: *Beruhige dich mal. Du trinkst nichts mehr.* Rania schaut direkt in die Kamera und stimmt einen Sprechgesang an: *Noch einen Drink! Noch einen Drink!* Dann steht sie wieder mit dem Schnapsglas in der Hand da, und die Szene fängt von vorne an.

»Ach du Scheiße«, sagte Yasmin.

»Ich weiß.« Rania drehte ihr Handy um, sodass es mit dem Display nach unten auf dem Tisch lag. »Es ist schon vor einer Ewigkeit gepostet worden, aber jetzt erst viral gegangen.«

»Weil du im Fernsehen warst?«

Rania zuckte mit den Schultern. »Kann schon sein. Es hat eine Weile gedauert, aber irgendjemand hat die beiden Clips dann schließlich miteinander kombiniert, und jetzt sehe ich aus wie die letzte scheinheilige Lügnerin.«

»Ach du Scheiße. Wie schrecklich. Sieh's dir einfach nicht mehr an. Und halt dich eine Weile aus den sozialen Medien raus.«

»Ich kriege ziemlich viele Hassnachrichten. He, dieser Pub ist gar nicht so schlecht – so wie du es beschrieben hast, klang es wie eine ganz üble Spelunke.«

Sie waren im The Crosskeys. Für einen Donnerstag Abend waren erstaunlich wenig Gäste da. Die übliche Menge, die sich ansonsten nach Dienstschluss hier tummelte, war heute entweder schon nach Hause gegangen oder gar nicht erst hergekommen. Ein paar einsame Männer starrten in ihre Biergläser, eine Gruppe junger Frauen – möglicherweise Krankenschwestern – hatte sich an der Bar aufgereiht und in der hintersten Ecke saßen ein paar Sanitäter um einen Tisch versammelt und aßen Tortilla-Chips, die mit einer grell leuchtenden Pampe übergossen waren. Es war einer dieser Pubs, die eher funktionalen Charakter hatten, statt Behaglichkeit zu verbreiten. Rania hatte Yasmin auf der Arbeit angerufen und sie gefragt, ob sie sich treffen könnten. Es klang dringend. In einer Stunde war Yasmin hier mit Joe verabredet. Sie würden essen gehen, nur sie beide. Die Zeit bis dahin würde rasch vorbeigehen, und es gab viel, worüber Yasmin nachdenken musste, aber Rania hatte noch nie ihre Hilfe gebraucht oder sie um einen Rat gebeten – bis heute.

»Wenn ich gewusst hätte, worum es geht«, sagte Yasmin, »dann hätte ich mich nicht in einem Pub mit dir verabredet.« Sie sah sich um, als könnte irgendjemand Rania heimlich dabei filmen, wie sie einen Orangensaft trank. Doch niemand schenkte ihnen auch nur die geringste Aufmerksamkeit.

»Eines muss ich den islamfeindlichen Leuten zugestehen«, sagte Rania. »Sie sind noch moderat, wenn man sie mit einigen Muslimen vergleicht. Oder vielleicht lediglich weniger kreativ, wenn es um die Todesarten geht, die man mir an den Hals wünscht.«

»Das ist furchtbar«, sagte Yasmin. »Und es tut mir echt leid.«

»Im Grunde genommen ist es ziemlich lustig. Sie fordern alle eifrig, ich solle mich schämen, aber *sie* schämen sich kein bisschen dafür, dass sie einer Frau sagen, sie hätte es verdient, vergewaltigt zu werden oder dass man ihr die Eingeweide aus dem Leib schneiden sollte oder was nicht sonst noch alles. Als wären sie tatsächlich fest davon überzeugt, dass sie moralisch über mir stehen. Lies mal das hier, zum Beispiel.« Sie nahm ihr Handy und scrollte sich durch die Nachrichten. »Hier. Was soll ich auf sowas antworten?«

Yasmin las die Nachricht. »Gar nichts. Lass die Finger von Twitter. Das ist ja widerlich.«

Rania nahm das Handy wieder an sich und scrollte weiter. »Hier sind noch ein paar neue …«

»Rania«, sagte Yasmin.

»Okay, du hast ja recht. Ich hör' schon auf.«

»Es ist ganz egal, was diese Leute sagen. Sie kennen dich nicht. Sie haben nicht das Recht, über dich zu urteilen.«

Rania kaute an ihrer Unterlippe. Einen Moment lang sah es so aus, als würde sie in Tränen ausbrechen. Yasmin hatte sie noch nie weinen sehen. »Danke«, sagte Rania schließlich. »Danke. Das ist kein gutes Gefühl, weißt du? Man meint immer, sowas würde einen gar nicht tangieren, aber das tut es natürlich doch.« Sie verdrehte die Augen. »Weißt du, was mich jetzt aufheitern würde? Wenn du mir ein paar Fotos von Coco zeigst. Du hast bestimmt ein paar auf deinem Handy, oder?«

Coco war mittlerweile sieben Wochen alt. Yasmin hatte sie ein paar Mal gesehen, und außerdem schickte Arif andauernd Fotos. Coco, wie sie in ein flauschiges rosa Handtuch eingewickelt war, Coco, wie sie in einer Art Schlafsack mit Kaninchenmuster steckte, wie sie ein schreiend buntes Jäckchen trug, das Ma gestrickt hatte und bei dem der eine Arm länger war als der andere, oder als Erdbeere verkleidet, mit schwarzer Strumpfhose, rotem Kleid und grünem Mützchen.

»Und das hier«, sagte Yasmin. »Das ist mein Lieblingsbild.« Sie sah, dass sie fünf Anrufe von Arif verpasst hatte, der schließlich eine Nachricht hinterlassen hatte. Das konnte bis morgen warten. Heute Abend hatte sie schon genug Sorgen. Arif machte andauernd so ein schreckliches Gewese. Jedes Mal, wenn Coco auch nur nieste, rief er sie schon an oder schickte ihr eine Textnachricht.

»Wunderschön«, sagte Rania. »Sie ist entzückend! Wie ist es denn so, Tante zu sein? Macht dich das irgendwie melancholisch?«

»Ich finde es ganz großartig. Sie hat sich schon so unglaublich verändert. Sie ist nicht mehr gelb, zum Beispiel.«

»Was ist mit Joe? Will er sofort Kinder haben, oder möchte er warten?«

»Wir… Ich bin nicht… Ich kann nicht …« Sie schüttelte den Kopf. Sie würde ihm heute Abend sagen, dass sie ihn nicht heiraten konnte. Und sie würde ihm das mit Pepperdine erzählen.

»Du kannst keine Kinder haben?«

»Doch«, sagte sie. »Das ist es nicht.« Es war Mitte März, und nichts hatte sich verändert. Ma verhökerte immer noch ihre Waren auf Wochenmärkten oder trieb sich mit Flame herum. Auch wenn die im Augenblick Gott sei Dank in Holland war und mit ihrer dämlichen Show auftrat. Baba fristete sein Dasein, isoliert vom Rest der Familie. Und sie hatte versucht, mit Joe zu reden, weil sie nicht einfach immer so weitermachen konnten. Sie konnten sich nicht ein Bett teilen, ohne sich jemals zu berühren, sie konnten den Hochzeitstermin nicht immer wieder endlos nach hinten verschieben, und sie konnten nicht mehr so tun, als wäre alles in Ordnung. Sie waren einmal so verliebt gewesen. Und nun waren sie nicht in der Lage, sich einzugestehen, dass sie all diese Liebe, die sie füreinander empfunden hatten, schon so unglaublich schnell aufgebraucht hatten. Was hast du, fragte sie ihn öfters, und er antwortete dann immer, nichts, ich habe nichts, und sah dabei jedes Mal so aus, als hätte er entsetzliche Angst.

»Was ist los?«

»Nichts.«

»Nichts? Wie lange kennen wir uns jetzt schon?«

»Es ist *alles*. Alles ist los«, sagte sie.

Es brach aus ihr heraus, in rasendem Tempo und vollkommen verworren. Sie verschwieg nichts und beschönigte nichts. Als sie fertig war, fühlte sie sich leichter. Es war nicht das, was sie erwartet hatte. Sie fühlte sich leichter, aber auch schuldig, weil sie sich nicht schlimmer fühlte. »Ich bin ein schrecklicher Mensch«, sagte sie. »Er hat etwas Besseres verdient. Du musst mich für einen ganz schrecklichen Menschen halten.«

»Ya Allah«, sagte Rania. »Glaub mir, nach all den Verurteilungen, die man mir während der letzten vierundzwanzig Stunden vor den Kopf geknallt hat, bin ich nicht in der Stimmung, selbst irgendjemanden zu verurteilen.« Sie nahm Yasmins Hand und drückte sie. »All diese Dinge sind passiert, und du hast kein Wort gesagt? Du hast das ganz allein mit dir rumgetragen.«

»Kann schon sein«, sagte Yasmin, und plötzlich stieg eine große Traurigkeit in ihr hoch. »Aber es ist sowieso alles meine eigene Schuld.«

»All diese Dinge«, wiederholte Rania.

»Er wird in fünf Minuten hier sein.«

»Dann gehe ich jetzt.«

Yasmin hielt ihre Hand fest umklammert. »Geh nicht.«

»Soll ich mit ins Restaurant kommen und das Reden für dich übernehmen?« Rania stand auf. »Wirst du ihm alles sagen? So wie du es mir gesagt hast?«

»Ich glaube schon.« Es gab eine Sache, die sie Rania nicht erzählt hatte: Ma und Flame. Sie hatte ihr von Babas »Hausbesuchen« erzählt. Diesen Teil der Geschichte hatte sie nicht als unaussprechlich empfunden. Vielleicht hatte Joe ja recht, und sie war tatsächlich voller Vorurteile. Aber so wollte sie nicht sein. Sie wollte nicht zu dieser Art von Menschen gehören. Sie hoffte, dass sie das nicht tat, aber etwas nur zu hoffen, reichte nicht. So viel wusste sie zumindest.

»Sei tapfer«, sagte Rania.

Er kam zu spät. Es waren nur fünf Minuten, aber sie reichten aus, um ihre Angst immer größer werden zu lassen. Als sie sah, wie er durch die Tür kam, fühlte sie sich alles andere als tapfer. Ihr war schlecht. Wie dumm von ihr zu glauben, dass sie es ihm in einem Restaurant sagen könnte! Sie würde nichts essen können. Falls die Tische nah beieinander standen, würde alle Welt mithören. Sie würde auf jeden Fall weinen müssen. Oh mein Gott. Er würde ebenfalls weinen. Er würde hinausstürmen. Er würde den Tisch umwerfen und das Geschirr zertrümmern. Sie hatte geglaubt, es sei besser, in der Öffentlichkeit zu reden, an einem neutralen Ort, mit Würde und Zurückhaltung. Das war die schlechteste Idee gewesen, die sie jemals gehabt hatte. Sie musste verrückt gewesen sein.

»Lass uns gehen«, sagte er und nahm ihren Mantel, der über der Stuhllehne hing.

»Hallo«, sagte sie. Er sah sie mit einem solchen Ernst an, dass sie jedes einzelne betrügerische Molekül ihres Herzens spürte.

»Hast du noch gar nicht mit ihm geredet?«

»Mit wem?«

»Gehen wir«, sagte er. »Komm schon. Es ist was mit Arif. Er hat versucht, dich zu erreichen. Oder vielmehr, es ist was mit Coco – sie ist im Krankenhaus.«

MOTTINGHAM KREISKRANKENHAUS

Das Baby war krank. Coco Tallulah war sehr krank, und wenn sie starb, dann wäre das Yasmins Schuld. Ma saß im Wartebereich des Kreiskrankenhauses von Mottingham, ließ sich die Gebetsperlen durch die Finger gleiten und sprach ihre Gebete, während Janine in den Tee aus dem Automaten weinte und La-La unzählige Krankenhausmitarbeiter behelligte, und sie um Informationen anging, die sie ihr nicht geben konnten. Aber Baba war hier. Er hatte heute Morgen davon erfahren und war gleich gekommen. Er würde verhindern, dass Coco starb.

Aber wenn sie stürbe, dann wäre das Yasmins Schuld. Sie saß da und ging in Gedanken sämtliche ihrer Versäumnisse und Verbrechen durch.

Sie hatte Arifs Anrufe nicht beantwortet. Joe hatte geantwortet und hatte Yasmin dann ins Krankenhaus gefahren. Sie hatten Coco oder Lucy nicht sehen können, aber sie hatten eine Weile mit Arif zusammengesessen, und der hatte Yasmin keinerlei Schuld gegeben.

Sie hätte ihn ernst nehmen müssen, statt zu glauben, dass er sich nur unnötig aufregte. Sie hätte Joe konsultieren sollen, aber sie hatte sich zu sehr von ihrem Egoismus vereinnahmen lassen. Hätte Joe etwas anderes gesagt als sie? Sie wünschte, er könnte jetzt hier sein statt auf der Arbeit.

Baba war hier. Doch wie sollte er Cocos Zustand angemessen beurteilen, jetzt, wo sie im Krankenhaus war und er versuchen musste, den anderen Ärzten über die Schulter zu schauen, die zweifellos ihrerseits versuchten, ihn sich vom Leib zu halten?

Geh mit ihr zum Arzt, wenn ihr beide euch Sorgen macht. Und das hatten sie getan. Sie waren mit ihr zu ihrer Hausärztin gegangen, die eine Erkältung diagnostiziert hatte. Arif hatte ein Foto von Coco geschickt, wie sie im Tragekörbchen lag und schlief, mit der Unterschrift: *Wieder zu Haus, in gewohnt hektischer Manier.* Einen Tag später waren sie wieder zum Arzt gegangen, weil Coco leichtes Fieber hatte. Arif schickte einen Text: *Die Ärztin hat ihr Calpol verordnet, aber auf der Flasche steht, erst ab einem Alter von zwei Monaten.* Yasmin hatte ihn beruhigt. *Die geben den Säuglingen auf der neonatologischen Station sogar Paracetamol, man muss nur die Dosis im Verhältnis zum Gewicht ausrechnen. Hat die Ärztin das für euch gemacht?* Arif bestätigte, dass die Ärztin das getan habe. *Okay,* schrieb sie. *Sag mir Bescheid, wie es ihr geht. Ganz friedlich,* hatte Arif zurückgeschrieben. *Alles kk.* Sie hatte ihn fragen müssen, wofür kk stand. *Alles okay,* hatte er erklärt.

Zwei Tage später hatte sie ihm eine Nachricht geschickt: *Wie geht es Coco?* Sie waren mit ihr ein drittes Mal zu ihrer Ärztin gegangen, und dieses Mal hatte sie Antibiotika verschrieben. Nur, um die besorgten Eltern endlich loszuwerden, hatte Yasmin gedacht. Arif hatte Fotos von Coco geschickt, wie sie an Lucys Brust oder auf Janines Schoß lag oder von La-La hochgehoben wurde. *Scheint ihr besser zu gehen,* hatte er geschrieben. *Sie hat Ekzeme oder sowas auf der Hand. Sollten wir damit zum Arzt gehen?*

Sie hatte ihm gesagt, dafür bestünde keine Eile. Und er solle in der Zwischenzeit im Drogeriemarkt ein wenig Feuchtigkeitslotion kaufen.

Wenn sie nur aufmerksamer gewesen wäre… Aber was dann? Was hätte sie dann diagnostiziert?

Ma ließ ihre Gebetsperlen fallen. Sie saß da, auf dem Schalensitz aus Plastik, dessen Stuhlbeine auf dem Boden festgeschraubt waren, und schien genauso wenig in der Lage zu sein, sich zu bewegen, wie der Stuhl unter ihr.

Yasmin bückte sich und hob die Kette auf. Sie legte sie Ma in den Schoß, und ein paar Sekunden später ging das Klappern der Perlen wieder los.

Arif betrat den Wartebereich. Er hatte fettige Haare, und sein Blick war vor Angst und Sorge ganz glasig.

»Was sagen sie jetzt?« Janine war aufgesprungen.

Yasmin umarmte ihn. »Es tut mir leid«, flüsterte sie. »Es tut mir so leid.«

Seine Arme hingen schlaff auf ihrer Schulter. »Sie wissen immer noch nicht, was sie hat.«

»Wie kommt Lucy klar?« Yasmin ließ ihn los.

»Nicht gut.« Er ließ sich auf den Stuhl neben Ma sinken und barg sein Gesicht an ihrer Schulter.

»Es wird alles gut werden«, sagte Ma.

»Das weißt du nicht.« Seine Stimme wurde halb von ihrem Sari verschluckt.

Nein, das weißt du nicht, wiederholte Yasmin in Gedanken. Das war genau das, was Ma immer sagte.

»Gibt es denn *gar nichts*, was die uns sagen können?« La-La war ständig in Bewegung, ohne etwas tun oder irgendwohin gehen zu können. »Es muss doch irgendwelche neuen Informationen geben. Gibt es nicht noch weitere Resultate der Blutuntersuchung? Was geben sie ihr jetzt? Was werden sie als Nächstes tun?« Die Farbe ihrer Haare war mit der Zeit von Zuckerwattenrosa zu Champagnerrosa verblichen. Sie sah Arif an, der reglos sitzenblieb und nicht antwortete. »He, Sie«, sagte sie zu einem Pflegeassistenten, der gerade durch den Wartebereich lief. »Ja, Sie, warten Sie mal einen Moment. Ich muss mit Ihnen reden.« Sie rannte ihm hinterher.

Yasmin ließ sie gehen. La-La brauchte das Gefühl, irgendetwas zu tun, und wenn das bedeutete, dass sie Krankenschwestern oder Pflegeassistenten den Flur entlang hinterherlief – irgendjemandem in Arbeitskleidung, ganz gleich, um wen es sich handelte – dann war das in Ordnung. Gut möglich, dass sie irgendwann tatsächlich auf einen Arzt stieß, aber wenn es nicht gerade einer von Cocos Ärzten war, dann nützte er ihr auch nicht mehr als ein Pflegeassistent.

Es gab nichts zu tun, als hier zu sitzen und ihre Sünden zu zählen. Das Zerwürfnis mit Baba – sie hätte es schlichten sollen, statt alles noch schlimmer zu machen. Er hätte sich sofort in den Fall eingebracht, aber Yasmin hatte alles kaputtgemacht, indem sie zum Beechwood Drive gefahren war und ihn beleidigt hatte. *Für wen halten Sie sich, zum Teufel nochmal?* Professor Shah hatte recht gehabt. Sie hatte vollkommen die Kontrolle verloren.

Sie hatte eine Sünde auf die andere gehäuft. Blut auf den Laken. Blut auf dem Kissen. Ein blutiger Handabdruck an der Wand.

Sie hatte so viel falsch gemacht.

Wie gemein sie zu Niamh gewesen war.

Niamh hatte versucht, nett zu ihr zu sein, und sie hatte sie *abserviert*. Das hatte Niamh gesagt. *Ich habe mir die allergrößte Mühe gegeben, nett zu dir zu sein*. Da hatte Niamh nicht ganz unrecht gehabt.

»Ich wünschte, ich könnte irgendetwas *tun*«, sagte Janine. »Ich komme mir so nutzlos vor. Ich sitze hier wie ein Stück Schrott auf der Müllhalde. Und nütze niemandem.« Sie fing wieder an zu weinen.

»Du bist hier«, sagte Arif und richtete sich auf. »Das ist alles, was zählt. Wir brauchen dich hier, und du bist hier.«

»Das bin ich. Ich bin hier«, sagte Janine und sah ihn mit unendlicher Dankbarkeit an, dafür, dass er erkannt hatte, welch bedeutende Rolle sie spielte.

»Früchtekuchen«, verkündete Ma und legte ihre Gebetsperlen weg. Sie trug einen ihrer besten Saris, indigoblau mit winzigen silbernen Sternchen und einer schlichten, cremefarbenen Borte. Ihre Haare waren zu einem ordentlichen Knoten hochgesteckt. Sie schien von ihnen allen diejenige zu sein, die am wenigsten aus der Fassung geraten war. »Wir werden jetzt Kuchen essen.« Sie bückte sich und griff nach einer der Tüten, die zu ihren Füßen standen. Ma verließ selbst bei einem Notfall niemals das Haus, ohne mehrere Einkaufstüten mit den verschiedensten Gegenständen mitzunehmen.

»Ja, gib mir ein Stück, Ma«, sagte Yasmin.

»Ja, ich könnte auch ein bisschen was essen«, sagte Janine.

Arif murmelte, dass er nichts runterkriegen könne.

»Es ist deine Pflicht«, sagte Ma, »zu bleiben bei Kräften, für unsere Coco Tallulah. Du wirst essen.«

Arif aß. Er bat um ein zweites Stück.

»Wann kann ich sie sehen?« Yasmin hatte mit dieser Frage gewartet, so lange sie konnte. Sie hatte gehofft, der Umstand, dass Arif den Raum verlassen hatte, bedeutete, dass sie ihn betreten konnte.

Arif schüttelte den Kopf. »Sie wollen nicht noch mehr Leute drinnen haben. Sie haben versucht, Baba loszuwerden. Aber du weißt ja, wie er ist. Ich glaube, sie haben ein bisschen Angst vor ihm.«

Sie musste unbedingt mit Baba reden. Sie hatte Arif so viele Informationen wie möglich entlockt, als er heute früh aus dem Krankenzimmer gekommen war. Coco sei vollkommen kraftlos und apathisch und habe hohes Fieber (er wusste nicht, wie hoch genau, nur, dass sie schrecklich heiß war). Bei ihrer Einlieferung sei sie dehydriert gewesen, aber jetzt versorge man sie mit Flüssigkeit. Außerdem bekomme sie intravenös Antibiotika verabreicht. Aber nichts helfe. Es komme ihm so vor, als würden sie alle nur zusehen, wie Coco starb. Achtzehn Stunden seien sie jetzt schon hier. Sie hätten irgend so eine CT gemacht, aber da sei nichts zu sehen gewesen. Dann hätten sie so eine riesige Scheißnadel in ihr Rückgrat hineingestochen. Keine Meningitis. Es könne eine virale Infektion sein. Es könne eine bakterielle Infektion sein. Es könne eine parasitäre Infektion sein. Sie wollten wissen, ob Coco mit irgendwelchen Katzen in Berührung gekommen war. *Als würden wir zulassen, dass sich eine Katze auf das Gesicht unseres Töchterchens hockt! Ihre Lippen sind geschwollen. Womit hat Coco das verdient? Was hat sie getan? Sie hat doch nichts Böses getan.*

Sie musste mit Baba reden.

»Könntest du ihn für mich da rausholen? Sag Baba, er möge bitte rauskommen und mir ein Update geben.«

Arif nickte. Er versuchte zu lächeln. »Zwei Ärzte in der Familie! Nicht schlecht, Apa! Ich wusste, dass ich irgendwann mal dankbar dafür sein würde.«

Baba erstattete den vier Frauen Bericht, während er die Hände hinter dem kerzengerade aufgerichteten Rücken verschränkt hielt. Die Ärzte wären damit beschäftigt, eine Reihe von Tests durchzuführen, sagte er, und durch dieses Ausschlussverfahren würde man am Ende zu einer Diagnose gelangen. Sie täten alles nur Menschenmögliche, und das auch mit der gebotenen Eile, und Coco sei in den besten Händen. Wenn sie nach Hause gehen wollten, um sich ein wenig auszuruhen, dann sollten sie das tun. Etwaige Neuigkeiten würde man ihnen so schnell wie möglich zukommen lassen.

Ma umschloss seine große knochige Hand mit ihren kleinen, weichen Handflächen. Ihr Tasbîh mit seinen neunundneunzig silbernen Perlen baumelte an ihrem Handgelenk. Wie oft hatte sie heute ihre Gebete gesprochen? Dreiunddreißig Perlen für jeden Teil des Dhikr. Yasmin betete jeden einzelnen von ihnen still vor sich hin. Subhan Allah, Alhamdulillah und Allahu Akbar.

»Sie werden die Antwort finden«, sagte Anisah.

Yasmin beneidete sie um ihre Gewissheit. Um ihren Glauben.

»Sie werden finden«, wiederholte Anisah und sah zu ihrem Ehemann hoch.

Sie meinte, dass Baba die Antwort finden würde. Das wollte sie ihm damit sagen.

Shaokat bedeckte Mas Hände mit seiner freien Hand. Die Sehnen auf seinem Handrücken spannten sich, während er ihre Hände sanft drückte. »Du wirst für unsere Enkeltochter beten«, sagte er. »Allah wird dich hören. Ich werde tun, was ich kann.«

Yasmin wandte den Kopf ab und wischte sich eine Träne von der Wange.

FALLSTUDIE

»Sie wissen nicht, was sie tun sollen«, sagte Baba, nachdem sie den Warteraum verlassen hatten, um sich unter vier Augen zu unterhalten. »Ich wies sie darauf hin, dass es sich um eine akute Adenovirusinfektion handeln könnte. Sie haben mich angesehen, als wäre ich verrückt.«

»Haben sie es denn ausgeschlossen?« Es würde den Ärzten nicht gerade gefallen, wenn ein Familienmitglied ihnen sagte, was sie tun sollten. Und Baba brachte sie mit seiner Art wahrscheinlich noch einmal besonders gegen sich auf.

»Nein«, sagte Baba. »Lass uns ein bisschen gehen. Dabei kann man besser nachdenken.«

Sie ging mit ihm durch den Flur. Er machte so große Schritte, dass sie fast laufen musste, um mithalten zu können. Der Flur war fliederfarben gestrichen und von dem vertrauten Krankenhausgeruch nach gekochtem Gemüse und Bleichmittel erfüllt.

»Der Test für diese Krankheit ist sehr simpel«, sagte Baba. »Eine schnelle DFA – man hätte das Resultat innerhalb von sechs Stunden. Wenn sie den Test angeordnet hätten, als ich es vorschlug, wüssten wir jetzt Bescheid. Du kennst das – eine direkte Fluoreszenz-Antikörper-Untersuchung. Ja, eine schnelle DFA. Aber sie handeln viel zu langsam. Verlassen sich auf die Antibiotika. Meiner Meinung nach ist das ein Fehler. Das Fieber dauert nun schon seit fünf Tagen an.«

»Hat sie irgendwo Hautausschlag?« Am Ende des Flurs drehte Baba sich auf dem Absatz um, und sie trottete ihm erneut hinterher. »Wie hoch ist der Leukozytenwert? Die Thrombozytenzahl? Das Hämoglobin? Sag mir, was sie bis jetzt herausgefunden haben.«

Sie gingen zusammen im Flur auf und ab und wichen den gelegentlich vorbeischlurfenden Patienten aus, während er ihr die Fakten und Zahlen nannte. Manchmal blieb er stehen, um auf seinen Notizblock zu schauen, auf dem er zahlreiche Informationen vermerkt hatte. Die Transaminasenwerte waren normal. Die Gamma-Glutamyltransferase war etwas erhöht, und das C-reaktive-Protein war sehr hoch. Eine abdominale Ultraschalluntersuchung hatte eine Verdickung der fokalen Darmwand gezeigt, leichte Ödeme im Bereich der Gallenblase, eine leichte Hepatosplenomegalie und Lymphadenopathie in der Nähe des Hilus Hepatis. Eine BBL-Blutkultur und Serologie des Epstein-Barr-Virus, der Mycoplasma pneumoniae, Chlamydia pneumoniae, Typ 1 und Typ 2 des Herpes simplex Virus, Parvovirus B19, des Coxsackie-Virus und des Toxoplasma gondii waren im Gange. Morgen, da war er sich sicher, würden man sie alle ausschließen.

»Warum denkst du das, Baba? Gibt es da etwas, was du mir nicht sagen willst?«

Er blieb stehen und drehte sich um, damit er ihr ins Gesicht sehen konnte. »Natürlich nicht! Wir werden das zusammen herausfinden. Haben wir das nicht schon immer getan, seit so vielen Jahren?«

BALLAST

Die nächsten drei Tage gingen quälend langsam und beängstigend schnell vorüber. Die intravenös verabreichten Antibiotika hatten zwar das Fieber gesenkt, aber wie sich herausstellte, war das nur eine kurze Verschnaufpause, denn anschließend schoss Cocos Temperatur wieder in die Höhe. Lucy wich ihrer Tochter so gut wie nie von der Seite. Endlich hatte man es auch Yasmin erlaubt, ihre Nichte zu sehen. Coco schien zu schrumpfen und sich zusammenzurollen, als fände sie, dass es vielleicht doch keine so gute Idee gewesen war, auf die Welt zu kommen, und nun wieder zurück in den Mutterleib kriechen wollte.

Joe kam, wann immer er konnte. Janine und La-La verliebten sich beide in ihn. Nein, was sieht der gut aus! Und was für ein Gentleman! Der kann meinen Puls messen, wann immer er will! Das war eins von Joes Talenten: den Menschen Aufmerksamkeit zu schenken, ihnen das Gefühl zu geben, dass sie etwas Besonderes waren, dass sie im Mittelpunkt des Universums standen. Diese Gabe ließ er nun auch Janine und La-La zuteilwerden, und Yasmin konnte sehen, wie sich ihre Stimmung hob, wenn er da war und wie sie wieder in den Keller fiel, sobald er ging.

Sie begleitete ihn nach draußen auf den Parkplatz. »Yasmin«, sagte er. »Kannst du Coco nicht irgendwie in die Great Ormond Street verlegen lassen? Ich bin mir sicher, dass die Leute hier ihr Bestes tun, aber ein Kreiskrankenhaus …«

»Und wie genau soll ich das anstellen? Soll ich sie mir einfach schnappen und losrennen?« Sie hatte nicht vorgehabt, so wütend zu klingen. »Bitte entschuldige. Wenn ich der Sache nur früh genug mehr Aufmerksamkeit geschenkt hätte, dann wäre es vielleicht möglich gewesen –«

»Stopp! Du weißt, dass das nicht stimmt.« Er nahm ihr Kinn und hob es hoch, sodass sie ihn anschauen musste. Diese Augen. So fahl und sanft und glühend, alles zur gleichen Zeit. Als sie das erste Mal in diese Augen geschaut hatte, war das gleichzeitig auch das erste Mal in ihrem ganzen Leben gewesen, dass sie sich wirklich gesehen fühlte.

»Deine Mutter war gestern hier«, sagte sie.

»Was hat sie gesagt?«

»Nichts. Sie war hier, das ist alles. Das war nett von ihr. Hat sie irgendein Problem mit Krankenhäusern? Eine Phobie vielleicht?«

»Nein. Warum?«

»Sie machte einen sehr mitgenommenen Eindruck.« Harriet hatte im Wartebereich geweint, was auch Janine wieder zum Weinen gebracht hatte. »Und auf der Geburtsstation hat sie ja auch geweint.«

Er zuckte mit den Schultern. »Keine Ahnung. Ich glaube nicht. Also hat sie gar nichts gesagt?«

»Was sollte sie auch sagen?« Der Wind fuhr Yasmin unter den Rock und bauschte ihn auf. Sie strich ihn wieder glatt. Über dem schwarzen Asphalt und den grellen Metalldächern leuchtete der Himmel in einem septischen Chlorblau. Der Wind pfiff um die Autos. »Joe«, sagte sie, »hast du dich mit Harriet… ist irgendetwas passiert? Habt ihr euch gestritten?«

Sein Gesicht wurde kalkweiß. Genau so sahen Patienten aus, wenn sie nach einer Spritze oder Blutabnahme zu schnell aufgestanden waren und drohten, jeden Moment ohnmächtig zu werden. »Wir müssen reden«, sagte er. »Aber nicht jetzt.«

»Ja«, sagte sie. »Und nicht hier.«

»Ich… die Sache ist die …« Er schien gegen ein Gefühl anzukämpfen, das sie nicht identifizieren konnte. »Die Therapie war… sehr viel schwieriger, als ich dachte und… das hat viele Dinge ans

Licht gebracht, die… Weißt du, ich habe mit Harry geredet… über… über ein paar dieser Dinge, die da hochgekommen sind. Und das war hart. Das war sehr hart für sie, sich das anhören zu müssen. Es tut mir leid, ich sollte dich jetzt nicht damit belasten.«

»Das ist schon in Ordnung. Du kannst es mir erzählen. Geht es um deinen Vater?«

»In gewisser Weise. Ich werde es dir erzählen, aber es ist eine lange Geschichte, deshalb… Wie sich herausgestellt hat, schleppe ich eine Menge Ballast mit mir herum, von dem ich überhaupt nichts wusste.«

»Das tut mir leid.«

»Es ist nicht deine Schuld.«

Wenn er nicht zur Therapie gegangen wäre, dann wäre dieser Ballast immer noch unangetastet und sicher verstaut. Irgendwo, wo er aus den Augen und aus dem Sinn gewesen wäre. Die Leute behaupteten immer, es sei besser, über alles zu reden, aber stimmte das auch tatsächlich? In Yasmins Familie hatte man das nie getan. Man hatte sich gegenseitig im Dunkeln tappen lassen. Erst als das Licht über die Ghoramis hereingebrochen war, waren sie aus den Fugen geraten.

»Joe«, sagte sie. »Dieses Abendessen, zu dem wir uns verabredet hatten? Da wollte ich mit dir über uns reden.«

»Das klingt ja ominös. Wolltest du mit mir Schluss machen?« Er strich ihr eine Haarsträhne aus dem Gesicht. Er lächelte sie an, aber sie spürte, wie seine Hand zitterte. Vielleicht war es ja nur der Wind, der ihm die Tränen in die Augen trieb, aber sie konnte es nicht ertragen, ihm ins Gesicht zu schauen.

»Nein, natürlich nicht«, sagte sie.

SANDOR

Sandor saß an seinem Schreibtisch und las sich den Vortrag durch, den er geschrieben hatte: *Über klinische Weisheit: Eine Anleitung zu Praxis, Training und Forschung*. Er blätterte eine Seite um und entdeckte Melissas elegante Handschrift, mit der sie etwas an den Rand gekritzelt hatte. Wie wahr, hatte sie geschrieben. Und wenn Du damit fertig bist, die Welt zu heilen, hättest Du dann vielleicht Lust, mit Deiner Frau essen zu gehen? P. S. Ich liebe Dich.

Er würde für heute Abend einen Tisch in dem italienischen Restaurant reservieren, das sie so mochte und wo es diese Burrata gab, von der sie nie genug kriegen konnte.

Sandor las weiter: *Warum kehren wir so oft zu solchen Denkern wie Freud, Jung, Rogers, Minuchin und Satir zurück? Wir tun das, weil wir in unserem tiefsten Herzen erkannt haben, dass es sehr viel mehr zu beachten gibt als nur die empirischen Studien, therapeutischen Techniken und Kosten-Nutzen-Analysen. Wir suchen bei ihnen Rat, weil sie uns äußerst scharfsinnige Erkenntnisse zur* conditio humana *an die Hand geben. Erkenntnisse zu den Dingen, die wahrhaft wichtig sind. Wie könnte man einem Klienten zur Genesung verhelfen und dazu, ein erfülltes, sinnvolles Leben zu führen, ohne sich vorher Gedanken darüber zu machen, was diese Dinge eigentlich zu bedeuten haben?*

Er hatte längst noch nicht – an keiner Stelle seines Vortrags – genug über Verbundenheit gesagt. Vielleicht würde er ja noch eine passende Stelle finden, an der er sein Lieblingszitat von Albert Einstein einfügen konnte. Er schrieb unten auf die Seite: *Wie alle Wesen ist der Mensch Teil des Ganzen, das wir ›Universum‹ nennen, und rein äußer-*

lich betrachtet von Raum und Zeit begrenzt. Er erfährt sich, seine Gedanken und Gefühle als etwas, das ihn von den anderen trennt, aber dies ist eine Art optische Täuschung des Bewusstseins. Albert Einstein, aus einem Brief an einen Rabbi, 1950.

Es klingelte an der Tür. Sandor legte den Stift hin, goss aus der geschliffenen Glaskaraffe Wasser in ein Glas und ging, um seinen letzten Patienten für den heutigen Tag zu begrüßen.

»Sie wollte unbedingt mitkommen«, sagte Joe. »Sie können von Glück sagen, dass ich sie nicht gelassen habe.«

»Sie ist wütend auf mich?« Joe hatte tatsächlich mit seiner Mutter geredet, genau so, wie es geplant gewesen war.

»Ja, schon ein wenig.«

»Und Sie? Wie fühlen Sie sich?«

»Um ehrlich zu sein, weiß ich das gar nicht so genau. Es ist gerade ziemlich viel los.«

Es gab da noch ein krankes Baby, hatte Joe ihm am Telefon erzählt. Aus der Verwandtschaft seiner Verlobten.

»Aber ich glaube, ich fühle mich gut. Ergibt das einen Sinn für Sie, wenn ich sage, dass ich mich irgendwie *gereinigt* fühle? Sie wissen schon, wie so eine Erwachsenentaufe, wenn man die Leute unter Wasser taucht und sie das angeblich von ihren Sünden reinwäscht? Klingt das verrückt?«

»Nicht im Geringsten.«

»Harry tut mir leid. Aber nicht so sehr, wie ich gedacht habe. Als ich einmal angefangen hatte, musste alles raus. Ich dachte, das ist *mein* Leben, und ich will es wiederhaben. Ich fordere es zurück.«

»Und Sie empfinden keinerlei Reue?«

»Ich glaube nicht. Ich hatte eigentlich vorgehabt, die Worte ›verdeckter Inzest‹ nicht auszusprechen, aber dann habe ich es doch getan. Und ich glaube nicht, dass ich es bereue.«

»Das muss sehr schwierig für Ihre Mutter gewesen sein, sich das anzuhören.« Er hatte sie vor Augen. Harriet Sangster, wie sie ihm –

prüfend, skeptisch – aus seinem Computerbildschirm entgegenstarrte.

»Ja, es war schwer für sie zu hören. Aber noch schwerer war es, damit zu leben, als hilfloses Kind.«

Es war wie eine Art Wiedergeburt. »Ich bin so froh, dass es Ihnen gelungen ist, in so kurzer Zeit so weit zu kommen.«

»Danke. Wenn ich nicht zu Ihnen gekommen wäre …« Joe schüttelte bei dieser Vorstellung den Kopf. »Harry ist ziemlich am Boden zerstört. Glauben Sie, dass wir es am Ende schaffen, das hinter uns zu lassen?«

»Schwer zu sagen. Manchmal kommt es zu einem Bruch, zum Beispiel in den Fällen, wo sich das Elternteil weigert, die Realität der Situation anzuerkennen.«

»Genau das tut sie. Das trifft auf Harry hundertprozentig zu.«

»Geben Sie ihr Zeit. Vielleicht würde es helfen, wenn Sie sich ins Gedächtnis rufen, dass Eltern häufig das Familiensystem replizieren, in dem sie selbst aufgewachsen sind. Und dass sie das tun, ohne sich dessen bewusst zu sein. Sie haben mir erzählt, Ihre Großeltern seien vor Ihrer Geburt gestorben und dass Sie nicht viel über sie wüssten. Vielleicht wäre es keine schlechte Idee, ein paar Fragen in diese Richtung zu stellen.«

»Ihre Mutter mochte sie nicht besonders, aber ihrem Vater stand sie sehr nah.«

»Ja, ich erinnere mich, dass Sie das erzählt haben, und das ist tatsächlich recht interessant. Die Frage ist, inwieweit uns das weiterhilft.«

»Im Augenblick nicht besonders.«

»Genau.«

»Ich werde meinen Vater besuchen. Auf dem Weg nach Edinburgh, zu dem Vorstellungsgespräch.«

»Und wie fühlen Sie sich dabei?«

»Ganz gut. Ich habe ein bisschen Angst vor dem Gespräch mit Yasmin. Aber ich kann im Augenblick unmöglich mit ihr reden, weil ihre Nichte im Krankenhaus liegt. Das wäre total daneben, wenn ich ihr jetzt noch irgendwelche anderen Sachen aufbürden würde.«

»Und wenn die Nichte wieder gesund ist?«

»Dann mache ich es, nach meiner Rückkehr aus Edinburgh.«

»Das haben Sie sich fest vorgenommen?« Joe strahlte eine ganz neue Energie aus.

»Hundertprozentig.« Er grinste. »In dieser Größenordnung.«

»Und wie steht es um Ihre Impulskontrolle? Sie waren einigem Stress ausgesetzt. Gab es irgendein Aufflackern?«

»Überhaupt nichts. Ich musste noch nicht mal dagegen ankämpfen.«

»Seien Sie nicht überrascht, wenn es zurückkehrt. Um ehrlich zu sein, wäre es ein Wunder, wenn es das nicht täte.«

»Dann werde ich damit rechnen. Und werde bereit sein.«

»Eine Selbsthilfegruppe wäre vielleicht keine schlechte Idee.«

»Ich werde mir eine suchen.«

Er ist so weit, die Flügel auszubreiten, dachte Sandor. Bereit weiterzuziehen. Und genau das war schließlich das Ziel. »Ich bin stolz auf Sie«, sagte er.

»Ich bin auch stolz auf mich«, sagte Joe. »Also, Sie haben mir noch gar nicht gesagt, ob Sie für Skype-Sitzungen zur Verfügung stünden. Für den Fall, dass ich tatsächlich nach Edinburgh ziehen sollte.«

»Für Sie jederzeit«, sagte Sandor.

Der Tisch im Restaurant war reserviert. Melissa war oben und bemalte sich das Gesicht. Sandor saß in der Küche, trank ein Glas Wein und wartete auf sie. Sein Arm schmerzte. Er war nicht in Form und sollte dringend etwas dagegen unternehmen. Adam würde nach London ziehen. Sandor war begeistert, das waren sie alle drei. Melissa meinte, in Zukunft solle er nicht mehr so viel arbeiten. Und sich mehr Zeit für seine Familie nehmen.

Seine Gedanken kehrten zu Einstein zurück. *Diese Täuschung ist wie ein Gefängnis, das unsere Wünsche und unsere Zuneigung auf einige wenige Menschen beschränkt, die uns am nächsten stehen.* Siehst du, Melissa?

Siehst du? Er konnte sich nicht von den Patienten abkapseln, die ihn brauchten. *Unsere eigentliche Aufgabe besteht darin, uns aus diesem Gefängnis zu befreien, indem wir den Kreis unseres Mitgefühls und unserer Fürsorge auf alle Wesen und die Natur in ihrer ganzen Schönheit gleichermaßen ausdehnen. Auch wenn uns dies nicht vollständig gelingt, so ist doch bereits das Streben nach diesem Ziel ein Teil der Befreiung und die Grundlage für das Erlangen inneren Gleichgewichts.*

Und das war die einzige Weisheit – sei sie nun klinisch oder anderweitig – die man in seinem Leben jemals brauchen würde. Das war der Kern, die Essenz von Sandors Gelehrsamkeit: Mitgefühl und Verbundenheit. Kurzatmig. Er war viel zu kurzatmig. Er würde anfangen, Sport zu treiben. Definitiv. Er würde sich wieder in Form bringen.

DER SECHSTE TAG

Am sechsten Tag im Kreiskrankenhaus von Mottingham ging Baba mit Yasmin durch den Flur.

»Ich war zu streng zu ihm«, sagte Baba. »Ich bin Arif kein guter Vater gewesen.«

»Baba …«, sagte Yasmin.

»Nein, du hast das erkannt. Wir wollen nicht so tun, als wäre das nicht der Fall, habe ich recht? Nicht jetzt.« Er hob eine seiner buschigen Augenbrauen über den schwarzen Rahmen seiner Brille. »Ich hatte zu viel Angst um ihn. Ich dachte, er würde es schwerer im Leben haben als du. Diese Geschichte mit der Polizei… Ich war zu hart. Zu unversöhnlich. Aber ein junger muslimischer Mann wird immer als Bedrohung gesehen. Und wenn man dich als Bedrohung empfindet, bist du selbst nicht mehr sicher. Verstehst du? Ich wollte, dass er in Sicherheit ist.«

»Wir können ein andermal darüber reden. Das ist jetzt nicht wichtig.«

»Ich habe einen ganz falschen Weg eingeschlagen. Natürlich hat er dann die Schwangerschaft vor mir geheim gehalten. Er musste damit rechnen, dass ich ihn dafür verurteilen würde, und genau das habe ich getan.«

»Aber konzentrieren wir uns jetzt auf Coco. Das ist das, was Arif wollen würde.«

»Ganz genau«, sagte Baba. »Lass uns fortfahren.«

Aber nach nur einer einzigen weiteren Runde im Flur sagte Baba, dass er sich müde fühle, und setzte sich zu den Frauen in den Warteraum. Er bat darum, man möge den an der Wand angebrachten Fernseher ausschalten, der ununterbrochen, wenn auch lautlos, lief, denn es schaue ja ohnehin niemand zu, und er könne sich bei diesem ganzen Flackern nicht konzentrieren. Aber er sah nicht so aus, als würde er sich auf irgendetwas konzentrieren. Er schien sich die ganze Zeit nach irgendeiner Ablenkung umzusehen und bot Ma schließlich an, ihre zahllosen Wollknäuel für sie zu sortieren.

Ma und Janine und La-La verbrachten mittlerweile einen Großteil ihrer Zeit mit Stricken. Sie strickten Pullover für Coco, Mützen für Coco, Socken für Coco, Jäckchen für Coco. Wenn sie nur genug winzige Kleidungsstückchen strickten, dann würde Coco überleben. Yasmin konnte nicht stricken, aber Ma hatte ihr die einfachsten Maschen beigebracht, und während der letzten drei Tage hatte sie einen krummen und schiefen rosafarbenen Schal zustande gebracht.

Baba nestelte an einem Strang blassblauer Mohairwolle herum. Er holte ein Knäuel mit weißer Wolle aus einer der Tüten und tat es in eine andere Tüte.

»Komm schon, Baba«, sagte Yasmin so leise, dass es niemand hörte. Es musste doch noch einen weiteren Aspekt geben, den man in Betracht ziehen, einen weiteren Test, den man durchführen könnte. Baba würde doch nicht einfach so aufgeben.

Sie mussten kilometerweit zusammen gelaufen sein, den Flur hinauf und wieder hinunter, und waren währenddessen systematisch alle Möglichkeiten durchgegangen. Die Ergebnisse der Blutkulturen waren alle negativ gewesen. Es waren keine mukosalen Veränderungen und auch keine Veränderungen der Lymphknoten zu beobachten gewesen. Ein zweiter Ultraschall hatte einen etwas besseren Befund gezeigt, was die Darmverdickung und die Ödeme anbelangte, und das Baby hatte, nach einer kurzen Phase mit Durchfall, mittlerweile einen normalen Stuhlgang. Baba hatte infantile Parotitis mit einem ungewöhnlichen Verlauf in Betracht gezogen, aber die Ineffektivität der Antibiotika schloss das aus. Auf sein Drängen hin hatte man einen Test auf einen frühzeitigen Ausbruch einer entzündlichen Darmerkrankung gemacht, aber die Tests des fäkalen Calprotectin und des okkulten Bluts im Stuhl waren beide negativ gewesen.

Yasmin stellte unzählige Fragen, manche davon dumm, andere irrelevant und manche, die ihn einen kurzen Moment innehalten ließen, bevor er seinen langen Marsch in Richtung Diagnose wieder aufnahm. Wie hatte sie glauben können, die Zeit, die er mit der Lösung von Fallbeispielen verbracht hatte, sei nichts als Verschwendung gewesen? Er hatte sich ein ganzes Leben lang auf diesen Moment vorbereitet. Das musste sich doch irgendwie gelohnt haben. Es war gar nicht anders möglich. Alles würde wieder gut werden. Ma hatte recht.

Arif kam in den Warteraum, und Janine hastete los, um Lucy und Coco zu besuchen. Man achtete streng darauf, dass sich nie mehr als zwei Besucher am Krankenbett aufhielten.

»Ich muss Lucy irgendwie dazu bringen, etwas zu essen«, sagte Arif. »Sie hat in den letzten beiden Tagen so gut wie nichts gegessen. Nur ein halbes Sandwich.«

Ma durchsuchte ihren Stapel an Essensdosen nach irgendeinem schmackhaften Leckerbissen. »Würde sie diese Pakora mögen?« Sie bot ihrem Sohn eine an. »Nicht scharf, aber lecker.«

Arif setzte sich und aß die Pakora. Er gab keine Meinung dazu ab, ob es das Richtige sein könnte oder nicht. Stattdessen stützte er sich mit den Ellbogen auf den Knien ab und bedeckte das Gesicht mit den Händen.

»Sie wird sterben«, sagte er.

La-La und Ma hörten mit dem Stricken auf. Yasmin hatte bis zu diesem Moment gar nicht gemerkt, wie laut das Geräusch der Nadeln gewesen war.

»Nein«, sagte Yasmin. »Sie wird wieder gesund.« Sie starrte Baba zornig an, aber er sagte nichts. Er spielte einfach nur weiter mit dem Wollknäuel herum.

»Ganz genau«, sagte La-La. »Nicht wahr, Shaokat?« Während der letzten zwei Tage hatte sie es aufgegeben, andauernd durch die

Gegend zu hüpfen. Sie sagte kaum noch etwas und strickte fieberhaft.

»Auf jeden Fall«, sagte Baba und wickelte immer noch die Wolle auf. »Ihr habt recht.«

Baba würde Coco retten, und Ma würde wieder heimkehren. Yasmin hatte sich das immer und immer wieder eingeredet. Die letzten Monate würden in einem Nebel des Vergessens untergehen. Sie würden nie darüber reden, keiner von ihnen, denn so war ihre Familie, und Yasmin war froh darüber. Es sah so aus, als hätte Baba aufgegeben, aber das würde er niemals tun. Er würde sich nicht geschlagen geben, nicht, wenn es um die wichtigste Fallstudie seines ganzen Lebens ging.

»Allah legt keiner Seele eine größere Last auf, als sie zu tragen vermag.« Ma sprach mit jener Leidenschaft, die sie sich immer für Zitate aus einer Koransure oder den Worten eines gelehrten Theologen oder denen von Imam Siddiq vorbehielt. »Unsere Coco Tallulah wird uns nicht weggenommen, weil wir können das nicht tragen. Und mein Mann wird das nicht erlauben.« Falls sie auch nur den geringsten Zweifel in sich trug, blieb er gut versteckt. Sie setzte ihr Vertrauen in Allah. Und ihr Glaube an die Fähigkeiten ihres Gatten kannte keine Grenzen.

Arif hob den Kopf aus den Händen und sah Shaokat an, aber Shaokat erwiderte seinen Blick nicht. Als Baba im Krankenhaus eingetroffen war, hatte Arif ihm die Arme um den Hals geschlungen und geweint. Lucy hatte darauf gedrängt, dass er bei Coco blieb. Das war ihr fast genauso wichtig, wie selbst bei ihr bleiben zu können. Baba hatte sich für sein Verhalten nicht entschuldigt. Er würde etwas viel Besseres tun als das. Er würde das Leben ihrer Tochter retten. Aber er hatte sie nicht gerettet, und jetzt konnte er seinem Sohn nicht in die Augen sehen.

Ma stand auf und drückte Arif einen Kuss auf den Scheitel. »Ich gehe das Namaz beten. Wir werden zusammen beten, nein?« Sie hielt Yasmin ihre Hand hin. Yasmin nahm Mas Hand, blieb jedoch sitzen. Sie hatte Ma mehrere Male in den mehrkonfessionellen Gebetsraum begleitet, aber je öfter sie den Ritus vollzog, desto mehr schien er an Bedeutung zu verlieren. All dieses Drumherum und diese Regeln und Rituale sorgten nur dafür, dass sich das Ganze total künstlich anfühlte. »Geh du«, sagte sie. »Ich werde auf meine eigene Weise beten.«

Sie sah zu, wie Ma fortging. Wenigstens schien Ma ihre »besondere Freundin« vergessen zu haben. Was wäre wohl geschehen, wenn Flame nicht abgereist wäre, um mit ihrer Show durch die Niederlande, Spanien und Dänemark zu touren? Wenn Flame Tag für Tag mit Ma zusammen im Krankenhaus aufgetaucht wäre? Man stelle sich das nur vor, wie entsetzlich… Nein, stell es dir lieber nicht vor!

La-La fing wieder an zu stricken.

Arif wechselte den Platz und setzte sich neben Yasmin. Er sah vollkommen verstört und verhärmt aus. Dicke Bartstoppeln sprossen auf seinem Kinn und seinen Wangen. Jedes Mal, wenn er früher versucht hatte, sich einen Bart wachsen zu lassen, hatten die spärlichen Härchen ihn viel jünger aussehen lassen als zuvor. Aber jetzt sah er nicht mehr jung aus. In der letzten Woche war er um zehn Jahre gealtert. »Ich kann nicht beten«, sagte er. »Ich habe es versucht, aber ich kann es nicht.«

»Das ist schon okay«, sagte Yasmin.

»Ist es das? Die Sache ist die …« Einen Moment lang schien er wie gebannt von dem Klick-Klack, das La-Las Stricknadeln von sich gaben. »Die Sache ist die: Ich bin definitiv ein Muslim. Aber ich glaube nicht wirklich an Gott. Tust du das? Ich meine, ich weiß, dass du mit Ma gebetet hast und so, aber …«

Yasmin dachte eine Weile nach. »Ich glaube schon«, sagte sie. »Vielleicht.«

»Du bist ein besserer Muslim als ich.«

Sie schüttelte den Kopf. »Nein, das bin ich definitiv nicht.«

»Es ist fertig«, sagte Baba und legte endlich die Tüten mit den Wollknäueln beiseite. »Es gab viel zu entwirren, aber jetzt ist es vollbracht.« Er klatschte in die Hände. »Diese Aufgabe hat ein wenig Ordnung in meine Gedanken gebracht, und es ist mir etwas klar geworden.« Er fuhr sich mit der Zunge über die Lippen. »Ich muss nach Hause fahren und mich ausruhen. Ein müdes Gehirn nützt niemandem.« Er stand auf, machte eine seiner steifen Verbeugungen und ging fort.

»Baba!« Yasmin sprang auf und wollte ihm hinterherrennen.

Arif hielt sie zurück. »Er hat recht. Lass ihn gehen.«

DER SIEBTE TAG

Am siebten Tag im Kreiskrankenhaus von Mottingham kehrte Baba wieder zurück und stürzte sich mitten ins Geschehen. Er trug seinen besten Anzug und seine beste Krawatte und ging unaufhörlich im Flur auf und ab. Seine Brogue-Schuhe gaben auf dem gefliesten Boden ein lautes Quietschen von sich.

»Die Haut an den Händen des Babys pellt sich«, sagte er zu Yasmin. »Worauf weist das hin?«

»Ekzeme? Psoriasis?«

»Unmöglich. Die Hände sind nicht geschwollen, aber sie sagen uns etwas. Was sagen sie uns?«

»Ich weiß es nicht.« Komm schon, Baba, komm schon!

Sie liefen zwei Stunden auf und ab und gingen alles noch einmal durch, aber es nutzte nichts. Sie kamen einfach nicht weiter.

»Baba«, sagte Yasmin. »Ich muss mich mal hinsetzen.«

»Geh nur«, sagte er. »Ich werde weiterlaufen.« Er schwitzte. Der Stoff seines Anzugs war so dick, dass das Kleidungsstück wahrscheinlich von ganz allein hätte stehen können.

»Setz dich zu mir. Du verausgabst dich doch nur wieder. Wir können auch im Sitzen weitermachen.« Sie glaubte schon, er würde sich nicht darauf einlassen, aber dann nickte er und ging ihr voraus zum Wartezimmer.

Alle hatten das Stricken aufgegeben. Ma bearbeitete ihre Gebetsperlen. Janine war katatonisch. La-La verschränkte die Finger und löste sie dann wieder, immer und immer wieder. Shaokat grub ein Taschentuch aus den Tiefen seines zu langen Jacketts und wischte sich das Gesicht ab. »Sollen wir noch einmal von vorne anfangen?« Er runzelte die Stirn. »Nein. Wir müssen das Ganze aus einer anderen Richtung betrachten.«

Yasmin wartete und wartete, aber Baba war in Schweigen verfallen. Sie wartete weiter. Er dachte nach. Gib ihm Zeit, nachzudenken.

Sofort nach ihrer Rückkehr ins St. Barnabas würde sie sich bei Pepperdine entschuldigen. Er hatte recht gehabt, als er ihr gesagt hatte, sie solle aufhören, sich wie ein Kind zu benehmen. Sie hatte sich total unvernünftig aufgeführt. Wenn das hier vorbei war, würde sie sich bemühen, ein besserer Mensch zu sein. Lass Coco überleben. Ich habe meine Lektion gelernt. Es tut mir unendlich leid, und ich werde für den Rest meines Lebens bescheiden und demütig sein.

Und ist es denn Demut, wenn du glaubst, dass es bei alledem um dich geht?

»Nein«, sagte sie laut. »Nein, das ist es nicht.«

»Ich verstehe nicht«, sagte Baba.

Sie starrte ihn an und bekam Angst. Er grübelte nicht. Sein Blick war leer.

»Schau dir doch mal diese Fotos von Coco an.« Sie mussten sich zusammenreißen, alle beide, und sich in Erinnerung rufen, was auf dem Spiel stand.

Baba seufzte und schob sich die Brille zurecht. Yasmin rutschte über den Sitz zwischen ihnen und setzte sich neben ihn. Der Wartebereich mit seinen Plastikstühlen und Plastikfarnen in Plastiktöpfen, mit seinem teebefleckten Teppich, der von den Füßen all der Angehörigen, die verzweifelt darauf hin und her gelaufen waren, vollkommen abgewetzt war, mit seinem stummen, unscharfen Fernseher und den schmutzigen, vergitterten Fenstern war ein Ort, an dem einem eigentlich nichts anderes übrigblieb, als alle Hoffnung fahren zu lassen. Aber das würde sie nicht tun. Ma und Janine und La-La saßen auf der gegenüberliegenden Stuhlreihe und starrten alle mit leerem Blick vor sich hin. Yasmin würde nicht zulassen, dass Baba mit ihnen in ein kollektives Koma verfiel.

»Da ist sie!« Sie hielt Baba das Handy unter die Nase. »Die Bilder hat mir Arif alle geschickt. Guck mal, da sieht sie wahnsinnig süß aus, da hat sie gerade gebadet. Dieser Strampler ist total albern, mit diesen Dinosaurierstacheln, aber ich finde, ihr steht das. Ihr steht eben alles.« Sie scrollte ein bisschen weiter. »Was noch – oh, das hat Ma gestrickt. Und hier ist sie als Erdbeere. Total lächerlich. Und wunderschön.« Sie quasselte vor sich hin, aber er war plötzlich ganz aufmerksam geworden.

»Erdbeere … Sie ist als Erdbeere verkleidet.«

»Süß, nicht wahr?«

»Nein«, sagte Baba. »Ja. Lass mich nachdenken.«

»Baba?«

»Atypisch. Es könnte sein. Es ist nicht unmöglich.« Er stand auf und begann, hin und her zu laufen.

»Baba?«

Ma legte einen Finger auf ihre Lippen und lächelte.

»Eins der Symptome«, sagte Baba, »ist eine Erdbeerzunge.«

»Ist ihre Zunge tatsächlich rot?«

»Nein«, sagte Baba. »Aber bei Säuglingen unter sechs Monaten gibt es bei mehreren Symptomen eine niedrigere Inzidenz. Dazu gehören etwa auch mukosale Veränderungen und Veränderungen der Lymphknoten. Das Gleiche gilt für die Erdbeerzunge und indurierte Ödeme auf den Handflächen und Fußsohlen. In diesem Fall sind ihre Hände betroffen.«

Er konnte nicht mehr ausschreiten. Sie hatten sich alle um ihn gedrängt.

»Was ist es?«, fragte Ma.

»Ist es heilbar?«, fragte Janine.

»Sagen Sie's uns!«, rief La-La. Sie begann zu weinen, obwohl sie bisher noch kein einziges Mal geweint hatte.

»Es ist noch nicht sicher«, sagte Baba. »Der einzige Weg, es herauszufinden, ist eine Behandlung. Wenn sie anschlägt, wissen wir, dass die Diagnose richtig war. Es kann sein, dass es Widerstand gibt. Wir werden darum kämpfen. Sie ist fast noch ein bisschen zu jung für eine solche Erkrankung. Es wäre ein seltener Fall, aber das bedeutet nicht, dass man die Möglichkeit ausschließen sollte. Es hat durchaus neonatale Fälle gegeben. So etwas ist nicht vollkommen undenkbar. Ich habe vor ein paar Jahren eine Abhandlung darüber gelesen. Eine nicht eindeutige klinische Manifestation ist bei der infantilen Variante weiter verbreitet als bei der nicht infantilen. Und es ist eine Krankheit, die häufiger männliche als weibliche Patienten betrifft. Aber es ist bekannt, dass Kinder mit asiatischer Abstammung einem höheren Risiko ausgesetzt sind.«

»Was ist es?«, fragten Yasmin, Janine und La-La gleichzeitig.

»Was ist es?«, fragte Ma.

Baba streckte den Rücken durch. Seine Füße waren in der Zehn-vor-zwei-Position ausgerichtet, als stünde er im Begriff, seine Keulen zu schwingen. »Wenn ich mich nicht sehr irre, ist es das Kawasaki-Syndrom.«

BEREIT ZU GEHEN

»Sie ist immer noch dort, aber die Ärzte sagen, dass sie morgen entlassen wird.« Es war Yasmins erster Tag zurück auf der Arbeit.

»Kawasaki«, sagte Julie. »Ich habe gehört, dass es so etwas gibt, aber das ist auch so ziemlich alles, was ich darüber weiß.«

»Es ist sehr selten. Wahrscheinlich eine Autoimmunerkrankung, aber selbst das kann man noch nicht mit Sicherheit sagen.«

»Ihr Vater muss ein ziemlich kluger Kopf sein«, sagte Julie. Sie trug eine neue Uniform, königsblau mit Nadelstreifen. Während Yasmin im Kreiskrankenhaus von Mottingham über ihre Nichte gewacht hatte, war bekannt gegeben worden, dass St. Barnabas zum Kompetenzzentrum für Geriatrie erklärt worden war. Julie hatte in ihrem neuen Kleid an der Pressekonferenz teilnehmen müssen, und wenn man sie jetzt nicht zur Oberschwester machte, würde sie kündigen, denn im Grunde genommen verrichtete sie schon seit Jahren die Arbeit einer Oberschwester für das Gehalt einer Stationsschwester.

»Kann schon sein.« Baba hatte einen unglaublichen Wirbel veranstaltet. Wie zu erwarten gewesen war, hatten Cocos Ärzte zunächst sehr skeptisch reagiert. Aber als Coco sehr schnell auf das intravenös verabreichte Immunglobulin reagierte, waren sie begeistert. Genau wie Baba es vorhergesagt hatte, lieferte die Behandlung den Beweis dafür, dass die Diagnose korrekt gewesen war.

»Und es sind keine langfristigen Schäden entstanden?«

»Wir denken, nein. Sie hat ein winziges Aneurysma in ihrem linken Arm, aber das macht uns keine so großen Sorgen. Sie wird ein paar Wochen Aspirin bekommen, um ihr Blut zu verdünnen. Und man wird sie regelmäßig untersuchen.« Es bestand die Möglichkeit, dass die verspätete Diagnose zu Anomalien in den Herzkranzgefäßen geführt hatte, aber bislang war nichts dergleichen zu erkennen gewesen. »Ist Niamh heute da?«

»Sie ist heute früh in der Alterstraumatologie. Ihre Schicht müsste demnächst zu Ende sein. Geht es vielleicht um etwas, bei dem ich Ihnen behilflich sein kann?«

»Nein, ist schon okay, vielen Dank.« Sie würde sich bei Niamh entschuldigen. Die Vorstellung war zwar in etwa so reizvoll wie einen Einlauf durchführen zu müssen, aber es ging kein Weg daran vorbei. Auch wenn es schwer vorstellbar war, dass Niamh ihre Entschuldigung einigermaßen gnädig entgegennehmen würde.

»Wie auch immer, es ist jedenfalls schön, dass Sie wieder da sind.« Was Julie damit tatsächlich sagen wollte, war, dass sie jetzt dringend zu tun hatte.

»Moment, da ist noch eine Sache«, sagte Yasmin. Sie war dieser Frage schon den ganzen Vormittag aus dem Weg gegangen. Mrs. Antonova war verschwunden. Vielleicht hatte man ja endlich einen Platz in einem Pflegeheim für sie gefunden. Das war durchaus denkbar. »Mrs. Antonova?«

»Ich weiß, dass Sie sie gern hatten.« Julie legte eine Hand auf Yasmins Arm.

»Wann?« Zlata war bereit gewesen. Es war keine Tragödie.

»Gleich an dem ersten Tag, nachdem Sie sich freigenommen hatten. Es tut mir leid«, sagte sie. »Ich war bei ihr. Es war sehr friedlich. Sie hat nicht gekämpft. Ich glaube, sie war bereit zu gehen.«

»Ja«, sagte Yasmin. »Das glaube ich auch.«

Sie setzte sich auf den Klodeckel und weinte. Die Tränen strömten wie aus einer aufgeplatzten Wunde. Sie riss immer wieder Klopapierstreifen vom Halter und durchnässte sie in Sekunden. Auf ihrem Rock bildeten sich dunkle Flecken. Sie wischte sich mit dem Ärmel das Gesicht ab. Zlata war bereit gewesen, aber Yasmin –

obwohl sie doch damit gerechnet hatte – war vollkommen unvorbereitet.

Endlich ballte sie das Klopapier zusammen, warf es in die Toilette und spülte es herunter. Sie wusch sich die Hände und das Gesicht, stellte sich vor den rissigen, mit blinden Flecken durchsetzten Spiegel, der über dem Waschbecken hing und betrachtete ihr Spiegelbild. Ihre Wimpern stachen wie Dornen aus ihrem Gesicht. Ihre Wangen waren fleckig, und ihre Haut sah bleich und teigig aus, als hätte sie schon seit Monaten kein Tageslicht mehr zu spüren bekommen.

Die Tür zur Damentoilette öffnete sich, und Yasmin versuchte, ihre Gesichtszüge zu ordnen, um einigermaßen normal auszusehen.

Niamh betrat den Raum. Sie sah aus wie der junge Frühling. »Du bist wieder da«, sagte sie. »Ich habe gehört, dass es deiner Nichte besser geht.«

Yasmin nickte. Seit dem Tag von Mrs. Antonovas Eskapade hatten sie kaum miteinander gesprochen. Sie hatte ihre Entschuldigung so oft in Gedanken geübt, und jetzt wappnete sie sich, denn aus der Art, wie Niamh ihre adrett glossierten Lippen spitzte, war deutlich zu erkennen, dass sie Yasmins Entschuldigung nicht annehmen würde.

»Niamh«, sagte sie, aber mehr brachte sie nicht heraus, weil sie schon wieder weinen musste. Sie schloss den Mund, um nicht laut aufzuheulen.

Niamh kam auf sie zu. Sie sagte kein Wort und nahm sie einfach nur in die Arme. Yasmin weinte an Niamhs Schulter.

»Ich weiß«, sagte Niamh. »Ich weiß.«

Er würde sie nicht hereinlassen. Die Erkenntnis kam wie das heranbrechende Tageslicht: erst zögerlich und dann mit aller Macht.

»Es tut mir leid, dass ich so grob zu dir war«, sagte sie. Es war das zweite Mal, dass sie ohne Vorankündigung bei ihm zu Hause auftauchte. Dieses Mal hatte er sie auf seiner Türschwelle gefunden statt zusammengekauert hinter den Mülltonnen, und das hatte sie für eine klare Verbesserung gehalten, bis deutlich wurde, dass er nicht vorhatte, sie ins Haus zu bitten.

»Vergiss es«, sagte er. »Das macht überhaupt nichts.« Er hatte seine Hemdsärmel hochgekrempelt und trug eine blauweißgestreifte Schürze. Seine Hände und Handgelenke waren braun gebrannt. Von seiner ganzen Lauferei während der Wintermonate. Jetzt, im Frühling, würden auch seine Arme dunkler werden.

»Ich dachte, wir könnten vielleicht… du weißt schon. Uns wieder vertragen.« Sie versuchte, unbeschwert zu klingen, aber in Wahrheit sehnte sie sich verzweifelt nach etwas. Nicht unbedingt nach ihm. Sie wollte sich nur eine Weile selbst verlieren.

Er betrachtete sie mit nachsichtiger Zuneigung, so als wäre sie ein Sozialfall, um den er sich kümmerte. »Dazu besteht überhaupt keine Notwendigkeit. Ganz ehrlich.«

Was wäre, wenn sie ihn jetzt einfach küsste? Würde er dann nachgeben und sie ins Haus lassen? Sie durchsuchte sein Gesicht nach irgendwelchen Zeichen. Seine Stirn hatte ein paar Falten und war mit verblassten Sommersprossen übersät, die sehr viel stärker hervortreten würden, wenn sie erst einmal der Sonne ausgesetzt waren. Die Zeit würde ihn gerben wie eine Statue, die bei Wind und Wetter im Freien stand. Wenn sie ihre Lippen auf seine presste, würde er nicht das Geringste fühlen.

»Und glaub nicht, dass ich dich wegschicke«, sagte er.

»Aber das tust du doch!« Sie blökte die Worte geradezu. Hinter ihr lachte ein Passant, als hätte er sie gehört.

»Im Augenblick passt es nicht so gut«, sagte Pepperdine. »Lass uns doch etwas ausmachen, ja?«

»Joe musste für ein paar Tage verreisen, um seinen Vater zu besuchen. Aber sobald er wieder da ist …« Um was flehte sie hier eigentlich? Vergebung? »Und meine Nichte war eine Woche lang im Krankenhaus, wie du ja weißt, deshalb habe ich nicht… aber ich werde… Ich war im Begriff, es zu…nicht wegen uns, natürlich nicht, sondern weil –«

»Yasmin«, sagte er sanft. »Es tut mir leid, aber im Augenblick passt es wirklich nicht so gut.«

»James?« Aus der Diele war eine Frauenstimme zu hören.

»Oh«, sagte Yasmin. »Das hättest du sagen sollen.«

Er lächelte. Noch eine Entschuldigung. »Ich koche gerade.«

»Alles klar. Na, dann wünsche ich euch einen schönen Abend.« Zu ihrem Entsetzen kicherte sie wie ein kleines Schulmädchen. »Und entschuldige die Störung.« Sie drehte sich um und ging ein paar Stufen die Treppe hinunter. Sie musste sich an dem gusseisernen Geländer festhalten, weil sich ihre Beine ganz plötzlich wackelig anfühlten.

»Hast du einen Schirm? Warte eine Sekunde«, rief er. »Ich kann dir einen leihen. Es sieht nach einem heftigen Regen aus.«

Sie blieb stehen und drehte sich zu ihm um. Sie hatte sich wieder in der Gewalt. »Nur, um das klarzustellen«, sagte sie. »Du hast dich geirrt.«

»Worin?«

»Als du gesagt hast, dass ich mehr als Sex wollte. Da hast du dich geirrt.« Sie stolperte, als sie die unterste Stufe erreichte. Er rief nach ihr, aber sie sah sich nicht um.

HARRIET

Das Badewasser, das glühend heiß war, als sie ihren Körper hineinzwang, ist jetzt eiskalt. Sie hebt eine Hand und begutachtet die verschrumpelte Haut an ihren Fingerspitzen. Ihr Bauch wogt unter der Wasseroberfläche, bis sich die Wellen wieder gelegt haben. Mit derselben Hand erkundet sie die Konturen ihres Bauchs, dann ihre Brüste und die seltsam weiche Konsistenz ihrer Rippen. Ich löse mich auf, denkt sie. Sogar meine Knochen.

Sie ist dünner als jemals zuvor. Essen ist zu einer weiteren mühsamen Aufgabe geworden, die ihr nichts mehr bedeutet. Nicht seit …

Wie konntest du das glauben? Sie flehte ihn an. Wie kannst du so etwas glauben?

Weil es wahr ist, sagte er. Deshalb.

Kühl und ruhig und trockenen Auges. Man hatte ihm das Gehirn gewaschen. Ihn indoktriniert.

Sie schrie vor Frustration. Sandor Bartok. Wenn nur der Mut sie nicht verlassen hätte, an dem Tag, an dem sie draußen vor seinem Haus stand. Wenn sie ihn zur Rede gestellt hätte… aber es war zu spät. Er hatte sein Werk getan, und sie war ahnungslos und schutzlos. Zu spät. Zu spät.

Darling, sagte sie, du weißt aber schon, dass viele Amerikaner ein sehr seltsames, puritanisches Verhältnis zu Sex haben? Und das, obwohl das Land geradezu süchtig nach Pornographie ist. Es kommt mir so vor, als hättest du deine angebliche Sexsucht erst entdeckt, als du mit der Therapie angefangen hast. Einvernehmlicher Gelegenheitssex, bei dem alle Beteiligten wissen, was sie tun, ist nichts, wofür man sich schämen müsste. Siehst du denn nicht, dass dein Therapeut das alles womöglich total verdreht hat?

Nein, Mutter, sagte er.

Er nannte sie immer nur dann Mutter, wenn er ihr weh tun wollte.

In Wahrheit ist es gar keine Sucht, sagte sie. Es ist Freiheit. Es ist Selbstverwirklichung.

Sie dachte: Das ist es. Das steckt dahinter. Es ist Freiheitsdrang. Es ist ein Vorwand, sich nicht die ehelichen Fesseln anlegen zu müssen. Sie sagte: Du musst dieses Mädchen nicht heiraten. Du musst keinen Grund erfinden, um da rauszukommen. Du musst dich nicht reuig vor ihre Füße werfen und sagen, tut mir leid, ich bin sexsüchtig. Das ist ja wirklich vollkommen absurd. Das siehst du doch ein, Darling, nicht wahr? Mein geliebter Junge. Joe. Joseph. Mein Liebster. Rede mit mir. Bitte. Womit habe ich das verdient? Ich habe dich immer an erste Stelle gestellt, oder etwa nicht? Das habe ich doch!

Sie würde dafür sorgen, dass er ausgeschlossen wurde. Es gab doch sicher eine berufliche Organisation, zu der er gehörte, und sie würde dafür sorgen, dass man ihn dort hinauswarf. Sie würde ihn verklagen. Das war die einzige Sprache, die Amerikaner verstanden. Geld. Sie wusste, wo er wohnte. Nimm dich in Acht, Bartok! Ich mache dich fertig. Ich. Harriet Sangster. Du glaubst, ich wäre ein Nichts? Ich werde dich zerstören. Wir sehen uns in der Hölle, da, wo du mich hingeschickt hast.

Es hielt nicht lange an. Nur ein paar Tage später fühlte sie sich schwach und hilflos. Was konnte sie schon tun? Wie hätte sie sich denn überhaupt über Bartok beschweren können? Sie musste das Ganze für sich behalten, denn wie hätte sie jemals dieses entsetzliche, abscheuliche Wort aussprechen können? Sie würde vor Scham untergehen. Es würde sie umbringen. Rache war vollkommen unmöglich.

Joseph reiste ab, um seinen Vater zu besuchen, und das fühlte sich wie die endgültig schlimmste Beleidigung an, bis er ihr erzählte, dass er sich auf einen Job in Edinburgh bewarb. Ein Telefonanruf pro Woche. Das ist alles, was er ihr erlauben wird. Es gibt Grenzen, Mutter. Und so rutschte sie immer weiter nach unten, hinunter in ein tiefes, tiefes Loch. Die Tage, die sie im Bett verbrachte, Anisahs leises, unbeantwortetes Klopfen an der Tür, eine Scheibe Toast, nur halb gegessen, ein Buch, schon bald aufgegeben, ein Krokus, gerupft, zwischen den Fingern zerdrückt.

Das Wasser ist eiskalt. Sie muss sich bewegen. Er wird jetzt im Zug sitzen, auf dem Rückweg nach London. Aber er hat darauf bestanden, den Nachmittag mit Yasmin zu verbringen. Erst danach darf sie ihn sehen. Sie, die ihm doch das Leben geschenkt hat.

Wie viel weiß sie? Was weiß Yasmin?

Ich werde es ihr sagen, Mutter. Aber erst, wenn ich bereit dazu bin. Nicht eher.

Da hat er dieses Wort wieder benutzt. Mutter. Weiß er, wie sehr er sie damit verletzt? Sie hat alles in ihrer Macht Stehende getan, um nicht so wie Mutter zu sein. Sie hat ihr Kind geliebt, liebt es immer noch, von ganzem Herzen, mit ihrem ganzen Sein. Mutter war nicht einfach nur distanziert. Sie war grausam. Sie liebte niemanden außer Hector. Sie wünschte, Harriet wäre gestorben und nicht er. Das hat sie gesagt. Zwar nur einmal, aber sie hat es gesagt. Ich will einen Sohn, keine Tochter.

Mutter meint das nicht so, sagte Daddy. Sie ist nur wütend.

Warum hat sie es dann gesagt?, heulte Harriet.

Nachdem Joseph sie mit allem konfrontiert hatte, weinte sie fürchterlich, nahezu ununterbrochen, aber niemals in seinem Beisein. Sie hat ihn das nie sehen oder hören lassen. Darauf hat sie sehr sorgfältig geachtet. Sie beschützte ihn, wie immer. Sie hat ihre Wut vor ihrer Umgebung verborgen. Das war nicht schwer. Der kranke Säugling zog alle Aufmerksamkeit auf sich. Inzwischen wissen sie natürlich alle, dass irgendetwas nicht stimmt. Die arme Rosalita ist vollkommen verstört. Sie hat sich mit Anisah ausgesöhnt und benimmt sich, als wäre jemand gestorben. Sie muss versuchen, Normalität vorzuspiegeln, bevor Rosalita am Ende noch ein Beerdigungsinstitut ins Haus bestellt. Oder – was noch schlimmer wäre – einen Priester.

Harriet klettert zitternd aus dem Bad und hüllt sich in ein jungfräulich weißes Handtuch.

DAS SOMMERHAUS

Die Tür zum Sommerhaus war mit einem Vorhängeschloss versperrt. Yasmin stand auf der Veranda und schaute durch den von spitzen Regennadeln durchbohrten Garten zum Haupthaus hinüber. Das Haus wirkte wie ein substanzloser Schemen, wie eine hastige Skizze, von der sich die pastellfarbenen Tuschezeichnungen der Fliederbüsche abhoben, umrahmt von den gelben Farbtupfern der Hamamelis und dem bronzefarbenen Dickicht des blühenden Quittenbaums. Hier, so weit unten im Garten, lag der gepflasterte Pfad unter Brennnesseln und Disteln begraben. Ein Ahornbaum raschelte über ihrem Kopf. Dicht um die Veranda drängte sich eine Schar von Glockenblumen, die erschöpft ihre langen Hälse senkten. Es war erst eine Stunde her, dass sie einen Hagelsturm über sich hatten ergehen lassen müssen.

Rosalita hatte bestimmt einen Schlüssel. Aber dann würde sie wissen wollen, wofür Yasmin ihn brauchte. Niemand ging in das Sommerhaus. Es war aus gelben Backsteinen gebaut und mit Schindeln aus Zedernholz gedeckt, die sich wellten und abzublättern begannen. Durch das Fenster hatte Yasmin ein Paar hölzerne Liegestühle erkennen können sowie eine gepolsterte Bank und eine kleine Küchenzeile, deren Regale zum Teil durch einen Vorhang mit Blümchenmuster verdeckt wurden. Außerdem gab es noch einen Tisch, der mit einer Teekanne, Tassen und Tellern gedeckt war, als hätte sich die Teegesellschaft, die vor langer, langer Zeit hier Platz genommen hatte, wegen eines Notfalls Hals über Kopf aufgelöst.

Eigentlich hatten sie vorgehabt, sich draußen auf der Heide zu treffen. Joes Zug aus Berwick-upon-Tweed würde gegen Mittag in King's Cross eintreffen, und er wollte dann vom Bahnhof aus direkt zur Heide gehen. Gestern hatte die Wettervorhersage noch Sonnenschein versprochen, schlimmstenfalls ein oder zwei kurze Schauer.

Sie würde zum Haus zurückgehen und Rosalita um den Schlüssel bitten müssen, denn sie wollte sich vor Joes Eintreffen dort gemütlich eingenistet haben. Rosalita würde ohnehin keine Fragen stellen. Im Augenblick galt ihre Aufmerksamkeit einzig und allein Harriet.

Was fehlt Harriet denn bloß?, hatte Yasmin Joe am Telefon gefragt. *Es konnte unmöglich nur an den Dingen liegen, die er ihr über die Therapie erzählt hatte. Harriet wäre doch garantiert längst darüber hinweg. Was auch immer er für eine Kritik an ihren Erziehungsmethoden geübt haben mochte – es konnte doch unmöglich so niederschmetternd gewesen sein. Harriet hatte es schließlich selbst gesagt: Man gibt immer der Mutter die Schuld.*

Ihr fehlt nichts, sagte Joe.

Sie war um zwei Uhr nachmittags schon betrunken.

Sie läuft den ganzen Tag im Kimono herum.

Sie schließt sich in ihrem Schlafzimmer ein und weint.

Mach dir darüber keine Gedanken, sagte er. Es ist alles in Ordnung.

Sie isst nichts.

Sie kämmt ihre Haare nicht mehr.

Sie sagt keinen Satz mehr, der aus mehr als fünf Wörtern besteht.

Joe sagte: Ich kann am Telefon nicht darüber reden.

Also ist da tatsächlich noch was anderes. Sag's mir doch, ist sie krank?

Nein, sagte er. Nichts in der Richtung.

Du wirst es schon verstehen, wenn… Hör mal, treffen wir uns doch auf der Heide. Ich werde es dir erzählen, aber am Telefon ist das zu schwierig. Auf der Heide oder irgendwo sonst, aber nicht im Haus.

Joe, sagte sie, geht es um den Besuch bei deinem Vater?

Wenn es regnet, sagte er, sollten wir uns einen anderen Ort suchen. Irgendwo, wo wir ungestört sind.

Morgen soll die Sonne scheinen, sagte sie. Zumindest behauptet das der Wetterbericht.

Aber wenn es regnet.

Okay.

Ich muss dir morgen etwas sagen.

Ich auch. *Es gab keinen Grund, es noch länger hinauszuschieben. Es würde nie einen Grund geben, der gut genug war. Und sie war froh – so unendlich froh –, dass Pepperdine sie abgewiesen hatte, weil diese Sache hier nichts mit ihm zu tun hatte. Pepperdine hatte ihr einen Gefallen getan. Er war mit jemandem zusammen. Mit einer Frau. Das war gut, denn das schuf Klarheit. Bei dieser Sache drehte es sich nur um sie beide: um Yasmin und Joe.*

Es ist eine ziemlich große Sache.

Meine auch.

Wenn es regnet …

Irgendwo, wo wir ungestört sind. Ah, ich weiß. Wir treffen uns im Sommerhaus.

Sie ließ die Tür offenstehen, damit ein wenig frische Luft in den Raum gelangen konnte. Sie hatte sich bei dem Versuch, den Schlüssel in das Vorhängeschloss zu zwängen, die Finger mit Öl und Rost besudelt, und als sie den Riegel zurückschob, hatte sie sich dann auch noch in den Daumen geschnitten. Auf dem Boden lag eine dicke Schicht aus Staub und Mäusekot, und die Deckenbalken waren mit Spinnweben überzogen. Als sie von draußen durch das Fenster gelugt hatte, war gar nicht zu erkennen gewesen, wie unglaublich schmutzig es hier drinnen war. Das Wasser, das von ihrer Jacke auf die Erde tropfte, verwandelte den Staub, der dort lag, zu Matsch.

An diesem Ort konnte es doch unmöglich enden.

Aber das musste es. *Ich bin in fünfzehn Minuten da,* hatte Joe geschrieben.

Das war vor zehn Minuten gewesen.

Sie zog ihre Jacke aus, warf sie auf einen der Liegestühle, setzte sich an den mit schmutzigem Geschirr gedeckten Tisch und wartete. Sie steckte den Daumen in den Mund und saugte sich das Blut aus der Wunde.

Er warf seinen Rucksack auf ihre Jacke und bückte sich, um sie auf die Stirn zu küssen. »Wie geht es Coco?«

»Sie liegt wieder an der Brust. Nimmt zu. Und bringt Freude in unser aller Leben, genau wie du es vorhergesagt hast.«

»Gott sei Dank.« Seine Haare waren vom Regen ganz dunkel geworden. Er trug einen marineblauen Kapuzenpullover, und hatte den Reißverschluss geöffnet, sodass man das weiße T-Shirt darunter sehen konnte, dessen untere Hälfte trocken geblieben war. Er hatte schwarze Ringe unter den Augen und sah aus, als hätte er seit Tagen nicht mehr geschlafen.

»Du bist ja todmüde. War es sehr anstrengend?«

»Weißt du, was das Seltsamste war? Neil hat einen Bart. Damit habe ich nicht gerechnet. Aus irgendeinem Grund hat mich das wahnsinnig wütend gemacht.« Er lachte. »Zum Schluss wurde mir klar, warum ich so reagiert habe. Es ist wegen dieser Geschichte mit meinem Kinn.« Er presste einen Daumen gegen das Grübchen. »Ich habe doch immer gesagt, dass dieses Grübchen das Einzige ist, was ich jemals von meinem Vater bekommen habe. Und ich denke, deshalb wollte ich es auch unbedingt sehen. Es ist wirklich bekloppt, wie sich die Dinge manchmal entwickeln. Aber wenn man sich erst einmal klar macht, warum das so ist, dann …« Er verstummte.

»Worüber habt ihr geredet? Ihr wusstet bestimmt nicht, wo ihr anfangen sollt.« Jetzt, da er hier war und vor ihr saß, wusste sie nicht, ob sie es würde tun können. Es würde das Schwierigste sein, was sie jemals in ihrem Leben getan hatte.

»Er hat Bienenstöcke«, sagte Joe. »Und *Hühner*. Er backt sein eigenes Brot, so richtig tolles Brot mit Zopfmuster und Körnern und so Zeugs. Seine Frau baut Gemüse an, im Garten. Sie hat ganz raue Hände und rote Wangen. Und färbt sich nicht mal die Haare.«

»Und du mochtest sie.« Das hatte er ihr am Telefon erzählt. »Mochtest du ihn auch?«

»Ich weiß nicht recht. Vielleicht. Auf gewisse Weise habe ich mich betrogen gefühlt. Als wäre ich den ganzen weiten Weg da hoch gereist, um meinen Vater zu besuchen, und dann war er gar nicht da – der Mann, von dem ich geglaubt hatte, dass er mein Vater sei, war nicht da. Ergibt das irgendeinen Sinn?«

»Ich denke schon.«

»Ich dachte, ich würde ihn mit all diesen Dingen konfrontieren, und dann würden wir uns entweder aussöhnen, oder ich würde wütend davonstürmen. Aber stattdessen haben wir über seine Enkelkinder geredet. Zwei Stief-Enkelkinder, Lily und Ethan. Er hat mir gezeigt, wie man den Honig aus den Bienenstöcken sammelt. Wir sind mit dem Hund spazieren gegangen.« Seine Augen weiteten sich, als würde er gerade von irgendwelchen mysteriösen Ritualen berichten.

»Hast du denn versucht, dich mit ihm auszusprechen?«

Er schüttelte den Kopf. »Er hat darüber geredet, wie schlecht er damals damit umgegangen ist, als Harry schwanger wurde. Was für ein egoistisches Arschloch er war. Die Reue, die er seit damals mit sich herumgetragen hat… meinetwegen.« Joes Wangen röteten sich leicht. Er musste über sich selbst lächeln, weil er sich gerade mit dieser Geschichte gebrüstet hatte. »Er hat eine Schachtel mit Fotos von mir in seinem Schlafzimmer. Und neben seinem Bett steht sogar eins, das er eingerahmt hat.«

»Joe«, sagte sie. »Das freut mich so für dich.«

»Na ja, man kann ihn ja wohl kaum als den perfekten Vater bezeichnen.«

»Nein. Das ist meiner auch nicht.«

»Aber er ist der einzige Vater, den ich habe.«

»Eben«, sagte sie.

Die Sonne brach hervor und druckte Ahornblätter auf die Wände. Der ganze Raum schimmerte golden, als hätte sich mit all dem Staub und Schmutz eine alchemistische Wandlung vollzogen.

Sie musste es jetzt sofort sagen. Sie sah ihm in die Augen und spürte, wie es ihr einen Stich in die Eingeweide versetzte. Wenn er ein Baby durch einen Kaiserschnitt zur Welt brachte und seine Hände in den Leib der Mutter steckte, um das Kind herauszuholen, dann konnte die Mutter das spüren, trotz der Epiduralanästhesie. *Es fühlt sich an, als würde jemand in ihrem Bauch das Geschirr spülen.* Das hatte er ihr erzählt, kurz nachdem sie sich kennengelernt hatten. Genau dieses Gefühl hatte sie, wenn er sie ansah. Als hätte er sie aufgeschlitzt und seine Hände in ihr Inneres gesteckt. Es fühlte sich wie Angst an. Und wie Liebe.

»Früher habe ich manchmal hier geschlafen«, sagte er. »Als ich noch klein war. Dann habe ich mir immer eine Decke und ein Kopfkissen mitgenommen und mich dort auf die Bank gelegt. Meistens habe ich auch eine Taschenlampe mitgebracht und Comics gelesen.«

»Das klingt, als wäre es ein großer Spaß gewesen.«

»Nein, eigentlich nicht. Ich hatte Angst vor den Spinnen. Und all diesen seltsamen Geräuschen. Und wenn ich mich auf die Seite gerollt habe, bin ich ganz oft auf die Erde gefallen. Ich erinnere mich noch, wie ich einmal ohne Unterlass geschrien habe, aber niemand hat mich gehört.«

»Warum bist du dann immer wieder hergekommen? Wenn dir doch dieses ganze große wunderschöne Haus zur Verfügung stand?« *Ich muss dir morgen etwas erzählen. Es ist eine ziemlich große Sache.* Er meinte bestimmt etwas, das mit Harriet zu tun hatte. Er war ganz offenbar aus dem Haus geflüchtet, damals. Weg von ihr.

»Harry hat Partys veranstaltet.«

»Alles klar. Du bist hierhergekommen, um deine Ruhe zu haben. Joe, ich muss dir –«

»Das war es nicht«, unterbrach er sie. »Nein. Ich bin hierhergekommen, weil ich sie mit irgendjemandem gesehen habe. Manchmal habe ich sie heimlich beobachtet. Und das hat mich dann natürlich aufgebracht. Dann bin ich immer mit meiner Decke hierher gerannt und habe gehofft, sie würde vor Angst ganz wahnsinnig werden, wenn sie merkte, dass ich nicht da war. Aber das hat sie nie getan.«

»Sie ist nie verrückt vor Angst geworden?«

»Sie hat nie gemerkt, dass ich weg war.«

»Das hat bestimmt wehgetan.«

»Ich war dumm. Ich bin zum Frühstück zurück ins Haus gegangen, und sie ist erst zum Mittagessen aufgestanden.«

»Aber sie liebt dich. Das weißt du doch.« Es gab keine großen Sachen, die er ihr über Harriet erzählen könnte. Sie war eine unberechenbare, exzentrische und ein wenig anmaßende Mutter. Sie hatte die Sünden aufgebauscht, die sich der Vater hatte zuschulden kommen lassen, um ihre eigenen Unzulänglichkeiten zu übertünchen.

»Das tue ich«, sagte er. »Das weiß ich.« Er spielte mit einer der Teetassen herum und rieb sich dann den Staub von den Fingern. Das Porzellan leuchtete weiß, an der Stelle, an der er es berührt hatte.

»Es muss irgendwo einen Regenbogen geben«, sagte sie. So wie der Regen auf die Zedernschindeln prasselte, klang es, als würde etwas zersplittern.

»Du möchtest mir etwas mitteilen«, sagte er. Das Sonnenlicht verschwand wieder, und alle Farbe wich aus seinem Gesicht. Es war so grau und weiß wie die Teetasse.

»Du auch.« Vielleicht wollte er ja mit ihr Schluss machen. Und sie würde ihm ihrerseits gar nichts erzählen müssen.

»Ladies first.« Er lächelte, sah dabei jedoch sehr ernst aus.

»Joe, sag's einfach. Bitte!«

»Okay.« Er holte tief Atem und stieß die Luft dann wieder aus. »Oh Scheiße. Okay. Das ist so verdammt schwer.« Er verschränkte die Hände hinter dem Kopf und verzerrte das Gesicht. Er würde Kraft brauchen – körperliche Kraft –, um die Worte herauszubringen. Es war, als müsste er vorher ein paar Aufwärmübungen machen.

»Es wird schon nicht so schlimm sein«, sagte sie. »Ganz ehrlich. Sag's einfach.«

»Oh Scheiße. Okay. Es ist so.« Er atmete zweimal tief ein. »Du weißt, dass ich zu einer Therapie gehe. Wegen meines Vaters. Die Sache ist die, der Therapeut hat aufgedeckt… nein, das ist das falsche Wort. Wie sich herausstellte, ging es dabei sehr viel mehr um Harry. Ich meine, meine Beziehung zu Harry, die …«

»Dysfunktional war«, sagte Yasmin. Er wollte nicht mit ihr Schluss machen. Das war Wunschdenken gewesen. Er wollte tatsächlich über Harriet reden.

»Ich verstehe jetzt gewisse Dinge, die mit ihr zu tun haben, und das heißt, dass ich auch gewisse Dinge über mich selbst verstehe und –«

»Ich habe mit jemandem geschlafen«, sagte sie, während er noch redete. Sie wiederholte es, damit es keine Missverständnisse gab. Damit kein Zweifel darüber bestand, was sie gesagt hatte. »Ich habe mit jemandem geschlafen. Mehr als einmal. Ich habe dich betrogen. Mehrfach.«

Er starrte sie mit offenem Mund an. »Was?« Er hatte sich über den Tisch gelehnt, als wollte er sicherstellen, dass ihm nicht irgendeine ganz andere Person gegenübersaß, die nur so tat, als wäre sie Yasmin.

»Es tut mir von ganzem Herzen leid. Es tut mir so schrecklich, schrecklich leid.«

»Du hast mit jemandem *geschlafen*? Mit wem? Wer ist es?« Er starrte sie vollkommen fassungslos an. Noch war er nicht wütend.

»Ist das denn wichtig, wer es war?«

Er hätte unmöglich noch verblüffter aussehen können. Er schloss seinen Mund und öffnete ihn wieder. »Wohl eher nicht«, sagte er schließlich.

»Es tut mir wirklich leid.«

»Wow!«

»Ich hätte es dir eher sagen sollen. Aber da war… Nein, dafür gibt es keine Entschuldigung.«

»Du hast mit jemandem geschlafen. Du.«

»Ja, ich«, blaffte sie. »Das habe ich.« Er wirkte wie eine dieser Comicfiguren, der man einen Schlag auf den Schädel verpasst hat, und der nun lauter kleine Vögelchen und Sternchen um den Kopf kreisen. Dachte er, sie sei zu so etwas nicht fähig?

»Wie oft?« Er blinzelte sie an. Er lächelte. Einen Moment lang dachte sie, er würde anfangen zu lachen.

Sie hatte sich darauf gefasst gemacht, dass er wütend sein würde. Und sie war fest entschlossen gewesen, sich nicht dadurch zu rechtfertigen, dass sie seine eigene Untreue zur Sprache brachte. Sie war in Gedanken jede nur vorstellbare Reaktion seinerseits durchgegangen und auch, wie sie darauf reagieren würde, selbst so unwahrscheinliche Szenarien wie die, dass Joe ihr verzieh und sie anflehte, ihn trotzdem zu heiraten. Aber auf das hier war sie nicht gefasst gewesen. Er benahm sich, als hätte sie ihm gerade berichtet, dass sie auf dem Wasser gehen könne.

»So oft, dass ich es nicht mehr zählen kann«, sagte sie.

»Im Ernst?«

»Nein.«

»Ich mache dich wütend. Das wollte ich nicht«, fügte er mit plötzlicher und heftiger Leidenschaft hinzu. »Ich will dich nicht wütend machen.«

»Ich bin ein schrecklicher Mensch!« Wie gründlich sie ihn zum Narren gehalten hatte. Wie gründlich sie sich selbst zum Narren gehalten hatte. »Ich bin ein schrecklicher, verachtenswerter Mensch. Das ist die reine Wahrheit.«

»Nein, nein«, sagte er. »Nein, du bist ...«

Er schwieg.

»Du bist kein schrecklicher Mensch«, sagte er.

»Aber zwischen uns hat es nicht mehr gestimmt, oder? Ich meine, wir sollten doch eigentlich gerade in der Flitterwochen-Phase stecken. In einer Zeit, in der alles perfekt ist. Und das war es nicht.«

»Die Flitterwochen kommen erst nach der Hochzeit.«

»Du weißt, was ich meine.«

Er nickte.

»Ich denke, wir sollten uns trennen«, sagte sie.

»Weil du mit jemand anderem zusammen bist?«

»Ich bin nicht mit ihm zusammen.«

»Aber du willst nicht mehr mit mir zusammen sein.«

»Es funktioniert nicht, Joe, nicht wahr? Es ist nicht so, wie es sein sollte. Wir können nicht einfach immer so weitermachen und so tun, als wäre alles ganz wunderbar, denn das ist es nicht. Ist es dir denn vollkommen egal, dass ich mehrere Male mit jemand anderem geschlafen habe?«

»Es ist mir nicht egal«, sagte er.

»Ich habe den Ring nicht wiedergefunden. Ich habe überall gesucht. Ich werde dir das Geld dafür zurückzahlen.«

»Nein, tu das nicht«, sagte er. In seinen Augen standen Tränen. »Also das war's dann? Es ist vorbei. Du hast dich entschieden.«

Sie war nicht mehr fähig, noch etwas zu sagen, also nickte sie nur.

»Oh Gott«, sagte er. Seine Schultern hoben und senkten sich und dann schluchzte er, das Gesicht in den Händen vergraben. Sie stand auf, und als sie zu ihm hinüberging, umschlang er sie mit seinen Armen und weinte an ihrer Brust. Sie merkte gar nicht, dass sie selbst weinte, bis sie sah, wie ihre Tränen auf seinen Nacken fielen.

»Es tut mir leid. Es tut mir leid.« Sie wiederholte die Worte immer wieder, und er sagte dasselbe immer wieder zu ihr, obwohl es doch gar nichts gab, wofür er sich entschuldigen müsste. Der Regen prasselte auf das Schindeldach herab, die Tür schwang quietschend hin und her, irgendwo ließ eine Krähe einen alarmierten Ruf erschallen, und sie hielten einander fest und wankten zusammen hin und her, wie zwei Überlebende auf einem Rettungsfloß.

Später, als es endlich aufgehört hatte zu regnen und nachdem sie sich den Proviant geteilt hatten, der noch in seinem Rucksack gewesen war – ein Sandwich mit Shrimps und Mayonnaise und eine Tüte Chips –, stellten sie die Stühle draußen auf die Terrasse und schauten zu, wie sich die Schnecken mithilfe eines Saug- und Rutschmanövers über die Holzbretter hievten. Wie die Blätter des Ahornbaums von der Last des Regens niedergedrückt wurden und dann wieder nach oben sprangen, sobald das Wasser von ihnen herabgetropft war. Wie die Krähen sich um einen Leckerbissen im hohen, blühenden Gras balgten.

Joe ging ins Sommerhaus und kehrte mit einer Decke zurück. Er schob seinen Stuhl näher an ihren heran, sodass sich ihre Arme berührten. Sie saßen dort, mit der Decke über ihre Beine gebreitet. Er nieste. Dann nieste sie, und sie mussten beide lachen.

Genau so wäre es, dachte sie, wenn wir seit fünfzig Jahren verheiratet wären.

»Alles okay?«, fragte er. »Ist dir warm genug?«

»Ja«, sagte sie. »Danke.«

Er hielt ihr seine Hand hin, und sie nahm sie. »Bist du verliebt? In diesen Mann? Wer auch immer er ist?«

»Definitiv nicht.«

»Ein schlichtes ›Nein‹ wäre überzeugender gewesen.«

»Dann eben einfach nein. Nein.«

»Du darfst ruhig ja sagen. Aber sag mir nicht, wer es ist. Noch nicht.«

»Was wolltest du mir sagen? Du hast gesagt, es sei eine große Sache.«

»Das war es auch«, sagte er. »Aber jetzt nicht mehr.«

»Aber was war es denn?« Sie zitterte, obwohl ihr nicht kalt war. Sie war müde. Erschöpft. Es war die Art von Erschöpfung, die eintritt, wenn sich vorher alles hochgeschaukelt hatte, wenn jeder Muskel und jede Sehne angespannt war, und dann der Höhepunkt und die Erleichterung kamen.

»Ich bin nicht hundertprozentig ehrlich zu dir gewesen«, sagte er.

»Oh«, sagte sie. »Dann sind wir ja schon zwei.«

»Ich habe Neil besucht. Aber nur für zwei Nächte. Ich war auch in Edinburgh, für ein Vorstellungsgespräch.«

»Oh! Und?«

»Sie haben mir die Stelle angeboten. Und ich habe sie angenommen.«

»Gratuliere!«

»Danke.«

»Warum hast du mir das nicht erzählt?«

»Tut mir leid«, sagte er. »Ich hatte Angst, es dir zu erzählen. Ich muss die Stelle sofort antreten und … so einfach abzuhauen, wenn … und dann war da ja noch Coco und all das. Ich habe es immer wieder vor mir hergeschoben.«

»Aber Harriet weiß Bescheid?«

Er wandte den Kopf ab. »Ja.«

»Ist sie deshalb so unglücklich?«

»Sie ist unglücklich, weil sie es weiß. Ja.«

»Du hast es ihr erzählt, aber mir nicht.« Kein Wunder, dass Harriet vollkommen verzweifelt war. Sie wollte ihn nicht loslassen. Es war erstaunlich, aber da war es wieder, dieses kleine Aufflackern von Eifersucht.

Er sah ihr direkt in die Augen. »Es tut mir leid«, sagte er. »Es tut mir alles so leid.«

»Mir auch«, sagte sie. »Ist es zu früh zu sagen, lass uns Freunde bleiben?«

»Ich glaube, im Kleingedruckten wird eine gewisse Abkühlphase vorgeschrieben. Aber scheiß drauf. Verstoßen wir gegen die Regeln.«

»Was sollen wir den anderen sagen?«

»Was du willst. Es ist mir egal.«

»Dann lass uns sagen, dass es eine einvernehmliche Entscheidung war. Und dass es sehr freundschaftlich verlaufen ist.«

»Okay.«

»Ma wird mit mir zusammen zurück nach Hause ziehen. Aber ich habe noch nicht gepackt.«

»Keine Eile. Es wird dich niemand rauswerfen.«

»Flame wird in ein paar Tagen zurückkehren.«

»Wie wird *das* dann wohl laufen?«

»Gar nicht. Das kann es gar nicht. Ma wird mit mir nach Hause gehen.«

Joe gähnte, und ein Schauder lief durch seinen Körper. Er nahm wieder ihre Hand und schloss die Augen. »Du hast mich vollkommen erschöpft«, sagte er, aber so wie er es sagte, klang es, als wäre es eine vergnügliche Erfahrung gewesen.

Sie saßen dort, Hand in Hand, und manchmal unterhielten sie sich und manchmal schwiegen sie auch nur. Sie drückte seine Hand. Er drückte ihre Hand. Die Sonne kam und ging und warf Schatten auf das Gras. Yasmin schloss die Augen, und die Fliederbüsche dufteten, und selbst die nasse Erde und die nassen Blätter rochen gut. Sie rochen nach Zerfall. Nach Frühling. Nach Leben.

Die Dämmerung kam. Über den regendampfenden Dächern der Stadt, die in malvenfarbenen Umrissen leichthin aufs Blatt geworfen schien, hing der Mond, blass und geduldig. Bald schon würde er sich in den Vordergrund drängen und den Himmel mit seinem Schein erhellen.

Sie konnte nicht anders, sie musste ihn fragen. »Wolltest du mit mir Schluss machen?«

»Was?«

»Du ziehst nach Edinburgh. Wolltest du mich fragen, ob ich mit dir komme?«

Er hatte geweint, als sie gesagt hatte, dass es vorbei sei, aber das hatte nichts zu bedeuten. Sie hatte auch geweint. Vielleicht waren seine Tränen ja Tränen der Erleichterung gewesen.

»Natürlich.«

»Du wolltest mich immer noch heiraten?«

»Ich liebe dich«, sagte er.

»Um ehrlich zu sein, hatte ich manchmal das Gefühl, dass du eher so etwas wie Freundschaft für mich empfindest.«

Er schüttelte den Kopf.

»Sag's mir, ganz ehrlich und wahrhaftig: Wolltest du mit mir Schluss machen?«

»Ich wollte nicht mit dir Schluss machen«, sagte er. Sie glaubte ihm. Sie glaubte ihm, dass er sie nicht hatte verletzen wollen. Er wollte ihr nicht sagen, dass es keine Hochzeit geben würde, keine Ehe, kein Und-sie-lebten-glücklich-bis-an-das-Ende-ihrer-Tage.

»Toll«, sagte sie. »Mach mich ruhig zum Bösewicht der Geschichte.«

»Ich werde es versuchen«, sagte er. »Aber ich kann nichts versprechen. Das ist ziemlich viel verlangt.«

»Früher dachte ich, ich wäre ein guter Mensch.«

»Das bist du auch. Du bist jedenfalls kein schlechter Mensch.«

»Manchmal bin ich abscheulich.«

»Du meinst, du verhältst dich wie ein Mensch?«

»Du wirst mir fehlen.« Plötzlich war sie todtraurig. Sie hatte alles gehabt und es einfach weggeworfen. Und jetzt würde sie allein sein. Sie beide hätten es schon geschafft, irgendwie. Er hatte nicht mit ihr Schluss machen wollen. Sie hatte alles weggeworfen, und wofür?

»Du wirst mir auch fehlen. Ich werde dir schreiben. Wirst du mir auch schreiben?«

»Briefe?«

»Briefe wären großartig. Ich glaube, ich habe noch nie einen richtigen, echten Brief geschrieben. Oder einen bekommen.«

»Aber mir wird nichts einfallen, worüber ich schreiben könnte!«

»Meinst du wirklich? Dann musst du halt was erfinden.« Es war mittlerweile dunkel geworden, und er stand auf und hielt ihr die Hand hin. »Gute Menschen machen manchmal schlechte Dinge. Ziemlich oft sogar. Es hat mich viel Zeit und Geld gekostet, um das zu lernen, in meiner Therapie. Aber dir erzähle ich es ganz umsonst.«

»Vielen Dank«, sagte sie. Sie küsste ihn, und er küsste sie zurück, mitten auf den Mund. Es war ein zärtlicher Kuss. Ein keuscher Kuss.

VERMISST DU IHN?

Ma würde endlich heimkehren. Ganze vier Wochen, nachdem Yasmin ihre Sachen gepackt und wieder zurück zu Baba gezogen war. Ma hatte immer wieder irgendwelche Ausreden erfunden. Ich nehme mir noch Zeit für mich, sagte sie. Ich denke immer noch nach. Yasmin sagte, du kannst auch hier zu Hause nachdenken, Ma! Ma und Baba hatten sich im Krankenhaus versöhnt. Yasmin hatte gesehen, wie sie sich an den Händen gehalten hatten. Sie hatte gesehen, wie Ma ihm verziehen hatte. Er hatte das Leben ihres gemeinsamen Enkelkinds gerettet. Was musste er denn noch tun, damit Ma endlich sagte, genug ist genug? Damit sie die Vergangenheit ruhen ließ und dorthin zurückkehrte, wo sie hingehörte?

Harriet ist krank, sagte Ma. Sie braucht mich, ich muss mich kümmern. Yasmin sagte, aber dafür hat sie doch Rosalita. Du kannst doch nicht ewig dort wohnen bleiben.

Ma erwähnte Flame mit keinem Wort, also tat Yasmin es auch nicht.

Yasmin sagte, hier bist du näher bei Coco. *Viel* näher. Du wirst sie kaum sehen, wenn du in Nord-London bleibst. Ma schniefte ins Telefon. Ich werde kommen, sagte sie. Noch zwei Tage, dann bin ich so weit.

Aber als Yasmin abends um sieben nach der Arbeit dort eintraf, war von Anisah nichts zu sehen. Harriets spitzhackige Stiefeletten klackerten von der Diele in die Bibliothek. »Setzt dich doch da in den Sessel.« Für sich selbst räumte Harriet einen Platz auf dem blaugrünen Samtsofa frei, auf dem sich zahllose Bücher stapelten. »Ich dachte, hier drinnen können wir uns am besten unterhalten«, sagte sie.

Der Raum war ein einziges Chaos. Die Regale waren verwüstet, und überall lagen Bücher verstreut. In einer hohen blauen Vase stand ein Strauß weißer Lilien, deren Duft schwer in der Luft hing, die jedoch schon fast verblüht waren. Ein Teil der Blütenblätter war schon abgefallen, und der andere Teil hatte eine bräunliche Farbe angenommen. Der Zustand des Zerfalls, in dem sich die Blumen befanden, hätte eigentlich dazu führen müssen, dass man sie aus dem Haus verbannte.

»Was ist denn hier passiert?«, fragte Yasmin.

»Ich suche ein Buch und kann es nicht finden«, sagte Harriet fröhlich. »Du weißt ja, wie das ist.«

»Welches Buch suchst du denn?«

»Das richtige«, antwortete Harriet. »Warum setzt du dich nicht erst mal, Yasmin?« Sie trug ein sandfarbenes Kleid mit Rollkragen und Rippenstrickmuster und sah sehr elegant und sehr dünn aus.

»Wo ist Ma? Hat sie fertig gepackt? Ich habe ein Taxi für halb acht bestellt, ein großes Taxi, weil ich nicht wusste, wie viel Gepäck sie mitnehmen will.«

»Bestell es wieder ab«, sagte Harriet. »Bitte«, fügte sie hinzu. »Sie wird nicht bereit sein. Bitte, setz dich doch, Yasmin.«

Sie setzte sich und zückte ihr Handy. Doch bevor die Verbindung hergestellt war, sagte sie noch rasch: »Wenn ich nach oben gehe und ihr beim Packen helfe, müssen wir es vielleicht nicht abbestellen.«

Harriet schüttelte den Kopf, und Yasmin erledigte den Anruf.

»Wie geht es dir?«, fragte Harriet.

»Gut, aber was ist denn los?«

»Hast du von ihm gehört?« Harriets Mund zog sich ein wenig in die Länge, als streckten sich ihre Lippen nach einem Lächeln aus, das jedoch außerhalb ihrer Reichweite blieb.

»Wir haben ein paar Mal E-Mails ausgetauscht, aber wir brauchen im Moment beide ein wenig Zeit für uns selbst.« Also darum ging es in diesem Gespräch. Natürlich! Harriet vermisste Joe so schrecklich, dass sie davon krank geworden war, und natürlich wollte sie jetzt verzweifelt jedes auch noch so kleinste Bisschen über ihn wissen. In seiner E-Mail hatte Joe geschrieben, dass er auf der Arbeit so beschäftigt sei, dass er es höchstens einmal die Woche schaffe, mit Harriet zu telefonieren. »Wie geht es dir?«, fragte Yasmin. »Wie fühlst du dich?«

»Mir geht es gut, danke der Nachfrage«, antwortete Harriet.

»Du siehst auch gut aus«, sagte Yasmin. Aber Harriet sah trotz ihrer makellosen Aufmachung immer noch sehr mitgenommen aus. »Du siehst aus, als hättest du dich wieder erholt.«

»Tue ich das? Ich vermisse ihn. Vermisst du ihn?«

»Ja, ich vermisse ihn auch.« Sie hatte gewusst, dass sie das tun würde. Es war ganz natürlich, dass es noch eine Weile wehtat. »Aber es war richtig, sich zu trennen. Ich denke nicht, dass es ein Fehler war, und ich glaube, er denkt das auch nicht.« Sie achtete sorgfältig darauf, es nicht wie eine Frage klingen zu lassen, aber sie beobachtete Harriets Gesicht genau, ob sich nicht irgendwelche Zeichen daran ablesen ließen, ein winziges Flackern des Widerspruchs. Nichts. Yasmin spürte einen Stich der Enttäuschung, als hätte sie sich gewünscht, dass es Joe leidtat, dass sie Schluss gemacht hatten. Was natürlich nicht der Fall war. »Ich habe ihn sehr *gern*«, sagte sie, wobei sie das aufschlussreichste Wort dieses Satzes noch einmal besonders betonte. »Ich glaube, das wird auch immer so bleiben.«

»Ja«, sagte Harriet. »Sehr gern.«

Sie saßen einen Moment lang da, ohne etwas zu sagen, als wollten sie eine respektvolle Schweigeminute für den Tod der Verlobung einlegen. Den Tod der Liebe. Die sich so leicht in die Flucht hatte schlagen lassen. Die so leicht durch etwas ersetzt worden war, das entsetzlich hohl klang. *Sehr gern.*

»Oh, fast hätte ich es vergessen! Ich wollte dir noch das hier geben.« Yasmin kramte in ihrer Handtasche und zog eine zerknitterte Brottüte aus Plastik daraus hervor. »Tut mir leid, ich weiß nicht, wo die Schachtel hingekommen ist. Vielleicht ist sie ja irgendwo hier im Haus. Es ist der Ring. Ich habe ihn zu Hause gefunden, in der Seifenschale auf der Fensterbank in der Küche. Ich muss ihn Weihnachten dort liegen gelassen haben.«

Harriet nahm den Plastikbeutel entgegen und legte ihn kommentarlos auf den Couchtisch.

»Wir benutzen die Seifenschale eigentlich gar nicht, weil wir einen Seifenspender mit flüssiger Seife haben, aber die Schale stand aus irgendeinem Grund immer noch da, und sie hat einen Deckel, und der Deckel war geschlossen. Ich weiß nicht, ob ich den Deckel draufgetan habe oder mein Vater – aber ich muss ihn ausgezogen haben – den Ring, meine ich –, um das Geschirr zu spülen, und dann war er bis jetzt dort versteckt, na ja, bis vor ein paar Tagen, aber …« Sie plapperte haltlos vor sich hin, denn sie ahnte plötzlich, dass Harriet im Begriff stand, ihr etwas zu sagen, was sie nicht hören wollte. Nicht über Joe. Es würde nicht um Joe gehen, denn das war vorbei. Ma war nicht hier. Sie würde nicht mit nach Hause gekommen. Sie war mit ihrer Geliebten durchgebrannt.

»Wo ist Ma? Wo ist sie?«

»Anisah hat mich gebeten, mit dir zu reden.«

»Oh Gott«, sagte Yasmin.

»Du kennst die Geschichte, wie es dazu gekommen ist, dass deine Eltern geheiratet haben?«

»Was tut das denn jetzt zur Sache?«

»Die Version, die du kennst, stimmt nicht. Anisah hat beschlossen, dass es an der Zeit ist, dass du die Wahrheit erfährst.«

»Das kann sie mir selbst erzählen«, sagte Yasmin und stand auf. »Ist sie oben?«

»Yasmin, bitte, setz dich wieder. Nicht um meinetwillen, sondern deiner Mutter zuliebe. Danke.«

Harriet schwieg einen Moment. »Anisah wird es dir selbst erzählen. Aber sie hat mich gebeten, vorher mit dir zu reden, damit du dich darauf vorbereiten kannst und du ihr die nötige Zeit und den nötigen Raum gewährst, um alles in Ruhe erzählen zu können. Damit du bereit bist zuzuhören.«

»Ha! Damit ich bereit bin?« Sie schnaubte. »Ich habe darum gebeten, dass man mir die Details erzählt, seit ich … Im Grunde genommen, seit ich denken kann. Schön und gut. Ich gehe hoch und hole sie. Sie kann es mir auf der Fahrt nach Hause erzählen.«

»Yasmin«, sagte Harriet scharf. »Genau davor hat Anisah Angst – dass du in Eile bist. Dass du versuchen wirst, sie einfach mitzuschleppen, ohne ihr die Gelegenheit zu geben, mit dir zu reden.«

»Das ist doch lächerlich«, sagte Yasmin. »Niemand will irgendjemand irgendwohin *mitschleppen.*«

Harriet sah sie mit einem ironischen Lächeln an. »Bist du sicher? Es kommt mir so vor, als hättest du es schrecklich eilig.«

»Wir reden im Auto. Mein Vater wartet.«

»Nein«, sagte Harriet gebieterisch. »Das werdet ihr nicht. Sie wird das nicht mitmachen. Du wirst jetzt zu ihr nach oben gehen und wirst dich hinsetzen und dir anhören, was sie dir zu sagen hat. Sie wird reden, und du wirst zuhören. Ist das klar?«

Yasmin stand auf, sprachlos vor Wut. Sie starrte Harriet zornig an. Wie konnte sie es wagen! Als wüsste Yasmin nicht, wie sie sich ihrer eigenen Mutter gegenüber zu verhalten hatte!

»Sie ist eine tapfere Frau«, sagte Harriet, als Yasmin schon die Tür der Bibliothek erreicht hatte. »Respektiere das gefälligst, Yasmin. Respektiere sie.«

LIEBESHEIRAT

»Ich war zum ersten Mal alleine auf der Straße, aber es war nicht weit und ich kannte den Weg. Ich fühlte mich ganz aufgeregt. Ein Gefühl wie – jetzt bin ich frei!« Ma lächelte. Sie saßen nebeneinander auf dem Fußende ihres Bettes. Die gepackten Taschen standen ordentlich neben der Tür aufgereiht, ein Koffer, zwei Reisetaschen, drei Kartons und sechs Wäschebeutel aus Nylon.

Yasmin war immer noch ganz aufgebracht. *Respektiere sie.* Natürlich respektierte sie ihre Mutter! Sie konnte es kaum erwarten, aus diesem Haus rauszukommen. »Ma«, sagte sie. Doch dann beherrschte sie sich. Sie würde Ma Zeit geben. Anscheinend war es ihr plötzlich sehr wichtig, die Lücken in der Geschichte zu schließen, auch wenn sie sich kaum einen unpassenderen Moment dafür hätte aussuchen können.

»Ja?«

»Nichts, Ma. Erzähl weiter. Ich höre zu.« Bis jetzt hatte Ma über ihr erstes Semester als Studentin geredet, wie aufgeregt und glücklich sie darüber gewesen war, dass man ihr erlaubt hatte, auf die Universität zu gehen. An einem Abend war sie mit einer Freundin – einer Kommilitonin – ins Kino gegangen. Die Freundin wurde nach dem Film von ihrem Bruder abgeholt, der eigentlich auch Anisah hätte mitnehmen sollen. Aber Anisah verabschiedete sich im Foyer von ihrer Freundin und sagte, sie wolle zu Fuß nach Hause gehen, was verboten war, und ließ die Freundin hoch und heilig versprechen, dass sie niemandem davon erzählen würde.

»Ich dachte, ich kenne den Weg, aber als ich zu der Stelle kam, wo eigentlich Naanas Büro sein sollte – ganz in der Nähe von unserem Haus –, da habe ich nichts wiedererkannt. Irgendwo muss ich falsch abgebogen sein. Ich habe umgedreht und versucht, denselben Weg wieder zurückzugehen. Ich dachte, wenn ich nur Kino wiederfinde, werde ich ganz von vorn anfangen und dieses Mal wird alles gutgehen. Aber ich habe den Weg nicht gefunden. Und ich war in großer, großer Sorge. Dein Naana würde sehr wütend auf mich sein, weil er mir verboten hatte, allein durch die Straßen zu laufen.«

»Hattest du Angst? Weil du in der Dunkelheit allein warst?«

»Bis dahin, nein. Ich machte mir nur Sorgen wegen meinem Vater. Im Kino hatte ich alles Geld ausgegeben, deshalb konnte ich keine Rikscha nehmen. Ich wollte nicht ins Haus gehen müssen und um Geld für den Fahrer bitten. Ich durfte allein keine Rikscha nehmen. Das auch war verboten. Eine ganze Weile bin ich gelaufen und habe immer gedacht, bald finde ich den richtigen Weg.«

Ma zog den raschelnden Stoff ihres Saris zur Seite, damit sie sich im Schneidersitz hinsetzen konnte, während sie mit der Beschreibung ihrer Wanderung fortfuhr und sich dabei in lauter unnötigen Details erging. Sie war in einen Stadtteil geraten, in dem es weder Bürgersteige noch Asphalt gab, wo die Straßen gleichzeitig auch die Abwasserkanäle waren und man keine einzige Straßenlaterne und kein einziges Geschäft zu Gesicht bekam, außer irgendwelchen heruntergekommen Verkaufsständen. Die Häuser sahen aus, als würden sie jeden Moment einstürzen. Sie hatten verrückte Dachausbauten, die über die Häuserwände hinausragten, sodass man im obersten Stockwerk des einen Hauses nur die Hand auszustrecken brauchte, um das gegenüberliegende Haus berühren zu können. Yasmin kämpfte gegen ihre Ungeduld an und sah sich derweil verstohlen im Raum um, ob Ma vielleicht noch den ein oder anderen Gegenstand zu packen vergessen hatte. Die Schranktüren standen offen, die Kleiderstange war leer, aber einige Kleidungsstücke waren auf den Boden gefallen und daher übersehen worden. Auf dem Frisiertisch lag noch eine Haarbürste.

»Dann fing ich an zu rennen«, sagte Ma. »Ich war in Panik. Es war eine schlechte Gegend, und ich rannte weg von ihr. Ich hatte Angst, was mit mir passieren würde.«

Yasmin nahm Mas Hand und drückte sie. Ihre Mutter hatte ein sehr behütetes Leben geführt. Aber ich wäre auch in Panik geraten, dachte sie, wenn ich mich in irgendeinem brenzligen Teil von London verirrt hätte, als ich noch ein Teenager war.

»Zufällig habe ich bessere Straße gefunden und bin in anständigere Gegend gekommen. Ich sah einen Mann, der anständig aussah. Ich habe diesen Mann nach dem Weg gefragt.«

»Oh!«, sagte Yasmin. Endlich, dachte sie, kommen wir zum Wesentlichen. Also so hatten sie sich kennengelernt. Das große Geheimnis! Sie hatte ihre Eltern so oft gefragt, und alles, was sie geantwortet hatten, waren irgendwelche vagen Bemerkungen über Bibliotheken gewesen. Was war so falsch daran, seinen zukünftigen Ehemann auf der Straße kennenzulernen? »Das war Baba!«

»Nein! Nein!«, schrie Ma, als hätte Yasmin etwas Verleumderisches gesagt.

»Oh! Ich dachte... Worum geht es denn dann in dieser Geschichte?«

»Ich versuche zu erzählen!«

»Tut mir leid, Ma.«

Anisah fuhr fort. Der Mann, den sie nach dem Weg gefragt hatte, war mittleren Alters und sah respektabel aus. Er war schockiert, als er hörte, dass dieses junge Mädchen ganz allein mitten in der Nacht unterwegs war und dass niemand in der ganzen Stadt wusste, wo sie hingegangen war. Das ist eine gefährliche Situation, sagte er, für ein unschuldiges junges Mädchen wie Sie. Er rügte sie sogar, so wie es ihr eigener Vater getan hätte. Folgen Sie mir, sagte er. Er drehte sich um und ging los und schaute sich nicht einmal um, ob sie auch noch bei ihm war.

Als er ins Haus ging, blieb sie draußen, weil sie wusste, dass es keine gute Idee war, mit einem Mann, mit dem sie nicht verwandt war, in dessen Haus zu gehen. Aber er wurde ungeduldig, sogar ein bisschen zornig. Kommen Sie schon herein, sagte er, meine Frau wird Ihnen etwas zu trinken und zu essen geben, und wenn mein Chauffeur zurückkehrt, wird er Sie nach Hause fahren. Könnte ich bitte Ihr Telefon benutzen, um meine Eltern anzurufen? Der Umstand, dass er seine Frau erwähnt hatte, beruhigte sie wieder. Ja, sagte er, ich werde den Anruf tätigen, und Sie werden ihnen sagen, dass es Ihnen leidtut und dass Sie in Sicherheit sind.

»Geht es dir gut?«, fragte Ma.

Yasmin nickte, obwohl ihr Magen sich zu verknoten begann. Wie würde sie enden, diese Geschichte? Sie konnte unmöglich gut ausgehen.

»Ich bin mit ihm ins Haus gegangen, aber dann ist ihm eingefallen, dass das Telefon gar nicht funktionierte. Seine Frau war Schwester besuchen gegangen. Ich überlegte und überlegte. Was sollte ich jetzt tun? Ich sagte zu ihm, wäre vielleicht Ihr Koch so freundlich, mir etwas zu essen zu machen? Ich hatte keinen Hunger, aber ich wollte wissen, dass wir nicht allein waren, er und ich.«

»Das war klug von dir«, sagte Yasmin. Also hatte sie einen kleinen Schreckensmoment gehabt, aber hatte dann entkommen können, weil sie nicht den Kopf verloren hatte. War Baba der Koch? *Endlich* war das Geheimnis gelöst.

»Sehr klug«, wiederholte Yasmin mit noch mehr Enthusiasmus. Sie grinste Anisah an, aber Anisah starrte geradeaus vor sich hin und lächelte nicht.

»Er lachte, dieser Mann«, sagte Ma. »Der Koch schläft, sagte er. Aber du siehst lecker aus. Ich glaube, ich nehme dich als kleinen Imbiss.«

»Ma?«, sagte Yasmin, weil Anisah ganz still und reglos geworden war. »Ma?«

Endlich wandte Ma den Kopf und sah Yasmin an. »Ich werde dir erzählen, was dann passiert ist. Ich bin bereit, dir zu erzählen, wenn du bereit bist zu hören.«

»Erzähl es mir«, sagte Yasmin.

Anisah erzählte den Rest der Geschichte. Sie versuchte, sich gegen diesen Mann zu wehren, aber er war viel größer und stärker, und sie hatte Angst, er würde sie umbringen. Als sie versuchte, ihn wegzustoßen, schlug er sie ins Gesicht. Danach schleifte er sie nach oben, schleuderte sie ins Schlafzimmer und schloss sie ein. Es verging einige Zeit, sie wusste nicht, wie viel. Das Fenster war vergittert, sonst hätte sie sich hinausgeworfen. Das war der Moment, in dem Anisah ihre Geschichte unterbrach, um Yasmin die Tränen von den Wangen zu wischen. Anisahs Augen blieben trocken. Yasmin war fest entschlossen, sich zu beherrschen, damit ihre Mutter frei sprechen konnte. Jedes Mal, wenn ihr die Galle in die Kehle stieg, zwang sie sie wieder hinunter.

»Er kam zurück, vielleicht eine Stunde später, ich weiß nicht wie lange. Er kam mit anderem Mann, der auch in mittlerem Alter war und respektabel aussah, genau wie er selbst. Sie kamen in das Zimmer, und er schloss Tür ab und steckte den Schlüssel in Hosentasche. Er sagte. Du zuerst. Er schob seinen Freund zu mir hinüber.« Für einen kurzen Moment brach Anisah die Stimme, und sie schluckte. Aber als sie mit der Geschichte fortfuhr, war ihre Stimme klar, und sie hielt den Kopf hoch erhoben. »Dann lachte er. Er sagte, ich meine, du als zweiter. Ich war ja schon mal dran.«

Kurz vor dem Morgengrauen trugen sie sie die Treppe hinunter und auf die Straße und schoben sie auf den Rücksitz eines Autos. Er fuhr sie nach Hause, zerrte sie aus dem Auto, sodass sie auf die Straße stürzte. Die letzten Meter zum Haus legte sie kriechend zurück.

Was sie getan habe, sagten ihre Eltern, sei unverzeihlich. Aber was sie ein paar Tage später tat, war noch viel schlimmer. Sie hatte immer noch Schmerzen, erholte sich immer noch von ihren Verletzungen, als sie zur Polizei ging. Sie ging ohne die Erlaubnis ihrer Eltern. Sie hatten gedroht, sie im Haus einzuschließen, falls sie auch nur daran dachte, das, was ihr passiert war, anzuzeigen. Niemand durfte davon erfahren. Es war sehr früh am Morgen gewesen, als der Mann sie zerfetzt und blutend abgeliefert hatte, und nur die Diener waren bereits wachgewesen. Diener konnte man mit Drohungen und Bestechungen zum Schweigen bringen, aber wenn andere Wind davon bekamen, wäre ihr Leben vorbei. Sie war beschädigte Ware. Niemand würde sie haben wollen.

Sie tat, als würde sie sich fügen, tat sogar so, als empfände sie Reue. Versuchte, ihre Wunden zu versorgen. Und als sich die Gelegenheit bot, rannte sie aus dem Haus und nahm sich eine Rikscha zur Polizeistation. Sie hatte sich das Nummernschild gemerkt. Und sie hatte einen Brief in einer der Schubladen im Schlafzimmer gefunden, der die Identität des Mannes bewies, und diesen Brief in ihrer Kleidung versteckt. Sie hatte gehört, wie sich die beiden Männer beim Namen nannten, so sorglos waren sie gewesen und so wenig hatten sie gefürchtet, sie könne ihnen etwas anhaben.

Es wurden Verhaftungen vorgenommen, die einen gewaltigen Skandal auslösten. Der Mann war ein Lokalpolitiker, und man veranstaltete Protestaktionen. Das Ganze sei eine Verschwörung, um ihn in Verruf zu bringen, hieß es, eine Verschwörung seitens der Muslime gegen einen ehrbaren Hindu. Es wurde in den Zeitungen darüber berichtet. Deine Naani schwor, sie würde Bleichmittel trinken und sterben, sagte Anisah. Aber dein Naana war ein Geschäftsmann, und er regelte die Sache. Man forderte eine hohe Geldsumme. Er wusste, dass die Proteste weitergehen und seinen Betrieb zerstören würden, wenn er nicht bezahlte.

Sie selbst wurde eingesperrt. Es war das Ende ihres Studiums und – soweit es ihre Eltern betraf – auch das Ende ihres Lebens. Der Rest würde nur noch aus Hausarbeit bestehen. Und aus dem Warten auf dem Tod.

»Oh, Ma!«, sagte Yasmin erstickt. »Wie... schrecklich... wie furchtbar. Wie ...« Sie war still geblieben, damit Ma ungestört erzählen konnte, aber jetzt fehlten ihr alle Worte.

»Ja«, sagte Ma. Sie raschelte mit ihrem Sari. »Aber lass mich noch Rest erzählen. Ich werde dort drüben sitzen, weil jetzt mein Rücken wehtut.«

Ma schob Yasmin sanft von sich fort. Yasmin setzte sich auf. Sie hatte gar nicht gemerkt, wie eng sie sich an Ma angelehnt hatte.

Anisah ließ sich in den Chesterfield-Sessel sinken. Sie seufzte. »Ich werde Geschichte zu Ende erzählen, wie ich deinen Baba kennenlernte.«

Yasmin starrte ihre Mutter an. Ihren gelb und rosafarbenen Sari, die Armreifen an ihren weich gepolsterten Handgelenken, die chaotische Frisur, die rundliche Nase, die bei starken Emotionen immer zuckte. Wie auch in diesem Augenblick. »Ma«, sagte Yasmin. »Was du mir gerade erzählt hast, das ist so... Ich meine, du musst mir nicht erzählen, wie du Baba kennengelernt hast. Du kannst es mir ein andermal erzählen. Das hier ist so... *gewaltig*... Vielleicht heben wir uns die Geschichte von dir und Baba für einen anderen Tag auf.«

»Es ist selbe Geschichte«, sagte Ma. Sie tätschelte die mit Schnörkeln verzierten Armlehnen des Sessels, als wüsste sie, dass der Sessel sie vermissen würde, wenn sie erst einmal fort war.

Yasmins Großvater, erklärte Anisah, hatte einen Freund, der Professor in irgendeiner medizinischen Wissenschaft war. Er plante, nach Madras zu ziehen, wegen einer neuen Stelle. Mein Chauffeur wird keine Arbeit mehr haben, sagte er, und er ist ein kluger Junge, sehr erpicht darauf, es im Leben zu etwas zu bringen. Ich habe schon zwei Chauffeure, hatte Anisahs Vater gesagt.

Ich dachte da eher an die Notlage, in der sich deine Tochter befindet. Es wird dir schwerfallen, die Art von Ehemann für sie zu finden, wie du ihn dir zuvor mit großer Leichtigkeit hättest aussuchen können. Anisahs Vater sagte, nein, ich gebe sie keinem Chauffeur. Besser eine unverheiratete alte Frau zur Tochter als einen Chauffeur als Schwiegersohn.

Der Professor gab nicht auf. Da stimme ich dir zu, sagte er. Aber dieser Junge hat etwas. Er ist unglaublich entschlossen und arbeitet wie ein Ochse, aber er ist kein stumpfes, hirnloses Tier. Er hat die weiterführende Schule abgeschlossen und träumt davon, Arzt zu werden. Er verbringt die Hälfte der Nächte damit, meine Wissenschaftsjournale zu lesen, und manchmal prüfe ich ihn zu irgendeinem Thema, und dann schneidet er besser ab als die meisten meiner Doktoranden. Wenn du in diesen Jungen investierst, dann wirst du die Zukunft deiner Tochter sichern und einen Arzt zum Schwiegersohn haben.

Wäre der Chauffeur denn überhaupt bereit dazu? Anisahs Vater mochte dem gesellschaftlichen Status seiner Familie zwar große Bedeutung beimessen, aber er vermutete, dass selbst ein Diener keine Frau heiraten wollte, die – so wie er es sah – in aller Öffentlichkeit entwertet und gedemütigt worden war. Eine Frau, die Schande über sie alle gebracht hatte. Selbst ein armer Mann hatte seinen Stolz.

Ich rede mit ihm, versprach der Professor. In zwei Tagen bringe ich dir seine Antwort.

»Erzähl weiter«, sagte Yasmin, denn Ma hatte zu reden aufgehört.

»Du kennst den Rest«, sagte Anisah.

GERETTET

»Oh, Ma!«, sagte Yasmin zwischen zwei Schluchzern, während sie ihrer Mutter zu Füßen saß. »Ma!« Sie weinte in Anisahs Schoß.

»Nicht weinen«, sagte Ma. »Es ist alles gut.«

Yasmin bekam einen Schluckauf. All diese Schluchzerei. Sie sah zu Ma hoch.

Mas Augen waren immer noch trocken, aber sie sah besorgt aus. »Es tut mir leid«, sagte sie. »Es tut mir leid, dass ich dich so traurig mache.«

»Oh, Ma!«, sagte Yasmin und gab sich der nächsten Heulorgie hin.

Ma wartete geduldig. Sie hielt Yasmins Hand, und als die Tränen endlich versiegt waren, benutzte sie einen Zipfel ihres Saris, um Yasmins Gesicht zu trocknen.

»Warum hast du mir das nicht schon eher erzählt?«, fragte Yasmin.

»Es ist lange her«, sagte Anisah. »Und dein Vater wollte das nicht. Ich dachte auch, es ist keine Geschichte, die passt für Kinder.«

»Aber ich bin schon seit Jahren kein Kind mehr.«

»Du bist immer mein Kind.«

»Ich wünschte, du hättest mir das eher erzählt.«

»Denkst du, es wäre leicht für mich, diese Dinge zu sagen? Denkst du, es wäre leicht zu erzählen? Meinem eigenen Kind zu erzählen?«

»Es tut mir leid… so unendlich leid, Ma. Das ist so furchtbar. Es tut mir leid, dass dir das passiert ist. Du warst so tapfer, und ich bin stolz auf dich.«

»Jetzt verstehst du, wegen deinem Vater. Einige Dinge wirst du jetzt verstehen?«

Yasmins Gedanken rasten, um zu begreifen. »Du meinst, warum Baba das Geld für sein Studium zurückzahlen musste? Es war eine geschäftliche Vereinbarung, also musste er das Geld zurückzahlen. Das habe ich erst erfahren, als Baba es mir erzählt hat, vor ein paar Monaten erst. Ich dachte immer, Naana hätte dich in deiner Wahl unterstützt, dass du einen mittellosen Jungen heiraten wolltest und dass Naana deshalb für alles bezahlt hat.«

»Er hat immer sehr hart verhandelt. Er war Geschäftsmann, immer. Aber was ich meine, jetzt verstehst du, warum Baba nichts zu tun haben will mit anderen Bengalis oder anderen Muslimen, anderen Indern. Warum er sich so abschottet. Es ist die Scham.«

»Scham? Er schämt sich für dich? Das stimmt nicht, da bin ich mir ganz sicher.«

»Nein. Nur Scham für sich selbst. Das ist es, was ich glaube.«

»Aber warum? Das ergibt keinen Sinn.« Baba? Baba sollte sich schämen? Baba war ein aufrechter, würdevoller und stolzer Mensch. »Oh! Die Hausbesuche! Die anderen Frauen …«

»Nein. Das ist etwas anderes.«

»Dann verstehe ich es nicht. Baba ist so stolz auf alles, was er erreicht hat, wie weit er gekommen ist, und –«

»Ja«, sagte Ma. »Dein Vater ist voller Stolz, aber er ist auch voller Scham. Dies ist selbe Medaille, nein?«

»Zwei Seiten der –« Yasmin unterbrach sich. Sie wollte Ma jetzt nicht korrigieren. »Ist das so?«

»Ja, sie gehören zusammen. Es ist so.«

»Okay«, sagte Yasmin. »Aber wofür schämt er sich?«

»Er schämt sich nicht für seine Frau«, sagte Ma. »Immer, von Anfang an, sagt er, wie gut sie ist und wie tapfer und wie stolz er ist auf sie. In tiefstem Innern er ist stolz auf seine Frau …« Ma lächelte. Auch wenn sie sich durch die Formulierung in der dritten Person von der Lobeshymne distanziert hatte, wirkte sie trotzdem ein wenig verlegen. »Aber in tiefstem Innern er schämt sich für die Vereinbarung. Die geschäftliche Vereinbarung mit meinem Vater. Er nimmt das Mädchen, das nicht heiraten will. Er nimmt sie wegen dem Geld.«

»Aber er liebt dich, Ma«, sagte Yasmin, der erneut die Tränen in die Augen stiegen. »Er liebt dich ganz bestimmt. Ich weiß, dass er das tut.«

»Ich weiß«, sagte Ma. »Dein Vater ist ein guter Mann. Ein ganzes Jahr lang, nachdem wir geheiratet haben, ist er mir nicht nahe gekommen. Auf diese gewisse Weise. Immer hat er sich entschuldigt. Dafür entschuldigt, dass er mein Ehemann ist. Er wusste alles, was mir passiert war, und er war unglücklich, wie mein Unglück sein Glück war. Du verstehst?«

»Ich glaube schon«, sagte Yasmin. »Ich bin mir nicht ganz sicher. Aber er hat dich doch auch gerettet, oder? In gewisser Weise.«

Ma stimmte ihr zu. »Gerettet, ja.«

»Und du hast ihn gerettet.«

»Auch das ist wahr. Aber ich erkläre dir gerade Scham deines Vaters. Wegen der Vereinbarung. Er nahm an, aber er schämte sich dafür, dass er sie annahm.«

»Und jetzt?«

»Wir haben alles beredet. Am Telefon.«

»Wusste er, dass du es mir heute Abend erzählen würdest?«

»Er wusste.«

»Oh«, sagte Yasmin. Deshalb hatte Baba seine Meinung geändert und gesagt, er wolle Ma heute Abend doch lieber nicht abholen. »Und wer weiß es sonst noch?«

Ma war in Gedanken versunken. Sie antwortete nicht.

»Weiß Arif es?«

»Nein. Ich werde erzählen, aber nicht jetzt. Er ist beschäftigt mit Coco.«

»Weiß Flame es?«

»Sie weiß.«

Erzähl das mal einer Frau, die vergewaltigt wurde. An diesem Vormittag in der Küche war Yasmin davon ausgegangen, dass Flame über sich selbst geredet hatte. Aber Harriet war direkt zu Ma gegangen. Wie blind ich doch gewesen bin, dachte Yasmin.

»Weiß Flame, dass du heute nach Hause gehst?« Aber vielleicht würde Ma ja gar nicht gehen. Sie sah so wehmütig aus. Vielleicht überlegte sie ja, ob sie nicht doch bleiben und darauf warten sollte, dass Flame von ihrer nächsten Reise zurückkehrte, aus Brüssel oder Paris oder wo auch immer sie sonst noch auftrat. »Du kommst doch mit mir, oder? Ma?« Yasmin rappelte sich auf und hielt ihrer Mutter dann ihre Hände entgegen, um ihr ebenfalls auf die Füße zu helfen.

»Ja. Ich komme.« Aber Ma blieb reglos sitzen.

»Was ist mit Flame?«, fragte Yasmin und ließ die Hände sinken. »Bist du immer noch …? Ich meine… ist …?« Sie wusste nicht, wie sie es formulieren sollte.

»Sie ist meine besondere Freundin«, sagte Ma. »Du bist gegen sie. Aber sie ist gut.«

»Ich bin nicht *gegen* sie. Ich kenne sie eigentlich gar nicht.«

»Du magst sie nicht, weil sie eine Frau ist.«

»Weil sie eine Frau ist?«, wiederholte Yasmin verständnislos. Beschuldigte Ma sie etwa gerade, Vorurteile zu haben?

»Sie ist lesbisch.«

»Das *weiß* ich doch, Ma! Das ist mir egal. Aber was ist mit Baba?«

»Er ist mein Ehemann.«

»Das verstehe ich nicht. Du und Flame, werdet ihr …?« Ihr drehte sich der Kopf. Sie strich den Rock ihres marineblauen Kleids glatt und starrte auf ihre Ballerinas hinunter, in dem verzweifelten Versuch, sich in der Realität zu verankern. In der Normalität. »Dann ist es wohl so: Er hatte seine Hausbesuche. Seine anderen Frauen …«, sagte sie, während sie sich bemühte, das alles zu begreifen. »Dann ist es ja nur gerecht.«

»Gerecht?«, sagte Ma. »Nein. So ist es nicht.«

»Wie ist es dann?«

»Was willst du wissen?«

Yasmin seufzte und schüttelte den Kopf. Sie wusste nicht, was sie wissen wollte. »Baba hat gesagt, du wärest damit einverstanden gewesen, dass er Affären hatte.«

»Dein Vater ist ein guter Mann, aber diese eine Sache wollte ich nicht. Ich habe nur meine Pflicht getan, und als ich dann Kinder hatte, wollte ich nicht mehr. Er wusste. Er hat nicht versucht, irgendetwas zu zwingen. Das Gegenteil. Und ich habe gesagt, es ist okay – geh, geh und finde einen Weg. Das hat er getan.«

Yasmin starrte diese Frau an. Ihre Mutter. Ma war noch genau dieselbe Person wie immer und gleichzeitig vollkommen anders. Ein behütetes Leben. Yasmin hatte nichts, aber auch gar nichts begriffen. Sie selbst war diejenige gewesen, die naiv war. Sie war diejenige gewesen, die behütet worden war.

»Er hat neue Grünlilien für die Küche gekauft«, sagte Yasmin. »Und er hat das Gartentor gestrichen. Er freut sich wahnsinnig, dass du wieder heimkommst. Mr. Hartley auch. Er fragt andauernd nach dir.«

»Wir fahren jetzt«, sagte Ma.

Sie trugen die Taschen nach unten. Harriet war ins Bett gegangen, sie und Ma hatten sich bereits voneinander verabschiedet. Yasmin bekam Mitleid mit Harriet. Jetzt war sie ganz allein in diesem riesigen Haus.

Sie setzten sich in die Küche und warteten auf das Taxi.

»Mein Engel«, sagte Ma. »Geht es dir gut? Du bist sehr traurig, nein?«

»Ja, es ist schrecklich, was du durchmachen musstest.« Yasmins Augen waren immer noch ganz wund.

»Nein, du hast Verlobung geendet. Du leidest.«

»Nein, tue ich nicht.« Sie kaute an ihrer Unterlippe. »Ganz ehrlich, mir geht es gut. Es musste enden, und das Ende war gar nicht so schlimm, wie ich befürchtet hatte.« Joe hatte es so gut aufgenommen. Zu gut. Das bewies, dass sie nicht füreinander bestimmt gewesen waren.

»Vielleicht, nach einer Zeit der Trennung, ändert ihr eure Meinung. Die Liebe wird wieder wachsen.«

»Nein, das wird nicht passieren.« Sie war so mit ihrer neuen Arbeitsstelle beschäftigt, mit der längeren Anreise, den irrsinnigen Arbeitszeiten, und dann hatte sie auch das Studium wieder aufgenommen – sie dachte an Joe, sie vermisste ihn, aber sie waren nicht ineinander verliebt, und mehr gab es dazu nicht zu sagen.

»Ich habe mir eine Pause genommen«, sagte Ma. »Und jetzt gehe ich wieder zu deinem Vater zurück. Siehst du? Das Leben ist nicht so simpel. Du weißt nicht, was noch passiert, mit Joe.«

»Okay, Ma.« Sie würde ihr nicht widersprechen, denn Ma hatte ihren typischen starrköpfigen Ton angeschlagen. Sie war nicht in Joe verliebt. Und sie war ohnehin zu dem Schluss gekommen, dass sie nicht an die Liebe glaubte. Liebe – das war etwas, das genauso unecht und falsch war wie die Geschichte, die sie auf der Schule über Baba und Ma geschrieben hatte. Was war Liebe anderes als ein biologischer Trick? Eine große Dosis aus Hormonen wie Oxytocin und Dopamin, die einen euphorischen Rausch vermittelten. Kombiniert mit einer etwas niedrigeren Dosis aus Serotonin, die Angst auslöste und dazu führte, dass man sich obsessiv auf das Objekt seiner »Liebe« fokussierte. Und schließlich noch ein erhöhter Adrenalin- und Norepinephrinspiegel, der das Herz zum Flattern und die Handflächen zum Schwitzen brachte. Sie mochte Joe, und er mochte sie. Der Rest war nichts als ein vorübergehendes chemisches Ungleichgewicht gewesen.

»Oh! Ich muss die Etiketten mitnehmen«, sagte Ma und stand auf. Sie eilte in den Hauswirtschaftsraum. »Da ist ein kleiner Karton, den ich unbedingt mitnehmen muss.«

»Anisahs Achaars: Original Bengalische Pickles aus meiner eigenen Küche«, las Yasmin von einem der Etiketten ab, nachdem Ma damit zurückgekehrt war. »Das gefällt mir! Die neuen Etiketten sehen großartig aus.« Und wenn Ma wieder zu Hause war, würden sie auch endlich der Wahrheit entsprechen.

»Karotte, Limette und Ingwer, das hat sich am besten verkauft.

Nur noch zwei übrig. Alle Vorräte fast aufgebraucht. Morgen werde ich mehr machen.«

»Fantastisch! Ma, ich bin stolz auf dich!«

Ma strahlte.

»Ich werde den Hochzeitsschmuck am Wochenende verkaufen.«

»Aber ich will ihn verkaufen. Ich werde guten Preis bekommen.«

»Das wirst du auf jeden Fall. Arif wird sich freuen. Er hat es verdient, und sie brauchen dringend ihre eigene Wohnung.«

Ma nahm Yasmins Hand. »Dein Bruder hat mich gebeten, dir etwas zu erzählen. Er will nicht, dass es dich traurig macht.«

»Oh Gott«, sagte Yasmin. »Was ist denn jetzt wieder passiert?«

»Er heiratet.«

»Lucy?«

Ma lachte. »Ja, Lucy. Wen sonst soll er heiraten?«

»Aber warum sollte ich deswegen traurig sein?«

»Weil du heiraten solltest. Du bist Älteste. Du arbeitest, du findest den richtigen Jungen und machst Pläne, dich zu verheiraten. Arif hat sich vorgedrängt. Es macht dir nichts aus? Er macht sich Sorgen um dich.«

»Wieso sollte es mir etwas ausmachen? Nein, es macht mir nichts aus. Ich freue mich wahnsinnig.«

Ma tätschelte Yasmins Hand. »Das habe ich ihm gesagt. Ich habe gesagt, Arif, deine Schwester wird sich für dich freuen.« Aber sie sah erleichtert aus, als hätte auch sie ihre Zweifel daran gehabt.

Sie hörten das Geräusch von Autoreifen auf Kies und dann ein Hupen.

»Dann laden wir mal ein«, sagte Yasmin.

»Du erinnerst dich?«, fragte Ma. »Das erste Mal, als ich herkam? Wie nervös. Wegen dem Kleid. Wegen dem Essen. Wegen Mrs. Sangster.«

Yasmin nickte.

Ma sah sich um und stand langsam auf. »Die Dinge haben sich geändert«, sagte sie. »So viele Dinge haben sich geändert.«

SECHS MONATE SPÄTER

MÖGLICHKEITEN

Schon wieder klingelte es an der Tür. Yasmin schob das Fenster hoch, lehnte sich in die kühle, frische Herbstluft hinaus und schaute auf die verschlafene, sonntagmorgendliche Straße hinunter. Ein Nachtschwärmer, der sich seinen Kapuzenpullover um die Hüften geknotet hatte und mit nacktem Oberkörper heimwärts stolperte, hob die Arme und schlang sie dann um den eigenen Körper. Eine Frau, die gerade mit ihrem Hund Gassi ging, bugsierte ihren neugierig schnüffelnden schwarzen Labrador in einem möglichst weiten Bogen um den Mann herum. Der Lieferwagen parkte mitten auf der Straße.

»Hallo? Hier oben!«, rief Yasmin. »Ist es zum Unterschreiben? Muss ich etwas unterschreiben?«

Der Fahrer machte einen Schritt rückwärts, schüttelte den Kopf und hielt das Paket hoch, als wäre das der Beweis.

»Dann drücke ich die Tür auf, und Sie können es einfach in den Flur stellen. Vielen Dank!«

Sie war heute früh schon einmal nach unten gerannt, um ein Paket für Rania entgegenzunehmen, und versuchte gerade, sich auf etwas Wichtiges zu konzentrieren. Rania schrieb Artikel für ein neues Magazin, das sich muslimische Frauen zur Zielgruppe auserkoren hatte. Sie schrieb über Beauty, Fashion und Halal-Dating, und mittlerweile gab es immer wieder Firmen, die ihr Produkte zum Ausprobieren schickten, wie Kleidung oder Make-up. Es war nur ein Nebenerwerb zu ihrer Arbeit als Anwältin, aber sie ging mit derselben Energie und Sorgfalt an die Sache heran wie bei ihrer hauptberuflichen Tätigkeit. Sie würde jeden Moment aus Bradford zurückkehren, wo sie die Produktionsbedingungen einer Modest-Fashion-Firma überprüft hatte. Sie hatte persönlich sehen wollen, ob es sich bei der dortigen Kleiderherstellung um einen Betrieb mit Ausbeutermethoden handelte oder nicht. Falls ja, würde sie das Label auf keinen Fall promoten.

Yasmin setzte sich wieder an ihren Schreibtisch. Sie verfasste gerade einen Antwortbrief an Joe, und obwohl der Brief sich bereits auf drei Seiten belief, hatte sie Joes Fragen noch nicht einmal ansatzweise beantwortet. Sie hatte ihm von der Wohnung erzählt, die sie und Rania gemietet hatten und die sich in der obersten Etage eines in zwei Einheiten aufgeteilten georgianischen Hauses in einer recht noblen Straße von Camberwell befand. Sie wohnten jetzt schon seit fünf Monaten hier. Wenn man hinter dem Gastro-Pub um die Ecke bog und die Hauptstraße betrat, schlug einem der Geruch nach Autoabgasen, frittiertem Essen und frisch gebackenen Daktylas entgegen. Es war die Stadt in ihrer Reinessenz: Benzin und Stahl, Geld und Armut, unendliche Möglichkeiten, Reibereien und Schlecht-und-recht-miteinander-Auskommen. Sie hatte von Ranias neuer Teilzeit-Inkarnation als Fashion-Guru und Kummerkastentante erzählt. Rania meinte, die Gegenreaktion, die auf den Zwischenfall mit dem viral gegangenen Video gefolgt war, habe ihrerseits eine Gegenreaktion ausgelöst, sodass sich das Ganze letztendlich positiv ausgewirkt hatte.

Yasmins Finger schwebten über der Tastatur ihres Laptops. Vielleicht sollte sie alles wieder löschen, was sie bisher geschrieben hatte, und direkt zur Sache kommen. Aber was wollte sie sagen? Sie hatte seinen Brief erhalten, einen wirklichen, echten Brief, mit einer wirklichen, echten Briefmarke, der in der gemeinschaftlichen Diele auf dem gemeinschaftlichen Regal über der Heizung gelegen hatte und auf dessen Vorderseite von Hand ihr Name und ihre Adresse geschrieben stand, auch wenn die Seiten selbst im Computer getippt und dann ausgedruckt worden waren… Es war sechs Wochen her, dass sie den Brief erhalten hatte.

Ein paar Tage später hatte sie ihm eine E-Mail geschickt, in der sie ihn um Geduld bat und ihm Bescheid gab, dass sie ihm bald einen ausführlichen Brief schreiben würde.

Sie hatte über Ma geschrieben. Anisahs Achaars verkauften sich hervorragend, auf zahlreichen Wochenmärkten in ganz London. Ma und Baba luden alles in den Fiat Multipla, und an den Wochenenden fuhr er sie dann zu ihrem jeweiligen Ziel. Oft blieb er auch und half ihr, die Kunden zu bedienen, oder verteilte Probiergläschen. Manchmal kam auch Flame mit. *Frag mich nicht,* hatte Yasmin geschrieben, *wie das funktioniert.* Das Einzige, was Ma über Flame sagte, war, dass sich in Tatton Hill alle nur um ihre eigenen Angelegenheiten kümmerten, womit sie wohl zum Ausdruck bringen wollte, dass Yasmin das ebenfalls tun sollte.

Yasmin brauchte noch eine Tasse Kaffee. Sie brauchte eine Pause, auch wenn sie dem Brief heute Morgen erst einen einzigen Satz hinzugefügt hatte, den sie darüber hinaus auch schon wieder gelöscht hatte.

Während sie den Kaffee aufbrühte, lehnte sie sich gegen die Spüle und dachte über Mas Ankündigung nach, sie würde in Zukunft an allen Markttagen einen Sari tragen. Das steigere die Verkaufszahlen, meinte sie. Es mache die Pickles zwar nicht authentischer, aber was könne sie schon dagegen tun, wenn die Leute genau das glaubten? Ihre Chutneys im englischen Stil und auch ihre Marmeladen waren mindestens genauso gut wie ihre indischen Chutneys, aber die Chutney-Varianten mit Äpfeln oder frischen Feigen oder die Gläser mit Stachelbeermarmelade und Orangenmarmelade verkauften sich so gut wie gar nicht, ganz egal, was für eine Kleidung sie trug.

Joe hatte in seinem Brief gefragt, ob noch irgendetwas zwischen ihr und Pepperdine passiert sei. Er nannte ihn natürlich nicht beim Namen, weil er keinen Namen wusste. »Der Typ«, schrieb er. »Ich habe mich gefragt, ob noch irgendetwas zwischen dir und diesem Typ passiert ist. Du bist selbstverständlich nicht dazu verpflichtet, es mir zu erzählen. Ich habe eben einfach nur darüber nachgedacht.«

Yasmin öffnete den Kühlschrank. Keine Milch. Sie hatte ganz vergessen, dass sie den letzten Rest für ihr Müsli benutzt hatte. Sie würde den Kaffee schwarz trinken müssen.

Sie hatte schon seit einer Ewigkeit nicht mehr an Pepperdine gedacht. Und wenn sie es tat, erinnerte sie sich vor allem daran, wie unglücklich sie gewesen war. Dieses grausame Verlangen. Dieses verzweifelte Bedürfnis, allem zu entfliehen. Wie sehr sie ihm angelastet hatte, dass er nicht die Fantasievorstellung hatte erfüllen wollen, die sie sich in ihrem Kopf ausgemalt hatte. Pepperdine hatte seine Rolle nicht so gespielt, wie es in ihrem Drehbuch gestanden hatte. Aber sie hatte ihm den Inhalt dieses Drehbuchs nicht mitgeteilt, und jetzt wusste sie nicht einmal mehr, was überhaupt alles in diesem Drehbuch gestanden hatte. Außer, dass ihr natürlich die Hauptrolle zugefallen war. Nein, es war nichts weiter zwischen ihnen passiert. Sie hatte sich noch immer nicht richtig bei ihm entschuldigt.

Yasmin nahm den Kaffee mit zurück in ihr Zimmer und setzte sich wieder vor ihren Laptop. Sie scrollte zum Anfang des Briefes hoch.

Lieber Joe,
Ich bin froh, dass du mir alles erzählt hast, und ich möchte als Erstes direkt sagen, dass ich überhaupt nicht böse auf dich bin. Es muss dir sehr schwergefallen sein, das alles niederzuschreiben.
Du hast dich nach Neuigkeiten erkundigt und wie es allen geht, also werde ich dir erzählen, was so alles passiert ist. Ich fange mit Arif an: Ihm und Lucy und Coco geht es gut. Coco krabbelt schon! Vielleicht hast du es ja auf Facebook gesehen? Wenn ja, dann weißt du ja auch, wie wunderschön sie ist. Arif hat seinen ersten richtigen Job angetreten, in der Rechercheabteilung einer Fernsehproduktionsfirma, und Baba tut so, als hätte er die ganze Zeit gewusst, dass sein Sohn mal »in die Medienbranche gehen« würde, wie er es formuliert. Arifs Film ist schon ein paar Mal bei örtlichen Dokumentarfilm-Festivals gezeigt worden, das ist also auch was, worauf er stolz sein kann. Lucy ist noch im

Mutterschaftsurlaub und hat ihren Job in der Praxis für Kieferorthopädie noch nicht wieder angetreten. Und die beiden sind noch immer nicht in eine eigene Wohnung gezogen, weil Arif fest entschlossen ist, selbst genug Geld dafür anzusparen. Er will auf keinen Fall irgendwelche Almosen annehmen. Sieht so aus, als wäre er tatsächlich endlich erwachsen geworden!

In der Folge hatte sie von ihrer Arbeit erzählt, von der neuen Abteilung, den neuen Kollegen und einen ganzen Absatz über die tagtägliche Pendelei nach Brighton. Sie hatte über Rania geschrieben und über ihre gemeinsame Wohnung, und wie viel Schwierigkeiten es den Umzugsleuten gemacht hatte, Ranias Couchtisch aus Sandstein die vier Stockwerke hochzutragen, und über Ma und Baba und Flame. Sie hatte ihm alles erzählt, ohne wirklich etwas zu sagen.

In seinem Brief hatte Joe geschrieben, er ginge zu einer Selbsthilfegruppe in Glasgow, die sich »Anonyme Sex- und Liebessüchtige« nenne. Er schrieb, in Edinburgh gäbe es eine solche Gruppe nicht, deshalb müsse er immer hin und her fahren. Joe erzählte, es gehöre zu dem Zwölf-Schritte-Genesungsprozess, dass man sich bei den Menschen entschuldigte, denen man wegen der Sucht wehgetan hatte. Er schrieb, dass sie keineswegs das Gefühl haben sollte, sie sei in irgendeiner Form dazu verpflichtet, ihm zu verzeihen. Sie dachte sehr lange und sehr intensiv über diesen Punkt nach. Was gab es da schon zu verzeihen? Er hatte ihr von Anfang an gesagt, dass er es leid sei, mit einer Frau nach der anderen auszugehen. Es war nicht besonders klar geworden, was genau er damit gemeint hatte, aber sie hatte auch nicht nachgefragt. Einmal hatte er versucht, ihr alles zu erzählen, aber sie hatte ihm Einhalt geboten. Sie hatte es nicht wissen wollen.

Er erwähnte, dass sein Therapeut, den er nach seinem Umzug noch zu Online-Sitzungen getroffen hatte, plötzlich an einem Herzinfarkt gestorben sei. Joe bereute es, sich nicht richtig bei ihm bedankt zu haben, während er noch Gelegenheit dazu gehabt hatte.

Auf gewisse Weise – auch wenn das jetzt vielleicht ein wenig dramatisch klingt – hat Sandor mir das Leben gerettet. Oder vielleicht sollte man es besser so formulieren: Er hat mich vor einem Leben gerettet, das ich nicht wollte, und hat mir die Möglichkeit gegeben, ein besseres zu führen. Ich wünschte, ich hätte ihm das gesagt, auch wenn er es wahrscheinlich selbst wusste.

Ohne Sandor, erklärte er weiter, hätte er niemals den eigentlichen Grund seiner Sucht erkannt. Und ohne diese Erkenntnis wäre er allenfalls in der Lage gewesen, die Sucht zu unterdrücken, so wie er es in der Zeit getan hatte, in der sie beide zusammen waren – abgesehen von dem einen Mal, auch wenn er diese Verfehlung durchaus nicht kleinreden wollte. Sandor hatte ihm jedoch die notwendigen Mittel an die Hand gegeben, um die Sucht zu überwinden, statt sie nur in Zaum zu halten.

Harriet war am Boden zerstört gewesen. Sie war nicht nur aus allen Wolken gefallen, sie war auch schrecklich wütend gewesen. Und entsetzt. Aber vor allem hatte sie das alles nicht wahrhaben wollen. Zuerst hatte sie sich geweigert, auch nur ein einziges Körnchen Wahrheit in der Behauptung zu sehen, sie habe ihren Sohn in einer Weise großgezogen, die man möglicherweise als ein wenig problematisch bezeichnen könnte, ganz zu schweigen von destruktiv.

Aber jetzt hat sie sich durchgebissen, schrieb Joe. *Es war ein langer, dunkler Tunnel, aber sie hat ihn hinter sich gelassen. Ich wusste, dass sie das schaffen würde (auch wenn ich manchmal – wenn auch nur sehr selten – meine Zweifel hatte). Es hat eine Weile gedauert, bis sie begriffen hat, dass ich ihr zwar keine Schuld geben wollte, sie aber dennoch verantwortlich mache. Da besteht ein Unterschied. Nachdem sie das einmal verstanden hatte, ist es ihr nach und nach immer besser gelungen, mir zuzuhören. Wir konnten endlich richtige Gespräche führen. Und jetzt kommt das Erstaunlichste – sie hat etwas ganz Unglaubliches über ihre eigene Kindheit herausgefunden.*

Yasmin nahm einen Schluck Kaffee. Ohne Milch war er zu bitter, und sie ging in die Küche, um noch einen Teelöffel Zucker hineinzugeben.

Sie stellte sich an die Küchentheke und rührte mit dem Löffel in der Tasse, immer im Kreis, Schab-und-Klirr, Schab-und-Klirr, Bläschen auf der Oberfläche, Flutlinien am Rand. Sie hatte sich bei so vielen Dingen geirrt. Wenn sie jetzt zurückschaute, wurde ihr klar, wie wenig sie begriffen hatte. Sie hatte sich in Arif und Lucy geirrt. Sie hatte Baba nicht verstanden. Sie hatte alle möglichen Fehlurteile gefällt und unzutreffende Vermutungen angestellt. Sie hatte Ma als selbstverständlich hingenommen, hatte sie einfach nur als Ma gesehen und nicht als Person. Und ganz bestimmt nicht als die beeindruckende Person, die sie in Wirklichkeit war. Und sie hatte Mas Beziehung zu Harriet ganz falsch eingeschätzt. Als hätte Harriets Interesse an Ma einzig und allein darin bestanden, für eine Zeitlang ein faszinierendes Ausstellungstück ihr Eigen zu nennen, eine Art Haustier, das man ganz nach Belieben eine Weile liebkosen und dann wieder vor die Tür setzen konnte. Sie hatte Ma unterschätzt, und sie hatte Harriet unterschätzt. Sie hatte sich ihre ganz eigene Fantasiegeschichte zu Pepperdine ausgedacht und versucht, sie ihm aufzuzwingen, obwohl er von Anfang an vollkommen offen zu ihr gewesen war. Er war freundlich und alles andere als unerreichbar gewesen, während sie das genaue Gegenteil gewesen war. Und trotzdem hatte sie es geschafft, ihm die Schuld daran zu geben, dass er keine Wunderheilung für ihr Gewirr aus Miseren parat gehabt hatte. Sie hatte sich bei Rania geirrt, ihrer besten Freundin, die sie dafür gegeißelt hatte, dass sie immer recht haben musste und unverwundbar war.

Und bei Joe.

Ich war es, dachte sie, während sie dem Löffel dabei zusah, wie er stetig im Kreis herumlief, ich war es, die immer recht haben musste. Und die meiste Zeit hatte ich unrecht.

Aber wenigstens gab es eine Sache, bei der sie recht gehabt hatte, und gerade das war etwas gewesen, bei dem sie sich immer selbst ermahnt hatte, doch nicht albern zu sein. Mit Harriets und Joes Beziehung hatte etwas nicht gestimmt. Sie hatte es nicht verstanden, hatte gedacht, sie sei auf bizarre Weise eifersüchtig. Oder nicht selbstsicher genug. Oder prüde. Sie hatte sich selbst ermahnt, sich doch nicht aufzuregen, wenn Harriet zu Joe ging, um mit ihm zu reden, während er gerade unter der Dusche stand.

Ich habe es nicht verstanden, aber ich habe es gespürt. Sollte sie das – oder etwas in der Richtung – in ihrem Brief schreiben? Wie würde er sich dabei fühlen, wenn sie das tat? Oder wenn sie es nicht tat?

Sie nahm einen Schluck Kaffee. Zu süß. Sie schüttete den Rest in die Spüle.

Harriet hatte die Arbeit an ihren Kindheitsmemoiren wiederaufgenommen. Das hatte sie erzählt, als sie zum Abendessen in den Beechwood Drive gekommen war.

Aber Joe hatte nun die Erklärung dazu geliefert. Harriet hatte endlich ihre Geschichte gefunden: die verdeckt inzestuöse Beziehung zwischen ihr und ihrem Vater. Sie hatte versprochen – ohne dass Joe sie darum bitten musste –, dass sie ihre Memoiren auf ihre eigene Kindheit beschränken und kein Wort über Joe schreiben würde. Sie lernte allmählich, seine Grenzen zu respektieren, und war eifrig darauf bedacht, das auch zu beweisen. *Das ist ein Fortschritt*, schrieb Joe. *Ich denke, ich kann mit einiger Sicherheit behaupten, dass wir beide Fortschritte machen.*

Harriet und Ma waren immer noch befreundet. Vor einer Woche hatte Ma sie angerufen und ihr gesagt, sie solle das Radio einschalten, weil Harriet dort gerade zum Thema »Sexuelle Belästigung am Arbeitsplatz« ein Interview gab und auch dazu, wie das eine ganz neue Welle des Feminismus ausgelöst hatte. Der Interviewer stellte sie als »Harriet Sangster, feministische Aktivistin und Journalistin« vor, und sie sagte: »Aktivistin, Autorin und Intellektuelle, Darling. Es wäre schön, wenn Sie versuchen könnten, ein wenig genauer zu sein.«

Joe wollte wissen, ob sie für ein Wochenende nach Edinburgh kommen wolle. Sie könne in seiner Wohnung übernachten, oder er könne ihr auch irgendwo ein Zimmer buchen, wenn sie das vorziehen würde. Sie hatten zwar gesagt, dass sie Freunde bleiben wollten, aber vielleicht würde sie das ja jetzt nicht mehr wollen, jetzt, wo sie die Wahrheit über ihn kannte. Er würde es verstehen, falls sie so fühlte.

Vielleicht, nach einer Zeit der Trennung, ändert ihr eure Meinung. Die Liebe wird wieder wachsen.

Sie glaubte nicht an die Liebe. Das rief sie sich in Erinnerung.

Ihre Handflächen waren klamm, und ihr Puls war erhöht.

Er wollte, dass sie nach Edinburgh kam, und jedes Mal, wenn sie darüber nachdachte – und das tat sie sehr oft –, kam es in ihrem Körper zu einer chemischen Reaktion. Wie hatte er es nochmal genau ausgedrückt? Der Brief lag auf ihrem Bett. Sie las ihn jeden Tag aufs Neue durch, direkt nach dem Aufwachen.

Sie warf sich auf die Bettdecke, nahm den Brief und suchte nach der entsprechenden Seite. Dieser Teil. Genau da.

Es wäre wahrscheinlich zu viel erhofft, aber ich würde mich wahnsinnig freuen, wenn du mich für ein Wochenende besuchen kämst. Ich würde dich sehr gerne sehen. Du kannst hier bei mir wohnen oder ich buche dir ein Zimmer in einem Hotel. Es gibt eins ganz in der Nähe. Ich könnte es dir nicht verdenken, wenn ich nie wieder etwas von dir höre. Aber ich wäre unglaublich traurig deswegen, denn du fehlst mir. Ich wünschte, es wäre alles anders. Ich wünschte, ich hätte alles anders gemacht. Ich wünschte, ich hätte es dir von Anfang an erzählt. Ich kann die Vergangenheit nicht ungeschehen machen, und ich kann die Zukunft nicht vorhersehen, abgesehen von einer Sache: Ich werde nie wieder dieselben Fehler machen. Ich werde wahrscheinlich andere Fehler machen. Ich werde jetzt nicht damit anfangen, ein Plädoyer zu meinen Gunsten abzuhalten, weil ich das Gefühl habe, nicht das Recht dazu zu haben, und ich habe mich wahrscheinlich schon zu sehr aufgedrängt, wofür ich mich entschuldigen möchte. Antworte nicht sofort! Oder auch gar nicht, wenn du nicht möchtest.

Yasmin rollte sich zu einer Kugel zusammen.

Sie zog die Knie an die Brust und schloss die Augen, und ihr Lächeln war so gewaltig, dass es sich anfühlte, als würde ihr ganzer Körper lächeln.

Oxytocin. Dopamin. Norepinephrin. Die Ausschüttung von Hormonen. Das war es, was hier gerade passierte. Mehr war es nicht. Menschliche Physiologie. Simple Physiologie.

Das Leben ist nicht so simpel. Du weißt nicht, was noch passiert, mit Joe.

Sie lag da, kuschelte sich in dieses Gefühl ein und genoss die Wärme der Sonnenstrahlen, die ihr plötzlich ins Gesicht fielen. Ihre geschlossenen Lider kribbelten auf angenehme Weise in dem warmen Lichtschein, und sie konnte die üppigen honigfarbenen Lichttöne spüren, die das Bett überspülten, den Raum, die Wohnung, die ganze Stadt. Es fühlte sich wunderschön an.

Sie öffnete die Augen. Es gab keine Sonne. Der Tag war in ein hartnäckiges Blaugrauweiß getaucht. *Das Leben ist nicht so simpel.*

Trotzdem war sie voller Freude. Voller irrationaler Hoffnung und unsinniger Freude. Am liebsten hätte sie laut gerufen. Oder gesungen. Oder getanzt. Wegen eines zeitweiligen chemischen Ungleichgewichts. Ohne jeden Grund.

Sie sprang vom Bett herunter und öffnete die Kleiderschranktür, um sich selbst in dem großen Spiegel zu betrachten. Ihre Haare waren ein bisschen wild. Ihre Augen waren weit aufgerissen und ihre Wangen gerötet. Ihre Lippen sahen voll und üppig aus. Physiologie. Grundlegende Physiologie. Sie schlang die Arme um ihren Körper, so wie es der halbnackte Nachtschwärmer getan hatte, der heute früh die Straße entlanggelaufen war und gerade von irgendeinem wie auch immer gearteten High herunterkam.

Die Frage lautete: Waren sie die Auslöser, oder waren sie die Symptome?

Das war die Frage, die sie sich stellen sollte. Was war zuerst da? Huhn oder Ei. Ei oder Huhn. Liebe oder Hormone. Hormone. Liebe. Ei. Huhn. Ei. Ihr war schwindelig. Das war ein Symptom. Oder war es eine Ursache?

Ich wünschte, ich hätte alles anders gemacht. Da sind wir schon zwei!

Sie schob das Fenster hoch und lehnte sich zur Straße hinaus, die allmählich aufzuwachen begann. Eine Frau kam mit einem riesigen Laib griechischem Brot vorbei, das mit Schwarzkümmel und

Sesam überzogen war. Ein alter Mann, dessen Kleidung besser zu einem Aufenthalt in Sibirien gepasst hätte, stapfte in beeindruckendem Tempo die Straße entlang. Zwei Jungen kickten sich gegenseitig einen Fußball zu, von einem Bürgersteig der Straße zum gegenüberliegenden. Ein silberner Audi verlangsamte erst seine Fahrt und raste dann davon. Wie jeden Sonntag kam eine in prachtvolle weiße Gewänder gekleidete Familie auf dem Weg zur Eritreisch-Orthodoxen-Kirche vorbei.

»Guten Morgen!«, rief Yasmin allen und niemandem zu.

Der weißgewandete Mann schaute hoch. »Guten Morgen«, sagte er. Er klopfte die beiden Kinder auf die Schulter, und auch sie sahen hoch und lächelten und wiederholten den Gruß.

»Das Leben ist nicht simpel«, rief Yasmin.

Der Mann betrachtete sie mit ernstem Blick. Er nickte, als verstünde er ganz genau, was sie damit sagen wollte. Als wäre es eine gute Idee, dies aus einem Fenster zu rufen. Als hätten Mas Worte es verdient, wiederholt zu werden. Als wären sie etwas wert in dieser Welt.